浮城

梁晓声 著

上海三联书店

第一章

"死结……"他说。

忙了半天他解不开它。

她的裤子极瘦且短，使她的腿看去似剥了半截皮的香蕉。束腰的，不是什么美观的皮带，而是一条手指般粗的红色尼龙绳。两端两个绒球儿，结实得足以吊死一个人，甚至一头大牲口。勒了双重的结。他已感到毫无办法。

"他妈的！"

他嘟哝。很恼火。内心产生了憎恨。一种不明确的憎恨。不知该憎恨某个设计了这类女裤的人，还是该憎恨她——他急切地想要立刻实现他蹂躏欲望的女人。抑或裤子本身。

他开始啃那个结。

用牙齿也无济于事。

他像一只饥饿的猫，面对的不是鱼，不是耗子，不是肉或别的什么。是蛋。是外壳坚硬的蛋。姑且不论里边的东西好吃不好吃，首先是根本就难以达到目的。

她仰望着他。盈盈地，径自在笑。笑得妖媚。

她喜欢男人对自己这样，并且希望，全世界的男人，永远地，都只对自己一个女人这样。果真如此，她才不管 1999 年这世界将变成什么样子呢！街头书摊全在卖《1999 年世界大劫难》这一本外国人写的书。她买了。看了。绝对地——信。不知她究竟根据什么认为，即使不信那个外国佬的预言，人们也应该和她一样推测，反正地球是到了差不多该毁灭的时候了。她才不在乎地球毁灭不毁灭呢！也不怕。想通了一点——趁年轻漂亮的自己还没毁灭，赶紧地，不失一切时机寻欢作乐。好花不常开，好景不常在嘛！她想。年轻漂亮的一个自己，不就是一朵好花么？万籁俱寂的这一个夜晚，有个傻小伙儿死乞白赖地缠着被自己所迷所惑所耍弄，不就是人生的一场好游戏么？

他以为他是在蹂躏她。只不过隔着层薄薄的衣绸，不算彻底。而她却更以为她是在蹂躏他。蹂躏他的情欲蹂躏他的心理。一报还一报。否则不是就不好玩了么？

他瞎忙。满脑门忙出了一层细密的汗珠。

伤神费劲儿呢傻二——她内心嘲笑他。

那个双重的结不过是形式上的结，是美饰物，是根本解不开的结。

要脱掉她的裤子，"问题"不在那儿。"关键"在后不在前。后面有个小小的摁扣儿。只一个。非常隐蔽。扯开，一切"问题"就迎刃而解了。如果是两个摁扣儿这条裤子就不值二百三十多元了。她这么认为。就是冲这一点买的。

她打定主意不指导他如何才能脱下她的裤子。

"解不开！"

他不但恼火，甚至愤慨了。

她仍以一种撩拨的眼神望着他。她确信善于撩拨的眼神会使不性感的女人也性感。正如她确信地球是到了差不多该毁灭了的时候一样。为了娴熟地掌握运用这一种眼神的技巧，她经常对镜苦练。冬练三九，夏练三伏。功夫不负有心人。达到炉火纯青的高超阶段之后，她和自认为是正人君子的男人们的理性较量，成绩好得不能再好，屡搏屡胜。岂止屡胜，而且速胜。可谓"牛刀初试"，锋利无比，"削铁如泥"。

与拳击场上的情形相反。在被他以一股蛮力抱起并粗鲁地按在床上那一刻，她又一次体验到了胜利者的骄傲，以她脸上的妩媚充分表达出来。男人觉得她最妩媚的时刻，正是她内心里最自豪的时刻，也是她内心里最鄙视最轻蔑男人的时刻。

她认为这个压在自己身上的出租车司机，浪费了她太大精力占有了她太多的时间。尽管他为她花了几百元钱。几百元钱如今也算一笔钱么？她觉着得不偿失，不合算。

所以她才不指导他如何脱下她的裤子呢！当然她也不会自己脱。并非故作矜持。更不是由于害羞。害羞？——一个虚伪至极的词儿罢了。自从她第一次以一张舞票和一顿夜宵的代价，将自己半推半就地贷给一个开包子铺的小铺主，便不觉得世界上再有什么值得她害羞的事了。那个四十多岁的矮胖男人的老婆，在几个小伙子的陪同下跟踪而至，撞开她的房门，将赤裸裸的她和赤裸裸的那个男人，从床上拖到地上，从地上拖到室外。那时她住筒子楼。那一年她十七岁半，初中留了一级，还是没考上高中……

那女人说这一种惩办方式叫"曝光"。

被"曝光"过的胶卷难道还怕再被"曝光"么？

好笑的是那个女人。当众扪了丈夫一耳光，扔给他裤衩，待他刚穿上，竟挽起了他的手臂。走得雄赳赳气昂昂。一副趾高气扬旗开得胜的样子。

从此她觉得自己无所畏惧。就像某些出生入死过的铮铮男子汉无所畏惧。

"解不开！"

"不要急……慢慢来……"

他的口水将那个仅仅是饰物的双重的结弄湿了，也将她的绸裤弄湿了一片。

她用一根手指饶有兴趣地缠他的一绺头发。她觉得他的头发质地不错。柔软。仿佛品种优良的狮子狗的毛。皮毛店的售货员管那叫"长麦穗"或"短麦穗"。他的"毛"属于短的一类。卷曲得挺自然。

她不告诉他那个结其实不是结，不过是结形的饰物，还因为，她觉得，在这种时候，能不能脱下女人的裤子，纯粹是男人们自己的事儿。

难道卖茶叶蛋的老太太还应负责教买茶叶蛋的人怎么剥蛋皮儿么？如果他不能脱下她的裤子，证明他笨。他急他的，与她有何相干？

他越不耐烦，她越感到愉快。

妩媚的她，盈盈地径自笑着。头脑中进行着一些百思不得其解的思考——萨达姆大叔占领科威特干什么呢？布什老大爷又管这件闲事儿干什么呢？表现的哪份子国际责任感呢？管人家的闲事儿人家当然要扣押你们美国佬儿做人质！英国法国也跟着凑热闹，一场国际大戏还没高潮呢眼瞅着要被"禁演"了！还有那个脑门子上展示地图的戈尔巴乔夫，竟当起什么总统来了！奇怪，中国黑龙江省地图，怎么被上帝倒着印到苏联人脑门上了？不是上帝搞的名堂能是谁搞的呢？

尽是些严肃的关于重大时事的思考。

他已开始令她反感了。她脸上的妩媚，乃是本能。非为取悦于他。甚至连内心嘲笑他的兴趣也没有了。任凭他徒劳无益地进攻那个解不开的结。

二十世纪九十年代，中国的城市，仿佛平地生长出一片蘑菇似的，繁殖出许多像她这样的姑娘。不，她们也许从来不曾是姑娘。她们大抵从妙龄少女一下子就变作成熟的女人。她们零售或批发自己，并非被生活所迫，而是被自己所迫。她们与传统概念的娼妓大有区别。后者即使摇身一变成了贵妇，往往不能忘记她们女性经历的那一段耻辱。而她们即使变成了贵妇，心理意向也还是更迷恋于是一个娼妓。这纯粹是一种活法的选择和确定。当我们指出哪一部分中国人活得最惬意、最潇洒、最轻松、最滋润，简直就不能昧着良心不将她们包括在内。不论事实上她们活得怎样，起码，连她们自己都认为，她们并不辜负人生……

她们恣享人生那种急迫感，犹如在快干涸见底的河中扑腾的鱼。

忽然，她的思考不知又转向哪一方面去了。她微微欠起身，说："劳驾，把桌上那本字典递给我……"

他不怎么情愿地服从了她的命令。接着，他终于暂时放弃了对那个解不开的结的进攻，转而研究她的上衣。

她翻了一会儿字典，合上，抛到一边，问他："哎，你说，'zuò 爱'的'zuò'，究竟是哪个'zuò'？要说是'工作'的'作'，就有点儿不通了。这个字有三种字意——兴起、定为、举行，和'爱'字连起来，怎么都让人觉着有点儿不像话，是不？要说是'做木匠活儿'的'做'；有意思——制造或完成，太有意思啦！"

他同样没发现她的上衣有什么扣子。那是一件套头穿的上衣。领口那儿也有类似裤子上的那么一根尼龙绳。也勒了双重的结，也解不开。领口护着脖子。他不明白她是怎么穿上的。

"嗨，你他妈的！这是一套什么鬼衣服！"

是可忍，孰不可忍？他咒骂了。

她仿佛没听见。根本不理他。自言自语："想想咱们中国人，怪可爱的。干什么，都玩儿似的。玩深沉，玩思想，玩责任感，玩忧患意识，玩斯文，玩粗野，玩高雅，玩低俗，玩文学，玩音乐，玩电影，玩感情，玩海誓山盟，玩真挚，玩友谊，统起来就是，玩人生，玩现实。也不知是哪个小子，把这'玩'字在中国推广了的，连人生都是一场玩儿，那爱，不更是玩儿么？'玩爱'不是比什么'zuò 爱'更现代么？我说，你先歇会儿行不行？没个眼力见儿，干扰别人思考问题……"

突然她缄口了。她那妩媚，渐渐过渡成惊愕，定格在脸上。

他手中握了一把刀，就是那把刚才他们切西瓜的牛耳尖刀。由于愤慨，由于憎恨，他的表情显得挺可怕的。

"你，你想干什么？"

"我想一刀宰了你！"

他咬牙切齿，同时将刀从她颈下探入她上衣内。刺啦一声，剖开了。像开膛一条案板上的鱼。

她感觉到了刀背贴着自己肌肤剖下去的力度。她张大了嘴，骇然了。

他以同样的手段剖开了她的裤子。

于是她裸露于他眼前。墨绿色的绸质的衣服和裤子，从她身体上滑落在粉色床单上，如同大量的苦胆，从被剖了膛的鱼腹中淌出……

"你王八蛋！你得赔我这套衣服！"

她被激怒了。她一向并不在乎男人对她玩粗野。但她着实心疼这套衣服。

他狠狠扇了她一耳光。随即将刀往桌上一扎，一声不吭就扑在她身上。

她第一次反抗一个男人对她的攻占……

然而他双手扼住她颈子，使她喘不过气……

他那种凶狠的样子，仿佛不是要受用她的身体，而是要掐死她。

她的反抗徒劳无益。她第一次体验到，并非一切"玩爱"的方式，都是她可以镇定自若地接受的。她也感到了久违的耻辱。在心里暗暗发誓，一定报复这个王八蛋！

然而她渐渐窒息了。

没料到我婉儿这么个死法——分明的，他是一边疯狂地受用她，一边彻底发泄着对她的一总儿的憎恨。她报复的决心，消散在窒息的黑暗中……

"好玩儿么？"

他从容不迫地穿衣服，恶毒地问。

她毫无声息。

他拍了拍她的面颊，她仍无反应。将耳朵贴在她胸上，觉得她心室里一片宁寂，似乎一点儿动静也没有了。

她根本不喘气儿了。

他慌张了……

大雨泼击着马路。雨鞭暴虐地抽着停在路边的出租车。除了雨声，还是雨声。整个城市在酣眠。

他将西服翻在头顶，抻成帷盖，奔过马路，冲入车内。衣服湿透了。他脱了它，扔在客座上。启动前，习惯地朝后望了一眼。

习惯？他妈的他不习惯！不习惯那道将小小的空间隔成两部分的钢

丝网。一点儿也不习惯！然而他又明白，对出租车司机，那的确是一道安全网。他所在的车队，自从一名女司机被杀死在车内，所有的女司机全改行了。不久又发生了两起劫车事件，于是男司机们夜晚也不贸然出车了。在夜晚，那道安全网，更加使他们将自己的每一名乘客都想象成歹徒。一把沉重的扳子，就在他屁股底下坐着。随手可以在一秒钟内抄起来。用它砸碎一个脑袋比用拳擂碎一个西瓜容易得多。

刚刚弄死别人的人，对于自己可能也会随时被弄死的戒心和恐惧，肯定增长十倍。如果戒心和恐惧可以用什么法子度量或计算出来的话。

尽管他确信车内绝无第二个人，但还是用右手拿起了扳子，只用左手把握方向盘。他是个驾驶技术高超的司机。他将离合器一踩到底。于是那辆"皇冠"以近一百迈的车速，疾驶而去……

他意识中只有一个字——逃。却不知究竟该逃往何方。他觉得这城市像一对儿钹，其实早已将他扣住了。但他还是想逃。一切人，在犯下罪行之后，第一个意识，全都是想逃。包括那些自首了的罪犯。逃是本能。自首是理性。而理性对任何人，都是压制了下意识才能进行的思维。

车开到一个十字路口，他连犹豫都没犹豫，便将车拐向左边的街道。仿佛冥冥之中有什么主宰，指引着他。驶过一条街。又驶过一条街。又驶过一条街。刮雨器无声地在眼前刮过来，刮过去。大雨迷蒙了车灯的光束。好像上帝认为城市太肮脏了，站在天堂，用救火的高压水龙对城市进行冲洗。也对这辆疾驶的出租车进行冲洗。马路两旁的树冠，被雨瀑泼得萎缩了，如同一杆杆水中浸泡过的鸡毛掸子。在又一个拐弯处，车灯的光束之中出现了阻行的木马。刹车已求不及。一只前灯撞在木马的一端。他眼前的路顿时暗了一半。整个城市也似乎暗了一半。

那是一段被掘土机啃过一遍的路。他不得不减速。车几次陷住，几次挣扎而出。通过那一段路，他已精疲力竭。仿佛一直在疾驶的，不是车。几次陷住几次挣扎而出的，也不是车。是他自己。他也糊涂了，在逃的，究竟是自己，还是这辆车。车和人，在人的紧张感下，已浑然一体。他觉得自己变成了这辆车的一部分。这辆车也变成了他的一部分。

突然，面前什么也不存在了。街道、楼、树、路灯……一切一切，全消失了。透过车窗，车的独眼于黑暗中照射出一片凄迷的光。不比萤火虫屁股上的磷光更大些……

完全凭着本能，他将车猛地刹住了。

那时这一辆车，已开上了这一座沿海城市的栈桥。车前轮，距桥尽头仅有几米！

当明白车刹住在什么地方，他瘫软了。一只手从方向盘上垂落，另一只手却仍紧攥着扳子。这是一种难以解释的生理现象。右手，连同右臂，其绷紧的状态，与他整个人的瘫软状态，形成反差。他想丢掉扳子，想松开手，却不能够。那一只手，那一条手臂，仿佛不是他的了，仿佛是机械的，而机制的关节在哪儿，他不知道。

他看到了排山倒海的浪涛和大涌，铺天盖地向他压过来。瞬间吞没了他和车。他恐惧地大叫一声，几乎晕过去。其实不过是他的幻象。不过是又一阵雨瀑猛泼在车窗上……

怎么是这个地方？

他不明白自己为什么会逃到这里。逃了半天等于没有逃。他甚至怀疑自己不是在现实中，是在梦中。自己弄死了别人，或自己被别人活活钉在棺材里。谁从小到大没做过这样的噩梦呢？因为有了怀疑当侥幸的根据，他稍许镇定了些。不像别人，在这种时候，捏自己的脸腮，拧自己的耳朵，或咬手指。他不。他吸烟。他认为，一支烟，足以燃尽一场宏大的梦。"剑"牌。在"卡拉OK"买的。他给女服务员一张"工农兵"，女服务员找给他三元四角。他又将一只手伸进兜里，那些钱在。每一个细节都是可以回忆起来的。那么不是梦了。梦是回忆不起细节的。他从没做过一个那样的梦。他的神经又紧张了。每一个被弄死的人，其实都对凶手实行了一种报复。除了职业杀手或刽子手，他们因害怕审判而感到的恐惧，那真是没法儿形容。他的侥幸一下子减少了一半。拿着打火机的手直哆嗦。火苗是橘黄色的。他将气阀推到最大，火苗忽地蹿了两寸多高。不，不是梦！梦是黑白的。只有现实才是彩色的！电影里电视里那些彩色的梦，不论凶梦还是吉梦，都是完全不符合生活的！哪个人做过彩色的梦？打火机的火苗是橘黄色的！不用再捏脸腮、拧耳朵、咬手指了……不用了！你完了你！你成了一个杀人犯了！你逃了半天逃到这条绝路上！这预示你逃也没意义。无路可逃……他在心里对自己说，早已泪流满面……

他没吸那支烟。

他伏在方向盘上绝望地号啕大哭。

在本市，刑事破案率达到百分之八十七！这是车队的哥们儿侃大山时讲的。那么也就是说，只有百分之十三的人，犯了罪而逍遥法外。他没自信将自己划入百分之十三。这概率太小了啊！要是反过来，他也许还有点儿自信。他妈的公安局这帮王八蛋！图他妈的什么那么认真啊！才百分之十三的机会！这不是存心不给人留希望么？

当然他最恨的是她——那个名叫"婉儿"、绰号"蓝妹妹"姓什么不知道的婊子！他想，她一定是他命里的克星。否则，她怎么会那么轻易那么简单地就使他受到了那么强烈的迷惑呢？难道今天的事，是他命中注定的么？

他并不想掐死她。他连掐死她的念头也没产生过。他认识她才五天。五天的时间，除了那个解不开的结，他对她再无别的愤慨，不可能形成想掐死她的犯罪动机。没有犯罪动机。压根儿没有！他在心中极力替自己辩护。

那天，在服装摊前，她买，他看。逛服装摊儿是他的业余爱好。

她将一套衣裤往自己身上比试了半天——就是今天她穿的那套鬼穿的有结而无法解开的衣裤——扭头问他："怎么样？"

平心而论，他毫无被问的心理准备。然而他并没有一愣。那也值得一愣么？

"现代极了！"他绅士风度十足地回答。

"真的？"

"真的。"

"那你借我五十元钱吧。我钱不够，差三十元。"

他感到受宠若惊。

找她的二十元钱，她理所当然地放进了自己的钱夹子。朝他一笑，带着那套新潮装，转身便走，连个"谢"字也没说。就像他是她丈夫。或就要是她丈夫了。

走出很远，她似乎不经意间一回头，似乎很偶然地发现他跟着她。

"你是跟着我么？"

她蹙起眉，有几分奇怪地问。

他当然是在跟着她。他也说不清楚企图。为了讨她对他说一声照理该说的"谢谢"？有这么点儿成分在内。但即使她说了，他也还是会跟着她。五十元换"谢谢"两个字，太贵了呀！他内心巴望得到的回报，要丰厚多了！

在这一天以前，他一直被公认为一个本分的青年，甚至被认为少年老成，本分得过了头。这个小学校长和中学教师的儿子，在女性面前天生羞涩。她们越漂亮，他越发会羞涩得不知把自己怎么办才好。

"不，不是，我……"

他语无伦次。

"噢，对了，我还不知你的工作单位呢！"

她仿佛忽然想到这是打算还钱的一个前提。

他赶紧奉送上名片。

她看了看，放入小坤包儿，说："想让我给报社写封感谢信么？题目是'我遇到了一个雷锋小兄弟'，怎么样？"

她说得极其认真。

"别，千万别……"

"那就不要跟着我了。"

她嫣然一笑。

他没再跟她。但若有所失。就那么眼睁睁望着她翩翩而去。

他觉得被骗、被敲诈、被勒索、被愚弄了。又觉得，倘追上她，问她在什么单位，家住何处，似难免小气之嫌，是很让人耻笑的。起码自己会瞧不大起自己了。

他想自认倒霉，忘掉这件事儿，却忘不掉。他不愿被别人知道这件事，却忍不住对几乎所有车队的哥们儿都说了。正如一切上当受骗或认为上当受骗的人，大抵忍不住要跟别人叨叨。

"小子，我看你平常也不傻呀？怎么含在嘴里了的，还让她溜了呢？"

"他想做中国最后一个处男，寻找到最后一个处女，上吉尼斯世界纪录大全！"

"别做梦了！实话告诉你吧，中国最后一个处女，据《美国之音》广播，一小时前主动奉献了贞操！信不信由你！"

他们拿他大大地取乐了一番。

他感到蒙受了奇耻大辱。不是因为那些粗俗的话，而是因为自己对女人的缺乏招数……

然而隔日，他接到了她的电话。

她通话的方式很独特。

不问"你是谁谁吗？"

而问"是你吗？"

仿佛同时告诉了他，她自己是谁。

奇怪的是，仅仅三个字，他居然听出了她是谁。他喜欢听大陆女性装腔作势模仿的港味儿。正经的地道的港味儿，他的耳朵倒很排斥。

她告诉他，她在华侨饭店，邀他去。

还钱？她没这么说。

又听到她的声音，心里哪儿还有钱的概念哪！不过区区五十元。他还没俗到那个份儿上。

他开着车去了。

她已经占了一个双人雅座。那一天就已经穿上了那套二百三十多元的墨绿色的绸质衣裤。脸色很鲜润，红白相间，该红的地方红，该白的地方白，面如新花。那身衣裤，愈衬出脸儿的妖娆妩媚。在本市，勾眼线的女性已经不太能格外引起男人们的注意了。但涂眼影的女性可还不多。包括在"卡拉OK"和舞厅那种女人们争妍斗艳的地方。她那天涂了淡蓝眼影，是他见过的第一个涂眼影的女人。尽管按照约定俗成的分类，她当然算是个姑娘。但他觉得，她更是女人，是一个女人味儿足得不能再足的女人。面对面瞧着她，他认为女人有一个年龄阶段是"姑娘"，简直多余。她使他联想到了花瓣一落，直接熟透在枝上的桃子。她那双涂了淡蓝眼影的眼睛，像戴了无框眼镜的小马驹的眼睛，流溢着绝对无害而且又安详又善良又温驯的目光。

她那一种目光使他心旌荡漾。

"随便些就行了。别点太多，多了吃不了。我这几天没食欲。我'倒霉'了。"

她以优雅的姿态将菜单递给他。

于是，当然的，价格便宜的菜，便都被他的目光一扫而过地忽略了。

她不但有食欲，而且食欲旺盛。倒是他自己，因为光看着秀色可餐的一个她，没顾上吃什么。尽管他没"倒霉"。

吃过饭，她说："我们算正式认识了，是不是？"

他赶紧点头。他付了一百多元。

她又说："今后，有什么急事儿，给你打个电话，坐你的车该不成什么问题吧？"

他回答："没问题。"

"现在呢？"

"行！"

半小时后他应该去接一个人。

她站了起来："那么送我到一个朋友家去。"

于是他开车送她。

在前厅，她说，她得送给她的朋友一件礼物，今天是朋友的生日。

于是她买了一条高级领带。他付钱。他预想到了钱是必须带充足的。

她的朋友是一位四十多岁看上去春风得意踌躇满志的男人。她挽着那男人的手臂，扭头对他晃晃手，双双被宾馆的旋转门旋进去了……

那男人竟没正眼看他。

然而这并没破坏他愉悦的好心情。他觉得自己已然占有了她。起码部分程度地占有了她。觉得自己和她之间，已然有了一种默契的相当确定的关系。如同蓄币人和蓄币偶之间的关系。他想，他塞入的钱越多，正是为了他有一天可以理直气壮地敲碎"它"。是的，是敲碎。不过，这绝不意味着居心的凶恶。只不过比喻某种痛快……

今天，他也并没想找她。更准确地说，在他送最后一对男女前，甚至并没想到过她。那一对男女不是一般意义上的男女。男的是会点儿中国话的外国老头子。女的很面熟，像在哪儿见过。终于回忆起来，是一部国产录像片里的主角，演"地下工作者"的……

车一开他们便卿卿我我。从反照镜里，他将他们的种种行径看得一清二楚。耳边一路听到两张嘴呜哑有声。他有心半路撵他们下车，但讲好了的，他们付外汇。他的车队没有外汇定额，那可以变通成他个人的一笔小收益。何乐而不为呢？于是他的反感烟消云散，不再觉得他所见到的情形令人作呕。他甚至把车开得更稳。仿佛唯恐一次小的颠簸会搅扰了他们似的。他想象那女的就是"蓝妹妹"，而那外国老头子是他自己。他被"他自己"的厚颜无耻，勾引得欲火中烧……

后来他就去找"蓝妹妹"。找到了。幸亏找到了。如果找不到，他想，他可能会干他这种人平常绝没胆量干的歹事——拦劫女人并进行强奸……

她在舞厅跳舞。一曲终了，他走到她跟前，坚定不移地说："从现在起，你得属于我。"

"不行。"

她强硬地回答。舞曲又起。她用目光寻找舞伴，舞伴已与一位红裙女郎翩翩作蝶。

她扫兴地耸了耸肩……

在车里，她问："到哪儿？"

他说："到你住的地方。你不是一人住一套屋子么？"

她愠怒地说："可我还有事！"

他笑笑："我也有事！"隔一会儿，又说，"我们都先办主要的事吧！"

"求你，改天怎么样？改天我一定陪你，让你高兴！"

她一副哀求的样子。他内心骚动不息的欲念，反而更加剧烈。如果她的口气依然强硬，强硬到底，他也许会考虑考虑。他已在她身上投了资，当然不愿闹僵。但她错了。谁叫她哀求于他呢？不管她那副哀求的样子是装的还是真的，总之她错了。哀求对于专执一念想在女人身上获得某种满足的男人来说，无异于火上浇油。当时他心里说的话就是——"你错了，亲爱的蓝妹妹！"此刻回忆起这些细节，他认为，首先今天是她错了。这是一个致命的错误！因为她错了，后果才如此啊！这对她是悲惨。对他也是。

"你已经求过我两次了。事不过三。现在该我对你说——求你了。"

他是这么回答的。

她便以一种奇特的眼神看他。一路再什么也没说。只是不时指点方向……

他仿佛从车窗上又看到了她那双眼神奇特的眼睛。只有眼睛，瞬忽被雨水所朦胧，瞬忽被刮雨器拭清楚。

他仿佛觉得她仍在车里。

近乎错乱的神经折磨得他想死……

一踩油门，死便可实行。但他不愿淹死在车里。那一定比直接淹死在海里痛苦。

于是他打开车门，踏到栈桥上。一小步一小步走到桥边。海面漆黑一片，像一床大被，铺开了，专等承接他。他紧闭双眼，扑通跳下去。

他忘了他会游泳，而且游得不错。夜间的海凉。他本能地从水中浮出，游起来。一个游泳游得不错的人，想淹死自己不容易。他像一条大娃娃鱼似的爬上了栈桥。冷得浑身哆嗦，赶快又钻入汽车……

忽然他感到有些不对头……

航标灯哪儿去了?

离栈桥五百多米远处,该有航标灯的,应当就在正前方。这儿他太熟悉了。难道坏了,所以不亮?不允许不亮啊!他开了车灯,又一次钻出车,仔细看。不,不对头!连灯塔也不见了!而且不止一盏航标灯,是一排航标灯;也不止一架灯塔,是一排灯塔啊!白天开车驶过这里,它们全在呀!哪儿去了?都哪儿去了呢?拆除一排灯塔,这么短的时间内是不太可能的呀!咦……海滨路,不是一条南北路么?怎么现在成了东西路呢?

东、南、西、北……

他重新辨认方向。

毫无疑问,这条南北路,不可思议地变成东西路了!

他将车退下栈桥,沿海滨路缓缓行驶。

如果说,这座城市,沿海的一面,算是正面的话——那么,与乡镇和农村毗连的一面,就该算是它的负面。沿海城市不像那些非沿海城市,它们的一面永远面临大海。它们只有一个方向与乡镇和农村毗连。它们与陆地的关系,好比瓜蒂上的一个瓜。海似乎永远在觊觎着获得它们。它们亦好比是陆地与海的共同的情人。一方永远怀抱着它们,而另一方永远引诱着它们,日日月月年年对它们献媚或嫉妒得疯狂暴怒……

现在,他决定要将不可思议弄个明明白白了。因为这关系到他是生还是死,投案或畏罪潜逃……

他将车一直开到海滨路尽头,兜着城市的负面缓行……

他得出的结论是——这一座城市,从陆地上断裂下来了!如同瓜从蒂上掉了,滚到了海里!

它四面皆海。

它现在已不属于陆地了!它投入了海的怀抱……

这真是太不可思议了。然而这又是他所发现的一个明明白白的事实……

显然，它正在海上漂着。而人们都在沉睡着。好比婴儿沉睡在摇篮之中……

它的负面，到处呈现着狰狞可怕的情形，令他触目惊心。断裂到处造成悬崖陡壁。

这时天已微亮。雨也停了。

他看见一座铁路桥的桥梁桥基不复存在，铁轨却像一截云梯横探半空。一幢农民的小宅楼，只剩下了一堵墙立在"悬崖"边上，它的主人或者于惊骇之际留在陆地上了，或者已葬身海底。原先有过的一座化肥厂也没有了。指示化肥厂方向的路标指着大海……

他听到了火车的鸣叫。一列火车开来。

他将汽车掉了个头，用汽车的"独眼"射向火车头，以为可以使火车停下。由于天已微亮，汽车灯的光束融合在曦明中，没有任何意义。

他钻出汽车大喊大叫，当然也没有任何意义。

情形使他目瞪口呆……

车头拽着十几节货车车厢，仿佛干渴了一万多年的一条巨蛇，义无反顾地一头扎进海里……

他双膝一软，跪在泥淖中。

都他妈这样了，只有傻瓜才自首……

他却想。

于是惊恐渐渐消失，脸上竟呈现了一抹笑意。

这时刻东方的海面血红血红，太阳像一个潜洗血浴的巨人，想换口气似的，浮露出了半个脑壳……

第二章

"雨住了？"

"天没亮就住了。"

"昨晚上，是不是……地震来着？"

"地震？"

老婆停止揉面，扭头瞄他一眼，仿佛果真地震来着，他的脸准会留下几道裂缝。而他，却仔细扫视屋顶和墙壁。屋顶正常。墙壁并未显得倾斜。一只壁虎在墙上"入静"。哪儿都不趴，偏偏趴挂历上。更准确地说，是趴在一位明星的胸上，看去像是在吃奶。

女人说："放心躺着吧！就算震过，不是也没吓着你么？再震，我用嘴也把你叼出去了。我死不要紧，你可千万别死。你死了，世上岂不是少了英雄！"

女人说着，又揉面。

马国祥已不关心地震没地震的问题。他对壁虎发生了兴趣。他视它为他家的"圣灵"。这幢房子盖起来不久，它出现在他女儿屋里。女儿害怕它，要弄死它。他颇费了番周折，将它请到这间屋里来了。他毫无根据地认为，这两年他的生活开始发达，好运气向他频频招手，肯定是因为受着它的保佑。

他寻思，要不要将没过完的八月扯下来，好让壁虎可以提前趴在九月上。因为九月份的挂历上，是位外国娘儿们，与八月份的中国漂亮姐儿相比，乳房不但高大，而且几乎等于是没遮没掩。他相信他家的"圣灵"爱趴在女人胸部，大概是即将发生在他家的某种奇迹的先兆。这也算是一种信仰吧。某些人没有信仰会觉得自己的生活缺少一部分，挺重要的一部分。所以，真的没有，就会自己给自己创造一种。一旦他们自己接受了自己的创造，世界在他们眼里又变得完整了。对于这一类男人和女人，一只壁虎可以使世界变得完整，一头牲口也能。区别本身没有什么特殊的区别。

"你看，你看，你看呀！"

"看什么！"

女人猛地转过身。

"看它，那是干什么呢？"

他指着"圣灵"笑。

"你也想学它，啊？你床上的功夫还不顶呢，有它那种墙上的功夫么？不自量！"

女人挖苦他。似乎对那只有"墙上功夫"的壁虎不无醋劲儿。

"嘿，你这种女人！"

他愤愤地嘟哝，却不屑于辩诬。

他觉得后脑勺有点儿隐隐作痛，一摸，摸着个大包。

"不对！"

他叫起来。

女人已和好面，在擀。对他不予理睬。

"昨晚肯定地震来着！要不我后脑勺的包怎么回事？"

他忽然想起，床曾摇晃过，他从床上掉下时，后脑勺磕在床头柜的柜角，当时疼得他龇牙咧嘴。女人贴墙睡在床里，当然不会越过他的身体往地上掉……

"我看你昨晚是喝多了！"

女人那口吻，对他的后脑勺极不关心。

"我？喝多了？我马国祥喝多了？笑话！天大的笑话！"

他感到被侮辱被诽谤了。

他生气了。

的确，他是喝不醉的。

在他和老婆住的这间屋的门框上，悬挂着一副刻在硬木上的对联。

上联是——好酒喝次酒喝劣酒也喝醉眼向洋看世界

下联是——头午喝中午喝下午也喝试看天下谁能敌

横批——统统喝光

这五十多岁的瘦小男人，在酒桌上，可是个令人肃然起敬的人物。人们说他，一瓶两瓶漱漱口，三瓶四瓶解次手，五瓶六瓶还劝酒，七瓶八瓶站着走。是人们这么说，不是他自吹。他从不自吹。不论喝酒方面，还是其他方面。事实上，他是个极谦虚的人，是个值得信赖的人，是个够朋友讲义气的人。他天生是男人们的朋友。他是个"酒精免疫"者。

他自己并不喜欢喝酒。有时候甚至厌烦别人喝酒。但依他看来，中国目前的年代，分明是个醉醺醺的年代。他不过是顺应国情而已。喝酒出了名，他见过的场面也多了，结交的人也多了。首长，平民，上九流，下九流，七十二行，三十六业，都被他镇住过。

中国人很古怪，一方设宴，恭请另一方光临，不管因公因私，起码是互相抬举的事。但中国人的算计别人之心，常常在这方面也淋漓尽致地体现出来。以水代酒啦，偷杯换盏啦，明含暗吐啦，牛不喝水强按头，种种的狡诈奸邪，竟能运筹自如。为的什么呢？就为了把对方中的某一目标人物或对方全体灌倒而后快。那一种快感甚至经月不消经年不消。什么时候谈论起来什么时候眉飞色舞喜笑颜开。

于是马国祥这个"酒精免疫"者受到了时代的器重。于是他有了"马漏斗""不倒翁""酒太公"等一系列绰号。这些绰号使他名声大噪，掷地有声。使这个乡巴佬成为许许多多城里人设宴摆席的特邀嘉宾。而陪酒也就渐渐是他的第二职业了。最先他受雇于那些心地不良之人，扮演进攻型角色。没什么报酬。白吃一顿而已。后来因多次目睹本市一些有名望的人物和头面人物，在他的进攻下当众出丑，竖着来横着去，觉得自己扮演的角色太缺德，有所反思。不再扮演进攻角色，只扮演替人招架的防守型角色了。他的这种转变，不承想的，竟影响了本市的宴请之风，引导了宴请文明。每次赴请，不论公宴私宴，他都穿西装，系领带，刮脸梳头，把自己整得人模人样。只要有他马国祥在座，那些自以为豪饮、企图以酒量欺人的小巫，皆不敢造次。连敬酒劝酒，也斯文得多识趣得多了。他是不劝酒的，也不善谈吐。庄严地，孤傲地，自斟自饮而已。因为他是坐在分明需要庇护的一方，预谋展开攻势的一方，只好隐藏起他们内心里的"坏"。他起到一种"酒太公在此，谁敢无礼"的威慑作用。

于是，可能三个小时也结束不了的一次宴请，一个半小时就差不多该握手道别了。若预算三百元水酒费，一百元也就打住了。保证不会有一个人喝醉。除非那个人是自找的。于是呢，有没有马国祥在座，似乎标志着某一次宴请是否文明。于是公宴私宴，争相请之。唯恐请不到的，当然得送礼，预先递个人情。什么礼他都一概不拒，就是不收酒。而主人们为了对他的光临表示虔诚的感谢，宴后还要往他衣兜里塞钱。他干脆给自己订了价码。公宴一律百元。私宴优惠四折。他对他女人说，这年头，老百姓那点钱，挣得不容易。我马国祥凭着一技之长，白吃白喝他们不算，还要挣他们一份钱，价码太高了于心何忍啊！若公宴和私宴排在了同一时间，岔不开的话，马国祥一向先私后公。按他的思想逻辑，平民百姓除了结婚办喜事，肯定是因为有求于人才设席摆宴，他应该急人所急。这关系到他的服务宗旨。要么便是借酒浇愁，以图宣泄。那他则应该替他们去吸收酒精，以保他们的健康。

有次市委办公厅的一位副主任把他接到市委，说市长要见他。

他倒并没有忐忑不安。他想，他又没犯法，怕市长干吗。别说市长，省长也不怕。党中央的书记也不怕。难道兴"官倒"搜刮民脂民膏，就不兴我马国祥正大光明地"为人民服务"么？何况我也多次出色地为党服务过！……

他正这么想着，市长走入了会客室。

四十三岁，显得比实际年龄更年轻的市长，见了熟人似的问他："来了？"并主动向他伸出手。

"来有一会儿了。"他说——虽已和对方握过了手，却不知对方究竟是不是市长。在他想象之中，市长啦省长啦一干共产党指派给百姓的父母官，大抵尽是些老头子，是些比自己年龄要大得多的男人，是些长者，尊者。即或年轻，那也是相对而言的。年轻点儿的老头子罢了。对方却分明更像位中学教员，而且丝毫没有尊者的风度。

"让你久等了。"市长不无歉意。随即又解释道，"刚散会。党员会多嘛。"

肯定就是市长了——他想。因为对方出乎意料的年轻，他一时竟有点儿不知所措。不知该把自己的敬意控制在多大的分寸内，才符合自己的年龄。

"坐，坐……"市长打量着他，摇摇头笑道，"马国祥，你跟我想象的不一样嘛！我还以为你是个大块头呢！"向他探过身，用手背拍拍他的肚子，又说："这也不大呀！摆易拉罐，最多也就四个，怎么能喝那么多瓶酒？有什么诀窍？"

"没诀窍。真没诀窍。嘿嘿，热水袋看去没暖瓶大不是？可满满一暖瓶水灌不满它。人的肚子也是同样的道理。"

他也笑了。觉得这位市长不错。没架子。最初产生的局促，也就放松了。

"吸一支……"

市长掏出烟敬他。他赶快掏出自己的烟。市长的是"中南海"。他的是精装"骆驼"。

他说："吸我的吸我的。有好的不吸次的嘛。"

"对。有好的不吸次的。"

两个人吸着烟，市长又问："听说你这绝无仅有的一行收入很可观呀？"

他说："马马虎虎。和歌星们比，差远啦。"

市长说："别和他们比呀。和他们比，连我都觉着委屈。你真是酒精免疫么？"

他点了点头。

"那就好。可千万别为钱，不惜糟蹋身体啊！"

市长的话，使他听来倍觉关怀。

他又点了点头。

"我派去接你的人，没告诉你，我请你来什么事？"

"没有。"

"我嘱咐过他，不让他预先透露给你。怕你不给我面子。现如今，有些人，对我们这些共产党的官员很不友好哇。你这个人还不至于的吧？"

"那得分情况。不能一概而论。凡瞧不起我马国祥的，我才不替他们当酒篓子呢！"他直人快口，坦诚相见地回答。

市长又笑了："你的脾气我早有耳闻。听人传，你将旅游局局长可坑苦啦！他记恨着你咧！"

一次，本市旅游局局长宴请外省的一位旅游局局长。对方是个海量之人。随行者也都是酒桌上的骁兵强将。本市旅游局局长自愧弗如，预先请他压阵脚。没想到，双方入席后，一句脱口而出的话，令他逆耳，借故上厕所，把人家临阵出卖了。结果本市旅游局局长那天连家都没回成，就在大饭店开了个房间，昏昏沉沉躺到第二天中午才清醒过来……

市长见他不好意思，便说："不过他也活该。明明没酒量，还死要面子。逞能贪杯，不是活该吗？咱们言归正传。有一家日本商团，要和咱们做一桩大买卖。商务洽谈中，他们并没占什么实际的便宜。今天我为他们饯行。他们扬言，要在宴席桌上再较量一番。当然啰，咱们是主人，他们也没法儿骄客欺主。不过我想既打发他们个高兴，宴席桌上又不至于长人家的威风，灭咱们中国人的志气。所以嘛，才请你这位杨五郎出山……"

"市长你放心。不就是对付几个小日本儿么？不就是喝酒么？我马国祥今天代表一回咱们中国，横扫他们东洋一大片！"

他感到这位没架子，和他很聊得来的市长，简直等于是在至诚相托，不禁斗志昂扬。

那些日本人，果然来者不善，善者不来。一个个，都不是半斤八两的中国人能轻易招架得了的。而且，和某些中国人一样的德行，似乎非将主人们用酒杯打倒不可。

马国祥坐在市长旁边。市长介绍他时，说："诸位日本朋友，这位马国祥马先生，是本市的酒圣，好比围棋方面的棋圣。今天我请马先生作陪，足见我对诸位的一片真诚。我相信，诸位一定会酒兴倍增。如果，我们本市的酒圣，居然在诸位面前醉得不成体统，那么我向诸位许一个诺言——今后诸位光临本市，本市一切大小酒家，二十年内免费款待诸位各类名酒，并授予诸位本市'永远嘉宾'称号！"

市长这番话，说得极其郑重。目的在于，一开始就将对方的进攻意识引附到马国祥身上，借以保护老弱部下。所谓"水来土屯，兵来将挡"之策。

于是那些日本人，对马国祥展开车轮战术，简直就不容他放下酒杯。他面带微笑，一杯接一杯十。后米，请翻译告诉他们，他这么喝，很不过瘾，很不痛快。干脆请他们先喝。他们喝光多少瓶，以瓶为证。他呢，一总喝……

市长招来服务员，交代了几句。片刻，响起生猛男人们粗壮嗓音的歌喉——

　　喝了咱的酒
　　上下通气不咳嗽
　　喝了咱的酒
　　滋阴壮阳嘴不臭
　　……

市长的随行秘书站起来冲服务员嚷："怎么放这个呀！换一盘，换一盘，换一盘轻松悦耳的。"

市长扯扯秘书衣角，示意他坐下，说："我吩咐的。此时此刻，放这一盘多好哇！多助兴啊！"

马国祥听了，觉得这一位市长，真是可爱极了。为给市长争口气，他去了一次厕所，把膀胱彻底泄空。归座后，感到胃缩腹空，就把那几个盛气凌人的"小日本"不动声色地来欣赏。

几个日本人，分明地，并未将他放在眼里。其中一个，操着生硬的中国话，轻蔑地说："你们，中国，女排的，例外，其余的，统统，吹牛大大的……"

市长一笑，说："中国是第三世界，很落后。连吹牛，也是第三世界的水平，要虚心地向贵国学习，取长补短。他山之石，可以攻玉嘛！"

他们显然意在离开中国之前，宣泄一通商务算盘落空的沮丧，齐心协力获得一张本市市长签发的特许证，间接弥补物质的，尤其是精神的损失。尽管市长那番话，说得相当之郑重，他们却认为不过是郑重的戏言而已。也许正因为他们是这么认为的，他们似乎都豁出去了，都置生死于度外了，都发扬起武士道精神来了。似乎都横下一条心，不成功，便成仁。

他们一个个那种挑战气焰嚣张的豪饮之状，令在座的中国人惊心动魄。连几位侍酒的服务员姑娘，都感到了气氛的冷峻，站得远远的，忧虑地关注着他们的放肆，随时准备挺身而出进行干预，改变局面，维护中国人的尊严不受公然的亵渎。

表面不动声色的市长，内心里也惴惴不安了。

他悄悄对马国祥说："量力而行，别逞强。其实优待证我早已签好了。他们若真愿意常常漂洋过海来占我们这点便宜的话，咱们送个顺水推舟的人情就是了。"

市长从秘书手中取过公文包，拉开一角，露出一叠优待证给马国祥看。

马国祥不看犹可忍耐，一看七窍生烟。他将手猝然伸入公文包，于是一叠印制精美的优待证便到了他手里。

"诸位，请慢饮一口，"他正襟危坐，对他们说，"我们中国人什么都不富裕，就是时间富裕，这你们想必知道。我们时间富裕得都让世界各国人瞧不大起我们了。所以你们尽可以放心，我们有充足的时间奉陪。诸位别急。先打几个酒嗝，休息一会儿。现在该我喝给你们看了。我刚才和你们干那几杯，那不过是润润喉咙。你们一共喝光了几瓶？三瓶还不到是不是？你们喝得太斯文了么！服务员，请给我开三瓶，再请来三支吸管……"

　　一位服务员小姐走上前，默默开了三瓶茅台，一字儿排开在桌上，都插了吸管。

　　几个日本人瞪着他的神态，像瞪着将要变戏法的江湖艺人。仿佛只要有破绽，就敢剥光他衣服，捆上他游街示众。

　　他从容不迫地笑笑，又说："如果我一杯一杯斟着喝，太麻烦了。如果我对着瓶嘴儿喝，太不像样子了。所以呢，诸位就允许我用吸管吧……"

　　说罢，擎起了一瓶。眼睛瞧着日本人，一口气儿，　吸而光，将空瓶晃晃，轻轻放在桌上。

　　一个日本人立刻站起来，探腰舒臂，将那只空瓶攫过去，在耳畔摇了摇，不相信似的，还将瓶子倒了过来。

　　当然只控出了几滴。

　　那个日本人定定地望着他，眼神都直了。

　　另一个日本人，离开座位，脚下飘浮着，晃晃悠悠地绕着桌子来到他身旁，满面狡诈，也像他似的，擎起一瓶，深吸了一口。这日本人判断瓶里是水或饮料，结果这一口差点儿要了他的命。用吸管吸酒那也得需要一定的技巧。再说那日本人已经醉到了八九分。本欲吸一小口，舌头僵硬，腮肌和喉肌都已麻痹，开始根本没吸上来，一吸上来便是一大口，省略了由喉咙来咽的程序，直接地就流入了食道里……

　　医生给病人洗胃才这么干啊！

　　他的食道经不起如此这般的刺激，"哇"的一声喷吐了一口。

毕竟是一个顾全体统的民族——他的一位同胞，说时迟，那时快，抢上一步，双手撩起西服前襟，单膝跪地，机智地将他所吐的污秽兜住了。

　　这一位机智勇敢地抢救大和民族体统的文明礼貌之士，未免聪明过了头——他要兜住的东西倒是被他兜住了，但是他的西服却没法儿脱下来。不要说他自己没法儿脱下来，别人也是没法儿替他脱下来的。而且，他一动不敢动。只有那么老老实实地双手撩着西服前襟，单膝跪地的份儿。一副向谁请罪，不获恕免，永远长跪不起的模样。

　　几位日本人便乱了方寸。先将吐的那一位扶坐在椅子上，抚胸捶背，爱怜了一阵子，又围着跪的那一位转，面面相觑，顿足搓掌，不知究竟该拿他们的这一位值得称赞值得学习的同胞怎么办才好。

　　包括市长在内的中国人，面对此情此景，看着也怪着急的。不光替他们日本人着急，也替自己着急。客人有难，主人总不能袖手旁观啊！大家七言八语，献计献策，尽是些不是办法的办法。

　　跪着的那位，微微颔首，也不瞧旁人，也不吭声，仍然一动不敢动，仿佛可动也宁可不动。他这么样一来，倒使替他着急的全体日本人和中国人，都不禁觉得，他那种单膝跪地长跪不起的姿态，跪出了几分可歌可泣的悲壮。

　　倒是侍酒小姐的聪明，比起因奋不顾身抢救大和民族体统而表现的文明武士道精神，更加实际些。她不知从哪儿翻出了一把尖刀，握着就朝请谁恕罪似的日本人走了过来。

　　他的同胞们大惑不解，甚至可能想到了可怕的方面。一个急忙上前拦挡，一个赶紧拉开空手道架势护住跪着的，一个对婀娜的中国小姐理直气壮振振有词地解释什么，那意思大概是——半点儿也没吐在地上，不是都兜住了嘛！

　　小姐嫣然一笑，表示并无歹意恶念，轻轻拖开拦挡她的日本人，趋向"请罪"的那一个身后，将尖刀从他的后衣领斜插衣内，就割衣领。几下割开，置了刀，但听"刺啦"一声，双手把件好端端的上等料子的西服从后襟撕为两片。撕开那种料子，是很需要把劲儿的。接着，她挺巧妙地，由前边，将两片西服从"请罪"的日本人身上褪了下来，卷成一团……

单膝跪地的日本人这才得以站立起来。他双腿一并，向侍酒小姐深深一躬，用生硬的中国话说："谢谢，谢谢！"

市长带头鼓掌，暗中对侍酒小姐一跷大拇指。她又是嫣然一笑，拎着卷成一团的西服走出去了。

日本人也鼓起掌来。不过，不是为侍酒小姐的聪明，而是为他们那一位同胞之奋不顾身的精神。

吐过的那一位，一吐之后，酒力大除，清醒多了，不停地向同胞鞠躬，叽里咕噜说了一通日本话，大概是惭愧之至的意思。

一段插曲总算过去，众神归位。坏事变成好事，氛围居然比先前友好了。别的日本人，也就无心再对另一瓶酒的真伪加以鉴定了。但是他们也并不想善罢甘休，都对中国人中的"酒圣"说："请！请！请！……"大概是他们会说的唯一一句中国话。

市长又对马国祥耳语："他们日本人从来是不白吃亏的，而且从来不肯轻易服输。我看你也别多喝了，较量个平手就得了。别让他们感到太尴尬，下不了台。那么治他们也不够友好是不是？毕竟人家不是专门来挑衅的，是来做生意的。"

其实，不必市长这么要求，马国祥心中也已开始这么想了。在几位日本人的密切注视之下，他一口气儿又一瓶，两口气儿吸尽了两瓶茅台。

白喝了那三瓶国酒。对他来说，酒如同水。好酒次酒劣酒，都如同水。多少有点儿辣罢了。吸尽了三瓶国酒之后他不由得想，二百四十元，就这么被我三口气儿吸进肚子里去了，对我这个天生酒精免疫的人虽然没什么损害，可一点儿益处也没有哇！一泡尿一撒，等于倒小便池了。这国家的钱，都是老百姓的血汗，我这个角色，究竟倒算是个什么角色呢……

他有些鄙薄起自己来。

既然是角色，戏没完，就得继续演下去。

他朝日本人连连摆手说："醉了，醉了，让诸位见笑了！"

几位日本人，又一次大鼓其掌。内心之钦佩，溢于言表。

市长不失时机地吩咐服务员："放一盘音乐，放一盘音乐！"

于是，生猛男人们嗓音粗壮的歌喉又一次响起：

> 喝了咱的酒
>
> 一人敢走青纱口
>
> 喝了咱的酒
>
> 见了皇帝不磕头
>
> ……

市长大声说："别放这个啦！换一盘别的吧！这儿又没有皇帝，咱们反复听那种豪言壮语干什么？有没有《友谊颂》？有！好哇！放《友谊颂》！完了再放《拉网小调》！"

于是在"让我们做个朋友"的歌声中，宾主双方，各个纷纷晃着身子，顿时陶醉于"友谊"之中……

一曲"友谊"结束，"嘿哟瑟哟瑟依那呀啦哟瑟"之歌声继起。几位日本人，一边拍手，一边跟着唱。

于是侍酒小姐端上解酒解晕的水果。

优待证，一直在马国祥衣袋里揣着。他原本打算几位日本人烂醉如泥之时，当着他们的面，撕给他们看。如果没有刚才那段插曲，这么个结果是铁定了的。瞧着几位意想不到地变得愉快友善的日本人，他暗中将优待证还给了市长。

市长也明明知道他刚才心中的打算。当时不讨回去，是因为巴不得他这么来一手。和这几位日本人的连日商务谈判十分艰难。他们利益上的过分矫情，条件的过分苛刻，使他不但反感，而且恼火。如果他不是市长，他今天才不奉陪呢。

市长从马国祥手中接过优待证，想了想，站起来说："诸位朋友，我再一次代表本市人民，对诸位支持我们改革事业的热忱，表示十二万分虔诚的谢意和感激之情。我们有些中国人，不但吹牛，还欺骗。正如你们有些日本人，不但小气，还逞强。但本市长是个说话算话的中国人。君子一言，驷马难追。虽然，我们的'酒圣'也到量了，但已证明了诸位的实力。所以，我还要将这几份优待证，高兴地赠给诸位！请诸位笑纳。"

市长将优待证双手相赠。

翻译还没开口，几位日本人从市长的表情，已猜到市长可能说了些什么。他们的报复意识早已烟消云散。他们的挑衅气焰早已荡然无存。他们对优待证早已不存丝毫野心和幻想。市长的举动，使他们大感意外。市长的宽忍和虔诚态度，也使他们对自己商务谈判中处处矫情事事刁难的表现不无几分悔过之心。

他们不由得全体肃立恭听。

当翻译将市长的话翻译完毕，几位日本人一致鞠躬致谢。为首的叫山本郁夫的那一位，代替其他几位，双手接过优待证，也慷慨激昂地说了一通。

"山本郁夫先生，代表他的同行，对市长先生，以及市长所代表的中国人民的好意，表示由衷的感激。山本郁夫先生说，在中国，市长先生是他所遇到的第一位谈判对手。他一向对于灵活机动而又充满自信的人怀有敬意。山本郁夫先生还说，他和他的同行，当然很高兴接受这份特殊的很有意思的礼物。但是，他们绝不会利用这份优待权利。他认为，那无疑亵渎了市长及市长所代表的中国人民的好意。他们愿将优待证作为很珍贵的纪念长期保存……"

翻译的话，又使市长带头鼓起掌来。

拉住你的手
拉住我的手

让我们做个朋友

做个朋友……

于是在《友谊颂》的歌声中，相对握手，交叉握手。双方光握手还觉得不够充分表达互相之间的友谊，于是纷纷离座，拥抱，贴颊，拍背。

主动拥抱马国祥的，恰是那位西服被尖刀割成两片，已扔进了垃圾桶，白衬衫掖在裤子里穿着的日本人。马国祥对他挺有好感的。但很不习惯和一个男人拥抱，贴颊，拍背。对方是一个日本男人并不能使他感到自然些。可人家热情之至地拥抱住他，他也不得不用双臂搂住人家做拥抱状。人家的脸颊亲昵地贴向他的脸颊，他也不能闪开脸啊！于他，贴，是相当之忸怩相当之不好意思的。不让贴，也不好意思。反正左右都是怪不好意思的事儿。只好听之任之学之了。对方的一只手，不停地拍他的肩他的背。他也如是拍对方。拍了一会儿，感到对方是在用左手拍，以为自己用错了手，立刻也改为左手拍。其实，对方用左手，乃因是"左撇子"。席间他没注意这一点。

市长秘书这会儿异常活跃，忽而趋前，忽而退后，忽而蹲下，忽而斜倚墙角，端着照相机不停地拍照拍照拍照。

"白衬衫"竟哭了。

马国祥被哭糊涂了。觉得刚才和这会儿，一个男人，没有任何理由哭哇。但是既然对方已经哭了，自己如果显出根本不想哭或欲哭无泪的样子，似乎是很不礼貌很不应该的。他偷眼瞅瞅其他中国人，除了市长，一个个都在用手绢拭眼角。足智多谋的市长，在这一幕开演之前，似乎对情节推进的必然性有所预见，便取代了秘书，夺过照相机拍照。同时也就不承担表演之义务。秘书没有了照相机，一时做不出依依惜别之态，便朝墙转过身去。

侍酒小姐发现秘书分明在紧咬着嘴唇强忍着笑。这一发现使她自己也差点儿忍俊不禁大笑起来。她赶紧低下头，装作收拾餐桌的样子，迅速拿起什么，急急地就走。

马国祥从餐桌上抓起了消毒巾，趁机用一根手指蘸了酒，用消毒巾拭眼角时将酒抹在眼皮上。于是他越拭泪越多，把自己弄到了泪流满面的地步，觉得这才算没辜负那"白衬衫"的一片日本心……

几位日本人的哭，那是真哭。眼泪，也不是靠马国祥那种小勾当刺激出来的。茅台酒毕竟不是水。他们也不是酒精免疫者。他们都醉了。没醉到酩酊的程度，也都醉到半酩酊的程度了。蒙古人醉了就唱。朝鲜人醉了就舞。中国人醉了就不管不顾。日本人醉了就哭。亚洲人和欧洲人之不同在于，后者往往都是自己喝醉的。没有谁肯花钱请你喝酒却非要劝你逼你激你将你变魔术似的偷杯换盏骗你，以勾当捉弄你直至用酒把你摆平放倒为止。也许因为欧洲酒贵。而前者常常是在被劝被逼被激被将被骗被捉弄的情况之下才醉的。所谓"明知山有虎，偏向虎山行"。所谓"舍命陪君子"，还得承认对方是"君子"……

但是，这一次宴请，毕竟是堂堂市长做东，企图将对方摆平放倒的，不是中国主人，而是客人。故对他们的醉，主人们是没有丝毫责任可负的。主人们也都一点儿不觉得内疚。甚至认为，对他们其实是有救命之恩的。"酒圣"马国祥奉陪任何"君子"，不管中国的还是外国的，不过"胜似闲庭信步"。而谁要奉陪马国祥，那可真得拿出"舍命"的精神了。"舍命"也不可能奉陪到底呀！

日本人不傻。醉了的日本人也不傻。双方终于道别时，他们对马国祥的态度之恭，使市长都感到有几分被冷落，显得不太自在起来。

送走他们，市长做的第一件事是从脖子上扯下那条名贵的领带，并解开了衬衣的两颗扣子。第二件事是让秘书找来了大饭店的总经理，当着侍酒小姐的面，向总经理着实夸奖了她一通，并建议给她浮动一级工资。

"你们表现不错，不卑不亢，不愧是中国人，都挺善于转弯子的！"市长又对随员们说，满意的口吻之中，似乎包含勉励，亦似乎包含调侃，却听不出来究竟是庄还是谐。

接着，市长抓住马国祥一只手道："你跟我先走一步，我用车送你回家。"

打那以后他跟市长成了朋友……

"你这东西……"他望着壁虎自言自语，"你可究竟是个男的，还是个女的呢？"

"吃面条，还是吃面片？"

女人一边擀面，一边征询地问他。

"随便。都行……"

"别随便啊，你说。你说啊！"

"那就换换口味儿，抻面片吧。抻得薄点儿，不用放多少油，清汤寡水的最好……"

突然，女儿惊恐万状闯入屋。进屋便大喊大叫："爸，妈，不……不不不不好啦！咱的瓜，全没啦！"

"淑娟，你十八啦，已经不是小姑娘，说话别这么风风火火的。弄精弄怪的小姑娘才这么说话……"

他慢言慢语地对独生女儿加以教导。十三亩瓜，几万斤，一夜工夫全没了，不是说疯话么？

"爸！"

女儿扑到床前，扑到他身上，脸对着他的脸，急切想再说什么，竟嘴唇颤颤地，不能说出话来。

女儿的神色，竟令他怀疑，是不是真疯了。

"把咱十三亩瓜地，从这头糟踏到那头？"

他仍很镇定地问。对于人世间的嫉妒，以及由嫉妒所变成的仇恨，由仇恨所推动的恶劣行径，他是有所领教的。但一夜工夫，糟踏十三亩瓜地，绝不可能是一人为之的事呀。是些个什么人，会联合起来坑害他马国祥呢？是本村的？还是外村的种瓜户？还是城里那些曾多次想包揽他的瓜卖，却不受他信赖，怕他们抬高价钱，败坏了他的营生的瓜贩子们？唉，唉，今年的瓜比前两年结得更好……

他轻轻推开女儿，欲下床。但扑在他身上的女儿，紧紧搂抱住他，使他欠不起身。仿佛一只狼或一只熊，追向家里来。

"爸！不……不……不是……糟蹋……连……地也没啦！"

女儿搂抱住他，似乎获得了一些安全感。但惊恐之状，却有加无减。

连地也没了？十三亩瓜地，一夜工夫没啦？

他更怀疑女儿的神经了。

他一时根本没法理解"连地也没啦"意味着什么。岂会连地也没啦？

他向厨房问："她妈，你听到了么？"

老婆在厨房曼声回应："听到了。"

他说："那你出去看看呗？"

老婆说："娟，你个死丫头！一大清早的，你惊天骇地地满嘴胡言乱语……"

嘟嘟囔囔的，从厨房踱出，往外便走。

她刚到门外，就一屁股坐在门槛上了。

"她妈，究竟怎么回事？"

马国祥见状，这一惊非同小可，猛地推开女儿，抓起衣服裤子，着急忙慌地穿。

原本寂静悄悄的早晨，依然寂静悄悄的。除了这一家三口的恐惧互相影响，外面的世界分明是个安定的世界。

老婆一迭声地说："可不得了，可不得了，可不得了……"

女儿伏在床上，开始哭泣，催促地说："爸，咱们快往城里逃吧，快往市里逃吧！再不逃，连咱们自己也没啦！"

他已穿好衣服，几大步跨到了门口，跨到了老婆身边。

"天啊！"

他见到的世界，令他猝吸一大口气，半天呼不出来，堵在胸口，几乎窒息过去。

他赶紧双手撑住门框。

女儿并没疯。话也说得千真万确。瓜，没了。那一片绿不见了。连生长那一片绿的十三亩地也不见了。它距他家半里远，在坡势上。站在门口，是可以一眼望见的。瓜地后是一座小山丘。山丘上是果园。这一切都没了。坡也没了。山丘也没了。果园也没了。清清楚楚的一个事实——没了！

一望无边的是水！

正前方是水面——一望无边。

他的脸，缓缓地，向左转——也是水面——一望无边。左边的三个村子呢？翟村呢？小李家村呢？二王村呢？已经在一望无边的水底下了？

缓缓地，他的脸又向右转，同时便又惊呼："天啊！"

右边的飞来山也没了！那可是座不小的山呀！市里去年投资两千多万，将它开辟成了一个旅游之地。节假日，城里的人们成批成批地往那儿拥！山脚下，他的东岗村，和飞来山一起没了。

如果以他家的门口为点的话，在他的目光所能达到的视野弧之内，大地的边缘就在近处，参差不齐，宛如地图上画的那样。

和天连在一起的，是一望无际的水面。一望无际一望无际！

他根本不明白这一个事实意味着什么。因而也只能认为那一望无际的是滔滔的"水面"。

那是海。

是太平洋东海海面。

庄严的红日已脱浴而出。一片血色濡染着海波。

海显得无比温柔。

几条海豚在远处蹿跃不止。

他是个怕高怕水的人。

他觉得那一望无际的水面正朝他的家漫过来。一种即将陷于灭顶之灾的恐惧，此刻已吞掉了他那种冷静男人的最后一点儿镇定。他的两手再也撑不住门框。两腿发软，也一屁股坐了下去，瘫在老婆身旁。

女儿已经结好一个小包，挽在胳膊上，这时急走过来说："爸，妈，值钱的东西全包里边了。咱们快往市里逃吧！"

"市？……市还在么？……"

他以为已是世界末日降临，连城市也没有了，这世界只剩他一家三口人，和托着他们的不知究竟还剩多大的一块陆地。

"在，在！通往市里的公路在，我想还在……"女儿仓促地回答着，扶起了爸和妈。

"市还在，那就好……"

他自言自语着，绕到房后——他看到了高高的电视塔。

相隔二十多里，城市还不知道在它的背后发生了怎样的事情么？

"娟，你先去把车发动起来！她妈，你进屋去，看还有什么值得带的，放到车上。"

他回到老婆和女儿跟前，吩咐了几句，就壮起胆量，坚定地，义无反顾地，朝大地的边缘走去。

"爸，爸！你还干什么去呀！"

女儿双手拽住他胳膊，拖他，不放他去。

"你让我去。娟，你得让爸去。让爸去看个清楚，看个明白。咱们该给市里人，带个清楚明白的话啊！"

"那，你别走太近了。我怕……"

女儿又要哭的样子。但知道不依他也不行，无奈放开了他，任他去。

他直走到距离大地之边五六步处才站定。也只有这时才看明白，水面是低于地面的。那一种大落差，使他感到仿佛伫立山顶望深渊。

他突然发现，有两只手，一只皮肤很嫩的女人的手，紧紧地，抓住一段上了锈的铁索般的树根。它的另一端，在地里，显然扎入得很深很深。那只手，那只女人的手，似乎非要把它从地里拔出……

除了那只手，他看不到女人的任何部分。

他蹲下了，端详那只手。好像它是一只鸟，一只美丽的鸟。他企图

35

逮住它。又好像它是一条蛇，一条毒蛇，会随时蹿向他，咬他一口。他提防着它的袭击。

然而，它是静止的。不是鸟。不是毒蛇。不会飞走。也不会袭击他咬一口。就是一只手。一只女人的手。紧紧地，紧紧地，抓住一段上了锈的铁索般的树根。似乎一万年也不肯放开它。似乎一万年也拔不出它……

"喂！"他喊。

手沉默。

树根也沉默。

他的声音跌入海里……

手静止不动。

他倒是觉得脚下的地在动。不，不是觉得，是的的确确在动。

不好！——他的心对他惊呼。

他一下子站了起来，转身想跑。身体转了，头却没随着转。

他的眼睛还在盯着那只手。

他的心智似乎受了它的蛊惑。

他的身子，不由得，又转过来了。他复蹲了下去。接着，趴在地上。

"爸！爸！爸呀！"女儿呼叫他。

他向前爬。打他记事后，他再没爬过。他不太会爬。爬得很慢，很笨拙。

终于，他的手，抓住了那只女人的手。他觉得他是抓住了一条命。

"别怕，我来救你啦！我是马国祥！"

他想，她会是谁呢？是郑宝全的女儿小嫚，还是赵胜漂亮的新媳妇？

真他妈了不起！

他由衷地佩服。连自己也弄不明白，究竟佩服的是一只女人的手，还是一个女人。

脚下的地又在动。

树根似乎也开始动了。

他将全身的劲儿都运到双手上，拼力向上一拽——很轻易地就拽上来了。不过拽上来的不是一个女人。仅只是一个女人的一条胳膊。一条连着膀子的胳膊。由于用力过大过猛，他将它抢起在空中了。而它，仍紧紧抓着那树根，并将树根的末梢从地里拔了出来。

树根在他脸上抽了一下。

半截红袖子落在他身上。

他怪叫一声，爬起就跑。攥着那只女人的手，带着那条女人的胳膊跑。跑了十几步，他的手指才灵活了，才得以松开，扔掉了那东西。

这时他脚下的地开始断裂。

那是一种无声的断裂。

首先是无声的断裂，接着是无声的坍塌……

他惶惶然跑到家门口，跑到老婆和女儿跟前。回头一望，刚才那一大块陆地，也已不复存在。

他跑得将两臂分别搭在老婆和女儿身上，喘息不止。

他家那辆运瓜的小卡车，已然发动了。电视机，洗衣机，电冰箱，已然在车上。

"爸，你，你那是……你看见什么了？"

"没，没什么，什么也没看见！娟，你开车，咱们快离开……"

他将女儿推入驾驶室，又将老婆抱起塞入驾驶室，自己爬上了车厢。

车开走了。

他将洗衣机、电冰箱掀下了车。搬起电视机，犹豫了一下，也往车下一抛。

车厢里腾出他足以躺下去的余地。

于是他躺了下去。忽而又爬起来，双手扳着车厢板，一路呕吐，直吐得翻肠倒肚……

第三章

城市像受灼的海星，由于紧张缩成一团。

惶恐不安的人们聚集在市委前的广场，黑压压一片，万头攒动。

最先吃惊起来的是那些控制着城市最敏感神经的人——火车站、飞机场、电视台、电台、长途电话转接台、电报大楼……

现在已没有人不明白发生了什么事情。

不明白的只有一点——一小时后，或一天后，他们的命运将会如何？

每个人都感到自己是一艘纸船上的乘客。

他们开始需要上帝。而在这种时候，首脑即上帝。不想是也得是。

他们焦躁地盼望市长出现在某一窗口。

正如风暴将至，羊群拢向牧羊人一样……

婉儿一觉醒来。回想起昨夜几乎被那个王八蛋小子掐死，恨得咬牙切齿。滚到床边，从地上抓起她那套新潮衣裤，越看越气。她是善于服装设计和剪裁的。如同唱戏的善于化妆。她对此道的兴趣源于希望更美好地包装自己的销售心理。商品时代，包装是广告形式，而最佳广告亦是艺术。包装是商品的一部分。她极为重视这一点。以她那种十分内行的眼光看来，二百三十多元买的新潮衣裤，比她手工再高明的人，现在也只好把它做成两条内裤，外加几方小帕了。

"王八蛋，我饶不了你！"

她又在内心里暗暗发誓。

无论白的黑的，她还没碰到一个男人，像昨夜那个同胞似的对待她。

她觉得她的身体跟那套新潮衣裤差不多，也被挑了好几刀，豁成了几片儿放尽了血似的。那是一种虚脱般的感觉。她深知自己昨晚是被蹂躏得很惨的，但她一点儿也不心疼自己，只心疼那套新潮衣裤。自己不是自己的，自己不过是别人的。包装得再好也是别人的。替别人包装罢了。而那套新潮衣裤却是自己的。自己买的。自己是别人的消费品，它是自己的消费品。饿急了要吃点心的人，你不能要求他太在意点心盒子。她自己买回它急切地想立刻穿在身上欣赏欣赏的时候，不是也毫不在意地将包装它的塑料袋扯破了么？

这么一想，她的气倒消了一半。

可千不该万不该，那恶小子不该掐得她昏死过去……

瞧着他也不恶呀。腼腼腆腆的，挺招女孩子逗着玩的呀……也怨自己，把人家逗急了，一时犯起浑来了……

续着那一阵昏死，这一大觉睡得够长的。省了几片安眠药……

"婉儿，婉儿，起了没有？"

有人拍门。她听出来了，是对门单元的李奶奶。

"没哪！"她大声回答。

"哟，你怎么不插门啊姑娘？我进来行么？"

李奶奶说着，已然将门推开。

"妈的！"

她又恨起来。替她落了暗锁，又麻烦他个什么呢？这要是在他之后，再进来个贼……

意识到自己还赤条条一丝不挂躺在床上，她急忙又将床单扯开罩在身上。她不是怕李奶奶见了她的样子。李奶奶是瞎子。她是怕谁上楼正巧往屋里瞥一眼。尽管她推销自己时随意开价，可被别人白看一眼自己没穿衣服的身体，她还是觉得是相当吃亏的事儿。

"李奶奶，您进就进来，把门关上……"

李奶奶关上门，不敢贸然往前走，靠门站着，惴惴地说："婉儿呀，快起吧！快到街上去吧！"

"街上出什么事了，李奶奶？"

"我不清楚哇。你大哥和你嫂子，一块儿去上班的，出门没多久，又一块儿回来了。我听你嫂子哭。我听你大哥训她：'哭什么！天塌下来众人头顶。必死的时候，也是全市人陪着死，不光你一个人死！'我听着他的话心惊肉跳，问他，他不告诉我。这不，又和你嫂子一块儿出去了。把小虎子扔给了我。我坐立不安啊！婉儿呀，就算奶奶求你到街上去打听打听，究竟发生了什么灾难，回来给奶奶报个信儿，啊？行不？"

"行，行，您家去等着吧！"

李奶奶摸索着开门出去了。

她赶紧跳下床，插了门，翻出件连衣裙穿上，匆匆地刷牙洗脸。

不久前，派出所的人召开了居民大会，通告说某某化学研究所丢了两大瓶氰化钾。一瓶三公斤。两瓶六公斤。希望每一个居民提供盗犯的线索。

后来传说，盗犯给公安局写了一封匿名信，六公斤氰化钾，将于三日内全部投放自来水公司的蓄水池里。

于是全市掀起抢购的疯狂。从瓶装的汽水到大宾馆大饭店里的高档易拉罐饮料。小商小贩趁机大发不义之财。一瓶汽水两元三元。一听橙汁十五元。银行储蓄所门前排起长队。人们提取了现金就往冷饮店奔。整箱的啤酒整箱的汽水整箱的水蜜桃原汁椰子原汁雪碧可乐什么的，用自行车往家驮，雇了三轮平板车往家运，甚至动用公车……那些日子家家户户不敢拧开水龙头。家家户户吃面包香肠。大人喝啤酒。小孩子喝饮料。男人女人不洗脸。脏得看不过去，就全家集体到海边洗一次。海滨公园每天早晨和晚上洗脸洗澡的人数以万计，成为一景……

公安局并没辟谣。可也没发出什么"告全市人民书"通知可以喝自来水。自来水厂周围军警密布，日夜戒备森严，倒是真的。

后来又传说匿名信并非盗犯写的，而是一个精神病患者写的。

于是许多花光了存款的人聚众闹事，在那些大发不义之财的小商小贩身上出气，打得他们头破血流，折胳膊断腿。还砸了几家趁机销售过期饮料的国营商店……

盗犯究竟逮住没有，以及他为什么不盗别的，专盗氰化钾，至今谁也不知道。

婉儿一边对着镜子描眉涂红嘴唇一边想，大概在公安局和全市人麻痹之后，那盗犯终于得逞，全市人发觉都已中毒了吧？

可她又感到自己没有丝毫中毒的迹象。兴许是平均了，每个人摊上的含量太少，慢性中毒？以她从电影和电视中获得的常识，氰化钾中毒那是立竿见影的啊！

有什么呀，不就是个死嘛。姑娘我死到临头也得打扮漂漂亮亮的！趁这会儿还没死，再享受一天青春才是真格的！

她对镜子里妖媚的自己飞了个洋味十足的吻，离开家，从从容容下了楼。

楼前，几个老女人聚头聚脑议论什么，见了她，都挺客气地跟她打招呼。开放和不开放就是大不一样。若从前，人们一定歧视她。如今人们非但不歧视她，还对她另眼相看。有时还向她换外汇。有时还善意地说："要是碰到了个真心实意的，就跟着出去吧！"或者关心地问："你打算去美国呀，还是想去日本呀？英国男人稳重，法国男人轻浮，千万别找法国男人！"

就凭这一点，她也打心眼里拥护开放。但对改革丝毫不感兴趣。

街口小饭馆的主人，六十多岁的孟祥大爷，立在门口望天，见了她，招呼道："姑娘，还没吃早饭吧？我这儿有包好的馄饨，给你下一碗？"

他原是大饭店的一级厨师，前几年该退休的时候，饭店不放他。也有家合资的饭店打算高薪聘他。他却十分固执。想留的留不住他，想聘的聘不去他。自己租下了三十多平方米一间临街的门脸儿，扩建修缮一番，开了这个小饭馆。他对别人解释他的想法——当了一辈子师傅，一级也是师傅，想当几年老板。饭馆不大也算是老板。老了老了，换个活法，兴许活得新鲜，能多活十年八年的。毕竟是大饭店的名厨师，各方各面，熟人多。红烟护其左，紫气舒其右。经营得挺红火。每月纳税后，千多元的进项。买了辆苏联进口的"乃兹"小汽车。自己坐的时候有限，一条街上的人办什么急事儿，却差不多都坐过了。给钱，他收下。不给，也不计较。别人说，他买这车，快成一条街的公车了，不如不买。他说，这辆车替我维下了一条街的人缘。死了，有人在世间念我几句好，我在阎王爷面前也有得意处。人过留名，雁过留声嘛！

婉儿正觉饿得慌，进了饭馆。

他上下打量她一番，问："姑娘，来碗海鲜的呢，还是来碗酸辣的？"

她落了座，说："来碗酸辣的吧。"

他一边下馄饨，一边又问："姑娘，好几次，你可是都要酸辣的。是不是……那个……啊？……"

婉儿明白他的意思，嗔道："您问的什么呀大爷！我还没结婚呢，就那个啦？"

他说："你别生气。这话，别人问不得，我还问不得？咱们爷俩，谁跟谁？我知道你那颗心，早已经不是中国心啦。不跟人家来真格的，哪个老外肯带你出去？我是怕你遇到了难事，不好意思求人。着急在心里……"

婉儿脸红了，反问："小红呢？"

"到市里去啦！长腿的，不都到市里去了么！"

孟祥师傅说着，将馄饨端了上来。

"大爷，发生什么事啦？"

"怎么，你一点儿不知道？"

婉儿摇摇头。

"难怪你今天还有心思打扮得这么漂漂亮亮的！"

"我哪儿打扮呀。我不天天都这样儿么！"

孟祥师傅说："你先吃。吃了这碗馄饨我再告诉你。免得我先告诉了你，你一口也吃不下了。"说罢，又到外面去，又仰脸望天。

婉儿津津有味地吃了那碗馄饨，迈出来，说："我吃完了。"

孟祥师傅拉起她一只手，将她扯至街心，问："你左右瞧瞧，咱们这条街，对劲么？"

街上异常地静，一个人影见不着。

婉儿左瞧了一阵，右瞧了一阵。左端街口正对着的是邮局。右端街口正对着的是一面大广告牌。写着——"黑妹黑妹，魅力无穷，人人都爱黑妹！"

婉儿说："没什么不对劲儿的呀！"

孟祥师傅说："没什么不对劲儿的？咱们这条街，原是南北街吧？现在呢，成东西街了不是？你这姑娘，竟还没觉出点儿不对劲来！"

"是，是成东西街了。这怎么搞的呀？"

婉儿大惑不解。

孟祥师傅两手握拳，两拳相对猛地分开："明白了？"

"不明白。"

她的确不明白。

"还不明白？咱们这城市，断裂下来了！"

"断裂下来了？跟哪儿断裂下来了呀？"

"还能跟哪儿？跟原先连着的陆地呗！"

"那，现在是在哪儿呀？"

"现在么，往近了说，在海上漂着。往远了说，在洋上漂着。"

"那，咱们都像在一艘大船上啦？"

"可不么！"

"那有什么呀？不是挺好玩儿的嘛！"

"好玩儿？在海里洋里，咱脚下的地，就好比是块土坷垃！你知道什么时候泡粉了？那一刻就不好玩啰！"

"可您望天有什么用哇？"

"望天是没用。我想在天上找块不动的云做定标，测测咱们这城市，是不是还在转。"

"它转？"

"不转，南北街怎么变成东西街了？"

婉儿的心，已然飞向市内。她好兴奋哇！终于有一件值得她密切关注的大事发生了！终于将有一场大刺激来临了！

她的灵魂里，早就有一种对于大刺激的渴望蜷伏着了。它日益强烈而且增长迅猛，寄居在她的灵魂里。它张着贪婪的大嘴，时刻吞掉她对生活对生命的一切热忱，一切冲动，一切真情，使她的灵魂苍白而空虚，排泄出相反的肮脏的东西污秽她的灵魂。有时她简直觉得自己是根本没有灵魂的。她是根本不需要有灵魂的，既然灵魂里只蜷伏着一种对于大刺激的渴望。其实她始终不太明白她自己。她企盼的不过仅仅是一个日子。一个向一切世人包括她自己亮出生死牌的日子。在这个日子里看清一切世人原本的真实面貌也看清她自己的真实面貌，在这个日子里能为自己而引吭高歌——"妹妹你大胆地往前走哇，莫回呀头！……"

"姑娘，你怎么好像……还半信半疑的？"

孟祥大爷似乎认为她该吓得面无人色惊得魂飞天外才合乎情理。见她镇定自若，眸子里闪耀着奇异的光彩，两颊泛起兴奋的红晕，难以理解了。

"大爷，我不疑。我信……"

婉儿不禁笑了。

"你还笑！有什么好笑的？"

老孟祥生气了。

"大爷我没笑哇！"

她命令自己的表情立刻严肃起来，并且狡辩："我这张脸，天生面带三分笑。我也不能整天故意板着个脸，满脸旧社会的模样，好像我对现实有多么多么不满似的呀！"

老孟祥哼了一声，又仰脸望天。

婉儿也仰脸望了望天。天空有好几朵云。她也不知他究竟打算选中哪一朵作为定标。它们都像在移动。也许是城市仍在旋转？她并没有他那么固执的心思，非要弄清楚究竟是云在移动还是地在旋转。人真是古怪的东西，大难将至，却要死个明白似的。她对老孟祥也感到无法理解。他那种仿佛古代天文学家般的样子，使她又想笑，却不忍笑。他那么忧患万端，她可不愿招惹这位好老爷子生气，影响了彼此的关系。

一辆警车鸣着警笛，出现在左端街口，气急败坏地冲过来。

她赶紧扯着老孟祥躲到路边。

警车却未从他们身旁驶过。它急刹车，发出一声怪叫，停在离他们不远的一幢楼前。几名刑警跃下车，扑进楼。

"唉，这都是征兆啊！劫数，劫数……"

老孟祥悲天悯人地连连喟叹。仿佛他自己是超乎于劫数之外的，只是同情芸芸众生而已。

婉儿不由得又发问："大爷，他们抓谁呀？"

"孙寡妇的儿子。"

"二铁？他刑满释放后，这一向不是挺安分守己的么？"

她认识二铁。有天夜里，一个蒙面者不知用什么拨开了她的家门，持刀逼着她，强奸了她。他离去后，她守在窗口。当他从窗下溜过那一瞬间，她将她那盆海棠砸了下去，很准地砸在他头上，把他砸昏了。几层楼的男人被她喊出，围住他，从他头上拽下女人的丝袜，才认出他是二铁，是那个在同院长大的在"严打"时期被判了三年刑刚释放不久的"铁子哥"。

兔子还不吃窝边草呢！人们诅咒他太恶太没人味儿啦！有女孩子的人家，尤其那些当妈的，主张联名强烈要求司法部门，这一次判他个十年二十年的，把他发配到遥远的新疆或青海去……

他躺在地上血流满面不省人事。

他的母亲闻讯赶来，双膝跪地，一把鼻涕一把泪，向人们磕头如捣蒜。她丈夫早年死于车祸。她只有铁子一个儿。她守寡十几年，到了想改嫁个人再嫁却为时太晚的地步，完完全全是为了她的儿……

婉儿当时竟一点儿也恨不起铁子来，竟忆起了小时候她常受男孩子们的调戏，而他保护过自己的往事。她甚至后悔不该用花盆砸他。也暗暗责备他——得到她一次，本是不必将女人的丝袜套在头上弄成怪可怕的样子的，更不必以刀相逼。何况他是"铁子哥"。何况，他蹲监狱三年之中，她还常去看望他的寡妇老妈，安慰过她。如果他郑重其事地对她有所表白，只要不是在她心烦的时候，有什么不行不可的呢？说不定哪一天她真就被一个外国佬带走了，从此祸福难料，老死异邦。在这之前，对于中国人，慷慨好施，多给予一个，多给予一次，正是她的一份儿女中国心啊！难道像她这样的女人，对于某个外国佬，还有义务有责任珍惜自己么？

铁子啊铁子啊！当时她想，那些外国佬每次怎么摆布我婉儿你是不知道。你甚至也梦想不出。如果你亲眼见过一次，像你这样的男人大概也会鄙视我的。那么你也就不至于为得到我这样的女人一次而煞费苦心啦！你犯这一次罪是多么的不值得呀！我不认为你这是罪行，众人也认为你这是罪行哇！你瞧你把小事一桩搞得多么复杂多么难以收场啊！

她当时竟很可怜他了。尤其可怜他的寡妇老妈。

于是她对众人说，算啦算啦，一条街住着。咱们这条街又叫仁义街。咱们这条街的人格外看重的又是"仁义"二字。低头不见抬头见的，算啦算啦！何况他也没把她怎么样。他压根儿就没对她这个人存什么歹念。他不过想偷点儿什么东西罢了。还没偷成。他没工作。每天吃的花的，是他寡妇老妈的那一份微薄的退休金，一时又动了偷窃之念也情有可原……

她对众人说着的当儿，他已缓过来了。一缓过来，开始呻吟了。并且，哭了。

他的寡妇老妈，扶起他，命他一并跪下，一并给她磕头，给众人磕头。

她问他："二铁，你是不是就想偷我点儿东西呀？"

他只磕头。不回答。

她问了他几番，他口中才挤出一个"是"字。

"大伙说得对。兔子还不吃窝边草呢！一条街上谁歧视过你？大人孩子，谁也没有。你家门口作案，大伙能不生你气么？你愧不愧呀？"

她又对他说了几句教诲的话。并非真是为了教诲他，而是为了平息众怒。三年徒刑，监狱没把他教育过来，她几句话就能使他立地成佛了么？她有这点儿自知之明。

于是众人主张扭送他的决心皆动摇了……

于是众人对他和他寡妇老妈恻隐起来……

于是始终默默看着事态发展的孟祥老汉，吩咐儿子开来了小汽车……

于是众人相帮着将血流满面的二铁塞入车里……

于是他被送往医院……

她还奔回家一次，回来后悄悄塞给孟祥老汉女婿几张百元大钞……

谁都没注意到。

然而老孟祥注意到了。

众人散尽，她将哭哭啼啼羞耻难言的铁子妈送回了家。

当她独自走在路上被老孟祥拦住了。

"姑娘，我对你说句话。"

她就站下听。

"今天……这个……"

老孟祥将大拇指竖在她面前。

她以为他说反话，弦外有音，正欲回敬他一句刻薄之词（那她有的是，对谁都大方），却不料他拍拍她肩，又说："二铁那浑小子不是个东西！那样的儿子当初还莫如按尿盆里溺死！可孙寡妇太可怜啊！人么，到什么时候，也得讲慈悲，也得有恻隐之心。没点儿恻隐之心，不是人。大爷今天服气你。往后，有用得着你孟大爷的地方，你只管开口。你大爷若推三拒四，你大爷不算孟尝君的后人！"

老孟祥说完，转身便走。挺直着腰，倒背着手，迈着京戏舞台上好汉豪杰那种稳重的方步，走得很是轩昂。

从那一天起，他见了她总是主动打招呼。

……

老孟祥望着警车，良久才回答婉儿的话："一小时前，铁子把韩俊生给杀了！"

"他……为什么？！"

这件事，对婉儿的震动，比这座城市此刻是不是仍在旋转，今天下午还存在不存在猛烈一百倍！

她呆了。

"大爷在这条街活了五六十年，就我所知，自打有这条街，这条街从没发生过命案。今天却发生了……不是征兆是什么呢？是什么呢？是什么呢？"

老孟祥仿佛在向谁发问，希望有谁能回答他。又仿佛在问自己，希望由自己来回答，而自己并不想回答。

"大爷，二铁他究竟为什么？……"

"唉，他今天非杀人不可，是他命里的劫数。也是孙寡妇命里的劫数哇！这叫在劫难逃。咱们这座城市也一样，在劫难逃。他刑满释放后，不是老疑心当年韩俊生告发的他么？根本不关人家的事。人家没告发过他。当然，判他三年刑，他感到委屈。可话又说回来，谁叫他整天跟市里的那些个小流氓混在一起不干好事呢？多少人劝他，如今工作也由街道安排了，别再惹是生非了，该让他那寡妇老妈省点儿心了。我也劝过他。可他装听进去了。其实把大伙的好心全当驴肝肺，还是恨人家韩俊生。到底他用铁锹把人家劈了……头都铲掉了……唉，唉，细说不得。太惨，太惨了啊！还舞着铁锹嚷嚷——今天大仇不报，就晚了。全市人都活不到天黑，绝不能想报仇也报不成了，倒便宜了姓韩的。还哈哈大笑……多少人证明过，连派出所也证明过，不关人家韩俊生什么事，他不信哇！他就信他的胡疑乱猜哇！人家死得多冤枉呀！"

这时，婉儿看见，双手铐于身前的杀人犯，被几名刑警押出楼，押上了警车。

"你们都得死！你们都得死！都死！都死！统统死光！统统死绝！

你们都得和我一个下场！你们活过今天也活不过明天去！这座城市完蛋啦！哈哈完蛋啦！"

二铁的号叫十分可怖。充满了对一切人的深仇大恨。是的，那是一种对一切人的深仇大恨。婉儿相信，如果他做得到，他肯定会守着一口大油锅，把所有的人都一个个倒提着，顺进鼎沸的油里炸，炸得焦黄酥脆的，大吃特吃。炸一批，吃一批。永远吃不饱，永远炸下去，永远吃下去……

她无法理解他的仇恨。

她和他不一样，她只是不信任别人，可并不仇恨别人。即使连不信任，她也常常无法做到。更多的时候，她说服自己，不要信任别人，而往往还是信任了，还是受骗了。即使在受骗之后，也不仇恨别人，只懊恼自己。即使对某人产生了仇恨，也持久不了。就好比烟不能越吸越长，酒不能越喝越多。即使她发誓报复，那也不过就是自己对自己发誓而已，永远不会成为行动。依她想来，铁子倒是应该感激许多人才对。不管他与现实如何抵牾，他还是没理由不感激那些非但不歧视不轻蔑他，反而真心实意地关心过他帮助过他的人……

她不由得捂耳朵。他的号叫使她毛骨悚然。如果他已经疯了，他的号叫也许并不会使她感到有多么可怖。然而，分明的，他没疯。疯子是不会埋藏仇恨的。疯子行凶也是绝不会考虑后果的。他却考虑了——所以他的行凶才选择于今天早晨。他大概以为法律根本来不及对他进行宣判，所以他的号叫之声中才有那么巨大的快感……

她从前并不曾憎恶过他。甚至，在她遭到他的强奸之后，她也不曾憎恶过他。但此时此刻，她憎恶他就像憎恶某些男人藏污纳垢的生殖器。联想到那东西，她仿佛觉得，那一个夜晚，他其实是将他对一切人的仇恨射入她的子宫里了。是的，是的，那一个夜晚，那种事，对他也无异于复仇吧？既然他仇恨一切人，他对女人怎会例外呢？他未必不想杀死她，那一个夜晚，只不过他想杀她时，手中无刀罢了。在他恣肆宣淫之时，她趁机将他掖在枕下的刀抽出，从窗口抛到外边去了。此刻她清楚地回忆起来，他从她身上满足地翻滚下去的时候，他的手曾在枕下一摸……他发出快感的呻吟之时，透过薄薄的女人的丝袜，也能看出他脸上呈现着一种邪狞的仇恨……

婉儿后悔没用花盆把他砸死。

也后悔她对他的恻隐。

她一阵恶心，差点儿吐出一口什么。立刻用手绢捂住嘴。

老孟祥说："我知道你这会儿是怎么想的。"

"互相杀吧！互相砍吧！有仇的报仇，有冤的报冤哇！没仇没冤的，看谁不顺眼，一刀捅了谁！哥儿们，爷儿们，不捅白不捅哇！看哪个小妞好看，扒光衣服，大马路中央干了她呀！不干白不干哇！无法无天的时候到了！都怕个屌呀！……"

杀人犯不知怎么又从车上跳下来了，继续蹦着号叫。以亢奋到顶点的最无耻的话，对跟着拥出楼的一些人煽动着。

两个刑警也从车上跳下来了。其中一个对准杀人犯的后脑，高高举起警棍，狠狠一棍。

号叫声戛然而止。杀人犯连晃也没晃一下就倒在地上了。

两个刑警，一个搬他的头，一个提他的双脚，将他荡了几荡，往车上甩。他的头磕在车后门上，第一次没成功，他落地了。两个刑警，像第一次一样，进行第二次。第二次也没成功，还是因为头磕在车后门上。第三次才成功了。

警车尚未离去。街另一端又开来一辆白色的车。

老孟祥说："韩俊生他老婆，疯了……"

街道太窄，两车司机，互不相让，争吵。

人们站在楼根底下，默默围观。

"唉，唉，还吵，还吵，中国人啊！……"

老孟祥嘟哝着，过去劝："同志们，同志们，今天，啊，我也不说了！两辆车，都不是一般的车，这时候还能开来，就够意思的啦！别吵，别吵……"

两个刑警认识他，给他面子。警车倒退着驶出了这街。

于是精神病院的车才开至楼前停住。几个穿白大褂的男女，匆匆入楼，片刻，好几双手举出一个女人。那女人倒是也不号，也不叫。双手垂着，一动不动，仿佛一具石膏像。口中念念有词反复说一句话："你有刀，我家也有刀……"最后出来的男人，领着一个十来岁的男孩儿，抱着一个五六岁的女孩儿。

围观的人中，有人指点着悄悄说："那是韩俊生他弟弟，精神病院的副院长。以前常来他哥家串门。没这种关系，今天精神病院还能接收疯子？"

立刻有人附和道："是啊是啊，今天……哎，今天是星期几？"

精神病院的车也开走了。

那疯了的女人的话，却似乎仍响在每个人耳畔，"你有刀，我家也有刀。你有刀，我家也有刀。你有刀，我家也有刀……"

铁子的号叫，却似乎仍在空中回荡，"互相杀吧！互相砍吧！有仇的报仇，有冤的报冤哇！看谁不顺眼，一刀捅了谁！不捅白不捅哇！……"

"鸽子楼"的男人和女人们，你望我，我瞧你。每人的眼中，都增加了另一种恐惧。一种刚才还不曾表现出的恐惧，一种对他人的恐惧。仿佛，在彼此眼里，熟悉了十几年几十年的他人之面孔，一时都变得狰狞可怖起来了。仿佛，每个人都会突然亮出件利器，凶凶恶恶向自己砍杀似的……

"看，看，海鸥！海鸥！……"许许多多许许多多海鸥，成千上万只海鸥，大雷雨前的蔽天乌云似的，不知何时笼罩于城市上空。它们响亮地叫着，如同闹蝗灾的情形一般，来势汹涌，几乎完全占领了人们所能仰望得到的那一部分天空。

然而人们很快就不望这一城市中的奇观了。

人们的目光又投射向身旁的他人。似乎都表明着一种不言而喻的防范和警告——不许犯我！仿佛只要稍微疏忽了对他人的一举一动的密切注视，他们内心里那一种正在扩散着的恐惧，就会被自己的鲜血和脑浆涂染成恐怖可怕的现实……

海鸥们的叫声，越来越响亮了。飞翔和俯冲的高度，越来越低了。一些羽毛，从空中悠悠地飘落。

突然，从六层楼的一个窗口猝掼下一件物体。

有什么东西溅到了几个人脸上。

那物体就落在离人们不远的地方。那是一个女人，面朝下，头被坚硬的水泥地撞击得散碎了。长发看去就好像掉在地上的假发套。

一个少妇尖叫一声，率先遁入楼里。

人们顷刻逃窜而尽。

这条街上，霎时只剩下了一老一少二人。

海鸥成群成群地降落，占领了一座楼顶，又占领了一座楼顶。一只，两只，三只，一只接一只，竟直接降落在街上，无所畏惧地踱来踱去。

婉儿望着那个从楼上坠下的女人，更准确地说，那具女尸，低声说："是铁子他妈……"

老孟祥点了一下头："是……"

"她完了……"婉儿已浑身发抖。

"完了。"

老孟祥表示同意。

婉儿只想赶快离开这条街，到市里去，和成千上万的人在一起。如同那些响亮地叫着的海鸥，成千上万只在一起。此时此刻，这条街使她感到可怕，而不是这一座城市。这条街上的人们也使她感到可怕。他们彼此间的恐惧心理严重地影响了她。他们为什么不拥向市里去呢？她不明白。难道和更多的人在一起，他们的恐惧便更大么？这座城市绝不会有成千上万个铁子呀！虽然几乎每天都有行凶事件发生，而这条叫仁义街的街道，却未必没有第二个铁子仍隐蔽在什么地方，磨刀霍霍，伺机杀人，为了图一时的报复的快感，或仅仅因瞧着谁不顺眼。尽管老孟祥说这条街上此前从未发生过杀人命案。尽管这条街上的人们一向谁也不轻易得罪谁。她甚至怀疑，铁子杀韩俊生，不见得是由于报复心理的驱使。也许仅仅是因为他早就想杀一个人。而韩俊生老实且胆小如鼠，属于那种被杀时只会求饶绝不会进行反抗之人，杀起来顺利。报复不过是他的借口。人若产生杀人之念，首先得说服自己，征得自己的同意。有了一个借口，哪怕是一个自己臆造的借口，便似乎有了一个杀的理由，杀时不至于犹豫不至于想杀不敢杀，或下不去手……

"大爷，我……我走了……"

她怯怯地说。

"走吧。姑娘，你快走吧。记住，要在人多的地方待。这种时候，人多的地方才安全啊！"

老孟祥由衷地叮嘱。

"大爷，我……我……可能不再回这条街上来了……"

"别回来了。姑娘……别回来了……谁知这条街，过会儿还在不在了呢……"

老孟祥苦笑了。

她朝孙寡妇的尸体看了一眼。

老孟祥说："有我呢。我不到市里去，和他们的想法不一样。他们是舍弃不了他们的家。我么，舍弃不了这条街。总觉得，我若死在别人后头，也许可以为先死的人尽点儿什么义务……"

她打开小坤包儿，翻了翻，说："大爷，那碗馄饨，我……我没零钱……要不您先给我记上账吧！兴许这一切，不过一场虚惊。最终什么可怕的事也不会发生……"

老孟祥又笑了。这一次笑得颇乐观。

他说："好。大爷就给你记上账。算我替你，在我的账簿子上，存一份儿希望吧。"

婉儿神色凄凄哀哀的，欲走不走，又想起件事："大爷，还得拜托你，给我对门的李奶奶，转告个明白话……"

"哪个李奶奶？"

"就是住我对门那个。双目失明那个……"

"她呀，转告什么？"

"她什么都不知道。担惊受怕的……"

"是这样啊！不转告也罢。"

"不转告也罢？"

"不转告也罢。"

老孟祥回答得很有主见，很决断。

婉儿便不再说什么，却仍不走。她觉得，自己仿佛欠这条街些什么似的。如果不在走前，偿还清楚，做个彻底的了结，日后必负内疚。她那种心情，好比将同丈夫去办离婚手续的女人。在划分财产的时候，宁愿显得大度。在剪断夫妻关系之前，对丈夫并非已无丝毫温情可言。她的目光，眷恋地望向她住过的那幢楼，望向属于她的那一个窗口。窗子敞开着。窗台上落了几只海鸥。它们在她的注视之下，一只接一只，从容不迫地蹦入室内，占领了她的房间。那情形如同几名惯于出生入死的侦察兵，从容不迫地占领了没设岗的敌军指挥部，俨然成了主人。婉儿想象得出它们怎样扑着翅膀，跃上桌子，跃上床，跃上梳妆架，为所欲为，无处不遗屎。更多的海鸥被同类的胆大妄为所鼓舞，纷纷俯冲向这个窗口。比同类更肆无忌惮，甚至不屑于在窗台落落脚，直接飞入室内。仿佛她的房间里有一股强大的吸力，一个劲地将它们往里吸。

婉儿对她的房间的确非常眷恋。那毕竟是完全属于自己的停泊地，属于自己的别人不可擅自闯入的码头。她明白，当她转过身去，它便不再属于自己。她便成了一条没有停泊地没有码头可靠拢的船——在这座危机四伏处处笼罩着惶恐不安的城市里。正如这座城市在时时可能造成涛渊浪谷的海面之上没有目标也没有航线可循地漂移……

"你先别走，我有东西送给你！"

老孟祥忽然想起了什么，三步并作两步向他的饭馆走去。

屋顶上，悬挂营业幌子的高竿横木上，也落满了海鸥。它们看去都很强健，它们响亮地叫着，叫声里有一种大的愤怒和狂暴的警告意味儿，纷纷向老孟祥进攻，将他阻止在饭馆门外，不允许他迈入。仿佛他是一个强盗，而它们是饭馆的卫士。它们的进攻相当无畏而且凶猛。

这些海鸥，这些追随着漂移的城市从内陆海远征到大洋上的海鸥，一厢情愿地将这座城市当成了一座岛屿。它们同仇敌忾，企图占领整个"岛屿"。如果它们不能占领它，它们就只有占领天空了，而占领天空须不停地扇动翅膀。它们都已精疲力竭。在它们所俯瞰的洋面上，除了这座"岛屿"，四周水天相连，没有另外的落脚之地。甚至，连一艘可以追随，可以暂时在桅杆上歇息的舰只的影子也没有。它们不认为追随这座城市是一个巨大的错误。它们认为是一个阴谋，是一个骗局，是被诱而上当的。它们不打算和这座城市里的人和平共处。它们不信任人。它们断定人不可能不伤害它们。它们是不知来自何方的洋上"游走部落"。

"滚开！滚开！……"

老孟祥挥舞着胳膊，招架着抵挡着它们的进攻。

他的谢了顶的光头，被啄出了血。

他愤怒了。

他的手在挥舞之中竟抓住了一只海鸥。他把它狠狠地摔在地上，摔死了。

又抓住一只，又摔死了。

接连抓住几只并且全都摔死，海鸥们的进攻之势才败退，老孟祥才得以趁机进入饭馆。

婉儿不敢去到饭馆门口等他，唯恐再次激怒那些海鸥。

不一会儿，老孟祥怀抱着什么从饭馆里跑了出来，跑到她跟前。

"这个，你带上。"他将一个旅行背篓帮她背在身上。

他光头上的血淌到了脸上。他抹了一把脸，看看手，催促婉儿，"快走！快走！篓里有救生圈，小红留给我以防万一的。也许用得上……"

"大爷，我不……"

婉儿缩着双肩，想使旅行背篓从身上褪落下来。

"你这姑娘，不听话我揍你啦！"

老孟祥吼起来，重帮她背好。又说："用得上，你将来别忘念大爷一个好就是了。用不上，算大爷送你空人情。"

婉儿哭了。不由得，她想跪下去给他磕个头。

"快别这样！"老孟祥扶住她，没容她跪下。他叮咛："大爷给你这个篾子，比你装钱的那个小包包，可重要得多！当心别被骗去，偷去，抢去！什么情况下了啊，还只带着钱！要是能见着小红，对她说，别担心我！别回来！顾她自己吧！"

攻击过他的那些海鸥，飞了过来，不停地叫，在他们头顶威胁般地盘旋。

"走！……"

老孟祥双手把婉儿一推。

婉儿心肠一硬，抽泣着跑了。

海鸥的叫声，在她听来，如同一阵高过一阵的胜利的欢呼……

她一口气跑到街口才站住。

她反身一望，魂飞魄散——只见老孟祥抱着头，在街上跌跌撞撞，不知往哪儿逃。分明的，他的眼睛什么也看不见了。更多更多的海鸥，比刚才更凶猛地向他进攻着，进攻着。他已经根本丧失了招架一下抵御一下的能力。眼睁睁地，她望见他，终于倒下了。海鸥们仍不肯放过他。落在他身上，继续啄他。这一群啄够了飞起，那一群落下接着啄。它们的胜利的欢呼响彻天空……

更令她魂飞魄散的情形紧接着发生了——街道从中段裂开了。裂缝左右横着伸延，撕开一幢幢楼房，撕开一个个院子，撕开一切……

城市的又一部分断裂了！

饭馆的幌子却依然高悬未倒，像一面旗。断裂的一部分城市，像从巨舰舷上渐渐放下的小艇。缓缓地，断裂终于彻底，终于形成脱离。一幢幢被撕开的楼房里，各式各样的家具——组合柜、写字台、沙发、床、电视机、洗衣机、冰箱……以及看不清辨不明的小东小西，和人——或穿长服或短服的男人女人孩子，接二连三地掉出来，掉下去。

物体和人仿佛被城市的断裂现象吸入了地狱……

当饭馆的幌子远去之时，当两部分城市之间出现了水面之时，一些人从被撕开的楼中和院子里奔逃出来，他们拼命跑向边缘地带，朝城市的主体挥手喊叫，如同被遗弃在蛮荒旷野的乘客。

婉儿虽然听不清他们究竟喊叫些什么，但是身临其境般地体会到了他们的绝望。

断裂而去的那一部分城市吸引了一群海鸥。它们的叫声盖住了人的喊叫声。它们的叫声里充满了愤怒。不知它们是愤怒于它们的"岛屿"的又一番无可奈何的断裂，还是愤怒于失态的人。它们向那些人展开了进攻。它们的进攻看去有部署而且有战略。它们从空中轮番进攻。人群在地上忽东忽西仓皇四窜。海鸥以它们凌厉得使人根本来不及躲避的进攻，阴险地将人驱赶向海里，并绝不允许落水之人再游向那地岸。他们迫不得已，舍近求远，向城市的主体游来，而不会游泳的人，直接沉入水中，沉得像石头一样快……

又一群海鸥起飞，在两地之间的海面上，狙击着游泳的人。那仿佛是一场海鸥们的飞翔表演。它们互相比赛特技似的，在一种娱乐般的角逐般的无情行为中，以优美的高超的进攻，顷刻将浮于海面的人们歼灭得无影无踪。

海面寂静了。

寂静而温柔。

那远去的城市的一部分残骸之上，再也没有什么活物出现了。

婉儿确信，实际上肯定是再也没有什么活物存在了。

饭馆的幌子，悠来荡去的。如同一只招摆的手，向什么惜惜地告别。

婉儿以一种超常的镇定控制自己，才没瘫软在地。

她明智地转过了身去。

她想跑起来，两腿却连迈动都变得机械了。

她一步一步地走向市内……

天塌下来众头顶着——这句话的最彻底的意思乃是，如果一块儿死，死有什么可怕的？同时是，如果我死了而别人侥幸活下去，公正体现在哪里？

聚集在城市腹地的形形色色的人们，正是由于本能向他们所认为的公正靠拢。他们对这座城市的命运也是对他们自己的命运的关切之心，大致剖析起来有三个层面——灾难是否真的不可避免？灾难一旦降临，是否真的谁也活不成？若只死一部分，预先怎样做才能确保自己属于另一部分。不少人的潜意识里，"替天行道"的思想正在储备成某种行动的勇气。如果只死一部分而他们自己不管预先怎样做竟还是不可能属于另一部分，那么他们打算群起而攻之，一个个弄死肯定能活下去的那部分。弥补遗憾的灾难之不完善，为他们自己争得人生的最后一次公正。只要一块儿死，只要都死，只要谁也别活，他们是会很从容很镇定面不改色心不跳地奉陪的。他们是会视死如归的。大丈夫，生则生，死便死，有何泣哉？但是必须"一块儿"。不"一块儿"的愤怒——果而如此的话，于他们，是强大过死之恐惧的，是他们所绝对无法忍受的现实。他们不是铁子。他们和铁子有区别。铁子的暴行没有思想支撑着，只受心态驱使着。他们的心态却比铁子冷静得多。他们首先全是些一心想活下去的人，而铁子是早就活腻歪了早就想死的人。他们全是些一心想活下去如果一旦活不成才打算将别人也统统弄死的人。倘若城市化险为夷，他们将继续存在于我们周围。我们谁也不会知道，他们在大难将至的日子头脑里曾有过多么可怕的念头。他们永远也不会号叫出铁子所号叫过的那些话。即使在他们真的动手杀人的时候，他们也会表现出某种道德方面的自信，杀一个心安理得地说一句："好了，这就多一分公正了。"如同上帝委派到人间来公正地处理某项事务的特使。

他们在人群密集的地方逡行着，倾听着，观察着，并且物色着铁子那样的人。他们明白，"替天行道"的时候，铁子那样的人，是他们用得着的帮手。

他们危险而又不引人注意。

他们内心里只有一点他们根本无法战胜的恐惧——如果我死了而别人活下去……上帝啊，乞求你千万千万不要将如此冷酷无情的规划造成现实吧！

他们怕别人活甚于怕自己死。尽管他们自己也一心想活下去。正如赌马的人痛不欲生也许并非自己赌输了一千万而是别人赌赢了一千万。

对这一点他们简直怕得要命，怕得听到一句可能不会一块儿死不会统统都死的推测，他们的灵魂就像被千刀万剐般地抽搐一阵。

然而他们都竭力伪装出事不关己满不在乎早已将生死置之度外的甚至游手好闲的纯粹白相客的样子……

真正将生死置之度外的人是有的，而且还不少。那是一些二十多岁的青年。

他们在海滨路两侧的人行道上劲歌劲舞，如醉如痴。

　　脚下这地在走
　　身边那水在流
　　可你却总是笑我
　　一无所有
　　噢
　　你这就跟我走
　　噢
　　你这就跟我走

他们反反复复反反复复唱《一无所有》。唱得他们自己一个个血脉偾张。仿佛这一个大难将至的日子，是他们的狂欢节。他们并非幸灾乐祸。他们内心里也不计较自己可能会死而别人可能会活下去。他们是真的不怕死。他们一点儿也不嫉妒别人活。他们只是劲歌劲舞如醉如痴地狂欢而已。

如同中国的每一座大城市一样，这座城市的青年，也基本上可以分为三种类型。虚无型的，及时享乐型的，所谓追求型的。如果说还有第四类，那么第四类则是在现代城市的观念碰撞之中最尴尬而茫然无所依托的一类，好比"布尔加的驴子"，徘徊在几片草地之间，犹犹豫豫选择不定，饿得一天比一天瘦直至皮包骨头最终倒毙下去。"上帝啊，选择是多么困难的事情呀！"——他们倒毙之前的叹息既悲凉又令人可怜。

唱《一无所有》的当然不是"布尔加的驴子"们。

而是第一类青年们。

他们的口头禅是"懒得"怎样怎样。他们的精神状态是一切一切都"懒得"去想"懒得"去做。直至"懒得"恋爱，"懒得"结婚，"懒得"活着。他们之所以还一个个活得好好儿的，在数量上有增无减形成绝不容忽视的一类，乃是因为"懒得"自杀。他们对于自杀身亡或自杀未遂的他们的同龄人的评论是——"就当自己已经死了，不就等于死了么？何必死得那么郑重其事的！"他们轻蔑无论以什么理由什么方式结束生命的态度。正如他们轻蔑那些认认真真地活着的人。按照他们的逻辑，人的一切主动行为都是不自然的，都是理应受到轻蔑的。他们并不厌世，因为他们在"懒得"的状态之下其实活得都很怡然自得都很滋润。活着绝不意味他们热爱生活热爱生命。不，他们一点儿也不热爱。一点儿也热爱不起来。"热爱"以及一切与生活与生命相关的带有主动性的词语，他们一听就皱眉就侧目就背气就转过身去就厌恶透了！他们是现代都市中的海蜇。他们是人但是"克服"掉了在他们看来是最高等灵长动物的最大"缺点"——一切主动意识。你当他们是动物，在你企图逮住他们时，他们绝不会逃跑。你当他们是植物，但他们具有动物的某些器官构造。你有时也许会被他们蜇一下，被他们蜇一下皮肤还会红肿得很厉害。但是请你千万千万不要介意。因为他们原本压根儿就"懒得"蜇你一下。蜇了你一下那也绝对不是他们的主动行为，是被动的条件反射而已。你爱他们无论怎样爱他们爱到什么程度什么地步，请你千万不要期待他们也会爱你。因为爱啦、恨啦、嫉妒啦、报复啦，等等等等，都是带有主动性的态度、情感和行为。你不明白不清楚你爱的是哪一类人，那是你自己犯的一个大错误。他们会套用歌德的话说——"你爱我与我何干？"他们爱你无论怎样爱你爱到什么程度什么地步，请你千万不要感动千万不要当成一档子事儿。因为实际上他们压根儿就"懒得"爱你。"懒得"爱任何人。就好比他们将你蜇了一下。海洋生物学家证明海蜇是从来不主动蜇人的。你若觉得总归逻辑上不通，那么，他们会这样回答——我爱你与你何干？我爱你与你何干？如果你还是不通，如果你恰巧在一次疯狂的或温柔的做爱之后思想起来更加不通，如果那亲爱的对方是他们中的一个，那么他们会进一步地点拨你——我所做我所参与的一切事都是我压根儿"懒得"做"懒得"参与的事。我不对我压根儿"懒得"做"懒得"参与的事负任何伦理的精神的结果的一切方面的责任。海蜇不对被海蜇在任何情况下蜇了的人负任何责任。正如海蜇不要求将海蜇从海里捞出来晾成蜇皮再被卖再被买再被重新以温水泡开或者用厨子的行话说叫"发开"，而后切成细细的丝拌入凉菜的人负任何责任……

中国现代都市的观念加工厂正以流水线的生产方式"制造"出更多更多这样一类青年。他们不好不坏。"懒得"好，也"懒得"坏。他们无益无害。"懒得"对谁对什么有益也"懒得"对谁对什么有害。他们避恶避善。他们绝不至于助纣为虐，却也"懒得"见义勇为。你根本就甭指望能呼吁起他们扬善抑恶。你的热忱的也罢，痛心疾首的也罢，慷慨激昂的也罢，总之你的一切即使感人肺腑的大声呼吁，都只会引起他们对你的高度警惕对你敬而远之，因为他们必怀疑你企图蛊惑他们进而利用他们。最主要的也最重要的一点是，没有什么发生了或即将发生的事能使他们感到震惊，更不要说震撼了。他们"懒得"震惊。而震撼，那简直等于是他们的羞耻。泰山崩于前他们无动于衷。猛虎啸于后他们面不改色。仿佛庞贝城的毁灭、诺亚方舟的历险、特洛伊之战、法西斯的野蛮残忍，他们何止眼见身经千百次！他们讨厌整天埋头于所谓事业的他们的同龄人，认为那是心智的冥顽不化，悟性的不可救药，是对生命的误入迷津的堂而皇之的消费，是对生命的严重罪过。他们讨厌享乐型的同龄人绝不亚于讨厌事业型的同龄人，认为那是俗不可耐的堕落是走向反面的绝望之一种。他们顶无法忍受的是玩深沉玩高雅玩粗卑玩高尚玩多情玩冷漠总之是玩生活的那些玩兄玩妹。却绝不会也绝不肯承认他们的扑朔迷离高深莫测的"懒得"并非什么宝贵的哲学思维也是"玩"之一种。他们虽被认为活得很滋润或他们自以为活得很滋润，其实不过是貌似活得很滋润。其实他们都对自己的活法并不满意。只不过他们觉得改变目前的活法已经很难很难。只不过他们缺乏信心去适应新的活法，并且横向比较竖向比较之后，认为没有一种新的活法值得努力改变什么、争取适应什么，认为一种令人满意的活法原本是不存在的。因此也就只有依然故我地"懒得"下去而已。因此宁愿劝说自己生活生命不过而已而已。他们是自甘枯萎的花草。然而"自甘"从来是"不甘"的死灰。死灰暗燃不死，"懒得"也就不是真的修行。而这一点一旦经由他们自己道破，便连"懒得"也无法"懒得"下去。好比宇航员失重于太空，没了复归现实的可能也没了遁入虚无的途径。故他们的内心深处，早就萌生着一种企盼，巴望靠了什么事件什么人协助他们结束"懒得"活也"懒得"死的生命，结束他们的"没意思的故事"。好比注定了长不开却又不能自行落蒂的瓜，自感那么一种不尴不尬的存在难终难了，企盼摘瓜人干脆把它们生拧下来，或者从容遭劫，被车轱辘轧碎也就罢了。

于是今天成了他们的喜庆的日子。

他们如醉如痴劲歌劲舞盖因这是他们唯一不太"懒得"的事情。

他们要集体地潇洒地快快乐乐地兴高采烈地以劲歌劲舞向人们昭示他们的最后的人生宣言——

懒得恐惧！

懒得惊慌失措！

懒得绝望！

懒得幸灾乐祸也懒得自哀自怜！……

脚下这地在走

　　身边那水在流

　　他们把《一无所有》唱得欢天喜地。仿佛他们实际拥有一切似的。

　　有街头献艺的，便有帮场喝彩的。

　　"好！"

　　"小哥儿们，来喝汽水，老子今天请客！喝！喝！"

　　还有位慷慨解囊赞助的。

　　然而叫好的人毕竟为数不多。也就那么十几个二十来个，叫不成一片好，喝不成满街彩。这十几个二十来个人，皆属这一座城市的"下里巴人"。直白地说，是些穷人。这座城市不只有富人和较富的人，还有穷人。不是西方"相对贫穷"那种概念下的穷人，是中国式的，其概念无懈可击的穷人。是居住环境恶劣之极、工作又苦又累、收入低微、整日忧愁大大的，一听说物价义要上涨就心惊肉跳，恨不得以头撞墙并且看不到有从"穷"字中熬出头之希望的那些个穷人。他们的存在正如中国根本没有消灭贫穷现象一样，是不容置疑不可否认的，是中国的咄咄逼人的一个真实的现实。他们当然不仅十几个二十来个。在这座新中国成立以后根本就没怎么发展过改革以来也不过建起了几座供外国人仰望供外国游客们住的高楼大厦的城市，在这座财力空虚发展停顿企业纷纷下马或倒闭的刚欲振兴却举步维艰的城市，他们几百个几千个也许几万个都不止！他们是十几万待业事实上也就是失业大"军"中的"丘八爷"或"老前辈"。当城市缺少劳动力的时候，他们充当劳动"兵勇"，哪些地方有艰难困苦就被临时编队调遣到哪些地方去。当城市生产疲软滑坡的时候，他们"壮烈先死"，都在解雇之列。命运好些的尚能开百分之七十、六十、五十、四十工资，算是替社会减轻负担解除忧患，算是社会主义的优越性，算是对他们的体恤。他们被城市几番吞进去几番吐出来使城市消化不良胃痉挛肠梗阻。而他们自己一个个皆仿佛鱼腹余生的人早已被城市这条大鲸的胃酸蚀得面目全非。他们和引吭高歌《一无所有》的小青年中的某些人本属"同一战线"。然而这"战线"并不"统一"。因为后者往往有工作也"懒得"上班，可以将手伸入父母的皮夹子里掏取钱花。而他们没有"懒得"养家糊口的权利。他们的妻儿老小和他们自己都没法儿"懒得"吃饭"懒得"穿。他们是城市"无产者"中的父母。而后者是城市"资产者"中的少爷，并且差不多都拥有对父母辈或祖父辈的某种财产的继承权，只要不"懒得"继承的话。只有这一点他们并不"懒得"。

那一些代表人物出现在海滨路，并无任何企图。只不过想看看本市的富人较富的人乃至一切平素心高意得踌躇志满起码无忧无虑在某些场合经常唱"我们的生活比蜜甜"的人，在今天会是怎样的一种表现。至于他们自己，除了给唱《一无所有》的小青年们叫好喝彩捧场，其实一如既往地无可表现。看看罢了。

"唱什么都没改变呀！"

"唱男人为它累弯了腰女人为它锁愁眉呀！"

他们所能记住的，大抵是某些歌曲中那些含悲咽苦苍苍凉凉的词句。

劲歌劲舞的小青年们并不领他们的情，也不理会他们的要求，"懒得"受他们的影响和怂恿，依然只唱"脚下这地在走，身边那水在流"。

似乎，他们越唱，脚下这地走得越快了。

似乎，他们越唱，身边那水流得越急了。

似乎，密如蝼蚁的人们，都有些晃晃悠悠地晕眩起来了。也不知是被他们唱昏了头，还是被脚下这地被身边那水搞的。

似乎，连劲歌劲舞的他们自己，也有些晕眩起来了。

当然，他们"懒得"晕眩。

终于，他们不唱脚下这地身边那水了。

他们改唱《跟着感觉走》了：

跟着感觉走

紧抓住梦的手

脚步越来越轻

越来越快活……

"怎么唱起这个来啦！"

一个黑不溜丢五短身材的车轴汉子按捺不住了。

他高叫道："老少爷儿们，听我的！"将前后左右的人推推搡搡，辟出一块场地，亮了个"泰山青松"之相，便唱起来。

他唱的是当年之革命样板戏《智取威虎山》中李勇奇的一段"西皮流水"：

三十年做牛马

天日难见

抚着这

条条伤痕处处疮疤

我强压怒火挣扎在

无底深渊

……

岂料想铁树开花枯枝发芽

竟在今天

头两句，还有韵有味有板有眼。后几句，调也跑了音也散了那就是一种吼了。

只有一个人受了感动。

是他自己。

一颗泪珠，像一滴胶水，悬挂在他的眼角欲落不落。如同一条小鱼产出了一个晶莹的大鱼子，又如同耳塞子戴错了地方。

和他一样有"铁树开花枯枝发芽竟在今天"之感的人终究很少。

却也没很多人公开表示反感。这一天形形色色的人们都"懒得"这样也"懒得"那样。

他唱了吼了而已。人们听了而已。而已而已。

然而在什么时候什么情况之下，都有必定这样或必定那样不忘证明自己存在的人。

"赵志刚，你反动透顶！你诬蔑社会主义！你煽动不满情绪！"

五十来岁，干部模样的一个精瘦男人，从两层人墙后挤到了自我感动的汉子跟前，指定他的脸面继续训斥："一听嗓音，我就知道准是你。我不打断你。我让你唱完。现在，这些人都可以做证。你还有什么话说？"

"哟嘿！徐处长呀！久违了久违了。这一向在官场上混得可顺心？大概不顺心。没胖起来么！"汉子原来认识对方，他拍拍对方的屁股，像拍一个孩子的屁股似的，"是没胖起来，是没胖起来。您天天吃请，营养都哪儿去了呢？"

那个叫赵志刚的汉子的话，和他的表情，简直不像是在对人而是在对自己养的一头猪发牢骚。仿佛怀疑他每天喂给猪的饲料，不是被猪吃了是被猪糟蹋了，又仿佛一心想宰了它却纳闷于遗憾于它的无膘无肉。

精瘦的那一位徐处长的精瘦的脸涨红了。

"赵志刚，你敢耍笑我！我可是党的干部！你耍笑党的干部，就等于是耍笑党！我看你今天放肆得没边没沿了！"

虽然"文革"早已成为过去，但某些人依旧习惯于随时随地理所当然地代表党。尤其当他们感到尊严遭亵渎时，更加要显出自己就是党的模样。

"是啊是啊，我今天是放肆得没边没沿了。那又怎么呢？您问我还有什么可说的？回答您，没有什么可说的。我诬蔑社会主义，我煽动对现实的不满情绪，我还耍笑了您，也就是耍笑了党，那又怎么呢？"赵志刚笑呵呵地说，继续寻找机会拍对方的屁股。对方自然是不愿再被他拍屁股的，转来转去地躲，一边发出严厉的警告："你想干什么你！你想干什么你！大家都看到了，像这样的人，能给他安排工作么？能么？"

"姓徐的，今天可是你自找没趣。我不生气。我压着火儿，你还一个劲挑我火儿。你知不知道，我一见你，就恨不得一脚踩扁了你。别的事都不提。咱们单提去年冬天那件事儿，你当初怎么许诺的？你搂着我肩膀说，老赵，工程进度全靠你替我跟你的弟兄们忽悠着了！完工后你们全转正，名额全报上去了！我呢，信了你，带着我那伙弟兄没黑天没白日地干，提前一个多月完成任务！结果呢，你受表扬，涨工资，拿了三千多元一大笔奖金。你却翻脸不认人，当天就宣布把我们'开'了！国家有规定，上班超过半个月发全月的工资。你竟叮嘱会计，连下午的工资都扣了。还到处讲我们的坏话，使许多单位不敢雇我们。不就是因为我没往你家送礼么？你缺德不缺德呀你！大年根儿底下，你让我那伙弟兄憋气不憋气？不是我阻拦着，他们早就找你算账了！你今天这种情况下，还凑我跟前来代表党！党教你阳一套阴一套说话不算话的么？"

赵志刚数落得恼火，突然一弯腰，一手掐着对方的脖子，一手抓着对方的两只裤脚，"嘿"的一声，将对方举了起来，高高举过头顶。

人们忽地四面散开。好像他举的是一根灯管，一旦狠狠摔在地上，必定会发出爆响，吓他们一人跳。玻璃碎片兴许还会射伤他们的脸。

在今天这个日子里，被举起来的这一个小处长，是普遍的人们所蔑视的。他们听了汉子的数落，认为他的确有些缺德。何况，普遍的人们，平素谁没受过某些小处长、小科长的某种刁难和压制呢？再说，他刚才当场抓住一个现行反革命似的又正经又得意的样子，也的确使人讨厌。

"救命！救命……"

小小的处长大人在汉子头顶挣扎扭动。如同一条被生擒活捉因而被激怒了但却无可奈何的大蜥蜴。

人们见汉子不过举着他，兜圈走，并不真打算摔死他，也就没谁愿配演这出街头小戏多余地去救他。

人们都乐了。似乎一时倒都忘了脚下这地在走，身边那水在流。其实，不少的人，内心里都曾产生过想把某些小处长小科长高高举过头的冲动，都曾想体验一下这样做所能带来的那份快感。

汉子一边继续举着那一个处长兜圈走，一边还和他调侃："大家的命都危在旦夕，谁救你？救你，你还有机会报答人家么？"

人们哄笑不止。

"哎哎哎，那个人，你干什么呢你！"

声音是从人们头顶掷过来的。

汉子循着空中那道看不见的弧望过去。人们也那么望过去——一位小治安警察，站立在路灯杆的水泥基座上，一臂揽着路灯杆，一臂遥指这里。

汉子佯装懵懂，将头扭来扭去。四下瞄，似乎寻找某个干什么违反治安之事的人，仍举着处长。

人们情知小治安警察分明地是在质问他，见他懵懂，便都装糊涂，都将头扭来扭去，四下瞄。仿佛他的孩子正在人群中焦急地呼唤爸爸，谁都想首先替他发现，获得一句感谢。

"嗨，说你哪！"

小治安警察从人们头顶掷过来第二句话。

"我？是说我么？"

汉子诧异地站定了。处长身体的中段下塌，汉子拉臂力器一般，将处长的身体拉直。

"可不说你呗！"

"我也没干什么呀！"

汉子不但诧异，且"友邦惊诧"。

小治安警察蹦下，穿透着重重人墙。

处长又喊救命。

汉子呵斥："主人举着公仆，你不问主人累不累，倒声声喊救命，也太矫情了！"

治安警察终于挺进到汉子跟前，说："你这同志，你举着个大活人，你还认为你没干什么！"

汉子说："你的意思是不是，举着个大活人，影响治安？"

"对。"

"那，要是举着个死人呢？"

汉子话中有话，仿佛在说，活人弄成死的，容易得很。

小治安警察赶紧纠正汉子的错误理解："我不是那个意思，你快把他放下！"

汉子笑了："我跟他闹着玩呢。其实他高兴我举着他。这样他可以被人们仰望嘛！"抬头问，"徐处长，可以将您放下么？请公仆指示！"

"姓赵的，你等着瞧！"

被举着的人仍不肯示弱。

"这公仆，脾气一向古怪。"

汉子终于把他放下了。举了半天，出汗了。再瘦个男人，也一百多斤啊！

"待业之人，诸位别见笑。"

汉子不无惭愧地嘟哝，撩起处长的白西服前襟就擦自己汗津津的脸和脖子，还垫着人家的西服挖了挖鼻孔。

"你他妈的！你……"

白西服的主人，也就是穿白西服的公仆，挥拳欲打，但拳头停在半空，怯怯不敢落下，尴尬地瞪眼瞧着小治安警察。

而小治安警察对此视而不见，耐心地等着汉子擦够。

流氓无产者是城市的怪胎。城市的阶层分得越细，他们越被分离出来，越被筛向准流氓一类，有时连社会学家也颇难搞明白——他们是由于"无产"而流氓习气滋长，还是由于流氓习气滋长导致"无产"。但有一点是肯定的，他们往往比普遍的人民大众更加不容城市忽视。因为后者的心理定向几乎在任何时候归根结底定向于城市，并且依赖于城市。而他们常常因无可依赖便谁也不依赖什么都不依赖。他们在大难将至的情况之下特别无所畏惧。他们的流氓习气甚至会博得民众的畸形喜爱。

此时此刻，这个叫赵志刚的汉子，就已经使他周围的人们有些喜爱起他来了。

他如同天空上雷云前面的一只受过训练的小鸟儿。他钻破了笼罩着他们的凝重的不安之网。他献给了他们些许小小的嬉乐。而这正是他们在心理上很需要的。他们觉得自己都是一块大菜墩上的一群猴子，而菜墩浮在汪洋之中。他使他们感到，似乎灭顶之灾也可当成件好玩儿的事对待。至于那位处长，他们想，举起一位厅长或局长，未免太造次。举起一位科长或股长，又未免轻佻。处长不大不小，最适合在这种时候被流氓无产者举起来。谁叫他在这种时候还俨然以"党代表"自居呢！就算他为人民服务了一次呗！

"党代表"的白西服，好像刚被卖菜的当过揩壶抹布似的。

"买不起手绢，多包涵啊！"汉子皮笑肉不笑地说，"你喊了半天救命，谁也没来救你。倒是人家这位小菩萨来替你解难，还不快谢谢人家！"

处长自是不肯谢的。他也观察出来了，今天，这些人民大众眼里没领导。他只想趁早溜之大吉，唯恐溜晚了一步，再来位更恶劣更粗鲁的，一旦得到人民大众的默许，没准胡作非为把他的裤子扒下来，逼着他一块儿跳迪斯科，或者跳霹雳舞。而他们随时准备默许什么似的。

劲歌劲舞的，仍在劲歌劲舞。

留心身边每个人

冷冷的双眼

试问何因

人在匆匆里

哪曾知道

你我今天是远还是近

如今都市内每人

仿佛不可以让友情接近……

那位姓徐的处长觉得，似乎是唱给他听的。他一向压人压惯了。所以压惯了，乃因为奏效。一压，不服的也得服。心里不服的脸面上也得装出服的样子。他一向并不在乎被压的人心服还是口服。心里不服口上服，那更意味着彻底的无可争辩的服。今天他也并非很希望人们对他表示服顺，因为他也给不了人们什么伟大的主意。他不过一时心血来潮，很想教训教训某个人而已。他认为任何时候一种秩序都是相当必要的。哪怕是死，也该安排个先后么！当然绝不应以姓氏笔画为序，而应以干部级别职务大小社会地位的高低统筹安排。

他明白了，如果自己不对小治安警察说谢谢，汉子是绝不肯罢休的。汉子抱臂胸前，以一种流氓无产者之"主人"的神气，睥睨着他这个当众冒犯了"主人"的"公仆"。围观的人们，似乎也都并不打算为他闪开一条路。不，他此时此刻的要求已经很低很低，只需闪开一条人缝能使他斜着身挤出重围就感激不尽了……

他忽然笑了，决定讨好汉子。于是他拍拍汉子的肩，以亲如兄弟的，几近阿谀的口吻说："老赵哇，你还是这么有力气，叫人高兴哇！有力气就有希望嘛！有力气就有前途嘛！常言道，留得青山在，不怕没柴烧……"汉子不吃他这一套，不吭声，不屑于搭理他。

"瞧你浑身的块儿，瞅着就叫人那么地……那么地……"他一时想不出一个恰当的，说了不至于使汉子又发作起来的词儿，却受汉子刚才唱的《智取威虎山》中李勇奇那段"西皮"的启发，唱起了《海港》中马师傅的"二黄散板"：

> 大吊车，真厉害
> 成吨的钢铁
> 它轻轻地一抓就起来……

汉子却不笑。

人们也不笑。

小治安警察困惑了，甚至有点儿怀疑他跟汉子刚才那出戏不过是熟人间的一次胡闹罢了。

汉子的一个伙伴呵斥他："别耍贫。快说谢谢。说一声谢谢你他妈走你的！"

小治安警察那张憨厚的典型东北农村青年的稚气的脸倏地红了，连连摆手："别这样别这样同志们，不要逼着他谢我……"

"不谢你谢谁？"

"你给他解围了，他当然应该谢你！"

"不是逼着他。逼着他干什么？得他自愿的！"

人们似乎存心延长这出戏，不使结束。

小治安警察哭笑不得。

汉子敦促"公仆"："你磨蹭什么你！快鞠躬！快说谢谢！"

"公仆"万般无奈，扭捏半天，终于给小治安警察鞠了一个九十度大躬，说了句"谢谢"。人们穷追下坡兔，继续敦促他再说"请多关照"。他便乖孩子学话似的，又连连说"请多关照"。此时人们，已被恶作剧的低下快感所围。制造并参与恶作剧的心理，是一种倾斜的、不健康的、病态的心理，是人对现实的痞子行径的消极挑战，是社会机体沉疴扩散久治不愈的临床症状，是潜伏在民族遗传基因中的恶细胞之初期缓变迹象。类乎狂犬病，也类乎艾滋病。扑咬或拥吻，导致同样速度同样范围的蔓延。没有新药和偏方可以医治。任何膏丸丹散都不顶事。只有一法，就是顺其自然，所谓"见怪不怪，其怪必败"。采取对练气功走火入魔的人那种明智态度。

"公仆"一变乖，人们倒觉得索然了。觉得索然了的人们，没多大兴致继续耍笑他，宽大为怀地闪开条人缝，网开一面，任他去了。

小治安警察也跟在他身后往外挤。

汉子问他："你是党员吧？"

他一怔，随即摇头："不是。我还不是。我在争取……"

"你不是党员？不是？在今天，啊？有上午没下午的，啊？你还忠于职守，站好最后一班岗！就这觉悟，啊？大伙评评……"

汉子又"友邦惊诧"。惊诧得那么地虔诚。

小治安警察并不答话，低了头，装聋作哑，只是往外挤。

汉子继续炫瘩："那么从现在起，你小兄弟是党员啦！党代表人民，人民也可以代表党么！我说人民们，批准不批准呀？"

于是一阵喊：

"批准！"

"批准！"

"得向人民交党费哇！"

"交给我！交给我就行……"

小治安警察终于默默地挤出人群去了。

汉子一时似乎也觉得失落，觉得索然……

人们不复再有什么戏可观看，面面相觑的，也就散了……

汉子对他的伙伴们说："今天有热闹瞧的，咱们往别处转转。感谢诸位捧场！感谢诸位捧场！"

于是他们离开……

这十几个九流"主人"，簇拥着汉子，大摇大摆地进了一家副食商店。店里没顾客，只有两位老售货员，像看守家门的老狗似的，忠心耿耿地看守着柜台。

他们一人拿了一袋面包一根香肠，拿了便走，如入无人之境。

两位老售货员中的一位，从柜台后奔将出来，伸开双臂，挡在店门前。

汉子说："您老干什么？想抢我们手里的面包和肠么？"

老售货员说："买东西，得交钱啊！"

汉子说："我们共产主义早实现啦！"

老售货员说："这不大好吧？"

汉了说："您老认为共产主义不大好？"

老售货员说："我不是认为共产主义不大好。咱们现在不是还蹲在初级阶段这一档上嘛！还没到按需所取的时候哇！"

汉子挠挠头，回首望望伙伴们，灰心地问："您老果真认为还不到时候么？那猴年马月才到时候呢？"

老售货员说："这个别问我，我怎么能知道呢？"

汉子说:"老同志,共产主义,是不能等的。一个美好的社会是等不来的。需要有带头人。我们都是带头人。您若阻拦我们,您就是别住了历史的车轮,共产主义的实现至少又得晚半个世纪啊!难道您愿意那样么?难道您不高兴共产主义早实现?"

"这……我……"

老售货员被汉子的话绕来绕去的,竟没理了似的,竟已然是一个历史的罪人了似的。汉子的逻辑,是那么地清晰透彻而且简单。简单得使他完全不明白了。而汉子却仿佛非常之明白他所做的事情的伟大意义。而汉子却仿佛对自己的正确非常之自信。却仿佛负有历史赋予的神圣使命似的。使命感加上自信,再加上由于逻辑清晰透彻简单而似乎具有的强大说服力,使汉子那一时刻看去那般地庄严,那般地一往无前义无反顾不可阻挡,甚至那般地高大乃至近于伟大了起来。

汉子又说:"老同志啊,共产主义的实现需要千千万万民众的支持,其中当然包括您在内。老同志啊,请您望着我的眼睛……"

汉子的眼中流露着一种温柔的热情一种布道者般的虔诚,还充满了友好的信赖和团结对方的由衷愿望。它如同焊火炽穿了老售货员思想的理性硬壳,将他的钢板似的敬业精神的铠甲烧毁了。汉子的话如同娓娓动听的咒语,将他的心智也迷乱了……

他伸张开的双臂竟垂落了。

他向一旁闪开了。

于是汉子率领他的一班共产主义忠实"信徒"大大咧咧地扬长而去。

一个"信徒"临出门抱怨:"什么觉悟!都这样能实现共产主义?"

另一个顺手牵羊又拐走了一根肠,而那根肠和整整一箱子肠连在一起,像一队拴在一起的俘虏,一个个躺倒地上,被无可奈何地不人道地拖拽而去……

另一个老售货员见状,也从柜台后奔将出来,双手攥住最后一根肠不放。一副"舍得一身剐,敢把皇帝拉下马"的模样。

于是店内外双方拽一串肠,好像比赛拔河。这情形吸引了许多好奇的人，呼啦一下将店门围住。

汉子无意在此逗留，大声说："可敬的老同志啊，看来我们是两股道上跑的车，走的不是一条路。那么我们也就别一条'绳'非拴两只蚂蚱了，分道扬镳吧！"

他从中间一手攥一根肠，一拧一拖，轻而易举地，就将共产主义的"红线"扯断了……

在全市最大的一家新华书店，营业照常进行。隔着落地窗，售书员们一个个故作机械人般镇定，使街上人心惶惶的混乱显得荒谬而可笑，或者反过来说，使他们自己显得荒谬而可笑。

经理——一位承包了书店盈亏的铁腕人物，倒剪双手，肃然伫立店厅一隅，目光从左至右睃过来，又从右至左睃过去，密切注视着每一个售书员的表现。

他并不否认"脚下这地在走，身边那水在流"。

"但这又怎样？这就值得惊慌失措么？杞人忧天倾！"他对他的雇员们平静地说，表现出对他们的毫不掩饰的嘲笑，"这么大一座城市，漂有什么可怕的？转又有什么可怕的？俺？有什么可怕的？会突然消失？溶化？毁灭？无影无踪？像白糖块儿溶化在水杯里似的？你们听明白了，漂到哪儿，也是中国的一部分。怎么转，也转不出地球去！地球老不停地转，却没见人惊慌失措过！别忘了你们是我招聘的合同雇员！合同上可写着一条，你们表现不好，我有开除你们的权力！你们也知道我是翻脸无情的！现在就是我考验你们的时刻！今天谁擅离职守，我当场开除谁！谁表现出色，发五十，不，发一百元奖金！何去何从，你们想仔细了！"

销售部主任，一个被他从售书员提拔起来并一向器重的青年，礼貌之至地说："经理，我想好了。我这人在危难关头随大溜儿。感谢您过去的栽培，今天我跟大多数在一起心里才踏实。"说罢，将写有"销售部主任"五个字的职务牌，从胸前摘下，交在他手上，头也不回地走掉了。

隔着落地窗，经理望着他被街上混乱的人群所吞没，转过身，冷冷地说："我曾打算提他为经理助理。他下辈子也难有这点儿造化了。去留自由。榜样的力量是无穷的。你们谁学他，就请便。"

属下们默然肃立，竟谁也不敢擅动一步。他们全体暗想，倘若灾难不可避免，死在街上或死在店里还不一样么？横竖都不过是个死呗！倘若虚惊一场呢，仅仅因为今天一时表现不好而丢了工作太不划算。这份工作对他们都很重要，百里挑一。当初得到那份合同并不容易，有的还托了人情走了后门。何况经理一向不亏待他们，奖金很高……

经理见自己的话发生了作用，也不屑于继续威慑他们，将手中的职务牌，替一个售书员戴在胸前，拍拍她的肩："后来者居上。从今天起，你这个主任，比他每月高五十元工资，好好干！"

他对她说的、做的，似乎连想都没想，很随便的样子。而他们知道，他不是在开玩笑。他们都将羡慕的甚至是嫉妒的目光，投向那个转眼间就成了销售部主任的才二十来岁的姑娘。他们都有些后悔刚才没说一句或几句经理此时此刻肯定爱听的话，将经理的注意力吸引到自己身上。真所谓"机不可失，时不再来"，过了这村，已无此店啊！

经理看透了他们的内心活动，又说："我要从你们之中，"沉吟片刻，指指受命于危难之时的销售部主任，"包括你在内，物色一位助理。我对你们每个人都毫无成见，大家机会均等。"

受宠若惊的那二十来岁的姑娘，前怕狼后怕虎思来想去觉得还是按兵不动姜子牙稳坐钓鱼台为好的那些售书员，仿佛看到了什么光明的前途美妙的未来。仿佛在光明的前途那儿美妙的未来之巅好运气正向自己频频招手微笑。

于是受命于非常之时刻的那姑娘带头宣誓："感谢经理勉励，与经理共盈共亏！"

于是那些售书员异口同声："感谢经理勉励，与经理共盈共亏！"

语气坚定铿锵，落地有声。

于是，仿佛外面发生的一切一切，都和他们毫不相干了。这书店，似乎成了巴黎圣母院。女的似乎是修女，男的似乎是修士。仿佛一个个不是跟经理有什么一致的利益关系，是跟上帝订过神圣的契约。

在他们的上帝，也就是那位威慑利诱并施的经理之严密监视下，他们伪装得异乎寻常的镇定。连他们自己都不由得敬佩起自己所能伪装出的镇定了。

到书店里的人渐多。先是一两个，两三个，陆陆续续地来。来了就绕着柜台走。眼睛像长了钩子，一旦瞅准了便毫不犹豫地从书架上钩下一本书的样子。他们都有点儿鬼鬼祟祟的，不似打算买书，倒似打算偷书。目光灼灼看去就贼心昭昭。若主动热情地问他们想买什么书，他们则嘿嘿而已。或者嚅嚅嗫嗫地回答："看看，看看。"又好像什么人告诉他们，在书架上的千万册书中，不知哪一本，夹着一张十万美元支票。他们想撞撞大运，却唯恐出言失秘，反使别人捷足先登，美梦成真。

其后就是一拨一拨地来了。千条江河归大海，他们从四面八方汇集到书店里来。人多势众，也就没那么多顾忌，七言八语都问有没有"大劫难"。售书员们一开始统统都没明白他们的意思，懵里懵懂地摇头。或苦笑着实言相告，他们也不知道究竟有没有大劫难，也听天由命呢！

然而人们不走。人们三个一堆儿，五个一伙儿，分成若干不等份，神神秘秘似的交头接耳，串通阴谋似的叽叽喳喳，互相影响着长吁短叹。仿佛一旦统一了主张，商量定了，就会推选出一位领袖，发一声喊，冲到街上宣布起义，企图一举夺取政权，重建一个什么共和国。售书员们以为他们的长吁短叹皆因感到人手不够，不免一个个心中犯寻思——要是你们成功了，我们这书店可就是纪念馆了。我们可就是历史大事的目击者了。要是你们失败了，我们这书店不成黑据点了么？我们的罪过可就大了。起码也是知情不举哇！这么多人在眼面前开黑会，还分小组讨论，企图一举夺取政权，你说你什么都没听见，到这些人都成阶下囚的时候，谁信你的解释呀？浑身都是嘴也辩不明。跳进黄河也洗不清哇！……

有一个年老而又眼花耳背的售书员，就将自己如此这般的种种顾虑，很负责任地悄悄向新任销售部主任说了，并直谏己见，主张干脆将这些可疑的人撵出去。

胸前才戴上销售部主任之职务牌正感到时来运转尽量掩饰着春风得意唯恐遭到嫉妒的那姑娘，觉得事关重大，认为不向经理转陈简直就是渎职就是不忠就是没良心。尽管她并不眼花耳背，却也听不清那些可疑的人交头接耳叽叽喳喳密谋的是什么事。他们似乎都尽量离柜台远些。或蹲或站。不但讨论，而且进行低声的辩论。每一个小组还似乎都有一个小组长。或眉飞色舞，或指手画脚，或如神父表情庄严肃穆。她怀疑他们问有没有"大劫难"是一句联络暗号。进而怀疑本店的售书员之中没准有他们的"同志"……

她不显山不露水地，不至于引起他们任何注意地，似乎自然而然地接近了经理……

经理也在不动声色地研究他们。

经理默默听完她的紧急汇报，明白了什么，问："咱们有没有《1999年世界大劫难》这本书？"

她回忆了半天，肯定地回答说有。

他又问有多少册。

她说有五六千册。

"这就对了。他们是来买这本书的。你赶快派人到仓库去，全搬出来卖！"

经理面露悦色。

"经理，这……"新任销售部主任，认为有必要有责任提醒经理，"上边通知过，说这本书是唯心主义的，是散布迷信和世界不可知论的。还说是宣扬人类命运悲观情绪的。已经列为禁书，所以咱们才一本也没敢往书架上摆……"

经理说："嗨，唯心主义，也是一种主义嘛！不可知论，也是一种论点嘛！世界怎么回事儿？人真是猿猴变的？那么自从有人类后几百个几千个世纪又过去了，许多原始森林里的猿猴，怎么再也没有一只能变成人的？宇宙外边是什么？还是宇宙？太空外边是什么？还是太空？那还管宇宙叫宇宙管太空叫太空干什么？是无限？什么又叫无限呢？不是越认真越不可解释么？想吃猪肉，就不能听肥猪乱哼哼！卖！咱们不是有一个'内部书籍'专售章么？卖时盖上！真被追究起来，就说供人们研究批判而售呗！"

经理向她附耳又道："每本提价五毛！街上那些个体书摊都不摆了，他们才奔这儿来的。咱们这五六千册'大劫难'今天保证一售而空！不过你们别明着提价，暗着提。只你们自己心里有数就是了。今天买书的人，哪儿还会看看书价！"

她心领神会，匆匆按照"最高指示"落实去了……

经理走到店厅正中央，咳了咳嗓子，仿佛主持重大文艺晚会似的，运足底气，声音朗朗地说："同志们！工农商学兵同志们，工青妇各界朋友们，我是本书店经理。我知道大家为何而来。我竭诚欢迎大家光临。你们是我们的上帝。我们是上帝的服务员。我们急上帝之所急，供上帝之所需，一会儿就出售《1999年世界大劫难》。书多得是。希望每一位上帝自觉排好队，不要混乱。我们相信上帝是习惯于秩序的。我们相信上帝是有这一点觉悟的。我以经理的名义保证，每一位上帝都肯定能买到一本'大劫难'。如果哪一位上帝竟空着手离开本店，请哪一位上帝找我，我会恭恭敬敬亲手将一册'大劫难'赠送！上帝们，不，同志们，朋友们，现在就请大家……"

他的话还没说完，"上帝"们轰地纷纷拥向柜台。多亏他有英明的预见，将"两个相信"说在了头里，否则非挤翻了柜台不可。

"一本，不，两本！"

"两本！"

"五本！"

"五本！"

"十本！"

"我也十本！"

"我也十本！"

几乎就没有买一本的。仿佛他们是在买没有"删节"过的《金瓶梅》。仿佛他们是在买广告牌上写明"儿童不宜"的电影票。仿佛他们是些早已决心把自己整个儿奉献给上帝，正在领取《圣经》，然后准备去分发给全世界的戴罪羔羊，进而拯救别人灵魂的虔诚无比的上帝的儿子——和女儿。

既然这座城市里有女人，那么这儿怎么能没女人呢？没有音乐不是晚会。缺少女人参与的事儿，连上帝也会觉得乏味。

钱……

一把一把收过来的钱。售书员们忙得根本来不及找钱。而"上帝"们此时仿佛都是出手大方的阔佬，将该找给自己的钱全做小费了。在这一点上，他们倒真有几分像上帝。我们知道，上帝如果也花钱买东西，肯定是不算账的。上帝的心思不在这方面。

他们此时的心思也不在这方面。

售书员们忙得很兴奋。钱是不可思议的东西。如果你因为收钱而忙，一把一把地收，被你收过钱的人还不在乎你找不找钱，那么你没法儿不兴奋。替老板收钱，肯定和替地主收庄稼是两类体验。庄稼丰收有时会使人紧皱眉头。发愁将要继续为它付出更大的劳动和往哪儿存。而钱多了，你却不会紧皱眉头并且发愁，纵然它一分也不是你的。何况他们有提成的权利。这也是合同上写明的。

她们一个个脸上都呈现着喜出望外喜不自胜的笑容。真的上帝若见了她们的模样儿，也会打心眼里往外喜欢她们的。我们知道，上帝这个老独身主义者，也像许多男人一样，喜欢那类笑模笑样的小天使或小天仙，而不大喜欢那些忧郁型的女神或性冷感的女神——比如美丽而不可亲近的战神雅典娜和命运女神……

经理情不自禁地放下了经理的架子，身先士卒，以普通售书员的身份参加收钱工作。

买到"大劫难"的"上帝"，有些立刻离开书店。有些当场阅读。

靠墙蹲着的，靠柱子站着的，或干脆盘腿而坐的。有的从第一页认真看起；有的从最后一页往前看；有的用手指蘸唾沫，将书翻得哗哗响，急切地要寻找到提纲挈领的重点段落……

一派感人的读书好情形。

渐渐地，人们又往一起凑。凑在一起交流读后感。半个多小时前，因为没书，那一种交流就不过是口头交流，各自都没什么理论根据，再自信也算不上真的自信。现在有了书，隔窗观察，"外面的世界很无奈"，低头阅读，丹玛斯的预言极恐怖。由感性认识而理性认识，于是个个的认识都产生了"飞跃"，彼此交流心得的冲动简直不可抑制。不怎么自信的自信起来了。自信的更加自信了。于是讨论深入了。于是争论激烈了。有些人竟争论得唾沫四溅，急赤白脸，乃至大动肝火……

"您看这段，您看这段——这些男人被暗示为互相争食的北极凶狠的狗，撕扯噬咬纤弱的少女……您接着往下看——凶残贪婪地扑咬着同类的情形，令人不寒而栗，毛骨悚然……"

"人肉很难吃的。少女的肉也好吃不到哪儿去。再说我这个人一向吃素……"

"你怎么知道人肉很难吃？"

"老兄，别这么瞪着我。我没吃过人。你这么瞪着我，倒好像你立刻要吃我似的。你瞪得我心里发毛……"

"你说人肉很难吃我听了也心里发毛……"

"咱们谁也别吓唬谁吧。我看，咱们倒莫如先去多买些面包找个地方存起来。只要有面包，我们就不会想吃少女。只要有面包，谁想吃我们，扔给他个面包，就能保住命，对不对？"

"对。对！买面包去，买面包去……"

"嘘，小声点儿，让他们都听见了，全市开始抢面包，还有咱们这种老实人的份儿么？"

于是有两个人，悄悄地溜出书店。

更多的人，却从外面拥入。直奔柜台，争先恐后买丹玛斯的预言。

人的确是很古怪的东西。只有人才能预言什么。也只有人相信预言。动物只有预感。动物的预感比人的预言灵验十倍百倍。就这一个事实而言，人虽是万物之灵，却未必比动物高明。也只能说是古怪的东西而已。人的好奇心是最大的。人在任何情况之下都会产生好奇心。某一本书记载，一个上了断头台的人，忽然问忏悔神父——断头台究竟是谁发明的？神父也答不上来。他就说："不满足我这最后一个好奇心，我的灵魂难以解脱啊！"神父还对他的灵魂很负责任，下了断头台去请教别人。回到断头台上告诉了他，他满意地说："原来是一个和我同时代的人哇！我还以为是上一个世纪的人发明的呢……"

买"大劫难"的这些人，普遍地也存在着一种好奇心。他们临时抱佛脚，现上轿现扎耳朵眼儿，都想要弄个明白，这座城市凶多吉少的命运，是否果真属于四百多年以前那个叫丹玛斯的鼎鼎大名的欧洲人的预言的组成部分。至于是又怎样？否又怎样？他们倒并不愿多想。仿佛他们图的只是死个明白。仿佛明白而死或糊涂而死关系到上天堂还是下地狱，问题非同小可。

在后来拥入书店的人中，混迹着并不打算买"大劫难"的三个人。他们非但并不打算买，而且要推销他们自己的"中国式"的预言。价钱比丹玛斯的欧洲式的预言还要贵。

他们在人们之间钻来挤去，不失时机地否定甚至贬低丹玛斯的欧洲式预言。

"什么呀！这全是胡扯，是迷信。没有半点儿科学根据。不过是些东拼西凑的巧合罢了！"

同时，他们像某些黑市上"炒美钞"的行家似的，撞撞别人的肩或踢踢别人的脚：

"'推背图'要不要？刘伯温的正宗'推背图'。八百年前大事八百年后大事，全在一张纸上！咱们中国人一张纸就顶他妈的老外一本书！一目了然。看起来再明白不过。这可是咱们的民族文化！论占卜算卦，咱们中国人可是爷爷辈的。老外是孙子辈的。难道您不信爷爷的信孙子的？您不是等于耍大头白花那份钱么？我家先人和刘伯温是至交。刘伯温死时，把这份图赠给了我家先人。一代一代传到今天。要不是现在不太妙，我连瞧都不给人瞧。我不是为钱，我为普度众生……"

"拿出来看看！拿出来看看！"

刘伯温至交的后人立刻被围住了。

于是，他将他那鼓鼓囊囊的大提包的拉链拉开一角，抽出千百张中之一张。

"复印的啊？"

"笑话！珍存了几百年的一张纸，见风就碎，是你的，你舍得一手传一手地给这么多人开眼么？那我还能收得回去么？哎哎哎，你怎么不掏钱就往自己兜里揣啊？"

"你不是说不为钱，为普度众生么？"

"那我也得收成本费呀。"

"多少钱？"

刘伯温至交的后人晃动着两根手指。

"两毛？"

"两块！"

"太贵了！"

"两块钱你买个大明大白还嫌贵？不买拉倒。一边待着去一边待着去！"

"两块就两块，给！"

"我也来一张……"

"我……"

"我……"

"你怎么先收他的钱！"

"你这个人，我是最先来的！我站在这儿的时候，你还不知道在哪儿呢！"

不管卖什么的，只要有第一个人买，就有第二个第三个掏钱包的。

只要买的人多了，就有那唯恐买不着的。

在买的人中，有刘伯温至交的后人的哥们儿。他们不但装着买，抢着买，而且不停地向周围犹犹豫豫的人说些"值，太值啦！""这的确是真品复印件"之类的话，巧妙而间接地怂恿和煽起人们掏钱包的冲动，营造抢购紧俏东西的气氛，以吸引和影响更多的人。

于是买卖兴隆。

仿佛那刘伯温至交的后人，在将老祖宗的专利零割碎卖，并且不惜血本大牺牲。还是有人疑惑。

"哎，我说，怎么那边那个人也在卖啊？还有那边那大高个儿……"

"放心。买谁的都一样。我们一家。大高个儿是我哥哥，小矮个儿是我弟弟。为普度众生，今天我们全家出动！"

于是"大劫难"的生意被抢了。

"经理，我去找两位警察来把他们撵出去！"

新任销售部主任自告奋勇。

售书员姑娘们摩拳擦掌，同仇敌忾，瞧那阵势，似乎只等经理或主任一声令下，便冲出柜台，发起娘子军的大围剿。

经理当然早已看在眼里。经理是帅才。帅才都是那种沉着冷静、运筹帷幄、胸有成竹、指挥若定的人物。

经理微微一笑，说："这种时候，街上乱哄哄的，哪儿找警察去？就是找到了，岂肯为这种小事跟你来？就是来了，把那三个家伙撵出去了，也许咱们的上帝，会追随着'推背图'走光了。何况，警察也未必不对'推背图'感兴趣。现在人心难测呀。你们都别急，待我研究研究他们的'推背图'再做计较。"

于是经理踱将过去，买了一张"推背图"。吸着一支烟，认真加以研究。

经理烟没吸完，就研究出问题来了。

"同志们，亲爱的上帝们，大家都受骗了！这不是什么刘伯温的'推背图'。不过是照着咱们市的交通图画的一张东西！请大家往窗外看……"

经理当众揭发。

窗外，街对面，立着一块巨大的广告板。这座城市的交通图画在其上。

人们望望窗外，再瞧瞧手中的"推背图"，方知上当。所谓"推背图"基本上就是本市的交通图。不同之处在于，应该标明主要街道之处，标上了历史年代。应该标市委大楼、公园、宾馆、旅游场所之处，标上了孙中山、袁世凯、毛泽东、蒋介石等历史人物的名字。横看成岭侧成峰，那么一标，使一张交通图不伦不类不可捉摸，因而也就神秘起来了。不是"推背图"也像是"推背图"了……

众怒不可犯。众人不可欺。

尤其在这种时候，人们正寻找不到理直气壮地宣泄一通的缺口。

"好哇！今天还敢骗钱，真他妈的浑蛋透顶！"

"打！打这三个小子！"

"不打白不打！把咱们的钱都收回来！"

"堵住门口，休放他们跑了！"

刘伯温至交的"后代"们这下可遭了殃了！上天无径，入地无门。顿时陷于人民战争……

"原谅他们吧！原谅他们吧！"

经理从旁劝解，并趁机对三个抱头龟缩的身体施以老拳狠脚。

妈的，敢撬老子的行！也不预先打听打听老子是谁？

他满脸的仁慈。刘伯温至交的"后代"们哀叫之时，他便扭过头去，还以肘遮目，似不忍睹。其实他心里比谁都恨。正是在扭过头去，以肘遮目的当儿，老拳猝击，狠脚暗踹。

"诸位，诸位上帝，大家息怒，大家息怒。怒伤肝啊！大家听我进一言行不行？人么，孰能无过？本经理完全理解，大家无非想使他们记取一次教训。教训的方式很多么。若把他们打坏了，多三个残疾人，还不是给社会增加了负担？毛主席他老人家当年教导我们——我们办事情，要从我们是一个人口众多的国家这一点来考虑。大致就是这么个意思。在非洲，古时候，对于骗子，也有这么处置的——往身上涂沥青，然后再粘上鸡毛，游街示众。我劝大家，不要往他们身上涂沥青。再说这会儿搞不到，也不是一种文明的教训方式。但本店有的是胶水，可以免费提供给大家。那位上帝同志说了，没有鸡毛怎么办？这好办。就用他们高价兜售的这些毫无用处的纸张，剪成些鸡毛就是了。毛主席他老人家当年还教导过我们——贪污和浪费是极大的犯罪。我们就算废物利用吧。这么好的许多纸张，浪费了也怪可惜的。诸位上帝若同意，就不要继续打他们。我这人心肠软，见不得打人的场面。你们看把他们打得也怪可怜的！就算我替他们说情。就算大家给我点儿面子行不行？我这里先替他们三个向诸位作揖了……"

经理就文明教训的方式方法，即兴发表了一通仁慈之至又完全合乎人道主义的演讲后，连连向四面八方作揖……

于是人们齐呼：

"同意！"

"给经理这点儿面子！"

"就这么办吧！"

人们果然不打那三个刘伯温至交的"后代"了。对于新提倡之教训方式，人们都显出很能高高兴兴地接受，并很乐意踊跃参与实践的极大的热忱。

于是经理吩咐人送来了足够的胶水。散发着某种香味的胶水。还指派三位售书员姑娘帮着剪鸡毛。

三位姑娘都是心灵手巧的姑娘。鸡毛剪得又快又像鸡毛。即不但剪出了片片羽毛，还剪出了不少翅翎和尾翎。

于是众上帝就往三个刘伯温至交的"后代"身上抹带香味的胶水。他们干得很细致，都没干过，边学边干，在实践中学。

"喂，你看脖子这儿怎么办？要不要也粘上？"

"当然得粘上！不粘上像什么话？不成火鸡了么？"

"嘿，你这几片毛粘得不顺！你瞧我怎么粘的！返工返工……"

"我粘得行不？"

"你么，还行，还行，别急。急中有错。这是耐心活儿……嗨，胳膊那儿是翅膀，别粘小毛哇，得粘大翅翎！"

……

愤怒一经平息，店厅里安静了许多。上帝们工作得都积极主动。渐渐形成了流水线般的秩序。剪的剪，抹胶水的抹胶水，粘的粘，自然而然地分了工。自然而然地，产生了予以指导的技术员，产生了严格把关的质量检查员，产生了总体工艺设计员……

三个刘伯温至交的"后代"，早已奄奄一息，只有听凭摆布的份儿。

"抬起腿来。抬高点儿。再抬高点儿。行了，这样别动。坚持一会儿啊。一会儿就好。一会儿就好……"

"你这衣服哪儿买的呀？怎么这么光滑呢？连胶水都不容易粘……"

"别攥着拳。伸开。伸开……手背上也得来几片小的。姑娘，先给剪几片小小的……"

如果闭上眼睛，只听那些因愤怒平息了而和气多了的话，谁也猜不到是在干什么。你可能猜是理发师傅给害怕剃头的孩子理发，或裁缝师傅在给顾客量腰身，或爷爷在给孙子剪指甲……

终于，三只雪白的、没有一根杂毛的、漂漂亮亮的大公鸡"做"成了。

于是上帝们将"它们"引出书店，簇拥着他们出现在街上。

于是满街的人们莫名其妙，拥将过来围观。

"他们这是干什么？"

"不知道……想搞化装舞会吧？"

"今天谁有心思跳舞哇？"

"人和人可不一样！"

"依我看，像是出殡……要不怎么是白的呢？"

"肯定不是出殡。出殡有扎纸车纸马纸牛纸人的，你见过有扎纸公鸡的么？"

"兴许死了的人属鸡呢！"

"那……也没有活人这么样儿的呀？"

"兴许是三个儿子，表示孝心呗。如今，什么新潮没人带头哇！"

这时是非常之需要一位具有书店经理那般口才的讲解员的。然而惩罚者中似乎没有雄辩滔滔能跟书店经理的口才相媲美的杰出人物。也就没有毛遂自荐充当讲解员的。随便指定一位，显然属临时抱佛脚现上轿现扎耳朵眼之举。并且，分明地，到了街上，谁也不愿承担起这一重要的角色了。许多人在书店里所表现出的那一种极大的参与的兴趣和热忱，顷刻便被更多更多的人所共同忧患的现实的严峻性扫荡净尽。不少人甚至感到羞愧起来——他们开始认识到他们精工细作完成的三件"工艺品"，不过是一场认认真真的儿童心理的表现。就一种教训方式而言，并不见得比对肉体的直接打击仁慈。他们很快就醒悟了，他们是被书店经理利用了。他们耻于簇拥着雪白的一根杂毛也没有的漂漂亮亮的三只"大公鸡"再走下去。他们悄悄地溜了。而另外许多人，则被街上别处的某种情况所吸引，也毫无组织纪律性地离队而去。不一会儿，这一支队伍，就兔遁鼠窜，撇下了三只"大公鸡"被新成分的人们包围着，观览着，困惑地询问着。而"公鸡"当然不知如何回答是好。被问得不耐烦了，一只"公鸡"讪讪地说，他们是在为"乌鸡白凤丸"做广告。他们三只"白凤"和三只"乌鸡"被冲散了云云。满身"推背图"羽毛的他们，怎能预先推出他们今天的下场呢？他们心里都懊悔不已——看来冒充刘伯温至交的"后代"非同儿戏呀！也许还不如冒充丹玛斯的华裔传人，印些什么"大劫难"指南之类卖卖……

人们忽地不驱而散，都朝同一个方向跑。原地一时只剩三只"大公鸡"愣愣怔怔不知该把自己怎么办。

"他们跑那边去干什么？"

"不知道。"

"咱们现在……干什么呢？"

"咱们现在，得先找个地方煺鸡毛哇！"

"嘿，哥们儿，他们都跑进了百货商场……看出来的那些人带的什么？……救生圈！"

"不错，是救生圈……"

"我说，咱们先别忙着熰鸡毛啦！咱们也得先去趁机弄到手一个救生圈呀！"

"能用得着么？"

"管它呢！有总比没有强……"

"对，冲！"

……

毕竟，人们需要实际自救的本能强大于天塌下来众人顶着的候死哲学。也强大于对丹玛斯之预言的"黑色兴趣"。一张"商品快讯"，使数千人舍命争先。虽然它只写着五个潦潦草草的字是"出售救生圈"。壮观的场面比电影《列宁在十月》攻占冬宫的场面有过之而无不及。百货商场的六层大楼仿佛摇摇欲倾。

"哪儿卖！"

"哪儿卖！！"

"哪儿卖！！！"

"哪儿？！……你他妈的快回答！"

一楼的售货员说是在三楼……

三楼的售货员说是在二楼……

二楼的售货员说是在五楼……

售货员一个个吓得猫在柜台后不敢露头。从未经历过如此波澜壮阔的抢购大潮。不，岂止是大潮？那简直是足以陷他们或她们于灭顶之灾的狂涛巨浪！数千个抢购者并非是当年为了"英特纳雄耐尔"而前仆后继的觉悟了的苏联工人阶级，且没有一位威信极高的卫队长"伊凡·伊凡诺维奇"同志，时时提醒和告诫人们遵守革命者的纪律。分明地，他们更是要抢而不是要购。为了迎接"优质服务月"而挑选的年轻貌美的几位导购小姐，还没来得及将绶带从身上扯下，便各个被几只手十几只手紧紧揪住不放，如同落入了近一万只非洲鬣狗庞大群中的小角马小羚羊小鹿之类。她们吓得连哭都不会哭了，哪儿还能导购哇！何况什么人什么时候贴出的"商品快讯"，究竟在几层楼在哪一处柜台卖，连她们也不清楚不知道。有一位导购小姐吓得窒息晕了过去，由于十几只手从前后左右四面八方紧紧揪住她，她才没倒下。

"救生圈！"

"救生圈！！"

"救生圈！！！"

男子汉大丈夫们对着她吼。

《列宁在十月》中瓦西里就是那么要电话局的。而她如同是被十几个瓦西里攥着的听筒。

"别问她了，没见她已经晕过去了吗？"

到底还有理智点的人。

"救生……"

"她晕……过……去……了！……"

"拍拍她脸蛋儿。拍拍她脸蛋儿，她就会苏醒过来。"

什么时候，什么情况下，都有献计献策的聪明人。

于是有一只男人的大巴掌，左右开弓，扇导购小姐人面桃花的姣美脸蛋儿。

"嗨，你这小子，你怎么扇人家？！你怎能这样？！"

什么时候，什么情况下，都有善良人。

"那怎么样？！"

"刚才这位同志，是叫你拍拍她脸蛋儿。拍，你懂不懂？轻轻地，轻轻地……"

"要是你自己女儿，晕过去了，你也扇？什么东西！"

有善良人存在，便有正义之声。

"你会拍，你来！"那男人火了，"我不只是为我自己，我是为大家！"

"我来就我来！"

于是那男人退居二线。于是有一个模样斯文些的男人接替之。

看来他挺会拍。拍得很轻，很轻。

"小姐，小姐，亲爱的您醒醒……别怕，别怕……我们绝不会伤害您的……救生圈在哪儿卖？您醒醒嘛……"

不但拍脸蛋儿，还抚胸脯，还将嘴贴着小姐那悬一只半月形大耳环的耳朵柔语呢喃。

对那人面桃花的娇美脸蛋儿，拍和扇同样不起作用。小姐她并没有明眸微启，樱唇翕动，缓缓醒来。抚胸脯也不顶事儿。柔语呢喃等于是对玉美人儿自述衷肠。

什么时候，什么情况下，都有扮演义务监督员角色的。

"嗨，你抚人家胸脯干什么？这小子不怀好心，乘人之危！"

"你那是干什么呢？你嘴都亲在人家脸蛋儿上啦！"

"这家伙！他说他会，我看他会耍流氓！"

退居二线那个粗鲁男人，一把薅住模样斯文些的男人衣领，重操旧业，左右开弓，又扇起他的嘴巴子米。那可是没什么顾忌的 种扇法。扇得他鼻孔流出鲜血。扇飞了他的眼镜。

"我……我抚她胸……胸脯……是为了让她……让她舒出口气……"

模样斯文些的男人，自己的脖子，被衣领绞着，憋紫了脸，也快憋得窒息憋得晕过去了……

"哎哎哎，同志们同志们，不要内讧不要内讧，我们大家都是为了一个共同的目标走到一起来的。我认为他不是那种不怀好心之人……"

什么时候，什么情况下，息事宁人的态度，都是颇受欢迎的态度。

说话的人是一位知识分子，看去形象可敬的长者。

他见那扇人家嘴巴子扇得来了瘾，似乎想瞅谁不顺眼就左右开弓扇谁嘴巴子的男人，还算能听得进自己的劝解，又苦笑道："其实，我不是也想来弄一个救生圈。我是大学的社会心理学教授，和三位外国朋友约定了今天座谈。我也不知道人家今天还有没有心思座谈，更不知道人家去了没有。电话不通了。但万一人家已在等着呢？我总得去看看。走在街上，就被裹挟到这儿来了。这么着吧，你们快别折磨这姑娘了。我来守护着她。总得有个什么人管她是不是？"

人们听他说得十分中肯，一只只揪住姑娘的手，也就放下了。

那晕了的姑娘却没倒。没地方倒。在浑然不觉之中，向人们靠过来靠过去。

老者就使她靠在自己身上，一臂揽她腰，挟持住她。待人们一个个全体向后转，四股八岔地挤往别处，腾出了可供转移的余地，他才挟持着导购小姐，靠近一排柜台。所幸导购小姐窈窕，教授健朗，转移还算顺利。

忽然人们又向二楼楼梯口发起强攻。其势汹涌如倒卷潮，不可阻挡地泛将上去。须臾，整个一层商场，不复有一人存在。空荡荡寂寥寥似散祈的教堂。

教授虽健朗，那种健朗也不过指精神方面的矍铄而言。从物质方面讲，毕竟是个形销骨立的瘦小老头儿，经不住导购小姐久靠。尽管导购小姐是位身轻体俏的姑娘。况且，所谓"挟持"乃要劲的活儿。就是一捆高粱秆儿，就是身强力不亏的棒小伙儿，"挟持"久了也得换换胳膊。人终究不是一根柱子一堵墙。教授渐觉腿软臂酸，力不可支。那导购小姐倾身相依，好比美人儿长睡。

于是教授不得不将导购小姐抱起，横陈柜台上。台面是玻璃的。教授怕导购小姐着凉，从此落下关节炎导致半身不遂或肾炎导致慢性病纠缠，该是多么令人叹息的事啊。

教授对导购小姐顿生一片怜香惜玉之心。

他见对面的柜台是卖床上用品的，货架上有毛毯线毯之类，便走过去，欲取来铺在导购小姐身下。走到跟前，却不知怎么才能绕进柜台里边。贴着柜台转了一圈儿，又转一圈儿。没发现入口。只有爬过去了，他想。于是做双臂撑，偏身上了柜台。正要越雷池一蹦而未蹦之际，竟被电击般一个讯号击中某根神经，犹豫了，忐忑了，心虚了。若一物在手，突被指喝为偷儿贼子，可怎么得了？你说你学雷锋，做好事，谁信？不信的人多信的人少，几乎是可以肯定的。甚至根本就不会有人信。教授是研究社会心理学的，是人爱人之新人文精神的倡导者。教授自己并不认为自己是新派。恰恰相反，曾在多种场合郑重声明自己是旧派。而人文精神人文环境是人类客观问题，也并非教授自己创造的社会心理学体系。新派是某些同行硬贴在他身上的标签。某些同行很需要对立面。希望有对立面。因为没有对立面，某些同行便觉得失去了他们存在着的价值和意义。所以他们给教授贴上新派的标签之后，就把他当成了众矢之的。他不过才出版了一本六万余字的小册子。而与他商榷与他探讨乃至直接向他刺来丈八长矛的大块小块批判文章，已达四五十万字之多。如今方兴未艾。某些同行因他的小册子而得了若干笔可观的稿费。实实在在的名利双收。一评二评三评，似乎要像当年中苏大论战评到九评方肯罢休。而那本六万字的小册子却未给他带来一分钱的稿费。相反，按照出版社的苛刻条件，他倒贴了五千元。一下子支出了他几十年积蓄的三分之一。又有同行中的某些后起之秀铁血小子冷面杀手，他们的文章虽然不引经据典运用马克思、列宁主义方面的学问，但以尼采叔本华弗洛伊德萨特之理论做威力猛烈之武器，从另一翼向教授扫射。连迂回都不迂回，也根本不在乎暴露自己，挺立于他们的阵地前沿，猛扫狠射。歼击兵中，有人还是他的得意门徒。教授一般都很谨慎。他们平常不太有机会能将一位教授当靶子。能将一位教授当靶子，即使只打个一环二环也是值得一瞄一放的。他们这么认为。他们的文章调侃挖苦讥辱耻笑正讽反讽冷讽热讽，早已将教授扫射得弹洞累累如同筛子了。他们指出教授不过是以施舍者的假面兜售中国之旧人文文化的残羹剩饭。沽善名、钓仁誉。他们戳穿教授"冒牌儿人文学科所谓新派"的嘴脸，如同戳穿卖假药之江湖郎中的行骗勾当。他们警告世人，人爱人的人文哲学，是阳痿的男人们的哲学和企图自医性冷感的女人们的哲学。宣扬让世界充满爱无异于向世人施行精神疲软的催眠。因为人爱人的人文哲学否定了推动社会也就同时推动人类大踏步前进的另一种巨大的力量——那就是人的恶本能以及人性恶的力量。优胜劣汰合乎自然法则。人不与人争斗难道和动物去争斗么？至恶亦即至真至美。人与人争斗乃人类最具主动意识的最高冲动。在这种冲动之下人才能活得机灵活得敏感才能培养起活的高超技巧。教授于是发表了一篇千字文，声明自己的的确确不是新派而是不可救药的旧如敝帚的旧派。并且一再解释自己从没想要充当新派也根本不配充当新派。承认自己不过是兜售了点儿中国之旧人文文化的残羹剩饭。扪心自问动机是良好的。不过就是倡导在人人都有不少切身感受人人都曾抱怨过的中国之人文环境下，人人以身作则、互相友爱些个。除此别无他意。更不存要使十三亿中国人之一半男人都阳痿了的阴险毒辣。也对性冷感之女人的问题根本毫无兴趣根本没有研究过根本不想承担起什么义务根本不关注。然而后起之秀铁血小子冷面杀手们不依不饶。他们扬言流毒尚未肃清同志仍需努力批判还要继续下去。于是教授在报上作了公开忏悔于是教授销声匿迹已两年矣。倒是有几位国外同行对教授还很看待得起也很同情。认为中国之大问题不唯是经济问题不唯是政治体制问题不唯是人口问题也是中国人之心理素质问题是中国人之心理危机问题。认为中国人之心理危机潜伏着导致十三亿之中国人心理恶变的隐患。认为教授所曾执着过的对中国人进行的人爱人的劝诲，是相当扫盲意义的普及教育。不但必要而且及时。认为否则的话，十年二十年后，联合国代表大会必将设立专门机构研究已然不是东亚病夫而是东亚痞夫的十三亿中国人的成习之恶对世界的威胁……

但教授毕竟是生活在中国人之中的，由对同行进而对同胞心有余悸。所谓"一朝被蛇咬，十年怕井绳"。

这会儿，他人在柜台上，心在五行中。他想他还是下来的好。不过不可往柜台里边蹦，而应该蹦到外边。常言道，做贼心虚。教授这会儿是，不做贼也心虚。心虚得厉害。心虚极了。

于是他趁着还没人发现他的举动，赶紧向他的多疑多虑妥协。望望那位导购小姐，一时并无醒来的意思，他那一颗怜香惜玉之心，受他那冥顽不化的人爱人的主张的怂恿和鼓励，亦有所不甘。

　　他在柜台外徘徊一阵，又爬上了柜台，做出了勇敢的一蹦，从货架上抱取一条毛毯两条线毯，匆匆脱离险境，奔回到横陈着导购小姐的这边柜台来。

　　几分钟的事情，教授出了两手心一脑门子虚惊之汗。不做贼也心虚，此话真不假。教授的心怦怦乱跳。是啊是啊，他一点儿也不认为他的多疑多虑是多余。他是研究社会心理学的教授，而且是一级教授。他十分清楚地知道，目前的中国人之心，尤其是城市的中国人之心，构成的所谓社会心理仿佛一头怪物，一头被恶所饲养的怪物，却并不食恶，而吞噬善。也许它正巴望着吃一位一级教授什么的。在他被断定为偷儿贼子之后，它更会吃得津津有味。尽管它不见得相信一级教授会是偷儿贼子，也要照吃不误。也许等它吃腻了，才有忏悔之心。但它现在并没有吃腻啊！他可不愿奉献自己给它吃。他仍挺热爱生活。他相信，阳光底下，再悲伤，再可憎，再恐怖的事情，都能够以人的胸襟和对他人的爱而把它包容。他甚至不太关心今天的事儿，如果今天注定了是这一座城市的末日，那么他更加在乎今天他自己做了些什么。他对那姑娘的爱怜，剖析起来，弗洛伊德学说的成分即或有，也非主体的。主体是一种类乎宗教思想宗教表现的行为。没谁注视，也并不打算写在日记里，仅只是一种自我完成的潜意识的命令。他服从这一命令。虽然犹豫了一次，但毕竟服从了。

　　他将毛毯铺在柜台的玻璃面上，怕姑娘热，又铺了一条手感凉丝丝的线毯。然后将姑娘抱起，移放毯上，并将姑娘的双臂顺条笔直地放好在身休两侧。将姑娘的旗袍下摆抻齐，并将旗袍开襟对掩起来。不使姑娘两条修长的腿直裸至上部。接着，他脱下了她那双高跟皮鞋。想了想，从兜里掏出他的手绢，展开盖在姑娘的双脚上，而将另一条线毯折成枕状，垫于姑娘头下……

　　于是那姑娘看去躺得很雅，绝不会有碍任何文明之士的观瞻。也不会在浑然不觉之中，遭到邪淫之徒的目光的亵渎。

教授有些奇怪姑娘何以晕过去这么久。他哪里知道姑娘有美尼尔氏综合征。

他也想轻拍姑娘人面桃花的脸蛋儿。他也想以他的手去抚姑娘高耸的胸脯。他希望她快点儿醒来。这是他第一次不能遵守约定时间，而对方是几位外国同行。他为此深感不安。

他的手刚刚触碰到姑娘的胸脯，立刻缩了回去。他那样子，仿佛一个要洗脸的人，用手试了一下水的温度。而"这盆水"对他来说似乎太烫了。

他贼似的左顾右盼。

想到方才那斯文男人因这么做而被扇了许多记耳光，他不敢冒险了。

教授又未做贼而心虚了。

这时"救生圈"三个字如同咒语，已将人们从二层楼挑逗到了四层楼。隔了空荡荡寂寥寥的两层楼，教授骤然间感到异常孤独。被世人所抛弃了似的。在他因了那本六万来字的小册子遭到围剿的日子里，儿子曾借回家大量的录像给他看。有一盘叫《宇宙天魔》。美国人编的美国风格的恐怖故事。也可以被认为是灾难故事。几位宇航员从某未名星球带回到美国一具死而未僵的美丽无比的裸体女尸。然而她并非人类的宇宙姐妹。也并非打算与人类友善沟通的代表另一银河系的使者。却是喝人血食人肉的恶魔。隐藏于一具地球人类的美丽无比的躯体之内，以蛊惑地球人类。正如地球上的鬼们都是这么干的一样……

教授生此联想，则不但孤独，并且有几分害怕了。他视那昏厥不醒的导购小姐的美丽，与"天魔"之美丽不分轩轾。区别仅仅在于，一个身体全裸，一个身着旗袍。将美丽造成恐怖，或者反过来说，将恐怖饰成美丽，是地球文化的一大创举。世世代代影响了地球人的审美心理。当然也影响了教授的审美心理。人面桃花的导购小姐的美丽，使教授越看越害怕。他仿佛觉得，她的胸部正在起伏，眨眼间就会有一只血淋淋的魔爪，从她的胸部破腔而出，须臾变得巨大，抓住他，将他撕碎……

"来人啊！"

他不由得高声喊叫。

他希望能有第二个男人应声出现，和他做伴儿。共同尽地球人类一贯主张的革命的或其他意义的人道主义，共同守护一位昏厥不醒的人面桃花的姑娘。如果她不美丽，他想，也就无须守护了。地球人对美丽的东西，包括人，尤其女人，总是有一种破坏的欲望。这一点他了解得很深刻。就好比某些孩子对贵重的构造精细的东西总是有一种拆散它的欲望。他们不采取行动并不证明他们内心里不产生拆散它的欲望。乃是因为没机会下手或被大人密切监视着的缘故罢了。而她昏厥不醒，简直就可以被认为是一件"东西"，一件值得趁机把玩一番的"东西"。何况他只是由于联想而有几分害怕她，并不真的认为她定是"天魔"之类无疑……

没谁应声而至。

只有他自己的喊叫之声在偌大的一层空楼回荡。

而在四层楼，疯了似的数以万计的男人和女人，因始终没有发现一个救生圈，正以他们和她们的疯狂对付商场负责人——一个被认为是负责人其实不过是仓库保管员的男人。连那个男人也快晕过去了。他也根本不知道哪儿有救生圈。而团团围住他的男人和女人们认定他知道。将他扯过来拽过去，对他愤吼怒喝，就差没揍他了……

"姑娘，原谅我。不是我不愿继续守护着你……实在是因为，你使我有几分害怕呀……一般人绝不会昏过去这么长时间啊！姑娘你太不对劲儿了呀！"

教授自言自语着，一步步向后退。他说服自己赶快离开这是非之地。分明地，已经被说服了。

正在这时，刘伯温"至交"的后人们闯入进来。

教授一看见他们，吃惊不小。他们的"毛"，虽被风刮掉了不少，虽被他们一边跑一边捋掉了不少，但毕竟仍然披羽一身，人不似人，鸡不像鸡，更加怪模怪样。

教授眨了眨眼，怀疑是在做梦。他没法儿明白，若非在梦里，而的的确确是在现实之中，何以会突然出现这么三个活物。就算大家今天都得死吧，正常人也不会把自己作践了再死呀！

他猜测他们是三个精神病。

他的害怕又增加了十分。

"嗨，救生圈在哪儿搞？"

他们身无分文，当然不问在哪儿买。

教授往回退，摇头。

"老家伙，知道不告诉我们是不是？"

三个刘伯温至交的"后人"逼向前来。

"我真的不知道……"教授往上指了指，"人都奔上边去了。也许……二层……或者三四层……或者第五层……"

"究竟哪一层？说准了！"

"我……我说不准呀！"

"那么，你一个人，待在一层干什么？！"

"我……我守护着……"

"快讲！"

"她……"

教授指了指柜台上的导购小姐。

"嘿，哥们儿，没注意到这儿睡着个美人儿呀！"

于是他们围向她。

"活的死的？"

"活的！死的老家伙能守护着她么？"

"活的怎么不动啊？"

"鬼才知道！嘿，老家伙，她怎么了？"

"她晕过去了……"

教授不打算赶快离开了。他知道他一旦离开，这儿会发生什么事。明摆着，这儿肯定已是凶多吉少了。所以他才不打算离开了。

"老家伙，是你女儿吧？"

教授摇摇头，立刻又点点头。

"不管是不是你女儿，摸摸总是可以的吧？"

他们第一次这么近地端详一位美丽的姑娘。如干柴烈火的邪淫之念，使他们一时忘了救生圈不救生圈的。他们都狞笑起来。三只贴了细小鸡毛的手，一齐向姑娘的身体伸去……

某一类人，在他们因了他们的作恶受到惩罚之时，所伪装出的可怜相不由人不同情。而一旦他们有作恶的机会，他们还是要照样作恶的。他们本性如此。善良的人们根本就不应该希望他们改邪归正，立地成佛。某些国家一度取消死刑，终于又恢复，正是由于对他们的无奈。

"不许你们碰她！"

教授大吼一声，扑过去，伸张开双臂，阻挡他们。

"呵，敢败坏我们的雅兴？"

"老家伙，放明白点儿！就今天，是你女儿，也得无私奉献！不奉献，死了岂不可惜么？"

他们中的两个，要大打出手的样子。

"你们若碰她，我豁出这条命，也要跟你们拼！"

教授满面凛然。

为首的一个刘伯温"至交"的后人，这时却蹲了下去，隔着柜台玻璃，看得发呆。

他那两个高兄矮弟感到奇怪，也蹲了下去。这一蹲下去，似乎就没有想再站起来的意思。他们那种样子，仿佛饥肠辘辘的乞儿，望着饭馆橱窗里面的美味佳肴，垂涎欲滴，直咽口水。是贪婪把他们定在那儿了。它不但从他们的眼中投射出来，从他们的脸上表现出来，而且整个儿从他们那种蹲踞的姿态呈现出来。那是一种随时准备一跃而起扑向什么的动物般的姿态。半个月没吃过什么的狮子或豹子，盯住一只小瞪羚的时刻，就像他们那种样子。他们的身体都微微前倾。他们的脸都快贴到了柜台的玻璃上。某种大的激动使他们的脸都扭歪了，变形了……

教授也不免感到奇怪。虽然他在这一列柜台前厮守了近半个钟点，却还没有注意这儿是卖什么的。他弯下腰，也凑上去看。这一看，他心中暗暗叫苦不迭——原来这儿是黄金珠宝专柜。摆满的尽是标价昂贵的首饰和工艺品。他想——坏了，我更不能走了！我一走，他们把这一切统统洗劫一空，我是铁定的嫌疑犯啦！

"大哥，咱们还蹲着干吗呀？"

"就是，动手吧！"

"那还废他妈的什么话！"

"大哥"倒被问火了。

于是三个刘伯温"至交"的后人，腾地站起，一个比一个敏捷地跳过柜台，六双手就开始抓。抓了便往兜里揣。"大哥"急中生智，索性脱下遍贴了羽毛的外衣，往地上一铺，将柜台里的东西一层层搂得一干二净。他们扫荡空了一个柜台，马上转移向另一柜台继续扫荡……

教授从旁望着，以一种劝告的口吻说："小伙子们，适可而止，适可而止吧！贪财之心，人皆有之。贪得无厌，就不好了……"

三个刘伯温"至交"的后人，自然顾不上听他的唠叨。

"凤凰山的故事，你们听过没有？从前啊，有兄弟两个。老二发现了一座山，山上全是金银珠宝。但同时住着一只火凤凰。火凤凰每天早晨飞走，天黑飞回。它一飞回来，山上就烈火熊熊了。老大是个贪婪的家伙，见老二从那座山上……"

"大哥"忙里偷闲，给了教授一记大耳光。

教授关于凤凰山的民间故事，也就没能讲完。他觉得口中咸咸的，一抹嘴，抹了一手血。

挨排一列柜台，顷刻被扫荡一空。

教授仍是不甘寂寞。

他又说："小伙子们，你们细想过没有？如果咱们这座城市，就是一座现代的庞贝城，如果今天，就是它的末日，这些东西，对你们又有些什么实际的意义呢？如果不是，那么城在，法律便在。四周汪洋，这么一座城里，你们可往哪儿逃？我不信你们一出这商场，便有意大利的或美国的黑手党，派直升机来把你们接走。就算是这样，这些东西，归根到底，也不过值一百多万。我指的还是人民币。兑换成美金呢，也不过就三十来万。你们三个人分，一人才十来万。十来万美金，在国外，省吃俭用，最多够花两三年的。两三年后，你们照旧是国外的中国穷光蛋一个。我替你们思前想后，你们这么干，不值得呀！何况，我已经把你们的身材高矮容貌特征记住了。我身为知识分子，而且是教授，仅仅为了洗清我自己的嫌疑，能包庇你们么？能不详细告诉司法部门么？三天之内，你们准被逮住。非常时期，肯定重判。也许就是死罪。法网恢恢，疏而不漏。你们可要考虑好了呀！悬崖勒马，现在还来得及……"

三个刘伯温"至交"的后人，其实正打算逃之夭夭，听了教授一大番话，面面相觑起来。

一个说："这老家伙的话，倒也言之有理。"

另一个说："没这老家伙看见，咱们今天干这事儿，可就甭提多利索了！"

教授以为自己的话对他们发生了作用，心中一阵高兴。

不料那"大哥"瞪着他说："看来，我们得把他杀了。"

"对，不把他杀了不行。"

"我同意，杀了他。"

于是那"大哥"又说："老家伙，多谢你提醒啊！不过我们哥三个的想法和你的想法略有不同。如果这座城市今天就玩完，有二百多万人陪着我们死，我们临死连眼皮都绝不会眨一下。如果不呢，我们干的就值得。要使一部分人先富起来么。不靠神仙皇帝，要靠我们自己。《国际歌》不就是这么唱的吗？我们才不到国外去呢！我们哥仨每人十来万美金，那就是好几十万人民币。黑市上还不止这个数。美金还要看涨。从今往后，那我们哥仨就是咱们这座城市的首富。冲这一点，我们都有一颗中国心。跟您讲这些，是为了让您明白——刚才您也听到我们之间的话了，我们不得不杀了您。今天以前，我们只干溜门撬锁、拦路抢劫之类的小行当，没杀过人。您到了九泉之下，可千万别恨我们。我们并无冤仇是不是？我们杀您，不过是一种观念的冲突，一种不同的活法的冲突。逢您的忌日，我们保证，会给您烧点儿纸什么的……"

对方的一大番话，也把教授说得一愣一愣的。他简直搞不清对方真要杀他还是不过逗逗他而已。因为他们手里并无凶器，他觉得他们更像是逗逗他而已。

教授笑了。笑得怪天真的。毕竟，在他听来，他们的话，他们的道理，他们推论他们的道理的那一种振振有词的逻辑，是十分可笑的。他不愿被他们认为他连一点儿起码的幽默感都没有。

"大哥"也笑了。也笑得怪天真的。

他们中性急的一个，又性急起来，催促道："说杀就杀，逗什么闷子呀！"

另一个犯愁地说："光说杀，拿什么杀呀？"

"大哥"说："这我已经想好了，你们俩负责把他按住就行了。"

于是那两个，跃过柜台，一个擒住了教授的一条胳膊。

"快杀快杀！"

"怎么个按法儿？"

"慌什么！把他的头按在柜台上。"

于是那两个，遵照吩咐，各自腾出一只手，将教授的头牢牢按在柜台上。

教授这时候方觉得有些不妙，想喊救命。可他生平从未被人如此这般地摆布过，从未曾有过眼看就要被杀的经历，所以，也就从未曾喊过救命。从未曾喊过救命的人，并非一旦到需要喊想喊之际，就能响亮地喊得出口的。尤其知识分子，尤其教授一类的老知识分子，从他们口中喊出杀人啦救命啊等等，确实很不容易。他们不像某些习惯了耍泼的市井女人，别人触她一指头就喊杀人啦，脸上被挠出条血道道就喊救命啊。他们常常想喊也不会喊。因为不会喊不善于喊则根本喊不出口喊不起来……

教授终于喊了。更准确地说——他以为他已经喊了。但那与其说是喊，不如说是喃喃自语。他觉得他发出的求救讯号全世界都应该听得到的。其实只有要杀他的三个刘伯温至交的"后人"听得到。那是一种声音细小的分明不太好意思的喃喃自语。而且他喊的不是"杀人啦"或"救命啊"之类言简意赅的求救讯号。而是"有人打算行凶，快来人制止他们"这样的话，从音阶和语言节奏来讲，谁都很难喊。写不过一行，说不过一句，喊——字数太多了，句式太长了。然而那些汉字，却于瞬间内在教授的头脑中经过了自以为正确的排列组合。甚至就说是经过了推敲也并不夸张。他的下意识原本打算发出的求救讯号乃是——有人行凶，快来捉拿。但因"行凶"尚未构成事实，又因"捉拿"二字带有激怒对方的可能性，故在那些汉字被遣至喉咙，即将输出口外之时，由舌尖一挡，在口腔内绕了一圈儿，增加了"打算"二字，"捉拿"也改为了"制止"……

知识分子，又是教授，以语言为基本谋生工具，一向重视语言问题，在任何时候，在任何情况之下，都难免过分考察语言表述的准确性。横竖都不过是喃喃自语。喊，其实没什么准确不准确的区别。即或算有不可忽视的区别，那区别也没什么实际的意义。

"嘿，大哥，他在说咱们打算行凶……"

人家虽没什么文化，也一向根本不重视语言问题，但其表述的准确性，一点儿也不比教授差劲儿。人家表述得非常之客观，非常之实事求是。指出他是在"说"，而并未将"说"夸大为"喊"……

"咱们做人也别做得太恶了。反正他已经死到临头了，想说什么，随他说什么好了……"

那"大哥"嘟哝着，飞起一脚踢碎柜台玻璃，从导购小姐身上扯下"绶带"缠裹住自己的双手，拾一块大片碎玻璃在手，就双手去锯教授的脖子……

"我求求你们……"

碎玻璃之锋，不亚利刃。教授的脖子很细。才来回锯了三五下，那颗头，已然从脖子上掉了下来。血如泉注，咕嘟咕嘟，带着这个迂腐太甚的，专门研究社会心理学的，对一切歹恶现象都怀着满腹劝善热忱和虔诚的老知识分子老教授的体热，顷刻流了一柜台，滴淌一地。

"大哥"问他的高兄矮弟："你们放心了吧？"

他们同时回答："放心了！"

"走！"

性急的那个，瞧着昏厥之中的导购小姐的脸，恋恋不舍。

他说："妈的，摆在眼前，没那么会儿工夫！要不你们先走，我豁出去冒险再留一会儿。被逮着我不供出你们就是了！"

"走！"

"大哥"怒吼。

"等我一分钟。就一分钟……"

他那一双沾满鲜血的手，伸入姑娘的旗袍内，将姑娘的身体，从上至下一阵蹂躏。

姑娘终于苏醒，微微睁开眼睛。

她不明白他在干什么，但明白自己是昏厥了一阵，以为他在给她做人工呼吸。

"我……您……"

她想说句感激的话。

"宝贝儿，拜拜……"

他将教授那颗血淋淋的人头捧起来放在她胸脯上。

她懵懂之间也没看清那是什么，她捧起来仔细看。发现是颗血淋淋的人头，半张着嘴，由于巨大的惊愕有什么重要的话没说完的样子。尖叫一声，又昏厥过去……

那畜生接着搂抱住姑娘的一条腿狂吻不止……

一阵奔突骚乱之声在他们头顶形成一片嘈杂，忽东忽西。它压迫出了几声女人的尖叫。仿佛在第四层或第五层，正有许多驭手驾着马车竞赛。

"你他妈的！存心坏事呀？"

那畜生挨了他的"大哥"一狠脚。

"走，就走。嘿嘿，老子不能受用的，也不能囫囵地留给别人……"

他拿起他的"大哥"用来锯掉教授头的那片血淋淋的碎玻璃，在姑娘脸上、臂上、腿上……一切暴露美好肌肤之处乱割乱划乱戳……

他的两个伙伴不得不拖着他惶惶逃走。

可怜那姑娘于昏厥之中容损肉绽惨不忍睹……

商场的仓库被打开了。救生圈被发现了。

经过一番奋不顾身的抢夺，几百个救生圈终于套在了几百个强者身上。他们带着抢夺造成的血和伤，也带着几分获胜的角斗士那种庆幸和骄傲心理，冲到马路上。他们都知道自己会成为多么危险的袭击目标，一冲到马路上，就往窄街小巷里跑。每人背后，都有十几个二十几个穷追不舍者……

那情形好比一群非洲鬣狗追逐一匹斑马。

一个眼眶被打肿的小伙子在奔跑中撞到了一根水泥电线杆上，如同一只兔子撞到了树根上，向后仰倒于地就没再动弹。追逐他的人追逐到跟前，伸出一只只手从他身上往下扯救生圈。他们互相发出野兽般的威吓对方的吼叫。

他们中夺到了救生圈那个亦遭追逐。

而他夺到的其实不是救生圈，是救生圈的一部分。他们追逐上了他，立刻将他绊倒放翻。然而他和他们，并没有立刻意识到，他舍命加以捍卫的，根本不能算是救生圈。为了那救生圈的一部分，为了那丝毫也没有救生作用的比单帽大不了多少的一片胶皮，他和他们之间展开近乎殊死的格斗，不但动了拳脚，而且动了牙齿。

终于那片胶皮被明白了不过是一片胶皮。由于扯拽，它失去了原有的弹性，仿佛是被抻得变了形的太薄了的饺子皮儿。连胶皮也不能算还有点儿用比如还能粘补鞋的好胶皮了。

于是他们停止了争夺。

于是他们都放弃了一心想要夺归己有的巨大的猛烈的欲望。

于是他们你看我，我瞧你，各自讪笑。一时间都显得非常之尴尬，非常之没趣，非常之不自然不自在。

　　"我说，你只到手一小片胶皮，你倒是瞎跑个什么劲儿呀？"

　　他们中的一个，开始埋怨那个被他们绊倒放翻，且挨了他们一通拳脚的人。

　　"你这个人，白白受苦了不是？你抢着了，倒是看看啊！"

　　"打他也该打，揍他也该揍！还不是因为他，我们才追得上气不接下气的！哎哟……这小子还撞了我肋巴骨一头……"

　　他们都愤愤地批评起来。在批评的同时，不自然不自在的他们，一个个的，都渐渐变得矜持了。似乎不但矜持，而且是些很无辜的受骗上当的直接的受害者。

　　"你们……你们……容我看看了么？你们恨不得，都想把我撕巴撕巴吃了的样子！再说，最先引得你们狗撵兔子似的追的，也不是我啊！"

　　小伙子呻吟着，坐起来。他的手背上，有两排深深的牙印。

　　他的话，又使他们都显得不自然不自在。

　　"你还有理啦？！"

　　"你还觉得委屈么！"

　　"你要是稍微表现出那么一丁点儿礼让的意思……哼，对你这种人，再怎么进行共产主义精神教育，也白搭！"

　　他们企图极力维护住刚刚复归的矜持。

　　他们都挺恼火他不给他们一个台阶。

　　"算啦算啦，甭跟他一般见识！走吧走吧……"

　　于是他们只好自己提供自己一个台阶，悻悻地，相随着散去了。每个人拔腿而去时，都狠狠瞪了小伙子一眼。倘目光可做伤人利器，那小伙子肯定体无完肤。

　　小伙子，他哼哼着，想站起来，却不能够。他的一条腿，脱臼了。

　　他用他那只被咬出两排深深的似乎一辈子再也不能平复的牙印的手，捡起那片被弃之于地在抢夺之中扯拽得变了形的胶皮，怔怔看了半天，忽然狂笑不止……

而在此时，在另外一个地方，在一幢建成不久，尚没有多少人家搬进去住的楼里，有一对新人互相搂着膀子抱着头，号啕大哭。

他们的婚礼正进行。

三室一厅的新房装修考究。拼块地板、高级壁纸、百叶窗、封闭阳台，从卧室到内室到客厅到厨房到厕所，一切一切体现一个"新"字。新得仿佛更是为了向打算结婚的人提供样板吸引参观而并不打算真在这里生活似的。电视机、录像机、组合音响、冰箱、空调应有尽有。在中国，对于一对二十多岁的青年，可谓豪华甚至有些奢侈的安乐窝了。

新郎新娘哭得泪人儿似的哭得天昏地暗哭得有鬼鬼泣有神神悲哭得每一位宾客坐立不安。

公公婆婆岳丈丈母娘陪着哭。新娘脸上的浓妆艳抹被泪水冲得红一道紫一道如同二花脸。

"唉，房子也给儿子要下来了，工作也给媳妇调动了，郝局长再也没什么操心的事儿了，就等着抱孙子了，谁承想，盼来的是这么一大呢？天不遂人愿啊……"

某宾客为之喟叹不止。

"局长，郝局长，别哭了别哭了。身体是革命的本钱啊！您的身体不是您自己的，是革命的啊！您若哭坏了身体，革命必受损失哇……"

某宾客掏出自己的手绢向局长奉献。

局长一经提醒，想到革命，便立刻不哭了。强忍悲伤，接过手绢，揩了揩脸，擤了擤鼻涕，还给对方发指示："我不是怕死。怕死当初就不参加革命了。我呀，纯粹是替我儿子感到悲伤哇……我没事儿了，不用你劝了。老李你若会劝，就劝劝我儿子去吧……"

被称作"老李"的某宾客连连点头，"您不哭了就好，您不哭了就好。您首先不哭了，我才好挨个儿劝别人是不是？老嫂子，局长不哭了，您也别哭了。对，要向局长学习嘛！我知道您从来是虚心向局长学习的。在这种时候，我们大家都要向局长学习是不是？要发扬革命的乐观主义精神么……"

以这位被称作"老李"的宾客的年龄推断，以他对局长夫妇那种恭敬那种谄媚来看，他大概是局长手下的处长或副处长之类角色。

事实上他也正是这么一个已经有了点儿小权在握并天天巴望着别人下来自己上去一朝大权在握的人物。国家的各行各业每一方面的机关都有不少这样的人物。而且，这些个人物，大抵又都是顶头上司们的心腹，很善于逢迎很善于获得信任获得青睐获得器重。

局长今天就把这一场婚礼全权委托于他了。借用"火线入党"那层急促的意思，这一场婚礼可以说是一场"火线婚礼"。以文人们之写作打比方，也可以认为是"急就章"。

局长心里并不主张举行这场婚礼。他属于不信这座城市末日到了的人们中的一个。用他的话说——"那还脱了裤子放屁多费一道手续干什么？孩子不是都打掉两个了么？"

在今天，在这个全市人乱乱哄哄惶惶然如热锅之蚁的日子里，一向正统之极的局长的观念，反倒比他的宝贝儿子开通得多现实得多。

然而要鸾凤结对儿的毕竟是小郝，不是老郝。老郝敷衍塞责的态度，激怒了小郝。使小郝认为老郝很不好。别看小郝是个纨绔弟子，但也是个笃诚的基督教徒。纨绔归纨绔，并不影响信仰。自打他不信仰马克思马老关于共产主义那一套之后，改信过那么七八十来种信仰。最终才投在上帝的门下。用他的话说——信上帝还不是为了信自己？这年头最大的精神危机是有时候连自己都不信了。小郝一天偶翻《圣经》，看到这么一句——"耶和华知道完全人的日子，他们的产业要存到永远。"便据此认定，上帝是主张"私有财产保护法"的。须知几年来，小郝打着他的爸老郝的旗号，当过那么七八十来个公司的经理。被查封一个，再搞起一个。有时刚查还没封，另一个便搞起来了。所以很是积蓄了一笔数目可观的钱财。有了钱财之后，由主张"共产主义"好的马克思马老门下，投到主张"私有财产保护法"的上帝门下，乃是在情理的事儿。

小郝开始也和他的爸老郝一样，根本不相信偌大个城市会有什么末日。可是两小时前他的一位教友与他通了一次电话，指出这座城市的末日是肯定的。因为今天是 6 号。第一个发觉这座城市不对劲儿的人据传是在 6 点钟的时候。而本市市长又是 6 月上台的。三个"6"凑一块儿，在《圣经》中记载着，属凶兆。比如肯尼迪是在 11 月 22 日遇刺的，这些数字之和是 6。那天是星期五。英文的星期五由 6 个字母拼成。凶手又是在 6 层楼上开枪射击的。还教给他一种验证的方法——如果将字母 A 代之以 100，B 代之以 101，C 代之以 102……26 个英文字母以此类推，那么希特勒的英文名字之数和也是 666。而 666 正是《圣经》第 13 章第 18 节所记载的那个可怕的"野兽数"……

小郝遵嘱照法代换之演算之，果如教友所说。何况那教友是研究《圣经》的同辈人中的一个小权威，更使小郝不信末日也信末日了。

他在电话中请教有什么办法可幸免于难。那位教友给他的忠告是赶快结婚。立刻结婚。十万火急。至于为什么，教友还没来得及讲，电话就断了，并且再也拨不通……

于是小郝吵着闹着哭着叫着非在今天结婚不可……

电话打不出去，老郝的司机也"罢工"了，当老子的只好亲自去登门求李处长。李处长正在家里安坐。他说只要相信党，天是塌不下来的，地是陷不下去的。他说即使天真塌下来，共产党也会替人民双手托住；地真陷下去，共产党也会替人民再从别处移块地过来。总之共产党绝不会看着他的人民无立脚之地。李处长对党如此忠实，使他的顶头上司郝局长分外感动。感动了郝局长，也就等于感动了党不是？其实李处长并非有所相信，而是有所不信罢了。和郝局长一样，他不信的是"末日"之说。被上司所赏识的下属，在重大问题方面，要永远和上司保持一致。这是他当副科长时就悟透了的个人经验。靠了这一种经验，从副科长而科长而副处长而处长，他连年晋升官运亨通。

于是郝局长更加放心地将儿子小郝的婚事拜托于李处长。在今天，要若由他自己继续地操办完儿子的婚事，郝局长已感到"黔驴技穷"了。求助于李处长，乃是他唯一的"高招"了。

李处长也深受感动。在今天，这可是多么大的一种信任哇！顶头上司的信任，也就等于党的信任不是？何况郝局长又是以求助的口吻说明来意的！李处长将在今天这个特殊的严峻的日子里能否成功地操办一场婚事，看成上级领导在关键时刻对自己的一次大的考验。

不是所有的人都能从上级领导那儿获得一次考验自己之机会的。

李处长感动得都快哭了。他差不多说了一打"请局长放心"……

他真不愧是个人物。他大展神通，调动了他全部的办事的智谋和才干。他居然包下了一辆大轿车和两辆小轿车！他居然请到了如许多宾客！在今天，能办到这两件事，大概连上帝也不得不心悦诚服！也不得不钦佩之至！足见他的的确确是有些能耐的。何况是在预先毫无准备的情况之下……

还放了一挂鞭炮，还雇了一个录像的，还搬来了一个小型乐队不时营造点儿"喜盈门"之气氛。还有那三桌丰盛的酒席……

他如同一位魔术师，变魔术似的，把一切考虑周全的人和物，统统"变"到了这儿。

不消说，郝局长夫妇对他极为满意。他们的亲家公亲家母对他也极为满意。岂止满意，而且满意万分。

只有新郎和新娘挑挑剔剔，觉得草率，觉得还不够排场。年轻人嘛，结婚越隆重越好。离婚越迅速越好。李处长任劳任怨，并不委屈，并不往心里去。

新娘自打堕了两次胎，受了些难免要经受的苦楚之后，就一直被新郎冷落，搁置西厢，小姑独处，以为"没心肝"的"冤家"企图把她"甩"了。接到即刻举行婚礼的通知，自然红鸾星动，雌鸳意急，表示哪怕冒着枪林弹雨，身经百难也在所不辞，不成功便成仁死而后已……

新郎并非没有把她"甩"了的念头。直至她被簇拥面前，那念头仍像一块石头似的硌他的心，难以摧毁。第一他得结婚，要结婚。第二他根本不是打算和她结婚。他希望新娘是另一个，使他想忘也忘不掉的另一个。可另一个今天此刻会在哪儿，他猜都没法儿猜。只怕是踏破铁鞋无觅处。饥不择食，也就只好权且将她就当成那另一个。

想想自己才二十多岁，少说按活到七十多岁算，还有五十年。还有一万八千两百多个日子本属于自己，可以从从容容地细嚼慢咽地享乐人生，却他妈的好像连本带利被封账了似的。怎不感到无比失落，又如何能忍住不号啕大哭呢？

是他先哭起来，才引得他的新娘他的父母他的岳丈丈母娘一干人等随着哭。

李处长劝得郝局长夫妇止泣噤声之后，又劝他们的两位亲家。劝得四位长辈都消停了，便开始劝一对新人。这在战略战术上有分教，是"擒贼先擒王"的步骤。

"小郝，小郝，别哭啦别哭啦。今天是你们大喜的日子嘛！哭多破坏情绪呀？给李叔叔个面子，咱们高高兴兴地把婚礼进行完！就算真是末日来临，你光哭也没用哇！"

小郝果然不哭了。不料却恶狠狠地骂了他一句："滚你妈的！"

李处长脸红了。

幸而有局长从旁主持正义和公道。

局长说："老李，别理他的驴脾气。继续进行，继续进行下去……"安抚了李处长，又瞪着儿子骂了一句："混账东西！"

李处长息事宁人地朝郝局长摆摆手，非常之大度地笑着。

那些宾客，并无一位是新郎家族方面的人。也无一位是新娘家族方面的人。更非李处长本人方面的亲朋好友。新郎新娘家族方面的人，七姑八姨二舅三叔四大爷，该在家的不在家，该光临的都没心思光临。他们全是他从火车站用大轿车接来的外省市人。铁路中断，机场关闭，他们除非插上一双能够持久飞翔的翅膀，是没法儿离开这座城市的。他们又是些在本市投亲无靠投友无缘的差旅者。被困在火车站，如丧家之犬。听他说管一顿好吃好喝，又当场每人塞给五十元钱，想想，于他们没什么损失，就被"招募"了。若是参加不相识之人的丧礼，每人多给五十元，他们大概也不会来。但参加的是婚礼，性质便不同了。大多数中国人，在心理上都有几分相信以吉克凶方能逢凶化吉。所以他们其实更是为他们自己来的。既来之，则安之，则吃之喝之。客随主便。

趁着新郎新娘不哭了，李处长一鼓作气一气呵成一泻千里势不可当地将婚礼推向最后一幕也是最高潮的一幕……

"诸位，现在，我代表新郎的父母，向新郎新娘，赠送最宝贵的礼物……"

他从桌子底下扯出一个旅行包，双手托着，请一位宾客帮他拉开。

他郑重地说："再请您替我取出礼物。"

于是那"招募"来的宾客从旅行包内拎出一件又脏又破的工作服。

"还有裤子。上面一套是男式的，给新郎。下面一套是女式的，给新娘……"

郝局长夫妇向前倾着身子，看得眼睛几乎从眼眶内突出来——他们没给过他这一堆连收破烂的都未见得肯收的油渍巴拉的东西要他当作给予他们的儿子和儿媳妇的结婚礼物！

他们的亲家公亲家母也向前倾着身子，愕异之状有如展现示众的是马王堆出土的西汉古尸。

众宾客纷纷从座位上站了起来，以为李处长拎错了包，或者有谁故意使坏暗中调了包。他们几乎个个都怀着一种阴暗的心理，期待李处长大出其丑，婚礼没法儿再进行下去。这种心理和"招募兵"暗咒指挥官倒霉巴望"任务"结束的心理没什么两样。既然他们已经吃饱了，喝足了，并且每个人都揣了一两盒外国名烟，他们就开始认为李处长应该明白点，识相点，提前些还他们以人身自由。五十元人民币买他们一个小时的自由，价格够便宜的了。要是五十美金或英镑么，他们兴许还能耐得住性子再多付出一小时。被招募者和招募者从来都难以同心同德。

新郎左手抓住了一只酒瓶子，右手也抓住了一只酒瓶子……

新娘柳眉倒竖，杏眼圆睁，盯着一盘红烧海参……

他们以为李处长要向他们进行艰苦奋斗之说教。如果他竟敢，新郎的"手榴弹"将立刻向他投过去，而海参也将"爬"他一身……

亲家公亲家母的目光，射向了郝局长夫妇，带着毫不掩饰的愠怒的质问意味……

郝局长夫妇不禁显得局促不安……

"诸位，"李处长放下旅行包，庄庄重重地开口道，"这两套工作服，不是一般的工作服，而是防火的石棉工作服！尽管今天是两位年青人的大喜日子，但是，每一个现实主义者都不应该回避我们大家所共同面临的现实。应该正视它。末日之说是悲观主义者们的有害的情绪。但灾难会不会发生呢？肯定会。随时可能发生的灾难，将是我们很难预想的。可能是水，也可能是火。常言道，水火无情啊！所以，这两套石棉工作服，必定对生命有极大的保护作用！新郎的父母，将它们送于新郎和新娘，乃是将安全，将活的机会，送予了他们！这是什么精神？这是先人后己的精神！这是舍己为人的精神！这是共产主义的精神！可怜天下父母心。可敬天下父母心呀！这也体现着，老一代，对年青一代，极大的爱护嘛！这种爱护是崇高的爱护嘛！因为世界是属于他们的嘛！中国的前途，是属于他们的嘛！"

李处长这番话，不啻是演说，是赞美诗。

赞美诗总是能感动人的。尤其是当一个人满怀热忱赞美父母心的时候。尤其是当可能大难即将临头的情况之下。首先被感动的是郝局长夫妇。他们双双站起，走到李处长面前，一人握住他一只手，感动得不知怎么表达才好。真的不知怎么表达才好。他们都十分满意李处长替他们预先安排的角色。尽管没跟他们背地里打招呼。

其次被感动的是新娘的父母。他们也双双站起，走过来分别握住郝局长夫妇的手。

正是：一声亲家公，双泪落君前。一声亲家母，知心的话儿满肚腹……

新郎新娘携手走过来了。一对新人双双跪于四位父母面前。这个叫了一声"妈"，那个叫了一声"爸"，复又哭泣。

"噢，别哭别哭，穿上穿上……听话才是好孩子嘛……"

李处长扶起新郎和新娘，在他们的父母的相帮下，将两套石棉防火衣穿在他们身上。众目睽睽之下，一对儿新人与刚才大不一样。新郎变成了个叫花子。新娘看去更特别——上身是千疮百孔的一件立领夹克式石棉防火衣，下身是又肥又长盖过鞋的石棉防火裤。衣裤之间胯以上腰以下是一截雪白的西服裙。

被李处长招募来的些个东西南北中的宾客，便纷纷鼓掌。他们也似乎一个个都受了感动。联想到他们自己无法预测的命运，又不禁都有几分凄然神伤。

李处长瞄一眼手表，聆听一会儿走廊有无动静，请众人归座，请众人举杯。

"诸位，一会儿，新娘的父母，也有宝贵的礼物……"

他的话尚未说完，一个人闯入进来，拎着一个糕点盒子。

众人目光，全集中在不速之客身上。

李处长问："办成了么？"

不速之客回答："办成了。幸亏你有远见，没让我到百货商场去，否则今天命搭上了，是在体育用品商店高价买的……"

于是，赶紧打开了点心盒子。

"诸位，这就是新娘的父母，送给女儿和女婿的礼物！"

李处长左手一件，右手一件，从盒内抓起两件什么，举过头顶。

众人全体站起来。站起来也望不出是什么。

李处长双手一抖，两件东西垂展开了，人们才看出是两个救生圈！

李处长鼓腮便吹。吹胀一个，套在新郎身上。紧接着运一大口气便吹第二个，吹胀了套在新娘身上。

于是一对新人又双膝跪地哭。边哭边号："爸爸呀，妈妈呀，你们真是把生留给了我们，把死留给了你们自己呀！你们都是我们的好爸爸好妈妈呀！如果你们真死了，我们要不永远缅怀你们，天打五雷轰呀！"

于是新娘的父母，赶紧扶起女儿女婿，以拥抱表达爱心。

当岳丈的，拍着女婿的背，一往情深地说："我们老了，无所谓了……"

于是双方父母互相拥抱。

于是新郎新娘两家六口，将李处长团团围住，依次与之拥抱。

新娘的父亲，与李处长拥抱时，悄悄耳语："今后，有求到我这个劳动局局长之处，只管开口……"

新娘还狠狠亲了他一口，在他脸上留下了鲜红的月牙痕。

李处长因自己所获得的成功兴奋得目光炯炯，大声宣告："婚礼到此结束，请诸位最后举杯，共祝新郎新娘逢凶化吉，白头到老！"

于是乐队奏《让世界充满爱》。

乐队刚奏到第二段充满爱的音节，房门突然被两个蒙面男子一脚踹开——

"都他妈的别动！谁动谁死！"

两只手枪"扫视"着每个人。男子之一还高举一枚手榴弹！

谁都不敢动。连头发丝儿都不敢动。动的只有他们擎在手中的杯子，和杯中的酒。它们就甭提抖动得多么厉害了。

"你！"两只手枪同时指向李处长，"把他们的救生圈弄下来！"

李处长无奈，连说："遵命，遵命，遵命……"放下杯子，走到新郎新娘跟前，求道："小郝，识时务者为俊杰呀。你就自己把救生圈给他们吧。别让大叔我动手了。啊？当着你爸和你妈的面儿，我怎么能……"

"别他妈那么多废话！快！抢劫不是请客吃饭！不是绘画绣花！不是做文章！不是温良恭俭让！抢劫是暴力！是……"

只拿手枪没拿手榴弹的男子，嫌李处长动口不动手，生气了，予以严厉警告。

"你他妈的也别那么多废话！揍他！"

又拿手枪又举手榴弹的男子，嫌同伙啰唆，打断了他的话。

于是他向李处长逼近过来。

古今中外，强盗蒙面，大抵都用黑布或黑面罩。化工业发展以后，才改用女人丝袜的。而这两个男子，用的却是红布，是少先队员的红领巾。红色真是一种特殊的颜色。使两个男子似乎在精神方面也占着优势，具有了几分"红色强盗"的意味。

众人仿佛都觉得他们自己是一九四九年以前的地方豪绅，而对方是"红党"。

"别过来，您别过来！"

李处长连连打躬作揖。

红领巾之上，一双眼睛瞪得又凶又狠。

手枪一摆："还不动手！"

李处长此刻也就顾不得今后的那么许多了。他动起手来。新郎自然是不情愿配合的，使他根本无法得逞。

"妈的，你给我揍他！要不老子揍你！"

乌黑的枪筒直指李处长眉心。

李处长不禁回头看看郝局长夫妇。他们也正看着他。新娘的爸妈也正看着他。所有招募来的宾客都看着他。就像电影摄制组五元钱请来的些个群众演员，无动于衷地看着主角做戏。

李处长犹豫一下，扇了新郎一记响亮的大耳光。

只这一记耳光，就扇得新郎鼻孔里淌出了血。

"姓李的，我记着你这一耳光。"

新郎恶狠狠地说。

李处长也发起狠来，又扇了新郎一耳光。

新郎顿时两颊红光焕发，自动将救生圈从身上取下，乖乖递给了他。

李处长接在手，乖乖奉献向那男子。

"把气放了。"

于是他把气放了。

对方脱了衣服，将瘪了的救生圈斜套在身上，重将衣服穿上。

"那一个。"

枪指新娘。

李处长又挥起了胳膊。

新娘眼见新郎已然乖乖就范，没了主心骨，不待巴掌落在脸上，迅速地就将救生圈从身上取下递给李处长。

李处长不待吩咐，放了气，赔着笑脸递给另一男子。

他同伙从他手中接过手榴弹，像他似的，以枪口监视着众人，以手榴弹威慑着众人。

他便也将瘪了的救生圈套在身上。

"这，怎么回事儿？"

他又对肮脏破烂的石棉防火衣发生了兴趣。

"那，那是防火衣……石棉的……"

"防火衣？想得倒挺周到。我们要！脱下来脱下来！"

有两个宾客，手臂酸了，怯怯地"请示"："我们，我们可不可以换一下手？"

他倒通情达理，说："我喊一二三，你们一齐换，谁耍花招或慢了一点儿，老子一枪崩掉谁的脑袋！一、二、三……"

于是众人都换了手擎着酒杯。动作整齐划一。尤其新郎新娘的父母，换了手之后，酒杯擎得更高了。似乎在有意向两个汉子证明他们绝不敢耍花招。

这时李处长已开始从新郎新娘身上往下扒两套防火衣裤，比帮他们穿上时利落多了。

"放那包里！"

李处长赶紧将从新郎新娘身上扒下的防火衣裤放在原来的那个手提包里。

一个男子拎包在手，命令："我喊一二，你们统统唱歌！乐队，伴奏！"

李处长赔着十二分的小心问："您吩咐清楚，让我们唱什么啊？"

"唱什么都行，你指挥！"

"好，好，我指挥。诸位，我们唱……唱《妹妹你大胆地往前走》吧！我想这个诸位肯定都会……"

"快唱！"

"就唱就唱！妹妹……一、二！"

于是众人齐唱——妹妹你……

于是两个以红领巾蒙面的男子，趁机退出门去。

他们从四楼到了一楼，三楼唱得正嘹亮：

妹妹你大胆地往前走呀

往前走莫回呀头……

他们从脸上扯下红领巾，连同假手枪假手榴弹一块儿塞入垃圾通道。而引吭高歌者们正唱道：

九千九百九十九哇……

"这些人还真听话！"

"高价买咱们救生圈那傻哥们儿，做梦也不会想到咱们会跟踪到这儿！"

他们得意之状无法形容，大摇大摆地踱到了马路上。

郝局长猛然一声怒喝：

"别唱啦！"

歌声顿停，李处长指挥的手臂僵在半空。

"你！你你你……你面对歹徒，不但不敢于英勇斗争，还充当帮凶，扇我儿子耳光！我今天算把你看透了！"

郝局长怒指李处长，脸色由青而白，由白而灰，竟气得往后一倒，晕了过去，口吐白沫，不省人事……

新郎新娘如雄雌二狮，张牙舞爪扑向李处长……

众宾客发一声喊，顷刻作鸟兽散，并顺手牵羊，卷掠了一切可以卷掠而去的东西……

第四章

　　城市里出现了一种滑稽的景观。那些从百货商场或其他什么地方获得救生圈的人们，一旦侥幸摆脱了当时的围追堵截，便自以为威胁已经过去，便自以为安全了，便一个个逐渐大意起来。于是一个两个，接二连三地，各处都出现了他们的身影。有的将救生圈套在腰际。有的像挎枪似的，越肩斜挎胸前。他们这么一种样子南来北往的，即使本无心招摇过市，实际上也等于是在炫耀，是在招摇过市。由于有了救生圈，他们心理上自然比没有的人多一层安全感。而这是他们想掩饰也掩饰不了的。它几乎不可能不从他们脸上呈现出来。于是他们在客观上压迫着没有救生圈的人们之心理。好比他们在饥荒年头于腹内空空的人们面前扛着一袋子面或一袋子米。

　　终于普遍的人们之嫉妒嬗变成了对他们的大的愤慨和大的憎恨。终于他们又导致了人们对他们的公然的围剿。终于他们又使自己陷入了老鼠过街人人喊打的境地。那一种情形如同几十年前发动的消灭麻雀的群众运动。所不同在于无须发动。

　　"那！那还有一个！"

　　"追！围住，围住！别让他跑了！"

　　于是又一个有救生圈的人陷入十面埋伏，八方堵截。

　　没谁再想，不，没谁再敢夺为己有了。因为那简直等于痴心妄想。等于冒天下之大不韪。甚至等于冒丧生之险。等于自取灭亡。

　　许许多多被缴获的救生圈，堆在十字街头，泼上汽油点燃。熊熊大火冲天。

没有救生圈的人们围着火堆欢呼。

欢呼可能没有谁比他们心理上多点安全感了。

揭发者告密者在任何情况下都会产生。

于是一队一队的人在他们的带领下，闯入一个又一个家庭，搜查被隐藏不交的救生圈。

"我家没有。"

"没有？"

"真的没有。真的！"

"说谎！哎，你来做证！"

于是揭发者告密者被推上前，当面做证，指出确实有。甚至进一步指出，可能隐藏在什么地方。于是被搜查出来。或被逼迫着不得不交了出来。

"这是什么？"

"这……这是几年前教孩子学游泳，给孩子买的……"

"我们不管那些！我们只问你一句话——它能救生不？"

"……"

"说呀！"

"能……"

"几乎全市的人，都将会死。偏偏你企图活下去。你的命就比别人都宝贵？唵？你死了对中国对人类就是巨大的损失？唵？你怎么就那么特殊？唵？你根据什么那么特殊？唵？你怕死，难道别人就不怕死了么？你替千千万万没有救生圈的人们着想过么？"

"我……我……我不对。我是应该跟大家一起死的。我没有丝毫企图活下去的特殊理由……我……我是为我儿子……他才八岁。求求你们，就允许我留下这个救生圈吧！"

"别人就没儿子了么？"

"问得有理！如今都是独生子女，凭什么你的儿子搞特殊化？"

"哎我说，大伙别激动。我看，就给他留下吧！"

"这个口子不能开！可怜他一个，就等于放宽一大批，也就没什么公平合理了！"

于是逼迫主人找来一把剪刀，当着那父亲的面，也当着那八岁孩子的面，将一个塑料的、天鹅形状的水上漂浮玩具剪碎了。

那当父亲的蹲下身，搂抱住儿子，无声地哭了。

揭发者告密者眼中闪现出幸灾乐祸的光彩，为他自己的儿子而快感而解恨。

孩子却未哭。望着闯入家中的那些熟悉的和陌生的大人，冷静得可怕。

忽然孩子开口说："小梅家里还有呢！"

"带我们去！"

于是孩子挣脱父亲的搂抱，带领人们去了……

婉儿来到市中心时，本市基督教会的主教，正在教堂前为全市人向上帝祈祷。主教身后是一排少男少女，以童稚的声音唱赞美诗。主教左右两列穿黑色无领教衫的教徒庄严肃立，各自手托翻开的《圣经》。

聚集在教堂前的惶惶然的人们，绝不比聚集在市委大楼前的人数少。

两种信仰，今天，此刻，都显得格外的由衷而且虔诚。许多人，在市委大楼前没获得任何足以安慰灵魂的信息，便赶到上帝这边来了。许多跟着主教祈祷了一阵之后的人，觉得上帝的话太空洞，心里总归难以踏实，接着就赶到市委大楼那边去了。

人们都不知道信什么好了。

赞美诗唱了一遍又一遍，少男少女们的嗓子已沙哑。

然而主教的声音却依然相当洪亮。他双臂伸展向天空，他的目光仰望向天空，仿佛他看见了上帝，上帝正从天上俯视着地上的人们，但却还不打算发慈悲似的。

于是他一遍又一遍地祈祷。他那洪亮的祈祷之声充满了苦苦哀告的意味儿：

> 耶和华啊
>
> 求你不要向我止住你的慈悲
>
> 愿你的怜爱快快保佑我
>
> 耶和华啊
>
> 求你开恩搭救我
>
> 耶和华啊
>
> 求你速速帮助我
>
> 主啊，求你顾念我
>
> 垂听我的呼求
>
> 我乐意照你的旨意行
>
> 求你不要耽延
>
> 主啊主啊
>
> 万能的耶和华伟大的众神之神啊……

主教跪下了，双臂仍伸展向天空，目光仰望向天空。这时鸥鸟从四面八方飞聚而来。

"看哦！"主教高喊，"罪孽深重的人们，看哦！看哦！它们是上帝派来的使臣！惶恐的人们啊，你们将会得救啦！"

于是肃立主教左右的黑衣教士们，也跪下了。有的亲吻《圣经》，有的将《圣经》高举过头顶，有的哭了，有的笑了，有的喃喃自语……

纷纷地，人们全体都跪下了。

婉儿跪下了。

仿佛有一个声音在命令她——跪下，你这灵魂和肉体都肮脏的女人！

她完全地慑服于那声音了，唯恐自己跪得比别人稍微慢了些。

起初她以为是主教的声音。在一个时期内她曾信仰过上帝，并且熟悉那位留着一把俄罗斯式的大胡子的主教，并且向他也就是间接向上帝忏悔过。可是后来因为不能坚持做祈祷，即使祈祷时，心思也不能集中，想到的不是上帝，而是别的乱七八糟的事。有一次祈祷时，甚至思想和上帝生一个男孩儿或女孩儿。于是自己对自己的虔诚彻底绝望，索性自暴自弃，索性不信仰了。后来有一天，她在街上碰到了主教。这一位主教不愧是一位虔诚的主教，离开教堂也穿教服。他一手拎着网兜，网兜里有一只大个儿的活王八，和几瓶罐头，一些菜蔬。王八在上边，其他东西在下边。王八的四爪伸出网眼，仿佛随时准备挠什么。

主教拦住她，问："姑娘，你怎么好久不去教堂了？"

她撒谎："我病了一个时期。"

主教说："姑娘，千万不要对上帝起不敬的想法。他对你一直是非常仁慈的。否则，上帝早已降灾祸于你身了。"

主教的话，使她感到诧异。她怀疑自己希望和上帝生个孩子的淫念，他是明了的。而上帝通过他，对她提出温和的批评。

"我从未对上帝起过任何不敬的想法。真的！"她心虚地进行辩白。

"那么，吻我胸前的十字架吧！"

主教定睛凝眸望着她，目光深不可测。

他的话，他的目光，那一时刻具有一种简直就不可抗拒的力量。

几个好奇的行人，驻足于他们身旁，仿佛瞧着一个随地吐痰的人被罚款似的。

在他们的注视之下，她捧起主教胸前的十字架，垂下头吻了好几次。

由于她和主教离得太近了，那大个儿的活王八一口咬住了她的裙子。

驻足于他们身旁的几个好奇的行人，却没谁敢笑。相反，他们都在经常与上帝进行灵魂交流的大胡子男人面前表现助人为乐的好品格。而她看得出来，一个姑娘的裙子被一只大活王八一口咬住了这件事，明明是令他们内心乐开了花的。

有一个男人帮她拽裙子，结果将王八的脖子拽得老长。

另一个男人从男人们经常带着的一条链子上取下了小刀，主张将王八的头割下来。

还有一个男人说，听到驴叫声，王八就会松口了。于是毛遂自荐，学驴叫。学得像极了。叫了好一阵，王八不松口。

"主啊，不要恼怒于这个罪孽深重的姑娘吧！如果她曾产生过亵渎你的念头，不过是因为邪恶的魔鬼在她心中作怪罢了……"

主教却祈祷起来。

那大王八似乎是经过训练的。主教一祈祷，它竟松开了口。

人们诧异极了，惊愕极了。一个个对主教肃然起敬，也对那只大王八刮目相看，如同它是神明之物。

她羞耻难当，一转身逃之夭夭。

"姑娘，上帝是存在的！"

主教的声音追赶上了她……

第二天晚报的"花边新闻"一栏登载了这事儿。题曰：罪孽女街头忏悔，活甲鱼当众显灵……

她许多日子不敢在公开场合露面，唯恐被人指出自己便是那个"罪孽女"。

那些日子她扪心自问——她也不过就是想出国。也不过就是因为想出国，和几个可能将她带出国的中国男人外国男人睡过觉。如果这算是很深重的罪孽，那么上帝愿降什么样的灾祸于她身上的话，就随上帝的便吧！至于她对上帝的印象，原本实在是很好的。而上帝对她的偏见却未免太大了。至于她曾有过的希望和上帝做爱的念头，其实并非是性欲的渴望，只不过是因为她希望全心全意爱一个属于自己的男孩儿或女孩儿。希望将自己变成一位母亲。若上帝是一个有生殖能力的男人，若上帝果然是慈悲为怀的，应该成全她这一想法才是。仅仅从一个男人的德行来讲，为此而当众出她的丑，多损啊！和她所认识的一切男人相比较，睡过觉的没睡过觉的全包括在内，上帝曾是她心目中最好的一个男人。一个青春情旺的女人，想和她认为最好的一个男人生个孩子，这念头难道不是又自然又美妙么？何至于引得变相小报复呢？

婉儿不是个记细碎之仇的人。

124

然而自从那一天，她对上帝记仇了。并且对主教怀恨在心。发誓永远不再到教堂去。她认为主教肯定在她和上帝之间进行了挑拨……

今天她来到教堂前乃是因为不明白人们何以会聚集在这里，想要看个究竟。

她跪下乃是因为自从她对上帝记仇反而更加确信上帝之存在了。

她不敢再得罪他。

"跪下！你这不要脸的骚货！……"

分明不是冥冥之中似闻非闻的声音，是那类属于现实的有耳朵就能听得到的话语。她想主教不会这么说。无论对她还是对别的女人。即使某个女人真是"不要脸的骚货"主教也不会这么说。再者她已经跪下了。当然也断不会是上帝本人说的。主教离她挺远。那么上帝离她更远了。上帝在震怒的时候也不可能口出粗言啊！何况这声音并不来自天上。近在咫尺，就在身后。

跪着的婉儿不禁朝身后扭头看。她看见一个四十多岁的男人狠踢一个女人的腿弯。一阵酒气扑面，是那男人身上散发出的。那女人被踢一脚，双膝就弯一次，眼瞧着几乎要不由自主地跪下了，很倔强地，又站直了腿。

这就更加使那醉醺醺的男人怒不可遏。他一把揪住她头发，挥拳便打。

女人鼻孔和嘴巴顿时淌出血来。然而女人并不叫，也不反抗。一声不吭，那个风韵犹存的女人一声不吭。

"让人们看清你这骚货的脸！"

男人揪着女人头发，使女人的脸仰起来。

女人的目光，超越一片人头，凝望着教堂的哥特式尖顶。

女人眼神里什么内容都没有。若说毕竟应该有点儿什么，有的仅只是广漠的虚无。

鸥鸟在人们头顶越聚越多。它们响亮地叫着，掩盖住了人们跟随着主教向天空发出的祈祷。它们的叫声里的愤怒是明显的。人们开始怀疑究竟是吉兆还是凶兆。开始怀疑果有上帝的话，上帝究竟指使它们干什么来了。

为数很少的祈祷者注意到了那个男人和那个女人。他们有些害怕地看着那个男人和那个女人。将那个男人和那个女人的出现视为兆象的一部分，本能地从他们身边散开，躲往别处，继续跪下……

那个男人企图将女人拖到主教跪着的地方。

女人这时显出了不肯。但依然没有进行反抗。只不过是不肯。她周围没有什么物体可使她搂抱住而不被男人拖走。她的双手就紧紧抓住身旁的婉儿的胳膊不放。结果婉儿也被那男人连同着拖向前去。

"大家听着，这个骚货，这个贱人，这个不要脸的荡妇，她是我的老婆！她在两年前就打算跟我离婚！我早就告诉过她休想！可是今天她却以为大家的末日来临了，法律也不会干涉她了，她就公开和她的情夫举行婚礼，还想结婚后一块儿自杀！所以我要把她拖到这里来示众！我要让她对上帝发誓，死了也是我老婆！不管升天堂还是下地狱，她都得是我的老婆！我绝不能遂了这个荡妇的心愿！我绝不成全一对狗男女！上帝在哪儿？上帝在哪儿？上帝你他妈的过来！你他妈的听着这个荡妇发誓！……"

那男人大喊大叫。

"放开我，放开我，你拖着我干什么呀！……"

婉儿摆脱着那个女人。

女人不放开她。女人被男人拖倒了。也将婉儿拖倒了。倒在地上的女人，终于放开了婉儿的胳膊，但又拽住了婉儿的背包带。

背包带被女人拽断了一边。背包便斜垂在婉儿身上。有样东西从背包里掉了出来——是老孟祥送给婉儿的两样东西之一——一柄剔骨的小刀。

婉儿正欲捡起它，却被那女人抢先抓在手里。

只见那女人一跃而起，动作快得如同袋鼠的一跳。不待婉儿有所反应，尖刀已刺入男人的胸膛。

那男人放开了女人，双手攥住露出胸前的刀柄，低下头瞧，似乎想弄明白是什么玩意儿并且怎么就一下子刺入了自己的胸膛。

女人愣了愣，猛转身飞快地跑了。

婉儿双手撑地，瞪着那男人，骇然得动弹不得。

那男人猝地将尖刀从胸膛里拔出，鲜血飙射到许多人身上。

"她杀我！她竟敢杀我！"

男人双手攥着尖刀暴跳不止，向周围的人们乱扎乱刺。有几个人被扎中刺中，纷纷倒下，哀叫声声。

随着那男人的暴跳，鲜血从刀口咕嘟咕嘟往外冒。

那男人终于也倒下了，就倒在离婉儿不远的地方。他的一只手，抓住了婉儿的一只脚踝。他的另一只手，举着尖刀，身体如肉虫似的一蠕一蠕，爬向婉儿……

婉儿大呼救命。

然而她身旁的人早已逃避开了。没有逃避开的是那几个受伤倒地的人。

鸥鸟开始凶猛地向人们俯冲……

"你！……"

婉儿发觉自己偎在一个男人怀里，又惊恐万状。

"别怕，我不是坏人……"

婉儿推开他的同时，看清了他的脸。一张鳌黑的方脸。一双冷漠的眼睛。从那样的一张脸和那样的一双眼睛，是很难判断出年龄的。

"刚才你好险。"

他说着站了起来。

婉儿四下看看，明白自己是在一个修自行车的小木板房子里。除了有窗子的一面，三面板壁上挂着各种各样的自行车部件。一辆只有前轮的自行车，被铁链悬在房子当中。一张床，一张小桌，占据了三分之一的空间。小桌上放着一台九英寸电视机、水杯、盘子、碗和半瓶"老白干"。

他是个高大的男人。头几乎顶到了棚盖。在这个狭小的空间，他不得不节省自己的举动。他背对婉儿望着窗外，仿佛要站在那儿一百年，永不打算再坐到床上的样子。窗很小，比监狱的窗大不了多少。他不仅挡住了阳光，也使婉儿无法看到窗外街上的情形。

木板门离婉儿近。一秒钟内就可以冲出去。她的心渐渐定了下来，有了几分安全感。

"这里，是你的地方么？"

"嗯。"

"那个男人，我指的是要杀我的男人，怎么样了？"

他的头缓缓转向婉儿。他瞧她那种目光，就像瞧一辆并不愿意修可已承接了的自行车，一辆样式美观但质量很低组装不细的杂牌自行车，而好部件换在这样的自行车上是不值得的，甚至是可惜的。那是一种内行的目光。

他的目光使婉儿感到不自在。她觉得受了侮辱。她不止一次受过这种男人的带有轻蔑意味的目光的侮辱。每次都激起她的强烈的挑战心理。挑战的一贯方式便是诱惑对方，直至对方跪倒于自己脚下。然后尽情戏弄对方。如果此时此刻，不是在这个临街的修自行车的小木板房里，是在她的家里或其他适合她摆开战场的地方，她会毫不犹豫地脱光自己。这是她一贯的自卫反击战术。还从未失败过。不屑开口说话，对方就会从一个自以为是正气凌人的男人，变成一只百依百顺的专善学乖的巴儿狗。她确信这个男人绝不是自行车部件铸造的，和一切男人不会有什么两样。

"死了。"

他冷冷地回答她。

接着补充了一句："我把他的脖子扭断了。"

他的目光同时宣告了对她的疑问——你和那个男人是什么关系？他要杀你，你却还关心他怎么样了！

婉儿倒吸一口气。因为他说"我把他的脖子扭断了"这句话时，如同一个职业屠夫说"我把那头猪杀了"一样随便。而且说得心不在焉。由于他这句话，婉儿注意到了他的手。巴掌特大的一双手。皮下的指关节，仿佛不是骨头的，而是铁的，都是将磨透了皮暴露出来似的。她怀疑他是不是经常打针一般，注进点儿机油，以保证关节的灵活性。

　　"我和他根本不认识。是另一个女的……是他老婆捅了他一刀。捅完就跑了……我……你不相信我的话么？"

　　他不再瞧着她，又开始朝窗外望。

　　婉儿认为很有必要向这个救了自己但又很轻蔑自己的男人解释清楚。她开始感到这个男人还是和别的男人有点儿不一样。如果她以自己一贯的战术企图降服他，他大概会将她赤条条地抛到街上去吧？当然，她并没有企图降服他的念头。只不过开始动摇了自己刚才内心里对他的判断。在这种万众惶恐的骚骚乱乱的日子里，她谁也不打算降服。即使蒙受奇耻大辱也自甘忍气吞声。她觉得男人们全体的都有点儿疯了。而女人们都变成了些只会哭哭泣泣的小女孩儿，除了寄某种根本不可靠的希望于个个有点儿疯了的男人，无任何有意义的作为可言……

　　她向他尽说尽说，竭力解释自己与教堂前发生的那桩惨事毫无关系以及自己的无辜。

　　"住口！"

　　他大吼一声，却并没有向她转过头来。

　　她吓得浑身一抖，立刻缄口不言。

　　他抓起碗里的一个馒头吃，继续望窗外。

　　"你……你要把我……送到公安局去么？"

　　"……"

　　"你自己刚才亲口说……是你扭断了他的脖子……我和他的死又没有关系……"

　　婉儿复壮起胆子，怯怯地继续替自己辩护。认为这一点，首先在她和他之间，是非说个清清楚楚不可的。

他将馒头摔在碗里。馒头和碗落在地上。碗碎了。馒头滚到婉儿跟前。

他不只向她转过了头，连身体也向她转了过来。

"滚！"

他一指门。

他显然十分恼火。然而他脸上并没有什么特殊的表情变化。

坐在床上的婉儿，仿佛获得了特赦令的犯人，怀着侥幸心理站了起来。忽然想到人家毕竟是自己的救命恩人，毫无表示地就走了似乎很不应该。尽管他对她吼了一个"滚"字。

"这个……这个给你吧！你救了我，我也没什么谢你的……"

她指指她那断了一边背带的背包。它就在床上。在她身边。

他一步跨过来，拿起背包，塞到她怀里。

"你啰唆什么？想走就走，我并没拦你！"

他好像很厌烦她，希望她赶快离开。

这时婉儿才发觉自己赤着一只脚。

"我的鞋呢？"

她低头四处寻视，找不到。

"求求你，把我的鞋还给我吧！"

她以为他将她的一只鞋藏了起来。进而猜测他这样做一定是对她居心不良。

她快急哭了。

"听着，"他说，是一种又好气又好笑的口吻，"我救你，因为你是人。人在一切物质之中，人在一切物质之上。所以，只有人救人，才应该奋不顾身。至于你那只鞋，哪怕是一只金鞋，或者是一只镶满了宝石的水晶鞋，我对它也没有丝毫义务。我救走你的时候，它在那个想杀你的男人手里攥着。他可能现在还躺在教堂那儿，不会这么快就把你的鞋带到另一个世界去……"

他简直是在挖苦她。

"哼！"婉儿生气了，冷笑道，"多谢你告诉得这么明白！"

她连另一只鞋也脱下，往地上一扔，推门就想走。

"你不能走！"

他抢前一步，挡住了门。

婉儿怔了怔，打开背包，取出老孟祥送给她的救生圈，说："你以为我给你的就是一个旧背包么？还有这个！这总该能报答你了吧？"

"那是什么？"他明知故问。

"救生圈！现在许多男人在为这个动刀子！"

"他们都疯了。而我没疯。"

"我不管你疯没疯。我给你这个，只求你放我走！"

"那个想杀你的男人，也是为了这个吧？"

"我已经向你解释过了。我跟他没什么关系！你休想拿这一点来威胁我！"

"我才不管你跟他有没有关系！"

他将门插上了，并且锁了一把锁。

"你……你想干什么？！"

婉儿下意识地从工作案上抓起一把虎头扳子。

他扑哧笑了，嘟哝："他妈的！我怎么救了你这么个小妞。你以为我想强奸你是不是？把扳子放下！要不我揍你！"

婉儿顺从地放下了扳子。她告诫自己这时候这种情况下千万要明智。即使手中有把虎头扳子，他要强奸她，也是轻而易举的事。一分钟内，他就足以将她放翻摆平，使她服服帖帖。这是毫无疑问的。

"你到窗前去，往外看看。"

婉儿就走到窗前往外看——在她视线所及的范围内，遍地皆是鸥鸟。它们多得几乎一只挨着一只，占领了一切屋顶。像秋末公园里林荫小道的落叶，铺满了横马路，也铺满了竖马路。外面没有一个人。更准确地说，是没有一个活人。大概活人都躲到建筑物内去了。几十个人倒卧在马路上。有男人，也有女人。壮大的鸥鸟们在啄食他们和她们的躯体。不知是由于饥饿，还是以凶残在向人类示威。

"还想出去么？"

婉儿从窗前退后一步，咧开了嘴，要哭。

他一步跨过来，大巴掌捂住她的嘴。

她喘不过气，几乎窒息。一双眼睛像突然被逮住的小松鼠的眼睛。她万分后悔不该放下了那把虎头扳子。

他却仰起脸望着棚盖。这小木板房的棚盖是那种整片的半透明的塑料压瓦。

她也便仰起了脸。棚盖上不知何时早已落满鸥鸟。她立刻联想到了她从小窗口所望见的一切楼房和平房的屋顶。隔着一层薄薄的塑料压瓦聚集在他们头顶的鸥鸟，分明地知道了这里有它们不共戴天的人存在着。正都像啄木鸟似的啄着棚盖。而它们的嘴要比啄木鸟的嘴锐利多了。

似僧尼敲木鱼般的笃笃声令婉儿不寒而栗。

"坏啦……"

他放下他的手，一时毫无主张地看着她。

"怎么办？"

"没办法。"

他依然是毫无主张的样子，却并不显得惊惶，甚至也不着急。他开始吸烟。

她说："你总得想个办法呀！"

他说："为什么我总得想个办法？"

"你是男人！"

"你只说对了一半。我还是个不怕死的男人。所以等死，对我来说也不失为一个办法。"

"可还有我呢！你得对我负责！"

"对你负责？"

他眯起眼睛，吐出长长的一缕青雾。

"你以为你是我的什么人？是我妹妹？是我女儿？是我老婆？是我

情妇？刚才你还怀疑我企图强奸你呢！我对你有什么责任可负？如果只有我一个人悄无声息地躲在这里，兴许这里到现在还是个绝对安全的地方呢！我不抱怨你，就算对你很宽厚了，你别不识相。"

他的语调异常平静，是那种一年级小学生背课文的语调。然而正是这样的语调，使他的话中原本所包含的尖酸刻薄带有了一种近乎袖手旁观的歹毒卑劣味儿。

"那你当时就不该救我！"

她叫嚷起来。

"我救你，与你何干？见死不救，违反我做人的原则。不管你是不是一个曾在街头忏悔的罪孽女。"

他显然在提醒她，也等于是在明明白白地告诉她，他知道她是谁，属于哪一类姑娘。

"你！你王八蛋！你不得好死！"

她咒骂他。

"咱俩将会一样的死法。"

他竟笑了。他仿佛除了蹲在那里吸着烟等死，再也不想动。他仿佛意在以他的态度向她表明，除了等死，一切他的头脑或她的头脑此刻能想出的所谓办法，其实都是徒劳无益的，是瞎子点灯白费蜡。他一副视死如归准备从容就义的模样。

这时塑料瓦盖已被啄穿了许多孔洞。阳光从那些孔洞筛进来。小木板房这里那里到处洒遍光点。从较大些的孔洞，已能看见鸥鸟们红色的爪子。它们的锐喙，像一根根钉子，出现在每一个大大小小的孔洞，如同钻和凿，继续扩大着孔洞。看样子，他再吸三五支烟的工夫，棚盖就会整个塌下来。

"吸烟么？"

他低声问，递给她一支烟。仿佛同时在说——别客气，都到了这般田地，更别装假正经了！我知道你们这样的女孩子都是吸烟的。有福同享，烟酒不分家么！你大概一向是吸高级的洋烟的。咱的是便宜货，凑合着吸吧……

她扇了他一耳光。然后她哭了。再后来歇斯底里大发作，拿起一切可以拿得动拿得起来的东西乱摔乱扔。

他不吸烟了。他左手抓起那半瓶"老白干"，右手从碗里抓起半条腌黄瓜，嘴对着瓶口，饮一口酒，咬一口腌黄瓜。无动于衷地瞧着她那种绝望之极的发泄。

她大大发泄一通后，终于理智了些，气势汹汹地问他："难道你觉得有人陪着你死很满意？！我恨你！我宁可被那个想无缘无故杀我的人一刀杀死了，也不愿被活活啄死！你以为你救了我你多么善良哇？是你使我死得将会更惨！我死了也不饶过你！我要在阴曹地府到处找你，跟你算账！让你在阴曹地府没个安宁日子！"

他笑了。毕竟死之将至，他笑得有几分苦涩。

他说："你又想错了不是？你以为像你这么一个漂亮妞儿陪着我死，就是我生前的德行修下的福气么？我还恨你呢！和你死在一块儿，要是被啄得面目全非，活下来的人们认不出我也认不出你，才算我的福气呢！否则，他们会胡乱猜疑——赵晓坤是个很正派的男人啊，怎么和这个姑娘死在一块儿了？这姑娘不就是晚报上登过的，那个被王八咬住裙子的姑娘吗？赵晓坤不该和这种姑娘搭上啊！也许他们死时，正在鬼混吧？我他妈的才不愿死后被人们说三道四呢！你再不消停点儿，惹火了我，别怪我把你扔门外去。你死在我这修车铺子的外边，阴曹地府我耳根也清净些……"

他的话，说得那么认真，那么庄重。甚至，可以认为说得那么严肃。还流露出几分委屈的自作自受的后悔莫及的意味。婉儿一时不明白他是在故意嘲她和自嘲，营造点死前玩世不恭的乐和气氛，还是说出了发自肺腑的真心话。她张张嘴，无言以对，觉得人家的委屈人家的后悔，也不无人家的道理。

她怔怔愣愣地望了他一会儿，终于憋出一句话——"活你妈的该！"

她原本自以为一向也是不怕死的。可这会儿她才清楚自己其实非常之怕死。一想到将会被活活啄死，她毛骨悚然。

"活你妈的该！"

她又骂了他一句，也充满了毫不掩饰的幸灾乐祸。

她真是恨透了这个高大的，强有力的，死之将至却无动于衷，饮一口低价酒咬一口腌黄瓜蹲在那儿一心等死的男人！如果他真的感到委屈和后悔莫及，如果她和他死在一块儿，他的结果真会像他所预料的那样被活下来的人们说三道四，不予一点儿同情和怜悯，那么她的幸灾乐祸正是因此。

棚盖上，有几处孔洞，已大得足使鸥鸟们探入头了。它们俯视着被困在小小木板房内的男人和女人，如同啃破了糊棚纸的耗子，偷窥农村泥草屋的主人的行动一般。然而它们不惧怕人。不知为什么，它们对人产生了那么巨大的一种难以解释的仇恨。它们进攻人的凶猛劲儿就像饿鹰进攻兔子。

在婉儿看来，它们的鸟脸是有表情的，也显出一种幸灾乐祸的样子。它们中的某几只，利喙已因啄硬塑料瓦而劈裂了。劈裂了的它们的嘴，呈现出近乎狰狞的笑态。

他含一大口酒，"噗"一声，向上喷去。

于是小小的木板房内下了一阵酒雾。

鸥鸟们的头便缩了回去。它们不再用喙，改用爪子，继续加紧扩大孔洞。并且，它们在棚盖上发出一阵聒噪的叫声，仿佛在讨论新的进攻方案。

婉儿想，丝毫也不能依赖眼前这个男人了。要求得生存，必须依靠自己。她想起了《国际歌》中那句话——从来就没有什么救世主，也不靠神仙皇帝。由于自己在这种险恶处境之下居然还会想到《国际歌》，觉得自己简直太可笑了。并且，因此而觉得恐惧少了几分，近乎好玩的滑稽的游戏心理顿生。

她抄起靠在角落的一根竹竿。它似标枪，是他在棚外修车时插在地里用来撑遮阳伞的。婉儿就用带矛的一端，一下接一下捅棚盖。

她一边这么干，一边孩子似的哈哈大笑。笑罢，便唱：

　　　　你从哪里来
　　　　我的朋友
　　　　好像一只蝴蝶
　　　　飞进我窗口……

　　一边唱，一边捅。鸥鸟们受惊，扑棱棱全飞了起来。透过棚盖，隐约可见有几只没飞，一动不动。还有几只，在棚盖上挣扎。不是被她捅死的，就是被她捅伤的。
　　"你疯啦！"
　　他夺下竹竿。
　　婉儿已泪流满面。
　　棚盖经她一阵乱捅，孔洞更多了。和鸥鸟们啄的孔洞，连成了一片片筛状的网眼。无须鸥鸟们再啄，只消它们更多地落下来，靠了它们集体的重量，就注定会将棚盖压塌。至少压塌一部分，造成一个它们可以飞入飞出的大窟窿。
　　惊翔起来的鸥鸟所发出的叫声，呼唤来了更多更多的鸥鸟。幸亏它们不再敢贸然落下。它们在小木板房上空响亮异常地叫着，盘旋着。猝然一落，即刻飞起，却绝没有放弃进攻离开的意向。
　　这时街上展开了人和鸥鸟之间的战斗。许许多多的男人——二十多岁的、三十多岁的、四十多岁的、五十多岁的，以棍棒、铁锨、扫帚……长长短短的形形色色的东西为武器，向鸥鸟发动反击。那简直是真正的战斗！不，是搏斗。他们是自动组织起来的大学里的男学生和工厂里的男工人。两面大旗招展，一面上写的是"工人敢死队"，另一面上写的是"大学生与市民共存亡"。他们喊着，骂着，击打着，倒下着，呻吟着……鸥鸟们叫着，俯冲着，用尖喙，用利爪，用翅膀围剿着，进攻着……

人，虽然许许多多，然而与鸥鸟的数量相比，实在太少太少！从严格意义上讲，那不过仅仅是人类向鸟类所证明的，维护本身尊严的象征性的精神战而已。尽管有许多鸥鸟死掉了。也许几百只，也许上千只。但遮天蔽日的鸥鸟们的浩荡大军，最终还是占了绝对的优势，将他们分成了人数更少的些个群体，对他们形成了围歼之势……

　　婉儿和他从小窗口向外望着，被那些人们的勇敢所震撼。亦被鸥鸟们的嚣张所震撼。

　　"嘿！"

　　他将一只手攥成个大拳头，使劲砸在另一只手的手心里。

　　"胆小鬼！"

　　婉儿说，目光里全是对他的鄙视。

　　"那些人才是男人，"她又说，"你不配是男人！"

　　"但那究竟有什么意义？"他吼道，"那明明是送死！"

　　"你叫我恶心。"婉儿又抄起了那根竹竿，"与其等死，莫如拼死！我再和你一块儿多待一秒钟，都感到羞耻！"

　　婉儿被街上那些勇敢的男人的行动所号召，说罢就要拨开门插往外冲。

　　他又从她手中夺过竹竿，一折两截，一截握在自己手中，另一截递给婉儿。

　　"你看！"他指指窗外，"如果你愿意像他们那么一种下场，你冲在前！我随你往外冲！那多勇敢！那多壮烈！那多英雄！你看他们的下场你看啊！"

　　这时，外面，人的互相助威的呐喊之声和鸥鸟们响亮的叫声，寂静了下来。

　　那是一种如同万籁俱寂的子夜般的寂静。

　　尽管那时正值中午，太阳在城市的上空辉煌地普照着。

　　横的街道和竖的马路上，出现了一堆堆男人们躯体摞成的人堆。两面大旗倾而不倒，已被鸥鸟们的嘴爪撕扯得条条缕缕……

　　鸥鸟在人堆上雄赳赳地踱来踱去，不时啄几下人的脸面和躯体。离小木板房最近的一座人堆下，探出着一只手，五指一伸一攥的。立刻有七八只鸥鸟一齐去啄它。转眼间那只手连同半条胳膊变为皮肉精光的骨骼……

他自己拨开了门插。

他对婉儿吼："你往外冲啊！你冲出去啊！你他妈的冲啊！老子跟在你身后！老子不跟在你身后是婊子养的！"

他一手揪住婉儿的后衣领，往门外推她。

"不，不，不！"

婉儿双手拽住那条吊着自行车的铁链，声嘶力竭地叫着，哇哇大哭。

"老子根本用不着你把我当英雄看！"

他放开了她。

他自己也已泪流满面。为了那些实践了勇敢却没有达到目的且遭惨死的人。

婉儿坐于地，不哭了。处在凶险情境之中的人，尤其女人，稍获喘延必怀疑现实。凶险愈迫近愈狰狞，愈以为那不过是一场噩梦。一场惊醒数次又接着做下去的连贯的噩梦。

他用他的大手抹了一把脸。抹尽了泪。如同刮雨器刮尽了汽车前窗的雨点似的。

"你他妈的别那么瞅着我！你当我会像你一样哇哇大哭呀？老子好几年前就忘了怎么哭啦！"

他嘟哝着说，跨到窗前，继续向外观察。

忽然他有了什么想法，转身四处寻视。

"头盔呢？你刚才一通乱扔，把我的头盔扔哪儿去了？"

婉儿爬到床底下，找到骑摩托的人们戴的那一种头盔，从床底下伸出双手递给他。

他迅速将它戴在头上，放下面罩。接着又套上了骑摩托的人们严冬季节才用的长及肘部的皮手套。

许多鸥鸟回归到这小小木板房的棚盖上。死在棚盖上的它们的同类，激起了它们更大的复仇意识。它们以十倍于先前的执拗企图尽快将棚盖啄塌。可以望见的它们的尖喙，皆沾染着血。它们的眼睛里，皆投射着一股杀人狂才有的歹毒和残忍。那么小的它们的一双双眼睛，竟能传达出那么多那么大的憎恨，简直是不可思议的。

更有一些鸥鸟，以奋不顾身的、同仇敌忾的、决一死战的、不成功便成仁的凶猛无比的气概，一只接一只从高处俯冲下来，撞向这小木板房的窗子和四面板壁。它被它们撞得发出击鼓般的响声，一阵紧密过一阵。然而对于它们来说，它毕竟不是积木搭的儿童玩具。它用铝合金的骨架固定得很牢，以它们的头和它们的冲力撞倒它是不可能的。

趴在床底下的婉儿双手捂上了耳朵。那一阵阵撞击声使她浑身一阵阵发抖。她仿佛觉得这小小的木板房已经开始动摇了。她闭上眼睛默默向上帝求救。绝望了的人总是如此。对上帝不虔诚也变得虔诚了。她暗想除了上帝宽恕于她并亲自来救她的话，她必死无疑了……

窗子的玻璃被撞碎。一只鸥鸟插在利刃般的碎玻璃上，被另外的一只一撞，掉进房子里米，肠子却挂在玻璃上，使它悬吊着，晃来晃去。而第二只鸥鸟重蹈覆辙，也将自己插在了玻璃上……

幸亏窗子小，否则它们会一只接一只冲撞而入。

"你老老实实趴在床底下！"

他大声说，完全是命令的口气。说罢，便去推门。

"你哪儿去？"

"我出去！"

"你！……把我撇在这儿不管不顾了么？"

婉儿从床底下往外爬。

"求求你，别把我撇在这儿！"

她爬到他跟前，抱住他一条腿不放，仰脸哀求他。恐惧早已使她彻底丧失了自尊和羞耻感……

第二只鸥鸟又被它的同类撞进房子里。阻挡它们的犬牙交错的碎玻璃全被撞落了。于是有几只俯冲而入。那情形就如同战斗机钻过隧道。

如果它们并不疯狂地进攻人的话，它们的飞行技巧必会博得人叹为观止的欣赏和喝彩。但它们的确是难以解释的凶猛得疯狂了的东西。它们一旦冲入进来，便向他和她展开了迅速的攻击。

婉儿放开他的腿，慌忙又爬到床底下去了。

他挥舞着一条手臂，抵御着它们的进攻，同时推翻桌子，用桌子堵住窗口。

向他进攻的鸥鸟，被他一只只抓住，一只只扯着两爪撕成两片，摔在地上。

这小木房里一时消停了。

棚盖的一角却已塌下，鸥鸟们发出一阵欢呼般的噪叫。

他又开始推门。推不开。以肩撞。连撞三五下，才开一些。

于是他侧身勉强挤出去。

他的修车铺子四周，撞死的鸥鸟一只压一只一层压一层。似乎若撞不倒，它们将用它们的尸体埋了这小木板房。

婉儿浑身发抖地猫在床底下，龟缩于一角，屏息敛气，如已挨过了一个世纪。

终于她又听到哐当一响，房门倒下了。同时她听到他的喊叫："你出来！快！快！"

婉儿战战兢兢地爬出，见他弄回一个垃圾桶。也不知他是怎么弄回的。

他的衣服已不像衣服，像一些贴在身上的破布片儿。他遍体伤痕，血迹斑斑，样子十分可怕。倘没有那顶头盔，不难想象，他不可能弄回一个垃圾桶，自己也休想回来。

不待婉儿说一句话，他打开垃圾桶的铁盖，将她拎抱起来，塞入其中……

桶盖一落，婉儿完全陷入了黑暗。

"你怎么办？！"

没听到他回答。

却听到了鸥鸟们的叫声。显然它们已经占领了这小木板房子。

她一阵难过，断定他已死。

她的"护身桶"倒了，随即滚动，越滚越快。她不知它何以会滚动，也无法判断将被滚动到什么地方去，她的头被滚晕了。只有听天由命的份儿。

终于它停止了滚动。盖也打开了。她被他拖出——原来她已被滚到了一处下水道口。

她望见那小木板房大火熊熊。

而它的棚盖，竟被无数鸥鸟的爪子攫住，带上了天空！

"你活着！你还活着！"

当下水道的铁盖在他们头顶落严，她捧住他的头狂吻不止。

然而她不过是吻在头盔的面罩上……

第五章

市委大楼前的广场已被鸥鸟占领了。

它们岂止占领了广场，连市委大楼也占领了。它们落满石阶、阳台、窗台和楼内的楼梯以及扶手。它们在铺地毯的走廊内趾高气扬地踱来踱去。而人们被困在各个房间里，用桌椅和办公柜书架等堵住窗口。市长和本市各局局长被困在市长办公室，同样用桌椅和办公柜书架等堵住窗口。

十几名警卫人员在警卫班长的指挥下撤入市长办公室。他们枪在手，弹上膛，隐蔽于堵垒物后，时不时地朝外面放一枪，并且向他们的班长汇报"战绩"：

"我打死十二只了！"

"我又打死一只！"

仿佛本市发生了武装政变，而他们宣誓与各方要员共存亡，抵抗到底。与其说他们是在保护谁，莫如说仅仅是以他们的存在和煞有介事的行为，证明着他们的忠诚以及象征性的作用罢了。

警卫班长挥舞手枪，大将军似的自我表现，重复着"以最后一滴鲜血保卫领导们的安全"之类的豪言壮语，鼓舞和激励着部下的斗志。

其实这里很安全。鸥鸟们不可能撞开堵垒窗口的重物，更不可能穿墙而入。起码暂时很安全。他们既不必保护别人，也不必保护自己。他们那种戏剧效果的严阵以待，纯粹多此一举。

而有一位局长时时提醒警卫班长，切勿将枪口对着他。

"你看你的枪口！你看你的枪口！又对着我啦！我提醒你二十次啦！"

他唯恐自己牺牲于走火的子弹。积累了多次的恼怒，看样子会使他随时暴跳如雷。

"领导请多包涵，下次一定改正……"

警卫班长啪地并拢脚跟。他打算立正，并敬个礼，表示绝对应该表示的那份歉意。

动作甚急，手指不经意间一勾，果不其然走火，一声枪响，对方身子一颤，僵挺在沙发上。

他吓傻了。

一阵慌乱。众人包括市长在内，皆变了脸色，立刻围向那只沙发。

市长说："快看他是伤是死！"

局长说："我死了！"

众人舒一大口气。

几只手同时摸他身体。摸遍全身，没见血。

于是有人替他庆幸："你连一根毫毛也没伤着！"

他不信，叫嚷："胡说！胡说！我死了我知道！"

仿佛他不能容忍的，并非自己还活着，而是被否定的死亡，和众人企图哄骗他的行径。

"子弹在这儿！"

一位眼尖的发现了子弹——它"叮"在他背后的墙上。臀部尚露在墙外表。

"那是子弹么？那是么！"

市长亲自将这位老局长从沙发上扶起，搀到墙跟前。

"您看，我以党性向您证明，这千真万确是子弹！"

他试图将它抠下来，放在对方手里，使对方承认自己并没死，也没受伤。

却抠不下来。

他只好抓着对方的手去摸它。

143

"我没死？"

"您没死。真的。"

市长以无比肯定的口吻郑重地回答。他那一种口吻向对方充分表明，他对他的回答是负责任的。

在这里，在市长森严壁垒的办公室里，市长面对的人员多是六十来岁七十来岁的老头子半老头子。鸥鸟们占领市区之前，他请求卫戍司令部的协助，将他们接来共议紧急措施。然而三个多小时过去了，他们无一良策。而他的任何一项主张，全没得到他们的一致赞同。

只在一点上他们的态度非常一致而且非常令人感动。

那就是——无论这座城市漂到地球的任何地方，都是中国的一部分，都是中国共产党领导之下的一座城市。连同它的人民。不管情况发生怎样的变化，市委广场前大旗杆上的五星红旗绝不能降下。中国共产党的领导权绝不能放弃。

他们阐明他们的这一态度时一个个慷慨之至激昂之至老泪纵横言语呕呕。

而他，市长，要与他们商讨的是另外一些事。希望他们提供情况，使他有所明白的，也是另外一些事。

他们对于另外一些事无可奉告。以其昏昏，却要使他昭昭，结果使他昏昏。

他们似乎认为，在今天，他们的态度是顶顶主要的，也是顶顶重要的。顶顶主要的和顶顶重要的已由他们一致决策了，如何处理另外一些不主要不重要之事，则完全是这位小字辈儿的市长的事了。

幸而他早有所料，还请来了几位大学教授，科学院分院的研究员，以及有关方面的专家学者。他们向他提出的种种建议，有些已抢先在鸥鸟占领城市前实施了。其中一项就是确保电话线路的局部畅通，并确保电视台起码一个频道的局部正常运转。他们首先使他对本市的地质地况结构获得初步了解。而在今天以前，他从未曾产生过了解这一点的自觉。

现在他已经不需要也不想共议什么了。他们的存在已开始令他感到厌烦。他看出他们渴了饿了倦怠了。尽管他们不曾开口表示过。他觉得十分内疚，觉得有责任体恤他们。但请神容易送神难。外面的天是鸥鸟们的天，地是鸥鸟们的地。没有坦克或装甲车他一位也送不走他们。那位大将军似的警卫班长和他的战士们，更令他看着就心乱如麻。

他安抚那位终于在铁的事实面前不得不承认自己并没有死的局长重新归座之后，对淌下了满脸冷汗的警卫班长说："亲爱的同志，请把子弹退出来吧！"

十八九岁的警卫班长机械地照办了。

"请稍息。"

"请把枪放入枪套。"

"同志们，同志们……"

市长逐个拍那些和他们的班长同样年龄的警卫的肩，尽量使自己的话说得既轻松又礼貌："现在请大家听从我的命令——退出子弹，将手枪放入枪套，离开窗口，齐步走，立定，向后转，原地坐下……好！十分感谢。现在我要求你们闭上眼睛，打个盹儿……"

于是他们，包括那位大将军似的警卫班长，一溜儿背靠墙根老老实实地坐下，并且都很乖地闭上了眼睛。至于他们是否真的能够安下心来打个盹儿，他想——那是他们的自由。

"诸位，"他又对长者们说，"也请大家各行方便吧！"

他的意思是，他不再劳他们开动他们的脑筋了，也希望他们不要再参与——不，干预他将做出的任何决定。他认为早已到了他该做出果断决定的时候了。同时认为自己的意思表达得既明白又含蓄。他一次又一次告诫自己，对他们必须尊敬。尽管他是市长，但他才四十多岁。今天他但愿自己八十多岁才好！那么某些决定早就会以他的意志统一了。不论是正确的决定还是错误的决定。不，如果他真的八十多岁，他的决定是不会错的。他的建议也必获得他们一致的拥护。要使在位的或不在位的或名义上不在位了实际上仍在位的他们，承认一位四十多岁的市长比自己更重要，此刻分明是一件困难的事。好比举重冠军无法举起一根轻飘飘的羽毛。你不给予他们民主简直是大逆不道罪恶滔天，而给予他们民主他们便习惯性地企图对你实行专制。正如陪某些孩子下棋，不下是不行的。他们哭闹起来会搅得你六神无主，三步就把他们将死也不行。他们会一气之下把棋盘掀了，最终还得需要你哄笑他们。你须做出认认真真甚至每一步都苦苦思考的样子关照他们的心理，直至他们自己觉着玩得没意思了……

而眼前这一盘棋下得未免太久了！

外面的世界已由很"无奈"变得很恐怖。

许多市民都以为市长也死于非命了呢。

而主教则死于教堂的高阶上——一些鸥鸟啄断了悬吊大钟的绳子，它滚落下来砸在他身上，就在他替上帝向跪在教堂前的人们头顶上掸洒圣水的当儿……

以为市长死了的市民们希望市长死得更干脆点儿。毕竟他的政绩不恶。好人应该有好报。

"我得方便一下……"

"我也得方便一下！……"

"还有我……"

市长不料自己话音一落，他们纷纷站起。

"你们……什么意思？"

市长一时被他们搞糊涂了。

"上厕所！"

"你不是让我们各行方便么！"

市长这才明白他们将他的话误解了。他当然急他们之所急。何况他自己的膀胱也催促他进行一次紧急排泄。他不由看了看他那间室内厕所的门。它同样被堵垒着。鸥鸟们从它开在走廊的通风窗口占领了它。尽管它们不必使用抽水马桶，但还是占领了它。有几只在马桶里洗澡，而另外几只则打算在浴缸里下蛋。

"那儿，那儿，那儿……"

市长指指四处墙角。

"可是……我们怎么能……"

"我不介意，你们还介意？"

"当着这么多人的面？我不能！我……这也太不文明了！"

"那么我给诸位做个榜样。"

市长走到一处墙角，转过身，哗哗哗撒了一大泡尿，然后如释重负地扭回头说："就这样，一点儿也不难。"

众人瞪着他如同瞪着一只下流的大猩猩。

急于"方便"的复又坐了下去，似乎以不肯如此这般地方便对市长表示无声的抗议。然而警卫班长和他的下属认为他们并没有什么特殊的面子需要格外顾及。何况市长已做了示范。

"起立！"

班长一声口令，全体起立。

"原地向后转！"

全体面向墙壁。

他们"方便"过了，转移到另一面墙，重新靠着墙根坐下去，并且都重新闭上了眼睛。

不失尊严的长者们被迫挪动他们坐着的沙发。一个班的壮小伙儿一上午憋足了的尿，一旦同时开闸，大有水淹七军之势。

长者们瞧着跟踪而至的尿泊和他们被浸湿的鞋，一个个满面愠怒。

"同志们，我再说一遍，请大家各行方便吧！"

市长耸耸肩，不理睬他们了。他将大学里的一位教地理的副教授召至窗前，从堆垒物间的缝隙望着外面，问："我想首先应该对付这些占领者，你有什么好方案？"

"消灭它们！"

市长没听清楚似的看了他一眼。

"消灭它们！"人到中年顶已谢秃的副教授冷静无情地说，"干净、彻底、全部地消灭它们！市长同志，尽管我是教地理的，但请相信我的话——它们每一只都疯了。由于它们所习惯了的地理环境发生骤变，导致它们神经错乱，丧失理性，这一点有先例也有科学根据。"

"毫无和平共处的可能？"

"人能和食人蚁杀人蜂和平共处么？"

市长犹豫着。因为他是本市爱鸟协会主席，也是国际爱鸟协会的特约会员。在他的倡导之下，本市的群众性爱鸟运动方兴未艾，他曾出国领回一份国际爱鸟协会颁发的奖状。它镶在它所代表之荣誉的框子里，就挂在墙上。它上面有世界不少国家首脑的亲笔签名。它是中国人所获得的第一次国际爱鸟协会颁发的奖状……

他有些举棋不定地瞧着它。

"这没什么可犹豫的！你看广场上那些人的尸体！在全市其他地方也肯定会有许多那样的尸体！"

"我听你的。"

市长拍了拍副教授的肩。

其实他所看到的那些人的尸体，早已使他感到占领了本市的鸥鸟们像野蛮的侵略者一般可恨可憎。

他抓起电话，拨通了警备司令部。

为确保这一条电话线路的畅通，警备司令部派出了三个电话班。他们一去不归。

警备司令一直守候在电话机房，期待着从市委方面下达的任何指令。警备司令部的大楼也如同市委大楼一样，门窗壁垒森严。不过没有被鸥鸟们占领。

"司令员同志，我是市长。我现在代表全市人民，向您发出请求，并通过您向您的指战员们发出请求。干净、彻底、全部地消灭占领城市的鸥鸟！考虑到市民们的安全，除了严禁使用毒气，其他一切装备使用不限！"

"不可以！不可以这样！"

有人大叫起来。然而市长已将电话放下了。

"又是哪位在发表异议？"

他本想充聋作哑，但考虑到尊重与不尊重的问题——而这一点，对于他和他们，似乎永远是一个首要的问题。似乎任何情况之下，悠悠万事，唯此为大。

他不得不问，并向他们转过身，逐个扫视他们。他的目光已显示出努力克制自己忍而不发的恼怒了。尽管他的语调依然彬彬有礼。

"我！"——站起来的是他们中年岁最长的一位。刚才迫不及待地要"方便"一下而为了尊严又不肯"方便"自己的也是这一位，看来他一定有一个储存量极大的膀胱。市长一时竟想不起他姓甚名谁。更想不起他的身份究竟是前什么。但对他一点儿也不陌生。每次市长将做出重大市政决策，他是必被请来"顾问"的几老之一。有次市长本不想请他，他打电话质问为什么未通知他。市长只好推迟开会半小时，派车把他接来，并因自己的"疏忽"，当众向他赔礼道歉，保证今后不再犯同样性质的错误……

"您请说。"

市长赶紧掏出烟吸上一支，借助尼古丁的镇定作用强按捺住自己的厌烦。

秃顶的副教授也朝市长要了一支烟吸。睥睨着反对者，伪装出一副洗耳恭听的样子。

他悄悄对市长说："下一届改选，我绝不选你。因为你的涵养太高。"

"同志们，国家形象，一切情况之下不可以不考虑！民族形象，一切情况之下不可以不顾及！我们如此大规模地消灭鸟类，显得我们中国人太残忍了！让全世界如何看待我们呢？嗨？所以我认为不可以，不可以这样！唵？不可以嘛！"

"就是，就是！"

"对，有道理。这个决定太轻率了！"

"这么重大的决定，刚才没进行充分讨论嘛！没征求我们的意见嘛！"

业已神态疲倦的几位，复又打起了精神。

而各方面的几位局长，却懒得附和了。他们倒是巴不得市长一个人自作主张。因为他们早就明白，在市长和这几位长者之间，他们的意见原本无足轻重。他们只不过消极地期待着一点——要求他们做什么？怎样做？不管市长，或几位长者，谁下达指示都行。前提必须是他们能做到的事……

"依您呢？依您该怎么办？"

市长哑着嗓子问。他很后悔自己将他们搬来。他觉得自己简直不是在咨询，而是在舌战群儒，自作自受！

"依我么，依我……不能依我呀！我的意思是，需要大家讨论，共同研究嘛！在目前这种情况之下，我们这些人，就是一个领导核心嘛！"

警卫班长发出了很响的鼾声。年轻人就是年轻人，让他们打个盹儿，他们便沉睡。

可敬长者瞥了年轻的警卫班长一眼，想继续说下去，但实在又没什么有真正意义的话可说，顾左右而言其他："现在什么都倒挂，唵？年龄也倒挂嘛！我还在这儿强撑着精神呢，二十来岁的倒比不过了！唵？"

他终于坐下。瞅瞅这个，瞧瞧那个，似乎在奇怪地问——为什么都不笑？难道我的话还不够幽默？

市长平和地说："有一点我必须向诸位强调，在目前这种情况之下，我是本市市长，我对本市人民负有不可推卸的重大责任。我请诸位来，并不意味着企图在严峻形势面前将责任移交给诸位。核心只有一个，那就是我。没有第二个第三个第四个！"

他的话既平和又强硬。他想他必须彻底摆脱他们了！此时不宣布这一点，更待何时？全市人都不知他是死是活，而他在这里陪着他们扯淡！尽管不是他所情愿的，也是一种渎职的罪过！

副教授将烟往地上狠狠一扔，踩了一脚，大声说："在目前这种情况之下，我建议诸位哪怕仅仅出于极端自私的考虑，也应该节省一点儿唾沫！市长刚才的决定乃是一项思维正常的人的决定，没什么不可以的。既然在这里，在市长的办公室里，我们每一个人都可以随地大小便！至于世界爱鸟协会，如果他们真的提出抗议，我们只要回答六个字就够了——滚你们妈的蛋！不过我肯定地认为他们绝不会像诸位担心的那样，所以那六个字首先是我个人对诸位的回答。"

副教授的脸都气青了。那青色一直泛上秃顶，恰似"水漫金山"。

市长随即补充了一句："这番话也是我想对诸位说的话。"

老人们却都睡了。毕竟的——老了，精神来得快，瞌睡来得更快……

一辆、两辆、三辆、四辆……

装甲车和坦克……

它们开始出现在城市的各条主要马路上。

这批五十年代的甚至解放战争时期的钢铁爬虫，廉价处理给了本市钢铁厂。今天它们终于有了一次"放风"的机会。

它们好比古代西班牙斗牛场上镖牛手们骑的马——被狂暴的蛮牛之角剖开了肚腹，当即由杂役们拖下场，在观众看不见的地方，经粗略的缝合术后，注一针兴奋剂，重新披挂，便由镖牛手们再次骑出来亮相，驰骋斗牛场上继续"战斗"。有时缝合完毕，发现还有截肠子什么的露在皮外，兽医会毫不犹豫地用剪刀剪掉它。如同靴匠削掉靴掌的边角一样……

"老兵新传"，紧急出击的装甲车和坦克的情形也是如此。对它们的临时维修绝不比服务于古代西班牙斗牛场上的兽医们的"手术"细致多少。事实上只要能开动的都肩负起了挺进的使命。无非速度相差悬殊。

最初鸥鸟们对它们刮目而视，并不像对人似的一看见就群起而攻之，也不因它们躯体庞大而惊飞。有些甚至飞到它们"身"上和炮筒上，仿佛乘着它们检阅。

和人一样，单独的动物对死亡是敏感的，集群的动物对死亡是麻木的。那一种麻木现象至今仍是某些动物学家研究的课题。早在上两个世纪，西方的贵族初到非洲，曾以猎杀集群的动物取乐。他们写的并得以留传下来的探险小说中描绘过这样的情形——湖面被野鸭几乎完全覆盖了。隐蔽在灌木丛后的绅男贵女，排枪齐放，野鸭一大片一大片地死于湖面。奇怪的是没有中弹的并不飞走。只不过对死于周围的或在周围垂死挣扎的有些惊诧罢了。直至仍活着的成为百分之几的时候，才感到似乎有些不妙，仓皇起飞……

两个世纪过去了。集群动物对死亡的这一种又迟钝又麻木的现象，仍是不解之谜。而它们也依然如故，只要它们是集群的。

在装甲车和坦克驶过的马路上，出现了一条鸥鸟们的"死亡带"，被轧得粉身碎骨的鸥鸟们的尸体粘连在一起。纸张和纸板大概就是那么生产的。切面的第一个步骤也形同其状。"死亡带"边缘很是整齐，仿佛预先用木匠的墨线比量了尺寸。鸥鸟们的羽毛使"死亡带"显得蓬蓬松松的，好像为迎接贵宾铺的一条羽绒地毯。尽管实际上它们的尸体已经薄得不能再薄。

"死亡带"两侧的鸥鸟们无动于衷。它们一时还不能明白同类何以忽然消失，并且变成了铺在地上的东西。它们开始啄食同类的肉骨……

这使那些驾驶装甲车和坦克的人决定暂不开枪扫射。"死亡带"铺至一条条马路尽头，被淘汰的钢铁爬虫们掉转头，贴着人行道往回驶……

警备司令部接收到他们用步话机进行的"战况汇报"，与市长频频联络。

于是城市的马路和街道上又出现了轧道机。它们"生产"的"羽绒地毯"比装甲车和坦克"生产"的质量更优……

对鸥鸟们的大规模的消灭行动，似乎变成了一项生产。但是马路和街道仍被鸥鸟们占领着。栖于高处的鸥鸟一群又一群降落下来。"死亡带"反复出现反复被密集的鸥鸟掩盖，那一条条"羽绒地毯"好像正是为它们铺的。而它们仿佛极其自愿甚至是乐意充当"原材料"。"生产"流水线般作业不息。城市占领者的数量却不见明显减少……

装甲车、坦克和轧道机，缓慢而谨慎地碾平了马路上和街道上的几处"丘陵"。它们看似鸥鸟们组成的。其实在一只挨一只的鸥鸟们的下面，乃是那些"大学生敢死队"和"工人敢死队"的尸体。他们的尸体和鸥鸟们的尸体被"加工"成同一"产品"……

"我命令，使用火焰喷射器！在两小时内，城市必须是属于人的！"

警备司令对于从"前线"传来的保守方案之下的"战况"并不乐观。岂止不乐观，简直开始生气了。

不多时，"特种杀手"们从下水道口、防空洞口钻出了地面……

火焰喷射器启发了市长——于是消防队的救火车也出动了……

世界末日真的到了！不是人的，而是鸥鸟的……

火舌和水柱交叉对它们进行消灭……

它们终于明白这是报复。来自人类。而人类一旦真的报复起来，方式和残忍性比它们对人类的攻击可怕多了……

它们惊惶了。恐惧了。飞起来了……

没飞起来的，在火焰喷射器毫不留情的横扫之下，顷刻羽毛尽净，成为遍地黑不溜秋的形状和大小类同的炭质的东西。仿佛马路和街道都是烤盘，而那些东西是烤糟了的面包。装甲车、坦克和轧道机驶过，遍地黑灰。猛烈而强大的水柱将黑灰冲向前去。一时间许多马路和街道浊浪滚滚……

装甲车、坦克和轧道机在水中挺进。

刚刚飞起来的，亦被水柱和火舌从半空扫落下来。羽毛尽净在半空就成为炭质的，和虽侥幸避过了火焰，却死于水柱之下的，黑黑白白漂满水面……

城市弥漫着羽毛的焦臭和鸥肉的烤香……

鸥鸟们在马路和街道丧失了立足之地。它们降落在楼房顶上不敢轻举妄动。然而楼顶的面积毕竟有限，它们降落了一层又一层，新来的一群降落在刚刚站稳的一群身上。刚刚站稳的一群同样是降落在更下面一群身上。就这样它们在那些五层六层七层八层的楼房的平顶之上一群压着一群。厚度竟至于高出楼顶的围墙，不可思议地继续增高。而降落在坡形楼脊上的，不时地几乎整体坠下。如同被大风刮下的雪白的被套。

高压水龙喷出的水柱立刻将它们连成的"被套"击散，使它们被迫降低到火焰喷射器所能达到的高度……

"市长同志，我想问……我的意思是……干净、彻底、全部地消灭它们，是一个绝对的指示吗？"

警备司令一手拿着步话机，贴耳倾听"战况汇报"，一手握着电话筒，与市长通话。

他满脸一副正在犯下滔天罪恶的神情。

市长看了秃顶副教授一眼。他就站立在市长身旁。他听到了话筒中传来的话，也听出了那番话中的恻隐意味儿。他什么也没说。但市长看出了他满脸一不做二不休的坚决。

"我说司令员同志，如果上帝追查责任的话，我以人格向您保证，由我投案自首好了！"

"明白了……"

话筒那端清清楚楚地传来一长声喘息。好像警备司令是在水里说话，刚刚冒出水面似的。

秃顶的副教授从市长手中取过嘟嘟作响的听筒，替怔怔呆想着什么的市长放下。

他向市长伸出两根手指。

于是市长掏出烟来。

他们默默吸烟，谁也不瞧谁。

市长终于忍不住两人之间这种心照不宣的沉默，问："教授，你信上帝么？"

"副教授……"

他一再挺严肃地更正市长对他的称呼，并且补充了一句："套国家干部级，乃副处长也。"

而在市长听来，他的话成分很多，很复杂。即或硬说有谦虚的成分在内，也绝不比一根粉肠所包含的纯蛋白质的成分多些。

"副教授，你信上帝么？"

"从前不信。"

"那么现在信？"

"信比不信更容易想得通。"

"指何而言？"

"地球、人类、宇宙、生和死……一切一切。仅仅在我们所谓的银河系，每一个星球都有自己的运行轨迹，星球和星球之间也有秩序不乱的运行规律。简直是无比精细的设计。什么又叫自然呢？如果自然具有这种远远超出于人类的设计水平，那么等于承认自然同时是具有高智商的。具有高智商的存在，任你叫作自然也罢，叫作上帝也罢，难道可能不是一种生命形式的存在么？宇宙和人，分明是最伟大最杰出的真正不朽的工程。"

市长似明白非明白，苦笑道："我毕业于教育学院马列主义研究系，对这类问题从未深想过，当然也就无所谓想得通想不通。照你说来，我是得做好向上帝投案自首的准备啦？"

"完全不必。"副教授以对一切都有深思熟虑的口吻说，"人有责任和义务管理海里的鱼，空中的鸟，地上的牲畜和整个大地。他应嗤笑可怕的事。并不慌张，也不退缩。人是一切事的尺度。是存在者之存在，不存在者之不存在的尺度。上帝在《圣经》里是这么宣布的。我们已在做我们应该做的事。再说上帝也不是一向仁慈的。他的罪孽比我们大得多。他双手沾满了生物的鲜血，包括人类的。他企图毁灭人类和地球何止诺亚方舟那一次！"

突然，外面响起了排射不停的枪声。

他们从堆垒物之间的缝隙朝外窥望，但见装甲车、坦克和轧道机、救火车开到了市委大楼前的广场。来来往往东奔西突碾轧广场上的鸥鸟。一架云梯凌空竖起，站在云梯上的消防队员，擎着高压水龙向市委大楼的楼顶逼近。水柱将鸥鸟们从楼顶扫荡下来。机关枪冲锋枪配合歼灭。中弹坠落的鸥鸟像一阵阵巨大的冰雹。火焰喷射器在地面对它们进行着必要的再处理……

教授——不，副教授从窗前搬开堆垒物，探出上身大喊大叫："好！好！好极了！小伙子们，干得漂亮！"

他的秃顶又变色了。不过不是变青了，而是变红了。他兴奋得手舞足蹈。

一只鸥鸟被迫俯降之时，趁机在他的秃顶上啄了一口。他疼得叫一声，缩回头来，秃顶上已淌下了血。

他用手绢捂着秃顶咒骂："死到临头还如此猖獗，不消灭它们不行啊市长！不是人死，就是鸟亡！"

市长办公室里所有的人都从睡眠之中惊醒了。当他们明白这是"大反攻"的勇士们突击到这里来解救他们了，便将所有窗口前的堆垒物搬开，聚在窗前欢呼……

"占领厕所！现在，当务之急是要占领厕所！"

始终没"方便"成的几位长者们，对年轻的市长又颐指气使发号施令起来。

"小伙子们，"市长仿佛活了一万年也愁戚了一万年的脸开朗多了，向警卫人员高声问，"紧张劲儿都松弛点了么？"

他们全体都显得怪不好意思的。

"咱们出头露面的时刻到了。我要交给你们一项重要任务。"

他们全体立正，精神抖擞地期待着。

警卫班长迈前一步，语调铿锵之至地回答："绝对听从市长的命令——刀山敢上，火海敢闯！"

从农村招来的小伙子，虽尚不谙世故，却挺善于表现忠勇。在这个城市面临灾难的日子里，他内心其实并没有什么忧患。因为他的家在另一个省份。他的意识的最底层，也就是通常所说的潜意识的那一部分，埋伏着一种确实存在的窃喜，和一种被功名思想所鼓舞着的亢奋。城市的欢男悦女们也该遭到点儿灾难了！在他眼内，城市的一切男人和一切女人尽是些欢男悦女。难道不是么？他们何曾因为承包了土地而面朝土垄背朝天地辛劳过流过汗水呢？他们何曾因年头不好而绝望过呢？他们一天不吃粮一天不吃菜也不行，却一天比一天更甚地不满于粮价和菜价之贵。若使他们满意，那么谁来对农民的利益负责呢？难道农民的辛劳和汗水就必须是廉价的么？眼见城市的欢男悦女们上天无径入地无门惶惶然不可终日，其实他是很有快感的。他们——和他一样以每月八十几元从农村被招来的他的战友们，也是很有快感的。城市的欢男悦女们如果不遭到任何灾难，这世界岂非太不公道了么？但是他，和他们，以职业所要求的似乎是本能的其实是故意表现出来的忠勇，以及父辈传授给他们的农民那种似憨似愚的狡黠，十分巧妙十分出色地掩饰起他们内心的快感内心的幸灾乐祸内心的窃喜内心的亢奋和内心的未免也会多少有那么一点儿的恐惧。他们似乎都做好了视死如归的思想准备，其实谁也不想不愿为城市的人去送死，哪怕是城市的人在他们死后把他们称颂作烈士的那一种死——壮烈牺牲。但是他们却都怀着不失时机地立功的各自的企图。壮烈牺牲和还活着的英雄是两码事儿。对后者哪个年轻人不充满了希冀呢？那将意味着提升意味着可以留在城市成为城市人意味着许许多多。他们的窃喜他们的跃跃欲试引而不发的冲动和亢奋，正源于此……

这不是世故，起码他们自己不认为这是世故不认为自己已经世故了。这是——谋略。应付城市人的谋略。用他们的说法，即"蒙世"的谋略。

市长指着电视台台长，对"蒙世"的警卫班长交代说："你和你的全班，立刻保护他回到电视台去！如果他在半道儿出了什么差错，我唯你问罪！"

"是！"

"如果有人图谋不轨，胆敢袭击你们……"

市长拿不准该交代个什么词儿才恰当，看了看他的秃顶的"参谋长"。他心中已暗自开始考虑，城市恢复正常之后，应该将对方调到市委来，安排个能经常跟随在自己身边的角色。秘书？……不行，职务太低，小用了人家。秘书长……也不行，有了，没理由撤换。对——

顾问吧！尼克松有基辛格那样的顾问，他这位市长为什么不可以特聘一位副教授做顾问呢？他甚至暗自开始考虑，每月给对方定二百五十元工资是低了些还是高了些？

"就地正法！"

秃顶的副教授替市长掷地有声说出了一句话。

警卫班长眨了眨眼睛，似乎不太明白"就地正法"四个字的确切含意。

他瞧出了这一点，又说出一句话是——"格杀勿论"！

警卫班长瞥了他一眼，注视着市长。分明地，并不把他的话当成怎么一档子事儿，继续期待着市长说出什么。

"你他妈的听懂了没有？！"

秃顶的副教授火了。他一火还真可谓"凶相毕露"。

"是！听懂了！"

警卫班长被他的大吼吓得一抖，一挺胸，站立得更直了。

市长说："他的话代表我。他怎么指示，你们怎么执行。不得有误！"

"你，听着！"秃顶的副教授一指电视台台长，"三个小时，不，两个半小时后，市长将发表电视讲话，如果电视台方面拖延了……"又一指警卫班长，"枪毙他由你亲自执行！"

"是！"

警卫班长又一挺胸。

身材瘦小却衣冠楚楚的电视台台长瞅瞅市长，瞅瞅发号施令其貌不扬的秃顶的副教授，感到受了奇耻大辱，尖声叫喊："我抗议！我抗议！都不过是臭知识分子，我不吃这一套！"

啪！

秃顶的副教授扇了电视台台长一耳光。

啪！

又一耳光。

知识分子扇知识分子的耳光，使警卫班长和他的全班战士从旁看着心中喝彩，觉得动作那么儒雅又那么地帅！

"知识分子兄弟，清醒了么？"

"清醒了……可是你怎么敢……"

"别啰唆！市长既然授我临时权力，我就什么都敢！敢想敢说敢做敢扇您的耳光。要么我们这些人对城市负起严峻的责任来，要么我们彻底丧失掉这种责任，就是这么回事！"

警卫班长和他的全班战士这时已开始搬顶住门的堵垒物。

"住手！"

他们狐疑地望着秃顶的副教授，内心都有几分不甘服从，却又不能不服从。

"你们干什么？"

"不开门，能带着台长同志飞出去么？"

警卫班长理直气壮地回答，很希望看到对方被反问得哑口无言的样子。

"现在走廊里的鸥鸟会更多了！不等你们冲出这幢楼，它们就把你们的眼睛啄瞎了！脑袋白长的么？"

"那……"

副教授不再理睬他，奔至窗口，一名旗语兵似的，向外打着手势。

救火车的云梯朝窗口转移过来，有护栏的站台，终于和窗口吻接在一起了。

"你们，把我的知识分子兄弟先弄上去！"

他们便像举起一个孩子，七手八脚将电视台台长弄了上去，然后他们自己也一个接一个地上去了。

望着云梯从窗口移开，缓缓降向地面，副教授长长出了口气。

"我有高血压……"

一个嗫嗫嚅嚅的不无惭愧的声音嘟哝了一句，仿佛在请求符合人道精神的同情——他是不能够那样子离开的……

"我也有高血压……"

"站在我家三层楼的阳台上，我的头都会晕……"

接着请求予以同情的人还不少。

然而那不过都是他们的自言自语。秃顶的副教授似乎根本不再关注他们的存在。也根本不打算思考出另外的某种更安全的法子先将他们转移……

"我替你起草电视讲话！"他对市长说，"你最好找个墙角睡一会儿。市民们从电视里看到他们的市长满怀信心的样子或无精打采的样子，对他们的心理影响和情绪影响是很不一样的！"

"副教授，和你比，我显得无能到家了是不是？"

市长不无惭愧。

"别这么想。你不过是被他们搅昏了头。我呢，不过旁观者清而已……"他扫了他们一眼，又对市长附耳悄悄说，"我也不是什么副教授。我是第二十九中学的地理教师。不过这会儿，还是让他们相信我是一位副教授的好……"

鸥鸟们在天空和地面，在市内的一切地方，遭到无情的歼灭，已死掉十之七八。没死的，一部分栖落在更高的云梯的高度所达不到的楼顶上，一部分飞蹿到了一切可以进入的建筑物内。它们继续占领着那些豪华宾馆的大厅和走廊。它们继续对于困在房间里的一切居民住宅楼的居民们构成威胁，使他们仍不能也不敢离开房间。正如电视台台长和保护他的一个班的警卫人员，不能也不敢离开市长的办公室。

装甲车、坦克、轧道机对它们失去了战斗力。机关枪冲锋枪手们不敢冲入楼内扫射，唯恐伤人。火焰喷射器也不能发挥作用。

人鸥之战由战略反攻进行到了战略对峙阶段。

正蹲在一个墙角用市长办公桌里某些文件的无字背面起草《告市民书》的中学地理教师，接到警备司令打来的请示下一步作战方案的电话，并没有惊动市长，压低声音部署道："我说司令员同志，务必命令一切消防队车辆，现在起，严禁从一切方面抽用淡水！这座城市的淡水储备是有限的！否则人们都将渴死！要直接从海里抽水！消防队要担负起把鸥鸟从一切建筑物内驱赶出来的任务！对，充分发挥高压水龙的威力。命令化工厂必须给以无条件的配合！海水中掺入一切具有腐蚀性的化学剂！不够用再到酒厂去！对，酒精！各种高度酒！现在还讲什么经济损失不损失！"

市长哪里闭得上眼睛！

市长已经走了过来，蹲下问："哪儿来的电话？"

"别问了。一桩小事。我已经替您下达了最英明的指示……"冒牌的副教授，秃顶的中学地理教师将写满了字的几页纸递给市长看。

"你肯定？"

市长匆匆过目后，盯着他的眼睛问。

"我们正在漂向日本，这一点大概是没错的。其他的几点，都不过安稳人心之词。"

"是这样……"

市长沉吟良久，又问："首先，是不是应该……对不幸死难的人们进行哀悼？"

完全是很虚心的商榷的口吻。

"不，那是最后的事。"

"我想，还是放在开始好吧？"

"你一点儿心理学常识都没有么？当全市人连他们自己的命运都不可知的时候，会有耐心哀悼死去的人们么？你必须使他们完全相信，他们的生命将是安全的！城市已经受住了考验！并且，再不会有什么可怕的考验！我们已在漂向日本！全市人共做一次免费的出国旅游！逢凶化吉了！当然，首先是你自己得这么想这么相信！最后，才是哀悼！你可以流泪，可以抽泣，可以像小女孩似的哭！那都随你的便！但必须在最后！"

"明白了……"

"大耳垂儿，别计较我这么不客气地教训你！"

中学地理教师拍拍市长肩膀，显出一种特殊的亲密。

"你……你究竟是谁？"

市长十分诧异于对方叫出自己小学时的绰号。

"尊敬的市长，当您还是一个小学生的时候，您可有过难忘的伙伴？"

市长眯起眼睛努力回忆，很没有把握地说出了几个张冠李戴的姓名。随即大摇其头，似乎连自己都知道将那些名字搞混了，又似乎连自己都否认他们或她们是他"难忘的伙伴"。

"心理学家断言，回忆是开始衰老的征兆。您什么也回忆不起来，想必您还太年轻啊！这也就难怪您的那些顾问、前顾问、准顾问感到他们有责任有义务时时刻刻三娘教子了！"

秃顶的中学地理教师尖酸刻薄地挖苦着市长，满脸呈现出了当仁不让的嘲笑意味儿。市长却没有恼羞成怒。这个躲进"巴黎圣母院"避难的秃顶的重要作为，使他非常宽厚地原谅了对方的出口不逊。他不知该相信对方是副教授还是该相信对方不过是教地理的中学教员了。

"坏孩子欺辱您的时候，没人像堂吉诃德骑士一样勇敢无畏地行侠仗义保护过您吗？答非所问的时候，没人比您自己更觉得羞耻地暗中提示过您？您考试不及格，没人煞费苦心地替您改过分数并密谋策划怎样骗过您的家长吗？"

对方以专业水平的启发方式帮助他回忆。

"噢！我的天！竟会是你呀！你叫……你叫什么来着？"

市长终于回忆起自己确曾有过一个按理说是难忘的却怎么也叫不出姓名的小学同学了！

这一种戏剧性的重逢使市长显得挺激动。

"快告诉我，你叫什么来着？"

的确，谁也没法将一个四十多岁的秃顶和某一个小学同学的模样比较符合地重叠在一起。

"我不告诉你，自己慢慢想去吧！你个大耳垂儿……"对方至爱兄长般地笑了，捻了捻市长的耳垂儿，接着完成他主动承担的使命，继续创作《告市民书》。

一队队的年轻人，开始打扫各条马路和街道，担负起了初步清洁城市的义务。尽管人鸥之战，仍在城市的局部激烈地进行着。他们并非城市清洁工，是大学生。他们用种种工具，或可以代替工具的东西，铲着刮着轧实于路面的层层尸肉。它所散发的血腥之气令人作呕。忽而，会铲起或刮起一件上衣，一条裤子，一只轧扁的鞋。轧扁的鞋如同轧扁的小鸡或耗子，无言地诉述着某一个人的惨死。这些内心里升华着义务感责任感的年轻人呵，强忍住他们的悲哀，将一切属于人的物品，尽可能地从尸肉中剥离出来，归拢一起，留待死者的亲人认领。他们剥离时的那一种仔细，仿佛考古工作者发掘出土文物。它们证明着，在轧实于路面的层层尸肉中，有男人女人老人和孩子。然而他们是谁也无法剥离出来的了。

接着出现在马路和街道上的是工人，是那些因为"三班倒"被鸥鸟困在工厂里的工人。他们和大学生一样，仗着人多势众才得以冲出，也和大学生一样，几乎人人"挂彩"。但鸥鸟们毕竟不再敢肆无忌惮地追逐了。它们知道，只要一离开保存自己和抵御人的反攻的地方，必死无疑。

城市的局面现在已经发生了逆转。马路和街道已经根本上控制在人和人的武器之威力下了。

鸥鸟们像蝙蝠似的，将它们的一切藏身之所视为"堡垒"。它们对人被动的抵御比它们对人主动的进攻更加凶猛。既顽强且壮烈。成千上万的它们的同类之可怕的覆灭下场，使它们无比恐惧。这一种恐惧化作更加空前的对人的仇恨。这一种仇恨仿佛使它们决计与人较量到底，直至最后一只被从肉体上消灭为止似的。它们的小眼睛，被仇恨和恐惧刺激得红红的。

然而人对它们的消灭行动也更加残忍。正如它们先前对人的进攻相当残忍。人并不考虑忏悔的问题。正如它们并不考虑上帝存在不存在的问题。人已别无选择。它们也是。

当人和生命形式的一切争夺生存空间和生存权利的时候，人是可怕于任何猛兽凶禽的。人以理性加上智谋所体现的残忍，比猛兽凶禽之残忍有过之而无不及。人是地球上最不可被触怒的动物。

鸥鸟们的负隅顽抗的抵御，使执行消灭它们的任务的人们，感到若不全部地彻底地消灭它们，城市将永无宁日。

救火车在火焰喷射器的掩护下，一往无前地逼近那些鸥鸟聚集其内的建筑。消防队员们戴着封闭头盔，穿着鸥鸟们的喙和爪轻易啄不透也挠不透的防护服，单膝跪在那些建筑的门首台阶上，用高压水龙向里面扫荡。掺了硝酸以及种种对肉体具有腐蚀性的化学成分的海水，绝不比火焰喷射器的威力小。鸥鸟们一旦着水，羽毛便发出嗞嗞的细响冒起白烟。顷刻蜷曲成为一身鳞状的胶着物，使它们的样子又丑陋又肮脏又怪诞。而成为那么一种样子的它们，令决心全部地彻底地消灭它们的人，产生着无比的厌恶。水柱继续直射到它们身上，于是它们的身上也发出嗞嗞的细响冒起白烟，于是它们的身体也蜷曲变形，最后化作一摊摊粉色黏糊糊的东西，一堆堆牛屎似的淤积着。某些鸥鸟的两只爪子已经蚀得不是爪子了，而像被火烧过的散发着焦臭气味儿的皮子。它们绝望地扑扇着羽毛半秃的翅膀，在或高或矮的有限的空间做最后的挣扎飞翔状。散发着焦臭气味儿的不成形状的爪子，在它们的腹下垂悬着，被皮筋似的东西与它们的身体连着。它们中有许多已被蚀瞎了眼睛。有些头被蚀得和爪子一样了。然而它们的翅膀仍绝望地垂死地扑扇着。它们凭着本能知道，翅膀一旦停止了扑扇，坠落地上的水中会是怎样的厄运。它们在飞翔状中互相撞着，被撞着。精疲力竭的翅膀完成最后一次象征性的扑扇，终于还是坠落了下来。坠落之前发出的哀鸣令人心悸。坠落之后在不停的蠕动中，渐渐化作一摊摊粉色的黏糊糊的牛屎样的东西。那样的一些东西，倘细心观察，仍在呈现着生命的微颤。不过人们是在对它们进行消灭，不可能那么细心地观察它们罢了。

当高压水龙停止扫荡，再也不见什么鸥鸟了——被强攻下的"堡垒"内，水雾迷蒙，白烟浮升，光滑照人的大理石地面不存在了。被厚厚的一层粉色的黏糊糊的东西所覆盖了。在这一层东西的表面，这里那里，似乎仍有什么在底下苟活着，并不时小心翼翼地动一下。嗞嗞的细响之声不绝于耳。大大小小的气泡此起彼伏。整体的，如同发酵变质的粉色卫生糨糊倾泻于地。又如同刚刚掀开锅盖的一屉发糕，暄腾腾的看去极有弹性……

攻坚者迅速撤离，转战别处。于是负责清除的人们接踵而至。面对如此这般的情形他们不知该从何下手，怎样清除。他们清楚，覆盖地面的这一层东西，原本皆是生命。这一点简直很难使他们像铲除垃圾一样铲除它们。生命之死亡如果状态丑恶，某种情况下，比活着的丑恶的东西尤其会令人感到可怕。曾被歌以声绘以画颂以诗的美丽的被喻为骄傲和勇敢之象征的鸥鸟，化作令人作呕的丑恶，并且散发着焦臭，使他们一个个汗毛乍起，心惊肉跳。何况那一层东西陷住他们的双脚，粘住他们的鞋……

不分男女，几乎没有人不吐。他们吐过了便默默开始完成他们自愿承担的义务。一边铲除一边又吐。劳动创造了人类。恩格斯说得一点儿也没错——并且继续开发着人类的智慧。新的方法被某些聪明的头脑想出来了——用铁锨或其他有刃的东西，将那一层东西划割豆腐似的，划割成了一小块一小块的。好在那一层东西十几分钟后就变成了肉冻似的东西，划割起来并不费事。铲除起来也不像铲除街道上那一层被轧过的东西似的难以干净。这一层肉冻似的东西，并未和水泥的大理石的地面粘在一起铲不开除不净。于是"劳动效率"大提高。宛如泡沫床垫或沙发垫的东西，由卡车和翻斗车迅速载往海边，倒入海中……

居民住宅楼仍由消防队员们做攻克"堡垒"的尖兵。不过一辆辆消防车内是从各处抽取的热水。广播车驶来驶去。大学生广播员一遍又一遍忠告市民，关窗闭户，万勿探头探脑，谨防烫伤，并且一遍又一遍播放流行歌曲——《真爱又如何》《每一步》《流下眼泪前》《逍遥四方》《婚纱背后》《我不会》《别亦难》《重逢》《心恋》等等，不一而足。选播这些一吟三叹人生温馨而又无奈的流行歌曲，目的在于借助女歌星们甜美曼妙、迷离惝恍且脉脉含情的咏唱，消除起码是减轻被困在家中的人们之紧张状态和悲观心理……

尖兵们在她们的咏唱之伴随下，战斗意志坚如磐石。正好比有女郎的送行，奔赴沙场马革裹尸还也在所不辞。

于是一幢幢居民住宅楼成了鸥鸟们的煺毛"车间"。一只只被烫死只需三下五下便会将羽毛煺得光溜溜的肥大鸥鸟，几乎可以送往烤鸭店进一步熏烤加工，售以高价……

某些消防车内抽取的不是热水，是兑了酒精或烈度酒的海水。烂醉如泥的鸥鸟们瘫伏一片，只是不像醉鬼们似的胡言乱语骂天咒地罢了。醉了的鸥鸟比醉了的人斯文多了。被浓重的酒味儿熏得半醉不醉的人们，破门而出，临时钉制了一些简陋的推板，就是北方人冬天推雪的那一种工具，将醉态酩酊不胜酒量的鸥鸟们，从最高一层的走廊一层层推下。它们在楼梯口堆积如山，于是楼梯口前的人帮着往街道上马路上扒。而火焰喷射器候着它们……

就这样，人们收复着失地，光复着城市。

直升机从天空向高层建筑顶上的鸥鸟们进行歼灭。准确地投抛瓦斯弹。戴了防毒面具的伞兵在烟雾中自天而降，一站稳便大开杀戒。被迫腾飞起来的鸥鸟一群群地围攻直升机。直升机的旋翼将它们击得七零八碎。驾驶员"败走麦城"，将它们诱到海上。在海上以机枪无所顾虑地扫射它们……

天渐渐黑了。

城市死寂如荒冢。

下起雨来了。

种种难闻的混合气味儿，弥漫着城市不得散发。

这个方向，那个方向，一盏盏一排排路灯亮了。楼房的黑魆魆的影子，这里一幢，那里一幢，也开始从大大小小的窗口透出烛光或灯光……

许许多多的市民，撑伞的，披雨衣的，未撑伞也未披雨衣的，又一群群聚集在街道上马路上广场上。没来得及关门上栅的商店，从百货商场到小店铺，皆大遭其殃。几乎已不再有任何可以吃的可以喝的可以穿的可以用的东西。恐怖一旦过去，首先恢复了常态的是孩子们。他们怀着十二万分的好奇，和人皆有之的贪婪的侥幸，想去捡点儿什么。但是他们被大人严厉呵斥。某些谨慎的大人干脆将自己的孩子倒锁家中。

广播车仍然不知疲惫地驶来驶往。城市的忠实的义务喉舌，反反复复告诫市民——万勿贪心！万勿趁机掠取任何东西！万勿捡拾任何东西！因为某些东西所附着的化学品剂可能是致人死命的。并且要看管好自己的孩子，占小便宜吃大亏，万勿使他们误中其毒，悔之晚矣！

已经声音嘶哑的大学生们的告诫，仿佛上帝的告诫一样起到了超出他们自己想象的巨大作用。哪怕是一块金子一捆钱钞就在脚旁，也没有一个珍惜自己生命的敢斗胆贸然去触碰一下。经过一场逢凶化吉，人们普遍地悟到了死毕竟是不幸的。无论对自己还是对亲朋密友。何况他们认识到，即或不怕死，倘吉复转凶，他们也必会死得很惨很痛苦很丑恶很可怕。这是怕死的和不怕死的都十分不情愿的死法啊！

贪婪之人在任何情况之下总是有的。他们溜入商场和店铺，手持电筒东翻西找。就像捡破烂的光顾垃圾站一样。商场和店铺毕竟不是垃圾站。值钱的很值钱的乃至特别值钱的东西，并非皆化为乌有了。然而当他们获之侥幸，得之狂喜，满载而归，自以为从此"脱贫致富"，欲从门和窗口离去时，被外面的人一个个逮住了。一重重形成严密封锁的散兵线，在他们不知道的情况下，早已悄悄包围了银行、商场、金银首饰店、文物店、博物馆、文献资料馆等有失必损的主要之处。

凭着几条确保畅通无阻的电话线路，市长办公室直接下达了一道道指令。城市开始毫不耽延地一方面一方面一个局部一个局部地恢复着秩序。

市长的秘书终于出现，像个穿西服系领带的叫花子，也不知打什么地方钻出来的。几番哭鼻涕抹眼泪的结果，使他那张小白脸如同一个星期没有大人照料的娃娃，脏得斯文扫地体统全无。实在令人忍俊不禁，又实在令人不忍见笑。觉得笑是罪过。

市长当然没笑。市长现在面对无论多么可笑的事也笑不起来。他表示了他理应表示的那一套，拥抱了他的秘书，并且贴了贴对方的脏脸，紧紧握住对方的手，摇撼着说了几句大难不死实乃万幸之类的话，然后就郑重地告诉他，不许再离开自己。

秘书又哭了起来。因为自己在市长最需要的时候不在市长身边。因为自己种种的历险般的死里逃生。因为不晓得自己的妻子孩子的安危。还因为逢凶化吉之后怕……

市长本人的镇定使他的秘书也终于镇定了下来。秘书的大动感情并未使他热泪盈眶。就算对方真是个娃娃，他也没心思哄他怜爱他。他认为几百万市民，现在可能都像是男娃娃女娃娃一般再也经不起可能接连而至的更大的灾难。而他觉得更大的某种灾难，似乎正借着黑夜的掩护，随时会从天空或地下猝然扑临。他意识到他的责任一点儿也不比慈悲的上帝对人类的责任小。他想这种时候他若不扮演上帝的角色那么还指望谁比他更义不容辞更责无旁贷呢？

他命令赤着两只脚丫子的秘书先去捡两只鞋穿上。反正鞋到处都可以捡到。五分钟后个头明显高了许多的秘书领来了一名警卫。秘书替自己捡到了一双样式很新潮的女式高跟鞋。领来的警卫像电影里的新中国成立前的"丘八"。头上没有帽子徽章不全且神态木木讷讷的，分明是受了太大的刺激精神还陷在恐惧之中。

于是市长带着两个像准备出场的马戏团丑角般的随员，揣着他的小学同学那位秃顶的副教授或中学地理教师写的《告市民书》，匆匆离开办公室，迈出市委大楼……

市委广场又如先前万众聚集。他们正虔诚祈祷市长还活着，正巴望他出现，告诉他们，他将对他们负起些什么样的责任和打算如何负责。

"市长！看，那是市长！"

"对，对，是市长！"

"打！打！打死他个狗操的市长！"

"灾难过去了，他倒露面啦！不能轻饶了他！"

"吊死他！把他吊在电线杆子上！"

几百支手电筒的光束，一齐射向市委大楼台阶。在黑夜之中，照耀出了一小片白昼。市长仿佛被神仙的照妖镜猝不及防地罩住了的妖精，在一片互相怂恿的喊打怒骂声的威慑下，双手护面，遮挡一道道刺目的光束。秘书企图拉他撤退到楼内去，他将穿高跟鞋的秘书推得趔趄数步，一屁股跌坐在台阶上。这一"坐"非同小可，秘书挣扎几番起不来了。大概是髋骨严重跌伤。精神受了大刺激的那个警卫，这时候的反应倒是很明智很得人心，随着一阵比一阵高的声浪，机械地一次次举起手臂，仿佛在表明着划清界限反戈一击身在曹营心在汉的态度和立场。市长看了他一眼，情知要想指望他护驾突围而去，等于是指望一个白痴。

"公民们！公民们！大家不要冲动，听我说，听我解释几句！请给我一分钟解释的权利！"

市长心里很清楚，知道自己此刻若显出一丝一毫的胆怯转身往楼内逃，那么愤怒的人们肯定会像一群按捺不住猎扑之冲动的猎狗，转眼追上他，在互相影响着的群体的冲动下，真的把他打死或吊死在电线杆子上。在这种情况下人的理性是走失了的孩子。除了故作镇定，即使大智大勇的人也没别的良策。所以他也就只有故作镇定听天由命的份儿。

在这种情况之下，他实在没有什么把握能够脱身。他倒并不怕被打死或被吊死在电线杆上。只要他不慎说出一句更加触怒他们的话，死也许便是顷刻之间的事。他担心的是没法到电视台去。而《告市民书》如果仍不能尽快告之于市民，在这一个夜晚内将会发生些什么事是很难预料的……

被愤怒所驱使的人们渐渐向市委大楼的台阶逼近。最前边的人已经踏上了第一层台阶。

"吊死他！"

那个秘书替市长找来的警卫突然怪叫一声，像一只袋鼠似的，跳跃着逃入楼内。

坐在地上挣扎不起的秘书，早已将一只高跟鞋攥在手里，当成随时准备进行抵抗的武器。恐惧地瞪着人们，另一只手撑地面，鼻涕虫似的，亦缓缓向楼内倒着蠕动……

"公民们，请求大家，允许我到电视台去，我要发表电视演说！我要宣读《告市民书》……"

"他撒谎！他骗人！"

"演你妈的狗屁说！"

"我们不要听什么《告市民书》！你回答，一白天你都猫在哪儿啦！你他妈的算什么市长！"

这些人，像一些在兵荒马乱中被家长丢了的孩子。他们原本一心盼望寻找到爸爸或者妈妈，然而一旦找到了，最初的情绪并非激动。他们所受的惊吓，以及在种种可怕之境所感到的被存心抛弃不顾般的绝望，一时统统化作大的委屈大的愤怒。某些有过这样经历的孩子，需待长久的心理治疗之后，才能重新恢复对父母的信赖。给他们以宣泄的权利，甚至在他们咬掉自己左手一指后，仍以右手去爱抚他们，不愿从此永远失去孩子信赖的父母，都是无须别人指教也肯也会这样做的。

市长虽不是心理学家，但这个道理他也是懂得的。不过他所面对的，并不是他的孩子们。即使他们并没有失去理性，他在他们心目之中也从不曾是什么家长。甚至连叔舅姨婶那点儿情分也不可能有。

市长一步也未后退。他还从未像此时此刻这般冷静过。他镇定极了。一动不动。以无与伦比的高超的表演技巧，控制着自己的面部肌肉不呈现出任何的怯懦和畏惧，想象自己是高仓健一类的冷面影星，而眼前不过是一场戏中的大情节。我是主角。他想。我是彼得大帝。我是瑞典女王。要么便是路易十六。大情节从来都是为主角编排的。在大冲突大矛盾大跌宕中，主角万不可丧失主角的意识。他暗自鼓励自己说我能成功。他十分明白，他所控制着的不仅仅是自己的面部肌肉，也是眼前黑压压一片的人们接下来的行为。这使他感到自己不但是主角同时是导演。他从离他最近的人们的脸上和眼睛里，看出他们期待着他的表情有所暗示。实际上他们想要宣泄可是仍觉得理由不够充分。起码还没有充分到足以使他们胆大妄为肆无忌惮的程度。更准确地说，他们期待着他为他们提供理由和根据。若他怯懦了，若他畏惧了，若他后退半步，那么他将死定了。并且，他的秘书的不大不小的一条命，只怕是也无疑要交待于他了。眼前这些人，对一位无能的市长，有理由有根据表示他们的愤怒——他们已经这么认为他并在表示他们的愤怒了。但还不至于以愤怒的名义判他的死刑。人们普遍的即使在严峻时刻，对无能之辈往往也仅只是愤怒而已。他们会因一个人的无能羞辱这个人，但除非是残暴之徒，否则绝不会因一个人的无能而置这个人于死地。他们喊着嚷叫着互相怂恿着要打死他要把他吊死在电线杆上，依然不过是一种愤怒的情绪发泄而已。它距离行为还差着关键的半步。他的丝毫的怯懦和畏惧都会促使他们毫不犹豫地从情绪向行为跨出这关键的半步。如果一个人不但无能而且怯懦，而且被认定了是个偷安苟活之辈，而且是一位市长，那么无论将他活活打死或吊死在电线杆上，他们是都不会因此而有什么罪过感的。

故作镇定的市长脸上那一种镇定是纯粹的镇定，是一种无其他任何表情的镇定。除了镇定只有镇定。除了冷面影星般的镇定，任何一种表情，都可能是不适当的，都可能因其不适当而刺激他所面对的人们的愤怒。在那几分钟内市长堪称世界上迄今为止最伟大的演员。镇定之极而没有镇定地微笑着。那几分钟内他想微笑也不能够。恰恰是这一点救了他的命，使他的镇定具有一种权威的凛然之色，使人们似乎觉得，对于他们，有这么一位市长，也许还是比没有这么一位市长更多点儿什么希望。起码，他们还有聚集在一起的驱动因素。离市长最近的人们，驻足于第一层台阶，犹犹豫豫地，似乎还是怕冒犯了什么似的，不再向上迈步了。

这使市长觉得，他和他们，像在表演气功。一柄看不见的双矛扎枪，一端顶在他的咽窝处，另一端顶在他们的咽窝处。这一种僵持对于双方都不可能持久下去。因为双方都会耐不住性子。而首先耐不住性子的，无疑的将是他这一方，也就是他自己。扎枪的矛头总是刺穿沉不住气的人的脖子……

市长此时已有所发现——一辆装甲车从一条小巷驶出。它的目的分明是要到达这里。他猜测那肯定是警备司令派来接他去电视台的。它像一只大甲虫，观察到这里的局面不祥，又龟缩入小巷去了……

市长最担心的，就是它横冲直撞过来。如果那样，那么它不但解不了他的围，后果也将不堪设想。《告市民书》将因此而不再有任何意义。他这位市长，明天将会成为以全市公民的名义进行民间通缉的头号罪犯……

他在心中暗暗祈祷着，但愿开来装甲车的人，不至于头脑简单到连这一点都不明白……

其实坐在装甲车里的，除了驾驶员，还有另一个人。警备司令本人。

市长想到的，他当然也想到了。

市长无法体会警备司令此刻复杂的优柔寡断的内心冲突——普遍之人们的愤怒如同流行性感冒患者间的喷嚏。倘有一个人在阵阵喊打声中果真付诸行动，便会有一百个甚至几百人挥拳而上。那么自己难道没有责任营救么？单枪匹马就算浑身是胆如龙似虎舍生忘死又怎么个营救法呢？用装甲车和机枪对付那些因为刺激而既难理喻又异常愤怒的人们么？不！决不！他在心里坚决地对自己说。若市长死于人们的愤怒之下，那么谁来担负起对这座城市的责任呢？鬼知道它正朝什么方向漂去！他头脑中浮现出了几个人的名字，然而他那种军人的极其尊重现实的理性，又将那些人的名字从头脑中擦去了。他们有的太老了，有的太昏聩了，有的只不过是些官场上的左右逢源的投机者，并且从来不曾有过任何意义上的威望可言……

最后一个人的名字固定在他的头脑中，任他的理性擦了几次都没有擦去。仿佛写在玻璃上，而他的理性擦的是玻璃的另一面。越擦那名字越清楚，是他自己的名字。

驾驶装甲车的上士抓起了步话机。

"你要干什么？"

他问，口气相当严厉。

"商场那里有一个排在执行警卫任务。如果命令他们跑步前来，二十分钟后就可以替市长解围！"

上士回答得非常自信。

"由谁下达这样的命令？"

"那当然……是您……"

"长在你脖子上的不是我的头脑！"

上士缓缓放下了步话机。

"就这样等下去？"

"……"

"万一市长……"

"住口！"

上士不再说什么了，以十分难以理解的目光瞥了警备司令一眼。对方脸上的表情明明白白地告诉他，如果他企图按照他的意志行事，对方会毫不犹豫地一枪将他结果在这辆装甲车里。对方的右手正放在枪套上……

雨越下越大。

从装甲车的望孔，可以望见无数既没有撑雨伞又没有披雨衣的人，由于衣服湿透了，紧裹在身上，像无数黑色的裸体的幽灵。忽而一齐前拥，忽而一齐后退，仿佛被无形的潮汐所荡……

站立在台阶上的市长，此时双眼已习惯了手电筒制造的光耀。

他向前迈出一步，踏下了一级台阶。

离他最近的人们，似乎本能地一齐后退，但被后面的人们所拥，反而比刚才又踏上了一级台阶。

他，和他们，仅距三级台阶了。

他们在雨中。

他在楼前台阶的水泥帷盖下。

雨屏隔开着他们。

他看了一眼腕上的表，平和地说："大家都请到楼内来避雨吧。"

沉默。

敌意织成一片的沉默。

"整整一个白天，你为什么不曾露过一面？！"

人群中，爆发出一句他不能够据实回答的质问。

"你身为市长，究竟做了些什么？！"

"说！"

"快说！"

"不说明白，今天非揍扁了他不可！"

"死了许多人，我很难过。最初，我和你们每个人一样，恐惧，束手无策，根本不知道该做什么和怎样做。但后来，我尽了我应尽的一些责任……谁肯借我一把伞？我必须到电视台去！你们会从电视中了解到你们有权了解的一些情况的……"

他伸出了手。

一个男人将自己撑着的伞递向他，但在他欲接之际，对方的伞却又收回了，并且拢了起来，用伞打他。

"你还我儿子！你还我老婆！他们死得好惨呀！而你他妈的那时候躲在这儿！"

他双手护住头，背转过身去。

"打！"

"打他！"

"别受他的欺骗！他不过是想到对他自己更安全的地方去继续猫起来！"

"打死他也不解恨！"

于是许多人都将各式各样的伞拢起来，都用伞打他。

在一阵乱打之下，他倒在台阶上。

"他会被打死的！"

装甲车里，上士对警备司令怒目而视，仿佛在斥责一个见死不救作壁上观的卑鄙小人。

"你给我对空扫射！"

警备司令一掌推开装甲车盖，似乎要一跃而出。大雨泼进装甲车内，泼得他衣帽皆湿。他又颓然跌坐下去，也不盖上装甲车盖，任大雨往装甲车内泼……

"嘿！"

他一拳擂在装甲车的内壁上，皮开肉绽，竟丝毫也不觉得疼。

上士起身盖上了装甲车盖。

"你他妈的给我对空扫射，听见没有！"

他又朝上士擂了一拳。

哒哒哒……

然而枪声并未能引起愤怒的人们的注意。

哒哒哒哒……

上士接连对空扫射。

愤怒的人们如同一个个全聋了，根本没听见似的。

枪声已很难使他们的愤怒转移。因为在消灭鸥鸟的时候，他们对枪声习惯了，丧失了敏感。他们以为枪声仍是为对付残存的鸥鸟而响……

突然间一个人跃上台阶，断喝一句："都他妈的在这儿逞能干什么？！"

那人像名恶差，拳脚并用，将围打市长的人们驱散，并一个个推下了台阶。

并没有宣泄够的人们瞪着他，随时要将他撕成碎片。

"在飞机场，当官的们，带着老婆孩子，就要坐上飞机溜之大吉，撇下全市老百姓的死活不管啦！而你们他妈的在这儿耍威风！有种的都到飞机场去！是死是活，得让那些当官的陪着咱们老百姓！大家都到那儿去把他们逮回来呀！你们他妈的还大眼瞪小眼愣着干什么！"

每个字都带有足以煽动得人要蹦要跳要冲锋要陷阵的浓浓烈烈淋淋漓漓的可卡因效应。

市长双手撑地，艰难地欠起上身，看了那人一眼，认出竟是自己非常抬举过的不耻下交的"酒仙"马国祥！

"马……马国祥！"市长指着他，咬牙切齿地说，"你造谣！你煽动！你……只要我不死，我一定法办你！"

"老子刚从飞机场那儿来！亲眼所见！"

"你！你！大家不要信他的话！我保证绝不会有这样的事！"

"滚你妈的！"

马国祥狠狠一脚朝市长踢去，市长被踢得翻下几级台阶。人们向后退去，如同躲避一枚手榴弹。

市长伏在人们脚前不动了……

马国祥振臂疾呼："是爷们儿的，到飞机场去呀！"

"到飞机场去！"

"到飞机场去！"

"谁他妈的不去，谁是老百姓的叛徒！"

人们中了魔似的，一团乌云似的，一排舷浪似的，从市委大楼前拥开来，浩浩荡荡地朝机场方向奔跑，霎时间一干二净。

霹雳惊空，骤雨荡地……

马国祥跃下台阶，搂抱起市长，急唤："市长，市长，市长你还活着吧？"

市长睁开双眼，瞅定他的脸，憎恨地说："我死不了，你死定了！非常时期，你犯的是该枪毙的罪……"

"你死不了就好。"

马国祥眼中一热，笑了。若不是大雨浇在二人脸上，市长会看到他虽在笑，却泪如泉涌！

"你马哥们儿这就背你到电视台去！"

他说着，将市长背了起来。

市长这才悟到，他用的是调虎离山计和苦肉计，二计兼施，全为的解救自己。

刹那间市长也泪如泉涌！

"老马，你那一脚踢得我好狠啊，我真想咬你一口！"

"那你就咬！肩膀头，后脖颈，随你下死劲儿咬！"

地面滑溜溜的，这里那里，到处淤着被腐蚀剂化成的鸥鸟的一摊摊尸胶。马国祥接二连三地摔倒……

"老马，别背我了，我自己能跑……"

马国祥已累得呼哧带喘。然而市长双脚一沾地，便忍不住呻吟起来。

马国祥咬咬牙，又将市长背起来……

这时装甲车驶到他们跟前……

"人们怎么忽然全跑了？"

四个人挤入装甲车后，警备司令百思不得其解地发问。

"他使了个调虎离山计！"

市长感激地回身对马国祥说。

"好秘书！到这时候还一直跟着你！"

警备司令拍拍马国祥的肩。

"他哪儿是我的秘书哇！"

市长苦笑了。

"那他是……"

"哥们儿。"

"哥们儿？好一个哥们儿！"警备司令又拍拍马国祥的肩，"在这种时候，你救了市长一命，就等于为全市立了一大功！想穿军装不？要想，咱们这座城市有着落后找我，我保你先当个副营长没问题！"

警备司令说得相当郑重，内心里一块悬石落地，也充满了对马国祥的感激。市长没死，他觉得马国祥同时也解脱了啮啃着他良心的那种见死不救的罪过感。

市长一边揉着遍身疼处，一边问警备司令："你知道我在挨打时，心里想什么？"

"想什么？"

"我被打死了，谁来负起对这座城市的责任？"

警备司令反问："你知道我望着你挨打，心里想什么？"

市长摇摇头。

"就是眼睁睁看着你被活活打死，我也不能开着装甲车冲过去救你一命。但我会给你收尸，然后我来负起对这座城市的责任。"

市长沉默良久，又说："我这条命，也许只不过暂时寄存在老百姓手里。谁知道明天、后天、大后天还会发生什么事？就照你想的，咱们三击掌，一言为定吧！"

"一言为定。"

警备司令向市长伸过了一只手。两个权威人物，孩子似的，三击掌后，双手紧握。

"谁叫我是市长呢。这种时候，想辞职，都不知向谁交辞职书。"市长自言自语。

"若真像你说的那么糟，我给你买个最高级的骨灰盒。水晶的想买也买不到。玉石的或者红木雕花的，你先留给我个遗嘱，喜欢哪一种？"警备司令似乎在调侃，但听那口气，问得又极其认真，没半点儿玩笑的意思。

"玉石的太凉了。红木雕花的吧！"市长的口气也极其认真……

"公民们，我是市长，现在我向你们发表《告市民书》……"

电视台的化妆师，以与一级职称还算相符的技巧，将市长那张青一块紫一块肿一处伤一处的脸，弄得不露什么明显的破损痕迹。穿别人西服系别人领带的市长，出现在电视屏幕上的时候，仪表无可指责。尽管别人的西服对于他肥大了些，尽管领带的颜色和西服的颜色反差太强很不协调。市长坚持不系领带，认为过于衣冠楚楚会引起市民的逆反。一帮在这种时候最乐于充当谋士角色的人，坚持说服市长系上了领带。他们说路易十六皇后上断头台之前还顾及自己的发型会留给公众留给历史什么印象呢。他们说斯大林在德军对莫斯科重兵围城的情况下检阅红军战士之前还梳过他那别致的胡子呢。他们说卡特未能连任美国总统与他不甚留意自己的仪表不无关系。他们说市长今天衣冠楚楚才正所谓沧海横流方显英雄本色。他们说市民看到市长衣冠楚楚才会相信他们已度危为安，《告市民书》才可能真正起到稳定人心之作用。否则一级化妆师白白地煞费苦心替他的脸忙活了半天，否则等于猴子捞月亮等于竹篮打水一场空等于功亏一篑等于一切希望付之东流……

市长在他们的七言八语之中一声不吭系上了那条冒牌"金利来"的颜色俗气的领带。仿佛它能保佑城市。

依然险象丛生前景难料的城市之不知疲倦的忠诚的喉舌——大学生宣传车，在两个小时之前就将市长要在电视中发表《告市民书》的消息传达给了市民。市民们聚集在一切还有完好无损的电视机的地方。那些因线路故障有电视也等于没有的区域的人们，扶老携幼拖儿带女冒雨前往电视线路畅通的区域。其情其景犹如大迁徙。他们随着人流进入公共场所。几乎每一幢大宾馆的客房里和每一所大学的电教室，都可以看到他们和他们的家小。有的则进入他们从来不认识的陌生人家。哪一区域离电视塔近他们奔往哪一区域。哪里有电视天线或公用电视天线哪里是他们的目标。而一切地方都为他们敞开门户予以接纳。全巾的人好像都从上八辈子就是莫逆之交似的。男人吞云吐雾随地乱扔烟蒂仿佛别人的家是禁烟区专设的吸烟室。女人哭哭啼啼大姐长大妹子短互相诉说各自遭到的不幸和家庭财产方面遭到的重大损失……每家的主人似乎都忘了自己是主人，有权提出一些起码的要求。

当市长的形象一在电视屏幕上出现，从四面八方聚在一起的男女老少统统屏息敛气。男人指间夹着烟忘了吸。互相诉说互相安慰的女人们往电视机前凑，使男人们十分不情愿地礼让于后。

"音量！音量太小啦！开大一点儿！"

"开到头了！就这么大音量啦！"

"图像！调一调图像！"

"你家这是哪儿买的破电视机呀！"

"霞光牌的！刚买不到一年呢！"

"霞光牌的？没听说过！要买就得买日本原装的，怎么能买这种国产的杂牌货！"

"公民们！"经过一级技师之技术处理，市长的声音听来底气充沛，中气饱满"现在，我们的城市已度危为安，化险为夷。经过向有关方面专家和学者们的咨询，我很负责任地感到十分欣慰地告诉大家——我们的城市，它的地质结构是非常坚固的！是由花岗岩石构成的！它绝不会像泥土一样被海水所浸散！完全可以用一块铁，不，一块钢来形容它！完全可以用世界上最最巨大的航空母舰来比喻它！尽管它已成为一座海上的浮动城市，但由于它的坚固，这一种浮动现象将是永恒的！将与海洋同在！水电、煤气、通信，一切都在抢修之中。指日便可恢复正常！我进一步告诉你们，我们的城市目前正在东海海域，更准确些说，是在北纬三十度和东经一百二十五度之间，在大隅海峡的方位，正乘风破浪，向日本九州岛漂去！时速估计三十海里。也就是说，大约一个星期之后，我们的城市它将注定与日本某港埠城市靠拢！一切恐惧绝望的悲观情绪和心理状态，都是不必要的！一切类乎末日到来之说，都是没有根据的！……"

日本！

日本！！

日本！！！

日本啊！——尽管是在漆黑的雨夜，万千民众仿佛看到一轮鲜红的太阳辉煌灿烂普照全城！

不但度危为安，化险为夷，而且逢凶化吉啊！

这不就等于一次全市性的免费的出国大观光么？多少人甚至连做梦都不敢存的非分之想的愿望，竟如此这般地天方夜谭般地实现了！

他们欣喜若狂。冒雨拥上街头，不但敲锣打鼓而且载歌载舞，鸣鞭放炮……

终于盼到也有资格挣资本主义的钱实现中国之小康梦这一天啦！

挣日元！

挣日元！！

挣日元！！！

日元正在全世界的金融市场上升值哇！

什么他妈的奖金不奖金的！什么他妈的职称不职称的！什么他妈的房子问题，什么他妈的物价上涨，什么他妈的人民币贬值……仿佛属于中国普通老百姓之一切的平时不能不看重不得不进行争夺的实际利益，以及一切的烦愁，一切的愤怨，一切的忧患，感激不尽的慈悲的上帝都一揽子全替他们解脱了！

欢呼。

歌唱。

骤然间一道闪电如金蛇狂舞赤龙飞腾三爪两爪撕碎雨夜之泼墨般玄空，咔嚓嚓一个大霹雳惊天动地镇鬼骇神，红通通一团巨雷火滚击而下，眼睁睁街两旁几株粗壮的老柳腰折倾倒……

刹那时雨变冰雹宛若射石飞卵……

而这会儿市长正在电视台，提议为一切罹难的市民默哀三分钟，并庄重宣布，将这一天定为全市的哀悼日。然而却没有谁对电视中垂首肃立的市长评三道四了。因为已经没有谁仍在看电视了。包括那些死难市民的亲人家属也不看了。他们都在为死难者而哭泣。逢凶化吉，"航向"是明确的。前途是乐观的。未来是美好的。他们的哭泣，包含着替死者们感到无比遗憾的成分。因掺入了这一种成分，他们的哭泣尤其令人断肠……

九州岛在望啊！

日本在望啊！

魂兮归来！……

奈何人已做鬼，无法还阳。何况死者们之肉身早已成为肉泥，与鸥鸟们的混合在一起，被推土机推入海中或被翻斗车倾入海中了，归附何处呢？归附到别人身上也不是回事儿啊！

正是——灵魂已别躯壳去，阴曹空有望乡台！

市长一退出播音室，便被各方各面前来汇报反映的人士所包围。

"市长，万众欢腾啊！"

"市长，反应强烈，盛况空前啊！"

"市长，简直难以预料！"

"市长！……"

"市长！……"

他被七嘴八舌的人们簇拥至窗前俯瞰，匪夷所思。

"这……怎么会这样？"

"市长，还用问吗，即将靠拢日本了，人们能不兴高采烈啊？"

回答他的人喜笑颜开。

市长呆呆望着，顿感自己一时那么的孤独，"高处不胜寒"……

日本——无论是梦，是小说，抑或是现实，总之这结尾，不，这逢凶化吉的结果，使一些人的理性高兴得难以接受。任何事，尤其那种最初所显示的凶险过分狰狞，而结果却过分美妙的事，差不多总是会使人对于整个事件的真幻产生怀疑。人们难以接受太美妙的结果，正如人们在精神毫无准备的情况之下难以接受太令人绝望的开始。太美妙的结果对人同样造成刺激。"范进中举"之后便是这么疯的。只不过他们中的一些人尚在怀疑市长告诉他们的结果之美妙，处于范进听了别人告诉他自己中举了那一种最初的心理变化阶段，疯劲儿还没有在他们的大脑皮层扩散开来罢了。

日本！日本！总得为迎接这一美妙前景之到来，商议些事情，做出些长远的或短期的决定啊！机会不是永远只属于那些有所准备的人么？

日本万岁！

挣资本主义的钱！挣资本主义的钱！一定要奋发图强地挣一大笔资本主义的钱！一定要不失时机地当仁不让地加入早日富起来的一部分中国人之行列！过了这一村，就没有这一店啦！机不可失，时不再来……

子夜后，风波跌宕，经历了一整天的凶险恐怖战斗悲痛兴奋和欢腾的城市，终于寂静。

精疲力竭的人们回到被不同程度骚扰过破坏过的家里，继续以浓茶以香烟维持头脑的清醒，侃侃地讨论着每个家庭的雄心壮志远大目标，制订一条条他们认为是周密的如此这般挣资本主义的钱的具体计划。仿佛他们面临的是第三次世界大战，赢得战争胜利的爱国主义的责任，已客观上分担于每个家庭，需要全民皆兵，需要各自为战。而且，需要十二万分的战之能胜的信念……

　　形形色色的人叩开属于各类社会阶层的人家的门，对那些人家的大人或孩子的罹难表示虔诚的悲痛和友好的抚慰。前景虽然美妙，但是人生地不熟，现在的乃至曾有过的种种关系，显得分外宝贵起来。凡是聪明的有远见卓识的人，都认识到了它的重要性和不可低估的价值。像普遍的中国人一样，他们对日本人从来不曾有过好感。认为日本人太精明，太小气，太唯利是图。将踏上日本这个世界富国的国土使他们倍觉逢凶化吉之欢欣，而将和日本人打交道却又使他们忧虑重重。说到底，挣资本主义的钱，更具体地说，挣日本这种资本主义的钱，难道不就是挣日本人的钱么？日本人的钱可不是那么好挣的。他们的深层的忧虑正在于此。他们甚至觉得这是美妙的大前景之美中不足。他们希望能在到达日本之时，巩固起一个中国人的联盟。而自己属于这一联盟。如果可以不但属于而且驾驭这一联盟，那就更称心如意了。抱团儿的蚂蚁能过江啊！尽管他们也曾感慨于中国人无论在中国或在外国，无论过去或者现在，尤其现在，是如干沙一样很难抱成团儿的。但挣资本主义的钱的野心，使他们当事者迷起来。抱不成个大团，抱成个小团儿也行啊！不能长久巩固，相互关照于最初也行啊！就是一踏上日本国土，便和日本人打起架来，几十个中国人一群，也比孤家寡人强啊！这一极其现实主义的考虑，使他们决定到谁家去吊丧之时，是将吊丧这件事儿掂来掂去，充分权衡了各方面的利弊的。所以被他们叩开门的人家的主人，对于他们深更半夜而不推迟几个小时天亮后再来表示哀悼，心有灵犀一点通。身份地位比来者高的，显出极有分寸又极容纳的仿佛临时收编的态度。即使内心里很瞧不起甚至很讨厌对方，也尽量掩饰得严严密密，绝不流露丝毫于面上，给予对方一种心理上的收获。前面是日本——这一非常特殊的情况，使他们宁肯虚与周旋多交一人，不敢轻蔑怠慢得罪一人。哪怕明知对方是牛二是王伦是陆谦，也不敢。非但不敢轻易得罪，恰恰相反，更需小心谨慎地敷衍。身份地位比来者低的，那一种大受抬举诚惶诚恐的态度，使对方完全可以相信，到了日本，对方众叛亲离，也还是有人忠心不贰。那便是他们……

"到了日本，万望多多照应点噢！从前那些上牙磕下牙的事儿，就都别放在心上了！"

"当然。当然。互相照应。互相照应。都是中国人嘛！"

"那我这些日子里就不登门打扰啦。全家要做些必要的准备呢……日本见！"

"我也不登门打扰啦。日本见！"

于是双方似乎都心中有数，心中有底了。

于是来者匆匆而来，从容而归，高兴而归。

于是悲者不复悲矣。化悲痛为力量。一切向前看。一切向日本的钱看……

在那一个夜晚，在子夜之后，在城市终于寂静了的时候，不少人，不少人家，以哀悼死人为因由，以安慰活人为借口，互相表达意愿，互相串联，互相摸底或托底，重新进行人际关系的临时排列，优化组合。一些或小或大的圈子，暗中形成了或正在形成着。这一点，增强了不少人挣资本主义的钱的信心。仿佛依恃了这一点，踏上日本国土之后，便"敢上九天揽月，敢下五洋捉鳖"了！从太精明太小气太唯利是图的日本人兜里大把大把地掏取日元，似乎便是易如反掌之事了……

市长专车的司机，将车开到电视台，收回了接送市长的专利。

市长坐入车内之后，小伙子怯怯地问："市长，你还要我吗？"

"什么意思？"

市长被问糊涂了。

"我……您需要车的时候……没生我的气？"

市长极谅解地说："想哪儿去了，快送我回家！你们家，都平安无事？"

"平安无事！"

小伙子心定了。他不想丢掉这份儿差使。给市长开车，在日本也算体面的啊！

"平安无事就好……"

市长将头朝后一靠，闭上了眼睛。似在打盹，其实一种对于可怕情形的恐惧正像一条别人看不见的蟒蛇缠住了他全身，他觉得它所吐出的冰凉冰凉的舌头不断舔他的脸，使他全身也渐渐冰凉，仿佛冻僵了。

"小李，你知道我爱人和我女儿……她们的情况吗？"

他低声问，没睁眼，唯恐从反照镜里发现小伙子脸上有什么异样的表情。

"您放心吧，她们也平安无事！"

"不骗我？"

"不骗您。来接您之前，我先到您家去了一次。替您向她们报了个平安。也怪，整个市委大院儿，几乎就没遭到海鸥的滋扰！"

他全身又渐渐从仿佛冻僵了的状态中温暖过来。他不由得倾前拍了拍小伙子的肩，表达他发自内心的感激。从离开家那一刻起，他就将她们忘了。接着面临的种种几乎使他感到束手无策的严峻，使他的头脑分不出哪怕一秒钟来为她们的安危担忧。她们平安无事！而他也算平安无事地度过了肯定将是他一生最难忘最漫长的一天，这又是怎样的一种幸运啊！

那个秃顶究竟姓甚名谁呢？也许妻子知道。他和她也是小学的同班同学。高中毕业后，她没考大学，被话剧团选去当了话剧演员。他和她经人介绍双方彼此相中谈了三个多月恋爱，他竟没认出更没想到她是他的小学同学，而且曾同过课桌！

有一天她也像那个秃顶似的，用拇指和食指细腻的指肚轻轻捻他耳垂儿，嗔嗔地说："大耳垂儿，你是个缺乏情感细胞的人！"

"你怎么知道我小学时的绰号？"

他当时的讶异，并不亚于秃顶叫他"大耳垂儿"时的程度……

妻子肯定能帮他回忆起那个秃顶是他小学的哪一个同学……

他不知对方是什么时候以及是怎样离开他的。更不知以后究竟应该到所有的大学还是到所有的中学去寻找对方。大学……他妈的，本市的五所大学，除了校址在市内的商学院和师范学院分院，另外三所校址在郊区的大学，已断裂在大陆架上了。连同他那任名誉校长的岳父一家……

他在心里为秃顶祈祷着。祈祷秃顶一家也平安无事。

一路不见人和任何车辆行驶。司机将车开得很慢。车轮在某些路段却还是空转打滑，如同在冰上一样。路面上的一层胶状的东西，凝固了，板结了。被大雨冲过后，在路灯的照耀下，闪着鲸鱼皮那种颜色的光。

"市长……"

"嗯？"

"可以问您个问题吗？"

"问吧。"

"咱们到了日本之后，往长了看……将来算怎么回事儿啊？"

"什么意思？"

"我的意思……您想啊，那还用我挑明了么？"

"你不挑明了，我不明白。"

"那好，我干脆挑明了——咱们这座城市，仍算中国的呀，还是……顺水儿推舟，礼让给人家日本得了？"

口吻听来是试探性的，询问式的，但个人意愿之倾向，在每句话，乃至每句话后的标点语气中，表达得既巧妙又露骨。

"礼让？这也不是我个人说发扬风格就发扬风格的事！你现在就开始想这个问题，我看想得太早了点儿，也想得太远了点儿。听着，从现在起，不许胡思乱想，也不许四处胡说八道！"

小司机缄口不言了。隔了没五分钟，管束不住自己的舌头，又嘟嘟哝哝地说："算了！我就知道，问你也白问！你们这些当官的呀，你们永远没法儿和老百姓想到一块儿去了！"

"老百姓怎么想？"

"怎么想？哼，反正跟你们想的不一样！你们是这个国家的既得利益者！可老百姓指望什么？先指望的是 2000 年，现在心早凉了！寒了！再让老百姓指望 2020 年呀？屁！傻瓜蛋才指望！千载难逢的这么一次机会，你们要是敢把它断送了，本市的老百姓绝不答应！不信咱们骑驴看唱本，走着瞧！"

语势咄咄逼人。一股冲天怨气，弥漫在每句话之间，结构成为一篇口头的"白皮书"，带有私人关系所无法调和也并不打算借以调和的最后通牒的意味。

"住口！"

市长恼怒了。那一种恼怒宣告了一种强硬的威严。那一种威严乃是他今天曾一度觉得丧失了，而此刻悟到必须重新寻找回来紧紧抓住的东西。也同时宣告了一种立场和态度——是可忍，孰不可忍？仅仅两个字，将市长自己，也将对方从刚才那种体现着温情的相互关怀的私人关系中彻底分开。

"太放肆了！"

市长又说一句。在对方听来，这一句所包含的恼怒，已然超出了语言本身所能负载的限度。好比是一颗霰弹，随着火药喷出的无数看不见的铁丸，像台球案上被劲击一杆的台球，在车内的有限空间四撞反弹。

小司机感到，刚才他和市长是坐在跷跷板的两端。而那跷跷板就是一位市长和他的专车司机之间可以一时忽略也曾一时忽略彼此身份后的私人关系。你起我落，并不算冒犯。却被"住口"两个字一下子抛离了跷跷板，抛上了半空。而"太放肆了"四个字，连使他归落的机会都翻脸予以剥夺了。

他猛刹车，转过身来。

市长被惯性所驱，向前一倾，几乎和他脸撞脸。

"你说什么？"

半明半暗之中，小司机两眼瞪得闪闪发光，一副虎视眈眈的样子。

"我说你太放肆了。"

市长语调冷冰冰地回答。他感到对方简直把他降到了等同于一个街头小痞的地步。如果说这一点仍是他的涵养他的自尊所能容忍的，那么对方终于使他恼怒了的那番话所预示的某种巨大的趋势，才是他不肯表示退让不肯表示和解的主因。它使他警觉。而且……使他从内心里惧怕。这一种惧怕远甚于他对鸥鸟和依然可能沉没这座城市的大海的惧怕。他的恼怒其实也是对自己内心里的惧怕的抗争。他认为如果他妥协于眼前这个给他开车的小司机，再不可能具有不向许许多多抱着同样想法的人妥协之勇气。他们究竟有多少？他不得而知，却丝毫也不怀疑他们必定许许多多许许多多。向他们的想法所氤氲一片的某种将要形成也许已经形成了的巨大趋势妥协，他明白，那是他根本办不到的。是的，他明白他根本办不到。一旦对峙于他们，他想，他必将是一个可悲的没有退路的人。他的恼怒也缘于他对自己这一似乎注定了的悲剧角色的敏感，以及摆脱不了扮演者的行头的强烈的却又是无奈的逆反。

他的这么复杂的内心活动，不是给他开车的这个年轻人所能全部洞悉的。试探是希望的主动形式。年轻人认为和这位还可以说几句心里话的市长从此已无话可说。

"如果你，或者别人，不管谁，胆敢用你刚才那番话煽动市民，我绝不客气！你给我牢牢记住这一点！"

市长企图通过警告将对方锁在自己的立场上。

"少来这套！"

对方立即证明对他这位市长的彻底反叛是再简单不过的一件事。

市长张了张嘴，什么也没说出来。

"滚下去！"

市长默默打开车门，下了车，嘭的一声将车门重重关上。

忽然他感到了耻辱，又打开车门，对变得六亲不认的小司机说："应该滚下去的是你！我自己也会开。用不着你了！永远用不着你了！"

"您别谦虚。"小司机冷冷一笑，"滚的还是您好！"呼的一声，将车朝前开出老远。

市长被车带得摔倒在地。

他刚爬起，小司机也从车上下来了。

"听着，你不就是个市长么？就算你能挡山挡水，你还能挡住人心不成？到了日本，老子先把这车卖了！开不了车，刷盘子洗碗每月也能挣它几十万日元！你全世界调查调查，哪个国家给市长开车的司机，每个月才合三十来元美金！"

对方说罢，钻入车里。

"你敢！"

对方从车窗探出头，大声回答："您说对啦，我当然敢。可到时候，您敢么？"

乘坐权属于市长的轿车，像一条也由于某种原因生了气的大狗，左冲右突一阵，掉转头，直奔他而来。

他慌忙一跃，站到人行道上。

它从他身边驶过，瞬间远去。尾灯仿佛一双分得很开的红眼睛，在沉沉深夜之中似乎不怀好意地注视着他，扬长地消失在十字路口……

刹那间他感到从未体验过的孤单。他觉得每一个楼洞每一个街角，都埋伏着一些幽灵似的。它们正窥探着他，准备随时发一声喊，全体冲出，将他掳到什么阴森可怕的地方。

他觉得周围鬼气拂拂。

空气中那种如同散发于荒冢般的腐腥味儿，使他不由得掏出手绢捂住鼻子和嘴。

"谁？"——一阵似有似无的窸窸窣窣的细碎的响声，使他不禁大喝一声。

再侧耳聆听，万籁俱寂。

他像一只陷入猎犬包围的狮子，不安而又愤怒，想要发出威吼，却不知应该朝向何方。

他一步步本能地退入路灯光所照不到的高楼的暗影里。他觉得只有将自己隐蔽在黑暗之中才是安全的。

他在一个楼洞内静立一会儿，恐惧感渐渐减少，镇定下来。进而他因了自己的恐惧很觉羞耻——你他妈的不是听外婆讲过一个鬼的故事就不敢出门的小女孩，你他妈的是市长呀！没有人企图把你怎么样。你究竟怕的什么呢？你不是刚才还亲眼看到人们如何欣喜若狂载歌载舞的么？日本……漂向日本难道不比沉没好一千倍么？你为什么不能不可以利用这一点凝聚起全市人呢？而你是有这样的责任的……

一种自信使他的心理徐徐松弛了。于是他向前迈出了一步。但一声刺耳的锐叫吓得他魂不附体。他踩到什么活物的身上了。那活物一口咬住他的踝腕，并且咬住就不松口。他以为是一只猫。从叫声听来像一只猫。他抬起脚甩甩腿，没摆脱它。一阵用铁钳拧肉般的疼痛使他自己也忍不住叫了起来……

他拖着它离开楼洞，从高楼的暗影里转移到路灯的光照下。这时他才看清楚那东西不是一只猫，而是一只鸥。他无奈只得蹲下去对付它。不知为什么，他对这一只在大规模的消灭行动后依然苟活着的鸥，竟产生了一种仁慈的怜悯之心。尽管它的利喙钳住他的踝腕不放松。他觉得上帝在夜空中正朝下监视着他，看他怎样对待这一只侥幸苟活着的孤立无援的鸥，并正考虑着是否恕免他杀生如麻的深孽大罪……

于是他伸出双手抱它，并打算抚爱它。

"不要这样，不要这样，我不会伤害你，绝不会……"

他喃喃着，就好像小女孩儿们对自己不留神踩了一脚的小狗小猫说话一样。语调中有一种歉意。他以为这样就会使那只鸥松口。然而他刚刚抱住它，还没有爱抚它一下，立刻就放开了双手。因为那一抱他的双手感觉它没有了脚爪。非但没有了脚爪，连腿也没有了！着地的是它的整个腹部。一种胶状的东西粘住他十指。他联想到了雨后凝固和板结在路面上的鲸鱼皮似的东西。他明白粘住他十指的正是这一只鸥的脚爪和腿所蚀化成的东西。他感到一阵恶心，几乎呕吐。

他已不可能爱抚这一只鸥。厌恶使他心里产生了强烈的憎恨。何况那一种用铁钳拧皮肉般的疼痛，加剧了他对它的憎恨。他的仁慈他的怜悯，被憎恨彻底抵消。即使真有上帝，上帝真的就在夜空监视着他，他也对它爱抚不起来了。他做不到了。

然而他仍不愿伤害这一只侥幸苟活着却注定活不了多久便会死掉的鸥。这倒不是出于善，而是出于厌恶，如同一个洁癖之人由于厌恶跨过一条毛毛虫而不愿踩死它。它注定活不了多久便会死掉，他又何必弄死它呢？

于是他用双手掰它的锐喙。它仿佛一条水蛭牢牢吸在他的踝腕上。它的锐喙紧紧钳住他的皮肉。分明的，它是一个对人充满了仇恨的残损不全的活物。它的锐喙带有极大的替自身也替同类向人做最后的复仇的意味儿。好比战场上全军覆没奄奄待毙的一个士兵咬住了敌人的耳朵。要么将敌人的耳朵咬下来，要么被敌人弄死。这一只鸥钳住他不放的那一股狠劲儿，使它和他都别无选择。

它的锐喙的边沿是很锋利的，非但没有被他掰开，反而割破了他的手指。他感到两根手指是破了，并且出血了。他将手指放入口中吮了几次，啐了几口。他怕它的喙带有某种毒性，而毒性通过他的血液感染他的全身。这种不得已的做法，又差点儿使他呕吐，在他看来，这一只没有了脚爪的被化学剂严重蚀伤的鸥，正鼓胀起来鼓胀起来。他似乎觉得他血管里的血，汩汩地注入它的身躯里。他感到它是一只裹了羽毛的水囊。它的容量足以将他全身的血液一干二净地吸过去而不会鼓胀破。他感到似乎血管渐渐扁瘪，而皮肉也开始渐渐萎缩。

一种拯救自己的意识使他根本不在乎采取什么方式了。于是他就地坐下。这么一来，鸥也就不再是被他的踝腕吊悬着，只有尾部着地了。它的整个腹部也只能卧在地上了。他将它摆放了一下，摆放在一个利于自己对付它或者更直接地说是弄死它的最佳位置。然后他向四周看了看，企图寻找到一块砖头什么的。四周没有任何他可以使用的东西。于是他脱下了自己的一只皮鞋，将前端握在手里，以钉了铁掌的后跟，狠狠砸在鸥身上。鸥的翅膀扑扇了一下，锐喙却丝毫也没有放松。他又砸了一下，鸥的翅膀又扑扇了一下。鸥的位置改变了。他将它摆放如初，抓起鞋又开始砸它。他不停地接连地砸，好像铁匠在铁砧上趁热锻一块铁，好像一只大猩猩从容不迫地很有耐心地敲击一个椰子。鸥的翅膀不停地接连地扑扇着。他感到有什么东西星星点点地溅在自己脸上。他见他的鞋跟开始粘带起什么。然而他并未停止"工作"。终于，鸥的翅膀不再扑扇了，一动也不动地伸展了开来。鸥那肥硕的身躯不存在了。水泥方砖的人行道上，是一片比鸥的身躯扩大几倍的羽絮状的东西，如同老太太刚找补平的一片棉花。鸥喙也张开了。这一只倔强的鸥，竟未叫一声！

他蹬上鞋，站了起来。两腿劈开不动的时间过长，已经麻了。他摇晃一下，赶紧扶住一堵楼墙。瞅着地上的片状的古怪东西，他有些吃惊。似乎难以相信那便是他刚刚完成的"杰作"，而且是用鞋后跟完成的！鸥的颈子这种情况下显得长了许多。起码长了三分之一。鸥喙张开的幅度很大。他相信那是一只鸥的喙所能张开的最大幅度了。似一把张开到最大幅度，并且就那么永远地锈住了的剪刀。它伸展开的双翅之羽梢撑着地，翅脊拱起，至死保持住了一种宛若在空中飞翔的优美姿态。它的身躯所变成的那一片扁薄的羽絮状的东西，好像一具刚刚糊完有待剪修一番边角的风筝。似乎只要经过修剪，那肯定会是一只很漂亮很值得欣赏并一定能飞得很高很高的鸥形风筝……

踝腕的伤口挺深。一块皮肉几乎被鸥喙钳掉。他将伤口使劲挤了一会儿，用手绢包好，辨认一下方向，抄近路匆匆往家走。

市委大院的铁栅正门关严着。门旁传达室的灯却还亮着。他推推大门上的小门，小门已落了锁。从铁栅的缝隙，他望见守门人伏在传达室的桌上睡着。

他不想惊动那人。他打算越门而入。正当他攀上铁门时，有人从后将他扯了下来。

"干什么？"

一声严厉的喝问。

他转过身，见一个穿风雨衣的人，双手插在衣兜内，几乎与他贴身而立。领子翻起着。对接的领角，掩住了那人的三分之一面孔。尽管离得很近，他也看不出那人的实际年龄。平头，疏淡得几乎不存在的眉毛，雄狮一样大而威猛的鼻子，一双虽小但是目光又犀利又阴森的眼睛。这双眼睛使人感到，你一旦引起了他的注意，你的麻烦就来了。不管你是谁，在他对你毫无兴趣或彻底消除某种怀疑之前，你休想轻易摆脱他，他也绝不会轻易放过你。

市长立刻明白他是哪一类人中的一个了。尽管自己不是冒充的市长，对那人也不禁表示出了应有的礼貌。他虽没有直接和他们遭际过，但他对他们的职业性格是不无了解的。他不想因为忽略了应有的礼貌本可以在家里却在别处度过一夜。

"我是市长。我要回家……"

"你经常这么回家？"

"当然不。你看守门的睡着了，我不愿惊动他……"

"你倒挺替别人着想的……身份证。"

"我……我一向不把身份证带在身上……"

"或者，工作证什么的也行。总之你得出示一个证件之类的东西，让我相信你是市长。"

"这……我当然是有的……不过，一向我也不带在身上……"

"那么名片。名片也可以。"

"真抱歉，名片我也有……不过……"

他后退了一步。他不习惯离一个人如此之近地接受盘问。

他这一举动，使对方误以为他企图转身而逃。一只有力的手猝然擒住了他的腕子。

"对不起，跟我走。"

声音没高也没低，始终那么冷冷冰冰平平板板的，没有任何语言意味儿，也就更谈不上任何语调变化。

"别……同志别这样，请千万相信，我真的是市长……"他挣动了一下，腕子没能挣脱对方那只有力的手，反而被擒得更紧了。如同手铐。

"别逆着我，老老实实跟我走。"

大院内，西北角，一片光被茂密的柳枝所筛，隐约可见。市长朝那里望了望，不知如何是好。那一排灯光所显示的窗口，正是他家的客厅和他的家中办公室的窗口。他想象着他的妻子女儿，也许正相互依偎在客厅的沙发上，眼巴巴地盼望着他回家。

他苦笑起来。

"走……"

"要不，我们还是把守门的叫醒吧！他肯定认识我，会证明我真是市长的……"他以更加礼貌之至的语调商量。

对方目不转睛地盯着他的脸，沉吟，犹豫，考虑有无允许这一请求的必要……

"怎么回事？"

彼此都不经意间，又一个人不知什么时候从什么地方走了过来，突然出现在他们面前。这个人也穿一件和那个人同样的风雨衣。也将衣领翻起来，掩住了下巴和嘴。使他的话听来像是直接从胸腔发出的。

"他说他是市长，可他没有任何证件能证明他是市长。他说他要回家，可他跳门……"

一道电筒光直射在市长脸上。市长被晃得闭上了眼睛，但没有用手遮挡。以便人家对他的脸进行"鉴定"。一尺半长的电筒，不仅将光，而且将热也一并奉献给了市长。市长觉得脸上挺舒服的。

"他是市长同志。"

话说得很肯定。

尽管闭着眼睛，市长也知道，或者更准确地说是感觉到直射在脸上的光，倏然像一条蛇似的缩入电筒里去了。同时，那只始终擒住他腕子的手立刻放开了。

他缓缓睁眼，以为会看到对方惶遽和尴尬的表情。

"市长同志，请原谅。"

对方以机械的口吻说。仍是那么一种不高不低，没高也没低，冷冷冰冰平平板板没有任何语言意味更谈不上任何语调变化的声音。

这使市长自己不免有些尴尬，搭讪着问："同志们，你们是哪方面的？"

"我们奉命保卫这座大院的安全。"

后来者的回答像是有意回避什么似的。起码使市长觉得他有意回避什么。因为他等于根本没有回答市长的话。但他那样子，仿佛已经回答得很具体，包括市长想问而没问的话，也完全回答了似的。

"同志们辛苦了！"

市长一一握了握他们的手。不论他们是哪方面的，看来有一点是值得乐观的，城市的一切神经都恢复了敏感并正在恢复着敏感。某些方面的人物开始努力挽回自己的职责形象。他所强调的事情悄悄进行着。他没来得及强调的事情也正在进行。他觉得他像一张大蜘蛛网上的蜘蛛，只要他还在，这张网便仍是一张网。他一时高兴，分别拍了拍那两个人的肩。

"这是我们的责任。"

"市长同志辛苦了。"

他们都微笑了。若他们不，他以为他们是不会笑的人。

"那么我……可以跳进去了？"

"不，市长同志，应该把传达室里那家伙叫醒！"

他们中的一个说罢抓住两根铁栅用力摇撼。院门发出哐啷哐啷的响声。

"谁？"

守门人终于从传达室踱出来。

"市长！"

不待市长开口，他们中的另一个替市长回答。

"谁？"

守门人又问一句。

"你他妈聋啦，市长！"

电筒光射在守门人脸上。

"别照，别照……"守门人背过身去，困顿地嘟哝，"不认清究竟是不是市长，我不会开门的……"

市长夺过电筒，将光射向自己的脸，按捺着性子说："那就快转过身来认认我！"

守门人朝他走近两步，隔着铁栅端详他一会儿，不无自责地说："真是您啊市长！您爱人跟我打过招呼，叮嘱我给您留门。可我，以为您这么晚就不会回来了呢？您怎么没坐车回来？司机离开这院儿时，告诉我是去接您的呀……"

守门人一边唠唠叨叨，一边浑身上下摸钥匙。摸了半天一无所获，又回传达室去找。

这时，门外已聚拢了十几个人。十几个穿同样风雨衣的人。内中一个，是剪短发的女人。看来，风雨衣是他们今夜的统一标志。

市长被这样一些男人和显然受过特殊格斗训练的女人围着，心里对这座城市的潜在的忐忑的警觉荡然湮失。他不再怕一幢幢新的或旧的楼房毗连在一起的阴影了。也不再怕那些仿佛隐蔽着幽灵的街口了。他甚至暗暗嘲笑起自己刚才十分可笑的胆怯来。受这样一些随时出现的男人和女人的保卫，在这一座城市中，谁会比他更安全呢？他对这些男人和女人，也对部署此项任务的他们的上司，产生了由衷的感激……

他想起兜里还有半盒烟，掏出亲热地说："同志们，谁会吸烟的话，请吸一支吧！"

都不接烟。

有人向后退。

"市长同志，可以提一个问题么？"

犹犹豫豫的声音，发自习惯了和大人物保持一定距离而向后退去的人之中。

"请提吧！"

他很想吸一支，不，哪怕是吸上一口烟。在这么一种绝对安全毫无任何恐惧心理纠缠自己的时刻从容地吸上一口烟，该是多么惬意啊！然而没人接他的烟，使他不愿单独吸，唯恐自己的诚意被视为当官的人表面的客气而已，于是将烟揣入兜里。

"咱们真是向日本漂去么？"

"对。真是向日本漂去！我在电视中的讲话，是负责的！"

他们都互相看了一阵。

"那……到日本后，情况会怎么样呢？"

"这个……这个问题嘛……"

"我们在人家资本主义的门槛外边继续坚持搞社会主义，恐怕更不容易了吧？"

"能不能争取一国两制呢？比如像香港！"

"市长同志，你认为呢？"

"我嘛……我想……这个问题嘛……"

市长一时含糊而暧昧起来。

"大家别提这些乱七八糟的问题！市长同志今天够辛苦的了！这又不是开记者招待会！都聚到这儿来干什么，你们该在哪儿，就到哪儿去！"

他们中的一个，喝止继续提出什么更使市长难以回答的问题。

"没关系，没关系，有问题就提出来嘛！提出来好，利于我了解动态嘛……"

那人显然是一个对这些男人和女人具有指挥职权的人。因为他的话一说完，他们都默不作声了。市长既感激他替自己铺垫了一级下台阶，又羡慕他们对他的服从。如果全市人都能像他们服从他一样服从自己，市长想，那么自己就有理由回到家里后安安稳稳睡一觉了。

"市长同志，最后一个问题，您……"

"住口！"

那个人猛地转过身，一一扫视站在背后的几个人，似乎找出某个他

197

认为不够服从他的人要就地枪决。

"对不起市长同志，您看这钥匙……唉，这一天，像在地狱里走了一遭似的，晕头转向，什么什么事儿都不对劲儿了……"

守门人第二次从传达室踱出来，急急忙忙地总算打开了小角门。

"嗨，你要注意了！"

那个具有指挥职权的人，用一尺多长的电筒朝守门人一指，严厉地警告了一句。胳膊从栅栏之间伸了过去，电筒几乎触到守门人的鼻子。

"注意，注意，我一定注意……"守门人闪避一旁，忽然生气了，"你呵斥谁呀？老子不吃你这一套！市长还没发火呢！怎么轮也轮不到你呀！你算什么东西？一边去，你们都他妈一边去！要不老子发一声喊，便衣全把你们当坏人逮起来！些个跟班儿的催巴儿也狗仗人势！"

他以为他们不过是陪市长回家的普通市委工作人员。

"你！我教训你！"

对方恼羞成怒，一猫腰欲从小角门跨进去实行教训。

"别这样，别这样，这样不好……"

市长赶紧扯住他，自己趁机跨过了小角门。

"他们就是……他们正是负责保卫咱们的，你多担待些，多担待些……"

市长又对守门人婉言相劝。

"保卫咱们的？保卫你们的！保卫你的！我一个开门关门的，值得谁来保卫么？你担待是应该的，我高兴就担待，不高兴不担待……"

守门人嘴上虽不示弱，却动作很麻利地将小角门锁上。比打开它迅速多了。

"我说同志呵，话也不能这么讲，保卫我的同时，不也保卫了你吗？"

市长感到守门人的话很逆耳，不说几句什么，不成个体统，也无复有尊严可言，于是说了几句带有批评意味的话。其主要目的，还不在于批评守门人，而在于一定要说给门外的人听。他怕守门人的话，打击了他们对今夜的使命那一种可嘉的责任感。

守门人倒没有再说什么更加不恭的话抢白他顶撞他，却也并无接受批评那点儿起码的表示，伸了下腰，打了个无声的哈欠，若无其事地踱着方步，慢慢悠悠踱入传达室去了。市长隔着窗子看得真切，见他先闭了灯，然后打开十四英寸的黑白电视机，坐在椅子上，像看连续剧一样，很投入地看起来。市长望见自己在那小小的电视屏幕上慷慨陈词的样子，并听到了自己那经过高级音响技师技术处理的变异的声音——

"一切都在抢修之中，指日便可恢复正常！我进一步告诉你们，我们的城市目前正在东海海域，更准确些说，是在北纬三十度和东经一百二十五度之间，在大隅海峡的方位，正乘风破浪，向日本九州岛漂去！时速估计三十海里。也就是说，大约一个星期之后，我们的城市它将注定与日本某港埠城市靠拢！一切恐惧绝望的悲观情绪和心理状态，都是不必要的！一切类乎末日到来之说，都是没有根据的！……"

虽然听来底气充沛，中气饱满，音色音质去粗存精，但也因变异而失真了。使他觉得那根本就不是自己的声音。仿佛是哪一位专演正面大人物的话剧演员给他配的音。尤其使他惊讶不已的是他变异了的说话的速度，和每几句话之间暴风骤雨般的掌声和强攻胜利后般的欢呼声。他记得他当时说得很急促，而且语调有些紧张。语句的间歇停顿，也并非恰到好处，技术处理不但使之恰到好处，简直使之恰到妙处！没有掌声。根本没有掌声！也没有欢呼声，根本没有！答案只有一个——这一切都是那一级音响技师和那台从国外进口的电脑自控的播录台的再创作。是改编！而且是在他到电视台之前，就预先做好了必要准备的。他在主持召开市人民代表大会和党代会的时候，也没有那么持久的掌声和那么令人振奋的可言之曰亢奋的欢呼声，掌声和欢呼声使他联想到了电影《列宁在十月》结尾时列宁进行演说的情形。他竟有些怀疑掌声和欢呼声正是从《列宁在十月》这部影片中剪辑下来借用的。他知道那台从国外进口的播录台的电脑，储存着至少一百五十部中外电影的各种各样的音响。如果必要，那一级音响技师完全可以将电闪雷鸣枪声大作万炮齐发天崩地裂等声音按部就班一股脑儿全插入他的《告市民书》。以现代科技手段加高超的艺术技巧和浪漫的艺术感觉所营造的庆典般的气氛，扫荡刚刚经历了劫难的人们笼罩于心头的阴霾——虽然他完全理解电视台方面的良苦用心，虽然他很欣赏他们这种主动的富有创造性的工作能力，虽然他为此出乎意料的艺术效果——当然堪夸第一流的艺术效果——而心中暗暗称奇不已叫绝不已，虽然他决定宽恕他们未经预先请示汇报未获允许而独断专行自作主张的超职之举，他还是惊讶得发呆发愣……

等他想到门外那些人，朝院门扬扬手，欲说句"同志们再见"之类的话时，院门外已不见一个人了。

他们消失得如出现时一样神秘。仿佛溶解掉了。无影无踪，不知去向……

传达室内，守门人在独自拍手。声音很响，看来他对电视屏幕上那位市长更有好感，而对仅与他一窗之隔的活生生的市长似乎宁愿老死不相往来……

一种嗒然若失的心情又开始向他进攻。他觉得扎在踝腕的手绢，像一条一刻也不曾摆脱的蛇，将他的身体当成一棵树，再次贴着他的腿往上爬。仿佛要一直爬到他颈部，进而盘住他的颈部，勒死他……

柳林后，那最后一片期待着他的灯光，熄灭了。他从未像那一时刻一样，渴望立即拥抱住谁。似乎只有这一方式，才能真正给他以某种安慰。他离开通路，斜穿柳林，满怀着强烈的渴望，快步向家里走去。如同一位国王，丧失了全部领地，只有一座王宫仍可归宿。

门厅和走廊的灯没关。自从他入住这幢小小的二层楼房，很少这么晚才回到家里。他不是一位全心全意的"公仆"，也从未打算那样。他不是一个工作狂。他十分在乎和妻子和女儿独享温馨的权利，并且很善于使别人明白应该尊重他这一权利。他好似一个刚刚开始度假期的小学生，一步几阶地跳跃着冲上了二楼。以至于站在房门前，不免有些气喘……

他的手指一按在电铃上就不放下来。

"谁？"

片刻，妻子的声音隔门低问。

"我……"

"文彬？"

"对……"

他这才将按在电铃上的手放下来，横跨一步，站到"猫眼"前。一点儿也不觉得这是很多余的。因为他判断妻子正从"猫眼"向外窥望。在度过了今天这样一天之后，在这样的时分，对一个女人来说，不管她是住在市委宿舍大院内，还是住在最普通的居民楼里。"猫眼"的功能也许都将被充分利用。他想。

他的判断是正确的。事实上他的妻子果然是从猫眼窥望到了他之后才开的门。

她仅将门开到能使他侧身而入的程度。

他一进去，她便一手插门，一手揽住他脖子，跷脚吻他。她是一个情感型的女人。自从她被认为是一个女人了之后，她就同时是情感型的女人了。而她在舞台上专演性格内向甚至心理受挫性意识压抑的女人。只有在家里，在他面前，才是地道的本色演员。她这一点并没有因为他当了市长就稍微改变。这个女人的真实的感情的流露，也常常带有几分表演的意味，并且是属于"斯坦尼"流派的。

他被她吻得透不过气儿，不得不轻轻推拒她那种卡门式的更似情人的亲热，抱歉地说："同志，我首先需要洗个澡……"

当他洗完澡，穿着睡衣走入卧室，她已躺在床上了。壁灯的柔光之卜，她的身体一丝不着，也什么都未覆盖。那是很美的女人的身体。二十年前多么美，现在依然多么美。造物的这种恩惠，只赏赐给少数幸运的女人。女人在卧室里的时候，乃是女人最自然的时候。因为她只有在这种时候，无须向男人遮掩什么，并且不必感到羞耻。

她沉静地望着他，没有取悦的意思。他也丝毫没有感到被诱惑。她曾对他说过，自从他当上了市长，她所享受到的最使她如愿的"特权"，就是可以赤裸着身体从一个房间走到那一个房间再走到另一个房间，这幢小楼有两个房间的门与卧室贯通。三个房间构成在夜晚仅只属于他和她的圣地。连他们的女儿也从不涉足。他不明白她为什么喜欢赤裸着身体在夜晚在房室之间散步似的走来走去。有一次他务必要让她解释。而她说她从小就有一个令她神驰的梦想，在某一天的早晨在这地球的某一处海湾的沙滩上赤裸着身体任来任往，领会安徒生的童话《海的女儿》没有亲眼见到陆地上的人类之前那一种灵魂的纯真。她回答时神态极其庄重。赤裸着身体站在他面前，仿佛她以为自己是一尊裸体雕像，或者以为他是妇科体检医生。他不喜欢她那从小就有的梦想，更不曾被一个女人的这一种梦想所感动过。进一步说，他从内心里反感她对她自己的这一种方式的放纵。不错，他认为这是一种人自己对自己的放纵。一种女人自己对自己的放纵。然而他习以为常了。猜测这可能和她从十七八岁起就在舞台上扮演的那一类总是以乖张古怪给评论家留下深刻印象的角色有关。多年来她一直被错误地视为"本色"演员，致使他都有些不明白了，究竟舞台上的她更本色，还是家里，不，具体地说还是卧室里的她更本色。后来他要求自己将这当成一种病，一种某类女人才有的病，尤其是某类因年龄而困扰每增长一岁自卑心理就双倍递增的女人才有的病。她们幻想自己永远是豆蔻年华的无邪少女。她们展现自己的不衰的美，乃是为了能使自己的心态浸泡在自己的幻想之中。他将自己发现的这种妇女病命名为"青春自恋症"。不但从未对她流露过哪怕是含蓄的禁止，而且予以对待病人一样的体恤。事实上无论丈夫或者情夫，除了在床上，是不会太乐意看着他所爱的女人赤身裸体地在眼前以鹤般的步子走来走去的。起码世界上有一个男人是这么认为的。那就是他……

奇怪的是，没见到她时，他渴望立刻拥抱住她。而此刻这种冲动竟平复了。他在情感方面没有过浪漫史。据他所知她也没有。他渴望拥抱一个女人时，心中想到的只能是她。这会儿他望着她，忽然明白他渴望拥抱住的根本不是一个女人，而是一种安宁感。一种在绝对安全的大前提之下，可以心理稳定地缓慢消费的安宁感。

他打开卧室里的小冰箱，为自己斟了大半杯干白葡萄酒，擎着酒杯坐在宽软的沙发上，饮了一口，继续望着她，低声问："芸儿睡了？"

"睡了。"

她以优雅的即或面对拍上乘广告的摄影机镜头也无可挑剔的动作下了床。绕床从他面前经过，也打开小冰箱，也为自己斟了大半杯干白葡萄酒。然后以同样优雅的步态和动作，又从他面前经过，几乎无声无息地归卧于床上，与他对视着，也饮了一口。干白葡萄酒乃是他在一切酒中所青睐的，更是她所青睐的。她不穿衣服的时候，一切举止都像鹤，又优雅又美妙。穿上衣服的时候，一切举止都像一头野羊，而且像一头公野羊，准备逗能一跳或突然顶人似的。在夜晚，在卧室，在他面前，更多的时候她静若处子。在外人面前，在社交场合，她时时处处企图引起一切人的注意。他常想，一个演了近三十年戏的女人，应该是最淡漠掉这一种虚荣的才对。他也常希望，她在他面前和在外人面前的情形，一个月里反过来几次。

"我去看她一眼？"

"她都睡着了，你还非去把她弄醒干什么？"

他本已站起，听她这么说，又坐下了。

"哎呀，你那儿怎么了？"

她一手指向他受伤的踝腕，瞪大眼睛。而那只手，却呈"莲花指"状。好像她所发现的不是伤口，是一只趴在他踝腕上的蚊子似的。即使在这种时刻，分明地，她的潜意识里，也有一种表演的欲念蠢蠢欲动。他对这一点既理解又敏感。唉，三年多没上过舞台了。事实上她已经被淘汰了。和话剧这一过分正经的形式一块儿被普遍公众寻求刺激性娱乐的心理一块儿淘汰了。起码在本市是这样。许多年轻的话剧演员都改行去当歌星、小品明星了。话剧团已凑不齐一班人马哪怕演一台独幕剧了。等而下之的演员从舞台转移到咖啡厅当侍者。有资格当咖啡厅侍者的还得是女的，并且是年轻的。等而上之的干脆嫁给形形色色的外国人，都怕人老珠黄失去了机会，条件杀价。对于她，一切都已成为过去，成为夹在相册之中和积压在记忆之中的往事，成为过眼云烟。最初她还不肯面对这一事实，还想挣扎一番，还想东山再起，还想加入"走穴"者们的行列，实行游击于偏远小市镇和农村，而最终达到重新打回城市的雄谋远略。但是连"走穴"者们也拒绝她，并不因她是市长夫人便顾及情面。三年来她的表演机会是在家，是在夜晚，是在卧室里。只表演给市长看。他是她唯一的，又忠实又有同情心的观众。她都不能表演给女儿看。恰恰相反，在女儿面前，她以谨慎的令他十分钦佩的自制力，坚决地压抑住潜意识里的表演欲念。好比用石头镇压住一缸酸菜。而当她在女儿面前一旦没有做到，或做得不够出色，女儿就会朝她翻起白眼，刻薄地予以讽刺："妈妈，您像平常人一样说话还得重新学习么？您自己照照镜子，自己瞧瞧您那表情，您那姿态，您那……可笑不可笑哇？有一位当过演员的妈妈真叫人受不了！您在家的时候，我都不敢邀请同学来玩！……"由于女儿的近于残酷的刻薄，他曾扇过女儿一耳光。事后又懊悔，向女儿赔罪。女儿的逆反不无理由。有一次她过生日，邀请了十几位好同学到家中来为自己助兴。当妈妈的却喧宾夺主，向十几位高一男女学生大讲特讲"斯坦尼"体系，以及和布莱希特相比较孰高孰低似渊深其实很肤浅的艺术学问，并且卖弄地进行表演。还翻出她早年的一大堆相册，将一些发了黄的自己的剧照签上名赠送给女儿的客人们。不管人家愿意接受还是不愿意接受。少男少女们原本有他们和她们相聚在一起的内容。分吃完了生日蛋糕还要跳迪斯科，互相教学太空舞。还要留影。接着还要去参观美展。还要去看服装表演。还要去划船……结果一切安排都被搅乱。时间被一厢情愿地占有。起身便走不妥，流露出反感有失起码的礼貌。那个月又是"五讲四美"月。而他们和她们并非每一个星期日留的作业都像那个星期日那么少。如果同学的生日不同时是星期日，不管她是市长的女儿还是省长的女儿，他们和她们都根本没有时间前来助兴。高一的学生绝不比他们和她们每天负荷八小时工作的家长们活得轻松。他们和她们的某些家长可以在上班的时间无所事事地喝茶、读报、看闲书、织毛衣、侃大山，而他们不能……尽管每一个星期日对他们和她们都不等于是假日，但在他们和她们不啻是当节日过的。而那一个作业很少的"节日"被主人的妈妈专制地破坏了，连同原本轻松愉快的好心情……

"你妈妈是不是正在更年期阶段呀？"

"不，我看她妈妈神经方面有什么毛病。真的，应该提醒你爸爸，带她到医院去检查检查。"

"小芸，你千万别误解，我们可是一片好意啊！今天到你家来的若不是我们，是你爸爸请的一些外国朋友，那会是什么影响啊！……"

同学们临走时悄悄说的一些话，使自尊心极强的市长的女儿一回到自己的房间，就关上门号啕大哭了一场。

而当母亲的被女儿哭得莫名其妙。她觉得和女儿的同学们度过了很愉快的一个下午，扪心自问，并无招待不周之处应该感到内疚呀……

她擎着杯，脸上保持着她那种表演式的夸张了的愕然，第二次离开床，以芭蕾步态走到他跟前，徐缓地蹲下。严格说，她是用三根手指，也就是拇指中指和食指，轻轻捏着高脚杯的细细的杯柱，另外两根手指伸成燕尾形。这一只手，连同修长的手臂，朝斜上方舒展着。而另一条手臂却舒展向相反的方向。这样的动作只有长足的禽类比如鹤、鸵鸟、反翎鹰和惯于表演禽舞的舞蹈演员才能胜任愉快。一只鹤将左翅向上方舒展而将右腿向后舒展进行禽类的健身锻炼时，人们就有机会一饱眼福。她的蹲下是分过程的。她先将两只赤脚站成标准的"T"字，然后双膝才开始弯下。一膝着地，而另一膝使大腿和小腿屈成直角状态……要做到这一点非训练有素是很难的。结果她失败了。险些倾倒，幸亏他及时挽扶了她一下，她才没倒下去。但杯中的酒晃了出来，泼在他那只受了伤的踝腕上。泼在伤口处。一阵剧烈的刺激性的疼痛，使他立刻放下自己的酒杯，失却了男人的尊严哀哀呻吟，咧开嘴巴倒吸气。

"哎呀，哎呀，哎呀……"

她也放下了酒杯，终于不得不停止在她的忠心不贰的观众面前的表演，一时不知该做什么才好，显出惹了祸的小女孩儿那种窘迫和自责神情。

"没什……么，就算……消毒……了……噢……夫人，劳您驾替我上点儿什么药，包扎包扎吧……"

她倏地站起来，这时才像一切疼爱自己丈夫的妻子一样，仿佛那虽然面积不大但却皮开肉绽得很狰狞的伤口是在自己身上，而一两多冰镇干白葡萄酒也是洒在自己的伤口上。她满屋乱窜，东翻西找一阵，双手抓着寻找到的药物，赶紧又扑回到他身边。

这时她表现得如同一名至忠于君王的女仆，或者挚爱自己父亲的女儿。她捧住他那只脚，竟将嘴贴在伤口上，吸吮使他疼痛得呻吟不止的酒汁……

"文茗，别这样……我说亲爱的，你不需要这样……"

然而他制止不住她，只好任凭她想怎么做便怎么做。

她使他忽然认识到，每一位女性其实都是天生的护士。上帝在决定造就她们是女人的同时，大概便将护理的本能和技巧也传授给她们了。平时她自己受了点儿小小的皮肉之伤，为她上药和包扎一向是他的使命。她从不将这一份儿信赖和光荣给予他们的女儿。即使女儿就在她身边殷殷地期待着机会，她也要催促："快去叫你爸爸来呀！"每当他为她上完药包扎好，她照例必问："要紧么？""会感染么？""会得破伤风么？"……并且总是一副泪眼汪汪的样子。而他总免不了被她的娇气所征服。总免不了要吻吻使她自觉万分不安的小小的微不足道的有时根本算不上是伤的伤，以外科权威那种口吻说些没有需要的会使一个男人显得傻里傻气的安慰之词……

而现在她比他做得更细致更有条不紊更好。

"不知道什么时候划破的……"

他轻轻拉起她，将她拥抱在腿上。

"不是……"她凝视着他摇摇头，"是海鸥啄的。"

他吻了她的脸颊一下，笑笑："是海鸥啄的。也许因为我是市长，它们对我有些顾忌，所以只不过啄了我一次……"

"你还挨打了。"

"我？我挨打？……谁打我干什么？为什么要打我呢？"

"为什么？"

她的反问，使他一愣，仿佛他已承认自己挨过打似的。

"你呀，别胡思乱想了……"

"你挨打了。"她又重复道。

"瞧你脸上，这儿，这儿，还有这儿……青一块紫一块的……我刚才在床上望着你的时候就看出来了！"

她一边说，一边指点他的脸。

"没有，没有，绝对没有的事儿！你也知道今天一天全市多混乱，我晕头转向，难免到处磕磕碰碰……"

他知道否认自己脸上青一块紫一块这个事实是根本办不到的。洗完澡他在浴室里照过镜子，干净了的脸使那些被打造成的结果一目了然。如果他脱去睡衣，她一定会大吃一惊。他身上青一块紫一块的地方更多。面积更大。从此他相信，一个人如果成了公众宣泄愤怒的对象，上千人用衣服也能把一个人活活抽死，别说用伞了。何况现在的伞主体部分差不多尽是金属的。完全可以当作进击或防卫的冷兵器……

"你在电视上露面之前，院里的家属都传，说你被包围了，人们要活活打死你……为什么？我担心得一个人偷偷哭……"

说到"哭"字，她将脸偎在他胸前，哭开了。

"别哭，别哭。我这不是抱着你呢？芸儿……她也听到那种……谣言了么？"

"没有。我把她锁在她的房间里……我想，你要是果然落那么个下场，我也不能让她知道真相。我得骗她。从电视里看见你，她高兴得拍着手大呼小叫：'爸爸的演说真棒！爸爸万岁！'还没完没了地唱《拉网小调》……"

"《拉网小调》……是啊，那是很美的一首日本民歌……"

他自言自语，一时陷入沉思。

"你为什么就不问问我？"

"你？"

"你心里只有女儿。根本没我。刚刚看了我一眼，就问女儿，就急着去见女儿……"

她那种嘤嘤的哭泣之中，包含着极大的委屈、哀怨和小女孩儿般的撒娇的成分。其实她从不曾怀疑他有多么爱她。对这一点她十分自信。她的委屈、哀怨和小女孩儿般的经常性的撒娇，正是由于她太明白他有多么爱她，并且被他过分的恩爱所宠的结果。是的，当然是被他过分的恩爱所宠的结果。他每每因此而又自责又惭愧。认为像他们这样一对儿已结婚近二十年的夫妻，彼此间那一种亲昵是不庄重的。若一旦曝光于外人，是必会遭到哂笑，成为别人茶余饭后的飞短流长的。任市长之后，他曾试图改变或矫正私生活本应该庄重却反而更趋甜腻的色调，使之皈依到正统的也是他认为正常的"银婚"模式。相敬如宾，亲而不狎，他觉得才合乎一位共产党国家的市长和妻子之间的关系。然而他的种种努力徒劳无益。有一次女儿写了一篇作文，题目是《我的爸爸和妈妈》。其中写到——她总感到爸爸和妈妈的卧室，对她具有怎样怎样的神秘性。某天夜晚甚至搭起两把椅子，站上去，从门顶的透风窗向内偷窥。于是一幅伊甸园般的诗境呈现眼前，从此爸爸和妈妈在她眼中仿佛想象之中的亚当和夏娃……偏偏她那位刚从师范学院毕业不到一年的二十二岁半的教语文的女教师，如获至宝，称赞这是他的女儿所写的最显示才华和灵性的一篇作文，也是她任语文教师以来全班最好的一篇作文。不但当作范文在全班诵读，而且推荐给晚报。而且晚报登了。继而被电台在《中学生》节目中广播了。于是一个时期内成为"新闻讨论"的"热点"。有文章说连市长家里尚且发生这等"不该发生的故事"，那些与大儿大女同室而眠甚至三代同堂的家庭，下一代的性早熟岂不是又可悲又无法避免的么？有文章说下一代的性早熟既不可悲也不可怕。比下一代该到性觉醒的年龄而对性常识一无所知要好得多。有文章联系到性犯罪率的上升。有文章联系到中学生们令人忧虑的早恋现象。有文章指责中学作文引导已偏向歧途，还不悬崖勒马，更待何时？有文章针锋相对，措辞更加激烈地予以驳斥——谁压制下一代的思想自由和观察生活的权利，就应该以人类文明的名义对谁进行起诉！有人给市长打电话，大骂市长简直类同海淫海盗。有人给市长写信，希望他顶住一切舆论压力，千万不要惩罚自己的女儿，而要鼓励她继续在作文中写一切自己想写的人和事，为一切开明的家长们树一位楷模。有个体书贩拎着装了现钞的提包，来到市长的家里，希望与市长的女儿签订一份合同——为他们写一部纪实性的长篇小说，书名已为她想好了，是什么《愿做鸳鸯不羡仙》，副标题是——我的当市长的父亲和当演员的母亲。新闻界虎视眈眈，通过种种渠道非要刺探到这一"事件"究竟在市长家庭内部引起了怎样的波澜？本市少年儿童权益保障委员会也表示了极大的关心和关注，派人向市长声明……如果市长夫妇对女儿的态度和做法不得体，将对他的女儿予以道义上的声援，并且进行直接的干涉。而首发他的女儿的作文的晚报，唯恐自己的形象因此受损，生命不息，战斗不止，乘兴为她特设了一项"新苗鼓励奖"，并不管她愿不愿接受。这一消息一经见报，隔日便有十几位德高望重或曾经德高望重的前辈准前辈，联名上书市长，愤而慨之地弹劾晚报主编……后来由电视台出面，将"热点"引导向"中老年夫妇如何过好性生活"的问题，并在《家庭》节目中由专家主讲了三次，才算告一段落。市长亲自到报社去替女儿领回了奖品——一具黑陶的"夏娃"。也许那不是夏娃，只不过是一个裸体的女人。在车里他把"她"送给小司机了。小司机挺高兴，笑纳。市长还在晚报上发表了一篇类乎散文的文字。题目是"我读女儿的作文"，由女儿的作文谈开去。谈到要兴建多少多少万平方米居民住宅新区的远大目标，以及从日本电影《望乡》在中国公映造成的连锁反应式的风波到自己女儿的一篇作文引起的广泛的涉及各方各面社会问题的讨论，标志着人们的观念大踏步地向前迈……

　　在那些他感到很恼火的日子里，妻子却每天都必看报，将由他们的女儿引起的"争鸣"文章一概剪下，贴在一本大厚笔记本里，并且还在有的文章旁，批注"好！""完全赞同""这才是人话"等等。在使她不高兴的文章旁，则批注"不许放屁""假道学""虚伪之至""可笑呀可笑！这是某些人的可笑，恰是我们夫妇的骄傲"云云。

而女儿虽然没和那个体书贩签订什么合同，却从此开始了她的文学创作，连高中也不打算考了，发誓要在二十岁以前成为中国当代最著名的最年轻的女作家，写出足以彪炳文史，流传百年以上，起码翻译成十二种文字的伟大的当然也是不朽的处女作。每有得意之笔，激情澎湃，高声朗读——"大地红得像《红楼梦》一样""不再诚实的城市欺骗了中国最后一个纯洁少女的心！""当太阳辉煌地升起的时候，我怀上了亿万岁的太阳神的儿子！"……不一而足。

正如托尔斯泰的名言——幸福的家庭总是相似，不幸的家庭却各有各的不幸。

那些日子市长的情绪沮丧而消沉，甚至可以说锐气大减，意志颓唐。觉得自己是一位不幸的丈夫。同时是一位不幸的父亲。然而这种危机，那些日子他认为他的家庭真的面临着大的危机——并没有需要他力挽狂澜地进行扭转，就又恢复了常态。首先是女儿不再一心想当作家了，烧了十几万字的手稿。妻子也不再剪贴报纸了，重新拾起了一度丢弃得一干二净的对他的恩爱，并且用纸糊上了他们的卧室门顶的透风窗。因为她习惯于裸着身子在卧室里自我欣赏的怪癖并没改变……

此刻，他抚摸着她，不停地吻着她。本能地觉得，尽管她是平静的，像以往每个夜晚一样平静，但在她的心里，是深藏着某种恐惧的。正如自己的心里，某种恐惧始终无法彻底驱除。他爱她，不愿她的心独自抵挡任何恐惧之威胁。假若可能，他要将威胁着她心的那一种恐惧抓取过来，塞入自己心里。虽然并不明白那一种恐惧究竟是对什么产生的。也不知道它究竟有多强烈。他甚至本能地觉得它不纯粹是精神的，而极大成分是物质的。从她的心里输入她的动脉和静脉，通过她全身的毛细血管，像人人的身体都会分泌出来的油脂似的，分泌在她白皙而润软的皮肤上。他抚摸她所获得的抚摸绸缎般的光滑温馨的快感中，手已同时沾染了恐惧的微粒。

"不，在我心里，第一重要的是你，第二重要的才是我们的女儿。芸儿听到这话，一定会嫉妒会生气的，对不对？告诉我，为什么单单我们这里平安无事？"

在这一个夜晚，这一个院子以及他的家，竟毫无受到滋扰的迹象，使他面对这一事实匪夷所思。

"柳树……"

"柳树？"

"海鸥来是来过的。但它们不能落在柳树上。柳树的枝多细呀，所以它们又飞走了……可是……可是……他来过啦……"

她说"他来过啦"时，紧紧搂抱住他，浑身发抖。

"谁？"

"不知道。不，我知道他是谁，却看不见他。你也看不见他。他强奸了我，又粗暴，又凶狠，是色魔，是流氓。他还会再来，随时会来，会当着你的面把我抱到床上，或者就把我按在地板上，蹂躏我，强奸我……而你保护不了我。你根本保护不了我。我也战胜不了他。只能顺从他。我觉得他高大有力。他强奸我像强奸纤弱的少女一样容易。我恨他。我怕他。但是他使我达到高潮。你从来不曾使我达到那样的……所以我也有些渴望他……我……我……"

她羞耻得又哭了。她这一番话说得很平静。每一字每一句都是平静的。每一次停顿所表达的内容都是明确而完整的。言语简练如高等秘书所拟的公文。而语调仿佛是内心根本没有宗教情感的神父在葬穴前敷衍塞责地念《圣经》。

他双手使劲推她的两肩，企图摆脱她的搂抱，并能瞧着她的脸。然而她修长的手臂宛如铁链，将她自己和他的身体捆在一起。

于是他改变了企图，双手捧住她的头，使她的脸对向自己的脸。

"你胡说！在我的家里，在市长家里，居然有人……这不可能！你以后再也不许跟我开这种玩笑！"

他希望从她的脸上看出，她是在开玩笑，并且以他异常郑重的严肃的表情，向她提出警告……他不喜欢这类低俗的玩笑。他能容忍她的裸癖。但他对她也只能容忍到这个极端了。尽管在夫妻之间，在夜晚在卧室里，并不受普遍的所谓道德规范的制约。尽管他爱她。

她的表情，尤其是她的眼睛，她的眼睛里那种坦白的犯了罪过似的目光，却证明着她说出的是十分可怕但千真万确发生过的事实！

"我才没胡说。我不是跟你开玩笑……"

她的语言之凿凿倒显得无足轻重十分多余了。

"那么他是谁？他究竟是谁？你怎么可能看不见他？！我不信！你告诉我他是谁？！"

"不，我不能。那他会把你杀了的……"

"……"

他相信了。不，他完全确信了她在家里遭到强奸这样一个事实了。却怎么也不能相信她看不见那个男人。那个又粗暴又凶狠是色魔是流氓她抗拒不了他也保护不了她的高大有力的男人。他不能相信根本不能相信！尤其她说那个男人还会再来随时会来会当着他的面将她抱到床上或者就把她按在地上蹂躏她强奸她而她只能顺从甚至获得达到高潮的快感甚至渴望再度被强奸的刺激……这些话不但使他愤怒而且将他的自尊心践踏烂了！

"你从来不曾使我达到那样的……"

在全部从她口中说出的使他忍无可忍的话中，这一句像一根毒针扎入他心里。使他认为她并非被强奸了事实上是与人通奸！在今天这样一天！也许正是在他被困于市委大楼内心焦如焚的时候，或者正是他在市委大楼的台阶上险些丧命于失去理智的人们的愤怒的时候！而她还要告诉他！他进而认为她发抖她搂抱住他她那种似乎害怕的恐惧之态，都不过是装模作样是逼真的表演罢了！

"难道你没喊？没呼救？"

他的十指几乎抓进她肩部的皮肉里，猛烈地摇撼她。

他又将鼻子凑向她的嘴，希望闻到酒气。希望自己能有根据判断她是喝醉了。她口中毫无酒气，却有一股薄荷型的口香糖的淡淡的香味儿。她总不至于因为刚才饮了一口干白葡萄酒便忽然醉得幻觉联翩满口胡言乱语！

"我呼喊不出来……"

"他用刀威胁你了么？或者……可你说你看不见他！"

他仔细审视她的脖子，仔细得像医生要从人皮肤上寻找出足以做诊断结论的极其微小的出血点。她脖子上丝毫也没有被扼过的痕迹。像她那么皮肤娇嫩的脖子，即使一个男人用手指使劲儿弹一下，也会留下痕迹的。他这么认为。

继而他审视她的身体。她全身毫无与人搏斗过的任何迹象。

"你不要这样了。我说过，我抗拒不了他。所以我不做愚事。不抵抗。我顺从他。我只能顺从。他必定会再来。也许一分钟后。也许十分钟后。也许一个小时后。我们的家必须接纳他。他对我有欲望。也有权力……"

她喃喃地说时，仿佛已经不觉得羞耻了。仿佛是站在那一个强奸了她的男人的立场上替他进行声明。说得仍很平静。每一次停顿所表达的内容仍那么明确而完整。话语仍简练得如高等秘书所拟的公文。语调仍仿佛内心根本没有宗教情感的神父在葬穴前敷衍塞责地念《圣经》。只是，多了几分并不想掩饰的嘲弄的意味。

他觉得她简直就不是他所恩爱所熟悉的妻子了！

他猛一推，她跌坐于地。她并没有做出任何相应的举动或反应。就好像是她自己离开了他的怀抱似的。就好像她要永远那样坐着永远不再起来了似的。她镇定地平静地望着他。目光如同她卧在床上望着他的时候一样没有任何含意。镇定，平静，在望着他，却又仿佛望着什么固定的东西。甚至使他感到仿佛对他视而不见。

他认为她分明是在向他宣告决裂。如果说她的目光中确实还有某种期待的话，那么无非是期待他首先宣告决裂。

他霍地从沙发上站了起来，冲出卧室，来到了女儿的房间。

女儿的房间一向是不落暗锁的。他犹豫片刻，轻轻推开了门。瓦数很低的由长翅膀的白瓷丘比特捧着的小小台灯亮着。女儿睡得很安泰很沉熟。在今天，在这一个夜晚，能那么安泰那么沉熟地甜睡着，大概全市所有十七岁以上的人是做不到的。女儿的枕边有一本书。地上还有一本书。他蹑足走到女儿床前，捡起了那一本书。那是一本《日本风俗大全》。他将它放在女儿枕旁，又拿起另一本书看了看——《常用日语词典》。

"芸儿，芸儿……"

他俯下身，低唤女儿。

女儿翻了个身，背朝着他了。

他想将女儿的身子扳过来，虽已伸出了双手，却并没有那样做。

他绕到床的另一侧，继续低唤。其实他已有几分不忍从甜睡中唤醒她。然而又认为必须唤醒她。不将家中今天发生的事情问个水落石出，他感到根本不能说服自己再回到卧室去，根本不愿再见到那个是自己的妻子又不似自己妻子了的女人。他心里正开始萌生想揍她一顿的冲动。今天他曾萌生过许多次许多种对一切都无所谓的只图随心所欲的冲动。而此刻的冲动最强，强得难以按捺。

"芸儿，芸儿……"

女儿仍不醒。

"芸儿！芸儿你醒醒！"

他终于丧失耐性，推她，最后干脆将她扯了起来。

"妈你干什么呀！……爸爸……"

女儿揉揉眼睛，看清是他，发出一声欢叫，双臂揽住了他的脖子，如同妻子刚见到他时那样，高兴地亲了他的脸一下，亲得发出了很响的声音。

"爸爸，你不好！"

“我怎么不好了？”

“你一定先跟妈妈在一起亲热够了，然后才想到了也应该来看看我！”

女儿不满地噘起嘴。

“不对。我一洗完澡就想来看看你，好使你放心。你妈妈说你睡着了，不让我弄醒你。可我还是要来看看我的宝贝女儿……”

他也吻了吻女儿的脸颊。

“哼，你就会说好听的！你每天一回到家，就成了妈妈的贴身男仆！爸爸你看，我已经开始了解日本啦！从明天起我要暂时放弃英语，先学日语！总得学会你好、谢谢、请问地铁怎么走、请问女厕所在哪儿呀！”

女儿一副亦庄亦谐的模样。

“芸儿，这些明天有的是时间谈。我问你，今天你和妈妈一块儿到街上去了么？”

他在女儿床边坐下。

“没有哇！”

“你妈妈自己也没有单独到街上去？”

“没有哇！爸爸你为什么问这些话？妈妈她怎么了？”

“她没怎么。她现在也睡了。可我想知道今天你们是怎么度过的，遭遇到了什么凶险没有？爸爸这种心情你是能理解的，对不对？”

“嗯……”

女儿还是产生了疑惑。

“今天家里有人来过么？”

“没有。”

“肯定没有？”

“肯定。”

“你一整天都和妈妈在一起？”

“是呀……爸爸，妈妈……”

女儿由疑惑而显得不安了。

“你妈妈睡前跟我开玩笑，说她遭到了坏人的袭击。我不喜欢她跟我开这种玩笑。这不能算我矫情吧？"

"她胡说！使你替她担心，她快感！被丈夫宠爱坏了的妻子都爱对丈夫们编这类惊险的小故事！这当然不能算你矫情啦！"

女儿嫣然笑了。

他也笑了。然而他的笑是勉强装出来的。

"在我和你妈妈之间，你总是主持公正！"他说着，替女儿将枕头拍得更加松软了，像护士扶卧一个病人一样，使女儿重新躺下。

"接着睡吧，啊？"

他走到桌前，欲关台灯。

女儿却又倏地坐了起来："不行，爸爸！你不能这么一走了之，你得赔我！"

"赔你什么？"

"赔我一场好梦！我正梦到我们已经和日本靠拢了！成千上万的日本人，穿着和服，捧着鲜花，热情欢迎我们！满天空飘着彩色气球……"

"那你就继续做你的好梦……"

"我倒是想，可肯定不能接着做下去啦！爸爸你别走！你得听我朗诵完一首诗再走！我靠翻日语词典，把我以前写的一首诗自己译成了日文！从今往后我要练习用日文写诗，我发誓要成为第一个占领日本诗坛的中国女诗人！我自信我能行！"

女儿兴奋得毫无睡意了。抽出夹在《常用日语词典》中的几页纸，就要开始高声朗诵。

"明天！明天吧！爸爸太困了……"

他还是关上了台灯。在黑暗中离开女儿的房间时，听到女儿扫兴地哼了一声……

他没有直接回卧室，而走到了客厅里。他伫立在客厅窗前，一手托着烟灰缸，接连吸了三支烟。一株老柳的纤细的枝条，像女人刚刚洗过的长发，静止地垂在他眼前。柳林挡住了他的视线，使他的目光不能透过它，看到别的什么地方。一只蝉短促而胆怯地猝然一鸣，不复再噪。

仿佛立刻被鸟儿捕食掉了，发出的是最后的哀呼。

市委书记正率领一个文化代表团在法国出访。一位副市长率领商务代表团前天去了香港。另一位副市长到北京某部委申请某项国家投资的经费去了。他没有左膀也没有右臂。他单枪匹马孤家寡人。某些遗老准遗老理所当然地认为应该是他的高级参谋高级顾问高级智囊。其实是把他当成一个弱智儿童看待，这位指点他应该这样，那位指点他应该那样，并且都理所当然地认为他应该将他们的指点领会成种种指示。如果他们的种种指示不是互相矛盾的不是纯粹的主观臆想不是企图以其昏昏使人昭昭的自作聪明，而是全面考虑了客观的充分正视现实的有的放矢的，那么他倒宁愿扮演一个弱智儿童的角色。当木偶有时也是必要的。何乐而不为呢？可他们却是一些反应迟钝了的木偶表演者……

他的家庭的不幸却在这种时候终于向他拉开了帷幕——他的妻子神经错乱了！这一点他在女儿的房间里就恍然大悟。不过他不动声色地向女儿隐瞒了这一家庭真相。他不愿使十七岁的女儿从今夜开始就面临这一事实。这一事实对于他的女儿比对于他要冷酷无情一百倍！她正在做着一个好梦被他唤醒之后，怎么能够相信并承受得了这样一件事呢？尽管女儿和妻子像和一位比自己大不了几岁的姐姐似的唇枪舌剑争长论短。但他知道，她是很爱自己的妈妈的……

他早就应该有思想准备。在他决定和她结为夫妇的时候，他就应该有可能某一天将面对这一事实的准备。在她的家族中，出了三位精神病医生——有一位甚至称得上是精神病专家，和四位精神病人。她的叔叔从三十岁到四十岁的十年内是很有敬业精神的精神病医生。而从四十岁以后却一直住在精神病医院里，成为典型的妄想型精神病患者。坚信自己是太空人的后裔，有一艘在一万年前就降落于地球的太空船埋在沙特阿拉伯的大沙漠之中，他的生命的真正意义不在于为地球人充当一位精神病医生，而在于寻找到它修复它载着地球上的全体精神病患者回归他的祖先们生活的那一个星球去。他认为地球人所谓的一切精神病人都是和他一样的太空人的正常后裔，不过他们的智商远远高于地球人的智商，他们的思维逻辑思维方式无法被地球人所理解罢了……

究竟是因为她的家族中先出了精神病人，才出了三位精神病医生，还是因为先出了精神病医生，才导致出了四个精神病人，他至今不得而知。也从未和她的家族中的任何人探讨过这个问题。虽然她的家族中的任何人对此并不讳莫如深。她自己对此同样并不讳莫如深。

"我的家族中有四个精神病人。在你决定和我的女儿结婚之前，你必须慎重考虑这一点。从精神病学的角度讲，我女儿身上可能潜伏着这种遗传基因。"

在他以较为确定的女婿的身份第三次到她家做客那一天，她的父亲曾单独和他进行过一次谈话。他至今仍能回忆起她的父亲当时那一种严肃的神态。那情形仿佛他是一个欠缺经验的采购员，而对方是一个很讲经营道德和声誉的货栈老板，当面告诉他对他已决定要订的货不负质量责任。

他当时一笑了之，大不以为意。那时他像许多青年一样，是一位文学爱好者。正在精读《聊斋》，巴不得爱上狐仙鬼妹花精树怪什么的，或者十分荣幸地被她们爱上。在他眼中，她的父亲，一位形销骨立有道家风度的知识分子长者，可敬而又可笑。似乎是一只仁义修炼了千年的老狐狸，当面锣对面鼓地告诉他自己的女儿是一只小雌狐，考验和探测他对狐族究竟爱到几分。

他将和她父亲的谈话后来告诉了她。

她郑重地说："是我要求父亲和你进行这次谈话的。你现在后悔还不晚……"

被爱情弄得神魂颠倒的他，面对清丽得水仙花儿似的一位姑娘，哪还愿意考虑那么多呢？即使有一百位精神病学权威一致预言二十年后她肯定是精神病人无疑，他也非和她结婚不可！

而婚后二十年来，他从未在他的生活字典中查过"精神病"三个字。他认为"精神病"三个字只与她的家族有关。她已是他的妻子，已属于他的生活。那么也就与"精神病"三个字彻底绝断了任何联系。

现在他的生活字典翻到了仿佛早就写下咒语的一页！这一页竟和本市最严峻最特殊的一天同时到来！他对此一点儿心理准备也没有！恰如一个人被宣布得了癌症，他被事实袭击蒙了！她表现在许多方面的古怪的难以理解的言行，明明等于向他发出了一次又一次讯号，而他却麻木到连想都没有朝"精神病"三个字去想的程度！比如对她的裸癖，他一向误以为那是她看西方明星画册的结果，是徐娘半老的女人之一种东施效颦的行为，是被一种他所不可理解的"自我戏剧化"所驱使，是一种偏执的自我崇拜的通俗化态度——在自己丈夫面前体现的虚荣，是一种加强并维持魅力自信的神经质的满足的需要，并且认为这是一种多余的没有意义的方式。因为就他而言，觉得她穿着剪裁合体的衣服更具有不衰的姿色和美感……

现在看来他早就应该据此得出"精神病"这样更合乎实际的结论，而他没有。他丧失了对她的责任。他感到自己本有几分可能遏制今天这一事实的发生，却贻误了机会，也贻误了她，断送了自己的家庭生活的前景。想到这里他不寒而栗。掐灭烟他急匆匆奔回卧室。

她却不见了。

贯通的三个房间内都找不到她。

窗子开了一扇。她的一只拖鞋在窗前。他大吃一惊，跨到窗口，探出身向外细看——外面也没有她……

他悬到喉咙的一颗心，方稍微安定了一些。然而已惊出了一身冷汗。

"文茗，文茗，文茗你在哪儿？别跟我开玩笑！"

刚才短促而胆怯地鸣了一声的蝉，又鸣了一声。也许不是那一只蝉，是另外的一只。鸣声却同样短促而胆怯。仿佛在回应他的呼唤。又仿佛在向同类们传达什么情况。霎时间蝉声大作，鸣成一片响亮的令人心烦意乱的噪音。

他关上了那一扇在他离去后她敞开的窗子，并且插上了插销，重新拉严了窗帘。他连床底下都看了。床底下也没有她。

最后他的目光投向壁橱。

他大步走过去，一下子拉开了壁橱的门——她在壁橱里，像一只老鼠似的缩在一个角落。她惊恐地瞪着他。

他感到了一阵揪心的难过。泪水倏地涌满眼眶，目光模糊了。

"文茗，你出来。亲爱的你什么也不要怕。我会保护你的。并没有什么东西敢于伤害你。那不过是你的幻想……出来，乖孩子，好宝贝儿，你出来吧，啊？……"

"嘘……他来了！你走后，我听到他敲窗子。我不能不打开窗子让他进来。我反抗他，他会咬死你和我们的女儿，吸干你俩的血……你把我锁在壁橱里吧！快，快点儿呀！"

他伸出一只手拽她，又不忍将她像拽一个闯了祸怕挨打的孩子似的硬拽出来，结果反而被她抓住手不放。

他索性自己也弯腰挤入了壁橱。壁橱中部有一档隔板。隔板上是棉被。隔板下是他和她的几双鞋。那么有限的地方，只能勉强容得下两个孩子。他一挤入进去，就连挪动一下的空间都没有了。他头顶隔板，虽然坐着，却还是不能挺直腰。

"关上门！快关上门……"

他顺从地关上了壁橱门，于是和她一起被伸手不见五指的黑暗包围了。

他觉得惊恐使她连自由呼吸的胆量都丧失掉了。这一点影响了他的心理。他也不禁敛住气。他们如同两个自以为永远不会被发现的藏猫猫的孩子。又如同两个大人不在家，深更半夜听到了自以为诡诈的敲门声，联想到狼外婆的故事，都害怕到了极点的小兄妹。

尽管他穿着睡衣，还是立刻就感到了水泥地和水泥四壁的冰冷。他搂抱着她，感到她的身体也是冰凉的。

他伸手摸索着扯下了一床被子，在黑暗之中胡乱将她的身体用被子裹起来。他和她脸颊贴着脸颊。他想对她说或能使她变得理性一些的话，但喉咙干涩而紧滞，张了张口，说不出话来。

忽然他呜呜哭了。

"噢，乖孩子，宝贝儿，别哭，别哭！他来找的只是妈妈，不是你我的乖孩子！现在让我告诉你实话吧！他是一个吸血鬼。一个男吸血鬼，是你的父亲。妈妈也是。我和他都是吸血鬼家族的成员。我们吸血鬼家族是一个大家族。你和芸儿血管里也流着一半儿吸血鬼家族的血液。所以你们也算是吸血鬼家族的成员……"

她爱抚着他的头，以母亲而不是妻子的身份向他悄悄诉说。他当然明白那是疯话。在黑暗之中，在他听来，她的疯话像是鬼话。他不仅感到大的悲哀，且感到真的毛骨悚然。当一个男人的妻子疯了，将那个男人当成自己的孩子看待，将自己想象成那个男人的妈妈，由于此种想象，使她内心里对丈夫原本怀有的全部的恩爱，变为一种怜怜悯悯的母爱的时候，一切男人，无论愚蠢的还是明智的，都将迷失了正常的情感角度，不知如何是好。甚至仿佛被施了咒语施了催眠术一样，不由自主地向自己的理性缴械投降。不由自主地堕入那女人的超现实的荒唐的想象之旋涡。

他已然被这么一种心理状态攫狱。它宛如一层茧衣封闭了他。如果它是坚硬的，他定会试图以明智粉碎它。但它却是极其柔软的，具有无限弹性似的。

于是情形反过来了。她双手抻着被角，展开被子，使被子成了她的双翼，一只蚌张开壳一样，将他像一颗珠子般包含住了。而他在被下偎于她的胸怀，继续呜呜哭泣。那一时刻，他从一切方面，都不折不扣地退化为一个孩童了。

外面大噪不止的蝉鸣，透过窗子，透过壁橱，阵阵入耳，忽强忽弱。只有这蝉鸣声，仍使他无着无落的理性，与现实之间恍有一丝相连。

宝贝
你爸爸参加游击队
打击敌人
正在过着那动荡的生活

噢我的宝贝

她左右摆晃着身体，唱《摇篮曲》。二十多年前，她刚刚成为一名话剧演员的年代，在青年宫，正是因唱这首歌而一曲走红，一夜成名。这首歌给她带来过她人生最初的荣誉、幸运、倾慕和鲜花……

突然，外面，不是在他的家的外面，而是在包括他的家于其中的市委宿舍大院的外面，响起了凄厉的警笛声！听来分明有一辆警车，或者一辆消防车，兜驶于附近的某几条街道，时远时近，将去复还。

凄厉的警笛声压过蝉鸣，像一根灸针，直刺入他的头脑，使他顿时清醒。他猛地一起身，头撞在隔板上，更加清醒了。

我怎么了？难道我也精神失常了么？在壁橱里，在老婆的怀里哭泣！我这成了什么样子！

羞耻感将他的脸烧得火热。

他像一头雄牛冲上斗牛场似的，也像一个被足球守门员在球门前一脚阻射势不可当的足球，从壁橱内弹滚出来。

他走到窗前，撩起一角窗帘朝外望了望，夜空由阴转晴，很清澈。月亮和星星也出现了。不见有火光映夜。也未闻有什么骚乱之声。警笛不响了。连蝉也不鸣了。简直是一个使失眠者们想听小夜曲或想吟诗的美好之夜……

她也从壁橱内爬了出来，然而并未完全爬出来。大部分身体还在壁橱里。依然覆盖着被子。那样子，她赤裸的仿佛一旦受到极小的惊动便随时会缩入壁橱缩回到黑暗中去的身体，如同从壳中谨慎地探出的蜗牛。她那双修长的线条流畅的手臂，恰似蜗牛的两根触角。

"来，来呀，回到妈妈身边来呀乖孩子！回到壁橱里来呀乖孩子……"

她无比温柔地瞧着他。目光中饱含着脉脉的强旺的母爱之情。语调充满了娓娓的母爱的说服力，甚至可以称作诱惑力，以及对这种诱惑力的胸有成竹的自信。

他意志坚定地克制着一腔悲悯。他硬起心肠不为所动。

他从床头柜抽屉里找到了一瓶安眠药。那是他和她都常服的药类之一。为了不被她识破自己的"阴谋"，他转过身背对着她，倒出了三片在手掌上，犹豫片刻，又倒出了三片。握着安眠药，他踱到茶几前，暗暗将药放入他没饮完的酒中，然后打开冰箱，取出那瓶干白葡萄酒将杯子斟满。接着用搅拌咖啡的小钢勺耐心搅拌，直至六片安眠药在酒中完全溶解。他这么做时，一次次命令自己不注意她。

"来，来呀，喝了这杯酒吧乖孩子！你该上床睡觉了是不是？乖孩子要听大人的话是不是？"

他擎着杯子蹲在壁橱前，模仿她的口吻她的语调。他亦无比温柔地瞧着她。目光中亦饱含着脉脉的爱意。语调亦充满了娓娓的说服力。然而那种温柔那种爱意，与其说像是大人哄顽童时的温柔和爱意，莫如说更像是用食物吸引一只小狗儿或小猫儿。那更是诱惑。违心悖愿不得已而为之的至爱至善的"阴谋"。他对他的"阴谋"目的能否达到并无太大的把握。

她注视着他手中的杯子，迟疑着。终于，她摇摇头，退回到壁橱里去了。如同一只小狗儿或小猫儿缩回窝里。

他真的开始绝望了。他难以想象明天和明天以后，究竟应该以怎样的方式关怀和爱护自己可怜的妻子。他并不在乎从此以后每天夜晚都陪伴她拥挤在壁橱里。哪怕白天，只要是在自己属于她的时间内，他也同样不在乎。然而他决不甘自己所恩爱的妻子从此真的变成一只豢养在壁橱里的小狗儿或小猫儿。连这么一想他都又欲大哭起来。

"好宝贝儿，乖孩子，这酒不是你最喜欢喝的么？睡觉之前，你不是经常喝这么一小杯吗？来，出来呀，接过去，喝完了我们做有趣的游戏好吗？"

他继续吸引她，并且自己先饮了一口。

她又从壁橱里爬出来。

"是干白葡萄么？"

听到她问了这么一句他认为绝对正常的话，泪水再次倏地盈满了他的眼眶。

"是。是的。难道我欺骗过你么？"

她瞪着他的眼睛，伸过一只手。她的目光中重新流露出一种对他的信赖，和一种仿佛从潜意识中刚刚复苏的本能的亲昵。这一种信赖这一种亲昵，分明地有别于她目光中刚才所包含的脉脉的强旺的母爱之情。他觉得，他仿佛观测到现实的和超现实的两种思维之雨云在她的头脑中相互摩擦相互冲撞，发出一次次造成幻象的闪电。某一瞬间它将现实耀亮在她眼前，而紧接着便又迅速将她的思维笼罩在精神错乱的迷梦般的阴霾之中。她那种似明白似糊涂的样子，好比一个丧失了记忆的人，开始竭力回想自己究竟是谁，他究竟是谁，希望寻找到并重新连接起她和他之间真正的关系纽带。

他不失时机地接近了她。一只手臂轻轻揽住她的腰，将酒杯缓缓地送至她唇边。

"文茗，你累了……"

"为什么？"

"我爱你！永远……"

"为什么？"

"因为我是你的丈夫，是你的乖孩子。你是我的妻子，也是我的乖孩子……"

"芸儿也是乖孩子么？"

"当然，当然！芸儿当然也是乖孩子。我的。和你的。我们俩的！"

他又饮了一口酒，为她示范似的。

她凝视了他一会儿，目光中多了几许感激。仿佛感激他向她揭示了一个亘古之谜。她徐徐垂下目光，微微启开双唇，凑向酒杯。

他不容她再有刹那迟疑，坚决地将杯一倾，迫使一个患病的孩子服药一般，使她一饮而尽。其实那已是她自愿的事。饮得也很痛快。只不过饮尽之后，怀着几分困惑几分不解侧目乜斜着他，似乎无言地问：为什么？为什么这样呢？

他揽着她腰的手臂并未放开，将杯子在地毯上一滚，使它滚到墙角。

她又欲退缩到壁橱里去。

"噢不，那可不好，很不好。乖孩子是不应该待在壁橱里的……"

说罢，他将她抱了起来，大步跨到床边，放在床上。

她的目光仍望向壁橱。然而目光中已没有了恐惧感。也没有再说关于吸血鬼家族的疯话。

他怕她又像恋窝的小狗儿或小猫儿立刻蹦下床，不顾一切地蹿回到壁橱里去。自己赶快也上了床，展开被单，将她和自己一起盖住。他拥抱住她好一阵，面对面不敢轻易放松。她目不转睛地凝视着他，眼中仍有几分困惑几分不解。仍似乎无言地问：为什么？为什么这样呢？

他也目不转睛地凝视着她。

"我爱你。我爱你。文茗，我爱你。我爱你你知道的是不是？二十年来我们一直恩恩爱爱，我们很少争吵，家庭中的事我几乎处处依着你是不是？"

他喁喁地悄悄地对她诉说，仿佛他的呢喃爱语便是灵丹妙药。

"我爱你……"

她的双唇轻翕，声音细小地说出了一句。他却清清楚楚地听到了，不，真真切切地感觉到了这一句话。虽然他一时不能断定是她产生了也向他诉说的愿望，抑或仅仅由于受他影响而引起的纯粹是下意识的重复。

但他已为之泪洇枕际。

她开始安于在床上安于被他所拥抱了。

他不停地亲吻她，爱抚她。酒使她的面容泛起了绯晕。造物真是太偏护这一张女人的脸了。除她那双天生带有睥睨神气的眼角各延伸出两条极细极浅的鱼尾纹，年龄几乎不曾对这一张女人的脸再进行过任何破坏。

"你说的，做游戏……"

"噢，当然！只要你永远像一个好孩子一样听话，一样乖，从今以后，每天晚上，我和你做许多种有趣的游戏……"

她笑了。

他也笑了。

他离开床，走向另一房间。

"躺着别动。我相信你会听话的……"

她继续笑着，一动未动。

她那笑，宛如婴儿的第一次笑，其实毫无含意。

然而他觉得她从未笑得那么美好。男人对女人的缱绻爱意开始归复他的心灵。

他从另一房间翻找出了她所收藏的所有相册，捧回卧室。

他重新在她身边躺下，一册一册地翻。

她依旧婴儿般地笑，依旧目不转睛地凝视他。

他从相册中揭下一张发黄的照片——他和她的小学毕业合影。

"现在游戏开始……"他又吻她一下，"今天我碰到我们小学的一位同学。一位男同学。他已经秃顶了。个子不高。眉挺黑的。他能叫出我小学时的绰号，可我怎么也认不出他是谁，更不能说出他的姓名……咱们一块儿凭着这张照片猜猜好吗？这不是怪有意思的吗？"

他一手绕颈搂着她，并拿着照片，一手依次指点着照片上的男同学。

"你还记得他叫什么名字吗？"

"杨志松。"

"他呢？"

"张云河。"

"这个小瘦猴呢？"

"李克伟。"

"这个像女孩儿一样漂亮的呢？"

"何东立。他和我……同过桌……他的算术成绩总在全班倒数第几名，考试我常常有意让他抄……"

"这是咱们的教师啰！我只记得她姓曹了。你还记得她的名字吗？"

"曹慧。"

"那么我今天碰到的可能是哪一个男同学呢？"

她凝视照片，他期待着。暗暗惊讶她的记忆。简直怀疑刚才神经错乱的究竟是她还是他自己！或者既不是她，也不是他自己？不过是荒唐怪诞之一梦。连同今天发生的一切可怕的骚乱的不堪回想不愿回想的种种，统统不过是一场梦罢了？他和自己的妻子刚才和现在全都是在梦中？

她缓缓抬起手，用小指肯定地点住照片上一个眉黑发疏的脸蛋儿圆乎乎的小胖子。

"刘……是……他……刘……"

经她指出，他才认为他所碰到的，不管是在现实中还是在梦中碰到的那个秃顶，正是发黄的小学毕业合影中的小胖子。本来那个秃顶并非促使他和她进行这一次"游戏"的动机，而他仅能想到的转移她幻觉的一种方式。此刻秃顶姓甚名谁越发不值得知道了！

他将照片一丢，他又激动地拥抱住了她。

"文茗！看着我的眼睛！你……"

她抬起的手已垂落下去。她的眼睛已闭上了。她已酣沉地睡了。

"我不会把你往精神病院送的！你是由于今天一天都为我提心吊胆才……我不是很平安地回到家里来了么？我不是正拥抱着你么？"

明知她根本听不到他在说些什么，他还是说了许多大动感情的话。

时间已将那一天悄然接走了。他头脑中的"今天"，已然是第二天，而且已然过去了三个多小时。

安眠药也开始对他起了作用。

"但愿一切都是梦，也许一切真是梦……"

在他也有可能做什么梦的最后片刻，他对现实天真的祈祷印在他的头脑中，并且"定格"……

第六章

"谁？……"

"你是谁？"

"你是谁？"

"先别管我是谁，请市长亲自接电话。"

"我就是……"

"那好。我只问您一句话——您打算如何？"

"我不明白……"

"别来这套。你明白。"

"你怎么知道我家里的电话？！"

"这一点当然能告诉您。不过您还没有回答我呢。"

"你究竟是什么人？！"

"这并不重要。您可以认为我是张三、李四、王五、姚六……随您的便。可以认为我是正人君子，也可以认为我是市井无赖……"

"我拒绝回答！"

"那么我提醒您，别忘了《国际歌》中是怎么唱的——从来就没有什么救世主，也不靠神仙皇帝。满腔的热血已经沸腾，这一次我们要靠我们自己……"

"听着，你休想威胁我！"

他啪地放下电话，不由得扭头看看妻子。她睡得很酣沉，不像容易醒来的样子。拿起手表瞧瞧，快八点了。却不想起床。觉得头脑昏沉，似乎接着睡到天黑才会好些。

匿名者打来的电话使他怒火中烧，异常愤慨。

双层窗帘将阳光遮得严严实实。他希望现在不是早晨而是夜晚。

满腔的热血已经沸腾——他真不愿离开家。不愿离开这宁静的大院。此刻它寂然无声而又安全。即使昨夜守卫它的那些人已经撤走了，也会有另一些人继续担负起在白天守卫它的任务。他对这一点丝毫也不怀疑。他甚至有些怕离开家离开这寂然无声而又安全的大院，怕见到城市里许许多多"满腔的热血已经沸腾"的人……

城门失火，殃及池鱼——连自己的妻子也不再是能够给予自己心理安抚和情感慰藉的人了！她一旦醒来之后还会像以往一样毫无保留地爱他并慷慨地向他奉献体贴和温柔么？此时此刻，他太需要这些了！甚至，在他的渴望之中，这些不一定非得是来自她的，无论来自任何一个不使他讨厌的女人，都是他绝不会逆反而且肯定非常感激的。哪怕一个一无所知完全陌生的女人！

他同样怕她醒来。不，更怕她醒来。她一旦醒来还会对他讲关于她是吸血鬼家族成员以及被强奸之类的种种疯话？还会赤身裸体躲在壁橱里不出来吗？还须他像用食物吸引小猫儿或小狗儿一样将她诱惑出来吗？还须他用溶解了六片安眠药的干白葡萄酒对她施展"阴谋"吗？还需他以别的方式陪她做另一种"游戏"吗？一天晚上一种游戏？他不是电视台少儿节目部的主持人啊！离开家他将面对"满腔的热血已经沸腾"的市民公众，回到家里他须哄着伴着精神失常的妻子。总之都得具有正视现实的充分的勇气，也都得讲究策略和善于应付的技巧。而他既无这两方面的先天的继承，也从没经过后天的培养和训练。当上市长后所积累所总结的一点儿根本算不上经验的经验，应付官场的党同伐异争权夺利钩心斗角还马马虎虎，并且有时候他一向认为不必过于认真。平息小小风波处理寻常事件劝导一般性公众情绪也还算果断还算雷厉风行还算考虑周全行为得当。但用以应付目前家里的和外面的情况，他已感到没有信心乱了方寸，他觉得他成了一个进退维谷被剥夺了选择权利的人。一位这样的对命运之挑战迎战难不迎战也难的市长，真是自摘涩果自己吃！事到如今悔已迟！

　　他不由得朝壁橱望了一眼——妻子还可以躲到壁橱里去。而他无处可躲。躲到哪儿也会被寻找到被推到公众面前。除非他也疯了。而他非常清楚地知道，自己若真被逼到走投无路的境地时，可能会自杀，却怎么也不会疯。他是了解自己的。如果反过来，疯了的是他这位市长，而不是他的妻子，也许倒不失为幸事。对他自己是幸事。他相信自己就是疯了，也肯定属于所谓"文疯子"一类，而不太会是个"武疯子"。也不会像妻子一样以赤身裸体为疯子的良好感觉。他很可能会终日躲在壁橱里饿了吃困了睡醒了看金庸的梁羽生的武侠小说。偶尔离开壁橱在房间内或院子里走走，就好比一条老狗在窝里趴腻了钻出狗窝抬抬腿伸伸腰。这对于他的妻子来说固然也是大的不幸。但与她相比，疯了的自己肯定好应付得多。而对于那些"满腔的热血已经沸腾"的公众，却是非常值得他们高兴的。这一次他们要靠他们自己，那就随他们的便吧！市长疯了，他们岂不是正好称心如意了么？他们究竟要靠他们自己干什么呢？能干什么呢？他们究竟有多少人呢？全市人的一半？三分之二？总不至于百分之百吧？这座浮城一和日本靠拢，就都冲上陆地刷盘子？全日本也没有那么多餐馆啊！会或者半会不会日语的人，全市也不超过二百来个呀！不会日语，想刷盘子日本人也未见得雇用啊！果真三分之二或四分之三的人都一去不复返，他想那么这也是这座城市的幸事了！它的住房问题会大大缓解。它的就业问题会大大缓解。它的交通水电煤气等一系列问题都会大大缓解。还有儿童入托问题、中小学教育问题、大学生毕业分配问题、医院少的问题、电影院少的问题、娱乐场所少的问题、理发店少的问题、浴池少的问题、厕所少的问题、派出所也少的问题……这样一来，他倒想竭诚地当一位好市长好公仆了！

　　"满腔的热血已经沸腾"，接着大概就要"趁热打铁才能成功"了！倘若他们真的认为"这是最后的斗争"，只有"团结起来到明天"的话，那么他不疯，他们就会疯。莫如他自己疯。他情愿。但是不知怎样才能促使自己疯。虽然不知，却正被自己的想法深深感动，觉得自己大有舍生取义的崇高品格。取义于公众。取义于"满腔的热血已经沸腾"，也许正在准备进行"最后的斗争"的公众。只有这样，才能变他个人的左右为难为他与公众双方的两全其美呀！

他正信马由缰地胡思乱想，电话铃又急促地响起来。他刚要抓起话筒，却缩回了手。他不想不愿意讨厌……不，其实更是怕再听到陌生人的陌生的语调在电话里问他"打算如何"之类！不管是威胁的口吻还是试探的口吻抑或关怀的友好的点拨的暗示的口吻！

电话响个不停。

他又看看妻子，唯恐她被电话吵醒，只好将话筒抓起来放到一旁。

电话继续微响很久，终于安静。

然而它刚刚安静，走廊里的电话接着响了。

他执拗地任它响。

"爸爸，爸爸！您的电话！找您有急事！这都几点了，这么不寻常的日子里，您还睡懒觉？别忘了您是一市之长，不像话呀！"

女儿接了电话，在走廊里大声谴责他，并且重重地拍了几下卧室的门。

他不得不穿上睡衣去接电话。

女儿似乎起得挺早，一副精神焕发的样子，正在以阳台栏杆为扶手，做健美操。她下腰之际顺势瞧了他一眼，目光中带有讥笑的意味儿。仿佛说——别难为情，我知道您为什么起得这么晚！今天并非节假日，希望您能顾及点儿家庭影响。

"喂……"

"听到你女儿刚才说的话了么？"

"你是……噢……你是刘……哇……"

"十分感谢你想起了我的姓！但还想不起我的名字是不是？那就叫我'刘'吧！听着，你今天应该首先到市立第二医院去。那里有十几名被烧伤的人……"

"烧伤？昨夜失火了？"

"就算是失火吧！机场的飞机全部报销了！不必我多说你也应该明白，飞机当然不会自己起火。但是你一定要接受我的忠告——还是看成失火的好！你到医院是去慰问被烧伤的人，而不是去审问纵火者……"

"我接受你的忠告。审问纵火者不是我的事，而是司法部门的事。"

他在心里骂了一句他妈的，同时想——他前脚离开医院，也许司法部门后脚就会赶到，不知那些被烧伤的人会做何感想？有时红脸会比白脸显得既虚伪又卑鄙。但他还是更愿意扮演红脸的角色。如果他只能在红脸和白脸之间选择的话。

"我是否需要带上几束鲜花？"

尽管佯装不耻下问的咨询的口吻，却连自己听来，语调也是恶狠狠的。

"你能买得到的话，带上几束当然更好啦。"对方反唇相讥，随后又说，"你应通知司法部门，对机场的失火事件，不得进行任何方式的追究！"

分明已不是忠告，而是警告了。

"连你也开始威胁我了么？"

"随你怎么理解！另外，公安局夜里从机场逮捕了一百余人……"

"为什么逮捕那么多人？这不等于火上浇油么！"

他打断对方的话，嚷叫起来。

"对，我的市长同志！这当然等于火上浇油！不过说逮捕也不客观。昨夜聚集到机场的两千多人从电视中听了你的《告市民书》，有人当场放火烧毁飞机，在飞机已被烧毁之后，机场工作人员将他们捆绑起来，并且关入机场地下室。公安局接到电话赶去将他们转移到了临时监狱性质的地方。目前公众的理性好比游戏场上的碰碰车。这一种游戏是以完全没有规则为唯一规则的……"

"我明白了！"

"你明不明白我的话并不重要。我希望你能明白你自己应该怎样做。"

"我明白的正是这一点。"

"那么我也应该很知趣地挂上电话了吧？"

"喂喂，刘……告诉我，我想见到你的时候，或者更坦白一点儿说，我迫切需要你的时候，去哪儿找你？"

"……"

"喂喂！谢谢你还在听着，快告诉我！……小芸！替我拿笔和纸来！"

"你迫切需要我的时候，不必找我，我自会出现在你面前。"

"喂喂！刘……"

对方已将电话挂断了。

女儿没听到他的吩咐，正在阳台上练倒立。

他独自发了一会儿愣，然后匆忙地拨起电话来。

"喂，我是市长，请你们局长接电话！……乔局长，认真听着——我要求你立刻将被你们从机场……转移去的一百余人全部释放！对，对，我知道，我当然知道是他们烧了飞机！现在不是我听你给我上法制常识课的时候。如果你不同意，我罢免你！我将要求警备部队方面接管公安局！就这样吧！"

重重地放下电话，他又发了一会儿愣。虽然他在和公安局长通话时，明智地避免说出"逮捕"或"关押"之类敏感的词语，而试图用从秃顶那儿学来的"转移"二字抹去事件的严峻色彩，但公安局长对事件的态度和看法，却十分固执。对方认为秩序已经在逐渐恢复，并且在进一步恢复。因而一切方面的机能也应更迅速地恢复，而不是放弃。

放弃？妈的！

他又在心里暗骂一句。他倒是极想放弃。可是他能放弃得了么？对方以为他在放弃。而他明明是在行使！在他和对方刚才的通话过程中，明明他是矛，对方才是盾。对方却以为自己是矛，他是意在抵挡矛锋所向的盾。不过，站在对方的角度稍一思忖，他也确实是盾，抵挡的确实是对方握在手中准备全力一刺的矛。而他的盾同时又是矛，横斜里既抵挡着对方的矛，亦不容对方抵挡地盛气凌人地刺向了对方。也难怪对方的话语中含有抗议的成分……

他有些后悔自己刚才过于简单化，不够冷静，没有把利害关系耐心地讲清楚。但他自己本来就半清楚不清楚的！而且他通话时忽觉心跳过速，头疼欲裂。撑着摆放电话的小桌的桌角，才坚持说完。

这会儿，他不仅是在发愣，也是在发晕。

"爸爸，爸爸！"

女儿叫他。

他迈着蹒跚的步子，缓慢地走到阳台上。他觉得胸口异常憋闷，嘴像离开水的鱼一样大张着。即使女儿不叫他，他也想赶快到阳台上大口大口地呼吸一阵室外的新鲜空气……

感谢上帝！一夜之间，城市昨天被污染得令人极难忍受的空气，似乎过滤了一遍，变得那么的清新沁爽！出乎意料的清新沁爽！

"爸爸你看！"

仍倒立着的女儿，一张因充血涨红的脸自下而上望着他。

"看什么？"

他以为女儿是叫他看她的倒立本领。而这使他只看了她一眼就立刻又感到一阵头晕。仿佛在倒立的是他自己，靠双脚而不是靠双手支持身体平衡的是女儿……

他背靠阳台扶栏，闭上了眼睛。

"爸你怎么了？"

"……"

"您脸色不好！"

"没什么……不过睡得太迟了……"

"活该！这我可就不心疼您啦！老夫老妻的，少消耗点荷尔蒙不行么？人类应该注意节能问题，每个人也应该注意节能问题……"

"……"

"您刚才跟谁通电话？够劲儿！把人家给镇住了吧？"

女儿已落下身体。他觉察得出她正站在他对面，在想象中看见她向自己赞赏地竖起了大拇指。

"爸爸，打起点儿精神来！刚才您说要罢免人家的时候，还虎气十足的嘛！怎么这会儿又变成了一只老病猫似的？您睁开眼睛。睁开眼睛！"

他睁开了眼睛。

"转过身去！"

他转过了身去。

"看！我让您看的是那个！"

在他正对面，一只绿色的大气球，一动不动高悬在明朗的天空上。坠着一条幅面很宽的红布。红布上，金黄色的仿宋体字分两行写着——"市民们，行动起来，清扫城市！让我们的城市干干净净靠拢日本！"

绿、红、金黄——三种鲜艳而美好的色彩，令人赏心悦目，使天空也变得生动活泼了！

而他顿时联想到的，是他所司空见惯的"欢欢喜喜过新年""高高兴兴迎国庆"之类的吉祥标语。在他看来，"日本"两个字，似乎比红布上其他所有的字都大。色彩更鲜艳，金光四射，灿烂辉煌！

女儿扬起下巴，关怀地瞧着他，说出了一句日语，并且立刻沾沾自喜得意扬扬地对自己加以评论——"爸爸，我说的可是地地道道的东京日语呀！"

由于曾和日本人的频繁的接触，他也懂了几句日语，明白女儿说的大概是——"先生，您有何不妥？"

望着它，他觉得一切都不妥。一切都更加不妥了。包括女儿，包括他自己。好像那气球，其实是一颗高悬在明朗天空上的原子弹。只有他一个人知道它其实是什么，再无第二个人知道。再有，或者就是"刘"了么？"刘"与他通电话之前也望见它了么？对它，"刘"有什么足以使他心理松弛下来的解释么？是自己太庸人自扰了么？

日本，日本！

若它爆炸了，这座城市是否也会像当年日本的广岛和长崎一样？

他暗暗命令自己——赶快离开家！赶快去做你应该做的事！因为你是市长啊！你什么也不做，你将对谁都无法交代。谁都有权指控你犯渎职罪！虽然他一点儿也不明确——除了到医院去慰问那十几个被烧伤的人，他还应该具体地做些什么。写在红布上的两行金黄的大字，如同全体市民都在告诉他——你不必做什么。你跟我们一块儿到日本去就是了！

"小芸，听着。"他将双手搭在女儿肩上，以一种充分信赖的目光注视着女儿，然而却尽量不动声色地说，"你妈妈，她夜里睡得比我还迟。一会儿她醒了的时候，你要给她煮一杯牛奶。记住，她刚一醒，你就要端给她。你要看着她喝下去。你能保证做到么？"

女儿摇摇头："不。我不能。"

"为什么？为什么不能？体贴母亲，这是一切好女儿都应该的嘛！"

"因为我要去看看我的几位同学。还要和他们一块儿去看看我们老师。"

女儿回答得平平静静，然而他听出了一丝不愿也不甘顺从的意味。

"为什么？"

他又无法理解了。他认为他已经把道理讲得明明白白。可是女儿似乎变得不讲道理，不，简直不可理喻了。

"为什么，为什么！我不是已经告诉您为什么了吗？"

女儿亦显出了对他无法理解的模样。

"度过了我经历的最漫长的一天，我不知他们的死活，现在平安无事了，我当然要去……"

"不许你去！你今天哪儿也不许去！给我老老实实待在家里！必须照我的话做！"

他生气了。

"我偏要去！"

"你敢！"

他的双手从她肩上猛地放下来。一只手放下来之后又举了起来，却僵在女儿头上，没扇在女儿脸上。

女儿乜斜着他那只手。

"小芸，就算爸爸今天请求你行不行？"

院墙外响起一阵欢呼之声——又一只大气球升上天空，也坠着一条幅面同样宽的布。色彩正相反，红气球绿布。布上的字却仍是金黄的。但不是中国字，是日本字。

"那……那写的什么？"

他指着气球求教于女儿。

"不告诉你！"

女儿眼泪汪汪的，和他闹别扭。

"告诉我！"

"喝令三山五岳开道，我们来啦！"

"胡说！"

"信不信由你！"

女儿一转身离开阳台。

"你给我站住！"

女儿像一名正在走着的士兵听到操练官从背后发出的"立定"口令一样，站住是站住了，然而不愿面对他。

"小芸，爸爸的请求，你到底答应不答应？"

他缓和了口吻，语调变得相当可怜。

"好——我照办就是啦！"

女儿的勉强的回答分明是违心的。

"好女儿，爸爸……"

他既想对女儿隐瞒实情，又希望获得女儿更由衷些更多些的理解。他内心产生了一种强烈的对女儿诉说什么的愿望，却不知应该对十七岁的女儿说些什么。十七岁了，高一了，再过两年就该读大学了！可是还常常撒娇仟性。在国外，如果父母将一个十七岁的女儿仍视为小女孩儿，她们是会向父母表示抗议的。而在中国，在城市，在许许多多的家庭，她们如果自认为已十七岁了是可以的。但若由父母指出她们已不是小女孩儿，她们就觉得委屈极了，觉得父母不爱她们了。外国的生活很优越。外国的孩子却不娇。中国普遍的父母为了子女已经活得很不容易，类乎牛马一样辛苦，可是中国的子女却越来越娇得不像话了。这是自从他当了市长之后，头脑中诸多不解之谜中的一个。老百姓普遍地都以为，当了市长省长的人，一定会对中国的事情明白不少。殊不知他的切身体会是——中国乃是地球上最大的一个不解之谜。当了市长想不通的事情反而更多了。

眼前也是一个不解之谜。一个十七岁的如花似玉的少女。一个正背对着他的 X 或 Y。城市靠拢日本之后她会离家出走么？她会成为"资本主义"的失足少女么？她会去当侍者还是会去当时装模特？她会吸毒么？她会宁肯消失在日本而不愿再做一位中国市长的女儿么？

他喏喏嚅嚅地望着她的背。

"您还有什么指示吗？"

"……"

"没有我读日语去了。"

"去吧……"

他感到自己对女儿也信任不起来了。结果还是他自己煮了牛奶，并将安眠药片碾成齑粉溶在牛奶中。

"芸芸，我走了……"

女儿故意用日语书挡住脸不看他。

"牛奶我已经煮好，放在冰箱里。记住，你妈一醒就端给她喝。"

"我怎么知道她什么时候醒？"

"那你到她身边看书。"

"要不要我一小勺一小勺地喂她？"

"会有这么一天！"

"你们夜里癫狂，白天睡懒觉，我倒是成什么了？成小丫鬟了！"

女儿嘟嘟哝哝地离开自己的房间，在他的督促之下，进入了她一向很自觉止步的家中"禁地"。

他望着关上的门，心想，当初由于封闭私生活的意识作祟，拒绝了市委后勤管理处按照规定待遇应该公派来的一名用人，真是一个大错误。

走出市委大院，他第一眼见到的是他发誓再也不想见到的"东西"——他那辆黑色专车。它是日本货,上等的日本货。即使在日本,也是上等人才会拥有的上等货,是预料到中央将会下达红头文件限制各级公仆以公家名义进口外国车辆前进口的。它仅只为他的前任服役了半年,就开始由他所"专"了。前任满以为能够连任,却被幕后的几位"老家伙"小小地动作一番"调整"下去了。正所谓"前人栽树,后人乘凉"。最初他一看见它心理上总多多少少有点儿不自在,仿佛霸占了原本更应该属于别人的东西似的。那纯粹是知识分子的心理上常出现的微妙的小感觉。这会儿他一瞧见它就几乎两眼冒火!不,不是一瞧见它,是一瞧见那个替他开它的"东西"就几乎两眼冒火!在他眼中,它是已和他有了亲密情愫的。而小司机才是个"东西"!不,不是个东西!或者可以说是"不是个东西"的东西!

爱屋及乌,恨鸟及林,此话不假。他一见到他的车,立刻就将头一扭,一扭之后又一扭——因为他又瞧见了不远处的一面巨大的广告牌。广告文字写的是——世界处处有公路,有路便有三菱车!三菱三菱,日本三菱,引导中国新潮流!

广告牌也使他几乎两眼冒火!

一夜之间,不知这座城市距离日本又近了多少海里?越接近日本,他心中越是觉得无着无落的。仿佛前景并非即将接壤的陆地,而是陆地的尽头,这座城市必定会在陆地的尽头坠落到宇宙的黑洞之中去似的。他简直就内心紊乱到了见不得听不得"日本"两个字,以及一切可能使自己联想到日本的程度!尽管这座城市和日本的某座城市缔结了友好城的联谊条约。

他低下头很快地走。

"市长,市长,市长您别生我的气啦!我浑蛋!我不是玩意儿!……我昨天那是由于喝酒了。否则我哪敢对您那样啊!您宰相肚里能撑船!您大人不记小人过!您骂我一顿消消气儿吧!我扇我自己耳光行不行?"

小司机死皮赖脸地追上他,跟随着他,身前身后绕着他转,喋喋不休地做检讨。也不知是发自内心的还是装的。

他哪那么容易就消了窝在心里的那股气啊！

小司机真的扇起自己耳光来。

然而他还是板着面孔不予理睬。

走着走着他若有所思地站住了。

"市长，我就知道您一定会原谅我的，毕竟我为您开了将近一年车啊……"

小司机误以为打动了他，一副痞相地讪笑了。

他却转身往回走。

"市长，市长您什么东西忘在家里了？公文包？您省走几步吧！我去，我去您家替您取……"

小司机满脸谄媚，大献殷勤。他仍不予理睬。

他走回到他的专车跟前，一拉车门，车门没锁，拉开了。

"钥匙！"

小司机一时没反应过来，不知他意欲何为，更不敢稍有违背，乖乖地忙不迭地将车钥匙给了他。

他依然板着面孔，从容不迫地坐入车内。坐在司机的位置上。屁股一沾坐垫，便娴熟而迅速地开动了车。

"哎，哎……"

小司机怔呆之际，他已将车开上了马路的快行线……

一路之上，他的车好几次被由市民自觉组成的义务清扫队所阻拦。一种极大的积极性和热忱，从人们的每一张脸上呈现出来。许多单位临街的门面，都悬挂着两面旗帜。五星红旗和太阳旗。仿佛在这座城市，即将进行或正在进行两国第一号领导人的最高级会晤。而它关系到这座城市的市民们生活的最高利益，并且最终肯定能将这一利益带给他们。

市长却丝毫也不感到欣慰。更不觉得受到任何振奋或鼓舞。只有一种空前的迷惘和彷徨弥漫胸间，和一种于他而言前所未有的对群众场面的本能的厌恶。说要打死市长就真要打死市长，说烧飞机就真把飞机烧了。说载歌载舞当夜狂欢就冒雨狂欢，隔夜之间，说行动起来清扫城市就行动起来了并且这么地积极这么地热忱这么地情绪饱满这么地具有义务感！一句话，说发疯就发疯了。说可爱就变得可爱了。说有觉悟就变得觉悟高涨了！从发疯到可爱，好比小孩子从哭到笑。那么从眼前的可爱到发疯呢？是否又会是转眼之间的事儿呢？

他觉得他们此时可爱得陌生。可爱得令他发怵。可爱得根本无人也无法驾驭。

而他的使命，又偏偏是应该驾驭他们。他们就像一匹，不，一大群驽马，而他是不情愿的骑手。由于昨天挨了他们的打，非但不情愿驾驭他们，简直就很畏惧他们。

市立第二医院的医护人员们，以大大出乎市长意料的热情，和比他们的热情更多的诧异欢迎他的光临。他的光临也同样大大出乎他们的意料。当他告知他们自己要看望昨夜被烧伤的人们时，他显出了很尴尬的样子。似乎他来到的不是医院，而是监狱。他要看望的是罪大恶极的重犯。同时也是自己的直系亲属。

闻讯而至的院长忙将他请到一旁，悄声说："市长，他们昨夜……"

他说："我知道，我知道。"

"有两名公安局的同志在他们的病房外把守着……"

"这大可不必么！完全大可不必！"市长将脸转向了医护人员们，"在极特殊的情况下，群众由于对情况不明了，发泄了一点儿群众情绪，不就是这个问题么？细究起来，我有责任嘛！我向群众通报情况不及时嘛！"

他的话说得相当宽宏大量。宽宏大量得竟首先使自己感动了。感动之余，竟认为自己来得对、来得好、来得及时了。他见有些人也被他的宽宏大量感动得泪水在眼眶打转儿。他获得了鼓励，继续对他们说："我之所以经过市委而不入，直接到这里来，就是急于要向他们表明，责任应该由我承担嘛！我相信他们平时都是好的群众，好的公民嘛！悬在外面天空上的那条标语大家肯定早都看见了——行动起来，清扫城市，让我们的城市干干净净靠拢日本。这才是更需要我们做的事情嘛！前方到站日本，市委和群众的大方向是一致的嘛！你们说对不对？"

"对！"

异口同声。

人们鼓掌。

泪水在眼眶打转儿的，哭了。不大容易被感动不大容易落泪的，也被感动也落泪了。

一个小护士突然举臂高呼：

"市长万岁！"

那间非同寻常的病房里有一个人是她哥哥。

于是人们跟着喊：

"市长万岁！"

他脸红了。

"不要这样，同志们，不要这样。理解万岁。理解万岁！"

于是人们就喊"理解万岁"。

"同志们，"院长也产生了在这种时候非说几句话不可的冲动，"同志们，市长已经做了很重要的指示，我就不多讲了，只问一句——这样的市长，大家说好不好哇？"

"好！"

"那么，就让我们以实际行动落实市长同志的指示吧。一部分人，清扫本院卫生，一部分人，去清扫市内卫生……"

把守在病房门外的公安局的两名便衣，一左一右各自伸出胳膊，拦住了在院长陪同之下的市长。

"这是市长同志。"

他们怀疑地上下打量市长。

"真是市长同志。"

这时，按照院长的吩咐，医院搞录像资料拍摄的两个人，肩扛摄像机随后而至。还跟来了几个被临时扯来帮忙拉线打灯光的人。

两名便衣见这阵势，心内存着怀疑也不敢公然表示出什么了。他们立刻放下了胳膊，但都满脸的莫名其妙。

市长发现楼梯拐角有两把笤帚，走过去一手一把操起来，递给他们。

"你们的任务已经完成了。帮着群众去清扫清扫市内卫生，啊？"

他们默默接过笤帚，一声不吭地退到了一边。

"市长同志，我们先进去，选好角度，然后您听我们讯号再往里进，行不行？"

"行，行。"

于是两个扛摄像机的人首先进入病房。

病房内，十几个身上缠着绷带或正打着吊针的人，如临大敌，目光惶惶，都以为接着进来的将是拎手铐向他们宣读判决书的人。

"我说，咱们这是要上电视呀！"

"罪名再大，不就是挨枪子儿的结果吗？干吗还要在电视上损害我们的公众形象啊？"

"你这话问的，杀鸡给猴看呗！"

"咱们他妈的被出卖啦！"

"怨不得别人哇，谁叫人家动口，咱们动手呢！"

"哥儿们，反正后悔也晚了。咱们可不能在公众面前太少色呀！咱们唱《国际歌》吧！"

"啊，唱《国际歌》？你看那儿！"以嘲笑的口吻说话的人，被烧伤的是脸部和头部，只有一双眼睛两个鼻孔和一张嘴露在层层绷带外。他指了指窗子。明朗的天空上，可以望见高悬着的大气球大标语——"还管咱们死得慷慨不慷慨啊！"

"那也唱！不唱白不唱！阿Ｑ赴刑场的时候还唱'手执钢鞭将你打'呢！"

"有理！唱！唱！都唱！谁不唱谁王八蛋！死了也是王八蛋！是他妈的死王八蛋！"

他们全都哧哧笑起来。经这一笑，死原本不过好比闹着玩儿的事儿似的，目光里便少了许多惶惶然，心里边儿也少了许多恐惧。

于是他们一齐低声唱起了《国际歌》：

起来，饥寒交迫的奴隶
起来，全世界受苦的人
满腔的热血已经沸腾
……

扛摄像机的打灯光的忙于选角度，顾不上管他们唱不唱的。因为他们都想着死是一定的了，所以还确实唱出了点儿准备从容就义的悲壮意味。

市长在病房外一听到他们唱《国际歌》，不免有些发急。尤其"满腔的热血已经沸腾"一句，使他联想到了早晨打到他家里的匿名电话。他怕正赶上他们唱"趁热打铁才能成功"一句时，自己刚好进去，被他们视为"铁"。那岂不是自讨苦吃？

"可以进了么？抓紧时间呀同志们！"

他大声催促起来。

"等会儿等会儿，再等几秒钟！拉线的，接通电源没有？"

"好嘞！"

"灯光……"

"市长同志注意——一、二，推门……"

他推开门走入病房，在从几个角度打向他的灯光下，一旦看到了那十几个烧飞机又救飞机因而自己也被烧伤的人，一时竟不知对他们说什么才好。

他们停止了唱《国际歌》。他们都没有想到，进来的不是要给他们戴上手铐的人，不是要向他们宣读判决书的人。而是市长。而是市长单独一个人。昨天夜里，他在电视中给他们留下的印象很深。如同一个他们坚信已经死掉了的人出现于电视中，并向他们咏唱福音。所以他们一眼便认出了他。

"同志们，大……"

失措之间，他想说"大家辛苦了"，觉得不像话，吞咽一颗过于大的药丸似的，吞咽回去了。

"同志们，我……"

他急忙改口，想说"我是来慰问大家的"，觉得更不像话，将一个"我"字拖了三秒钟之长，使其渐渐消失了。

然而话筒一直伸在他面前。

他感到说话在这种时候成了一件艰难无比的事。

他们都默默地瞪着他。有的用双眼。有的用一只眼。那些由于头缠绷带，只能用一只眼瞪着他的人，使他不但失措不知所云，而且迷惘不知所处何地。仿佛他们是些独眼兽，具有用目光杀伤人的本领。

他们已看出来，似乎可怜的不是他们，倒是他。至于情况为什么会这样，他们百思不得其解，只好大眼瞪小眼，单眼对双眼。

"同志们，十几个人住一间病房，难有安静的时刻吧？分开住好不好哇？或者，一块儿换个地方？"

他终于说出了一番自认为得体的话。

他和蔼可亲地微笑。

分开住？

他们每一个人心里，目前最怕的是被分开。

一块儿换个地方？

什么意思？换到什么地方去？

他们每一个人都认为，对他们来说，目前医院是最美好他们最不愿离开的地方，是巴黎圣母院。不，是天堂！如果撤走那两个把守在病房门外的公安，他们甚至觉得那些给他们打针上药的医护人员，都是仁爱的基督和善良的仙女的化身。尽管事实上对他们一点儿也不温和，一个个冷面"人道主义者"似的。

他们害怕离开这个床位拥挤空气也不畅通的临时"病房"。它实际上是从"世界戒烟日"那一天起为本院根本戒不了烟的男士们辟的"吸烟室"。

"不，不！我们住在这儿很好！"

"我们不分开住，绝不分开住！"

"安静不安静的，我们不在乎！"

"拉倒吧，您还是少替我们操这份儿心吧！"

他们一个个嚷起来。摇他们缠了绷带的糯米团儿一样的头，摆他们缠了绷带的千层饼一样的手。

"好，好，这随你们的意！随意，随意。同志们，我一开始就称你们同志们是不是？我想不用我再做任何解释了嘛！这一点全说明了嘛！大家要配合治疗，安心养伤，争取早日出院呀！你们这个样子到了日本，多令人遗憾哇！"

市长一旦捕捉到感觉，也就同时恢复了身为一市之长往日的儒将风度。"跟着感觉走，紧抓住梦的手"，他想起了女儿经常在家里哼唱的这两句歌词。他打定主意跟着感觉走，走哪儿算哪儿。放松了心里的束缚，他的表达能力也相对幽默相对自由驰骋。他那种儒将风度中，透露着虽彬彬有礼但大丈夫当一言既出驷马难追碰壁洞墙掷地有声的自信和气概。

从昨天到现在，二十四小时又十余小时过去，连他自己也不承想，居然会在这个地方捕捉到了丢失的自我感觉！居然会在这个地方恢复了身为一市之长任何时候都不该抛弃的尊严和风度！当然，还有那种自信和气概……

他向离他最近的一个人伸过手去。

对方惊疑着、犹豫着，盯着他的手，正如他刚才盯着伸在面前的话筒。不知自己放在腿上的手应该动不？立刻伸向他的手？还是赶快藏到背后？

他更加主动地握起了对方的手。像老农握手一样，上下抖了抖。老百姓将这种握手的方式，叫作"永贵大叔式"。在共产党的大小官员中，目前这种老农握手一样的方式不太常见。他还用自己的另一只手，捂了对方的手一会儿，最后，拍了拍对方的手背才放开。这是典型的"永贵大叔式"的系列动作。不知他是跟谁学的，抑或无师自通。

被他握过手的人，顿感受宠若惊。如同被活佛摸过顶，不但意味着罪恶恕免，而且意味着灵魂受祈祝了似的。

"您……我们……真的？……"

对方语无伦次，虽然受宠若惊，对他的来意却仍有所怀疑。鸡瞪着黄鼠狼似的瞪着他。

他哈哈笑出了声，笑得很爽朗。

"你们别把我当成给鸡拜年的黄鼠狼行不行？不就是几架破旧的飞机嘛！再说，有几架不过早就是摆设了。旧的不去，新的不来，是不是？这件事，咱们从此都不提了好不好？"

"好！"

"好啊！"

"市长您肯放我们一马，我们还犯什么矫情呢！"

他们都向他伸过手来。仿佛只有跟他握过手，事件才算真的一笔勾销……

他圆满地达到了目的之后，在院长一干人的相陪下走到医院大楼外。

消息传得极快，楼前聚集了不少好奇的市民。他们之聚集，纯粹出于好奇。他们不相信市长会亲自看望那十几个被烧伤的人。其中有些是被烧伤的人的亲属或朋友。有些是昨夜亲手捆绑他们的人。有些是他们的仇人或与他们交恶的人。谁没得罪过几个人呢？谁没有几个冤家对头呢？他们是怀着幸灾乐祸的心情而来的。他们希望能看到另外一种情形。也就是看到警车和行刑队。他们认为他们的冤家对头是够得上"严打"的份儿啦！此时不显示无产阶级专政铁拳的威力，更待何时呢？他们准备在另外一些人空喜一场，警车载着行刑队和冤家对头们呼啸而去之时，拍手称快一番。

在这种时候，总是有些充当义务"探子"的人，一次次往返于楼内楼外，一次次不厌其烦地将"现场实况"向人们进行"转播"，并夸张并加以渲染。

"市长哭了！市长同志与他们拥抱，说'同志们受委屈了'，还和他们留影了呢！"

"市长同志又说：'抢救飞机的不也是你们吗？否则你们怎么会被烧伤呢？你们都是做了错事的英雄嘛！'"

"市长同志指示——要让他们住单间！就是局以上干部才有资格住的病房……"

"市长同志叮嘱——要对他们给予细心治疗！市长同志随身带了不少水果，亲手将橘子和香蕉剥了皮送给他们吃！"

"市长同志认为，公安局应该向他们赔礼道歉……"

纯粹出于好奇的人听了愈加好奇。半信半疑的人听了愈加半信半疑。但愿这件事是吉不是凶的人听了备受鼓舞愈加高兴。希望"严打"准备拍手称快一番的人听了愈加败兴愈加恼火……

及至人们看到市长在院长的陪同下出现了，看到他与院长亲切地握手告别，看到他满面微笑和蔼可亲地向大家挥手致意，再也没有人怀疑什么了。包括那些义务"探子"夸张地加以渲染和主观臆想出来的说法，甚至是为了哗众取宠的编造，他们全都信以为真了。

高兴的人们不约而同拥上前，争相与市长握手。觉得败兴和恼火的人们退到了后面。由于他们幸灾乐祸准备拍手称快一番的心理不但没有获得丝毫的满足，反而彻底落空，他们都憎恨起这位王八蛋市长来。他们认为共产党的大大小小的市长中，再也没比这位王八蛋市长更王八蛋的了！他们打算等城市靠拢日本之后，以"革命群众"的名义，向中央纪律检查委员会告他一状！不告白不告！在非常时期，包庇纵火烧毁国家飞机的首恶分子，剥夺无产阶级专政对他们的镇压权力，哼，一告一个准！不就是国内信件变国际信件多花一元多钱的邮费么！多花一元多钱便手拿把掐稳操胜券地告倒一位市长，够便宜的了！何乐而不为呢？将这位王八蛋市长给告倒了，他们的冤家对头岂不也就活到日子了么？

寻找到了感觉恢复了往日风度的市长，这会儿无论如何也想不到，在他所面对的人们中，有些人是对他暗暗怀恨在心的。他被拥上前对他表示极大爱戴的人们包围了。他被自己此行此举成功的出乎意料的圆满结果迷惑了、陶醉了。正如反过来人们被他所迷惑了被他的仁慈和怀柔所陶醉了一样。

而那些昨夜在想要将功折罪的念头驱使之下捆绑过"做了错事的英雄"们的人，混迹于高兴的和怀恨的两种人之间，忽而推波助澜地拥上前，忽而心里尴尬地向后退，却不太容易找到自己的感觉了……

市长一一握伸向他的手，握也握不过来。

"市长，您真是好人！"

"哪里哪里，是群众的觉悟首先感动了我嘛！"

"市长，请回答我一个问题——您是共产党员吗？"

"是啊！当然是共产党员！我也反问你这小伙子一个问题——你为什么要问我是不是共产党员呢？"

"嘿嘿，我照实说了您可别生气呀！我觉得共产党的官员，都是翻脸无情，六亲不认的……"

"小伙子，这你可就错了！具体情况具体分析嘛！里根挨了一黑枪，差点儿送了命，知道那个企图杀害他的人精神不正常后，还下令释放了他呢！在特殊情况下，共产党对人民群众，理应比美国总统更宽宏大量嘛！"

"我也知道我错了……您这么一说，我更知道我错了！"

市长拍拍小伙子的肩，向人们发问："哪位同志会日语啊？"

"我……"一位戴眼镜的女大学生挤到了他跟前，非常乐意效劳地说，"市长同志，您有何吩咐？"

市长指指悬在空中的那条日文标语："写的什么？"

"无产者无祖国，世界为家！"

"这不太好吧？"

"无产者无祖国好像是马克思或者恩格斯的话……"

"我知道我知道，后来成了法国大革命时期无产阶级的口号，文化大革命时期红卫兵也将这句话写到过战旗上。可咱们现在的情况，不是以上两种情况啊！再说，这条标语也会让人家日本人见了害怕呀！好像我们要把人家日本当成祖国，占据为家似的……"

弄明白了写的不是"喝令三山五岳开道，我来了"，市长觉得它不那么触目惊心了。但在人家别的国家的门户前，高悬着"无产者无祖国，世界为家"，仍使他认为有点儿"暴走族"的意味儿。尽管前半句是马克思或恩格斯的话吧！尤其对于日本这么一个弹丸岛国，整整一座城市的中国人东渡扶桑，十之七八都是无产者，且自称"无祖国"，设身处地替人家想想，岂能不使人家神经紧张么？

"市长说得对，是不太好！"

"还是市长考虑得周到！"

"咱们不能好像要成心惹人家日本人不高兴似的！"

人们七嘴八舌表示赞同市长的看法。

"这条标语是我们学校的同学们写的。第一条也是，其实大家没别的动机，第一个气球升起来了，觉得它怪孤单的。咱们中国人习惯对称美，讲究成双成对儿，所以又有同学升起了第二个，当时大家不过是怀着一种简单的心情这么做的……市长您看要是改成'向大和民族学习，向大和民族致敬'呢？"

日语系的女大学生，一根手指顺着鼻梁往上推了推镜架，和市长进行平等的协商。

市长仰望着那条主要是为了配对儿升上天空的标语，沉吟地说："那要强多了！不过，若由我来写，我就这么写——'做和平使者，促中日友谊'。这就不卑不亢了。你回去跟你的同学们商量商量，我提的供你们参考。你想的也行，显示了我们中华民族是礼仪之邦……同志们，我得赶到市委去了……"

于是人们纷纷尊敬地为他让路。这一种尊敬是他看得出来的，也正是他的精神和心理都非常之需要的。虽然他在下台阶，他却感到自己渐渐高大起来。

他快步走到车旁，转身向人们摆手。

人们也向他摆手。

以后的几天里，究竟谁将是谁的上帝呢？我是他们的？还是他们是我的？

他头脑中带着一个自己回答不了的问题，情绪满足而又十分迷惘地离开了……

市委已不再是一座空荡无人的到处肮脏不堪的大楼。众神归位了。各个办公室的主人们都在擦窗子，拖地。刚刚冲洗过的湿漉漉的走廊，弥漫着消毒水的气味儿。有几位女性，在走廊内遛过来遛过去，一旦发现墙上有特殊的污秽，便用玻璃片儿刮。刮净后，再用砂纸打磨，打磨到刮痕看去不那么显眼为止。

"市长好！"

"市长好！"

"好，好，大家好，同志们好！"

"市长，您看磨到这种程度就可以了吧？"

"可以了，可以了。我看是可以了。我说同志们，不必太认真了！日常工作要紧啊！反正以后是要重新粉刷一遍的……"

"就是嘛！可管理局局长眼睛像长了钩子，刚才还盯在我们屁股后面，指着这里说不合格，指着那里说越刮越脏。还说刮得好不好，关系到国际形象问题……"

"没他说的那么严重，我一会儿告诉他，睁只眼闭只眼，咱们自己首先看得过去就行了！"

秩序一旦恢复，体现在这座大楼内的一切官僚主义领导方式的劣根性，又开始将人们纠缠得腻腻歪歪的了。市长不得不对那几位女性的"功绩"予以充分的肯定。因为她们一个个都是那么一副被侮辱与被损害的样子。他看不得她们那副样子，觉得比墙上的污秽更有碍观瞻。

他的办公室已非常干净非常整洁了。墙壁分明也用玻璃片儿刮过用砂纸打磨过了。地毯吸过了。有的地方铺上了几层吸水纸。就是被撒过尿的地方，看来干净和整洁绝非秘书一个人的劳动成果。

秘书不在。桌上笔筒压着一页纸。他移开笔筒，见纸上写的是——市长，我去配眼镜片。如您又要离开，请留下行止。

他在办公桌后的大皮椅上坐下，欲吸一支烟。没从兜里掏出烟，倒掏出了一封没封口信封上也没一个字的信。他记得他离家时是揣了一盒"双喜"的。想了想，想起是在医院里"犒劳"那十几位"做了错事的英雄"了。至于信，却一时怎么也想不起来，是谁在什么时候揣入他兜里的。肯定是有人在他根本没察觉的情况下揣入他兜里的。因为这件西服是他离家时新换的。因为他离家后根本没从谁手里接过什么信。

他拿着它，瞧着它，犹犹豫豫的，不知道究竟应该把这封"变"到自己兜里的厚厚的信怎么办才好。一看自然就全明白了。但怕信的内容可恶，破坏了自己的情绪。不看又怕信的内容重要，耽误了什么大事。

终于他还是说服自己将信纸抽了出来。共十七页。标着页数。先看最后一页的署名——王克强。一个毫无印象的陌生的名字。而且似乎是一个晦气的名字。克强——那结果不是只剩下弱了么？叫王克弱才对劲么！他皱起了眉头。他不喜欢这个毫无印象的陌生的名字。因此对这封信产生了抵牾心理。当然，还因为它太长了！

及至他一目十行，一分钟一页，将十七页写满密密麻麻的蝇头小字的信看完，才断定王克强这个晦气的名字乃市立二医院院长的名字。进而断定对方是在挽着他走的时候，趁机将信塞入他衣兜的。这使他不仅对此信更加心有抵牾，而且感到十分恼火。尤其可气的是，这封信分明原本不是打算写给他的。"尊敬的市长同志"七个字，是写在另外一种纸上，剪下一条贴到信上的。他细看信纸的背面，企图从背面看出原本是尊敬什么人，但看不出来。走到窗前，对着阳光细看，仍看不出来。贴上的那一条纸太厚了。医院院长的这一种做法，使他联想到了不法商贩贴假商标的勾当。

十七页写满密密麻麻的蝇头小字的纸，与其说是一封信，毋宁说是一篇自传体的申诉书更恰当。对方在信中声明，自己一九八二年就受聘于日本某某大学中医研究所，但深厚的爱国主义系住一颗中国人的赤子之心，甘愿推迟三年。可三年后，由于种种政策情况，也由于种种小人从中作梗，却出不了国了。故恳求于"尊敬的市长"，恩准他此次"就近出国"。"我已五十五岁了，再过五年，就六十了。哪一个国家，还会聘一位六十岁的老头子呢？要么，成全我的愿望；要么，本市靠拢日本之后，派人对我进行监视。否则，我一脚迈过'国界'，就别给我扣上什么'叛国'的帽子！……"信中这一段话，为了引起读信人的格外注意，用红笔画了双重水波线……

他一怒之下，将十七页信纸揉成一团，扔进了纸篓。他相信对方信中所申诉的情况全都是事实。也相信在对方出不了国的问题上，的确有种种"小人"从中作梗。嫉妒之心，人皆有之。我出不了国，他也别想出国！"小人"们这么想，并且从中作梗，甚而故意刁难，在中国人中是司空见惯的现象。没什么值得怀疑的。他怒的是，要出国便出国，简单明了，开门见山，两页半纸就能写清楚的事，却密密麻麻写了十七页纸！写的尽是些自己如何如何爱国的废话。倒好像他所申诉的，不是允许不允许他出国的问题，而是关于他爱国或不爱国的评价问题！洋洋万言，一行接一行可怜兮兮的文字，却丝毫也不能引起任何人的同情。只有用红笔画了双重水波线的那段话，读来还使人感到痛快点儿。既然已有打算一脚迈过"国界"的勇气，洋洋万言写满十七页纸申诉"恩准"干什么呢？到时候一脚迈到日本去就是了么。既然已孤注一掷决定五十五岁以后不再当中国人而要当日本公民，还喋喋不休地证明自己有一颗多么多么爱国的赤子之心干什么呢？也太矫情了啊！"就近出国"，想得倒美！替小日本省了路费了。从这封信中，他也读出了"满腔的热血已经沸腾"的意味。也读出了"趁热打铁才能成功"的破釜沉舟般的"壮士一去不复还"般的悲凉哀怨。十七页！什么时候写的呢？从他昨天夜里在电视中发表《告市民书》，到今天早晨这段劫后余生的时间里，一个人居然能坐得住工工整整密密麻麻地写满十七页纸的一封信，足见这个人内心里除了自己能否"就近出国"一事，也就再没有任何其他的事了！

市长怕这封信破坏了自己的良好情绪，情绪果不其然被破坏了！

他正踱来踱去地生气，听到敲门声。

"进来！"

进来的是市委管理局局长。

"市长，我得向您汇报汇报……"

"汇报什么？"

"倒也没什么太重要的，不过……"

"没有什么太重要的就干脆别汇报了！"

"还是向您汇报汇报的好。五分钟，就占用您五分钟。"对方看了一眼手表，"我自己掐着时间汇报。您呢，可听可不听。汇不汇报，是我的职务责任心的体现，算我一厢情愿。我是在市委工作多年的老同志，这您知道。党培养了我多年，使我从一个放牛娃，成为党的一名局级干部。在任何时候，任何情况之下，我对党的恩情永不忘，我对党的忠诚是永不变的。至于您听不听嘛……"

"行啦行啦！曹局长，您是我党的好干部！任何时候，任何情况之下，您永远是我党的好干部！没有谁怀疑过您对党的忠诚。您快汇报吧，我听着就是。"

眼前这一位市委管理局的老局长，比市长的党龄长十几年。所以每每在和他说话时，言语中总是不忘强调自己"老臣"的身份。比市长党龄长的这样的一些"老臣"，市委机关差不多足有一打。他们的"无私的责任感"，或者说他们时时处处要证明自己对党的恩情永不忘对党的忠诚永不变的心理一个比一个强。因为他们是"老臣"，市长虽然对他们腻歪透了，巴望他们早一天一块儿都离了休，却一向告诫自己，要对他们表现出应有的敬意。哪怕在他最不耐烦的时候。即使他对他们本人的敬意常常是打了六七分折扣的虚伪的。对于他们的党龄比他长这一个现实，也不得不怀着比较真诚的谦虚。当然，如果认真加以剖析，这一种真诚更纯粹的是他对自己的要求。而在他难以按照对自己的要求做的时候，比如此刻，他的不无挖苦意味的话，也不过是当了家的小媳妇对公婆辈的人的逆反罢了，并不敢也不愿表露得太明显了。

"那么我开始汇报，"对方又看了一眼手表，那意思是五分钟从现在起，掏出小本，翻着说，"昨夜听了您的《告市民书》以后，我们管理局的同志大受鼓舞。今天绝大部分干部和工作人员，像往常一样，准时上班。出勤率达到百分之八十二。我初步统计了一下，我们管理局今天的出勤率，是全市委机关最高的。管理局的同志们普遍的觉悟，是以往重视了思想教育工作的结果。正如毛主席所说：人的正确思想是从哪里来的？不是从天上掉下来的，也不是头脑中固有的。按照我的指派，管理局的同志，认真仔细地搞卫生，以实际行动落实您所提出的号召——干干净净到达日本……"

"这不是我的号召。当然，不管是谁的号召，这是一个挺好的号召……"

管理局长抬头瞥他一眼，第三次看了看手表，加快了汇报的速度，分秒必争企图多汇报些内容："可是相比之下，我们有的部门的同志，包括一些干部同志，却在一旁大讲风凉话，什么'不必过于认真'啊，什么'睁一只眼闭一只眼算啦'，什么'现上轿现洗脸，表面儿光吧'，什么……我也不必一一列举了，总之都是消极的话，是泼凉水的话。尤其是，我们的直接负责政治思想工作的干部同志，带头儿这么讲。不用我上纲，属于什么性质的问题呢？究竟是谁，我也不指名道姓了，您心里最清楚。这是否证明了，我们在干部路线方面，确确实实如市委部分群众所反映的那样，存在着用人不当的错误呢？"

市长听出来了，对方是不失时机地奏了宣传部长一本。项庄舞剑，意在沛公。他也看了一眼手表，以坚决的手势打断对方的话，拍着对方的肩说："五分钟超过了。你已经汇报了七分半钟了。曹局长，老曹哇，某些情况，看来你并不清楚。我知道你一直对我存有误会。我有当面对你解释一下的必要。在确定你和老赵究竟谁任宣传部长合适，谁任管理局长合适的问题上，其实我并没有实行一言堂。也没有以我的个人意志去对市委常委们施加过任何影响。那时我刚刚上任，想影响别人也影响不了哇。对你和老赵的任命，完全是常委们民主讨论的结果。情况真的就是这样。我个人觉得，之后你把这件事想得太复杂了。当然，宣传部长是市委常委，而管理局长不是。你和老赵的资格不分上下，你感到自己的工作能力似乎被低估了。所以觉得委屈，这我完全理解。但木已成舟，老赵又没犯什么大错误，他下来，你上去，也得等到下一届市人大召开全会的时候哇！你是我们党内的老同志了，这一点无须我多说。所以呢，我个人请求你，顾全眼前的大局，以团结为重，让我们同心同德，同舟共济，渡过'百慕大三角'似的这一关，之后我让贤。我自己一定主动辞职，首先让贤。你看如何？到那时你竞选市长也是有资格的嘛……"

他一边说，一边轻轻推着对方往门那儿走。

"市长，您冤枉我！我不是……我没那份儿野心！我心里只有'为人民服务'五个字……"

"我知道。我知道……"

市长打开办公室的门，将对方送出了，不，推出了办公室。

"市长，您的办公室也是我吩咐人打扫的！"

对方从门外探进头又说了一句。

"谢谢！我十分感谢你！"

市长将手放在对方头上，将那颗半白了鬓发的头再次推出门外。

"你们笑什么？有什么好笑的？这面墙是谁负责刮的？这儿，那儿，近视眼啊？"

市长听到对方在走廊里没好气儿地训斥那些刮墙刮腻歪了的女性，立刻打开门，一脚门里一脚门外大声说："我看也不必过于认真了！你就饶了她们吧！"

她们一听，顷刻从走廊消失，隐蔽到各办公室。

电话响了。市长朝桌上一望，见有两台电话机一左一右摆在办公桌两旁。一台红色的，一台橘黄色的，都是新的。办公桌也是新的。那张他习惯了的办公桌，因堵窗而被海鸥啄得像大麻子的脸——"雨打沙滩万点坑"。即使管理局长没想到该换，他自己也会提出的。但原先的两台电话却丝毫也未出毛病。"总把新桃换旧符"，他认为大可不必。但同时又觉得极其满意。

安定总是以权力的恢复作为象征的。

他比任何别人更需要看到并体会到这一种象征之存在。

他走到桌前，一时不能判断是哪一台电话响，如同新养了两只猫的主人，一时不能判断是哪一只叫过。笔筒、砚台、印泥盒、文件夹、公文笺和镇纸，还有一盒烟，桌上的一切东西，都摆得井然有序。如他先前所习惯摆放的那样。

秩序能增强人的自信。

他甚至有几分后悔对管理局局长的态度缺少足够的耐性了。

他先拿起红色的电话听筒，听到的是忙音。放下赶快再抓起橘黄色的电话听筒，听到的也是忙音。这时红色的电话又响起，两台电话竟搞得他小小地忙乱了一次。

"喂，是我……马国祥？你们立刻把他放了！供认不讳？那就更该把他放了！用车送到我这儿！"

电话是公安局打来的。

半小时后，马国祥出现在市长面前。

"老马，你说，要我怎么谢你？"

"谢什么！救人一命，胜造七级浮屠嘛！再者咱们是哥们儿……"

"他们打你了？"

"没有。"

"那你眼眶怎么青了？"

"是因为我不对，我瞪人家……"

"嗨，你呀，我说你何必去自首呢？"

"关了一百多人，医院里还监护着十几个，我想，机场的事，是由于我马国祥才发生的，一人做事一人当。市长，来支烟吧！"

市长拿起桌上那盒烟，先递马国祥一支，自己也叼上一支。两人吸着烟，默默望着。

"市长，我一家三口，还没住处呢！"马国祥终于又开口道，"我家没了。瓜地也没了。我一觉着不对劲儿，先想到的就是得给你赶快报信儿。可车没顾上加油，扔在半路了。一进城，明白哪还用给你报信儿啊！所以也没来见你，怕反而给你添烦……"

他苦笑了。

市长也苦笑了。

"你老婆和你女儿，她们在哪儿呢？"

"我去自首时，她们在立交桥的桥洞下。我们就是在那儿过的夜。现在么，谁知道呢！"

市长走到他跟前，将一只手按在他肩上，说："老马，你一家三口，住我家去。郊区不是已经没了么？那你一家三口，从今天起就是城市人了！我特批了！"

"市长，我们可不住你家去。你若方便，借我点儿钱吧！放钱的包，扔在车上了。当时想，还要钱干什么啊？哪儿能料到活一天也得靠钱。没钱还真不行呢！那包里六千多，还有存折。我说市长，这和日本连一块儿之后，咱们的银行，是支付人民币呀，还是支付日元呀？"

市长说："老马，别想这么多了。你问的，我也不知道，没法儿告诉你。你无论如何得住我家去！算我求你。我那个家，现在非常需要你们替我照料。家里有多少钱，你看着花！"

马国祥见市长说得真诚恳切，不作声了。

"你照顾过精神病人没有？"

"没有。怎么？"

"我爱人她……"市长停顿了一下，艰难地说完他非说不可的话，"她疯了……昨天夜里开始，她疯了。我女儿还不知道。我也不能在家守着她。老马，你就当她是弟妹。我把她托付给你和你女人，我放心。嗯？"

"听说，听说疯人犯疯病的时候，得揍。"

马国祥说得也很艰难。

258

"揍？"

"对。狠揍一顿，能清醒一阵。"

"我和我爱人，感情一直挺好。我的意思是……"

"市长，我明白你的意思。"

"明白？"

"明白。"马国祥堪差信赖地点点头，"她不怕你，所以她发疯时，你对她毫无办法。但若见了她怕的人，准比见了她爱的人老实得多。我会让她怕我的。"

"有没有什么比揍更好的办法？"

"送精神病院。"

"这不行。我现在还下不了这种决心。"

"那你知道有什么更好的办法么？"

"我不知道。"

"我也不知道。"

"那就随你的便吧！"市长做了个无可奈何的手势，将头扭向别处狠吸了一口烟，又瞪着马国祥，警告地说，"听着，只许用手，不许用东西。揍坏了她，你可对不起我。"

感到负有重大使命的马国祥，沉吟片刻，在办公桌上按灭烟，充满自信地回答："我办事，你放心。"

秘书回来了。

市长问他："眼镜配好了？"

他说："还行。差三十度。不过总比不戴眼镜强。"发现桌面上有烟头，以两个指头捏起来，像捏一只虱子似的，放入烟灰缸里。接着，撕下一页台历，轻吹桌面上的烟灰，并用那页台历接着。

秘书是个有洁癖的人。

秩序恢复的同时，人们的一切毛病也都再次显现。

市长欲往家中打电话。刚抓起听筒，又放下了。接电话的只能是女儿。他无法想象家中此时是怎样一番情形。也许自己和妻子昨夜"演习"过的，女儿也和妻子正进行着吧？她能分出身接电话么？

　　　小芸，我特请你二大爷一家三口住到我们家去，料理家事并照看
你妈妈。家中一切决策，你全听他的。你要对他们有礼貌！

　　　　　　　　　　　　　　　　　　　　　　　　　　　　爸爸

他匆匆在一页公文笺上写了这些字，折起来交给马国祥。
马国祥接过，无所表示地揣入兜里。
市长指着马国祥对秘书说："你，陪他，坐我的车，找到他要找的
人，送到我家去。不管多么难找，今天务必找到。实在找不到，请公安
局协助！"

第七章

"我睡哪儿？"

"你睡那儿！"

这是一间地下室，绝对意义上的地下室。无窗，像匣子。而门是匣子盖儿。他一进门就开了灯。灯亮后，婉儿发现那灯绳是拴在门把手上的。更准确地说，开门同时便开了灯。门下方钻出了几排孔儿，显然为通风。否则，婉儿想，若在这"匣子"里待上一夜，差不多等于慢性自杀。

她瞥了那沙发一眼。它是一张黑皮革面的双人沙发，已被坐得坑坑洼洼的，皮革破了多处，暴露着肮脏的烂棉花团和生锈的弹簧。如同皮开肉绽的躯体，暴露着内脏和骨骼。它的四条腿朝四个方向劈开着，若去掉靠背，像矮脚木马。她怀疑她躺上去，它会坍塌。

除了这张沙发，还有一张床，还有茶几，还有痰盂——那也许兼做尿罐？此外，别无长物。自来水管穿过墙壁，引至墙旮旯。龙头是歪的，滴水不止。一只塑料桶已快接满了水。桶旁边放着一只盆。盆里有毛巾、皂盒、牙缸，也不知多久没被用过了。

这他妈的哪儿算个家！是牢房……

她有些后悔跟他到这儿来。

他似乎看出了她心里在想些什么，不冷不热地说："如果你觉得在这儿过一夜实在委屈你，你走好了。我还不习惯和人同室而眠呢！"

是他主动相邀："到我家去住一夜吧！"她才满怀在大难不死之后，

到一个能高枕无忧的安乐窝犒劳一下精神和肉体的希望，跟随他来到这城市最偏僻的地方。现在已经后半夜了，他却又说这种话！而且这一带连一盏路灯都没有，仿佛死城之一域。这幢楼的每一扇窗子也都是黑的，寂静悄悄鬼气拂拂。她有心离开又岂敢离开？这"匣子"或这"牢房"里起码有光……

她强装出一副喜出望外的样子说："我觉得这儿挺好。"那神情仿佛"山重水复疑无路"之人，忽至"柳暗花明又一村"的神仙住的地方似的。

他说："那我就深感荣幸了。"说完便开始刷牙漱口。接着脱得只剩一条裤衩，又开始洗头擦身。弄得满身满头都是肥皂沫儿。并毫无顾忌地将毛巾塞入裤衩，前揉后搓。似乎根本就没有婉儿这么一个人存在，或早已将她视为自己的老婆了。

他扭头看了她一眼，问："我再方便些对你没什么可怕的吧？"

婉儿说："您请随意。"

于是他干脆连裤衩也脱了。

"我想你已经司空见惯啰！"

他居然朝她转过身来。

"你体形不错，再练出点儿肌肉，可以参加健美比赛！"

婉儿以内行的口吻评论，并以经得起挑剔的鉴赏的目光望着他。

"你从什么时候起就对赤身裸体的男人一点儿也不感到害羞了？"

他一边在身上擦出更多的肥皂沫儿，一边问，好像唯恐不和她聊些什么，会使她感到被冷落了，也显得他自己对客人太缺乏热情。他那种语气，如同问一个吃素的人，从什么时候起开始腻荤了。

婉儿当然听出了他的尖酸刻薄。

她一笑，反问："你呢？"

"我怎么？"

"你从什么时候起，在女人面前赤身裸体一点儿也不感到害羞了？"

"从第一个女人背叛了我的时候。你总不至于也因为男人背叛了你吧？"

"不是在此时，不知在何时，我想大约会是在冬季……"

婉儿玩世不恭地轻声唱了一段，算是回答。

哥们儿，别跟小妹来这一套！她暗想。点头"YES"，摇头"NO"，酒必"人头马"，烟必"万宝路"，衣着"威猛"，足蹬"耐克"，开"奔驰"，泡上等酒吧，出入"卡拉OK"比出入厕所还大摇大摆趾高气扬的"款爷"我婉儿都曾拨弄得他们团团转，摩挲他们不过像小女孩儿摩挲狗崽子猫崽子，摆布他们不过像闲不住的老太太摆布烂铺衬，你以为你对我展示出你那二两肉，我便忸怩了不成？

她双臂交叉抱于胸前，往沙发上坐了下去。

她想说——你那玩意儿，我见得多了。见得比羊肉串还多！

不料一只肥大的老鼠，倏然从她身旁的破绽处跃出来，蹿到了她肩上。

她惊叫一声，霍地又站起来。

"怎么了？"

他将脸上的肥皂沫儿抹去，奇怪地瞪着她。

"耗子！"

她指着它。它已从她肩上，蹦到沙发靠背上了。蹲着，也瞪着她。一条又粗又长的尾巴，静止地耷拉着。

她和老鼠这种东西已经久违了。她早已忘了世上还有老鼠这种东西。那一只老鼠，比它的文字概念要大得多。

"它是我的伴侣。我不住这儿的时候，它是这儿的主人。"

他习以为常地说，笑了。分明地，他那笑呈现着毫不掩饰的幸灾乐祸的意味。仿佛在以那样一种笑嘲讽她——耗子对女人又不会产生什么冲动，难道会比裸体的男人还使你心怀防范？

那是一只颇有胆量的老鼠。胡须很长。须梢儿灰白。显然一大把岁数了。不知为什么，它蹲在沙发靠背上不躲不去。好像那张破沙发根据某条法律判给了它。

"你把它赶出去呀！"

她对他叫喊。

"门关着，我能把它赶哪儿去？你打开门，它不就出去了么……"

他不再理睬她，更不理睬那只大老鼠，只顾着用盆接水，一盆接一盆兜头冲身。泼得遍地皆水，横淌竖流。溅湿了她的裙裾，也溅在她脸上。

她打开门，往外撵那只老鼠："去，去！出去！"像撵走一个讨厌的人。

老鼠凌空一蹿，消失在门外的黑暗中。

她赶紧关上门，怕它再溜进来。

她有些不敢坐那沙发了。她觉得自己刚才坐过的地方，破绽处有什么东西微微蠕动，俯身细看，见是一窝肉红色的，还没长毛的小老鼠崽儿。有几只已被她坐扁了。她感到一阵恶心，一手捂嘴几乎呕吐。

他已冲完了身。从褥子底下翻出一身叠压得平平整整的衣服。他穿上一条运动短裤，打开一件蓝背心，刚想穿，犹豫了一下，没穿。似乎认为多余穿。

"现在该你了！"他说。舒舒服服地往床上一躺，挪过被子靠着头，吸起烟来。

"该我什么？"

她恶狠狠地瞪着他，恶狠狠地问。

"你干吗这么瞪着我？干吗用这种语调跟我说话？我冒死救了你，收容你住在我这儿，你倒像和我有三代的血海深仇似的！我是请你洗洗。如果你自己觉得不洗也很干净，那你就别洗……"

他的话仍说得不冷不热的。听起来半点儿客气的意味也没有。但是对自尊心经历过考验的人，却也不算过分生硬。大概他以为她的自尊心一定如锈了的铁球。

她当然非常想彻底洗洗。她还从来没像现在这么脏过。她自己也闻得到全身散发着的种种怪味儿。

"我洗，你躺在床上看着？"

"那么你的意思是，我该躲到外边去？像那只被你撵出去的耗子似的？你凭什么啊？"

她恨不得扑过去扇他耳光。和他比起来，她认为以前她所熟悉的那些无耻之徒，其实都算不上无耻了。因为他们知道自己是无耻之徒，所以并不在女人面前装出正人君子的样儿。而是快感地充分地在女人面前表现他们贪色的、猥亵的、邪淫的本质。有时不但在她面前表演得无耻，甚至表演得下贱。而他妈的这个王八蛋小子却不。他明明心怀叵测却装得无动于衷。他明明不但有暴露癖而且有观裸癖竟似乎天经地义理直气壮！

你妈的！尽管你救了我的命你也是王八蛋！

她在心里咒骂他。

她目不转睛地逼视着他，开始脱裙子。极其从容地脱。

当她的裙子落地后，他腾地蹦下床，一拽灯绳，顿时漆黑一片伸手不见五指。

她伫立未动。

她想不过就是她奉陪过许多男人的那码事儿即将发生。

她无所谓。

她在黑暗中静静地等待着。

她想也好。那就发生之后再洗呗。比刚洗干净了的身体立刻又被这个王八蛋小子弄脏了强。他们再洗也是脏的。连这种事对她来说也是脏的。早已无冲动和快感可言。每次事后她都要洗澡。而事前从来不。即使汗尘浊身的时候也不。好比干脏活的人不会在乎穿脏衣服。这使她向男人"奉献"自己时，能体会到别一种快感。类乎小贩使买主吃亏上当时那一种快感。

黑暗中她无声地冷笑着。

她想你这个修自行车的王八蛋小子只配在婉儿我最脏的时候占有我。因为你小子是我所打过交道的最下等的一个男人。

就算我报答了你吧！你将我骗到这鬼地方来不就为此目的么？我婉儿不欠人情。尤其不欠男人之情。事后咱们一了百了。不报答你呢，没准儿哪天咱们再碰见你仍觉着你有恩于我似的……

然而她伫立良久并未被触碰一下。

"你还等什么？"——她不耐烦了。

"你还等什么？"——听语调，他对她的话有些奇怪。言外之意是，我已替你关了灯，该怎么洗，你怎么洗！

她摸索到门前，又将灯拉亮了，却见他仍像刚才那样在床上。

灯一亮，他的目光竟张皇失措，不知该瞧向哪儿。

伪君子！

她心里又咒骂他。

"我不习惯黑暗中洗。"

她说。

因自己的裸体，如一面镜子，逼照出这一个下等男人的窘态，不免开心。

他的确显得很窘。

他将一条线毯抛到沙发上，说："那我睡了。洗完请把水扫到外边去，这儿毕竟不是澡堂子……"

说完，他朝墙壁一翻身，搂抱着被子，蜷着身子，再不动了。

婉儿反而觉得很窘了。觉得自己对他的种种猜想也许全错了。觉得自己的不在乎，也许使他内心里更有理由瞧不起自己了。她总企图在他面前捕捉到那么一种感觉——一种使她有理由瞧不起他并向他表示出这点的"良好"感觉。正是这一种"良好"感觉，使她在被男人占有和蹂躏的时候，认为自己其实是在征服并摆布他们。他们对她越无耻越下流，她这一种感觉越"良好"。倘他们中有人竟在她面前不但显得规矩甚至显得羞赧了，她的"良好"感觉便会顿时土崩瓦解烟消云散。那么结果连她自己也会瞧不起自己。在男人面前她的心理一向只能处在两种状态——或者鄙视他们，或者鄙视自己。当他们并未将自己置于足以令她鄙视的境况，那么实际上也就等于将她推到了由她自己鄙视自己的境况。她避免自己被推到这一境况的进行心理较量心理自卫的稳操胜券

266

的所向披靡的"武器"，便是她自身。仅有她自身。和她故作的种种放浪形态。

此刻她正处在自己开始鄙视自己的境况。

这是她唯一的一次失败。

她看出一旦面对她的赤身裸体，他的窘迫是真实的。她从他刚才那种张皇失措的目光中发现了这一真实。他的目光中当然还有别的成分。有在这种时候别的男人目光中具有的，她能像厨子立刻嗅出酱醋味道一样判断无误的成分。而从别的男人，一切蹂躏过她玩弄过她或她自以为征服了的男人的目光之中，却一次也未发现他刚才的目光之中所具有的那一真实成分。她早已练就了分离男人目光的高超本事。她的眼睛如同非洲的一种鸟儿，其视力乃人眼的八倍！

她第一次没有立即遭到侵犯和进攻。她反而恰恰感到自己受伤了。

这使她内心里充满了愤怒。

他赤身裸体于她面前，她望着他像望着一条活鱼上市！而现在她赤身裸体于他面前，他居然发窘了！居然目光张皇失措居然翻过身去佯睡不瞧她一眼！这将她对比得何等地放荡啊！

她认为他肯定是在佯睡！

这个修自行车的王八蛋小子！

她故意慢慢地洗。

她故意弄出很响的水声。

她觉得自己还未彻底失败呢！不过是第一回合的小小的失利而已！

她不捕捉到那种支撑她畸形自尊的"良好"感觉誓不罢休。

她今天　定要最终使他匍匐在自己面前卑贱地吻她的脚！

他却仍一动不动。

连她自己也开始觉得自己太不知趣了。

她冲净了身体，按照他的吩咐，将水扫到外面，披着线毯走到了床边。

这地方像监牢，他的床却不失为一张干净的床。洗过的褥单、枕巾、被罩，此前分明还没被躺过盖过。

"哎，你睡着了没有？"

她推了他一下。

"你怎么不问我做梦没有？"他冷冷地说，"你如果真希望我睡着了，就不该洗那么久，弄得水声那么响！"

"请你转过身来。"

"你想问我，你对男人有没有诱惑力？那么我老实回答你——有！不过我一受到裸体女人的诱惑，就犯困。我困得不想睁眼再看你了，别烦我。"

他不转身。

"我披着线毯呢！你他妈的别以为我……"

她找不到一个恰当的词。

"你以为，我以为你怎么？"

"去你妈的！你那破沙发里，有你挚友的一窝儿女，你得把它们另外安排一下，要不叫我怎么睡在上面？"

他到底转过了身，见她的样子不像说谎，下了床，到沙发跟前细瞧。

"嘿，还真是！我这儿有一只两只可以，有一窝哪儿行！"

他嘟哝着，连同一大片棉花，将那窝老鼠崽儿从沙发里掏出，捧着到外边不知如何"安排"去了。

那破沙发又少了些棉花，弹簧更加暴露。她用手按了按，心想和直接睡在弹簧上差不多。

她决定占据床。

待他从外边进来，她已舒舒服服地躺在床上了，心安理得地望着他。

"你怎么睡在我床上！"

"你表现点儿骑士风度行不行？外国电影里小说里，哪个男士不照顾女士？"

"你少跟我油嘴滑舌！乖乖地，睡沙发上去，否则别怪我不客气！"

"你对我客气了么？哪儿舒服我睡哪儿！"

"岂有此理，这是我家！"

"你这也算个家？再说是你心怀叵测把我诓到这鬼地方来的！"

她朝他翻了翻白眼。

"你你你说我把你诓来的？还敢诬蔑我心怀叵测！……"

他举起了拳头。

她闭上了眼睛。

"哎，人应该讲点儿道理吧！我好心好意，你反而……这是单人床，睡不下两个人……"

他口气一变，商量起来。

"正因为睡不下两个人，所以你得睡沙发上去。"

她连眼睛都不睁一下。

他拽着她一条手臂，想将她拖下床。

线毯从她身上滑落。她软绵绵的，仿佛没骨架，顺势倾倒他怀里。

他一推，她又躺在床上。眼睛仍不睁一下。

"我真后悔我干吗救你！"

他也上了床，使劲儿往里一挤，将她挤得身子紧贴着墙。而他趁机收复了三分之二的失地，躺倒放平，同时嘟哝："岂有此理！"

她企图将他挤下床。他的身子却如同焊在床上。她挤不动他。

她只好委曲求全，放弃企图，像一条被硬塞入罐头里的沙丁鱼似的，老老实实地夹在他的身子和墙壁之间不再动弹，并且唯有侧躺。

他也不再动弹。一具僵尸一样。

经历了白天的惊险，洗尽浑身的污浊之后，她感到乏力极了。眼见他在她身旁躺得那么舒坦，她很来火。

她渐渐偎向他的身体。她又企图引起他的冲动。她根本不相信他对她毫无冲动。如果他肯将这张床完全让给她，那么她甘愿主动向他"奉献"一次，之后心安理得酣睡一觉。她此刻有些像黑市上的交易者，为了达到目的，不惜廉价兜售了。区别在于仅能向他一个人兜售，而他似乎根本不需要她的"东西"。而这"东西"又是她自己！

几分钟之后她明白，这一企图也彻底失败了。交易毫无希望做成。

目的休想达到。因他已睡着了。鼾声震床荡壁。他未挫，她自败。

被夹在他的身体和潮湿的冷墙之间，还不如睡到沙发上去。她终于识时务了，扯着线毯，爬过他的身体，下了床，蜷到沙发上了。

而他，似乎在梦中继续进行着收复失地的战斗，胳膊立刻伸开，两腿立刻叉开，于是整张床全属于他了。使她后悔自己的撤离也来不及了。

她关了灯。将线毯往身上一裹，屈着双腿躺在沙发上。弹簧硌得怎么也睡不着。

黑暗中她又坐了起来。

"奉献"自己仅为一眠竟遭如此冷拒！

而此前有多少男人因此或为她挥金如土，或为她争凶斗狠过啊！

和此刻她感受到的羞耻，比以前她领教过的种种凌辱，简直都不值得一提！

她不但被推到了只有自己鄙视自己的境况，而且被推到了连反省这一点也无人理睬的境况。

她第一次在一个男人跟前觉得蒙受了奇耻大辱。而这个男人正睡态恣肆鼾声大作……

她默默流泪了。

黑暗中他忽然下了床，也不开灯，全凭着对他的"家"的熟悉，站在放尿罐的地方，哗哗哗长久地撒了一大泡尿。

她看不见他。但听到了声响。

我睡不成，你也别想睡成！

她号啕大哭起来。

"哎，你哭什么？"

"……"

"你别哭！万一有人听到，以为……而我他妈的没有！我连碰你一指头都没碰！"

她哭得更凶了。满怀着对他的憎恨。

灯线吧嗒一响。黑暗变成光明。

他第二次下床，两步便迈到沙发前，将她抱起来，像抱坛子似的，不负责任地往床上一放，全不管将她这只坛子放稳了没有，扭头便离开……

他顺手拉灭了灯。

黑暗中她听到那破沙发一阵呻吟。

她不哭了。

在片刻的寂静之后，她缓缓躺下了。

目的是达到了，然而她一点儿也未感到窃喜。

他这人其实不坏。倒是我自己太不是个东西了！婉儿，婉儿，你一向自认为你不坏，其实你很坏！你以怨报德，你无耻而且无赖，你作践自己其实比任何一个男人作践你都更彻底更无所谓……

她内心里感到了一种真实的大的自责。

她被这一种自责一口咬住了灵魂，昏昏然睡着了……

愤怒的鸣叫从四面八方传来。紧接着是一片击凿之声。四壁开始动摇，床开始倾斜，无数尖嘴啄透了墙，如同无数钉子从外面敲了进来……

鸥鸟的嘴！

它们的嘴仿佛电钻……

水泥和砖的粉末簌簌而落……

于是四壁出现了无数圆孔……

于是鸥鸟们的头也钻了进来……

它们的眼睛有绿的有红的有黄的有白的……各种颜色都有……

它们的嘴像蛇像大蜥蜴似的朝她吐着芯子，竟能吐一尺多长，而且滴着血……

周围全是滴着血的舌芯，就要舔着她的脸她的身体了……

它们的头顷刻都变成人头，仿佛不是从外面钻进来的，而是从四壁生长出来的一齐狞笑着……

它们的笑声如同鬼啸令人毛骨悚然……

其中一颗头正是他的头。他嘴里吐出的芯子分为五岔，变成了一只血淋淋的利爪向她抓来……

他笑得最狰狞声音最响……

她却仿佛被定身法定在了床上一动也不能动……

她只有大喊救命却连她自己嘴里也吐出了芯子……

"你醒醒！你醒醒！"

她睁开眼睛一切恐怖情形全部消失，只有黑暗包围着她，包围着仍不停地推她的他。

她浑身冷汗淋漓。

"嗨！你他妈的醒醒……"

他拧她的脸颊，拧她的胳膊。

拧得她很疼。很疼。

"别……你别拧了……我已经醒了！"

"你再不醒，我恨不得咬你一口！你喊得我汗毛倒立……"

他悄没声儿地退回到沙发上去了。

"对不起……"

"滚你妈的！"

"嚓"，火柴一着，将他的脸瞬间映亮了。那一瞬间他和她互相望着。

她不由得歉疚地笑了。

而他吸着了一支烟。

"你一直没睡，就那么坐在沙发上？"

"这是人睡的地方么？"

"不是人睡的地方。"

"哎，你倒是说说，你凭什么？我何苦？我冒死救了你，我好心好意领你到这儿来，我还得连床也让给你睡！而你心里对我有一点儿感激么？"

"现在有了。不是一点儿，是很多，一大片，充满我心里……"

"鬼才信你的话。如果你是男的，我早把你打出去了！"

"要不你还睡床，我到沙发上去？"

"……"

"要不咱俩都睡在床上？其实你不那么霸道，两个人还是睡得下的。"

"什么什么？我霸道？"

"我霸道。我霸道。我已经给你让出地方了，你过来吧！"

"呸！我怕传染上艾滋病！"

"……"

她又哭了。

这一番她是因为心上被深深扎了一刀而哭泣，哭得伤心透了。人之哭有各种各样，好比鸟叫有各种各样。能使男人大动恻隐之心的，便是女人伤心的哭泣。女人真伤心，那一种哭充满了自哀自怜，并且包含着自怨自艾，往往更是为自己一哭。这时，几乎只有这时，她们的哭丝毫也没有打动男人的企图。一个倘有恻隐之心的男人，一旦鉴别了这一点，就差不多软化一半了。女人伤心的哭和开心的笑一样，若成色是纯的，便必定是动人的。

"得啦得啦，我不过跟你调侃一句嘛！我俩有患难之交，怎么竟闹得这么水火不相容似的……你打我行不行？"

他摸索到她的手，握着打了自己的脸几下。

婉儿毕竟是孩子气的。她破涕为笑了。孩子气和娼女的放浪形骸，在她身上一向达到一种近乎天然的混合。甚至可以说达到一种完美。有时她淫荡得如同艳鬼。有时她单纯得仿佛无邪少女。她是现代大都市的畸胎怪种。即使在她淫荡之刻，眸子里也会倏间闪过无邪少女的天真。即使在她心灵最为纯洁之际，她的一嗔一笑也会具有本能的诱惑潜质。她的左心室常驻着温情和善良。她的右心室塞满了厚颜无耻的念头。她早已习惯了向人们尤其向男人敞开一半心灵。更普遍的日子她对他们敞开右心室。偶尔她向男人敞开左心室，那乃是因为她的温情和善良储多而溢。对于灵魂而言，温情和善良也像厚颜无耻的念头一样，只积蓄而不奉献，灵魂也会被膨胀得痛苦的……

她现在就感到了这种痛苦。

她需要被一个人安抚同时安抚一个人。

她需要体会到一种奉献的愉悦而不是床上游戏的癫狂。这一种心理与其说是给莫如说是一种特殊的自慰的方式。恰如有人施舍是为了赎罪。

婉儿知道此时自己一定是美好的。这美好首先萌自她女人的自觉，渐渐地在她整个心灵内弥散开来，将玩世不恭和无耻从她身上逼退了。她诧异于自己原来也有真实的时候。而这真实此刻必定是温情且善良的。必定是比语言的自白更具有说服力的。必定是妩媚而娇羞的。像一切好女孩儿动情之际一样，即使眼睛被情欲所燃烧，眼神里也必定包含着甘愿奉献乐于奉献的虔诚，而毫无放浪形骸和淫荡的残痕……

她希望他从她眼中看到这一点，看到这一切。

她呢喃地说："我想看着你。"

他沉默。

"我想看着你！"

"为什么？……"

他的声音很轻。很抖。

"我就是想看着你，拉开灯吧！"

"灯绳被我扯断了……"

"那……拉开窗帘吧！"

"你忘了。这儿没有窗子……"

"可是我多想看着你！"

啊，他又划亮了一根火柴。它照耀在他的脸和她的脸之间。他们彼此凝视着。似乎两个即刻就将永远失明的人，要把对世界的印象最后摄入眸子，铭刻在记忆里。而这世界，此刻便是一根火柴的光亮从黑暗中照耀出的一张脸。

那一根火柴也在他手中抖。它的橘色的微光在他和她脸上摇曳。

她笑了。

他也不禁笑了，把另一只手伸向她——灯绳缠绕在他指上。他以此证明自己没骗她。

当火柴快烧到他手时，她替他吹灭了它。

她说："有时一个人要向另一个人证明自己没骗他，那是挺难的。"

他说："有时根本无须证明，比如现在。"

"现在怎么？"

"现在我想，如果这里只我一个人，我会失眠的。睡着了也会像你刚才一样，被噩梦吓醒……"

"如果我醒了，而身边没有一个你，我更会觉得害怕。你内心里很鄙视我，是不是？"

"这使你感到受伤害了，是不是？"

"是的。"

"你还憎恨我？"

"不……让我对着你的耳朵悄悄告诉你……"

于是他向她俯下身。

"我想把自己给予你。"

"为什么？"

"不，我说得不对。我想……我想……我要你温存我。真的！"

"……"

"你把我看成一条蛇？"

"……"

"白素贞也是一条蛇。"

"白素贞是谁？"

"白娘子啊！你别把我当成一条毒蛇。你当我是一条无毒的小蛇吧！你也别把你自己当成法海那样的男人。你……你当你是许仙吧！不久前有一个看手相的老头儿看过我的手相。他说我的前生是个潘金莲那样的女人，所以我注定了这一辈子要向男人还孽账，注定了是娼妓女子的命。不过他又说我命中该着有位贵人。如果遇到了他，我的命兴许会有所改变。还说，我和我命中的贵人仅有患难之缘。如果我不能感化他，我死得会比潘金莲更惨……"

"如果你能感化他呢？"

"那就像一个童话，结果被变成丑八怪的公主，嫁给白马王子为妻。你是他么？"

"我不知道。我不信手相。"

"可我信，非常信。我认为你就是他呢？"

"你不要自欺欺人。你明明知道我不是什么王子。"

"我认为你是呢？"

许久许久，他默不作声。

"爱爱我吧，求你！趁现在我觉得我不是在和一个男人逢场作戏的时候……明天我又会变成从前那个不要脸的坏姑娘了！……"

黑暗之中，她的语调凄凉哀婉。

啊，他划着了第三根火柴——她已泪流满面。

他被他眼见的真实震栗了。

她立刻吹灭了他手中的火柴。

"别看我吧。我的确不配你这么看……我的样子一定丑极了……"

于是他伏在她身上，捧住她的脸，不能自持地吻她……

事实证明，那一张单人床，是完全可以睡得下两个人的……

"现在几点了？"

"……"

"该是白天了吧？"

"……"

"我们该分手了吧？"

他将她更紧地拥抱着。

"分手后你就把我忘了吧！"

"……"

"但我会记住你的，也会记住这个地下室……"

"你叫什么名字？"

"小名叫婉儿，大名叫……"

"我知道你的小名就行了！"他用一只手捂住了她的嘴。

"婉儿，"他轻轻地问，"你就不想问我的名字么？"

"不……"

"为什么？"

"何苦呢……"

她往下一缩身子，将脸儿偎在他怀里。

"我的名字叫……"

她也用一只手捂住了他的嘴。

"别告诉我。"

"为什么？"

"没有必要。你再吻吻我吧……"

他不再问为什么也不再说什么了。

他不停地吻她，几乎吻遍了她全身。

"你哭了？"

"是的……"

"为什么？"

她的语调有些吃惊。

"为你……"

"我可以再留在你身边一个小时，两个小时，三个小时，十个小时，但我今天必须离开你。我不是你中意的女孩儿。我要你记住，应该相信手相就行了……"

"婉儿，你听着！你现在必须听我讲。听我讲讲我自己！"

他一边爱抚着她的身体，一边讲他的三十三岁的人生经历——

名牌大学毕业……

考上了研究生，获得了航空电子专业硕士学位……

忽然有一天从香港飞来一份遗产，价值一百七十多万美元。他觉得自己被红烟紫气所笼罩，是十几亿中国人中的天字第一号的幸运儿。他唯恐遭人嫉妒，对自己的幸运守口如瓶。那一年他二十七岁。没有父母没有兄弟姐妹没有一切血缘义务，却有一百七十多万美元和名牌大学的硕士学位有二十七岁的好年华。还有一位从小学到中学到大学的好朋友。友谊使他对生活更加感到心满意足，绝不想再向命运伸第二次手了。然而一个二十七岁的幸运儿要长期保守住他内心的秘密几乎是不可能的。于是一次两人对饮之后，好朋友从此对他刮目相看起来……

一位服装模特"偶然"与他相识了。她是那么仪态万方，那么举止高雅，那么浪漫又那么含蓄，那么充满现代的激情又那么具有古典的性格。他被活的"维纳斯"彻底征服。结婚是男人和女人爱到不知把他们自己怎么办才好的高潮也是"退烧"的唯一方法。

于是他们这么做了。新婚宴尔，同宿双飞，在旅游中度过了一段梦一般的蜜月……

两个月后他的"维纳斯"像一个幻影似的失踪了。同时失踪的还有他最好的好朋友，和他的一百七十万美元的存折……

原来他的新娘是他的好朋友的心上人儿。一切他们策划得周密而又智慧。如今他们可能在美国，可能在法国，可能在英国，可能在意大利，可能在世界任何一个国家。当然也可能就在他和婉儿几天后也将随城漂至的日本……

"得成比目何辞死，愿作鸳鸯不羡仙"——他一想到他的最好的最忠诚于友谊的情同手足的朋友，在他的婚礼上充当司仪向他表示祝愿的说的两句贺词，就觉得在他最幸福的那一天，在一切羡慕的目光中，自己其实像《皇帝的新装》中那个没穿衣服一丝不挂赤身裸体的皇帝……

没有人同情他。没有人怎样谴责那一对儿骗子。因为对于大多数人，再也没有比看到一个天字第一号的幸运儿一日之间变成天字第一号的倒霉蛋更开心更快感的事了……

甚至连他的自尊也难以保全了……

他许多次听到有人在他身后说："瞧，就是他！"

"活该！我倒希望骗子越多越好，只要专骗他这样的人就行……"

甚至在梦中。

多少次他因为忍受不了这一残酷的现实而想自杀。

是仇恨制止他没弄死自己。

他辞了公职，离开了单位，转售了当初花二十八万元买下的一套三居室公寓楼房。转卖了花二十四万元买的"标致"汽车。将高级电视、录像机、组合音响一概值钱的东西统统送进了寄卖店……

从此他以修自行车为本行，兼利用一切抓住的机会倒买倒卖，炒美钞，玩股票……

他要在人生的路上以另一种活法东山再起。他发誓积攒到一笔数目可观的钱后也出国。为的是哪怕追踪到天涯海角寻找那一对儿男女。一想到他自己以这坟穴一般的地下室为家，而那一对儿男女正在世界的某一处美好的地方寻欢作乐活得挺滋润，仇恨便像一只耗子似的啃咬他的心。报复之念成了他活着的坚定不移之目的。就像大仲马笔下的基督山伯爵一样……

他一讲完他的"故事"便坐到沙发上去吸烟。

黑暗中那烟头一红一红，如同一只独眼一睁一闭。

"因此你憎恶女人？"

她的语调轻柔而且充满怜爱。似母亲跟一个受了欺负的孩子说话。

"不是憎恶，是憎恨。"

他的语调变得冰冷冰冷。

"可你……救了我……"

"当时我眼中看到的不是一个女人，而是一个人……"

"那……你后悔救了我？"

"我想，我救了我不该救的。我不能白救……我说服你跟我到这里来，一路都在打算怎样伤害你的心灵，怎样侮辱你的人格，怎样强奸你折磨你虐待你……甚至想，然后杀了你。因为我太恨你们了……"

"我们？"

"我觉得你和她是同一类女人！"

"可你……你并没有照你想的那么去做……"

"那是因为鄙视。因为我觉得你太肮脏，从灵魂到肉体，都太肮脏。又诱惑人又肮脏。在我眼里，你和她不同。她又美丽又老谋深算。我可以用一切恶毒的词汇诅咒她一千遍一万遍，但是我从未觉得她肮脏。她并不任一切男人作践她的肉体。我对她只有恨……"

她也悄无声息地下了床，凭着那一红一红的烟头，缓缓走到了他跟前。

"你杀了我吧！"她说。语调平静得连她自己也感到无法理解——"你杀了我吧！如果你认为杀了我能一解你心头之恨，那你杀了我吧！我就跪在你跟前呢。没有刀，你可以掐死我。我保证不反抗。我已经想通了。对于我婉儿，活着或死了反正都是无所谓的。你说得对，连我自己也清楚我是肮脏的。这一种肮脏是没法儿洗干净的是不是？有时我真想把自己全身的血都换一遍。把自己消一百遍毒。可这是异想天开啊！我不但相信手相，还相信轮回转世。你掐死我，等于帮我转世了。也许我能投胎到一个上等人家。我这样的，无论在中国还是到了日本，会有什么变化呢？大概只会变得更肮脏。尽管你内心里鄙视我，你还是那么温存地爱了我一番……我死了也知足了。只求你一件事，掐死我之后，给我穿上衣服，别让人发现我的时候，赤身裸体的。活着我不在乎。死后这点儿面子我还是要顾及的。要不你找一张纸来，就用你的烟盒纸也行。你划亮一根火柴，我写上我是活腻歪了。自杀。没有笔我可以咬破我的手指头……"

她说时，他一口烟也没吸。

黑暗中那一只红色的独眼渐渐变得暗了。如同渐渐蒙了一层眼泪。

他扔掉烟，很准确地捧住了她的脸。

"我们两个说的话都够可怕的是不是？"

她觉得他和她的脸之间，也许仅隔着一张纸的距离。她想，他一定是睁大了双眼瞪着她。尽管她什么也看不见。她想，他的双手定会猝然放开她的脸，出其不意地掐住她的脖子。她闭上了自己的双眼，屏息敛气，期待着这一刹那。日本，日本，她想，拜拜了中国。拜拜了日本。

在中国当娼妓太冒风险，不是长久之计。换个活法对我婉儿已不可能。若到了日本，沦落在妓院里，由业余的而成了专业的，像上班一样，而且相互竞争，而且被老板控制着，连业余的那点儿自由自在也没有了。莫如一死了之。我婉儿活着都不怕，还怕死么……

她无所谓地甚至是挺乐观地这么想着，内心里在冷笑。

他的双手顺着她的脸颊移下来，扼住了她的脖子，却并未一开始就扼得她透不过气来。

"你的脖子很细。"

"别人不是这么说的。别人都说我的脖子很美。"

"你真希望我掐死你？"

"随你怎么弄死我。"

"我不是这个意思。你真希望死？"

"也谈不上希望不希望的……我只不过不在乎死罢了。"

"那我救你时，你怎么吓成那样儿？"

"被啄死未免太惨了点儿。以前我觉得我不怕死，是假的。用你的话说，自欺欺人。"

"现在你是真的不怕死了？"

"嗯。"

"为什么？"

"你问过我好几个为什么了。"

"这一个为什么你必须正面回答我。"

"因为你把我说得一钱不值。而我自己最清楚你说的是事实。人能自欺欺人，是因为自己和别人都不说破某种事实。事实一旦被说破，人就再也没法儿自欺欺人了……"

"那我可要成全你了。"

"我已经做好了精神准备……"

扼住她那一段美好的希腊式的脖子的双手，拢紧了。

"你且慢……"

他的双手又放松了。

"你告诉我，你爱我时，我温柔么？"

"温柔。"

"我使你……也充满了情欲么？"

"是的。"

"使你不知怎样爱才好？"

"是的。"

"肮脏的，或者高贵的女人，男人一旦爱她们时，其实她们都是一样的了，对不对？"

"对。"

"原来如此。"

他听出她的语调中流露出某种欣慰，某种愉悦，甚至可以说是某种得意和骄傲。

"真好！"

"什么好？"

"一日夫妻百日恩。你爱过了我一次。和爱一切女人没区别。然后我们又互相说了那么多真真实实的心里话。你了解了我。我了解了你。然后你把我掐死，而我乐意。你有过当作家的念头么？"

"没有。"

"试着写写吧。就算我临死之前对你的一种鼓励。将咱们这件事儿，写成一篇小说，或者能在日本的什么华人报上连载，也许你会一举成名呢！不过我求你别把我写得太让人憎恶。你答应我么？……"

"我答应。"

"该说的都说了，我也再没什么遗嘱了。你开始吧。我脖子确实细，你不会费太大劲儿的……"

"是的。"

他又渐渐拢紧了双手。

她跪在那儿一动不动。

突然他狠狠一拳将她打倒在地。

她没有发出叫喊。

片刻，他听到她说："我又跪在这儿了！"

他伸出双臂，循声抱住了她，并将她横抱起来，走到床前轻轻放在床上。

她内心里害怕了。

"你真要百般折磨我，让我遭受种种痛苦，然后再掐死我么？"

她颤着声音怯怯地问。每一个字都因恐惧而抖瑟。

她害怕的分明不是死，而是折磨。

"婉儿，婉儿，你怎么是这样的啊！难道我是恶鬼，难道我是魔王吗？我怎么会掐死你呢？其实我绝对干不了杀生害命的事！即使寻找到了那一对儿骗我的男女，即使他们手无寸铁，而我有刀，有枪，我也绝对下不了狠心！我怎么忍心百般折磨你，使你遭受种种痛苦？你当我是虐待狂么？婉儿，婉儿，我从此不想寻找那一对儿男女了。从此我们在一块儿别分开了！我那一拳不是打你，是让你知道，那一拳之后，你在我眼中心中不再是肮脏的了。是一个漂亮的可爱的温柔的好女孩儿，头脑里装满了古里古怪的想法的好女孩儿。你答应我永远别离开我行吗？你说话呀！"

他紧紧搂抱着她的身体，将脸伏在她胸上，痛痛快快地大哭起来。像一个被绑票被拐卖历经种种凶险历经天长日久终于回到家里的孩子搂抱住妈妈大哭一样。

第一次有男人如此这般搂抱着她将脸伏于她的裸胸像他似的大哭……

"噢，噢，乖孩子，别哭，别哭，我不离开你！我一定不离开你！我们再也不要恨别人了。我们再也不会被骗了！我们都要好好地活！我要为你从此做个干干净净的女人。你要为我从此做个善善良良的男人……"

她吻他，怜抚他，安慰他，以娓娓的细语柔言说着些爱意缠绵的话。

比他昨夜给予她的要温存一百倍亲昵一百倍……虽然他们仍在伸手不见五指的黑暗之中，他们却确信外面白天早已来临。明媚的阳光已经照耀大地。

终于他们的情感都平静下来了。陪着他又流了许多幸福的畅快的眼泪之后，她有一种类乎脱胎换骨重生了一次的体验，觉得灵魂和肉体一时之间变得那么轻松那么清爽。他们都无法抑制那一种被对方呼唤起的激烈的情欲和冲动，在黑暗中他们又一次相互搂抱着亲吻着任由自己跌入欲海，任由它将他们托上狂涛之巅拽往深渊之底。都恨不得将对方完全塞入自己的心灵里自己的身体里。都恨不得也一头扎入对方的心灵里对方的身体里，使自己完全彻底地成为对方的一部分。也企图使对方完全彻底地成为自己的一部分。两个被特殊的经历所扭曲的心灵和肉体，被由衷的情欲和性欲所控制的身体充满欢愉地降服了。任由它在黑暗中恣肆无忌，为所欲为……

后来他们静静地并躺着，相互轻握着一只手。踌躇满志地憧憬着他们共同的将来。

他说："我们首先要离开这座城市。"

她说："我跟着你。"

"我想中国不会因为这座城市与日本接壤了，便放弃对它的主权。"

"我想也是。"

"不过，一旦到了日本的门户前，出国容易多了！"

"只要你决心已定，我不会成为你的拖累。我可以刷盘子，当侍者，做用人。"

"其实我并没丢掉我的专业。我想凭着我名牌大学航空电子专业的硕士文凭，找到一份儿较好的工作也许不至于非常难。"

"这我信。"

她不由得向他扭过头，又吻了他一下。

"婉儿，我不会让你受委屈的。真的，我保证绝不让你受半点儿委屈。对出国我早有准备。毕竟，我们不是身无分文地去闯生活。我已经又有十五六万美元了，那是一千多万日元呢！"

"这是很多很多么？"

"当然不算很多很多，不过对到日本去闯生活的人们来说，算是小富翁了！"

"那我也要找工作干！我和你一同闯生活嘛！没人真疼爱我的时候，我最乐于过寄生虫的日子。你别又瞧不起我了！对你我应该永远说真话是不是？现在有了你疼爱我，我就不怕困难，不怕辛劳了。我们应该一块儿过几年非常清苦的日子对不对？兴许忽然哪一天，我们就有了小宝宝了呢！……"

他也不由得向她扭过头，吻了她一下。

于是他们的手相互握得紧了些。他们的身体也又依偎在一起……

"婉儿，你一想变好，你真可爱极了！你说的每一句话都使我感动，使我想哭……"

"为了你更觉得我可爱，我要永远永远做你的好女孩，乖女孩……不过钱在哪儿呀？在银行里吗？要是银行冻结了取不出来我们可怎么办呢？"

"放心。因为一直在我手中炒来炒去，我根本就没往银行里存过！就在这个地方！"

"真的？"

"真的！"

"我问到钱，你不会又对我产生什么怀疑吧？我们要同甘共苦了，所以我才操到这一份儿心，才会问，千万别怀疑我好吗？"

他回答她的是一阵长吻，几乎吻得她窒息了。仿佛要将她的心灵吮出来似的……

火柴盒里只剩下最后一根火柴。借助它的光亮，他仔细地看看表，已经九点了。她告诉他孟祥大爷救她以及惨死的情形。郑重地说她必须去找到小红夫妇，并且向他提出恳求，如果小红夫妇和他们的打算是一样的，希望他给予帮助。否则，她会觉得太对不起孟祥大爷，良心将永远不安。

他支持她去找。他爽快的赞同态度出乎她的意料。

他说："婉儿，只要他们愿意和我们在一起，有我们吃的，便有他们吃的。有我们住的，便有他们住的。让我们四个人像亲兄弟姐妹一样，同舟共济。外国人是很瞧不起我们中国人的。日本人更是如此。我们就抱成团，无论什么情况之下，都要有福同享，有难同当，亲亲密密和和睦睦，非让日本人对我们四个中国人刮目相看不可！"

他从床上抽出一根夏天支蚊帐的竹竿，完全凭着判断，朝有电灯拉线盒的地方乱扫一气，居然让他碰巧扫亮了灯。不过拉线盒盖儿却被扫掉了。

灯一亮，他们互相望着，都有几分羞意。像偷吃了伊甸园禁果的亚当和夏娃，羞意使他们本能地同时转过了身。她赶紧从沙发上扯了那条线毯披裹在身上。而他匆匆穿上了那套干净衣服。

"可我穿什么呢？"

她瞧着她那条裙子犯愁。昨夜只顾和他斗气了，脱下它的时候忘了还得穿上它。它湿漉漉地浸在墙角的水中。

他说："闭上眼睛！"

她乖乖地闭上了眼睛。

他将线毯从她身上掠去了。

"你在耍弄我！"

她抗议地说，却仍闭着眼睛，然而脸顿时红了。她感觉得出自己的脸在发烧。婉儿，婉儿，你也会因为自己赤身裸体地被一个男人看着而害羞了！虽然他爱你也是你真心所爱的，可你还是感到害羞了！你真的从此会变成一个好女孩儿了！放浪曾使你厚颜无耻，而爱却使你恢复了女孩儿的天性，这是多奇怪的事啊！一个女孩儿知道害羞了又是多么好啊！

"睁开眼睛吧！"

她缓缓睁开了眼睛。

在这同时，他双手抻着一件粉红色的崭新的连衣裙，遮挡住了她的身体。

"穿上……"

"你变出来的？"

"我这地方，有别人一眼就能看见的东西，也有只我自己知道放在哪儿，十个人也翻不出来的东西。"

"太漂亮了！"

她欢喜若狂，扑抱住他，又吻了他一阵。她自己也感到，似乎年龄小了六七岁，变成了一个十三四岁的少女。种种的女孩儿心态，仿佛已无法使她回到二十岁这个习惯了的年龄。即使在她和他情酣欲烈的极爱之刻，她也仍觉得她不再是从前那个二十岁的对男女之事翻江倒海胜似闲庭信步的婉儿了。也仍觉得她变成了一个十三四岁的少女，爱与被爱似乎成了首先感动自己心灵进而希望感动对方心灵的唯一仪式。想再体验从前那种玩世不恭的淫荡的什么都不在乎的心理，已经不可能了。如一个人根本不可能重涉同一段河流。它一去不复返了……

"其实你的心性是个完全没有长大的女孩儿。"他也开始承认这一点了，"快穿上，让我看看你穿上合身不合身……"

"可我……可我不能只穿它呀！"

她又犯起愁来。

"当然，当然，这我想到了。只有委屈你穿我的了！"

他将他的短裤递给了她。

她瞧瞧地上，他昨夜洗身时穿的短裤，也浸在水中。也湿漉漉的，像一团脏抹布。

"那你……"

"我是男的。再说我穿的是长裤。你像我这样怎么行？走在街上，一阵风吹起裙子呢？何况这裙子也太透哇……"

她忍俊不禁，咯咯笑了。

他也笑了。

她说："我穿过男人的。他穿错了，走了。我只好穿他的。"一边说，一边背过身穿。

待她穿好，他打量着她，说："婉儿，你真是可爱极了！这是我给曾是我妻子的那个女人买的。那一天我兴冲冲地带着它回家。那一天是她生日。结果一到家，家里像被搜查过一样，翻得乱七八糟。桌上的一页纸上写着留言——我们的玩笑可能开得大了点儿，不过生活本身就是一场玩笑，希望你对此别太认真……"

她立刻捂住他的嘴："记住，再也不要提过去的事！再也不要想。你不是说我可爱极了么？"

他点了点头。

"我和她所不同的就是，就是……你说就是什么？"

"气质。"

"亲爱的，相信我。面包会有的，牛奶会有的，气质也会有的。你认为对于女人是美好的，我都会具有！你相信我吗？"

"相信。我还以为给你穿她的裙子，还有这双鞋，这双袜子，你会不高兴呢！"

"难道你没看出我是多么高兴吗？"

"看出了。"

"其实我不是那种矫情的女孩儿吧？"

"对。你不是。"

"你还看出了什么？"

"我还看出你脸红了。因为害羞脸红了。"

"一个女孩儿知道害羞了，肯定能变成一个好女孩儿的，嗯？"

"嗯。"

"这样也不行！"

"这样就行了！我不认为好女孩都非要圣洁得像天使一样不可。"

"我是说，我没乳罩可戴呀！裙子胸这儿还是镂花儿的。不行，不行！"

"别急。让我来动动脑筋！"

他像聪明的一休那样，闭上眼睛，用一根手指在头顶画圈儿……

"有办法了！"

于是他脱去衣衫，接着脱下刚着身的干净的背心。将两只短袖扯掉。

"穿上吧！"

他帮她褪下裙身。帮她穿上了经过改造的男式背心。

她有些过意不去地说："我像一个女强盗掠夺你是不是？"

他满意地笑着说："不对。你是我掠夺来的！在大劫难中，我向海鸥掠夺来的。我'包装'你是出于人自私的本性，对自己的珠宝，谁不提防那些心怀不良的目光呢？"

她又羞红了脸，庄重地说："要是以前，我才不在乎呢！我还穿着睡衣逛过商场呢！现在我要对许多都开始在乎了。因为现在有了你爱我，把我当成一个好女孩来爱……你明白我的心么？"

"明白。"

"你都不需要考验我了？"

"别尽说些孩子话了！"他轻轻刮了她的鼻子一下，"不过，婉儿……"他的表情变得有些严肃起来，沉吟着，欲言又止。

"你说嘛！"

她也轻轻刮了他的鼻子一下。

"我说了，你可别太往心里去。但你也不能完全当成耳旁风，一点儿也不往心里去……"

婉儿收敛了戏谑之态，表情也渐渐变得严肃了。

"我听着呢。"

她那模样，像个刚上学的小女孩，在喜爱自己的老师面前，单独聆听教诲。

"以后注意，不要再讲那些事了！"

"哪些事呀？"

她困惑地瞪大眼睛。

"就是你刚才讲过的……什么穿着睡衣逛商场啦，什么穿过男人的裤衩啦，总之是你从前的某些事。既不要再对我讲，更不要再对别人讲。那都不是你的所作所为。那都是和另一个婉儿有关的事。而你不是她，她也不是你。虽然你和她都叫婉儿。你是一个漂亮的，可爱的，温柔的，活泼的，一颦一笑，一举手一投足，一言一语，都证明你是很有教养的婉儿……你懂我的意思了么？"

她微微点了一下头，悄语道："我懂了，哥……"

"哥？"他诧异了，随即笑了。她看得出来，他十分乐于接受这一种她情不自禁脱口而出的叫法。

"好吧，以后你就这么叫我吧！从来也没人叫过我'哥'，如果没有你跌入我的生活里，大概今后也不会有人叫我'哥'。我们俩之间，对我，这是最好的叫法了！提醒我，永远当你是一个小妹妹，永远疼爱你，永远不欺负你！以后也不要再叫我别的了，啊？"

"嗯。"

他比她高许多。在他跟前，相比之下她的确宛如一个小女孩儿。他抚了她的头一下。如同某些大小伙子，抚那些亲昵于自己的小毛孩儿们的头一样。

"哥……"

"又怎么了？"

"没怎么。就是心里想叫……"

她微笑着，笑得不无羞态。荡漾在内心的情愫，使她此刻的整个灵魂，仿佛一朵美丽的鲜花怒放着。觉得流动于自己周身的血液，仿佛也是芳香的了，并且将这一种想象出来的奇异的芳香，一阵阵浸润到自己脸上。如果能，她简直会扒开自己的胸膛，捧出那一朵灵魂嬗变成的花朵，供他观赏，也自己观赏。她的脸儿因此也红得如一朵桃花，姣美有加。一对儿眸子闪耀着天真烂漫的光彩。

"心里想叫，这会儿也别再叫了！再叫，惹得我不放你离开，误了你的事，可怪不得我哟！"

他又轻轻刮了她的鼻子一下。

"哥，那我去了……"

"去吧！我不能陪你去。我也有些重要的事该做了……"

"我知道。"

"市内肯定还很乱。一时找不到他们也别急。明天我和你一块儿找，啊？"

"嗯。"

"别一个念头找到天黑。中午以前一定回来一次，要不我会担心的，啊？"

"嗯。"

他替她推开了门。

室内的灯光照向门外，消失在黑暗潮湿而又阴森森的地下室过道里。

他们彼此望着。

她从他的眼睛深处，似乎洞察着了一种祈祷——婉儿，婉儿我信你！你可千万别一去不返你可千万别骗我你可一定一定要回来呀！

他从她的眼睛深处，也洞察着了同样依依不舍的内容——哥，哥，我信你！你可千万在这儿等着我你可千万别骗我，你可千万千万别抛弃我让我再也寻找不到你呀！那样婉儿会将一切男人都看成坏东西并且永远永远报复他们！我婉儿可是怎么想便怎么做的！

"婉儿……"

"哥……"

"去吧！"

"嗯！"

……

婉儿捂上了眼睛。片刻之后才习惯于外面强烈的阳光。天穹在海的上空比在陆地的上空要广阔得多。辉煌的炎日几乎垂直照射着这座浮城，如同照射着一艘巨舰的甲板。"甲板"上一切物体的影子，比陆地上的物体移动得快多了。浮城一刻也没有停止自转。人竟是那么善于习惯环境适应环境变化的东西！婉儿已不像昨天那么不辨东西南北觉得晕头晕脑的了。东西南北在这座浮城中仍是从前的东西南北。人们仍以从前的标志来判断方向。没有谁对此认真到用指南针的程度。何况现在想要找到指南针也不是那么容易。也许人们在城中对方向的判断完全混乱，但是这一点儿也不影响任何人去到打算去的地方。只要这个地方是在这一座海上浮城之中。但是城市所有走着的人全都像酒醉七分的样子，一个个趔趔趄趄摇摇晃晃的。有人走一段路靠墙站一会儿，有人则仿佛初学步的小孩儿似的，看准一个目标，扑奔过去，搂住树干或电线杆子什么的，定定心，稳稳神儿，再扑奔向另一个看准的目标。行路变得近乎游戏，这反而使所有的人都觉得怪好玩儿的。反正这几天一切单位都不会有人划考勤表。尽管许多有先见之明的人许多踌躇满志的家庭都加紧做出或已经做出了种种重大决策，但实际上任何一个人任何一个家庭都并没有什么非要急切落实的事情。任何一个人任何一个家庭，和这座海上浮城一样，不到日本怎样想怎么决策全是白想白决策。行走之人，男男女女看似都有方向都有目标，实际全无方向全无目标，盲目地行走着而已。有的是因为在家里待不住。有的是因为家毁了。还有的是来自外省外市的出差人员，探亲访友者，远程贩运的"倒爷"。劫难已经过去。日本就在前面！前途是美好的！每个人的幸运之感都是大大的！某些本市人，希望获得最新最令人欢欣鼓舞的信息。某些外省市男人，其实是在以色情的目光满城市搜寻猎物，幻想在经历了一场大劫难的刺激之后，犒以艳遇，穿插一段罗曼蒂克。他们在向某些有姿色的女人搭讪套近乎之际，一个个馋涎欲滴，恨不能马上心有灵犀一点通，接着赶快找个地方巫山云雨成其好事。不，不，岂止是某些外省市男人，全体的他们，有一个算一个，此一念头或曰潜意识，怂恿着他们激励着他们，使他们的目光如同筛子，放眼一扫，城中似乎光剩下了女人。仿佛女儿国一般。远处的望身段，近处的瞧容貌。相中了一个，便趔趔趄趄摇摇晃晃疾趋过去。其中那些一向被认为或自认为是好丈夫的男人，那些被认为或自认为一向是非常规矩的正人君子的男人，甚至被认为或自认为一辈子都必将是规规矩矩的正人君子的男人，此时半点儿也不觉得他们心中或潜意识中所动之念非非之想对不起他们的老婆。他们切期艳遇的焦躁和搜寻猎物的目光，比那些一向不规矩的一向不是正人君子的甚至一辈子也根本不考虑要做正人君子的男人，更加目咄咄如盗，心崇崇似贼。他们视这座本国浮城为外国温柔之乡售色之市，视他们眼界内的每一个女人是孤独鸳鸯求偶鹌鹑，认为他们自己好比"外国"观光客流浪仔。他们反思从前做规规矩矩的男人做正人君子做好丈夫于男人的人生真是吃亏不老少。而且呢，一旦被迫回到本省回到本市回到社会规定于他们的职位家庭固定于他们的角色原先的生活坐标上，还得接着做规规矩矩的男人正人君子式的男人，多么地沮丧多么地索然多么地倒霉多么地绝望啊！在目前的规定情景之中，不为自己创造条件，不主动寻找机会捕捉机会，又是多么地迂腐透顶啊！没有条件创造条件也要上哇！

机不可失，时不再来，过了此村，再无此店，趁着这座城市仿佛自由世界，不博爱一下，不是对得起对不起他们的老婆的问题，是太对不起人生辜负大好机遇的问题！此时不为，更待何时？己所不欲，复怨何人？

然而那些女人，被一切外省市男人，规矩的或不规矩的，是正人君子的或非正人君子的男人之目光网罗在他们视野以内的女人，当然差不多尽是些身段好，容貌秀，姿色上乘起码中上乘的女人——是妻子的或不是妻子的，结过婚的或没结过婚的，有过性经历的或没有性经历的，贞洁的或视贞洁如粪土的，并没有几个肯理睬他们的。更没有甘愿咬饵上钩的。

来的什么劲儿呀！套的什么"瓷"呀！找骂怎么着呀！她们在内心里蔑视地对他们说——中国人，一边"稍息"去吧！若从前，瞧你人模人样的，这么讨好取悦的，照顾你点儿小情绪，兴许一高兴赏你个甜蜜的笑脸儿。现在你不觉得晚了些么？马上就到日本了，谁还让你"吃豆腐"啊！

哪儿有公共厕所？你一个男人问我一个女人哪儿有公共厕所？自己没长眼睛呀？是文盲吧？不是存心挑逗是干什么？若问我哪儿有饭店我

也许还告诉你，却问我哪儿有公共厕所！街口就有，不告诉你！

处长？处长你不也是中国人么？

导演？哪个电视台的导演？什么市？还没听说过中国有这么个市？多少人口？四十来万？四十来万人口一个市的电视台导演也算导演呀？你是张艺谋不是？不是吧？你是陈凯歌不是？不是吧？不是你跟我这儿显摆你那张破名片干什么？白耽误你自己的工夫！中国导演本姑娘就知道两个人的鼎鼎大名——张艺谋和陈凯歌。你若是他们中一个，我跟着你跟定了！像你这号儿导演，到了日本能给拍电影的打打杂儿就不错了！还不快滚，我要开骂了啊！……

她们都觉得她们身价百倍起来。

在她们的想象之中，许许多多的白马王子，或中年的老年的白马王子爸们，正日夜兼程从日本各地，开着各种各样的小汽车，前后无尽头，争先恐后赶往九州岛，当本市与九州岛接壤之刻，会一拥而上拖拖拽拽扯扯将她们邀上小汽车，然后么，然后还用说么？当日本白马王子们的新娘或他们的后娘呗！

改革，改革，开放，开放，全是"假大空"，出个国比登天还难！这一回看什么还能阻挡我冲出国门？看什么还能限制我嫁给一个不是中国人的男人！"四海翻腾云水怒，五洲震荡风雷激"，"多少事，从来急，天地转，光阴迫"，幸我花容未衰，芳心不老，"数风流人物还看今朝"！……

她们踯躅于长街，招摇过市，如同在船舱里憋闷得慌了，到甲板上散散步，沐沐海风，吸吸新鲜空气。人儿虽未东渡扶桑，心儿早已抵达九州岛抵达东京，身儿早已是日本籍人或大日本男人的女人了似的……

海不如昨日那么平静，却也并未掀起狂涛巨浪。然而浮城还是晃动不已。那些女人在它晃动中的步态，尤其显得婀娜翩然，倩影招摇，引得些男人望着便心猿意马，方寸大乱。

婉儿有事，走得急行得快。她沿着路边前往，以每一根电线杆子之间的距离为一程，而过一程便揽着电线杆子定一定神儿。一小个子男人早就打上了她的主意，也像她那样迎面而来。终于两人同时揽住了一根电线杆子。

"小姐，您往哪里去哟？"

三十多岁的男人，广东腔调。

婉儿回答："随便走走。"

"我也随便走走。咱俩一块儿走走好不好哇？"

婉儿正色道："不好。"

"有什么不好呢？"

"不好就是不好。"

"别这样嘛！我日本有亲人啦！我叔叔是开饭馆的啦，开好几个饭馆啦。我舅舅是丰田汽车公司的副总裁哇！全世界哪一个国家都进口丰田车呀。我好比蛟龙困在沙滩上，心里寂寞得很哪。你要是答应这几天陪我玩玩，到了日本，工作包在我身上，让你当位公关小姐满意不满意哇？再让我舅舅送给你一辆丰田小汽车……"

那小个子男人的目光很厉害。他看出婉儿绝非大家闺秀，小家碧玉而已。看出了她文化程度不高。但却犯了个错误，以为她是那种涉世未深，很容易上当受骗的脸儿漂亮头脑简单的姑娘。

他的那一套拈花惹草的常规经验，早已过时。

物价上涨，外国人以一双尼龙袜子为代价玩一宿中国女孩儿的短暂"初期阶段"已不复还，靠一张名片一番谎话的低俗骗术达到目的之事，即使在小说和戏剧中也成为不真实的情节了。何况婉儿乃江湖女郎，今天才决心"金盆洗手"永不再"下海"罢了。

婉儿睥睨着他，嘲弄地说："大哥，时代在前进，您落伍了！"

"落伍？我没落伍。我很现代。我绝对是赶新潮的人！跟人玩几天，比跟人交往几年更能了解人嘛。你陪我玩几天就了解我这个人啦！我带了不少钱呢！"

一个卖雪糕的老太太，推着冰冻车沿街而来。一边推行一边叫卖。城市漂浮着也毕竟是城市，夏季在海上也仍然是夏季。冷饮厂连夜抢修完毕一条流水线。汽水、雪糕、冰淇淋都贵了些。人们似乎不但容忍而且充分理解。在非常的日子里嘛！

老太太拖腔很长的叫卖声，招徕很多男男女女从四面八方向她聚拢。虽然贵了些，但比日本还是便宜啊！一百多日元才相当于三元人民币——相差这么大的兑换值，使头脑迟钝之人，一时绕不过弯来。想不明白究竟日元属于"硬通币"还是人民币更"硬通"。但是趁着便宜将钱变物，是普遍人们的消费心理。又据说以一根雪糕来衡量，中国价起码比日本价便宜十几倍！所以人们恨不得在这几天内吃伤了才好！似乎一辈子也不打算再吃一根日本造的雪糕了。

卖雪糕的老太太因推着她那小车，好比一岁的孩子扶着学步车，行走得蹒蹒跚跚。看来她还没有做出什么重大的决策。否则这么大岁数了，今天还挣这份儿并不好挣的钱么？小车几次倾斜过度，险些连车带人横倒路旁。

婉儿对那老太太顿生怜悯。她触景生情，想起了妈。爸死了以后，妈便是靠卖冰棍将她养育大的。那年月雪糕不叫雪糕，北方叫冰棍儿南方叫冰棒儿，也可以说就是甜冰。而那一种甜是糖精的甜。一入口是甜丝丝的。细呷摸有种特殊的苦味儿。反复舔铜也会产生同样的味觉。白的三分一根。带色儿的五分一根。"鸡蛋牛奶大冰棍"一毛一根。大约每一百根有二斤牛奶和十个鸡蛋的成分。卖一根三分的冰棍挣三厘。卖一根五分的冰棍挣五厘。卖一根"鸡蛋牛奶大冰棍"挣一分。妈那时很少卖"鸡蛋牛奶大冰棍"。买的人少，大抵是谈情说爱的小伙子请姑娘吃这种最高级的冰棍。小孩子们宁肯花九分钱吃三根不带色的冰棍……

婉儿担心那老太太连车带人横倒路旁再也起不来。也替她担心那些男女趁乱白吃她的冰棍而不付钱，使她分文不挣甚至亏本儿。时代不同了，一支雪糕九毛呢！老太太被白吃五根六根的今天就亏定了……

那男人见她望着卖雪糕的老太太，殷勤地问："小姐，想吃雪糕？要不要我去哇？"

婉儿被他一问，顿觉口干舌燥。从昨天到现在，只是洗身时喝了口自来水。她不由得舔了舔嘴唇。舌尖儿干的，并没能将嘴唇润湿。

她担心的事儿果然正发生着。老太太被包围，分明地已招架不住，不知收了谁的钱。不知雪糕该递给谁。而无数只手，趁火打劫地，伸入雪糕箱里……

婉儿趔趔趄趄摇摇晃晃地奔跑过去，突破人墙，钻挤到了老太太跟前。

"大娘，别慌。您收钱，我替您递雪糕！排个队，排个队！有点儿秩序行不行？卖雪糕都这么疯抢，到了日本还这样的话，不给中国人丢脸了？"

老太太见她一副诚心诚意的样子，话一出口又有几分正气，信赖于她，感激地说："姑娘，你可千万替大娘护着这箱雪糕哇！从昨天夜里大娘就在冷饮厂门外……"

"手都给我缩回去！要不我用箱盖儿卡你们手了！"

婉儿做出欲狠狠将箱盖儿压下去的样子。

十几只手赶紧缩出。

那外地的小个子男人也跟了过来。

婉儿命令他："你帮着维持秩序！等我和我大娘卖完了这箱雪糕，咱俩的事儿好商量。"

他听了她的话，暗自认为值得尽义务。既然她"大娘"是卖雪糕的，那么她妈她爸也肯定不会太有地位。他的经验告诉他，对于这一档次的姑娘，还是值得用些心思进一步勾引的。何况她说"咱俩的事儿好商量"。

于是他认真负责地维持起秩序来。

老太太幸亏有婉儿帮着卖，有那男人维持秩序，不多时，满满一箱雪糕便所剩无几。

老太太很高兴。婉儿也很高兴。那男人更高兴。因婉儿高兴而高兴。他认为婉儿的高兴之中，有他的"贡献"在内。

他说："小姐，咱们该走了吧？"

婉儿说："你还没请我吃雪糕呢！"

老太太忙说："姑娘，你们吃，吃，大娘正不知怎么感谢你们呢！"

那人便从箱内拿出两支雪糕，递给婉儿一支后，自己吃了起来。

婉儿说："你不付钱，算你请我呀？不纯粹借花献佛么？"

那人赶紧从兜里掏出一把零钱，放在箱盖儿上，点数够买两支雪糕的，放入钱箱。其余的，一搂手儿，放进了兜里。

婉儿乜斜着他，俏笑着伸出两根手指。

"吃两支？"

他又取出一支递给婉儿。又掏出些毛票和钢镚儿，认认真真点数。

婉儿说："你大方些，掏一张整票儿行不行？"

那人说："整票太大，就怕找不开呀！"

婉儿说："我能吃二三十根呢！"

那人不禁一愣，瞧着婉儿目瞪口呆。老太太说："姑娘，你尽管吃。剩下这些大娘一根也不卖了，先尽你够儿吃！"

那人终于明白，老太太和她并无什么特殊的关系。所谓"我大娘"不过是对任何老太太的叫法。他不知婉儿是在考验他出手大方不大方呢，还是存心耍弄他。

婉儿又说："你瞧着我干什么呀？先付订金吧！"

那人又一搂手儿将零钱收起，从西服内兜取出了一只沉甸甸的大黑皮夹子。

婉儿已将一支雪糕吃完，一把夺了过去。

"你！"

那人神经为之紧张，两眼都瞪大了。

婉儿打开他那皮夹子一瞧，钱还真不少。全是五十元或百元大票。将皮夹子塞得满满的。

婉儿抽出数张一百元的，往雪糕箱内一丢，将皮夹子还给那人，挽着他的胳膊就走。

"你，你给了她多少钱？"

那人欲点皮夹子里的钱，弄清楚自己的损失。

婉儿说："才给了五六张呀，你亲眼看见的！我陪你玩儿，你对我大娘表示点儿孝敬，还不应该的吗？"

"姑娘，姑娘，姑娘你等等！你这是怎么回事儿呀？你把大娘弄糊涂了！……"

老太太在他们身后直喊。

婉儿回头说："大娘，别喊了。我心里明白就成！"

她挽着那外省的小个子男人，边走边吮雪糕。城市仍在晃动，而且幅度越来越大了。两人一会儿被晃到马路这边儿，一会儿被晃到马路那边儿，像一对儿雌雄醉鬼。那外省的小个子男人，胳膊不但紧夹着婉儿的胳膊，而且牢牢抓住她的一只手腕，分明是怕她跑了。

"姑娘你可别把我当成二百五！"他说，"你把我的钱给你大娘了，那也算你收了。收了我的钱，从现在起，你就得听我的！如若不然可有你好瞧的！"

婉儿说："我听你的，不就是玩儿吗？我这人顶爱玩儿啦！你想上哪儿玩，我陪你上哪儿玩。你想怎么玩儿，我陪你怎么玩儿。咱俩现在这样，不就挺好玩的吗？是吧？"她嘴上说着，心中暗暗思忖着摆脱小个子男人的方法。

两人那可真叫是名副其实的"轧马路"。至路口，见不远处有一治安警察，骑在摩托车上，以目光巡逻。因路忽倾忽斜，他不敢启动油门，也只有骑在摩托车上待那儿不动。

婉儿有主意了，说："快放开我，那是我哥，叫我哥看见咱俩这样，他准揍你！"

"谁是你哥？在哪儿？"

他并没立刻放开她。

"就是那位治安警察呀！哥！哥！……"

她叫起来。

治安警察闻声望向他们。

他迅速之极地放开了她的手，从她的胳膊弯里抽出了自己的胳膊。

"你在这儿等着，千万别走！"婉儿叮咛地说，"我得去告诉我哥一下……"

"告诉他什么？"

"告诉他你这个外省男人请我吃了两支雪糕，条件是我从现在起就得听你的，陪你玩几天。要不，几天不回家，我妈不得急死呀？"

说罢，转身朝治安警察急匆匆而去。

那治安警察，一直望着她走到他跟前，困惑不解。

婉儿不好意思地说："哎呀，我认错人了！从那边看，你简直和我哥太像了！"

对方想离开这地方，又不愿在城市的晃动之中推着摩托车。不离开，已经待闷了。正愁再这样待下去，自己会闷傻了。忽然婉儿这么个水灵灵俏生生笑盈盈的姑娘不期而至，还错将他认作了哥，哪肯轻易放过她呢？上下打量婉儿，见她穿着件连衣裙，蝉翼儿似的薄透，隐隐约约透着窈窕身形，觉着自己也一阵沁心的凉快。

他精神为之顿爽，问："你哥也是干我们这行的？"

婉儿回答："是呀！"

"几处的？"

"这我可不清楚了！听他说过，好像是二处的。"

"二处的，那跟我不是一个处。什么名字？"

"李兆明……"

婉儿顺口胡编了个名字。

"二处有位李科长，不过我跟他不熟，大概是你哥吧？"

"我哪儿知道呢，但我哥是科长。"

"那准是了！有什么话儿需要我捎给他么？这几天我们哪一个处的人都消停不了。他当科长，估计得夜夜值班，别指望他能回家住啦！"

婉儿一笑："他已经有他的家了。用不着我当妹妹的牵挂他了。你见了他，只告诉他，我和我妈一切都好，甭惦念。"

"没问题，保证捎到话儿。"

"那就拜托您啦！"

"这么客气干吗！等着你的男人，是你什么人呀？男朋友吧？"

隔两根电线杆子远，他看不清那小个子外省男人的相貌，语气中流露着酸溜溜的妒意。他倒也不太想掩饰这一点。

"他呀？"

婉儿转身指向那小个子外省男人："他是我表叔。几天前从外地来我家串门儿的。这不赶上了，一时回不去了嘛！"

那小个子外省男人，不知婉儿究竟对她当治安警察的"哥"怎么讲，见婉儿指他，"做贼心虚"，有些发毛。想拔腿便走，又有些撇舍不下婉儿。更遗憾他那几张百元大钞的付出。

婉儿又指着他说："他胆儿可小啦！不信你叫他过来，他准转身就跑。"

年轻的治安警察也向那小个子外省男人一指："喂！你过来！过来过来！……"

那小个子外省男人心想过去了准没好结果，三十六计，走为上计，真的转身便跑。

婉儿高喊："你往哪儿跑！站住！叫你过来就过来……"

他跑得更仓皇了。撞在一棵树上，接着被晃到马路另一侧，又撞在一根水泥电线杆上……

年轻的治安警察说："你表叔胆儿太小了，知道会把他吓成这样，我不叫他了……"

婉儿说："不瞒您，他进过'局子'，有过'前科'，因为在公共汽车上调戏妇女。打那时候起，一见穿警服的就害怕。我让您叫他，也是锻炼锻炼他的意思。能改过自新，重新做人，就好嘛！是吧？"望着逃之夭夭的小个子外省男人，婉儿暗自开心。

年轻的治安警察说："那是那是。以后，你应该常带他到公安局，找我玩玩。和穿警服的人在一起混熟了，就不会觉得我们多么可怕。我们也是人嘛。也有七情六欲嘛！"说时，以七情六欲都特别旺盛的目光，瞄定婉儿的脸，"我姓张。弓长张。你一打听一处的小张，公安局人人知道！"

"那我一定常带他去找你玩儿！"

婉儿给了对方一个意味深长的笑容，从容地离开了他。走几步，觉得似乎不足以抵偿他对她的"帮助"，又转身向他挥挥手，补发给他一声甜蜜的"拜拜"。

他一直目送她走远。心里美滋滋的，像上级平白补发给他一个月工资……

听人们讲，外地的也罢，本市的也罢，凡是那些无家可归的，皆分为三六九等，安排在指定地点临时歇息。局级干部在一幢宾馆里。那儿专为他们设立"服务站"。处级干部在一个招待所里。处以下干部和一般党政新闻文化科研单位的人，在几家小旅馆里。本市的"三八旅馆"，腾空了，专收容妇幼病残。其余的些个人们，有亲的投亲，有友的靠友。无亲无友的，差不多全在火车站的候车室机场的候机室。带小孩儿的妇女，亦受到相应的照顾，在几座公园的帐篷里。

火车站广场前一排旗杆上，四角伸平固定着十几米长的巨幅白布，允许栖身于那儿的人留名。但不许留言，怕人们当信纸用，不够长。当前途是光明的而不是黑暗的，充满了希望而非预示着绝望，人们恢复秩序的本能和维护安定的热忱，同人们在感到末日来临之际的破坏能量摧毁性冲动是一样高涨的。

幸亏这座浮城将要靠拢的是日本。婉儿她心中暗想，若是古巴，若是罗马尼亚，若是波兰，若是越南……不知此刻人们会在干些什么，眼前会出现些什么场面，自己的个人命运又将会怎样……

日本，日本，"日本"两个字，似乎使男女同胞都变得和从前不一样了！好像中国倒像外国。好像落叶归根，游子年老，集体从外国回祖国似的那么一种情愫那么一种心劲儿……

她先在十几米长的巨幅白布上寻找名字。没发现孟祥大爷女儿女婿的名字，便立即到机场去了。那里同样有十几米长的巨幅白布。从上面也没发现她要寻找的名字。她猛地想到，他们大概是不必留名的。孟祥大爷死后，除了她婉儿，还有谁关心他们的下落呢？于是她干脆在候机大厅内寻找。居然被她寻找到了。不过只寻找到了小红的丈夫。当他从地上捡起一截烟头时，她一眼发现了他。

"广志哥！"

她喜不自胜。

"婉儿！"

他出乎意料地瞪着她。

"你可让我找得好苦！"

"你找我干什么？"

他与身旁一个神情麻木的吸烟人对了火，蹲下去，猛吸起来。

周围形形色色的人，以各种各样的目光望着他们。那些人如同底舱船客，横七竖八躺了一地。身下是发给他们的席子。这里男人多，女人少。几堆男人在打扑克赌钱。为数不多的女人的目光，都有种希望在这儿捡到什么的贪婪。她们东瞧瞧、西望望，黄鼬似的在男人们之间穿行过来穿行过去。分明是要引起男人们的注意。撞在他们身上，也不道歉，只对他们笑。然而男人们对她们都不感兴趣。当她们对他们笑时，他们毫不掩饰他们的反感。有的立刻将头扭向别处，有的还低声用不堪入耳的脏话骂她们。她们挨了骂，仿佛很开心，更加笑得咔咔咯咯的。这儿的男人们，就婉儿看来，绝非全那么正经。怪只怪那些女人自己，她们自以为新潮的发型，自以为时髦的裙衫，和她们的身材容貌很不协调。她们是些早已不再属于农村，可是也完全没有可能被城市接纳的女人。以前，她们就是在火车站过夜的常客。偶尔对她们发生一时之兴趣的，按惯例，大抵是四处打散工的粗俗流浪汉子……

婉儿的出现，使男人们的目光几乎全都胶在她身上了。空气因他们的聚集而污浊。呛人的烟味儿混杂着脚臭。她觉得连他们的目光也是熏染人的，肮脏的。而小红丈夫的冷漠的回答，令她十分生气。她隐忍着，笑着问："我小红姐呢？"

"我怎么知道！"

他已经将那截烟头嘬尽了，还继续嘬着除了变魔术的任谁也嘬不出烟来的过滤烟根儿。像没喝饱奶的婴儿，继续嘬空奶瓶的奶嘴儿一样，嘬得啧啧有声。

"她是你老婆，你怎么会不知道呢？"

"那我就应该知道？"

他恶声恶气地反问，仿佛她问的是一个跟他毫不相干的人。

婉儿忽然觉得他有些可憎。实在地说，婉儿认为他才跟自己毫不相干。她与他并没有什么特殊的情分。只因他是怀孕的小红的丈夫，而小红是孟祥大爷的女儿，而找到他们是孟祥大爷死前对她的嘱托，没想到他如此这般对待她！

她一转身便走。走出候机大厅，步子不由得放慢，终于站住，觉得这么一走了之，其实等于并未将孟祥大爷死前对她的嘱托当成一件重要的事。太对不起孟祥大爷。也太对不起小红。小红不只是孟祥大爷的女儿，还是她小时候的玩伴啊！也是读中学时和她关系相处得最好的中学同学啊！虽然后来她们几乎断了交往，但偶一见着，小红对她仍是很亲的。不管亲得真亲得假，毕竟从未流露过丝毫对她的歧视，也从未背后非议过她一句。甚至，连某些人对她的半神秘不神秘的生活那种时常引起她强烈反感的兴趣，似乎都从未产生过。而这一点，婉儿一向觉得，便是小红比别人对她的格外的善待。

于是她回到候机大厅。像在关着许多同类动物的笼子里寻找到某一只似的，将整个候机大厅扫视了几遍才又发现他。而他却仍在低头寻找。寻找烟头儿。

"广志哥……"

她重新出现在他面前，使他有几分尴尬，同时有几分困惑不解。

"婉儿，"他哭丧着脸说，"我帮不了你什么！我确实帮不了你什么！尽管冲着小红，我多少应该负起点儿关照你的义务，可我现在一无所有哇！"

婉儿说："我不需要你帮我什么！我只求你跟我离开这儿，跟我一块儿找到小红！既然你明白你已经一无所有了，你就该好好儿接受别人的帮助，接受别人的关照！"

"别人？谁？我不是谁的仇人。可我也不是谁的恩人。这种时候谁关照谁啊？"

他冷笑起来。

"我。"

"你？"

他望着她，依然冷笑，摇头。那意思是——婉儿，你休想跟我耍花腔！大概你打算怎么利用我一下吧？不熟悉你的人捉摸不透你，我还捉摸不透你？我才不被你利用呢！我才不受你的骗上你的当呢……

婉儿又说："广志哥，我是诚心诚意的！"

"诚心诚意的？你这种……你还有诚心诚意的时候？"他说，"那好，我倒要考验考验你的诚心诚意，你先替我讨两支烟……"

"我有！"

"俺也有！"

"大妹子，哥这儿是'骆驼'牌的……"

"洋烟太冲，还是讨我的'云烟'吧！'红塔山'！'云烟'名牌儿！"

他们周围的男人中，霎时间高举起七八只手。

婉儿拿眼将他们一扫，便看出来，他们肯定都是得要她付出某种代价的。否则，门儿也没有。

他也是看出了这一点的。能"将"她一"军"，他似乎挺有些得意。

婉儿被激怒了，被他，也被那些心怀鬼胎的男人。然而她不动声色。

她问他："你说，你要什么烟？"

"冲的！'骆驼'！十支！"

他心中暗想，婉儿，对不起啦。还是我先利用你一次吧！这个感到自己一无所有了的男人，觉得这个世界唯独对他自己最不公道，便觉得人人都是可恨的。他终于抓住一个人来释放他内心那种变态的邪恶了。这个人就是婉儿。他认为她是自讨的，活该。同时可以得到十支烟！他望着婉儿幸灾乐祸，体验着某种和当众强奸她差不了多少的快感……

一个人在一无所有的情况之下还能置别人于窘地，没有别的什么事比这种事更值得一做了！他内心的快感简直没法儿形容。

"我也有'骆驼'！"

又一个男人从几个躺在地上看热闹的人身上跳跃过来，冲到婉儿跟前，手里拿着一盒没开封的"骆驼"。

婉儿默默打量着两个有"骆驼"的男人，思忖片刻，将"招标"的机会给予了后来者。

"就要你的了！"

她朝他伸出了手。

"你以为我白向你献殷勤呀？哪有那么便宜的事啊！"他环视着周围的男人，问他们，"是不是？"

"没那么便宜的事！"

"你小子若白给了她，我们揍你！"

周围的男人乱嚷嚷。

"妈的，眼看能咬上一口的鲜桃儿，让这小子夺去了，扫兴！"

另一个有"骆驼"的大块头男人，嘟哝着回到自己的地方，躺下了。

婉儿妩媚一笑，说："你把烟给我，跟我走，有你的好处就是了！嗯？"

对方犹豫一阵，将烟给了婉儿，说："跟你走就跟你走！"

婉儿接过烟，朝广志晃了晃："整整一盒。要，你也得跟我走。"

广志不禁瞧瞧那个男人。那个男人也不禁瞧瞧他。在几秒钟的对视间，两个男人似乎达成了什么协议。

婉儿看在眼里，不动声色。

广志终于也说："跟你走就跟你走！"

婉儿转身便走。她觉得这里是个可怕之地。尽管眼前并未发生谈得上可怕的事情，但她那种特殊的、细致的、女性的直觉告诉她，这里的确随时可能变成可怕之地。这里的男人们都不对劲儿，包括广志。某种极其狰狞的东西，已经附在他们身上，并且钻入了他们的灵魂。也许他们自己全都不能意识到这一点。但那种极其狰狞的东西的确是存在的。随时可能在他们灵魂里集体作祟作怪，将他们变成疯子或野兽。中国人，尤其中国的男人们，大概是世界上最经不起什么劫难的男人了……她一边往外走一边这么想，对他们又是轻蔑又是怜悯。附在他们身上钻入他们灵魂的，该不会是那些遭到歼灭厄运的海鸥的禽鬼吧？为什么他们的眼里，全都有着那么一种又苟且又跋扈，企图献媚于人又企图践踏人的眼神呢？

离开机场，婉儿仍头也不回地往前走。两个男人紧跟在她身后。

首先耐不住性子的却是广志，他自言自语："还走，要走到哪儿去呀？"

那个男人笑，说："急什么，反正烟已经属于你的了！"言外之意仿佛是——她这个人可得归我！我用烟换的。你别打算和我争！

又走了一会儿，三人走到了一座小石桥上。桥下缓缓流着从四面八方汇于一壕的城市污水。水面浮着一层类似油脂的肮脏的东西，被阳光照耀得闪烁着黑紫色的光彩，如同谁往河面喷了一层黑紫色的亮漆。

婉儿站住，向两个男人转过身。

"你如果要烟，就揍他。揍得他表示不再跟着我们为止。"她对广志说，同时将胳膊探出了桥栏，"我认为你揍服他不费什么劲儿，你不揍他，我就把烟扔了！"

"别！婉儿你别！……"

广志两眼死瞪着她手里的烟，好比饿极了的狗死瞪着主人手里的一块肉。

"那你快开始呀！"

广志的目光转向了那个一心巴望着拥芳抱艳的男人。对方则胆怯地一步步后退。现在他似乎终于明白，她为什么"抬举"他了——因为与最终想占有一盒"骆驼"烟的广志相比，他等于是"秀才遇见了兵"。他看得出来，被指使揍他的男人，分明是个惯于争凶斗狠的好汉。

广志一步步向他逼近。

"嘿嘿，哥们儿，君子动口不动手，咱俩何必呢？有话好说嘛！烟归你，归你。一言既出，驷马难追！解馋第一口，小弟也谦让着你，还不行么？"

按婉儿的本意，广志一吓唬他，他跑了，也就算了。岂料他到此时，仍不弃邪念，而且当着她的面进行"策反"！使她觉得这个男人，真是坏透了！她倒偏要看他挨顿狠揍了！

她撕开烟盒，抽出一支，抛向桥下。接着弹出第二支……

"你别糟蹋烟！"

广志怒吼起来，向对方扑了过去。他曾向他们，一群鸭子一样被圈在机场候机室的男人，包括眼前这个男人，可怜巴巴地乞讨过烟。然而他们谁都没给过他一支。他们仅仅因为他们自己还有烟可吸，就认为是高出他一等的人似的。正是眼前这个男人，居然提出用两支烟换他脚上穿的崭新"耐克"鞋！而鞋已经成为他最后的也是最大的一笔资产了！靠两支烟就想把他盘剥得一钱不值啊！为了占婉儿这个根本不知"羞耻"二字的女人的便宜，又出手多大方啊！整整一盒"骆驼"！

他一拳就将对方打倒了。男人对男人的报复，一旦开始实施，体现于他这类男人，方式总是以轰轰烈烈为最好，最痛快。细分析之，他对婉儿的心态，其实正是被压抑的男人对男人的报复的嬗变。除此之外，毫无别的什么缘由。现在似乎连他自己也明白了这一点。一旦明白了，他那种通过力气的宣泄，形同摧枯拉朽一般。不容对方招架，像在杂技场上表演"摔跤"节目，他摆布对方那股狠劲儿好比一只野性大发的狸猫进攻一只绒布做的老鼠。

"大妹子，大姐！大姑……您高抬贵手饶了我吧……"

对方双手护头，被揍得不知该叫婉儿什么好。

她心软了，制止道："行了，让他去吧！"

广志却更加狂暴。对方不向他求饶，而向婉儿求饶，使他觉得，对方视他为她的一个家丁似的，并感到仍在受到巨大的侮辱。

"呸！你妈的！兜里还有烟没有了？"

他将对方上身按在桥栏上，朝对方那张文质彬彬的脸啐了一口。他一向挺尊重知识分子，但是讨厌文质彬彬的男人的脸。因为他自己黑壮粗野。

"有，有……"

对方惶恐极了，赶紧又从兜里掏出大半盒"骆驼"。

"塞我兜里！"

对方赶紧将烟塞入他兜里。

"有火柴没有？"

"没有……"

"胡说！吸烟的，会没有火柴？"

"真的没有火柴！真的没有！只有打火机……"

"跟老子逗闷子啊？！"

他腾出只手，扇了对方个大嘴巴子："打火机也塞我兜里！"

对方乖乖将打火机也塞入他兜里。名牌打火机。

"手表！戴我腕子上！"

于是他腕上有了一只看样子挺高级的手表。

"笔！"

于是他上衣兜有了一支一次性的流水笔。一次性的他也要。感到自己一无所有的他，不仅体验到了报复的快感，而且体验到了掠夺的兴奋。似乎觉得，这世界，又变得公道了些。

"行了，让他去吧！"

婉儿又予以制止。

"不行！"他说，喝问，"老实交代，你干什么的？"

"我，我是制片……"

"噢，制药片的！"

"不是药厂，不是制药片儿的。我是电影制片厂的制片，来物色演员的……"

"那么，你看老子能演电影么？"

"能！您能，您能……"

"能演什么？"

"这……您当然能演大主角，一号英雄人物……"

"去你妈的！"

对方又挨了个大嘴巴子。

"说！能演你爸！"

"我说我说……能演你爸……"

"放屁！我，能演，你的，爸！快说！"

"能演我爸！我明白了——您能演我爸！"

"你是知识分子么？"

"不是……我哪儿算得上……"

"不是知识分子你长这么一张脸！"

"我的错，我的错，我以后保证去整容……"

"把鞋脱下来！"

"您正牢牢抵住我，我没法脱……"

对方快哭了。

"呸！"

他又往对方脸上啐了一口，笑了。

"没法儿脱也得脱，用脚脱！"

"好，好……"

对方用双脚互相蹬掉了皮鞋。

"老子饶你……去吧！"

他一抬腿将对方掀下了桥。

婉儿未料他会这么做，吃一惊，急俯身看——幸亏桥不算高，水不算深，那人在空中翻了个跟头，落水时正好腿朝下。婉儿见他扑腾到岸边，一爬上岸，撒丫子跑得飞快，暗暗舒了口气。

"烟！我的烟！"

广志理直气壮地伸手向婉儿要烟。

她将烟抛在他脚边。她突然觉得他极端可憎而且可恶，甚至比被他掀下桥的男人更加可憎可恶。而且，使她感到危险。这真奇怪，她望着他，一时想不明白，愣在那里——他比别人富有之时，他完全是另一种人，喜欢帮助人，喜欢以某种慷慨博得乐善好施的名声。喜欢凭行为和他自己的想象，把自己塑造成"及时雨"宋江之类人物，怎么他一旦感到自己一无所有了，既可以捡烟头又变得这样穷凶极恶呢？她联想到了铁子被押上囚车时那种目光，和大喊大叫的那些话。他的目光，和铁子的目光包含着相同的内容！她不禁觉得身上一阵发寒。

他蹲下，捡起那盒烟，迫不及待地叼上一支，凶猛地吸。

婉儿犹豫了，不知还该不该将他带往那个地下室，带到她的"哥"面前。她甚至想赶快离开他了。

他忽然抬头问她："我们老掌柜的呢？"——他一向对别人不称他的岳父为"岳父"，而称"我们老掌柜的"。

"死了。"

"铺子呢？"

"那条街都没了。"

"这么说车也没了，钱也没了。街角那储蓄所还在吧？"

他的目光和语调中都流露着大的侥幸。

"我不是告诉你，那条街都没了么！"

"活该！活该！真是活该哇！"他的拳头擂着水泥桥面，几下便将拳头擂得血淋淋的，"我早就对老家伙说过，那么多钱，不能全都存在一个小小的储蓄所里！就是不听我的，以为我操的是份儿没用的心！二十多万，二十多万啊！真的一无所有，一无所有了呀！"

他蹲不住了，一屁股坐下，双手挠进头发里，号啕大哭。连那半截烟也被搓进了头发里，使他的头发冒起青烟来。

婉儿闻到了一股头发被烧的焦臭味儿。

"一无所有了我还活个什么劲儿啊！到了日本还不是得重打锣鼓另开张么？到了日本还不是得当日本的穷人么？挣下二十多万一份家业我

活得多累呀我！我再也累不起了呀我呀！刷盘子能刷出一份家业来么？不刷盘子在日本我又能干点儿什么我？"

他的喊叫，在婉儿听来，与铁子的喊叫相比，另是一种惊心动魄。铁子的喊叫属于彻底的疯狂一类。加在一起是"我要杀人"的意思。铁子的喊叫令人毛骨悚然，自己心里却并不害怕什么。一个人活到了要杀人，而且只要杀人的地步，当然也就没什么可害怕的了。他的喊叫却丝毫也没有要杀人的意思在内。加在一起仿佛是"谁干脆把我杀了吧"的意思。他的喊叫倒不令别人害怕什么，似乎害怕的只不过是他自己。那岂止是害怕是绝望，简直是对继续活下去的恐惧。简直是对继续活下去的毛骨悚然。所以在婉儿听来，他的喊叫凄怆无比。这一种凄怆青天白日源于一个男人的喊叫声中，使婉儿更加感到男人可能原本就是比女人脆弱的东西。原本就是在绝望时恐惧时需要女人安慰需要女人予以精神支撑的东西。他是婉儿所碰到的第一个不但恐惧于自己的一无所有，而且恐惧"日本"两个字的男人。这又使婉儿觉得，与那些盲目乐观盲目亢奋盲目自信的男人相比，他的绝望他的恐惧他的毛骨悚然，倒似乎证明着他的格外清醒。对清醒的绝望者是应该拉他一把的，她想。她内心里，一种女人的慈悲，被他的喊叫震动了，并且被迷乱了。

他站了起来，两眼瞪着桥中间的一根护栏柱子。婉儿一眼便看出了他想要干什么。也突然间似乎理解了，他刚才对另一个男人的穷凶极恶，也许是他抵抗自己内心绝望内心恐惧的一种方式吧？既然没谁会杀了他，他也只有自己弄死自己了。她替他"讨"来的烟和他自己夺来的烟，对于他来说，省着吸大概也只够吸一天半的。吸完了他不还是会产生自己弄死自己的念头么？一个男人到了眼中只有烟的时候，其实也就是到了随时随地会弄死自己的地步。再说还有小红一方情面。还有孟祥大爷死前的嘱托，如果她找到了他又弃之而去，过后怎么解释也对不起孟祥大爷。哪一天见到了小红，她又该说些什么呢？

她一步跨过去，挡在他和那根柱子之间。

"你别挡我，"他说，情绪平静了许多，话也开始说得镇定，"其实我倒不是太怕死。我怕的是，死了，在人们眼里也还是个一无所有的人。怕别人指着我的尸体说——看，这小子是个穷光蛋！现在我不怕这个了……"他低头看看自己的鞋，"'耐克'，三百八十多元。脚上是没问题了，抬得起来一个男人的体面。"又看看腕上的表，"像是镀金的。表也是好表，"双手插入兜里，一手掏出打火机，一手掏出"骆驼"，同时在两手掂了掂，"吸进口烟的男人，不能用简便打火机。它，和它，很般配。你躲开，你躲开！我喜欢这个死法！头破血流的，横躺在桥正中间，打远处看不见，谁走到跟前，吓他妈的谁个魂飞魄散！"

一抹挺歹毒的冷笑又浮现在他嘴角。似乎，一想到死了还能"吓他妈的谁个魂飞魄散"，他就能一解心头之恨。他究竟恨什么呢？

婉儿又困惑了。

然而她犹豫一下，竟躲开了。

"我得再吸支烟……"

他又将一支烟叼在嘴上。仿佛可以再吸一支烟，却没有再吸一支烟，便一头撞死了，是吃大亏的事。

但他持打火机的手分明在抖，叼在嘴上的烟，向火苗凑了几次才凑准。

"听着，"婉儿以最后谈判的口吻说，"要么，你跟我走，并且和我找小红。要么，咱俩就此拜拜。你死你的，我走我的。我这个人的性格你是知道的。别人做喜欢做的事儿的时候，我从来不愿扫别人的兴。"

他盯着那根柱子，猛吸烟。好像不是在吸烟，好像是在吸世界，吸这世界上应该属于他的最后的一点儿什么东西。吸个一干二净。全部吸入自己肺里，然后再死，也觉死得其所似的。他那样子，使她感到，唯恐有什么没从这世界上吸去，让仍活着的人分占了他的便宜。

"天灾人祸谁也预想不到。一无所有了的不止你一个！你恨得咬牙切齿顶什么用？一无所有了的人若都像你这样，我看这座城市就该变成疯人院了！再说你究竟恨谁呢？"

"……"

"你跟我走，和我找到小红，对你们两口子有利。我一心报答孟祥大爷，才这么费尽了口舌劝你！"

"……"

"十多万美金，在日本也算一笔数目不小的钱。一时找不到活儿干的话，省着用，够我们四个人支撑一阵子。"

"美金？"

"这里不是说话的地方。也许过会儿，那个男人会带了一帮子人来，跟你和我算账。被扔进这臭河沟里的，就是你和我了！我也没闲工夫等你慢慢考虑，我走了！"

婉儿说罢，拔腿便走。

"哎！你……你等会儿！"

她头也不回。

"你说四个人，还有一个人是谁？"

他追上了她。

于是婉儿边匆匆走，边向他讲自己一天半内的经历……

她判断得不错——十几分钟后，百余人向那座小桥奔跑而来。有男人，也有女人。女人是为了看热闹，男人是为了毁灭什么。弄死一个男人和一个漂亮女子，最能满足他们的毁灭欲。何况那理由是再充分再正当也不过的——男的抢劫女的诈骗！何况毁灭了，便作鸟兽散，法律会去找谁呢？可能到日本还得过三五天。度日如年的企盼，一无所有的落魄，无家可归的迷惘，已使他们的心理和精神状态处于崩溃之边缘……

当然，他们在桥上只不过发现了一双鞋。一双鞋，对百余人的毁灭欲来说，是太不够了！而且鞋是"死物"。对"死物"怎么样都谈不上毁灭不毁灭的。桥是水泥桥，想毁灭也毁灭不了。除非用炸药。他们是一心冲着两个活人来的，没带炸药。周围，也没什么很值得并容易毁灭的。

不知因为什么。他们互相争吵起来，互相谩骂起来，终于互相殴打起来。众人接二连三将某些人托起，抛入臭河沟里。桥上抛，岸上也抛。抛一个，发一阵欢呼……

婉儿二人，已走到了远处的机场路立交桥上。遥望着那一种疯狂的游戏般的情形，他的脸渐渐苍白了。

"你救了我一命。"

他不无感激地说。

"是我差点儿为了你，白搭上一条命。"

婉儿冷冷地说。

那是一幢连外观都没竣工的七层楼房。楼前工地上还堆着砖石瓦砾。一块大牌子高悬于脚手架。醒目的四个大字是——"违建，待拆"。下面一行小字是一九八五年某月某日。婉儿离开这里时，没注意到牌子。中国的事真说不明白。她想，拆一幢违建的楼也要"待"上几年！

"你就在这幢楼的地下室过了一夜？"

他问。

她点点头。

"和一个白天才认识的男人？"

"你要再说这种话，你滚！"

婉儿火了。

"你别生气嘛！"他皮笑肉不笑，"但你要是把我骗到这儿来，你们要是没有什么美金，不过想利用我，你知道，我这个人是不好利用的。"

他口吻之中含着威胁。

婉儿眯起眼，盯视了他几秒，一句话也没说，一转身走向楼洞。

在地下室走廊里，她听到脚步声，知他跟来了。

"如果让'哥'给他两万美元，了却良心上的一种债务感，就打发他滚，也许更是两全的做法吧？"

婉儿懊恼地想。这件事，当她刚刚决定之时，满心怀着的是善良的目的美好的情感。而此刻她已觉得真多余！

两个男人终于见面了。

他们连手也没握一下。

迎门的墙壁正中，凿了一个窟窿。一只扁的黑皮箱子，放在床上。

"就是你有十几万美金？"

广志怀疑地问。

"对。我有。"

"哥"面无表情地回答。

婉儿看得出来，他们互相都不信任，互相都存有戒心。

"钱在哪儿？"

"哥"走到婉儿跟前，搂着她的肩说："我们是已下了决心，一踏上日本国土，就到东京去闯荡生活的。东京如果混不下去，我们便到美国。反正不混出个样儿，是绝不再回中国的。你们也下了这么大的决心吗？"

"我还没见到钱，也就不能说什么打算和你们同舟共济的话。"

"哥"离开婉儿，默默走到床边，蹲下将那只箱子摆弄一会儿，箱盖儿腾地弹开了。内中只有一件西服。他将西服翻起一角，下面露出了几捆美钞。他立刻又压上了箱盖。

"同舟共济！"

广志向"哥"伸出了一只手。

"哥"迟疑了一下，也伸出了自己的手。

于是两个男人的手握在了一起。握得都很有力，很久没分开。

"哥"说："有你这句话，这笔钱就是我们大家的！婉儿讲了，你岳父生前对她好，她忘不了这份儿情。何况在危难时刻没有老人家，婉儿大概现在也不会站在这儿了！"

他看了婉儿一眼，婉儿点点头。

他又说："只要我们中国人能同舟共济，外国对于我们中国人便没什么可怕的。"

"说得好！从现在起，我就是你们的兄长。我一定将你们当成亲弟弟亲妹看待！"

广志信誓旦旦。

婉儿说："还有小红……"

广志说："对，当然还有她。如果她命大没死，找到了她，她就是你们亲姐姐！不，还是叫嫂子吧！冲我叫关系更亲密些，是不是？"

婉儿笑了。

"哥"瞧瞧她，受她感染，也笑了。

广志走到婉儿跟前，拍拍她的肩，又说："婉儿，小妹！以后我不叫你婉儿，就叫你小妹了！我一路上……有点那个……你别往心里去，啊？家没了，你嫂子生死不明，人到了一无所有的地步，难免荒唐……"

婉儿眼眶竟湿了。

她说："我不往心里去……"

听了他们的话，见他们的手在一起握了那么久，婉儿大受感动。她又觉得，其实自己内心里是希望他们能这样的。这样最好！她在心里对自己说。给两万美元，固然慷慨，固然大方，但怎么能比这样好呢？同舟共济的两对儿夫妻，那就等于是四匹马拉两辆车啊！这辆车陷住了，还有那辆车救援呢！钱，即使美元，也难买到"同舟共济"四个字呀！至于广志这个人，他不是已经认错儿了么？设身处地替他细想想，人在乍然落魄之际，说几句荒唐话，做出些荒唐行为，不是很应该原谅的么？婉儿，婉儿，你对自己从前的放荡和无耻都予以原谅了，你对别人一时的恶劣更应该原谅！你要学会宽厚待人啊……

婉儿这么一想，就高兴起来，对"哥"说："你俩一定都饿了。我也饿了。给我点儿钱，我去买些吃的。再买一瓶酒，咱们饮酒盟心，指天立誓！"

"哥"给了她二十元钱，笑着问："你信这套？"

婉儿说："反正只要咱们这么做了，互相就会觉得更托底了！"

广志说："对，对！饮酒盟心，指天立誓！同舟共济，这个过场是不能不讲究的！我信！"

"哥"便说："快去快回。别让我俩久等着！咱们今天要离开这儿……"

"我爱你！"

不待他说完，婉儿在他脸上吻了一下，满怀着喜悦飘出去了……

婉儿很快便回来了。

她一推开门，见两个男人站立于墙角，正紧紧搂抱在一起。她看不到他们的脸。只能看到广志结实的背，和"哥"的两条胳膊，那两条胳膊像绳索，勒着广志的腰，似乎快把他的腰勒断了。广志则仰着头，双手徒劳无益地推"哥"的肩……

"你们干什么呢？"

婉儿奇怪地问。

广志朝她扭过头来。他满脸血，大吼："帮我！……帮我分开他的胳膊！"

婉儿骇然极了，扔下买的东西，扑过去，费了很大劲儿，才分开"哥"的胳膊……

广志刚得以摆脱，便迅速跳到一旁。

"哥"的身体靠着墙，缓缓滑倒下去。墙上留下了一道血迹。胸前插着破墙用过的凿子，深及凿柄。他大张着嘴，双眼瞪得眦角欲裂。仿佛要在一息尚存之刻，喊出对世界的最可怕的仇恨无以复加的诅咒，却没喊出口……

"你！你杀了他！"

婉儿怔僵了。

广志瘫软地坐在床上，呼哧呼哧喘粗气。

"你为什么杀了他！你这畜生！你这王八蛋！你这狼心狗肺的东西！"

婉儿向他扑去。

他捉住她双手，将她摔倒在地。

她爬起来，又向他扑去，又被他摔倒在地。

她第三次爬起来，脸上挨了狠狠一拳，第三次倒在地上……

"听着，贱货！"他一手抓着她头发，一手扳起她下颌，面对面盯着她的眼睛，凶恶地说，"这笔钱，两个人花，总比三个人或四个人花，用的日子要长！这个账，连小学生也会算！要么，你跟了我，以后一切听我的。男子汉大丈夫，我一言九鼎！走到天涯海角，我也保护你。要么，你和他一个下场！我不能留下活口！既然已经杀了一个人，老子不在乎多杀一个！一到日本，老子就远走高飞了，谁也甭想从世界上找到我！你听明白了没有？！"

血使他的脸狰狞。

"说！要活，还是要死？……"

他几乎快把她的头从脖子上弄掉了。

"别杀我……我……要活……"

他放开了双手。

她散发遮面，头软弱地垂在胸前。

"你是贱女人。又漂亮又不要脸！其实我喜欢你这种女人。到国外，男人带着你这种女人，才无后顾之忧！我知道你一旦想明白了，是不会反对我的……"

他说着，一阵冷笑。一只脚踏她肩，将她踏得伏身于地。

接着他捡起酒瓶子，啃掉盖儿，咕嘟咕嘟灌了两口，往地上一摔，顿时粉碎，憋闷的空间，被酒味儿和血腥味儿弥漫。

他从床上拎起那只黑皮箱。想想，又放下了。脱下肮脏的上衣，擦脸上的血。唯恐擦不尽，走到水龙头前，拧出水洗起来……

忽然水停止了。

他摇着水管子，用拳头擂。仍不出水。

婉儿将水龙头关了。

她说："姓张的，你看着我！"

他倏地转过身，一只手伸向床，下意识地去抓皮箱……

她已站立在他对面，双手握着带血的凿子。从"哥"胸前拔出来的。

"我要你一命抵一命！"

他来不及反应，凿子穿透了他的身体。她竭尽全力一刺。部位也是右胸。

他伸向床的胳膊，条件反射地朝后一挥，手打在自己头上。手指掀入头发。使他那样子看去非常怪异。好像表演滑稽哑剧的演员，企图向人们证明，一个人只要怎么样，就可以将自己从地面提起，拽到半空中……

她拔出凿子，又竭尽全力一刺。

他的另一只手，也五指叉开，缓缓抓头发。

他那张洗去了血迹的脸，呈现着一种极大的惊讶。似乎惊讶于原来女人也是会杀人的，而且杀得又地道又利落。

婉儿又拔出凿子，见他身体晃，往旁一闪，他便脸朝下扑倒于地了。听那"咚"的一声，她断定他的脸肯定是平了……

她也瘫坐于地了。但她仍不罢休。双手握着凿子，一下又一下扎他结实的背。顷刻扎得像筛子一般。眼见着白色的背心变成了红色的。如同用杵子捣蒜似的……

她哭得涕泪滂沱然而无声。

终于，她放下了手中的凿子。像小学生满意地做完了作业，心安理得地放下了笔。

她站了几次才站起来，神情木然地环视着这个空间。

她自己的连衣裙，"哥"替她洗了，晾干了，叠放在床头。

她不知哪里来的那么大的力气，将他抱到床上，盖了被子。她抱他时仿佛抱一个孩子，竟觉得他很轻。

随后她脱光身子，将自己用皂彻底冲洗了一阵。

她离开之前，抚上了"哥"的双眼。她一抚他的双眼，他的嘴也自动闭上了。

"我知道你想喊什么……"俯视着他恢复了自然状态的脸，她低声说，"你要咒我，你一定以为是我设下的计谋，勾搭了另一个男人来害你性命，夺你美元。可这不是真的。事情不是这样的。婉儿没这么坏，所以我把他杀了……但是我太对不起你！现在说什么也晚了……"

她的眼泪一滴滴落在他脸上……

她转身望那幢违建待拆的楼房，心里默默祈祷——上帝呵，如果你确实存在，那么你就显一次灵给我婉儿看吧！你让这幢楼房塌了吧！算是给我"哥"做个坟……

她脚下的路突然猛烈地震荡起来，并且从地底下传出可怕的轰轰隆隆的声响……

她站立不稳，摔倒了，本能地将全身匍匐在地上……

地底下传出的可怕的响声和地面上的巨大的响声连贯了。在两种混合了的响声之中，楼塌了。塌得很彻底。眨眼变成了一座砖砾大山……

一阵尘浪贴着地面向她扑来，仿佛波涛要将她淹没。尘浪过后，她睁开两眼，不见了那装有十几万美元的皮箱。

大地仍在震荡。

她不敢站起来，也根本不可能站起来，像一条蜥蜴似的，惊恐地四处乱爬，盲目地焦急地寻找着。

其实她根本就没有将那黑皮箱带出地下室……

第八章

"二大爷？"

小芸看罢纸条，以怀疑的目光从上至下审视着马国祥。这使他老婆和女儿内心里都很不自在地交换了一次尴尬的眼神儿。她们本十分不情愿跟他来冒充市长的哪门子亲戚。如果同样意味着一种积德行善，她们倒宁肯陪他照看一位伶仃老人，或一个残疾人，或孤儿寡母。

"二大爷？"

马国祥自己也不由得嘟哝了一句。他没看过那纸条，预先并未料到市长已将他所扮演的角色规定了。一时有点儿找不到自己是"二大爷"的那种感觉。

"难道你不是？"

见他自己都不太清楚自己是谁的懵懂的样子，小芸似乎对他更有怀疑的理由了。

"是，是！嘿嘿，我怎么能不是呢？那不等于冒充了么？"马国祥讪讪地笑起来，赶紧又说，"我是你大爷这是千真万确没错的。不过，不是你二大爷，是你三大爷。你爸着急忙慌的情况下，少写了一横……"说到这儿，求援地看了看老婆和女儿。那意思是——你们怎么不对她亲热点儿呢？你们怎么不开口哇？你们应该帮我证实呀！

她们一时更是找不到感觉，都低下了头。

小芸研究那纸条。不错，是市委的公文笺。不错，也是爸爸的字迹。但，从来没听爸爸说过自己有"大爷"啊！若信眼前这个其貌不扬的瘦

322

小男人的话，那么除了他，自己另外还有两个大爷了？

"你们怎么来的？"

"坐你爸爸的专车。"

"我爸爸为什么不陪你们回来一次呢？"

"我不是告诉你了么，他忙！"

"那，也应该让秘书陪送你们啊？"

"张秘书呀？就是他陪送我们来的！"

"他人呢？"

"走啦。"

"走啦？奇怪……"

经这一番变相的审问，市长的女儿仍不能完全消除满腹疑团。没有任何铺垫就冒出一位"三大爷"，她感到仿佛自己突然多长出了一个手指头或脚指头似的。

"你说奇怪是什么意思？有什么好奇怪的？啊？我看你明明不信我是你二大爷，对不对？"

"不，不，您多心了……"

小芸立刻替自己辩解。"三大爷"不就是爸爸的三哥么？无论从亲戚还是辈分上论，眼前这个其貌不扬的瘦小男人的确都是断不应遭到自己怠慢和冷遇的，而自己却已然怠慢他冷遇他了！其实她并不愿给"三大爷"留下不良的第一印象。

"小芸，我告诉你！我，你三大爷，不是来投靠你们家的！是你爸爸求我替他照顾你……"

他想说"照顾你妈的"，后边半句话还没说出口，呆住了。

女主人闻声从另一个房间踱出来。他一看见她，就猜到了她是市长夫人无疑。

"小芸，怎么回事啊？"

她语调极其持重地问女儿。她下穿一条黑色裙裤，上穿一件白色府绸短袖衫，显得端庄素雅，仪态大方。

"妈，这是我三大爷。这……"

小芸瞧着马国祥老婆，一时把不准她究竟是不是自己"三大娘"，迟疑着不知该怎样向母亲介绍。

"这是你三大娘！这是你姐淑娟！"

马国祥赶紧替自己的老婆和女儿做介绍。他暗自好生奇怪——市长夫人这样，也不像疯得很厉害的样啊！倘若揍这样一位细皮嫩肉的女人，他暗想，自己是不大下得去手的。

小芸此时的怀疑已被恼火起来了的马国祥消灭得差不多了。他居然知道自己的小名叫"小芸"，大概他真是自己的"三大爷"吧？

"三大爷？"

分明地，市长夫人对眼前这个其貌不扬的瘦小男人也持怀疑态度。马国祥看出了这一点。小芸也看出了这一点。她将爸爸写给自己的纸条递给母亲。

市长夫人看着，沉吟着，不明白纸条为什么不是写给自己的，而是写给女儿的。尤其不明白的是"照看你妈妈"这句话。

女儿问："是我爸爸的字迹吧？"

母亲肯定地回答："是的。当然是！"

马国祥认真听着她说的每句话，以植物病理学家观察一棵树或一盆花那种眼光，从旁观察她脸上的细微表情变化，越发地觉得她精神正常。简直正常得不能再正常了。他甚至开始暗想——疯了的究竟是这个女人呢，还是市长本人呢？

"小芸，你真不懂事！怎么能让你三大爷他们还站在走廊里呢？她三大爷，三大娘，快进屋吧！"

虽然，市长夫人也从未听市长提到这么一位三兄，但看了丈夫的字条，做得还是要比女儿礼貌得多，推开客厅门，挽着马国祥和他女人便往里进。他两口子要换鞋，她哪里容他们换呢？小芸跟着母亲的感觉走，也便亲亲热热地挽着淑娟进入客厅。淑娟也要换鞋，小芸也不容她换。

马国祥一家三口，见市长家的客厅，哪儿都干净得一尘不染，一时不肯在沙发上落座。

市长夫人嗔怪道："你们这样，反倒叫我不好意思了！小芸他爸的家，就是你们的家嘛！她三大爷，你先坐。你不坐，我也不坐，难道咱们都站着不成？"

马国祥一想，既来之，则安之，坐就坐。于是对老婆和女儿说："坐，坐吧！也别怕弄脏沙发啦！反正我兄弟家有洗衣机，洗也省事。"说着，带头坐了。

他女人和女儿，见他大大方方坐了，才徐徐地坐了。但因衣服的确不干净，都只坐沙发边角。

"她三大爷，你们是喝茶，还是喝饮料呢？"

市长夫人坐在马国祥对面的沙发上，恭恭敬敬地向马国祥敬烟。

马国祥吸了两口烟，望着老婆和女儿说："我喝茶。我喝惯了茶，从来不喝什么饮料，你们呢？"

她们都在暗暗瞧着市长夫人犯寻思。路上，他曾悄悄告诉她们，市长的妻子疯了，是市长求他和她们住到市长家的。现在，面对着虽芳龄已逝但风姿绰约的市长夫人，怎么瞧也不像是疯子呀！听马国祥问她们，都回答也喝茶。她们以为他骗了她们，又不知他葫芦里究竟卖的什么药，总之觉得他诽谤人家市长夫人是疯子，又冒充人家市长女儿的"三大爷"，挺缺德。她们都不拿好眼神儿瞪他。

马国祥明白她们那种眼神儿，感到整个这件事，非常地不对头。可究竟在哪个关节阴差阳错，他也搞不明白。他想，无论怎样，我马国祥受人之托，就得对人负责到底，疯子有各种各样的，我的"弟妹"，不管你此刻表现得多么正常，我马国祥还是不能不将你当一个疯子看待……

小芸已默默替他一家三口每人泡了一杯不浓不淡的茶。

马国祥呷了一口茶，搭讪着问市长夫人："弟妹，你最近身体，还可以吧？"

她笑笑，说："我的身体嘛，一向很好，没病没痛的。只不过有时在家闲闷得慌罢了！"

马国祥就着这个话题对她进行开导："千好万好，不如身体好。身体好是人第一大福分。身体好的关键又在于精神好不好，精神好的关键又在于心情好不好。所以呢，会不会保持好心情，是人会不会活着的诀窍。"

市长夫人频频点头，一副洗耳恭听的样子。她觉得这位"三大爷"虽然其貌不扬，但说起话来却挺有逻辑的。今后若有他陪着经常聊聊天，也许自己不至于感到闲闷得慌了。她开始从内心里欢迎他了。

马国祥见她还愿听自己的话，大受鼓舞，又诲人不倦地说："精神这个东西，好比人胸中一团气。胸怀开阔的人，精神永远清爽，就不大出毛病……"

市长夫人双手一拍，赞同地说："三兄，你的话对着呢！你和三嫂，和小娟，就在我们这儿长住下吧！"

分明地，她是很需要与人交谈的。不管交谈什么，都是她所高兴的。

小芸走到她跟前，对她悄悄耳语了几句。

她站起来说："三兄，正巧浴室里放好了水，我看你们都先洗个澡吧！我呢，去做饭。我可是做得一手好菜，今天也向你们卖弄卖弄！"

说罢，起身出去了。

马国祥愉快地感到，她对自己的称呼，由"她三大爷"变成"三兄"，证明自己已经初步取得了她的由衷的尊重。他对于今后替市长负起"照看"她的责任，相当地具有信心了。他得意扬扬地看了看老婆和女儿。

他老婆白了他一眼，没好气地说："你那张嘴，若闲不住，聊点儿别的行不行？"

女儿也说："就是的！"

"你们懂什么？我这叫欲擒先纵之法。兵书上的谋略，自古至今，在医学上也是通用的。"

小芸听他的话蹊跷，联想到爸爸在纸条上写的"照看你妈妈"一句不着边际的话，忍不住发问："三大爷，您说'欲擒先纵'是什么意思啊？"

马国祥笑道："不过是种比方。取个医学上循标探本的意思。从刚才看，我觉得你妈妈的精神，还算正常。但精神病，是说犯就犯的病，不能因为她一时似乎正常，就错误地认为她已经彻底好了，不是一个疯子了！"

"精神病？……三大爷，您是说，我妈妈她……是疯子？……"

小芸越听他的话，越觉得如堕五里雾中。她并没有遵照爸爸的"指示"，给妈妈喝下那杯溶解了安眠药的牛奶。因为妈妈一觉醒来，自己热了一碗粥喝了。接着就安安静静地独自看费雯丽的《我的故事》。要她承认她的妈妈是"精神病"，比要她自己承认自己是"精神病"还不可思议。不错，妈妈有时是显得性情乖张，但那也不等于就是精神病哇！说是"更年期综合征"，可能还多少着点边际。精神病？活见鬼！

今天的市长夫人，的的确确是精神正常的。彻底正常。完全正常。对于昨天夜里的事情，她一丁点儿也不记得。如果有人对她讲，她昨天夜里是什么样的，她一定会认为对方精神错乱。

而小芸，却已经开始怀疑，这位"三大爷"，是否精神有毛病。进而联想到爸爸早上在家里的言行，又不无根据怀疑爸爸的精神出了毛病。总之爸爸和"三大爷"之间，肯定有一个精神不正常。抑或他们两个，都有点儿精神不正常？这一怀疑，使她的好心情，立刻变得不那么好了。

"小芸啊，"马国祥同情地望着她说，"你妈妈肯定是患了精神病。这是毫无疑问的。你看不出来，不等于就不是事实。不过你也不用太担心，一切有你三大爷我呢！她文疯的时候，三大爷我文对；她武疯的时候，三大爷我武对。对付精神病人，比起你这个女孩儿家，三大爷还是自有一套办法的……"

他说得胸有成竹。

然而小芸听得挺害怕。这位满口疯话的三大爷，竟认定了妈妈是精神病，还仿佛对此秉承着"照看"的责无旁贷的义不容辞的委托，并且已然被妈妈所欢迎从今天起便住下了，这可怎么办才好呢？

马国祥的老婆和女儿，也开始怀疑他精神有毛病。被公安局关了一夜，还挨了打，还经历了种种的恐惧和凶险，精神难免受刺激啊！若非精神出了毛病，能一口咬定人家又热情又和蔼的一位市长夫人有精神病么？还冒充人家"三大爷"！这不是一时半刻就会败露的事么？她们替他感到羞臊，感到无地自容。

　　毕竟是市长的女儿，小芸心里颇能装得下疑窦。对于马国祥的话，也就是对于一位可能精神有毛病的"大爷"的话，她明智地采取一种宽容的态度，并未认为是对她的妈妈的公然侮辱，一笑置之，扭转话题说："三大爷，您先洗澡，吃完饭，下午美美地睡上一觉！外边再乱，这个院子里，也是安静的。保证您能睡得踏实……"

　　马国祥老婆站起身来，打断她的话说："小芸啊，我们不洗澡了。其实我和你三大爷，只是想来认认门儿。我们旅馆里包了房间，不回去住，也是要算钱的。我们还有事儿，得回去了……"

　　马国祥也打断了她的话："撒谎！你什么时候学会撒谎了呢？我们在哪个旅馆里包了房间？唵？都身无分文了，还胡扯什么包房间不包房间的？还去睡桥洞哇？要走你们走，我反正是不走的！除了大饭店，哪儿也不会比这儿条件好！再说在这儿我是三大爷！小芸，带你三大爷到浴室去！"

　　小芸将"三大爷"引入浴室后，想了想，噔噔噔下楼离开家，匆匆走到传达室，决定给爸爸挂个电话。她怕在家中挂电话，让"三大爷""三大娘"和小娟姐姐听到，造成什么难以释清的误解。

　　"爸爸，三大爷他们已经到了！"

　　"他到了就好了！"听筒里传来父亲的一声叹息，"家中一切事情，都要听他的。他是受我的托付，才肯住到咱们家去的！"

　　"爸爸，他真是我三大爷么？我怎么从来没听你提到过？他怎么和你一点儿都不像啊？你纸上写他是二大爷，他自己却说他是三大爷……"

　　"别管他像不像我。更别管他究竟是你几大爷，反正你得当他是你大爷！"

"爸爸我觉得……我觉得他精神有些毛病似的。他一口咬定说我妈妈有精神病……"

"听着，他的精神是没有毛病的。绝对没毛病。他说得对，你妈妈的精神错乱了！不是一般的错乱，是极其严重的错乱。今天早上我不想告诉你。你别搞错了，别把精神没毛病的，当成精神有毛病的。别把真正精神错乱的，当成精神正常的！我这里有事，先说到这儿吧！"

电话挂断了。

当女儿的，握着听筒，一时怔愣。

她断定疯了的，毫无疑问是自己的父亲。回味父亲的话，认为是不折不扣的疯话。而自己的父亲，不是一般的父亲，是一市之长啊，是正在海上漂浮的这一座城市的一市之长啊！

她的心情格外沉重起来。

回到家里，见妈妈正在厨房有条不紊地做菜做饭。经过了一番思想斗争，她觉得应该首先告诉母亲，而不应隐瞒。因为问题所关系到的一切方面，实在是太严重了。

"妈……"

"什么事儿？不陪你三大爷说话，刚才出去干什么了？"

"给我爸打个电话……"

"打也白打，他不会回来陪着吃饭的。"

"妈，我觉得……不对头。我想……有一种感觉……当然是我自己的感觉，必须告诉你……"

"别这么吞吞吐吐的，那就快说！"

"我觉得，我爸爸……他的精神……也许出了毛病……"

"哦？"

精神昨夜极其错乱，而服了六片安眠药，睡了一长觉之后，完全彻底地奇异般地恢复了正常的母亲，不由得停止了切菜。

"爸爸在电话里对我说……说你精神错乱了。还说不是一般的错乱，是极其严重的错乱。他离开家之前，我就觉得他的言行，有些……有些异常……他热了一杯牛奶，嘱咐我，你一睁开眼睛，就立刻给你喝下去……"

当母亲的又"哦"了一声，神色渐渐有变，低声问："那杯牛奶在哪儿？"

"还在冰箱里。"

"你去取来！"

于是当女儿的，便去将那杯牛奶取了来。

当母亲的端着那杯牛奶，凝视了半晌，缓缓将杯子凑到嘴边……

"妈！妈你别喝……"

"叫什么？难道你爸爸会往里边放了毒药，想毒死我不成？"

"可是万一……"

当女儿的夺下那杯牛奶，倒入水池，并将杯子扔进垃圾桶。

"妈，我怕。我心里怕极了！我真怕我爸爸他……"

当女儿的抱住当母亲的，呜呜哭了。

当母亲的说："别哭。让你三大爷他们听见了，该瞎猜疑了。你炒这盘菜，我再去给你爸爸打次电话！"

……

"喂，是我。文茗？"

市长从电话中听出妻子的声音，这一惊非同小可。他不知该对她说什么。唯恐一句话说得不妥，使她在家里"大闹天宫"。

"你在干什么呢？"

"我刚刚开完一个短会，布置了几项工作。正准备出去视察，有事么？"

"没什么事。啊，城市秩序不是已经开始安定下来了么？那你就不要感到什么压力了。家里也没什么特别值得你操心的，是不是？你努力尽好你的职责就是了，但一定要注意休息。神经要松弛……"

"对，对。你说得对。我会注意休息的……"

市长大犯糊涂了。不知该把妻子的话，当成疯话听，还是当成正常的话听。

他问："文茗，你在干什么呢？"

她回答："我在给三兄三嫂他们做饭啊！"

市长简直又弄不明白，昨夜是妻子精神错乱了，还是自己精神错乱了。如果昨夜精神错乱的是妻子，那么她现在说起话来怎么会如此明白，还在做饭呢？

他说："他们是亲戚，不是客人。你也别太张罗了，随便做顿合口的饭就是了。"

她说："我想做得丰盛，也没那么多东西可做呀！啊，知道我为什么给你打电话么？刚才芸儿告诉我，她感觉……你的精神……全市人数你的责任最重，经她一讲，我也有些怪不安的。你真对她说我的精神错乱了么……"

"没有没有！怎么会呢？"市长矢口否认，"我肯定没对她那么说过……"

"可芸儿由于担心都哭了！难道她的精神……这孩子长这么大还没经历过什么……"

市长一听，心里可就有些急，怕真应了自己的话，把精神没毛病的，当成精神有毛病的。把真正精神错乱的，当成精神正常的，便改口道："芸儿的精神也没什么问题。这一点你千万要一百个放心。我是说过精神错乱的话，不过不是对她说的你，而是……而是对她说的她三大爷。当然他也不过就是，精神稍稍有那么一点毛病而已。所以呢，我让他住到咱们家，是希望他能得到你和芸儿的照顾……"

市长一边搪塞着妻子，一边暗暗谴责自己对马国祥的"出卖"。可事情又明摆着，说谁也没疯，似乎已说不通，说不服人了。而妻子呢，又是第一个不能指出她精神出了毛病的。连指出她仅仅昨夜精神出了毛病也是愚蠢的，更不能使妻子认为女儿精神出了毛病，还不能使妻子认为他自己精神出了毛病。似乎只有马国祥可以"出卖"。"出卖"了最有利于"后院"的安定。而"后院"若不安定，必定会影响自己努力尽好市长的职责啊！

放下电话，他在心里说，马哥们儿，马哥们儿，我把你"出卖"给我妻子我女儿了，你可千万别怪我。早知结果是这样的，还不如不让你住到我家里呢！唉，唉，某些时候，某种情况之下，某一事情的变化，真是预先太难估计，不以人的意志为转移啊……

市长夫人回到厨房，安慰女儿，她的爸爸精神并没出毛病。不过是她将他的话听错了——精神有点儿毛病的，是她的"三大爷"。她们又互相交流了一阵看法，最后统一认识——就这么回事儿！

客厅里，另外母女二人也互相交流了一阵看法，也统一了认识——市长夫人的精神，绝对是没毛病的。精神方面出了毛病的，是她们的"主心骨"。

于是她们去到厨房，对市长夫人母女歉意地表示——她们原先并没发现他的精神方面有任何出了毛病的迹象，是来这儿之后，从他的古怪的言谈中才感觉到的。既然如此，不便在这儿住下了。她们等他一洗完澡，就马上带他走。不管他愿意不愿意。就是生拉硬扯，也要把他拖走。她们岂可在目前这种特殊的情况下给市长家添麻烦呢？并且，她们坦诚相告——他根本不是市长的三兄，不是小芸的"三大爷"，他不过是什么什么人。他仗着自己和市长的一点儿交情，似乎心安理得地打算在这儿住下去的行径，使她们无地自容，感到万分羞惭，等等。

于是两对儿母女，四个大小女人的认识，都统一到了一起。但市长的夫人和市长的女儿，却坚决地反对马国祥的女人和女儿带他离去的做法。她们说即使他不是"三兄"，不是"三大爷"，不是任何意义上的亲戚，毕竟是她们的丈夫和父亲的朋友。两个男人之间的交情，看来也绝不仅仅只有"一点儿"。肯定的非同寻常，虽然她们都不太详知。否则，一位市长在目前这种特殊情况之下，不会丧失起码的理智，同意一个精神出了毛病的男人住到自己家里的。既然两个男人之间的交情肯定的非同寻常，那么她们作为妻子和女儿，便有义务有责任替丈夫照顾一位精神出了毛病的朋友……

女人们一旦对某件事开始进行推理，她们对某件事的认真态度，便注定了要大大超过男人们。马国祥的女人和女儿，被市长夫人和女儿的诚意所感动，只好既来之则安之了……

待马国祥从浴室出来，他的一举一动，一言一语，以及他脸上的哪怕最细微的一次表情变化，便受到了四个女人的敏感目光的监视了。而一个精神完全正常的人，其言行一旦不仅被监视，进而被分析，被研究，结果就会被认为很不对劲儿，很古怪，很不正常。比如他要到厨房里帮一把手，四个女人便怀疑他的不正常的精神，肯定活动着某种另外的企图。四个女人做五个人的一顿饭，难道还需要唯一的男人帮一把手么？这难道还不违反一个精神正常的男人的思维规律么？但是她们又不能干脆拒绝他。她们认为不能。她们一致地以一种类乎哄小孩般的，同时又相当之谨慎的态度对待他。这是她们经过讨论之后一致认为的对待他的最明智也是最佳的态度。市长夫人给了他几头蒜，让他全剥完。而他自己的女儿，谨防万一地将菜刀藏了起来。他耐着性子剥完那几头蒜，不知从哪儿翻出市长的一套衣服，将客厅的门插上，换下了自己那身脏衣服，并开动洗衣机洗起来……

"你看，这不是疯了么？"他女人在市长夫人面前抹眼泪，"哪有在别人家里，也不打声招呼，就翻出衣服穿的呢？"

"嗨，一套衣服，随他穿去呗！"市长夫人婉言安慰道，"对待精神不正常的人，只要他不胡闹，最好的办法，就是随他想干什么干什么。目前这种情况下，也不好就把他往精神病院送啊！再说，我看他的精神，不过有那么一点点儿不正常。兴许我们好好照顾他几天，他就恢复正常了呢！"

他女人抽泣着说："如果能那样，谢天谢地啊！你们一家，也就是我和小娟的大恩人了！"

市长夫人听了这话，很有些担待不起的样子，嗔道："大姐，你可千万别再这么说！也别这么想！什么恩不恩的啊？目前这种情况下，人不帮人，什么时候帮啊？对不对？"

两个女孩儿家，听了她们的母亲们的话，顿觉心心相印，比她们的母亲们，尤显得亲近起来。

马国祥洗好了衣服，晾在阳台上，又来到厨房，对市长夫人说："弟妹，见你忙着，我就自己找了一套衣服换上了，你看我穿着还合身么？"

市长夫人佯装很认真地打量了他一番，连连说："合身合身！芸儿她爸穿着小，你穿着正好！"

他又说："弟妹，我看你这会儿心情不错哇，是不是因为我们来了，高兴啊！"

市长夫人说："那是那是！你们来了，我特别高兴！"

他接着说："我也高兴。我不见外。你们千万不用客气。我是把你们家当成我自己的家一样来住的！"

市长夫人笑道："三兄，你能这样最好。本来就是至亲么。你不把这儿当家，把什么地方当家啊！"

市长夫人认为自己是在跟一个精神出了毛病的人说话。马国祥也是。都怀着同样善良之目的，企图从交谈中分析对方精神上的毛病究竟出在哪儿，恢复正常的可能性究竟有多大。而在另外三个大小女人听来看来，马国祥说的每一句话，包括他说话时的样子，都是精神不正常的表现。似乎他如果精神正常，肯定不该说那些话，而说别的什么话，肯定说话时不该是那么一种样子，而应是别的什么样子。至于他究竟应该说些什么话，说话时究竟应是什么样子，她们自己也不大清楚。因为她们内心里原本没有什么精神正常的表现的标准。马国祥注定了是处处表现得精神不正常的一个人。

他背着市长夫人的视线，向市长的女儿眨了眨眼睛，那意思是——别担心，你妈妈的精神状态，这会儿很正常，很良好嘛！

小芸则背着他的视线，向他自己的女儿淑娟眨了眨眼睛，那意思是——瞧见你爸爸刚才向我眨眼睛了么？多古怪的一种表情啊！这会儿他精神正错乱着呢！

于是他女儿再向自己的妈眨眼睛。于是她再向市长夫人眨眼睛。于是市长夫人再一一向她们眨眼睛。由他自己的一次眨眼睛，导致四个大小女人相互眨了一通眼睛。于是她们又统一了一次认识——别理他，任他想说什么就说什么！愿意奉陪他几句便奉陪他几句，不愿奉陪就当他那是自言自语……

吃饭的时候，马国祥的精神，似乎"表现"得更不正常了。因为吃饭是一连串微小动作组成的"行为"，而这一种"行为"，一旦被女人们的目光所研究所分析，结果只有一个——怎么着仿佛都是不正常的。这种情形如同人对一个正确无误的字的写法产生了怀疑，怎么看怎么觉得不对劲儿，别扭，多了笔画或少了笔画。

马国祥那一顿饭没吃好。

四个大小女人那一顿饭也没吃好。

但马国祥说他吃好了，吃得很饱，很舒服。

而她们明明都看出他根本没吃好。

没人碍着他吃啊！明明根本没吃好，却说好了，吃得很饱，很舒服。岂不是装模作样么？而且是精神不正常的人的装模作样……

到了晚上，马国祥终于意识到，自己所想要扮演的角色，不知不觉间，与市长夫人应该是的角色弄混了。不，岂止是弄混了，而是弄反了！谁弄的呢？他反省自己的每一言每一行，似乎不能说是自己弄的。但也不能说是市长夫人故意弄的呀！怎么竟会弄成这样的呢？他左思右想，想不明白。于他这一方面，经过他细致的冷静的察言观色，已确信市长夫人是一个精神正常的女人了。可是于她那一方面，于她们那一方面，包括自己的女人和女儿，依他看来，想要向她们证明自己的精神其实也是正常的，并获得她们的承认，似乎倒是一件难事了！

难，也不能因为难就认了啊！

于是他将她们召集到客厅，郑重地，严肃地，一言一语都经过推敲地，向他们声明自己的精神是正常的。解释他来到这里的缘由。结果是越解释似乎越解释不清。越解释似乎破绽越多。到最后连自己也陷入了重重破绽自相矛盾终于不能自圆其说的境地，感到十分地索然。

她们的表情，一个个也都很郑重，很严肃。比他有过之而无不及。她们都诚诚恳恳地向他表示，她们谁也不曾怀疑他的精神不正常。怎么会呢？根据什么？她们反问他。毫无根据嘛！她们自问自答。无稽之谈啊！他看出来了，结果她们似乎更有理由更有根据认为他的精神不正常了！

等她们都睡下了，各个房间的灯都熄了，他从床上爬起来，悄没声儿地溜出了为他安排的小房间，给市长挂电话。

"老马？"

"是我，市长。"

"情况怎么样？"

"糟透了！"

"那……你真揍她了？"

"我没揍她。我说市长，她精神很正常哇！这么一来，倒是我，被她们——您的夫人您的女儿，加上我老婆我女儿，一致地认为精神不正常了！"

"这不可能啊！文茗她昨天夜里明明……"

"怎么不可能？现在情况就是这样么！"

"老马，你别急。我想你这个人，是什么特殊情况都善于应付的，对不对？你呀，你千万别被她的表面现象所蒙蔽！我可能明天下午才有时间回家一次。一切等我们见了面再详细解释好不好？"

市长那边显然诸事缠身，没工夫答对他，一说完就挂断了电话。

马国祥半捂着话筒，不习惯地压低声音，却白白作了一次"小汇报"，对自己下一步应该采取什么"行动"，不得要领。他未免有些心烦意乱。回到房间，重新躺在床上，吸着烟，将这件令他糊里糊涂的事细细一寻思，也疑雾重重起来。

他忽然听到哪一个房间的门轻轻响了一下，将自己房间的门拉开道缝，见市长夫人穿着睡衣，也到走廊里打电话。小芸和小娟睡一个房间，市长夫人和"三大娘"睡一个房间，为的是可以单独劝慰"三大娘"。"三大娘"睡熟了，她觉得自己有必要再给丈夫挂一次电话。

"是我。心里有事，睡不着。我跟你说，三兄的精神状态，晚饭后，显得更不正常了。对，精神病人一般都是否认自己有精神病的。我家族中有四位精神病医生三位精神病人，这我当然知道。他现在已经睡了。他听不见的。如果他就这么个样儿，别往大了犯，凭我的经验，我想我还是能稳住他的。不过你可很不对啊！他哪儿是咱们小芸的'三大爷'呀！他老伴儿已经跟我兜底儿交代啦！他不就是名字上过报纸的那个什么'酒圣'马国祥么？他一来我就觉得好像在哪儿见过他似的。救了你一命？我当然不会慢待他啦！你的动机我理解。完完全全地理解，而且也赞成。在这种特殊情况下，在他精神错乱的时候，让他住到咱们家，以恩报恩，这是对的。但如果你没法当面告诉我个明白，也该随后在电话里主动对我讲啊！要是我不在电话里首先问你呢？没事儿，他肯定睡着了。肯定听不见。小芸在给他喝的橘子水里放了安眠药……"

电话的另一端，市长听罢，暗暗叫苦不迭。更加搞不清楚，在自己的妻子和马国祥之间，究竟谁的精神不正常了。从两次电话听来，妻子的精神似乎是很正常的。或者说是不可思议地变得很正常了。那么难道马国祥……为什么连他的老伴和女儿，也跟自己的妻子和女儿一样，认为他精神不正常呢？

马国祥隔门侧耳聆听到市长夫人的话，对市长在电话另一端说了些什么，猜了个八九不离十。

坏了！他想。我自己的精神很正常，这是肯定的。市长夫人的精神很正常，也是没疑问的。那么结论只有一个了——市长本人的精神出了毛病！除了能得出这么个结论，还能得出其他的什么结论呢？自己的妻子明明精神很正常却说自己的妻子疯了。还说"不是一般的错乱"，是"极其严重的错乱"，于是请求我住到他家来，替他照看他妻子。我来了，他呢，却又在电话里跟他的妻子说我马国祥精神不正常。让我住到他家里来，是为了报答我对他的救命之恩！我可没敢自己冒充"三大爷"呀！是他自己纸条上这么写的呀！是他预先规定了我一来就得扮演这么一个角色呀！而且不交代于我！马国祥又反省自己的言行，认为自己错了的只有一点——纸条上写的是"二大爷"，而他为了扭转自己当时的尴尬，自谓"三大爷"。"二大爷"或"三大爷"，仅仅一横之差，也不至于就差之毫厘，失之千里，自己落得个"精神不正常"的下场啊！我马国祥的精神正常不正常没什么大关系，不是一个严重的问题。但市长的精神可是不能出毛病的啊！半点儿毛病也不能出啊！市长的精神若出了什么毛病，而却没有人敏感地发觉这一点，非常及时地指出这一点，那怎么得了哇！

马国祥想到此处，心中一种责任感油然而生——又下了床。不料一阵头晕，险些扑倒。他明白，定是安眠药起了作用。然而心中那一种油然而生的责任感是非常之强烈非常之巨大的，促使他扶着墙又溜出了房间。一将电话机捧在怀里，他就贴墙坐下了。

"喂，哪里？"

听出是市长的声音，他故意细着嗓子说："我找张秘书。"

"你是谁？"

"我呀？他爱人呗！"

"你等会儿……"

听出是张秘书的声音，他恢复了语调赶紧说："张秘书，你只管听着，什么也别问。我是马国祥。我在市长家给你打电话。我要告诉你，我怀疑市长的精神可能出了毛病！市长对我讲，他爱人昨夜精神错乱了，求我住到他家，帮他照顾。可他爱人精神没错乱，正常得很。他呢，又打电话对他爱人讲，是我精神出了毛病，所以安排我住到他家，为的是能够使我得到些照顾。结果现在我倒被当成了一个精神病。你认为市长是不是精神出了毛病？"

"那，依你看，我应该如何呢？"

张秘书用同样低的声音问。

"告诉你这个……这个……情况……是我的……我的……责任……至于……至于……"

"喂喂，你怎么了？你怎么了？"

"我……没怎……么……你……你……"

"喂喂！我听不清！听不明白！"

他想说至于你如何办，那就是你的责任了！无奈安眠药药性发作，终于撑持不住，竟一手拿着话筒，睡过去了。

"喂喂！……"

张秘书听到的是一串呼噜。

"你家出了什么事？"

市长关心地望着他问。

"没出什么事。我这么晚了没回去，也没往家里挂个电话，我爱人她有些不安……"

张秘书搪塞几句，极轻极轻地放下了听筒。仿佛放下的是一个灯泡，又仿佛唯恐弄出声响惊醒一个严重失眠者的睡眠。

"真没什么事么？"

市长又问。

"真没什么事！"

张秘书肯定地回答。

"哦，没事就好，没事就好！……"市长与其说是在表示关心，莫如说是在自言自语。边说边拿起了杯子。

张秘书赶紧走过去拿起了暖瓶，要给他倒杯水。

市长却似乎有些奇怪地问："你拿暖瓶干什么？"

"给你倒水呀！"张秘书瞠目瞧着他。

"我不喝水，我不喝水，你放下暖瓶……"

不喝水？不喝水拿水杯干什么？

张秘书便觉得市长的举动有些古怪起来。他放下了暖瓶，市长却仍拿着水杯，而且喝了一口。杯中只剩了茶底儿，市长从口中吐出了几片茶叶，并未吐在地上，却吐在手掌上，研究地看着。

说不喝水，明明又喝了。泡过的茶叶，有什么值得研究的呢？市长的举动，使张秘书越发地觉得古怪。他认为马国祥反映的情况，是应该重视的情况了。

"小张……"

"嗯？"

"你感到我的精神……有什么不对头的地方么？"

"这……没有。"

"真的？"

"真的！"

"没有就好。没有就好……"

市长笑了。

在张秘书看来，市长笑得也十分古怪。

"市长，我……我饿了……想到街上去吃点什么……"

"当然可以，当然可以，你去吧！"

张秘书借故离开市长办公室，像马国祥一样，凭着一份儿责任感，向每一位他认为应该通报情况的人进行机密通报。

于是一个小时之后，一切重要方面的重要人物，都知道市长的精神出了毛病。

接着是他们的夫人，他们的子女。他们的夫人和他们的子女，又将这一"机密"泄露给各自的好友。好友们泄露给好友的好友们……

市长精神出了毛病！……

市长思维混乱了！……

市长语无伦次了！……

市长……

市长……

保密！……

保密！……

万勿泄露！……

万勿泄露！！……

仅仅又过了一个小时，这座海上浮城的上层人物们的家庭，和以这些家庭为核心的大大小小的圈里的男人女人，心理都波动起来。

而市长，那两个小时内，亲自起草了第二号《告市民书》，预备明天上午在电视里对市民进行第二次演讲……

对于人，怀疑是最接近天性的。人有时用一辈子想去相信什么，而到头来还是不肯相信。但往往在几分钟甚至几秒钟内就形成了某种怀疑，并且以这一种心理行为像推倒多米诺骨牌一样影响别人。

怀疑是一种心理喷嚏。一旦开始便难以停止。其过程对人具有某种快感。尤其当事关重大，当怀疑和责任感什么的混杂在一起，怀疑往往极迅速地嬗变为结论，一切推理都会朝着同一个方向滑行。

与此同时，另一种怀疑也在另一些人的内心里滋生。"一〇八"俱乐部会议室正在召开紧急会议。这是本市经商个体户们的俱乐部。它的会员恰好是一百〇八位个体的商业弄潮儿，它由此得名"一〇八"。会议室仿佛"聚义厅"。一百〇八位首先富起来的个体户主如同水泊梁山的一百单八将。他们吞云吐雾群情激昂。不，岂止是群情激昂，简直已经到了群情激愤的程度。他们倒不怀疑市长的精神出了毛病，他们对市长的精神不感兴趣。他们怀疑市长早已打定主意，要将中国的这一座大好城市拱手奉献给日本人，以此作为交换条件，想当上一位日本的议员什么的。他们对于这一座城市其实并无特殊情感，并且也绝非一百〇八位可歌可泣的爱国者。他们忧患的只有一条——那么他们的十几万、几十万、百来万人民币，岂不是都将成为一捆捆的废纸了么？

此时还不爱国，还不爱社会主义，更待何时呢？

"让我们游行示威！让我们喊出口号！让我们喊出口号！……"

一个人冲动地擂着桌子。

"喊什么？你说说，喊什么？"

另一个人沉着镇定地问。

"喊要社会主义，不要资本主义！要五星红旗，不要太阳旗！喊要人民币！喊要小康，不要一无所有！……反正可喊的口号多啦！"

第三个人打鼻孔里嗤了一声，表示出一种大的不以为然。

"你这是自作聪明。"沉着镇定的人深思熟虑地说，"我们才一百〇八个人，不过是一小撮，一小撮先富起来了的人。就算我们能号召起全体个体户，团结一切同路人，包括那些歌星啦，不法商贩啦，投机倒把者啦，也不过一千多人，还是一小撮。而百分之九十五以上的市民的心思，我们都知道得很清楚，是甘愿到资本主义的日本去刷盘子，打杂工，做牛马的。五星红旗变成太阳旗，对于我们是损失……"

"是破产！"

"对对！是他妈的破产！要能赶在到达日本之前，把我那二十几万人民币兑了美金，我也不在乎五星红旗或者太阳旗！吃饱了撑的啊？"

"你才二十几万，老子八十几万呢！头掉了不过碗大个疤。刀按在脖子上，老子也要捍卫五星红旗！"

"大家别吵，听我把话说完！是损失也罢，等于破产也罢。总而言之，这不过是我们一小撮的事。百分之九十五以上的市民，没有我们这种损失，更不受到破产的威胁。他们的心思和我们背道而驰，我们绝不能站在他们的对立面上，那我们就彻底地孤立了我们自己……"

"够了！我说你别啰唆起来没完没了啦！你到底有什么高见，讲出来大家听听嘛！"

"我当然是要讲出来的，就怕把你们吓着了！"

"听到了？他说怕把我们吓着了！东风吹，战鼓擂，都到了这种节骨眼儿上了，谁还怕谁哇？你讲你讲！"

"我们绑架市长。"

一语掷出，如惊雷落地。"一百单八将"鸦雀无声，面面相觑。

"我思来想去，我们只有一个方案，可称上策——绑架市长！"

"这……这有什么用？"

"犯法的事儿咱们千万不能干啊！"

"你犯法的事儿干得还少么？逃税漏税，行贿腐蚀，伪造专利，盗用商标，这些不都是犯法的事么？你就差没倒卖军火了！如果你有那背景，有那机会，我看你敢！"

"但是我可不敢绑架市长！绑架市长那是恐怖活动，那是政治性质！要玩邪的，你们玩吧，别拖我上船。拖我上船我也不上！就当我什么都不知道，我撤了诸位……"

胆小的一个，说罢站起来便往门外走。

"我也……"

随即有第二个站了起来，但刚说了两个字，不往下说了。因为看见第一个人并没能走得出去，在门口被两个汉子拦住了。

"你们……你们是谁？"

被拦住的人这才注意到，那两个汉子自己不认识。他们显然不是"一百单八将"中的弟兄。

想说"我也撤了"而没说完的那位，望着始终沉着镇定的那个人，缓缓地又坐下了。

"诸位，诸位，"他忐忑地说，"大家都是为了一个共同的目标走到一起来的，咱们众兄弟之间没有根本的利害冲突是不是？有了分歧好商量，这是何必呢，这是何必呢！"

"你他妈的闭上你的臭嘴！"

他立刻遭到了他的一个兄弟的呵斥。

"怎么着？跟老子来这套？想先绑架了老子不成？"

被拦住在门口的那位火了！他竖眉瞪眼，伸胳膊挽袖子，一副准备大闹聚义厅的样子。

沉着镇定的人皱了皱眉，挥了挥手。

于是两个汉子轻而易举地制服了那个闹独立性闹路线分歧的人，像给一匹驽马戴上嚼子似的，用手绢勒住他的嘴，将他拖出去。

气氛仿佛凝固了。

少数的人这才意识到，自己已然是在一条船上了。在绑架市长这一决策上，多数人已然预先达成了统一了。他们觉得四周似乎埋伏着杀机。

沉着镇定的人这时站起来，将一百多位弟兄环视一遍，咳了两声清清嗓子，神情肃穆地说："大家放心，今天这里摆的不是鸿门宴。至于何老板么，都是自家弟兄，怎忍心加害于他呢？绝不会少他一根毫毛的。咱们今天商量的是一件机密的事，只不过怕被他泄露了而已。所以呢，暂时把他监护起来。对市长，我刚才用了'绑架'两个字，听起来严峻，但也不过是一种说法而已。目的是要神不知鬼不觉地，将市长从市委大楼里弄出来，安排到我们为他安排的地方。当然，我们会为他安排一个好地方的。必要的情况下，甚至可以找几个女孩子陪他几天，省得他郁闷。他若和我们一样，有颗爱国之心，那么他也会完全理解我们的爱国之心。我们可以骗骗他么，就说据我们知道，有些亡命徒企图谋杀他。而我们是为了保护他。我们都是虔诚的爱国者嘛！在目前这种特殊的情况之下，保护市长是爱国的具体表现嘛！他会信的。说不定他还会对我们感激不尽呢！如果他真想出卖这座城市，巴望当上一位日本的议员什么的，那我们就将他扣为人质。中央派来了新的市长，我们可邀功领赏，起码能获得爱国的美名。中央那边一时派不来新的市长，我们可以用他当筹码，向日本方面提出条件——将我们这些人手中的人民币，全部兑换成美金。日本方面若想得到一座城市，必定不惜任何代价得到他这位市长的合作，对不对？当然喽，这是下策。咱们手中那点儿钱，兑换成美金不过才十几万二十来万，少的不过才几万。在国外几万美金顶屁用啊？所以依我之见，宁做中国的百万元户，不做日本的千万元户。千万日元不过才是日本普通人们二三年的工资啊！大家说是不是这么个道理？而有百来万人民币，在中国，那就等于是大富翁。大家之所以不敢像大富翁那么生活，不过是都宁愿藏富罢了！咱真人不说假话。我为什么爱社会主义？爱咱们中国？我明明白白地讲给大家听了。哪位比我还另有高见，能确保我们都不变成一无所有的人，不妨也说出来让大家听听嘛！"

　　一阵沉默。沉默之中，多数人的目光，咄咄逼人地盯着少数人的脸。使少数人难堪地感到，多数人其实并无诚意想听他们谈出另外的什么高见，而是在早已有些不耐烦地等待他们的最后表态。何况他们本无另外的什么高见。何况一想到他们的十几万几十万百来万人民币，被宣布变成一捆捆废纸之时他们将承受的巨大痛苦和绝望，他们都有些不寒而栗，仿佛于天上看到深渊，而自己从天上往深渊里掉。

"咱们现在是被逼上梁山啊！"

多数人中，有谁以下定决心不怕牺牲的口吻说了一句。

"如果能做到不死人，不流血，我就毫无顾虑了！"

少数人中，有谁强调了一个原则。

"对对！他说得对！……"

"说透了，我顾虑的也是这一点！……"

"在这一点上咱们没有分歧。"沉着镇定的总决策人又开口道，"第一不死人，第二不流血。这当然是个大前提。总体来说，我们要以智取胜。要使这一次行动，成为一次温和的、文质彬彬的、智力游戏般的行动。成功了，咱们皆大欢喜。出了差错，由我一个人承担。咱们一百单八将中，我是吃共产党利息最多的一个。由我来做出头鸟，理当的……"

他苦笑了。一副不成功便成仁的样子。

于是些个顾虑重重的人受了感动。人一受了感动，胆小如鼠也便胆大包天了。何况原本都是些富于冒险精神之人。

"没说的啦，你分派具体任务吧！"

"兔子急了还蹬鹰呢，老子豁出去了！"

他们变得慷慨激昂了，有的甚至拍起了胸膛。

"好！都像些老爷们儿。发武器！"

"武器？不是说好了一不死人二不流血的么？"

"咱们手里没家伙，才难以保证不死人不流血呢！"

于是有人从桌子底下拖出几只大口袋，打开来，取出一件件"武器"分给大家。

各式各样的长短枪，匕首，手榴弹和手雷，应有尽有。都是像真家伙一样的玩具武器。

"诸位，我们将分成十个行动小组，互相接应，互相配合。现在都请对表……"

与此同时，教育学院里，另是一番使人热血沸腾的情形。操场、教室、宿舍，到处都在进行着议论、辩论、争论。似乎连空气都显得亢奋了起来。而这一种笼罩校园的亢奋，最初是由一首贴在食堂门口的顺口溜引起的。不具名的顺口溜是这样写的：

> "麻派"捍卫"长城"，
> "托派"开始"拖妇"，
> 勇者已然壮死，
> 谁主浮城沉浮？

因了它的出现，于是有人贴出倡议书，主张开个追悼会，凭吊那些同海鸥展开搏斗捐躯街头的学友。于是形成了对"麻派"和"托派"的舆论围剿——凶险一旦过去，"麻派"们又一如既往通宵打麻将，"托派"们则纷纷"蝶恋花"，希望在踏上日本国土的时候，不是孤家寡人而是成双儿成对儿的比翼鸟。于是"麻派"和"托派"联合起来，组成统一战线，并且占领了广播室，进行舆论还击，编了一首《献给诃德诺夫同志们之歌》，通过大喇叭没完没了地唱：

> 天塌了你能干什么？
> 地陷了你能干什么？
> 你靠什么普度众生？
> 你这小孩儿！
> 天塌了与我何干？
> 地陷了与我何干？
> 我跟你无话可说，

你这小孩儿！

天塌了也就塌了，

地陷了也就陷了，

只要我还愉快活着，

谁去管它！

只要我还愉快活着，

"长城"永不倒！

只要我还愉快活着，

情人永不老！

　　于是被"麻派"和"托派"们冷嘲热讽为"玩深沉"的一派学生愤怒了。这一派一向在高等院校里也被称为"救国派"或"单眼落泪派"或"拉锁儿派"。所谓"单眼落泪"是挖苦他们总体上都像纽约临海矗立的自由女神像，常做出一副悲天悯人的模样。无论从什么角度谈论什么问题，最后必定落在"国家"和"民族"方面，而且大抵结束于"贤者不悲其身之死，而忧其国之衰"的宣言式自白。因为他们往往是这样，因为他们每每"中夜四五叹，常为大国忧"，因为他们每每情不自禁地流露出强烈的诉说的心理倾向，故又被形容为"拉锁儿派"。所谓"拉锁儿"的尖酸刻薄的挖苦性质，使他们倍觉受辱。那意思很明显，是讽刺他们恨不得在胸腔上安一条拉锁儿，随时准备向人刺啦一声一拉到底，并且指着胸腔里边说："看！装的都是什么？天下兴亡，匹夫有责，高尚的东西全有！"他们被视为大学校园的"堂吉诃德"。也有戏称他们为"诃德诺夫同志"的。他们读马列，研究《资本论》，崇拜华盛顿和林肯，评说毛泽东像小孩子评说动画片里的人物，否定得一无是处，其实内心里未必不也很佩服。他们大抵又都喜欢古典诗词那些充满忧患的句子。日记本中抄些"鱼龙寂寞秋江冷，故国平居有所思""西北望长安，可怜无数山"之类的骈句。每每一句出口，常是"向来忧国泪，寂寞洒衣巾"，令听者目瞪口呆。

"诃德诺夫同志"们与"麻派"和"托派"们从来都是高等校园内近乎水火不相容的类别。同是学子，同途不同志。他们视"麻派"为一群俗物。视"托派"们为当代的余永泽。而这就使他们常常处于孤立。因为"托派"们也有需要换换脑筋的时候。这种时候他们当然不会去聆听"诃德诺夫同志"们的自白，当然乐于去找"麻派"们搓一局。"麻派"和"托派"们都见不得"诃德诺夫同志"们"满脸贫下中农""满脸旧社会"的沉重表情。在时局安定的日子，大学里因为有着"托派"们才更像大学。风起云涌之际，大学则因为有着"诃德诺夫同志"们才不失为大学。而国情又何曾安定过呢？所以大学有时像海德公园有时像修道院。而"诃德诺夫同志"们和"托派"们，似乎永远的如同雪橇狗和巴儿狗，挺难养在一个圈里。

　　曾组成"敢死队"冲上街头欲与海鸥决一死战并且真就"壮士一去不复还"的，大抵是"诃德诺夫同志"们的"同志"。这些灵魂仿佛永远被"使命感""责任感"所苦恼所煎熬所驱使的年轻人呵，他们常常为此付出惨重的个人或群体的代价，却往往改变不了任何与国家与民族相关的哪怕一件小事的局面。这也便是"麻派"和"托派"们看透了的一点。这也便是他们嘲讽"诃德诺夫同志"们的根据。而他们中最典型的人们，对于开个追悼会这一倡议所表现出的冷漠，又使"诃德诺夫同志"们反过来似乎也把他们一个个都看透了，也成为"诃德诺夫同志"们鄙视他们的根据。

　　在任何时候，在任何情况之下，倘对出于高尚冲动而死的人们，哪怕他们死得并不其所——表现出即使一点点轻佻，也是有悖人性有违良知的。生活中绝大多数人的情感不能容忍这一点。"诃德诺夫同志"们正是在这一点上感动了大多数学生，获得了大多数学生的同情和理解。于是彻底的"麻派"和"托派"们，因了他们那一首通过大喇叭唱个没完没了的轻佻的歌，陷入空前的道德谴责和声讨之中……

　　婉儿是被一位女大学生带到校园里的。她进入市区后昏倒了。苏醒时发现自己躺在街心公园的草坪上。身旁坐着一位眉清目秀的白面书生。

"我把你背到这儿来的。"对方笑着说，"我守着你多时了。否则，像你这么惹眼的漂亮姑娘，很可能被坏小子趁机扛回家里去呢！"

对方头发剪得极短，胸前一枚大学校徽斜戴着。

"你没什么事儿了吧？"

婉儿点点头，坐起来，移身到离对方远处，一阵头晕目眩，撑持不住，又躺下了。

"你家在哪儿？要不要我送你回家？"

对方凑过来，将婉儿扶在怀里靠着。

"谢谢你。你走你的吧！"

婉儿冷冷地推开了对方。

"你这人。你干吗对我这样呀？"对方不悦地盯着婉儿的脸看了一会儿，忽然一手掩口哧哧笑了。笑罢说："你把我当成男的了吧？我不是男的，是女的。你第一次见到穿男孩服装的女孩啊？"

婉儿再仔细端详她，才看出她是女的。

"告诉我你家在哪儿，还是让我把你送回家吧！"

婉儿凄楚地回答："我没有家了……"

"是这样……"

对方同情地瞧着她。沉默一会儿，诚心诚意地问："我能帮你什么忙呢？"

婉儿说："你身上若带着钱，就给我点儿钱吧！我饿……"

她叹了口气："我也饿……"

婉儿以为她是告诉自己，她身上没钱，失望地低下了头。

"你等着，千万别离开！"

她却跃起身跑了。

不久她跑着回来，一手拿着一个面包，一手拎着一瓶汽水儿。

她拍拍衣兜儿，过意不去似的说："都花了。只剩下三分钱了！"说着坐下，掰一半面包给婉儿，接着将汽水儿递给婉儿。

婉儿不肯先喝。

她说："喝吧喝吧，看你嘴唇干的那样儿，还客气什么！"

待婉儿喝了几口汽水，吃了几口面包，她问："你叫什么名字？"

"婉儿。"

"你这名字有那么点儿古典味儿。你姓什么呢？"

婉儿不禁愣了愣。因为在她接触过的人中，无论男人或女人，很少有谁问及她的姓。她也很少问及别人的姓。她甚至不知道某些很熟悉的男人女人们的姓。在她曾寄生过的那个圈子里，男人女人们仿佛是没有姓的。仿佛都有两个或者更多个名字。而在圈子里通用的其实是他们并非真名字的名字。当他们一旦从她的生活视野中消失，仅凭他们的名字，她是不太容易再找到他们的。他们此刻都在哪儿呢？命运如何呢？那些挥霍无度的男人和那些终日沉湎于享乐的女人，他们和她们凑在一起的时候，人生便显得癫狂又迷醉。而人仿佛是盖在热锅里的豆子，不由你不蹦不跳不叫喊。婉儿忽然觉得自己是真的到了孤立无援的境地了。要是能再和他们在一起也好啊！她生平第一次感到自己极需某种保护。

"姓姚……"

她低声回答。说了一个假姓。为什么要骗对方，连她自己也不明白。

"姚婉儿！真好听。我喜欢你这名字。"

"不，姓赵……"

对方的目光，凝视在她脸上了。几分不解，几分疑惑。

"我说姓姚，是想骗你……"

"骗我？为什么？为什么你要骗我呢？"

"你别问那么多了！"

婉儿落泪了。

对方缄口了。

婉儿确是很饿很饿，和着眼泪吞光面包，觉得口里是咸的，腹中倒更饥肠辘辘了似的。

"都是你的了！"

对方将剩下的半瓶汽水放稳在她身旁。

她真想抓起来就一口喝光，但又实在不好意思那么做。

"我走了！"

对方说着站了起来。

"你别生我的气……"

婉儿仰望对方，内疚地说。

"生气？"对方俯视她，朗然一笑，"我生你什么气呢？"

"我……我刚才骗你……"

"我不在乎。你姓姚还是姓赵，与我有什么关系呢？汽水是在这条街角那儿买的。一会儿你去退了押金，还够喝一瓶……"

对方说罢，转身徐徐而去。

婉儿迫不及待地擎着汽水瓶子便喝。

对方不知为什么站住了，回头看她。

婉儿已将汽水喝光，见对方看她，拿着空瓶子窘住了。

对方又走回来，蹲在她身边，从衣兜里掏出证件给她看。

学生证。历史系。研究生。许雁南。

"看清楚了？"

婉儿点头。

"你有工作单位么？"

婉儿摇头。

"在本市，还有什么亲人么？"

婉儿摇头。

"我判断得不错。婉儿，你已经无家可归了，没单位，也没亲人，还没钱，天黑了你可到哪儿过夜去呢？"

婉儿忽然伏在草坪上哭了。

"别哭别哭。婉儿你有多大了？"

"十九……差三个月整二十岁了……"

婉儿强止住哭声，抽泣着回答。却仍伏在草坪上，双手各抓一把草。她觉得那么伏着，双手抓着草，似乎将自己托付给这片草坪了。而它是很值得信任的。

"我比你大四岁。婉儿，你跟我走吧！"

"到哪儿？"

婉儿终于抬起头，泪汪汪地瞧着许雁南。

"到我们学院去。"

"以后呢？"

"先别想以后了，只想眼前吧！起来起来，跟我走！"

许雁南将她扯起来，掏出手绢塞给她："擦擦脸。谁叫我碰到你了呢？是不是？"

"是……"

许雁南笑了。

婉儿也觉自己回答得孩子气十足，却难过一笑。她感到自己像一只小猫被喜欢猫的人捡着了。在这位女研究生面前，她内心里自卑得宁愿自己不是十九岁，而只有九岁。

婉儿平生第一次进大学的门。许雁南的宿舍十分清洁，使婉儿觉得如同她中学校长的办公室。初一那年她因为给年轻的班主任老师频频不断写情书，有幸进过一次校长办公室。不过历史系研究生宿舍里的书，可比一位中学校长办公室里的书多。她想象着许雁南看那些书时的样子，不禁肃然。

"我晚上睡哪儿？"

这是她最关心的问题。

"随意。"

许雁南从暖瓶里倒出一杯水，咕嘟咕嘟一饮而尽。

"暖瓶不保温了，你要喝自己倒。"

许雁南换上拖鞋，也找了一双扔在婉儿脚旁。

"我晚上睡哪儿？"

婉儿似乎在得到明确的答复之前，无法解除对这种完全陌生的环境的拘谨。

"我不是说了随意嘛！除我，另外那两张床已没主人了！"许雁南往自己床上一躺，颇有感慨，"一个当公关小姐去了，一个嫁给老外了。告别的时候什么都不带走，都特大方。乐善好施。说全归我了。我已经握着一张哲学硕士的文凭了。现在是双修研究生。不想当公关小姐。不想嫁给老外。不想工作。不想考托福。对当博士也没志向。哎我说姑娘，你别老站着，小丫鬟似的傻兮兮望着我呀！你就睡对面那张床吧。这样晚上咱俩聊天方便……"

婉儿仿佛终于得到某种允许，缓缓在那张床上坐下了。她感到自己无论如何也"随意"不起来。尽管主人好像挺喜欢她那样。

"躺下。干吗不躺倒放平，而要正襟危坐？"

许雁南一从外面回到完全属于自己的王国，如同演员进入规定情景和角色，变了个人。连说话的口吻都变了。起码使婉儿觉得是这样。她那种近乎命令的口吻，流露出几分家长意识。心理被现实刺激得异常敏感的婉儿，又体验到了寄人篱下的屈辱。

她刚躺下，有什么东西隔着桌子飞过来，落在她身上——是许雁南的钱包。

"听着。我只比你大四岁。在家里我也是个从小衣来伸手饭来张口的娇生惯养的独生女。甭指望我做你的知心姐姐，我也不打算扮演那种角色……"

婉儿说："这你可判断错了，没人娇惯过我。"

"那好，"许雁南说，"以后你负责买饭，打水，洗衣服。钱包里才几元钱，这个月到头有两个星期。你要为咱俩节省着花。不够了我不管，你去偷，你去抢，反正每天三顿，我张嘴向你要饭吃……"

婉儿霍地立起，将钱包扔还给她，涨红了脸，凛凛地说："你把我当成什么人啦？当成你雇的个小阿姨呀！你也听着，我宁可去乞讨，也不侍候你！谢谢你的好心肠，我走了！"

婉儿嘴上很硬气地说走，却一动也没动。这儿清洁，这儿肃静，这儿有睡的地方，毕竟能有吃的有喝的。更主要，这儿使她感到非常安全。而且是和一位可敬的双修研究生住在一起。而且她是女的，不必防范。她并不在乎自己无形中变成了一个小阿姨，但是对方那种口吻让她难以忍受。最后那句话一说出来，她又后悔极了。走，去哪儿呢？

一阵沉默之后，许雁南说："走啊！你怎么不走？"

婉儿仍一动也没动。

许雁南坐了起来。

"哟，又哭了！别哭别哭。好大的脾气。我话还没说完呢，你发的什么脾气呀？谁把你当成雇的个小阿姨了？买饭，打水，洗衣服，你就觉得委屈啦？财政大权交给你，这是对你的充分信任嘛！再说这不过是各尽所能，分工不同嘛！你负责室内卫生，我负责'创收'。不挣点儿外快什么的，光靠我每月那八十二大毛，够咱俩花的么？我每天还要抽出两个小时教你外语。一三五教英语，二四六教日语。按时计价，你每天得付我十元学费！我念咱俩似乎有那么点儿缘分，对你实行'三包'，或者叫'以劳代补'，没想到你还像吃了多大亏似的！婉儿，你矫情不矫情呀？"

婉儿一时羞愧难当。坐下不好意思，站着不自在。走？听了许雁南的一番话，心里更不想走了。

许雁南又将钱包递给她："拿着拿着。老九，你可不能走哇！"

她那模样亦庄亦谐，婉儿被逗得噙着泪笑了……

晚饭前，许雁南挥毫写了几纸广告，带着婉儿满校园四处张贴。这位双修研究生的书法显然受过名家指点。几纸广告以几种不同的字体写成。每一种字体都写得笔力老到，落墨生花，颇耐观赏。广告的内容却是一致的：以英、日、法语代写简历、论文及一切外向型谋职材料。保证措辞准确恰当，能助君一臂之力。手书体每千字五元，印刷体每千字七元，美术体每千字十元，上午付钱，下午取"货"。微利生意，六亲不认。子牙钓鱼，愿者上钩云云。下面还注明一行小字是——此广告受法律保护。本人特聘律师赵婉儿。倘爱墨者盗为己有，将受起诉。

看来这位硕士双修生在学院里是知名度很高的人物。所到之处，人人见了她，都主动跟她打招呼。而且对她的态度都十分友好。不但友好，且不乏敬意。使婉儿很羡慕。

"雁南，介绍介绍，这是谁呀？"

"我表妹。"

"你表妹好漂亮！"

"我不如我表妹漂亮？"

"哪里哪里，春兰秋菊各有千秋，不分轩轾，不分轩轾！"

"你这家伙！告诉你，我表妹红鸾许主了！你趁早甭自作多情，打消你那非分之想吧！别走，以后记住点，跟女孩子说话，要注意说出含意完整的句子。这是经验之谈！"

婉儿似乎明白了，为什么男学生女学生，年龄比许雁南大的或比她小的，一见她都高兴主动跟她打招呼，有话没话都愿驻足和她攀谈几句——她对人那种不卑不亢的模样，那种亦庄亦谐的口吻，和以调侃的方式所表达的友好，使她整个人具有一种特殊的吸引力。一种别具一格的可爱的亲和力。当然了，大概更因她是位才女，并且是位俊人儿。

"雁南，前不久刚开展过学雷锋活动，你还是模范呢，到处贴广告，市才利己，不怕被抓成个反面典型哇？"

"反面典型？那是立场问题！你要是站在反面的反面看待我，我不就是正面典型了？我这不算市才利己，这叫市才利众。收点儿象征性的劳务费嘛，引导学雷锋运动新潮流啊！"

"哎，雁南，你自己怎么打算？"

"指哪方面？"

"还用问？到了日本以后呗！"

"你这话问得就奇怪，我不可能到日本呀！"

"瞧你，又抬杠。怎么不可能？连市长都在电视里说了，这座城市要和日本九州岛靠拢，你还说不可能！"

"和九州岛靠拢的时候，你站在哪儿？仍站在中国这座城市上嘛。那也不等于是到了日本哇！怎么问我到了日本以后呢？"

"那到日本不就近多了么？也许跟从这儿到大门口一样远吧？"

"深圳中英街离香港近不近？到了中英街能说就是到了香港么？东柏林和西柏林只隔一堵墙，然而两边的德国人要翻墙就是越境……"

"可现在人家那堵墙不是拆了么？"

"可你怎么知道在咱们这座城市和日本九州岛之间不垒起一堵墙？人家柏林墙只涉及民族统一问题，不涉及两个国家的领土问题。你们呀，想出国都想发昏了，也显得头脑太简单啦！"

"那……那你还到处贴这广告？"

"我表妹一来，我不是发生经济危机了么？五元七元的，也谈不上诈骗，就算大家扶贫呗！何况我写得明白，子牙钓鱼，愿者上钩啊！"

……

"许雁南，门口那广告，是你贴的吧？"

在食堂里，她受到了两位"诃德诺夫同志"表情严肃的质问。

"你们都看到了，岂非明知故问？"

她一副温良模样。毕恭毕敬地望着他们，但回答的语气，却一点儿不怯懦。

"在我们的倡议书旁贴那么一张广告，你什么意思？存心唱对台戏？"

"我又不是'托派'，也不是'麻派'，才不和你们斗气玩呢！"她往凳子的一端移移，又说，"别捧碗站着啊，好像跟我这儿讨饭似的！"

两位"诃德诺夫同志"沉吟片刻，矜持地接受了她的并不怎么客气的礼让。但虽与她坐在同一条长凳了，表情仍不失严肃。似乎以此证明和她的思想还存在距离。

"'托派'们打定主意要去挣资本主义的钱，我挣他们一点儿小钱，其实也是超前地挣资本主义的钱。或者等于是挣准资本主义人士的钱，你们是不是认为这违反社会主义的道德原则啊？"

她将自己的菜盘子往他们跟前推了推，也将他们各自的菜盘子往自己这边儿挪了挪。仿佛与他们是铁"哥们儿"，一向就不分彼此似的。其实她不认识他们。

不过她这一招相当起作用。他们终于不能始终严肃下去了。同样的策略，女性用以对付男性，永远比男性显得大方，磊落，自然。而且效果特好，立竿见影。

婉儿觉得她简直是大学院校里的一位阿庆嫂。枝迎南北鸟，叶送往来风，应付自如。

"吃吧，吃吧，别客气！"

"你要不解释，我们对你还真有点儿误会。你不是存心和我们唱对台戏就好！"

两位原打算在食堂这种公众场合对她大兴问罪之师的"诃德诺夫同志"，态度变得和气多了。

"你怎么光吃饭，不夹菜呀？"

她端起对方的菜盘子，往婉儿的碗里拨菜，以自家人那种极其随便的口吻向他们介绍："这是我表妹！"又对婉儿说："你斯斯文文的，倒显得你见外啦！"

婉儿不知该作何表示，只有嗯嗯连声，低了头斯斯文文吃饭。"表姐"既认为她"斯斯文文的"，她虽然早已饿得心慌，却不能不暗暗要求自己做出些斯文状了。

"你表妹是演员吧？"

"是啊！你眼力不错。北京电影制片厂著名导演谢铁骊拍《红楼梦》的时候，曾选她去演晴雯，她正上别的戏，下不来，至今还觉得遗憾呢！是不是表妹？"

"是……"

"你都演过些什么电影啊？"

"这……"

婉儿尴尬。

"多了！""表姐"替她回答，"《撒谎的女孩儿》《上当的男人》，这是两部姊妹片儿。还有《请别纠缠我》《你活你的，我活我的》……"

两位"诃德诺夫同志"面面相觑。分明地，他们一部也没看过，也不可能看过。倘看过，倒是奇事了。

"你们组织的追悼会，什么时候开？"她忽然郑重地问。

"七点钟左右吧。"

"我一定准时参加。"

"真的？"

"当然是真的。不管'麻派''托派'，还是你们，或我这种我行我素的'天马行空派'，要是对我们那些死去的同学没这一份儿悼念之情，我们还是人么？"

她说得十分中肯。婉儿看出，在这件事上，她的态度是真实的，也是异常虔诚的。

"许雁南，有你参加，我们就多了一种支持！我们代表一切响应倡议的同学谢谢你！"

"谢什么？这根本谈不上谁支持谁，大家都跟着各自良知的感觉走就是了！我认为，还要倡议同学们捐钱，在校园内竖一块碑，将所有死了的同学的名字都刻上，并且描金。背面该是这样的碑文——请不要嘲笑他们，难道你从没产生过高尚而勇敢的冲动？"

"好，好！莎士比亚的话吧？"

"不。我的话。"

"你的话也通过了！"

"我带头捐。我将捐出我从'托派'们那里获取的三分之二劳务费。"

他们大受感动起来。

"让我们握握手吧？"

"对！握握手，握握手！许雁南，我们听到一些同学私下议论你，说你趁机谋利，发不义之财。所以我们才对你产生了误会……"

他们非同她握一下手不可。

她一一握过他们的手，说："别人怎么议论我，我才不在乎呢！我做我想做的事，从不考虑别人如何看法。"

回到宿舍里，婉儿吞吞吐吐地问："表姐，可以算我一个么？"

无形中，婉儿已然接受了两人之间的表姐表妹的关系。而且，感到这种关系是亲密的。

　　"算你一个？什么呀？"

　　"就是……捐钱的事儿……"

　　"这……这和你不相干啊！"

　　"我亲眼看到了！我亲眼看到……怎么不相干？……当时我躲在一个修自行车的棚子里……"

　　"你……你会亲眼看到？"

　　许雁南不相信。又似乎不是不相信，而是不理解婉儿的要求。她在桌旁坐下，一手托腮，以一种研究的目光注视着婉儿，仿佛在问：那你一定经历一番死里逃生了？我的天，我想象得出来那有多么可怕……

　　于是婉儿诉说起来。那一种诉说的愿望一旦开始，便犹如洪水冲决堤坝，猛烈地奔泻，不可遏止。她讲到了孟祥大爷，讲到了在教堂前看到的情形，讲到了那一个要在上帝面前公审自己妻子的暴戾的男人，以及他怎样被自己的妻子当胸插了一刀，怎样拔出刀向周围无辜的人们行凶，怎样在垂死之前企图杀死自己，自己怎样被"哥"救了……

　　她开口之前并没打算讲这么多。然而任何人对自己的诉说愿望都是无可奈何的。人在这种时候，不过是诉说的工具，是自己心灵的工具。对于心灵，没有任何一种别的愿望，强大于诉说的愿望。

　　"婉儿，你坐下，慢慢地讲。表姐听着呢。现在一切都过去了，不可能再发生第二遍了，也不会有什么凶险能威胁到你了……"

　　哲学系和历史系双修研究生，心理学方面当然也不是外行。她温柔地鼓励婉儿讲下去。她并不是那种情绪喜欢受到刺激的人。恰恰相反，在本质上，她更属于一听到别人讲血腥的事件就转身离去，一从银幕或屏幕上看到暴力镜头就捂眼睛的女孩儿。但是她感到婉儿分明地被自己所经历的凶险裹住了。她知道只有诉说才可能使对方彻底摆脱恐怖之阴影的笼罩。否则对方那一颗心灵，也许会在某时猝然崩裂……

　　她是怀着一种大的怜悯，一次次命令自己要听下去，听下去……

于是婉儿接着讲自己如何满怀善良之目的四处寻找小红夫妇，讲到了自己在机场候机室所受的凌辱。讲到张广志怎样杀死了"哥"，她自己怎样替"哥"报了仇……

听得许雁南心惊肉跳，一阵阵魂飞魄散。在大学校园里，漫长的昨天，毕竟不过是骚乱，而不是真正意义上的凶险。和她的许多同学一样，她其实并没经历比惊吓更可称之为威胁的威胁。

"他救了我，可我连他的姓名都不知道！可我害了他！是我害了他呀！我怎么能不替他报仇啊！我怎么能不杀死那个王八蛋呀！他死有余辜，我恨不得吃他的肉！喝他的血！我好恨呀！我杀了他也难以解我的恨！"

汹涌的情感加上情绪的波涛，终于将急促的不可遏止的诉说变成了叫喊。婉儿脸色苍白。婉儿涕泪悲流。婉儿全身颤抖。许雁南觉得，连婉儿泪汪汪的眸子都扩大了。她害怕婉儿就要变得疯狂起来了。

"婉儿，婉儿，婉儿……"许雁南立刻跨到婉儿面前，将婉儿紧紧搂在怀里，惊慌失措地哄劝她，"可怜的姑娘，你对我说出来就好了！你说出来心里便轻松了些是不是？这一切都闷在心里，你可怎么受得了呢？"

婉儿偎在她怀里号啕大哭。

"哭吧，婉儿，哭吧。痛痛快快地哭吧！天呵，你经历了些多么可怕的事呀！"

许雁南也哭了。

幸而当时那幢楼差不多是空的。各个宿舍的主人全逗留在操场上，没有谁敲门向她们提出抗议。

两个姑娘直哭得泪人儿似的，才相继安静下来。婉儿却依然偎在许雁南怀里。许雁南也依然紧紧搂着她。她们那情形，像失散了一百年终于从天涯海角寻找到一起的姐妹，仿佛要在哭了一阵之后，合为一个人似的。

"表姐……"

"嗯？"

"从今天起我不吃菜了。我要省下一份儿钱，你替我捐了……"

"嗯。"

"这也就算我对一切在这场劫难中死了的人，表达我婉儿的一份心情了。包括我那个不知姓名的'哥'。我相信他爱我是真的。以后我想他了，就到你们学院来悼念悼念他。他原来也是位研究生啊！我要来大学这种地方悼念他，不至于玷污了别人什么是不是？"

"婉儿，别这么说。我理解你。"

"谢谢你，表姐……"

"婉儿，不吃菜是不行的。校外南边有片地，长着些菜，大概不会有人收了。你抽空儿去拔些回来，用热水烫一烫，再买瓶酱，也挺好吃的。"

"听你的。"

"婉儿，你千万记住，关于张广志的事，你彻底忘了它！再不要对任何人说一个字。也不要找什么小红了！我不愿眼睁睁地看着你不得不离开我，而我帮不了你……明白我的意思么？"

"……"

"你说话呀！"

"明白……"

于是许雁南双手捧着婉儿的脸，谆谆告诫："婉儿，我长这么大，还从来没觉得自己应该对谁负过责任。我原本是打算只留你住几天的，现在我却觉得对你有一份责任了！这真他妈的见鬼，见鬼就见鬼吧！所以，你今后不管再遭遇到什么事，不许隐瞒我。你要服从我的话。不凭别的，就凭我比你大四岁！你能保证做到么？"

"能。"

婉儿肯定地点了点头。

"唉！"

许雁南长叹一口气。

婉儿诚心诚意地说："要是你感到我成了你的包袱，我走就是了！"

"要是我感到你成了我的包袱，我根本就不会带你来。带你来了也会再把你赶走！"许雁南有些愠怒地说。见婉儿神色顿时自卑而黯然，苦笑了一下又说，"我叹气，是因为我忽然好想我爸爸妈妈。这种时候，一个女孩儿家要是能和爸爸妈妈在一起该多好啊……"

许多时候，众多的人被某种互相影响的心情所驱使而做的事，大抵很难停止在最初的愿望。好比众多的厨子合做一道菜，结果做出来的肯定和他们原先各自想要做的不是一道菜。甚至完全两样。这众多的人是工人也罢，农民也罢，市民也罢，大学生也罢，或者他们混杂在一起也罢。此种情况之下，理性往往受到嘲笑和轻蔑。而激情和冲动成为最具权威性最具崇高性最具凝聚力和感召力的精神号角。这种情况之下人人都有机会有可能像三军统帅一样一呼百应千应。因而这样的时刻对于年轻的心是近乎神圣的时刻。那种种激情和冲动激荡起的旋涡，似乎是异常辉煌的，魅力无穷的，被吸住了就只有沉底。

追悼会之前发生了一场规模不大不小的"战斗"——一些"麻派"和"托派"占据了广播室，并且继续通过大喇叭集体唱那首《献给诃德诺夫同志们之歌》。他们认为他们的尊严受到了攻击，要挽回人格损失。要"诃德诺夫同志"们替他们恢复名誉。其实是要争回感到失去很多却未见得失去多少的面子。然而适得其反。不但使他们一向的老冤家对头"诃德诺夫同志"们有了进一步声讨他们的充分理由，而且使一切只不过想怀着虔诚参加对死者的追悼的学生怒不可遏了。包括像许雁南这样的不曾是"麻派"也不打算做"托派"也不是"诃德诺夫同志们"的同志的学生。

"死者光荣！'麻派'可耻！"

"将余永泽们赶出校园去！"

一霎时口号四起。

"中文系，死了五个同学！物理系，死了七个同学！教育心理学系，只剩下十几个同学！我们那么多那么多亲爱的同学，他们冲上街头永远回不来了！他们的尸体和海鸥的尸体一起被清除到大海里去了！亵渎他们的勇敢罪该万死！"

一位女学生站在楼口台阶上慷慨陈词，于是造成一片哀泣。

于是口号声浪愈高：

"'麻派'不投降，就叫他灭亡！"

"'托派'不忏悔，打断他的腿！"

于是向楼内发起了冲锋。

抵抗是象征性的。"占领军"一触即溃，从楼窗口抛出了几件白衬衫算是投降。

于是哀乐顿起。

于是黑压压跪倒一片人。

> 我失骄杨君失柳
>
> 杨柳轻扬直上重霄九
>
> 问讯吴刚何所有
>
> 吴刚捧出桂花酒
>
> 寂寞嫦娥舒广袖
>
> 万里长空且为忠魂舞
>
> ……

有一位女生最先唱起了《蝶恋花》。于是十几位女生跟着唱了起来。于是全体女生跟着唱了起来。于是不分男女每一个人都跟着唱了起来。直唱得悲风漫卷，高天惊闻。正是近泪无干土，低空有断云，泣尽继以血，心摧两相吟。当众多的人动了真情，追悼是一件连死神也会为之肃然的事。一小时前，也许有些人还只是叹息。甚至有些人的的确确对死者之死不以为然。悲伤不过是某几个人对另几个人的友谊的证明。追悼仿佛更是活着的人应尽的义务。而当哀乐响过之后，而当人们情不自禁地一片片跪倒之后，而当悲悲切切凄凄惨惨戚戚的歌声唱起来后，死似乎更是活着的人的一种现实的体验了。生和死似乎不再是两件根本不同的事，而是同一件事的两种说法了。这使虔诚的人更加虔诚，使并不怎么虔诚的人感到罪过，也变得虔诚起来。这种虔诚乃是人类最为特殊的虔诚。虔诚到一切歌此刻都可以当挽歌唱。就是唱进行曲也会唱出几分哀乐的旋律。人在追悼人时所达到的虔诚，肯定地高于人对人产生崇拜时内心里产生的那种虔诚。相比之下，前者即使超乎寻常也被视为正常，而后者则即使正常也会显得做作。

没有主持人。没有按部就班的仪式。所谓过程，像空气的流动一样自然。自然得根本无须谁来主持。但却正因为如此，便没有谁来宣布它的结束。人们虽一片片站起了，而不离开。仿佛都在期待着什么，都觉得总之不该就这么散了，都认为有谁应该把握住气氛和虔诚，使他们的心灵得以更长久些地集体地围于这一时刻……

楼内有几个男生伫立于窗口前即兴朗诵了他们的诗句。

然而人们觉得靠那些诗句继续烘托这一时刻是不够的。

忽然大喇叭传出了一个男生高亢的声音：

"同学们，我们是马克思主义的忠实信徒。我们是二十世纪末叶的新马克思主义者！我们是共产主义的新的一代实践者。我们宣布，中国新马克思主义者联盟，现在成立了！我们将在人类赖以生存的这个地球上，寻找一处地方，严格地按照马克思导师关于社会主义和共产主义的伟大学说，理论联系实际，重新进行社会主义的人类实践，为创建真正的共产主义理想王国而努力奋斗！这，便是新马克思主义者联盟的宣言！也是我们的人生宗旨。我们今天庄严地确立这一宗旨，为其虽死无憾！我们相信，我们的宣言，首先将给我们这座漂浮的城市带来无比光明的前途，并必将在全人类的心灵中，闪耀出理想的魅力和希望之光！因为我们寻找的地方，在我们脚下，也在你们脚下。它就是我们这座城市！我们将使它变成人人互相友爱、男女亲如兄妹姐弟，市民是真正的主人，官员是真正的公仆，消除贫穷现象，扫荡腐败堕落的一切根源，使每一个人都能按照自己的天性幸福地、愉快地、健康长寿地生活的美好城市！一切人都有受高等教育的绝对的权利而无须竞争！一切人都是他所充分自觉自愿的社会工作者！同时是诗人、文学家、画家、音乐家，或其他艺术家！艺术将是普及的，而不再是极少数人的机遇！也不再被极少数人的所谓天才所垄断！我们现在正式命名这座城市为'中国共产主义公社一号'，将来，必有共产主义公社二号、三号……"

人群中，婉儿始终和许雁南站在一起，须臾不曾分开！她完全被那高亢的声音迷住了，也被广播室那个通亮的窗口迷住了。有一个身影拿着话筒在里面走来走去，并不时挥舞一下手臂。即使童话以一种心潮澎湃的激越之情和一种高亢昂奋的自己首先坚信不疑的语调讲述，也会使人觉得像一位多血质的国家元首的就职演说。而这种时候，似乎人人心里都有一种古怪的意识冲动着。血质本不多的人也极可能倏忽间血脉偾张，心念电闪，做出超常举动，说出惊世骇俗的超常的主张。一些已经血脉偾张的人个个显出了激动万分的样子。而更多的人仿佛期待着被更加惊世骇俗的事所震撼。亢奋的呼吸在人群之中弥散，忽东忽西，似乎连空气也变得滞重了。似乎有一张看不见的网，随着那高亢的声音，一会儿撒向这里，一会儿撒向那里，分批地笼罩着一群又一群人……

"我们设计的旗帜……"

"多好哇！"

婉儿神往地说。

"什么！"

许雁南沉声低问。

"要是真能像他说的那样！"

"咱们走吧！"

"我不。我还要听听呢！"

"走！"

许雁南有些生气了，抓住婉儿一只手，拽她离开了人群。

"我们设计的城徽是这样的……"

婉儿频频回首。

"我们的'公社之歌'，也可以说是真正的未来的共产主义共和国国歌，它正在谱写之中！……"

许雁南拖着婉儿，只管匆匆地向宿舍走去。

"中国共产主义公社一号——万岁！……"

一进宿舍，许雁南便将门插上了，瞪着婉儿命令地说："脱衣服，睡觉！"

"这么早……"

"少废话！"

婉儿看出许雁南的严厉是真的而不是佯装的，虽有所不甘，却未敢违拗。

"那……我总得洗洗脸，洗洗脚呀！"

"我侍候你。我把水打回来。"

许雁南始终板着面孔。

婉儿不敢再多说什么，老老实实地坐在床边上。

"支持公社的同学们，一切共产主义的同路人，一切崇尚理想、崇尚精神、崇尚人类理性之光的朋友们，请跟我们走到校园外面去吧！请跟我们走到市民中间去吧！……"

这时天已经完全黑下来了。通过大喇叭播扬的，已经不是先前那个男生的声音，而是一个女生的声音了。其声音的高亢昂奋，比先前那个男生尤甚十倍。如同礼花，向天空开放出一片片使命感、神圣感和崇高感的瑰丽焰火，不由人不注意到它的热情的号召。

婉儿觉得那声音似乎在呼唤自己。那一种呼唤是自信的，专执一念的，百折不挠的。而且，也是相当浪漫的、具有诱惑力的。仿佛使空气也变得活跃了。普遍的人们，无论男的抑或女的，年轻的抑或年老的，就潜意识而言，无不有一种渴望生活戏剧化的心理倾向。因为生活不是戏剧，人类才创造了戏剧以弥补生活持久情况之下的庸常。许多人的许多行为，可归结到摆脱庸常这一心理学命题。大抵，越戏剧化越引人入胜。

婉儿倏地站了起来。她想走到窗口去望一望。

不料许雁南立刻喝道："你给我坐下！"

"望一眼都不行啊！"婉儿快快而坐下，嘟哝："莫名其妙！"

她的确有些不明白许雁南是怎么了。

"对，望一眼也不行！"

许雁南关上了窗。

"让我们到市民中间去进行宣传吧！让我们去向他们做艰苦细致的思想工作吧！让他们乐于成为我们公社的第一批社员吧！……"

窗子虽关严了，却不能隔住那高亢昂奋的声音。恰恰相反，由于许雁南的漠然态度，婉儿仿佛更加觉得自己是在被呼唤着了。

许雁南看出了这一点，朝婉儿一指，厉声道："你不要心驰神往！"

婉儿迎住她的目光，不服气地抢白道："你不信我信。事在人为嘛！"

许雁南火了，双手一叉腰，向婉儿跨一步，怒问："你信什么？你说，你信什么？"

"信他们的全部话！只要人人都信，他们的话就能成为现实！"

"也就是什么中国共产主义公社一号？"

"反正要是能生活在那么一个社会，我就感到幸福！十几亿人，实现起来难，但如今人家要在一个城市重新开始，就算不肯做人家一个同志，做同路人你为什么不允许？哼！……"

"你哼什么？你懂什么？"许雁南又向婉儿跨了一步，"我说他们一句不恭不敬的话了么？没有！但是现在我要对你说——他们的话在我听来就是——公鸡公鸡多漂亮，大红冠子绿尾巴，你到窗口瞧一瞧，请你吃把玉米花……"

"你说他们是狐狸？"

"我没有这种意思！这是你的理解！我的意思是他们那是严严肃肃庄庄重重的儿童心理！他们不过都是在演戏可他们自己不知道！这种情况是有过我也有过人人都有过！就是这么回事！"

"我明白了！……"

"你明白了就什……"

"我明白了你现在也是在演戏。其实你内心里是一个'托派'。要不是你修两门研究生？"婉儿冷笑起来。她认为终于也将对方看透了。这竟使她有些得意，"所以他们的主张使你听了生气！因为你要的不是他们想实现的，也不是我所希望的那么一种生活。你要自己一个人的前途就够了！可是我呢？你能给我婉儿带来些什么？我的好生活除了他们能给我还有谁？我能指靠什么？一辈子处处仰仗你这位表姐？使你自己永远觉得是我婉儿的救世主？"

许雁南两条好看的细眉渐渐剑竖。她似乎从婉儿那种又得意又尖刻的表情读解出了一句潜台词——我才不给你这样的机会呢！

突然她狠狠扇了婉儿一耳光。

这一耳光那么有力，以至于使婉儿向床上倒下，一手捂住一边脸，伏在床上许久未动一动。

猛响的关门之后，婉儿仍感到脸上火辣辣的。

许雁南端着一盆水回到宿舍时，婉儿不在了……

并不整齐的队伍陆陆续续离开校园。

大学永远是那么一种地方——只要有号召，拉双眼皮儿也可能成为一次行动。

一条由两个人高擎的横幅标语写的是——如果你留在这座城市，你将是共产主义城的主人！

"公社之歌"或曰"国歌"未能及时创作出来，以他们人人会唱的一首歌暂时代替：

古老的东方有一条龙
它的名字就叫中国
古老的东方有一群人
他们都是龙的传人
巨龙脚底下我成长
长成以后是龙的传人

黑眼睛黑头发黄皮肤

永永远远是龙的传人

……

　　也许，在他们之中，真正准备做"中国共产主义公社一号"第一代
公民的，连百分之几也不到。即使那些今天晚上尤其表现得异常踊跃热
情奔放热血沸腾的"新马克思主义者"，也未必真正准备做这一"公社"
的创始人。他们只不过是受着他们那种年轻人的间接性的冲动的驱使，
认为今天晚上，在这座漂浮的城市里——或者更准确地说，在这座漂
浮的城市"上"，他们应该有不寻常的表现，不寻常的举动，做某一件
不寻常的事情罢了。如此而已。仅此而已。倘这座城市本身很正常，而
今天晚上是星期六晚上，他们则极可能是一场周末舞会的组织者。因为
这座城市现在面临着归属性的选择，才启发他们心念电闪，想象丰富，
决定喊出创建一座共产主义新城的惊世骇俗的口号，而不是更容易召集
的一场舞会。他们热衷的似乎永远是自己的某些精彩的想法，是事情的
开端，而并非事情的前途本身。也对成功的可能性毫无思考的兴趣。创
建一座共产主义新城当然应该算是精彩之至的想法。一个堪称空前绝后
的伟大的想法。伟大的想法大抵是在极其特殊的情况下极其严峻的时候
产生的。在一般的情况下在一般的时候，伟大和平凡是不怎么能区别开
的。他们的亢奋也因这座城市竟给予了他们一次激发伟大想法之电火的
幸运的机会。他们是些很善于抓住机会的年轻人。一旦抓住了机会他们
敢作敢为，敢喊敢叫，一往直前，但并不打算将任何事情真正做到底。
这样的年轻人正在多起来。他们也许果真有天才的头脑。但是那天才往
往飘舞在天上。睡过一觉之后，明天早晨，他们自己就可能对今天晚上
开始的这一"伟大"感到索然，却会在相当长久的一段日子里扬扬自
得，满足于自己头脑中曾产生过一个怎样了不起怎样伟大的想法。于他
们大学不过是一所特殊的幼儿园罢了……

　　更多的人创建一座共产主义新城当然更不非常认真。尽管他们此刻

追随的热情支持的态度是虔诚的。但是虔诚于今天的年轻人，并不是一种值得保持的可贵的东西。不错，他们大抵是些虔诚的男孩儿和女孩儿。但他们的虔诚如同蝴蝶对花儿的虔诚。而蝴蝶是从不对一朵花始终专一的。他们的虔诚也是既广泛又芜杂的。像蒲公英或芦棒，不管谁猛吹一口气，便如大雪纷纷。明天早上，假如有人号召为了节约电而点蜡烛，他们会以和今天晚上同样的虔诚率先去买蜡烛。他们从内心深处想要成为虔诚的人。他们害怕自己也可能变得像某些人那样，对任何事情都缺乏热情都无虔诚可言了。于是他们自己教育自己的方法，便是经常提醒自己对任何事情都要具有热情都要虔诚起来。而他们认为生活中值得虔诚的事也减少到了最低限度。于是在他们看来，反而任何事情都有必要虔诚一次了。其实任何事情都未必是他真正想做的事情。虔诚又是他们最不愿丢掉的东西。因而他们好比积雨云——只要与另一团积雨云摩擦，就闪电，就雷鸣，就下雨。但下过也就下过了。通常下的是阵雨。

"诃德诺夫同志"们一向视"新马克思主义者"们为宿敌。前者仿佛是天生负有批判使命的人，只管批评，不管别的。而后者的经常的感觉是"天将降大任于斯人也"，只管产生想法。所谓只管播种，不问收获。但是今天晚上，几乎所有的"诃德诺夫同志"们，都成了"新马克思主义者"们的同路人。忧患现实批判现实早已使他们觉得不那么来劲儿了。他们做同路人，是准备随时对"新马克思主义者"们许诺的未来表示忧患，并随时批判后者"播种"过程中的一切失误。他们是些"别有用心"的同路人。他们只想和"新马克思主义者"们走到他们认为可以进行无情批判的那一岔路口上，猛烈地抨击和批判一通之后分道扬镳再去忧患别的什么……

"哎，你哪个系的？"

"我么？"

"对，你。"

"别管我哪个系的，反正我真心实意拥护你们就是了。"

"起码可以告诉我姓名吧？"

"也不想告诉你。为什么单问我。"

"对你颇感兴趣。"

"……"

"别生气。跟你开玩笑！这些给你……"

一个清瘦的穿套雪白西服的小伙子，将鼓鼓囊囊的书包往婉儿肩上一搭。

"什么呀？"

"公社社员身份证！临时性的。今天晚上，会有许许多多的市民，成为中国共产主义公社的第一代社员。你发给他们。我们一共赶印了三万多。都发出去了，我们就该考虑选公社的第一届总统了！"

"真的？"

"那还有假的么？"

"公社……会给我一份好一点儿的工作干么？"

"当秘书怎么样？"

"又是开玩笑？"

"不，是认真的。所以刚才问你姓名嘛！"

"给谁当秘书呀？给第一届总统么？"

婉儿半信半疑，亦受宠若惊，觉得一切都未免有些荒唐。又觉得自己和这支队伍正在进行的事情，不但值得为其大声疾呼，而且值得为其献身。毕竟，对于她，这是第一次自觉自愿投入的严肃的事情。重创一种美好的社会制度哇！难道还有比此更严肃的什么事情吗？她不对它的前途要求很多。她并不是个对未来要求很多的人。如果生活中不再有铁子和张广志，不再有以恶报善的残忍的杀戮，她就绝不会为今天自己所交付出的真诚而后悔！

"你能不能给总统当秘书，那我可不敢保证。不过，只要你肯屈就一下，给一位什么部长当秘书，我想是没太大问题的。"

"听你口气，好像你能当部长似的！"

"不就是当部长么？听你口气，好像我异想天开似的！你大概还不知道我是谁吧？"

"你是谁？"

"我是贾晓光！"

仿佛丘吉尔说——我是丘吉尔，或罗斯福说——我是罗斯福。自从他们死了以后，这世界上的任何一位伟人，大概都没有以那么自信的口吻说过自己的名字。人类集体的成就早已使个人魅力黯然失色。

对方又低声说了一遍。尽管是低声说的，但分明地，认为自己的名字必使婉儿感到荣幸之至。

"要真想当部长秘书，以后你就找我！"

对方信誓旦旦地看了她一眼，往前跑去。仿佛有极其重要的非己莫属的任务，等待他赶去肩负起来。

"贾晓光……"

婉儿自言自语重复他的名字，问身旁的一位女生："他究竟是什么人呀？"

"他不是已经亲口告诉你了么？难道你是校外的？连大名鼎鼎的贾晓光都不知道？"

那女生显出"友邦惊诧"的样子。

"我……听说是听说过他的……"

婉儿不得不扯谎，唯恐暴露自己的校外人身份。

"前学生会主席嘛！咱们学校的基诺夫呀！刚才在学校里，不就是他发表的宣言嘛！"

"是他啊……"

婉儿跨出队列一步，朝前望去，望不见贾晓光穿白西服的影子。队首消溶于夜的笼罩之中。她又转身回望，队尾也消溶于夜的笼罩之中。只有她随行着的一段队伍，在相距很远的一盏盏碘钨灯的照明下，看得清一张张似乎肃穆又似乎玩世不恭的年轻的脸。不见首尾的队伍，使她感到仿佛是一支浩浩荡荡的十万大军。和这样一支队伍走在一起，她觉得没有不能到达的彼岸。

她归队后，她身旁那位女生调侃她："被白马迷住了吧？"

婉儿有些发窘地说："我是看咱们这支队伍，人真多哇！"

女生说："你只能把贾晓光这样的人物当成一匹白马，千万别把他当成白马王子。"

婉儿不太明白她这句话的意思，未说什么。

"他是一个典型的乌托邦主义者，空想共产主义者。对爱情也是这样。他高兴有个姑娘奉陪他永远谈情说爱，而至于结婚，那似乎就是他的共产主义实现以后的事儿了。"

婉儿仍未做任何表示。

"大学里若没几个他这样的人物，大学生活会使所有的大学生都感到寂寞，枯燥无味。但是他这样的人物太多了，讲师和教授们就要另谋出路了！"

"你……好像对他挺了解似的？"

"也谈不上有多么了解，不过就和他谈了两年恋爱。"

婉儿不禁站住，细看对方的脸。一张细眉俊眼，五官精致的江南女孩儿的脸。谱写着满脸狡黠的笑。

"走哇！……"

后边的人推了婉儿一下。

那姑娘却扯起了婉儿的手。

"我……你千万别误会……其实我对他一点儿也不感兴趣……"

婉儿讷讷地解释。说的是真话。

"你也别误会……"对方笑了起来，"我们的关系早结束了！你相信他的话？"

"他的什么话呀？"

"许诺你当部长秘书的话呗！"

"这……他那明明是玩笑话嘛！"

"未必。今天晚上，我们可能是一次集体大散步。也可能，掀开了一页历史的新篇章。巴黎公社的领袖们，平均年龄二十五岁多一点儿。

中国共产党的第一次代表大会才几个人，而且是在一条游船上召开的。某些事情，当初看来，难免带有浪漫和空想色彩。沉淀在历史中才变得伟大起来。又比如飞机的发明者莱特兄弟和他们的第一次飞行……"

"那么，你相信我们的愿望一定能实现是不是？"婉儿急迫地问，期待获得肯定的回答。不知为什么，尽管自己正与一支浩浩荡荡的队伍走在一起，但她却非常在乎身旁这一个人的回答。仿佛对方是一位从未错过的预言家。

不料对方却说："不是我们。我看得出，你是很真诚的。而我是陪着你们走走罢了。还有她，还有他，我们这些人，都不过是陪着走走罢了。不信你问问……"

对方边走边说回身指点着后面的人。

婉儿回头望他们，他们全对她笑。他们那一种笑，似乎是对她的嘲弄。虽然，他们并没有嘲弄她的意思。但婉儿感到自己被无情地嘲弄了！

"你们！……"

"我，我们，在这支队伍中，有许多像我们一样的同路人。中国共产党当年的同路人，肯定比坚定的中国共产党人多。这并没影响中国革命的成功嘛！"

对方的话，博得了一阵开心的笑声。

婉儿第二次站住了。的确，那是一阵开心的笑声。没有任何恶意。甚至没有任何嬉戏的成分。只不过是开心的罢了。正如在散步的时候，伙伴讲了几句智慧的话，于是一齐笑起来。而人们在散步的时候，尤其在散步的时候，即使对一句并不智慧，并不值得笑的话，也往往会慷慨地赠以笑声。人们的情绪流露，在散步的时候是又廉价又大方的。

但婉儿不仅觉得被嘲弄，而且觉得被伤害。

"你怎么又站下了？"

"走哇同路人！"

"妹妹你大胆地往前走吧！……"

后面的人推着她，身旁那女生握着她的手。她不想走了，其实仍在走。

"你别扯着我！"

她挣脱了手。

"不想当部长秘书了？"

又是一阵笑声。

> 跟着感觉走
>
> 紧抓住梦的手
>
> 脚步越来越轻
>
> 越来越……

他们甩下她自顾向前走，而那个女生将几句歌赏给了她。

人从婉儿身边不停流过。

她如同水中一颗石子。

她开始感到迷惘不知自己应该何去何从……

前面传来了口号：

中国共产党……

没喊完。顿止……

显然，要喊的不是这一句。喊错了……

中国共产主义公社万岁！

有人纠正了前者的错误，接着喊了一句。

于是许许多多的人跟着喊。

新马克思主义万岁！

我们的目标一定要实现！

我们的目标一定能实现！

脚步匆匆。队伍浩荡。口号响亮。

他们只管向前走着走着，仿佛互相都是同路人。但对于究竟自己是别人的同路人，还是别人是自己的同路人，分明都不多想，也不在意。

五千年的岁月流逝在这片土地
带走了不再重复的往昔
祖先用血汗塑造出民族的生命
每一个身影都背负一段沉重的经历
……

突然响起了歌声，而且有伴奏，而且听来是雄浑的合唱。却见从身旁走过的人并没张口。婉儿觉得太奇怪了，困惑多时，终于发现，歌声是从各种类型的大大小小的录音机中"唱"出来的。小的录音机被举着。大的录音机被提着。

每一个从她身旁走过的身影，似乎都背负着一段沉重的经历。仿佛这许多人已经走了五千年，还要继续再走五千年，仿佛他们并不是些当代人。而是五千年前的一批祖先。

队伍走过去了。远了。

歌声，也远了。

婉儿孤独地站在原地。

和她做伴的，唯有她自己的影子。路灯将她的影子，抻得很长很长。她呆呆地瞧着自己的影子，感到自己也被抻得很长很长，感到肩上的书包倏然变得沉重了。仿佛五千年的岁月，除了被走远的队伍所背负去的一部分，其余的都在书包里，背负在自己身上。

这书包，以及鼓鼓囊囊装在其中的东西，使她觉得受到伤害的虔诚，渐渐地又庄严起来又神圣起来。

不能辜负别人的信赖。她想。实际上，更是无法摆脱某种责任。无法忽视自己的虔诚。一个没怎么虔诚过的人，一旦虔诚起来，自己拿自己没办法。

她仿佛觉得书包里装的是有生命的东西，是中国共产主义公社的五千个第一代公民……

她猛转身奔跑起来，追赶队伍，追赶队伍……

城市的另一个地方，另一支队伍也正形成着，壮大着，不断吸引着加入者和同路人，是两天来在银行门前兑换日元的人们组成的。一时间有绝对可靠的消息，证明市长打定了主意要当一位日本附属市的市长，于是日元兑换率剧升。一时间有人辟谣——卫戍区已接到命令，本市一同九州岛接壤，警备部队将封锁城市，长了翅膀也休想飞到日本的国土上，于是日元兑换率骤跌。一时间有人说，绝对可靠的消息仍绝对可靠。一时间有人说，这消息绝对是谣言绝对是，卫戍司令千真万确接到了命令千真万确。于是一忽儿某些人估计自己绝对地有希望变成日本人绝对地有希望，因而日元大大的有用人民币根本没用了不全部兑换日元是百分之百的大傻蛋。而一忽儿又感到上当了受骗了希望化为泡影了绝对地化为泡影了，人民币兑换日元兑换了一半又兑换成人民币，又据悉这座城市将冻结日元的通货价值……

人们自己开辟了　处民间的"道琼斯"市场。人们自己将自己抛在这个市场上随波逐流。没有谁真正知道几天后究竟人民币更是钱或日元更是钱。没有谁真正知道几天后自己仍是中国人或必是日本人无疑。人们最初相信每一种预见每一种说法，哪怕是毫无根据的荒唐透顶的。后来不相信任何一种预见任何一种说法。

终于他们想明白了——这"道琼斯"市场之行情的真正垄断者不是别人不可能是别人是市长只能是市长！而想想明白这一点不需要谁点拨。难道不是么？只要市长真的想通了肯当日本附属市之市长什么的，他们跟着也就成了大和民族的华侨！而这座城市也就成了一座日本的华人城！这对日本难道不是天上掉馅饼捡着了么？这对中国来说也不是什么了不得的损失啊！中国人最不值钱，不就是漂走了一群最不值钱的人和一座再有几十年也旧貌换不了新颜的城么？何况这漂是谁也挡不住的事不以任何人的意志为转移的事哇！要不是这样，想打发这么一大批同胞离开中国也没个正当的理由哇！哪个国家也未见得就肯大开国门接受哇！一次性接受这么一大批炎黄子孙那是闹着玩的么？一次性打发走这么一大批同胞不是也挺有伤国脸么？……

看来只要市长想通了便一通百通了，便一切都"理顺"了。他们当然都是些最最打算一脚跨到日本国土上去的人。否则他们着急忙慌地把人民币统统兑换成日元干什么？

"找市长去！找市长去！"

"对，找市长去呀！要求他给一个明确的答复！"

"如果他和我们想到一块儿去了，那是最好了。否则……大伙说否则怎么办？"

"否则他妈的吊死他！"

"谁胆敢阻挡我们踏上日本，绝没有好下场！"

"市民们！一切希望能到日本去刷盘子的同胞们！一些想挣资本主义的钱，在本世纪末达到小康水平的中国人！让我们团结起来，众志成城，冲破一切罗网，为实现我们的愿望而斗争吧！"

"众志成城！众志成城！……"

"斗争斗争！坚决斗争！……"

……

他们好委屈呵！去挣日本人的钱，到日本人开的餐馆去刷日本盘子——老天有眼，老天可怜见，一个大好的机会就摆在眼前，难道还不允许么？仿佛地，于他们而言，每一个身影都背负着一段沉重的经历，并且已背负了漫长的五千年了。早不想再背负下去了。

于是这支队伍雄赳赳气昂昂向市长家住的地方挺进。他们判断市长今天晚上肯定在家。

两支队伍于城市的中心地带会合——不，遭遇了！

他们彼此的愿望是那么的不同，使他们根本不可能变成一支队伍。他们都企图说服对方做他们自己的同路人。最后都明白了是两股道上跑的车相撞了！于是双方都同仇敌忾，势不两立起来。

一旦有了"敌方"，一旦"敌方"就出现在眼前，两支队伍都变得空前地团结了。混杂在两支队伍之中的双方的同路人，因对峙而激动，而紧张，而亢奋。终于而血脉偾张而也跟着摩拳擦掌。进而不但是同路人且是同心同德的同志加战友了。

"我们不要他妈的什么公社！我们只要到日本去刷盘子的权利！"

"毛主席搞的人民公社都包产到户了，你们比毛主席他老人家还伟大么？"

"滚开！不要阻挡我们的去路，让我们找市长谈判去！"

"'公社一号'代表我们的新理想，它是不给任何人让路的！"

"时代造就英雄，我们都是自己的上帝，别抬出毛主席来压我们！"

"你们甘心去服侍日本人，就是民族机会主义者！"

"你们才是民族机会主义者呢，你们休想捞到什么稻草！"

"你们捞稻草！"

"你们！你们！……"

双方的人都如同参与一场圣战。

对峙局面一触即发。

"公社"的那些忠实的喉舌，大无畏地深入"敌方"的队伍中，一边诲人不倦地宣传"公社"的光明而美好的前途，一边散发"公社"的"公民证"。

"戴上吧，请戴上吧！我说亲爱的工人师傅啊，想想，当你老了，你对你的子孙后代说——我是中国共产主义公社的第一代公民！那多么自豪呢！到那时，在我们这座独立了的城市中，无论你走到哪儿，你都会将尊重的目光吸引在你身上……"

"这是什么？"

"'中国共产主义公社一号'的'公民证'！"

"'一号'不就是厕所的意思么？就冲你们命这名字，我死也不会成了你们那'厕所'的公民！"

"你不戴就不戴，为什么侮辱我们公社的神圣名字？"

"神圣？神圣的东西老子见识得多了！就你们也配在这儿卖狗皮膏

药，自称神圣？你们的公社许诺给你一个什么官了吧？无利不起早，要不你也不会……"

"少废话！捡起来！……"

"不捡！不捡你敢把老子怎么样？半张硬纸片子一折，印上几个字儿，就好意思说是什么'公民证'！……"

"你妈的！"

一方的火气被撩拨得想按捺也没法按捺下去了，于是感到是可忍孰不可忍，诉诸拳头。

对方也不示弱，还以狠脚。

"好小子，还没表示接受你们狗屁'公社'管辖呢，就开始实行专政了！"

"揍他揍他！他先动的手！……"

"同学们，快来救我们的贾晓光！贾晓光被打倒在地了！"

于是双方混战起来。

那种情形好比在足球场上，一伙球迷和另一伙球迷之间展开的混战。所不同的是，球迷们的冲动是"迷"到一定程度的冲动。而此时人们的冲动，不是因了比赛的输赢问题，而是因了今后两种活法的问题。由于这一问题的严肃性和严重性，双方都不认为自己的冲动是应该克制的，都似乎觉得克制反而是可耻的懦弱的将会受到鄙视的。到了后来，简直忘却了都是为什么才冲动的，只感到冲动是自然的，必然的。甚至，是必需的，别无选择的，相当之痛快的。这和足球场上的情形又完全相似，如同混战双方的球迷，实际上并非完全是因了比赛的输赢才扑进球场，更是由于自己渴望冲动更是想证明自己能否冲动起来。他们也是在和自己的冲动本身争凶斗狠。去刷日本人的盘子或做"中国共产主义公社一号"的第一代公民，仿佛都不过是一种冲动的理由罢了，唯冲动本身是目的是最佳方式是最高意志中不可扭转的……

婉儿在混战中被打。于是她打人。

一个人喊叫着什么，撞在她身上，将她撞倒了。她抱住那个人一条腿，以头一拱，也将那个人拱倒了。接着她扑到那个人身上，像只母狼似的，张大嘴，要咬那个人的脖子。这时她只有一个念头，咬死一切那些将她所寄托的愿望撕得粉碎的人！她认为如果不遭到他们的强烈的反对，也许那愿望在今天晚上就是一半地现实了！除了那一个愿望，她已无所寄托。她不惜为那唯一的愿望流血。或使别人流血。

"你疯啦？别咬别咬！是我，是自己人！"

那人用一只手抵住她的下额。

她这才看出是贾晓光。

"好样的！你很勇敢，拉我起来！"

"我们怎么办啊？"

"不知道……他妈的！我的肋骨大概断了几根……"

她刚拉着他站起，立刻又被更多的人撞倒了。她忘我地用她的身体护住他……

"你怎么把'公民证'撒了一地？别管我，'公民证'要紧！快捡啊！"

她便一张一张捡。

他帮着捡。

各式各样的鞋踩在她手上，也踩在他手上。

"许多人都以为我贾晓光不过心血来潮，其实我这一次是真的！人生难得几回真，不成功，便成仁！"

"我和你想的一样！"

"前人能创造历史，为什么我们不能？"

"我恨那些反对我们的人！"

"你也不必恨他们。这不过是我们肯定要经历的考验！我们的公社将在一切严峻的考验中永放光芒！"

他一边和她爬着，捡着，一边不失时机地对她进行鼓励性的教导。在此种情况之下，他那么乐观，那么自信，令婉儿大受感动，并且对他产生了一种忠诚。她开始完全彻底地相信他的领袖才能，正如相信自己的命运一样。

警备部队包围了人们。

"公民们，你们必须立即停止冲突！今夜将有十二级台风！今夜将有十二级台风！请你们为各自的安全着想！请你们为各自的安全着想！……"

然而并没有人理会手提式话筒发出的警告。

警卫部队分组楔入人群，以枪托进行有效的驱逐。

混战双方这才罢休，骚乱成一片。

"婉儿！婉儿！婉儿你在哪儿？……"

和贾晓光冲散了的婉儿，猛听到有人呼唤她，并且听出是许雁南的声音。许雁南一忽儿离她近，一忽儿离她很远。

"雁南姐！许雁南！我在这儿！"

"婉儿我听到你的声音了！你别怕！我来啦！你站住别动！我向你靠拢！我……"

砰！……

一声脆响。

一支枪走火了。

许雁南的呼唤戛然而止。

婉儿的心猛一收缩，似乎停止跳动。

她什么都听不见了。

骚乱的人群在她眼前无声地溃散着，溃散着……

"雁南姐！许雁南！……"

经久。她才恢复了理智，逆着一股股人群左奔右突，声嘶力竭地喊叫着，寻找着……

人终于散尽了。

婉儿终于发现了躺在地上的许雁南。

她疯了似的跑过去，伏在女研究生身上。

"雁南，雁南，雁南！许雁南啊！……"

女研究生瞪大双眼凝视夜空，一种无比惊愕的表情僵在秀丽的脸上，身下是一摊血泊……

警备战士默默围拢她们……

"谁走的火？！"

"我。"

啪！

某人挨了一耳光。

"赶快送医院抢救！……"

某人蹲下了，一只手放在女研究生口鼻上。

"报告，她死了……"

"死了也要抢救！"

"是！"

于是两个人将婉儿扯开。

"你是什么人？！"

"我……"

婉儿竟古怪地笑起来。

"听着，不管你是什么人，在类似今晚的情况下，再让我看见你，我一枪崩了你！"

他们也离去了。

婉儿觉得这座城市一时间没有人存在了。只剩下自己了！仿佛一切地方，都是她可以去的地方。一切地方，都成了没有必要去的地方……

地上的血泊，似乎流动着。似乎渐渐要变为一个什么样的有生命的东西，从地上站起来……

她发出一声尖锐的喊叫，转身便跑……

至夜，市委值班人员发现市长失踪……

这座浮城被分割成了三个互相为敌的区域，并且筑起了准备浴血奋战固守到底的街垒……

十二级台风开始狂暴地袭击它。海啸堆着一座座耸立的浪山，似乎要将它一举压入海底，永远镇在海底……

第九章

巷战！

被台风袭击过的浮城，不再是城市，几乎是废墟。

固守者们固守的是废墟。进攻者们进攻的是废墟。活着的，在废墟的上面活得更加生动。死了的，在废墟的下面永远放弃了一切活法的选择。五星红旗、太阳旗，遥遥相对插在废墟上。"公社"的旗帜没设计更没制造出来。但它的坚定不移的战士们——当巷战开始，活着的人大多数都变成了战士——也誓与阵地共存亡……

追寻驶来，企图了解这座浮城的详情并加强对它的领导的舰只，夜里在台风中与浮城相撞，沉没海底。数名死里逃生的人，或被捍卫五星红旗的人们所救，或被将命运和太阳旗连在一起的人们所俘，或被"公社"的战士们所扣押。

从天上飞来的直升机不敢降落，唯恐加剧派性局面促使战斗升级。投下成箱的食品和饮料，无可奈何地飞去了。食品和饮料投在哪一方阵地上，哪一方的阵地便会同时遭到另外两方的进攻。仿佛是要塞，是军事咽喉，是兵家必夺之地。

哪一方的阵地实际上都已没有什么真正的权威可言。云集在哪一方废墟上的人们，似乎都成了乌合之众。似乎成了亡命徒。仅仅由于各自的命运和阵地连在一起，人们才捍卫阵地，而不是因为其他。为五星红旗之不倒而战的人中，既有具备虔诚的国家荣誉感的人，也有将五位六位数的存折用胶布贴在胸前或背后的人。日本绝不会对他们的存折负任何责任。这一点他们非常明白。因而他们特别能战斗。他们的人数并不像政府有关部门统计的那么少。他们竟由最初的几百人一夜之间增加为几千人。如同在正常的生活情况下，若统计没有过婚外恋的男人或女人，终究与实际的结果相去甚远一样。连他们自己都惊讶于他们怎么竟会有几千人！因为他们中某些人，此前都在装着过仿佛入不敷出的紧巴巴的拮据的日子。互相认识的他们，一旦心照不宣地战斗在一起，都怪尴尴尬尬怪不好意思的。

世界上再也没有哪一个国家的人，比中国人更害怕与富有公开化地连在一起了。尽管他们用胶布贴在胸前或背后的存折，照外国人想来，也许根本不值得为之战斗。但于他们而言，在任何属于中国的地方，那都是确保他们永不会再沦为穷人的全部股份啊！如果月息高出工资几倍十几倍乃至几十倍，难道还不值得与它拼命么？中国，只有在中国，才算是富人！他们和某些知识分子不一样。以他们的眼光看，某些知识分子是矫情得没边没沿了——居然像心里惦念着美貌的情人似的，总惦念着要什么民主！他们从来没想到要那玩意儿。他们从来不感到太缺那玩意儿。那完全是可有可无的东西。好比粉面子，没有，不"勾芡"就是了。有兴致的时候，他们也会和知识分子一道儿，玩玩民主之类的。但是他们永远不会为那玩意儿战斗。那是太高档的奢侈。他们也是向往奢侈、追求奢侈的。但体现在物质方面，而非精神方面。他们是真正的"唯物主义"者们。即使体现在物质方面的奢侈，他们也会时时告诫自己，万勿引起他人的嫉妒。他们在这座城市挣钱，往往到别的城市去进行毫无顾虑的毫不吝惜的消费。这是他们一向的聪明，也是他们保护自己的策略。

他们恨死隐蔽在另外一些废墟间的人们了！也就是那些云集在太阳旗下的同胞。那些人才是他们的头号公敌。因为他们和对方，都是在为今天和明天而攻守啊！有对方的今天，便没他们的明天可言了！为着他们的明天，他们必须，也不得不顽强控制这座浮城今天的，更是他们自己今天的命运。若他们不能，他们十分清楚，他们只有和对方一样，一无所有地，踯躅在日本某些城市的街头了。最好的命运，大概不过有盘子可刷。而他们早是已吃完饭不必刷盘子，忘记了怎么刷盘子的中国人了！在日本，若重新成为出入高级饭店，一掷千金且不皱眉的中国人，谈何容易？

他们时时期待和寻找向对方发起进攻的机会。他们进攻之目的当然不在于一定要占领对方的阵地。占领又一片废墟有什么意义呢？他们进攻之目的在于要消灭对方——如果对方不投降，不也升起五星红旗，那么他们希望能干净、彻底、全部地从肉体上消灭对方。没什么忍与不忍的。何况以神圣的国旗的名义，似乎一切便都在允许之列了。解决了头号公敌们，再对付那些为什么"公社"而战的毛头小青年，将简单了！为所谓将来而战的人，难道会比为今天为明天而战的人更勇敢更不怕死么？不但用胶布贴在他们胸前或背后的存折，促使他们进行战斗，他们的已然化为乌有的产业和家私，也推动着他们进行战斗！那可不仅仅是一台电视机或录像机的问题！感谢伟大的祖国也有保险公司了！他们的产业和家私都是保了险的！能指望日本的什么保险公司赔偿他们的损失么？那不是明摆着痴心妄想的事儿么？而中国，是赖不了这个账的！凭什么赖账？如果赖账，他们将集体地，对共和国进行起诉，在共和国的最高一级法庭上，与共和国打一场官司！旷日持久也不怕！而且他们坚信，胜诉的肯定是自己，绝不会是他们现在进行捍卫的"国家"！……

与他们相比，在五星红旗所象征着的这一片阵地上，另一类许许多多的人，也就是那些为着维护国家的尊严和荣誉而云集到五星红旗下的人，内心里的想法比他们要单纯得多。也可以说要自以为崇高一点。他们并没有五位数甚至六位数的存折用胶布贴在胸前或背后。也没有什么可称得上产业和家私方面的重大损失足以敲保险公司的竹杠。尽管他们的家也是保了险的，毕竟没有什么贵重之物，顶顶贵重的东西无非电视机电冰箱之类。或者，还可以加上组合柜一套半套的。即使折价赔偿，损失也是铁定了的。他们并不打算趁机狠吸保险公司一大口血。家已然是没了，他们似乎更得靠着国了。这是一种心理习惯。好比一个人上衣丢了，就双手紧提着裤子。那么国是什么呢？对他们而言，在这座不再是城市，几乎是漂浮的废墟上，除了是国旗，还可能是什么呢？然而他们云集到五星红旗之下，又并不完全是，也不仅仅是，受习惯心理暗示所做的决定和选择，的的确确，都不同程度地具备着维护国家尊严和荣誉的义务责任感。这一点，仿佛人的某一种特殊品质，在寻常的日子里寻常的时候，是不太会得到验证的。他们中，某些人曾梦寐以求地渴望过有朝一日一步迈出国门的机会，曾千方百计地为自己创造过有朝一日一步迈出国门的条件。他们因目的屡遭波折难以实现，也曾诅咒过一大桶万能胶似的把他们黏住的这一个国家，并且曾对自己暗暗发誓，一旦离开它做千秋雄鬼永不还乡！但是现在，此刻，他们的想法却变了。他们更愿以无可指责的光明磊落的方式和途径告别这个国家，却从来也没打算在灾难之际趁隙而去。他们是生活中那些讲究做人原则的人。做人的原则之于他们，常常是至高无上的。他们是属于那种在点数工资的时候，若发现少了几十元，一定要认真对看工资条并且一定要问个一清二楚的人。以只讲目的不讲手段的人们的眼光看来，他们都是些迂腐得不可救药的人。而在越不寻常的情况下，他们似乎越显得迂腐，并且固执。也许以后他们终究还是要辞国而去的。但现在，但此刻，他们觉得自己不可以不站到国旗之下。维护国家尊严和荣誉的义务感责任感，一旦在他们的思想方法中，和他们一贯恪守的做人原则联姻，诞生的立场也是相当坚定的。这些人中有为数不少的知识分子。一向受到国家信赖和重用的，以及一向受到批判的一向被视为歧路人的；一向被认为是"左"的并一向以光荣的"左"派自居的，以及一向被认为是"右"的是"异端"之代表人物的，前者们因自己一向是"毛"似乎永远只能是"毛"，所以今天尤其要求自己须更紧地附在一向附惯了的"皮"上；后者们因自己再也不愿是些"毛"所以今天尤其要求自己须更有不再是"毛"的知识分子的原本的样子。他们虽成了"同一战壕的战友"，但是并不打算互相亲和。他们虽彼此救死扶伤但过后似乎依然打算"老死不相往来"。所谓道不同，经不同，心中那"菩提树"那"明镜台"，便也决然的不同。尽管都是些"朝朝勤拂拭，莫使惹尘埃"之一心向佛的人。

所有的这些云集到五星红旗下的知识分子，以及所有的在心理方面习惯地依托于国家的人，总之都是与那些胸前或背后用胶布牢牢贴着五位数六位数存折的人大为不同之人。不同在于，他们仅仅是云集到国旗之下罢了。他们仅仅企图维护住什么并守护住什么罢了。他们企图维护住并守护住的，更是某种精神上的东西，而非任何实在之物。他们并不真正视谁为敌人。如果不遭到进攻，也不愿与哪一方决一死战。没有歼灭哪一方的念头。没有发起主动进攻的冲动。他们的立场都较严格地限定在自我证明或恪守做人原则的分寸内。与他们的后一类"战友"相比，他们的心理上没有任何暴力倾向。而他们的后一类"战友"们，心理上却时时有进攻冲动和强烈的暴力倾向。不占领太阳旗所象征的那一方阵地，不剿散甚至歼灭那些云集在太阳旗下的"头号公敌"们，他们总感到贴在胸前或背后的胶布是药力极大的膏药，刺激得皮肤一阵阵灼痛却不可以揭下来。

"为了五星红旗在我们这座城市上空永远飘扬，让我们集体发誓！抛头颅洒鲜血在所不辞！"

"就是咱们这座城市漂到南极或北极，也永远是中华人民共和国的一座市！"

"让我们向那些叛国者发起进攻！还要发起进攻呀！不占领他们的阵地，不降下那面太阳旗绝不能罢休哇！"

"把枪给我！我说亲爱的小同志把你的枪给我吧！你的手已经受伤了还要枪干什么呢？我们都是战斗在国旗下的战友，把枪给我这样义无反顾的战友，你还有什么不放心的哪！"

他们在废墟间蹿上跃下，奔走疾呼，将些豪言壮语说得激昂慷慨，一心要在阵地上遍燃起发动总进攻的战斗气焰。他们从那些死于昨夜的警卫战士的尸体上取下了枪支和子弹，并且孜孜不倦地说服那些因负伤而失去了战斗能力的警卫战士将枪支和子弹拱手相送。后者们有的感动于他们的一腔爱国热血给予了他们，有的却任凭他们说破了嘴也无动于衷。

三方阵地上都有死了的和活着的警卫战士。三方阵地上便都有了枪支和子弹。云集在太阳旗下的人们，都不说什么豪言壮语，也确实觉得任何豪言壮语都不是为这时候的自己创造的，经由自己的口无论说出来喊出来总归会有点儿不对味儿。干脆不指望通过这一点来鼓舞士气。

"吸一支不？"

"吸一支吧！"

"妈的，他们爱他们的国，我们出我们的国，本来是井水不犯河水的事，却偏要和我们对着干，非要卡死我们出国的路！你说他们到底图的什么啊？"

"谁知道呢？大概把我们看成一些叛国者了呗！爱国——叛国，水火不相容啊！"

"叛国？我们？我们一不知道什么好向国外出卖的情报，二不想在国外组织什么反动集团，不过就是想拉个帮去刷国外的盘子，叛的哪门子国？你承认你叛国？还有你，你，你们，都承认自己叛国么？"

"我？你问我？——操他妈！"

"我当然也不承认自己叛国！可是他们偏这么认为，咱们又有什么办法？"

"所以才要跟他们干啊！反正已经被他们这么认为了，不是叛国也是叛国了！此一番不离开中国，今后能有咱们的好下场么？"

"打死了他们那边十几个，谁动摇了，谁不走了，等着被枪毙吧！"

"他们也打死了咱们这边十几个啊！又怎么论罪？再说是他们先进攻我们的！谁叫他们进攻我们的？枪子儿又不长眼睛……"

"他们打死咱们这边的人，那是好人打死坏人，活该！咱们打死他们那边的人，等于武装叛乱性质，罪大恶极！"

"就冲这一点，我说，咱们能动摇么？谁动摇？啊？谁？！"

"动摇？——操他妈！"

"今番不是鱼死，便是网破！家都没了，谁还怕谁呀？"

"这才叫逼上梁山哪！我说老兄老弟们，咱们只有一条路了——破釜沉舟！不撞南墙不回头！不见棺材不落泪！"

"撞了南墙也不回头！见了棺材也不落泪！"

于是，这一方阵地上，也众志成城起来，也弥漫着同仇敌忾的愤恨和怒火。

嗒嗒嗒嗒……

一排子弹宣泄地朝对方的阵地扫射过去。当然没有一个活着的警卫战士肯于将枪交给这些云集在太阳旗下的人。结果当然是他们一个个被缴了械，被看管，成了俘虏，也成了在必要时刻作为谈判条件的人质。

他们的盲目的宣泄性的扫射，引起了对方一阵子弹更密集的回敬。

于是又有人倒在血泊中呻吟了……

血泊和呻吟助长着他们的愤恨和怒火。使他们一个个仿佛都变成了一些宁死不屈的人。

于是双方的枪战又开始了！子弹呼啸成一片，双方借以掩体的废墟，被击得冒着一缕缕尘灰。

"公社"的阵地却是寂静的。因为另外两方，都并不将他们视为真正的"敌方"。其实只有在抢夺空投食品和饮料的时候，他们才与另外两方发生过冲突。而他们，与另外两方相比，不过是这座处处废墟的浮城上的"第三世界"。许许多多的，原先属于他们的"同志"的人，此时此刻，不是已然云集到五星红旗下去了，就是已然云集到太阳旗下去了。或者，与更多更多的，即使在目前的情况下，也不愿将自己变为战士进而参与战斗的人们，云集在城市的最边缘地带，一群群躲避在废墟间。

他们的人数的逐渐稀少，使他感到非常之悲哀。他们认为可悲的，不是另外两方有我无你有你无我势不两立互相仇恨真枪实弹对射的现实，而是一种美好未来明明十分美好却将付之东流。他们也想放弃它了，但是希望有个体面放弃的机会。好比哭泣不止的人，希望别人劝自己别哭了。然而另外两方的人们，以及更多更多的，哪一方也不属于的，躲避在废墟间的人们，似乎都并不打算给他们创造什么机会，也并不把他们的存在当成怎么一档子事儿。

他们的阵地的寂静，更加使他们感到，他们的存在，其实从根本上是遭到忽视的。进而使他们感到，仿佛被极端地轻蔑了。这使他们不但悲哀，而且尴尬。而且也有那么点儿恼羞成怒。他们真想排开来，站立在他们的阵地前沿，向另外两方呐喊："向我们开火！都向我们开火呀！都一齐向我们发起进攻吧！"

被打散了总比自己作鸟兽散体面得多也悲壮得多啊！如果不但有体面地放弃他们的主张的机会，而且能放弃得悲壮，该多好哇！

他们不仅希望被进攻，同时希望被俘虏，被毒打，只要别往死里打就行。

"说，还坚持你们的公社的主张么？"

"头可断，血可流，公社的主张，是绝不放弃的！"

于是挨揍。

于是昏过去。

于是……

人类理想的又一次可歌可泣的可彪炳史册的实践，刚刚开始，便在襁褓之中被摧毁了！

多少年后谈起，也算件事儿。

自己作鸟兽散，那究竟算什么事儿？

枪声一阵猛烈过一阵，他们却只有墟上观的份儿。

寂静呀寂静，既不能在寂静中崛起，又不能在寂静中死灭。哪怕飞过来几颗流弹落在他们自己的阵地上呢！

他们的被忽视简直使他们觉得被严重地侮辱了。是可忍孰不可忍？

幸而他们的舆论工具——几只手提话筒保存了下来。

他们认为必须使另外两方明白，他们是不容忽视的，专执一念地存在着的。也许只有这样，体面的还很可能是悲壮的某种机会，才是有根据希望的。

"公民们！同胞们！现在，公社对你们发表庄严的呼吁，请你们结束敌对的情绪和立场吧！请你们都站到公社的旗帜下来吧，尽管公社的旗帜仍未设计出，但旗帜总是会有的！一定会有的！公社竭诚欢迎你们双方。让我们为这个共同的远大目标，走到一起来吧！公社……"

他们向激战的另外两方发动舆论攻势。

于是一阵弹雨从左右两翼倾泻到他们的阵地上……

他们赶紧龟缩到废墟后。

"乌拉！……"

"乌拉！……"

"乌拉！……"

喊"万岁"似乎显得幼稚，比不上"乌拉"喊起来带劲。所以喊"乌拉"不喊"万岁"。

另外两方听到他们发出的兴奋的欢呼，都同样大惑不解，不明白他们为什么那么贱？为什么本都不想理睬他们，他们偏不甘寂寞？为什么都一齐向他们开火，他们反而高兴？尤其不明白，他们为什么不趁没人理睬他们的存在的时候，悄悄离开他们占据的那些废墟，跳出是非地界，而还要继续地自讨没趣儿？

毕竟，似乎由于他们的"横插一竿子"，枪声暂停了。

他们错误地以为，这是他们的功劳，是他们不容忽视地存在着的证明。

其实不是。

乃是因为，飘扬着五星红旗的阵地上，从某一片废墟底下，千难万难地钻出了一个人。

这个浑身是土的人一站立在众人面前，便大吼："都他妈的疯啦？不许开枪！从现在起，你们都得服从我！不服从老子的，就地枪决！"

"服从你？你是哪座庙里的和尚？"

有人不屑地问，睥睨着他。颇不把这个只穿着背心和短裤的，壮壮实实的，五十多岁的男人放在眼里。

又一个人将枪横挎胸前的人凑过来，打量他，阴阳怪气地说："咦，你倒生了一副好细的皮囊。怎么胳膊上腿上连根汗毛都没长？大概你腿叉那儿也是不毛之地吧？该叫你大叔呢？还是该叫你大婶呢？"

"滚你妈的吧！这时候谁服从谁哇？尤其不能服从浑身连根汗毛都没长的人！"

第三个人站在一旁，故意把枪栓摆弄得哗啦哗啦响。

他一指那人："你，过来，仔细看看老子身上有没有汗毛？"

那人果真走到他跟前，近观他的胳膊，一笑，回头对另外两个蔑视并侮辱他的人说："嘿哟喂！还不少呢。不过，是刚出娘胎的崽子身上那种纤毛毛！……"

另外两个人也大笑起来。

"叫你没大没小的！……"

他猝然一拳将对方击倒。

"老家伙你敢动手打爱国志士！……"

另外两个同时扑向了他……

"放肆！谁敢上前打死谁！……"

一声断喝，一个人突然从一处废墟顶上飞身跃下，双脚稳稳地落在他前边，乌黑的枪口威慑住了那两个企图大打出手的亡命徒。

他们很是桀骜不驯，也想端起枪。

"别动！谁先动，谁先死！……"

一梭子弹从他们头顶呼啸而过。他们倒都是身上很有些汗毛的，被骇得浑身汗毛乍立。

"我们不动，我们不动……"

"嗨，这是怎么说的，这是怎么说的！我俩不过闹着玩，你怎么来真的啊？别大水冲了龙王庙，自家人不认自家人哇！"

"就是就是！既然在同一个阵地上，就都是爱国志士嘛！只要都是为了捍卫着国旗不倒，叫我们服从谁，我们服从谁就是了呗！"

他们一旦变乖，又分明是两个巧舌如簧的人。

这时又有几个警卫战士，默默站到了那人身后。一束束警觉的目光，在远远近近的人群中扫视着。他们的乌黑的枪口，威慑着一切人。

"首长，"从废墟顶上飞身跃下的人，转身敬礼，"少尉赵宾生听从首长指示！"

"嗯。从现在起，你的任务就是，寸步不离我身边，保护我的安全！"被称作"首长"的男人，信赖地拍了拍少尉的肩，走到了那三个始而挑衅继而低眉顺眼的人跟前。

"你，不是问我是哪座庙里的和尚么？那就告诉你，我是警备司令。中华人民共和国国防部授衔的中将。配不配你服从？"

"配，配，配……"

"司令同志，您千万别误会，刚才我们那真是和您闹着玩儿呢！"

"闹着玩儿？这种时候，你们这几位爱国志士，还有情绪闹着玩儿，心好宽啊！"

"发扬革命乐观主义精神么……"

回答的人上衣只剩一颗扣子，中将发现了贴在胸前的胶布。

"这是什么？"

"啊，这个呀？这是胶布……"

"胶布贴住的是什么？"

"还能是什么，伤口呗！"

"这个地方，可是人的要害处噢！"中将指点着对方的心窝——也就是贴着胶布的地方，"你这位爱国志士，差点儿为国捐躯吧？"

对方眨眨眼睛，无限忠勇地说："应该的，应该的，死而后已嘛！"

中将一下子将胶布从他心窝揭了下来，疼得他哎哟连声。

"这又是什么？"

他低下了头。

"三十八万……数目不小哇！"

"长官，不，首长，首长，天地良心，我这可都是合法收入呀，口挪肚攒，我不容易啊！求求您高抬贵手，千万别……"

他双膝一软，跪下了，抱着中将的腿，苦苦哀求。

"起来起来，我又不是税务局的，我不管你合法不合法。既然这存折上写着你的名字，就是你的私有财产。我的原则是，在目前情况下，保护私有财产为己任！"

待他惊喜地站起来，中将又将存折贴在他心窝了。

"首长，有您这句话，我绝对服从您！跟着您刀山敢上，火海敢闯！"

"少来这一套！"

中将转向另外两个人，分开他们的领口，同样发现了胶布。

"看来，你等爱国志士，都是为了一个共同的目标而战斗啰？"

"那是那是……不，不是……是为……"

中将不再理他们。命令少尉："缴他们的械！"

于是他们手中的枪被毫不客气地夺下了。

远处狐疑的人们向这里围拢。

中将又登上高处，举了一下手臂，厉声说："我是警备司令！仍愿服从我的战士，站到我身边来！"

人群中，警卫战士们早已认出了他，顿时归依过来。

"你们！……"他凛凛的目光，扫视着人群中那些不是他的战士，手中却有枪的人，"现在我命令你们，立刻把枪放下！"

他们纷纷放下了枪。包括那些极不情愿的人。

"好！你们没有违抗我，很好。大家听着——现在，我们面临的问题，不是谁想继续做一个中国人，还是谁巴望摇身一变，成为日本人的问题！而是——都要做一个人的问题！在大灾难时刻，人，都应该有人的样子！男人，要照顾老人和女人！一切大人，都更要照顾儿童！如果死的可能比生的机会多得多，那么，男人要首先想到老人和女人！一切大人，都更要首先想到儿童，否则，不管你继续做中国人，还是就做日本人，你他妈的都没做出个人样来！我的话，都理解明白了没有？！"

人们鸦雀无声。气氛沉静而肃然。

"没有人反对我的话，那就证明，你们都理解了！既然如此，我决定，立刻降下这面五星红旗！为它，互相枪杀，是愚蠢的！"

一声枪响……

中将倏地转过身："怎么回事？谁开的枪？！"

"我……"少尉啪地立正了，"还有人没放下枪，暗中向您瞄准！"

人群呼啦朝两边散开——中弹者，一手捂着胸口，一手拿着枪带，趔趔趄趄地扑出人群。拖在地上的枪，不断与石块相碰，发出不小的声音。

那人倒在中将站立着的废墟下。

中将蹚下了废墟。少尉寸步不离地跟着。

他在死者身旁驻足，说："翻过他来。我要看看这个想打死我的家伙长得什么样！"

少尉便将死者翻了过来——一种憎恨凝固在一双死不瞑目的眼睛里。年龄不过三十三四岁。

中将蹲下，解开他衣扣——胸前也有一大块胶布。被子弹钻了个孔，血汩汩地冒着。中将轻轻揭下胶布，存折已被血染红。中将翻开细看。看了一会儿，递给少尉，低声问："我看不清，多少？"

少尉看了看，回答："才五万多……"

"才五万多？"中将瞪视着少尉，"你有几个五万多？放在你那儿，不许丢了！以后……如果我们还有以后，一定要找到这个人的家属或亲人，还给人家。中国人，谁攒五万多也不容易……"

"是！"

中将缓缓抚上了死者的眼睛。

"一会儿找个地方埋了他。"

少尉点了点头。

中将从他手中要过枪，稳稳地举平，瞄向旗杆……

一阵连发，高高的旗杆晃了。徐徐地，开始倾斜。终于，夹带着一股与空气摩擦生成的风，倒在废墟上。

中将威严地大声说："谁，再胆敢把它竖起来，并且以它的名义煽动仇恨，老子就把谁的脑袋砍下来，挂在旗杆上示众！现在，我命令，你们各处去查看，要努力救出废墟下那些可能还活着的人！"

人们，一切人，并没有什么很不相同的，个人表现很特殊的反应，都默默地，也可以说都很服从地散去了。那种驯良的情形，使他完全可以相信，他们散去后，肯定是会按照他的命令去做的。

一种权威，如果充分证明了那的确是一种权威的话，如果首先依赖他的人丝毫也不怀疑它的存在的话，那么看来，无论在何时何地，它就不但是真实存在的，而且是可以驾驭任何人任何一种局面的。在似乎最无权威可言的时候和情况下，普遍的人，其实本质上，都在盼望着有人重新管理他们的理性，并限制他们的灵魂。人，原来天生是对绝对的自由忍耐不了多久的。他们恐惧自己行为的任性和放纵，其实和他们有时逃避权威的心理是一样的。他们逃避权威永远是一时的，并不比给表上弦的时间更长些。他们本质上离不开权威，它几乎是一切人的终生的习惯。无论他们自己愿意或不愿意承认，事实如此。

给表上一次弦，表起码走二十四小时。

给人一次所谓"无政府主义"的机会，哪怕是他们自己选择的，起码二十四年内他们自己首先不愿再经历。于权威而言，"无政府主义"更是大多数人所极容易厌倦的。

中将出现得正是时候。

若他出现得太早了，也许不但不可能使人们服从，而且可能已丧命于人们的非理性行为之下。

只有一支支被丢弃在地上的枪，岿然不动，似乎都是有思想的东西，似乎都有些悻悻的，似乎才更是旁若无人的绝对桀骜不驯的……

中将对他的战士们说："把那些枪，全扔到海里去！"

"扔到海里去？"

一个战士仿佛没听明白。仿佛虽听明白了，但心里很舍不得。

"对。全扔到海里去！多一支也不留！"

他的语气很果断。

"首长同志……我们……没我们什么事儿，我们也不在这儿站着了……"

三位"爱国志士"，没获得他的允许，一直规规矩矩地肃立在那儿，寸步不敢贸然移动。

他这又注意到他们，指着自己从底下爬出来的那座废墟，冷峻地说："你们，去挖那堆废墟！"

"这……我们没有工具啊！"

"给老子用手搬！用手扒！"

中将又吼了起来。

三位"爱国志士"，虽然不清楚这一任务之目的性，但哪敢再多问半句，诺诺连声而已，争先恐后向那堆指定的废墟奔去。

"你们，也去四处救人吧！记住，救人一命，胜造七级浮屠。救一个人记一大功！救两个人晋升一级！救三个人，破格提拔！我说话是算数的！"

于是战士们也散去了。

少尉见附近没人了，低声问："首长，要不要……我替你去找一套衣服来穿？"

"老子是中将！现在这种时候，我更要穿将军服！"

他大步向那三位"爱国志士"走去，背着双手，监督他们。

当十二级台风开始袭击这座浮城的时候，他正在家里亲自"审问"一位"客人"。"审问"的内容是——市长哪里去了？不消说，"客人"是被极秘密地"请"到他家里的。中将法制观念很强。在没有充分证据的情况下，他知道自己虽然是警备司令，虽然是在"特殊时期"，也是没权力仅凭推测和判断拘捕一位公民的。所以他将对方"请"到了家里。"审问"其实更是单独的询问。态度也还算客气。

结果，他和"客人"，便同时被埋在这一堆废墟之下了。而这一堆废墟，正是他家那幢小楼变成的。所幸斯时他的家人都不在家，并且根本不在这座浮城中，都回东北老家避暑去了。更所幸他是军人，反应毕竟较寻常人敏捷。房顶塌落的瞬间，他跃到了墙角。"客人"却没他那么命大，被塌落的水泥预制板压住了。然而周围并没有顿时黑暗得什么也看不见。几束夜光从缝隙透进。空气也与外面流通着，使他不至于被闷死。

"客人"呻吟不止，引起了他很大的同情。他几次企图搬起那块预制板，但种种努力徒劳无益。它纹丝不动。

"唉，是我害了你……"

他因为自己居然活着，而对方要死了，感到良心的不安。满腹忏悔，不知该怎么说。

"你别白费劲了！这是报应……"

"那么你真知道市长的下落了？我求你告诉我！只要你肯告诉我，我一定救你出去！"

"救我出去？你别哄我了！"

"我能！"

"你不能！你自己也出不去的！你也被活埋在这儿了！那么我就告诉了你吧！省得到了九泉之下，你还逼问不休……"

于是对方告诉了他绑架市长的计划始末。

"但市长他究竟被你们弄到哪儿去了？！"

"这个嘛，就不能告诉你了。"

"你！你死到临头，还要弄老子么？！"

"不是死到临头，我怎么敢要弄你警备司令啊？要我告诉你市长究竟在哪儿，除非你能提供给我 ·支烟吸。否则休想。"

烟，是有的。就在这个变了形的空间。几分钟前，他们还吸过。但这种情况下"提供"一词等于刁难！

他双手摸遍了一切能摸到的地方。爬着摸，只能爬着摸。其实他们不是在地面上，而是在墙壁上。这个空间的方位已然变更，如同一个矩形的盒子竖了起来。原先地上的东西，都堆在一堵变成了地的墙壁上了。他的造化还真不小，竟被他摸到了一支，不，是一截烟。是他没吸完按灭在烟灰缸里的一截烟。

"烟！他妈的老子摸到了！"

"司令大哥，有你的！不过，你不替我点着，要知道市长的下落，还是那句话——休想。"

于是他又爬左爬右摸打火机。最终明白，打火机是永远摸不到的了。

"你够丧气的吧？你刚才审问我的时候那股子不慌不忙的劲呢？现在该轮到我调教你了吧？这也是一报还一报嘛。"

他的确丧气极了。但没彻底泄气。因为他已摸到了一个空弹壳——老战友送给他的，由许多空弹壳粘成的一台拖拉机模型。那是朝鲜战场的纪念品。象征"安得铸甲做农器，一寸荒田牛得耕"的军人愿望。显然它摔散了。

他一声不吭，就在地上，更准确地说，是在那堵倾倒了的墙壁上磨。直磨得那个空弹头发烫了，拿不住了，脱下衬衫包着手，仍继续磨。

"司令大哥，你在磨什么哪？"

"……"

"钻木取火？"

"……"

他不明白对方为什么在快要死了的时候，居然还有挖苦他的兴致？难道就因为他是一位警备区司令？他倒没生气，也不再想从对方口中获得市长的下落了。只想满足对方死前吸一支烟的念头。

"点着了！老子点着了！"

他还真靠那种原始人的办法达到了目的。他紧吸两口，唯恐烟着不透。在双手摸索着乱找的过程中，他自己的烟瘾也强烈地发作了。一刻不停地磨那颗空子弹头的时候，烟瘾增加了十倍。在他的潜意识的深处，其实更是为满足自己的念头。而对于烟瘾发作的人，烟的的确确仿佛是那么一种东西——可以把命给别人，却舍不得把烟给别人。

那半截烟太短了！他真想自己独享它。

"快……快……给我……求你……"

将死的人不再用话戏耍他了。分明地，迫不及待了。那一种奄奄待毙的乞求，听来非常可怜。如同快要窒息的人乞求一点儿氧气。

"给你！吸吧……"

他用两根手指捏着烟，让对方吸。像大人拿着奶瓶子喂小孩儿奶。

"没着……你……骗我……"

"着了，老子没骗你！"

"怎么……吸……吸不……"

短得几乎捏不住的那截烟头，硬邦邦的卷的是些烟梗。

"这不怪我！这是质量问题……"

"不是'红塔山'么？"

"是，是'红塔山'。我一向用'红塔山'招待客人。刚才你吸过的。"

"刚才我就……吸出来……了……是……冒……牌的……你自己……没……没吸……出来？……"

"刚才我自己也吸出来了。"

"司令也有……上当受……骗……的时……候？公……平……这……才……公……平……"

"对，对。这才公平。你再用劲儿吸一口试试。要不，白着完了，多可惜！"

"好……我……再……用劲儿……吸一口，就，告诉你……市长在……哪儿……"

对方猛地吸了一口。

那是一个人生命之最后的全部的大力。它是那么不可思议的强，竟将那截烟，一下子吸入嘴里去了！

"哎呀你！快吐，快吐哇……"

他听到对方口中发出吱的一声响。

他慌乱将对方的上身扶起，靠在自己怀里。

对方的头朝后仰垂着，含着烟，再没了气息……

当阳光从缝隙洒入进来，他才发现钻出去却并非异想天开。门就在他的右上方，半掩着，不过被些碎瓦埋住了而已。最初他只能伸到外面一只手。一次次将那些碎瓦拿进，垫在脚下，如同蚂蚁搬粮。五六个小时之后他终于将自己垫高了。当然不是将站着的自己，而是将趴着的自己。也可以说，是用那么一种方法，将一个变了形的房间的高度，垫矮了几乎三分之二！只有这样他才能达到那阳光洒入进来的缺口……

现在，他要监督那三位"爱国之士"，从废墟间用双手扒出他的将军服来。他认为自己目前需要它如同法老需要法杖。

三位"爱国志士"终于扒出了一个大坑。

"下去！"

"首长，饶了我们吧！"

"司令同志啊，我们可没干什么伤天害理的事啊！我们都是爱国的呀！"

两位"爱国志士"极力向他表白。另一位则哇哇大哭。他们都以为他打算活埋他们，都不敢往坑中跳。

"别怕。我是不会活埋你们的！下去，继续扒！"

在他的威逼之下，他们不得不跳到坑里。

接着他们扒出了那个死了的人。

他们吓得惊叫着，又争先恐后想爬上来。

他站在坑边儿上，命令他们将死人举上来，却不许他们上来。直至他们扒出了他所需要的东西。

"关于你们这些人如何绑架了市长，我不愿再听了。你们只老老实实回答我一个问题就够了——市长他在哪儿？"

穿上了戎装的中将，站在坑边儿，随即审讯三位"爱国志士"。

"你们三个不说，我也还是能知道。你们的同伙中，总会有一个人说出来的。我，不过给你们一次立功赎罪的机会。如果你们都很坚定，都视死如归的话，我也不难为你们，将很高兴成全你们。那么这个大坑，就是你们共同的坟墓。现在的情况之下，能有这么一个坟墓，也算你们的福分了！"

中将说着，一颗颗往少尉给他的一把手枪中压子弹。

"说！"

少尉和两个战士厉喝。

他们便都又一次跪下了。

"我们不知道！我们确实不知道哇！"

"我们没有绑架市长！我们确实不知道哇！"

"我们没有绑架市长！那是另外一些人干的呀！"

"他们把市长弄到哪儿去了，只有他们少数几个人知道，我们带您去找他们，我们带您去找他们！"

于是他们带中将去找他们的"头儿"。

幽禁市长的地方，也变成了一片废墟。

"在这儿……"

"在这儿？……"

"真的在这儿！他没死。他还好好地活着呢……"

少尉蹲下，冲着坍塌造成的唯一的孔洞轻唤："市长，市长同志……"

经久，从那儿艰难地伸出了一只手。

中将立刻也蹲下，紧紧抓住了那只手。

"市长同志，是你吗？"

"是我……是你吗司令员同志？"

"是我。是我啊！"

中将顿时泪如泉涌，并用双手握住了市长那只手。仿佛一只手是抓不紧的，仿佛市长悬身在一口深井里似的。

"能把我弄出去吗？"

中将抬眼打量了一下这座废墟，发誓般地回答："能！你放心，我一定能把你弄出去！"

然而他知道这是自己无论如何也办不到的。他的眼泪滴落在市长手上。

"我想不到。他们买通了我的司机，冒充你的便衣战士，说你有急事要见我。我完全想不到……"

"饶不了他们！"

"也别跟他们算这笔账了……我会被埋在这儿，是他们绝对想不到的啊。再说他们对我还可以。这个塌了之后，没忘来看看我死活。送来过水和一点儿吃的。还送过半盒烟……哪些人在开枪？为什么开枪？"

"几派打起来了。跟文化大革命那时候一样。不过我向你保证，不会让他们继续打下去的！"

"这我就放心了，这我就放心了。还有件事，你得替我尽到义务……就是那些老同志，和他们的家属……"

"这你不必交代了。我会尽一切努力使他们安全的。"

"告诉我一句实话，真的有可能把我弄出去吗？"

"……"

"告诉我吧，这没什么。我有最坏的思想准备……"

中将便孩子似的哭了。

"我明白了……这座城市，和老百姓们，就只好委托给你了！"

中将哭得说不出话。

少尉噙着泪凑近问："市长同志，对您的家属，您……需要转达些什么话？"

"如果她们还活着，告诉她们，我是为了救一些群众才……她们听了，悲痛之余，认为我死得其所，对她们是种安慰……"

"市长同志，还是由我亲自去找到她们，带她们来和您见一面吧！"

"不，不，千万不要这样！我说司令员同志，请放开我的手吧？我踩着半块砖，踮起脚后跟站着呢，我支持不住了……"

中将抹了把老泪，狠狠心，缓缓放开了市长那只手。

市长的手，艰难地，收回去了。

"一切……拜托了！……"

市长的声音，仿佛从地底下传出的，听来十分遥远。

中将站起身，盯着市长的手伸出又收回的孔洞，表情肃然地敬了个标准的军礼。

从远处气喘吁吁地奔过来一位战士："报告首长，对面有情况，可能又要向这面发起进攻！"

中将指着那位"爱国志士"们的"头儿"，对少尉说："把他给我看住了！"

那人一听，拔腿便朝对面的阵地跑。

"嘿！你他妈的又不爱国了！看你的腿快，还是老子的枪子儿快！"

中将怒不可遏，举起了枪。

"首长！市长不是说过……"

少尉急忙阻止。

"滚开！"

中将一掌将他推得倒退数步。

一阵枪声——那人中弹了。倒下的姿势极其表演化。

却并非死于中将的枪下，而是死于对面的扫射。

战士恐他未死，想跑过去看个究竟。

"回来！"

中将喝住了战士，训道："不要命了？子弹就打不死你么？他还活着，算他命大。死了，该死！我们走！"

他们走出没多远，背后一声爆炸。他们同时驻足回头一看，埋住市长那片废墟的墟顶凹下去了。烟尘弥漫……

在市长的恳求下，一个给他送过水的人，出于怜悯，曾塞给市长一颗手榴弹……

半小时后，中将率领他的战士，和一切五星红旗阵地上的人们，向"敌人"投降。母亲们抱着婴儿，年轻的搀扶着年老的，体强的背着受伤的。半大不小的孩子们，跟着走在人群中间。

中将走在他的战士们前面。他们走在人群的前面。中将高举着双手。他的战士们高举着枪。

"我们投降！"

中将站住了，朝对方的阵地高喊。他看到一支支枪口，正从废墟后瞄向自己，和自己身后的人们。

"我们投降！"

"那，你们把枪放下再走过来！"

中将转身下达命令："把枪放下。"

"真向他们投降啊？"

一个战士不情愿地嘟哝。

"住口！"

于是一支支枪放在了地上。

于是中将又向对方的阵地走去。

于是人们又都跟随在他后面。

对方的阵地一片宁寂。

突然一声欢呼："我们胜利了！日本——万岁！"

有人一跃而起，拔了"太阳旗"，挥舞不止。

"万岁！"

"万岁！"

"理解万岁！"

"中日友好万岁！"

顿时，对方的阵地跃起一群群人。欢呼之声响彻云霄。

他们互相热烈拥抱。有的由于激动而哭泣，有的眉开眼笑，合力将别人抛起。

接着他们纷纷跑过来，也与"投降者"们热烈拥抱，不管"投降者"们愿意不愿意。那情形一点儿不像势不两立的敌我双方的投降和受降，倒很像患难之旅的伟大之会师。

"理解万岁！理解万岁！"

"谢谢你们对我们的充分理解，真是太感谢了！"

"大路朝天，各走各边。其实我们双方谁也彻底消灭不了谁，又何必呢是不是？"

"我们绝不反对你们留下，但你们也不能阻挡我们离开哇！这时候不互相理解，什么时候才互相理解呢？"

"各有各的具体情况，这时候都有选择的自由嘛！一些人不应该强迫另一些人嘛！"

千言万语汇成一种表白——那就是理解万岁，以及对互相的选择之自由的充分尊重。死不改悔的"刷盘子派"的人们，似乎一个个都非常在意坚定不移的"五星红旗派"的人们理解不理解他们。

"我们理解。我们真的理解你们。真的！我们留下，也有我们个人利益的考虑……"

"我现在的职务，是党给我的。小日本儿能承认我这位局级干部么？后年我离休了，那也是一位离休高干。坐火车可以坐软卧，看病有小红卡，住院住高干病房。小日本儿能这么关照我么？我没理由不热爱中国。我没理由不热爱社会主义。唉，你们年轻人呀，你们是没切身体会到社会主义的优越性，不知道资本主义的……那个那个……"

"制度的局限性！"

"对，就算是局限性吧！不过话又说回来，如果我也像你们这么年轻，我可能全和你们一样……"

"肺腑之言。肺腑之言哇！这位老同志，人家说的可是大实话啊！"

"这我理解。老同志哇，我非常理解您的一颗中国心，爱国心！与您相比，我真是很惭愧！可您也替我算笔账，我今年才二十三岁，基本工资八十七元，统统加一块儿，每月不过一百三十来元，刚够我自己吃饭的。从二十三岁到六十三岁，满打满算我还有四十年的扑腾头儿。就算我这一辈子，每个月平均能拿到三百元，不过十四万人民币，不到三万美金。一辈子，从二十三岁到六十三岁，最好的四十年呀！可我这一辈子，能指望每个月平均拿到三百么？物价还是要涨的呀！看样子要比我的年龄长得快呀！我又不是党员，也不想入党，能指望和您一样，五十多就混个局长当了么？坐软卧的资格，看病的小红卡，高干病房，还有小汽车，还有干部住房标准，这一切明摆着都与我这一辈子无缘啊！我是瞻念前程，不寒而栗啊！在日本刷盘子，每小时七百多日元，合五美金，在德国六美金，美国七美金到八美金。我都打听清楚了。我是天生出国刷盘子的命。我不过把日本当跳板，通过日本走向世界。哪个国家给钱多，咱到哪个国家去刷！我知命，认命，服命！"

"大实话，也是大实话！都是大实话！"

"咱们双方的人，互相都讲实话就好！一讲实话，互相都心里明镜似的。互相不理解的，也就理解了嘛！"

于是，死不改悔的"刷盘子派"中的一个小青年，和坚定不移的"五星红旗派"中的一位局长，在周围两派一些人感情氛围的烘托之下，互相拥抱了一会儿。周围的人们便鼓了一阵掌。为他们各自的大实话。也为他们互相达成的充分的真诚的理解。尽管他们互相拥抱得并不热烈。甚至能看出，都有几分扭捏和勉强，但毕竟顺应了众人希望的大趋势。氛围烘托到了那个份儿上，所谓"跟着感觉走"。

这一种令人感动的情形，一处处的，开始出现着。

许多"刷盘子派"的人围住了中将。他们请求他用一支粗大的颜色笔，往他们的衣服上签名留念。平时你可以请求一位电影明星什么的人物往自己衣服上签名，但请求一位中将这样做的机会要少得多。即使有这样的机会，些个将军们给不给面子很难说。在没有什么特殊人物仍显得特殊的时候，一位一身戎装的中将当然就算特殊人物了。请求他签名的人们，并未真把他当一名投降者看待。人们对于特殊人物的某种敬意，似乎不管在什么时候什么情况之下都会表现出来。这使中将回想起了文化大革命时期。那时他是一位师长，肩负"三支两军"的"光荣历史使命"。有一次群众批斗一位"反动艺术权威"。批斗完了，也有不少革命群众，请求"反动艺术权威"为自己签名，使面对这种情况的"造反派"们一筹莫展，无计可施……

几位"刷盘子派"的领袖，就站在中将的身旁。他们都皱起了眉头，满脸的不高兴。"敌方"全部投降了，他们的领袖地位，仿佛也无形中被取消了，罢免了，不存在了。似乎再也没谁认为，还应该继续承认他们是领袖了。似乎真正的领袖，双方共同的领袖，倒成了这位率部投降的中将了！他们的醋意油然而生。

"有完没完？有完没完？"

"别围着！别围着了！"

他们没好气没好脸色地呵斥他们的"同志"。

中将看出了他们不高兴。不签了。礼貌之至地问："哪位的笔？不签了，不签了。本人是位降将，还要老老实实听从发落才是哇！"

围住他的人们也不高兴了。不依他。七嘴八舌地说："签吧，签吧！有您开玩笑这工夫，又签好几个了！"

他仿佛诚惶诚恐地说："不是开玩笑，不是开玩笑。难道我不是降将么？"

大家都笑起来，又七言八语：

"不是不是。你现在就身份变了，已经是我们的将军了！"

"你促成停战。你功劳大大的。我们感激你还感不过来呢！"

"对，对。谁愿意和同胞势不两立啊！你们投降或者我们投降，其实都一码事儿！"

他们的一位领袖就生气了，指着逼问："你说你说，怎么是一码事儿？"

被指问的人也生气了，反唇相讥："你别跟我耍威风。你以为你是谁呀？以为自己也是一位将军么？刚才还拿你当个人物，那是刚才。现在你一边待着去！"

遭奚落和顶撞的领袖恼羞成怒："嘿！胜利了，就闹分裂怎么着？没有我们几个凝聚着你们，能胜利么？"

众人一听，哄笑一片。笑罢都唱：

> 领导我们事业的核心力量
> 是中国共产党
> 指导我们思想的理论基础
> 是马克思列宁主义！……

为了一个共同的目标"走到一起"来的人们，总是需要个把领袖的。没有也会造就出一个。而当目标一旦实现，仍以领袖自居则会使他们讨厌了。因为归根结底，"走到一起"，于眼下这些人不过是为了一个共同的目标，而不是为了个把领袖。

他们不但唱，且围着他们原先的领袖们，手舞足蹈起来。如同"文革"时期，围着主席像载歌载舞，以这一种特殊的方式，间接体现他们对有领袖欲的人的逆反。

"你们干什么？你们干什么？"

几位领袖在这种情况之下，便都失了领袖的风度，竟一个个抬胳膊挽袖子，要以武力维护尊严了。

"别这样别这样，"中将就劝说他们，"你们太年轻啊！这就是人民么。这就是群众么。往后你们要记住，能在二十四小时内成为他们的领袖，就不可以当到第二十五小时，否则就会使自己走向反面。现在你们自己走向了反面不是？"

别处的人们，不知这儿发生了什么事。不知这儿的人们为什么唱"语录歌"。因为不知道，都想，既然唱起来了，那么肯定有唱起来的道理，也都跟着唱。霎时间唱成一片。

合而为一的两派歌声，把"第三世界"——"公社"阵地上的人们唱糊涂了。

"咦，刚才，不是'五星红旗'们向'太阳旗'们投降了么？"

"是啊！"

"那怎么唱这首歌儿？倒好像'太阳旗'们，都心甘情愿地向'五星红旗'们投降了？"

"不明白是怎么一回事儿！"

于是他们围拢他们的精神领袖，都问："我们怎么办啊？"

他们的精神领袖们的精神，其实也早已处在迷离恍惚的状态。他们太自信了。对自己太自信了。对他们的精神追随者们也太自信了。对自己太缺乏认识了。对他们的精神追随者们也太缺乏认识了。

他们闪烁其词地回答："别问我们哇！问你们自己哇！一种理想的实现，需要大家共同努力嘛！有时还需要几代人坚持不懈的共同努力呢！现在他们统一在一起了，我们怎么办，你们说吧！"

"哎，你们怎么又反过来让我们说呢？"

"我们不过是你们的追随者嘛！"

"我连个追随者也不是。我不过就是个盲从。有点儿稀里糊涂地成了'公社'的一员！"

"你们怎么推卸责任啊？你们早说清楚还需要几代人那么长久的时间，我们也多考虑考虑哇！你们这不是存心蒙蔽我们么！"

都表示不满情绪了。

看来，要想实现一种理想，非先得把主义阐述得非常之明白不可。不明不白，过于概念化，过于笼统，只能落得个同路人不再同路，而到头来"同党"亦寥寥无几的下场。

"中国共产主义公社"这一伟大旧理想的新创始人们急了：

"哎哎哎，别这么说啊，都别这么说啊！什么蒙蔽不蒙蔽的？什么责任不责任的？我们对你们有什么责任？说透了，我们几个人，不过突发奇想，心血来潮，谁叫你们这么多人跟着推波助澜的？我们收买你们了么？没有。我们威逼你们了么？没有。要谈到责任，我们只对我们的想法负责任。而你们自己才要对你们的行动负责任！我们主张用枪杆子捍卫我们的想法了么？更没有！那纯粹是你们自作主张的越轨行动么！枪杆子里面出政权，这是旧马克思主义的理论。而我们是新马克思主义者。这一点我们一开始就是声明了的。没有你们这么多人盲目参与并扩大行动原则，我们的想法，也不过就是我们几个头脑中的想法而已。倒是你们连累了我们！"

"嗨！这小子，现在怎么这么说了啊！"

"真他妈不是玩意儿，揍他！揍他！"

于是一拥而上，揍那个"反戈一击"也等于倒打一耙的人。

"揍他行，别揍我们！我们可没有他那种到了关键时刻企图抛弃大家的意思。我们虽然是新马克思主义者，但新马克思主义的理论基础，归根结底还是在旧马克思主义的理论基础上发展起来的。当然了，我们的发展也极有限。我们……我们现在郑重声明，看来我们对旧马克思主义研究得还不太够，我们要重新回到旧马克思主义的理论基础上，再虚心地做旧马克思主义的几年小学生。至于我们'公社'么，现在判断条件确实还很不成熟。等过几年，我们的设想自身完善了，条件更成熟了……谢谢大家！谢谢大家的种种鼓励，就这样吧！"

另外一位"公社"的领袖，做了一通机智的演说后，转身便朝合而为一的那两方面人群跑去。也就是返璞归真，向"旧马克思主义的理论基础"跑去。仿佛那些人们所唱，正是对他的频频呼唤。

"他既然，我们也……真是太对不起大家了。一种理想的实现，从来都是要经过无数次反复的……请大家多多谅解！请大家多多担待……"

还有两位"公社"的领袖，也便向"旧马克思主义的理论基础"跑去。

"王八蛋！狗娘养的！我们不担待！"

他们的"同志"叫骂起来。

他们却头也不回，跑得更快了。仿佛归顺得略迟一点，"旧马克思主义的理论基础"也会像这座城市一样漂去了似的……

当人们不再歌唱"核心力量"和"理论基础"了，中将认为，转机到了。而这种转机，未免来得太容易了些。他预先估计，需做大量的艰苦细致的工作才能获得。看来是他把对方估计得过高了。他甚至觉得有几分索然。

"年轻人们，你们是不是该说些什么？"

他很谦和地礼让着。

"太阳旗派"的几位已然不再被视为"核心"的"核心人物"，对局面的变化丝毫没有心理准备，一时不知说什么好。互相瞧着，彼此推诿了一阵，竟没一个愿意趁机演说的。就算内心里蠢蠢欲动着这种念头，也都不知该说什么好。

"你们不说，我这位降将，说几句行不行呢？"

他仍很恭敬地和他们商量。

"好吧。看在你年纪比我们大的分儿上，给你五分钟时间！"

他们网开一面地允许了。

于是中将朗声高喊：

"公民们！"

他的声音出乎他们意料之外的洪亮。

人们渐渐静下来。

"公民们！首先我要告诉大家——我们的市长，已经殉职了！作为本市的警备司令，我受市长生前的委托，有义务担负起对大家的责任。盘子，总是要有人刷的。刷盘子是低下劳动。愿意从事低下劳动的人，应该受到鼓励。道理非常简单，因为大多数人并不愿意。愿意为日本人，进而为美国人、英国人、法国人，其他一切国家的人刷盘子的中国人，可以认为是具有为世界人民服务之思想的中国人。这没什么不好么！所以，我保证，只要日本人欢迎——一切想离开这座城市的人，都可以离开。刷盘子不是丢脸的事，也谈不上损害国家尊严。只不过，希望记住我这句话——世界很大，无论到了哪一个国家，都别做给中国人丢脸的事！不想出国去刷盘子的，我也保证，你们的人民币、国库券、股票，只要在中国的土地上，就是有价值的。并且，从现在起，受到我和我的战士们的保护。你们的财产损失，是会得到合理补偿的。否则，我发誓，我替你们和这国家打一辈子的官司！这，也是市长同志对我的委托。最后，地上那些枪，和某些不该有枪的人，手中仍拿着的枪，由你们决定，交给你们现在可以信任的人……"

中将刚说罢，一个人便将自己手中的枪递给了他。

中将拍拍那人肩，笑了笑。

于是人们纷纷从地上捡起枪，一一还给战士们。

于是那些自己拿着枪的人，或交给了战士们，或放在地上了……

人们似乎都觉得很索然。无论是"太阳旗派"的人们，还是"五星红旗派"的人们，无论是那些真爱国的国家崇拜者国家图腾主义者，还是那些视此番爱国贡献为今后某种大资本的投机男女，以及那些纯粹为了捍卫各自存折的亡命徒，也都觉得索然起来。各类人的索然，都要比中将感到的索然内容复杂得多。人们不但觉得索然，还都觉得若有所失似的。好比为了争夺玩具而打起架来的儿童，当明白了每个人都可以得到玩具，并是他自己喜欢的那一个时的情况。

最觉得索然觉得若有所失的，是双方的头儿们。他们的地位，不但没有了继续存在的意义，甚至连点感激也没得到。分明地，双方的人们，竟都开始以怀疑的目光望着他们。人们仿佛都因盲从而羞愧，并都以那种怀疑的目光，洗清着自己，一股脑儿将各种责任往他们身上推似的。这使他们感到被公众出卖了。

中将却没有趁机进一步孤立他们的企图。他交代给他们一项最适合他们目前做好的任务——集中一切空投下来的食物和饮料，按照儿童、老人、妇女优先的原则分发给人们。女人在这种时候总是比男人率先接受秩序的。她们自发地组成了妇救队，担负起了照料伤病者的天然使命。

中将接着去和"公社"方面进行谈判。

他对他们说："如果你们需要吃的、喝的、药品，你们现在就可以和其他人一样去领取。如果你们想得到的是这座城市，那么它现在归你们了！"

而他们不想得到这座处处废墟、满目疮痍的浮城了。在伟大的无限美好的理想和面包饮料之间，他们都毫不犹豫地不假思索地选择了后者……

浮城静悄悄地漂入了海洋上的又一个黑夜里……

第十章

灾难之后，当活人们确信眼下是安全的且没什么后顾之忧了，首先想到的是对死人的责任。悲痛也总是在这时才表达得淋漓尽致。悲痛归悲痛，活人们打发死人们到另一个世界去的章程，却从来都是灵活机动，速办速决的。

一具具尸体被投入海中。

人们全都站立在漂浮的"海岸线"边上，凄凄惨惨地与死人们的灵魂告别。

哭声又一次震撼整座浮城——不，震撼着这漂浮在海洋上的废墟之地。

然而一种无比奇异而宏大的景观，很快地，便以它的雄伟气势，抑制住了人们的哭声，使人们的目光不得不关注到它，并发出怵极诧绝的惊讶：

"那是什么？那是什么！"

"妈呀，冰山！"

"噢……老天爷啊，我们漂到北极了么！"

"完了，完了，完了！都完了！"

几海里外的海洋上，仿佛天造地设，鬼斧神工地矗立着冰的屏障。

不，那分明是冰的长城！

望不到从哪里开始，也望不到在哪里终止。只不过没有城垛，没有烽火台。但比任何一段长城要长得多，比任何一段长城要高得多。其巍峨险峻，亦非任何一段长城所能类比！在阳光的照射之下，银辉灿灿。虽隔几海里外，仍刺得人眼目为之难开！海洋由于受到阻挡，在它的"城"基下发泄着大的愤怒！恰如"黄河西来决昆仑，咆哮万里触龙门"。乱流争迅湍，高涛蹴天浮，指顾雪成堆。那一种固若金汤，坚不可摧，直可叫作"无边天作岸，有力浪攻山"！

"是……海市蜃楼吧？"

那当然不是海市蜃楼！

那是高耸于海洋上的，一个无可争议的现实。一个光芒万丈的现实。

在它的后面，便是这座浮城上的人们为之所憎为之所忧为之所喜为之所亢奋为之曾各踞一方固守阵地为之曾誓言铿锵似乎真的要战斗到底的九州岛。

它是日本用高科技之电子冷在海上筑起的护岛之墙！

虽然，日本的史学家们，考古学家们，越来越认为，大和民族极可能就是中华民族的一个支脉，日本人的血管里极可能都流着中国人的血，在日本国土上，有越来越多的热衷于"寻根"的日本人虔诚地朝拜徐福庙，但一下子真的有一座彻底变成了废墟的中国城市从海洋上漂到门户前，他们便不免惶恐了。尤其是，他们的人造卫星将这座中国城市的混乱情况早已转播给他们了。有关专家经过分析、讨论和辩论，感到这座城市上的中国人的心理，普遍的状态是三分正常七分不正常，都需要看心理医生。他们害怕这些中国人心理上的混乱情况，甚于害怕这座城市本身的混乱情况。这么多这么多心理状态三分正常七分不正常的中国人，忽然都如不速之客，不邀自至，将如群蝼群蚁般地卷入门户，进而遍布东京、大阪、名古屋，遍布一切日本大小城市的话，那对于日本来说，将是多么地不堪设想啊！他们简直是有些如临大敌了！整个日本都为之忐忑不安。他们没有那么多盘子供如许多中国人刷，也心疼那么多日元可能将被如许多中国人挣了去。财经专家们的预算表明——每年可能被如许多中国人挣了去的日元，是一个会使日本举国上下为之惊悸的天文数字！何况他们根本就不相信，把"挣资本主义的钱"作为口号的中国人，会心甘情愿安分守己地老在日本刷盘子。一旦如许多中国人觉得刷盘子刷腻了的时候，可该怎么对付呢？他们推断出，这座变为废墟之地的浮城上的中国人，三分之二都有过当"红卫兵"和"造反派"的历史。于是研究过这段中国历史的日本专家，引用毛泽东那句著名的语录"历史的经验值得注意"，对他们的国家敲响警钟。于是他们想到了秦始皇定国安邦的老办法……

"看啊，看啊，那又是什么？"

"电视塔！那是电视塔！"

浮城上的中国人，又出乎意料地发现了新目标。不错，那是电视塔。九州岛的电视塔。日本的电视塔。它的高耸入云的顶端，露在冰之长城的上边。当然的，也是在后边。正如九州岛在冰之长城的后边一样确凿无疑。正如日本在冰之长城的后边一样确凿无疑。

"同胞们，九州岛到啦！日本到啦！我们最后的码头最后的停泊地到啦！"

一个人欣喜若狂，张扬着双臂，像一匹撒欢儿的马驹子似的，在人群中奔窜欢呼。

却再没有另一个人跟他一齐高兴，一起欢呼。谁都明白了——冰之长城，将这座变为废墟的浮城和九州岛和日本隔开了。尽管已在日本的门户前，而日本不可到也！日本的盘子不可刷也！日元不可挣也！同时也即意味着，企图经由日本进而到别国的打算成为梦想成为泡影了！美国、英国、法国、澳大利亚、意大利等其他国家的盘子也不可刷也！美元、英镑、法郎、澳币等其他国家的钱也不可挣也！另一种活法虽心向往之而不实际也！另一种前途虽近在咫尺而不可追求也！

人们一群群临海伫立在浮城的城边上，一个个目光呆滞，神情木讷。仿佛集体中风不语了。

他们当然心里同时也都明白——这是日本人干的好事！日本不欢迎他们。日本人不欢迎他们。对于日本和日本人，他们并非像日本货在中国市场上一样备受青睐！日本和日本人干脆给他们吃的是闭门羹！

连他们中平素最高傲的人，这时候，面对越来越近的，那巍巍哉岌岌哉的冰之长城，也自卑到了最低点。非但自卑，而且自悲。许多人默默地迎风落泪起来。

"你们为什么不高兴？你们为什么不欢呼？你们为什么这样？高兴哇！欢呼哇！"

那个小马驹子似的人，继续喊着叫着蹦着跳着。过分地欣喜若狂，使他一时不能对眼前的现实做出和别一样的头脑清醒的判断。

"高兴你妈个鬼！你有什么可高兴的？你没见我们被挡住了吗？再乱嚷嚷把你扔到海里去！"

有人呵斥他，并左右开弓给了他几耳光。像老秀才范进似的，那人挨了耳光，便清醒了。

"是的！是的！被挡住了，被挡住了……"

他呆望前方，喃喃地嘟哝着，一时间难以承受这现实的大刺激，竟发起疯癫来。

"小日本儿你好不仗义！小日本儿我操你们八辈儿祖宗！中国人死都不怕，还怕你们来这一招吗？老子死在你们国门前！老子这就死给你们看！"

他倒是个君子一言，驷马难追的，而且是个急性子。一骂完，纵身一跃，就跳到海里去了！浮城前进造成的大漩涡，一下子就将他吸沉得无影无踪。眼睁睁看着他殉了他那种疯癫情况之下表现出的志气的，倒是些个中国人。日本人是想看也看不见的，更听不见他的咒骂。

自杀更多的时候是一种走向极端的情绪化的行为。而且会像打喷嚏一样互相诱发。某些中国人的志气和血性受到了传染。出口转内销？不，不是出口转内销，是似乎根本就被视为没有商检资格的东西了！是既没有真正的出口也很难说还能被内销回去的东西！要想再"转内销"又谈何容易啊！就算他们不在乎如此这般地遭到贬值，胸膛又都怀揣着一颗滚烫滚烫的中国心了，脚底下这块在大海洋上流浪的中国土地还靠得住么？它又没舵，也没法掉转航向啊！就算有舵，且有一位英明的舵手，又有谁敢担保，它绝不会在"转内销"的返航途中也"自杀"了呢？

这么一想，真是没法没根据没理由想得开的了。

而且，这时候，即使仍能想得开些的人，也没情绪没那份儿义务感责任感劝那些想不开的人了。没人劝他们，他们越想越发地想不开，越想越发地感到绝望。

于是又有人往海里跳。

海倒是似乎欢迎他们，来者不拒。

浮城却无动于衷，压涛踱浪，从容不迫地，百折不挠地继续前进！不管跳到海里的是男的女的老的少的，一视同仁地用它没在水中的"底座"将他们撞开去，或者将他们镇压下去。

"不要这样！不要这样！同胞们，公民们！前边被挡住了，后边还有祖国呀！"

中将在浮城的边缘地带奋不顾身地往来奔去，大声疾呼，企图阻止住每一个因绝望轻生的人。然而他的奋不顾身没有什么实际的作用。无论是他本人，抑或"祖国"这个概念，此时此刻，都不能慰藉那些轻生之人的绝望了。因为他们原本就是只做了一种选择一种决定的。甚至不是"刷盘子派"的人中，而是"五星红旗派"的人中，也有往海里跳的。他们往海里跳，乃是因为"刷盘子派"的人们分明地已不能成为一种有行动为依据的"派"，他们的爱国之心似乎也便没了鲜明的比照，结果变得总之都是一样的了——都得待在这座遍地废墟的浮城上听天由命了。这使他们中某些人也很想不开了……

中将拽住一个怀抱着孩子的少妇，对她吼："你难道忍心让孩子也跟着你一块儿死么！"

那少妇不言语，把孩子往中将怀里一塞。他急忙双手接孩子，眼见那少妇已往海里跳了！

中将反应迅敏，腾出只手拉住了那少妇一只手。但她人却已掉在浮城的边缘外了，好比掉在船的舷外。

中将一只手哪里拽得住她？而她一旦置身险境，望着下面浪花翻滚，却又怕死了，不是好声音地尖叫救命。

中将只得放下另一只手抱着的孩子，双手往上拽她。

他脚下的地却在这时开始龟裂！

有人冒险抢救走了孩子。

那孩子哇哇大哭起来，不停地嘶喊着："妈妈，妈妈呀！……"

"快把一只手伸给我！"

少尉匍匐在地，朝中将伸出了一只手。中将刚刚拉住少尉的手，那块地坍塌了——中将和少妇都掉下去了。两个人的身体的重量，和两个人的命，全在中将的一只手上了，也全在少尉的一只手上了！

龟裂仍在继续。

坍塌也在继续。

产生轻生之念的某些人，很奇怪地，此刻却没胆量冒搭救之险了。

反而数他们躲得远远的了，光只是麻木不仁地瞪望着。

有人从后面拽住了少尉的双脚，又有人抱住了那个人的腰。于是猴子捞月亮似的，一个接一个，拦腰抱住了一串人。然而这与其说是实际的搭救，莫如说更是象征性的行动。因为所有那些人的力量，并不能直接传达到少尉那只手上，更不能通过少尉那只手，传达给中将。

中将好比铁链之一环。一只手被那少妇坠着，另一只手被自己和少妇两个人坠着。他觉得自己都快要被撕开了！

由于坍塌不断，少尉的胸部以上，已没有地面托着，也悬在边缘之外了。明显地，如果他的双脚不是被人拖住，他自己便早被拖下海里了。万一后面哪一个抱住别人腰的人松开了双手，毫无疑问地，会有几个人活不成了！

中将是再也坚持不住了。

而且，这种坚持，似乎只是对人的毅力的鉴定了，已成了并没有什么意义的事。

中将仰脸看着少尉，无限感激地说："小伙子，难为你这一片真心了！我下辈子再报答你吧！"

少尉顿时泪如雨注，叫道："首长，你可千万别松手！你千万不能啊！"

中将苦笑道："我已经尽了义务尽了努力了！为自己，为他妈的这座城市！这叫'有心救楚，无力回天'啊！你也是！"

那少妇仍尖叫救命。

中将低头对她说："唉，你这个小女人呀！为了救你，细想想还真有点儿不划算哩！不过这种事儿，也不是细想的事儿。你别叫了。刚才你那胆量呢？老百姓说，中国人，活着都不怕，还怕死么？这么一种死法，倒也简单。一位中将陪着你，你死得也够份儿了是不是？你做好准备吧！一、二、三……"

中将松开了和少尉拉在一起的手……

人们如蜂如蚁，真是如蜂如蚁了啊！不但彻底倾了巢，而且再不可能产生一个"王"。人心狂乱得近于疯魔了，似乎只有企盼上帝亲自降临了！

上帝并不降临。

倒是从冰之长城的那边飞过来了一架直升机，盘旋一圈，投于天空一朵伞花。伞下不是什么东西，而是个人。

那人刚一着地，立刻被包围了。

"打死他！"

"打死这个小日本儿！"

普遍的愤恨和恼怒，集中于那人一身。仿佛一群食人生番，要活吃掉他。

"饶了我！饶了我吧！我也是咱们中国人啊！"

那人吓得战战兢兢，跪于尘埃，磕头如捣蒜。

人们听他说中国话，又见他还是个小青年，便都不想伤害他了。愤恨和恼怒，毕竟是冲着日本和日本人的，不是冲着同胞的。这种最应该同仇敌忾的时候，再伤害自己的同胞，岂非太没有中国人的人味儿了么？

"起来！起来！你他妈的怎么会是中国人呢？"

"两年前，大学毕业后，我到了日本。现在一家日本公司做事。端人家的饭碗，就得替人家效劳。人家派我……找咱们这座城市的市长……"

"市长死了!"

"求求同胞们了,别骗我。找不到市长,我的任务完不成,我在日本的饭碗就会丢了呀!"

少尉走到他跟前,问:"你找市长有什么公干,也可以对我说。"

他看了少尉半天,觉得少尉是个可以信赖的人,从怀里取出个大信封交给少尉。

少尉刚接在手,不料被另外一个人抢去了。撕开信封,抽出信纸,当众便读。仿佛那是一封给全体这些中国人的公开信:

尊敬的市长先生:

我始终铭记着您曾给予过我的友情。值此危难必定交困于您的时刻,我愿向您伸出援助之手。若承蒙您赏赐给我这样的机会,我派去的人,将协助您和您的家属,安全踏上日本的土地。具体办法,他会向您做详细交代。如能与酒圣马君同时脱离险境,便更是我所高兴的事情。日中友谊万岁!

山本郁夫敬上

读信的人,读罢冷笑道:"好仗义的一位日本大太君。你的光荣使命肯定是完不成了。我们的市长他已经殉职了!就算他没死,还活着,你找到了他,亲自把这封信交给他了,他也绝不会抛弃了他的市民,偷偷摸摸只顾自己和家人逃一条生路的!大家说对不对?"

众人便都喊叫起来:"对!对!"

"咱们的市长,他根本不是那样人!"

"回去告诉你的山本老板,少来这一套假惺惺!"

"我们的老板,他可是真心诚意的啊!市长死了,让我接走市长的家属们也行啊!我不能辜负了我的老板啊!"

"先说说,什么办法?"

"这……"

"说！"

"说！不说，没你好下场！"

"我说我说。挨到天黑，飞机会投下橡皮船，我们老板在海上接……"

"那我们怎么办？唵？唵？"

"要是真够意思，为什么不想办法把我们都从海上接走！"

人们又愤恨和恼怒起来。

"你听到了么？我代表我们市长的家属，多谢你们老板的好意啦！咱们中国人，是讲究集体主义精神的。要活，都活。要死，都死。这就是最高的集体主义精神的境界，明白吗？"

客观地、公正地说，山本郁夫先生，不愧是一位有人情味儿的日本人。指责他的心不诚，实在是有点儿冤枉了他。指望他将所有的中国人都接到日本去，也实在是有点儿强人所难的事。非是他不想办法，而是他无能为力。何况，山本郁夫先生，不但是一位有人情味儿的日本人，而且是一位很爱国的日本人。他爱的当然是他的日本国。作为一位爱国者，他的国家的利益，于他当然也是至高无上的。即使他神通广大，法力无边，可以把一切这座迫近他的国门的浮城上的中国人都一股脑儿弄到日本去，至高无上的爱国主义原则制约着他，他也不能那么做呀！

然而此时此刻的中国人，又怎么能完全站在他的立场上，设身处地替他想一想呢？

拿着山本郁夫先生之信函的人，嘿嘿冷笑着撕信。

"别撕！别撕！撕不得啊！"

山本郁夫先生的中国血统的"特使"，扑过去欲夺信。

但立刻有另外几个人，横站在他面前，挡住了他。一致地冷笑不已。

"撕不得？我看撕得的！有什么撕不得的？"

撕信的人，将信撕得粉碎。手一扬，一片纸屑，满天飞舞，随风飘向海洋。一大群白色的蝴蝶似的。

"特使"呆如木偶。

这时，刚才那架直升机，又从"长城"那边飞到了浮城上空，绕着圈子盘旋。

有人从战士手中夺下枪，朝飞机开火。更多的人从战士手中夺下枪，一齐朝飞机开火！

"别打飞机！别打飞机！它是来接我的！我还要回那边儿去的呀！"

"特使"连连向人们作揖，惊惶万状。

"打飞机，就是为的让你他妈的回不了那边儿去！"

"小子，甭打算着再回那边儿去了！在这边儿跟我们同舟共济吧！"

"哈哈，哈哈，既来之，则安之嘛！"

开枪者们全无半些儿怜悯之意，且一个个对他嬉皮笑脸。

飞机受到地面火力的威胁，似"特使"那般惊惶万状，掉头便逃。

"别走！别走哇！带我回去！别把我丢在这儿哇！"

"特使"向天空哀哀呼号，恨不能自己也即刻飞升起来，抱住飞机似的。

飞机显然被打中了，在天空翻了个筋斗，眼见着就往下掉。挣扎着又飞上去，却在天空朝地上作起揖来。

"打中啦！打中啦！"

"奶奶的！打不中还行？打不中老子哪儿出这口恶气去！"

这时浮城已距"冰坝"很近很近。因而它也显得更高更陡更巍峨了。

飞机再次翻筋斗，再次往下掉。似绝不甘心掉在浮城的地上，再次挣扎着飞上去，结果一头撞在"冰坝"上。眼见着翼折腰断，身首两分，"死于非命"……

"好！好哇！这才叫一头撞在南墙上！"

"活该！"

你从哪里来

我的朋友

谁让我们分别的

太久太久

……

许多人又唱了起来。仿佛都认为，这首歌的词曲作者，正是为了迎合他们此时此刻的情绪和心境而创作的。又仿佛，全都想开了，索性唱着死唱着亡，只图死得个快快乐乐似的。

天塌地陷的一声巨响——浮城猛撞在"冰坝"上，将还没沉底的飞机残骸挤扁在其间。浮城被撞得弓起了一座丘陵似的"罗锅儿"。而"冰坝"被撞塌了一段。大小冰块堆成了一面乱石般的斜坡……

眼见着许多人被压在了底下。

活着的人中有谁突发一声喊："红军雪山草地都过来了，我们今天却被它挡住了不成么？不到长城非好汉，想去日本的跟我冲啊！"

正是——一人身先士卒，万众勇猛无前！

"冲啊！……"

"冲啊！……"

那情形好比誓死争夺制高点的军队，破釜沉舟孤注一掷地便往上冲！

然而"冰坝"的那一面却如刀劈斧砍成的立陡立崖的数丈绝壁。冲上去了的人们，被后面的人们拥得纷纷掉下海中。而接着冲上去了的人们，又被更后面的人们所拥所推，下场如前者们一样，也受到了报应，纷纷掉下海。前仆后继的，一批批往海里掉。滑铁卢之战，拿破仑的所向披靡的龙骑兵，正是那么毁灭于一个山谷的……

"冰坝"那边，并不就是九州岛。或者说，虽然终于可以望见九州岛了，但还隔着很宽阔的海面呢！冲上"冰坝"的人们，来不及因终于可以望见了九州岛而惊喜而欢呼，便已掉在海里了！炸群的野马冲向悬崖的情形，也是那样的。所不同在于，野马们的"自杀"是由于受惊。人们的"自杀"则完全是由于太强烈了的愿望！

所幸"冰坝"那边的海面上，泊着些日本的渔船和游艇。船上艇上的日本人，简直被中国人的具有日本武士道精神的不成功便成仁的视死如归的勇敢所震撼所征服所惊悸得魂飞魄散目瞪口呆了。随即便深深地被中国人向往资本主义追求资本主义不到资本主义毋宁死的一往情深所感动了！一时间驾船驶艇，展开了海上大营救，奏起了一曲资本主义人道主义的凯歌，或曰一曲日中友好之歌。前仆后继勇敢向前冲之炎黄子孙，见有船相救，都心想只要上了日本的船，怎么也不会再被拎着两腿甩到"冰坝"这边来了吧？没了后顾之忧，"自杀"便由被动变成了自觉，那种孤注一掷的一跳更其勇敢无畏。会水的，甚至有情绪跳出些水平了。不会水的，两眼一闭，横下条心，亦不甘示弱不甘居后，忙活得那些日本渔船和游艇，顾此失彼，应接不暇。连几艘军舰，唯恐遭到见死不救的国际舆论之谴责，也不得不匆匆放下许多橡皮艇和小舟，参与营救。

正是——管你欢迎不欢迎，反正爷们是来了！开弓没有回头箭，来了就绝不打算回去了！

然落水者毕竟如往海洋里下饺子，太多太多，所救起者，终不过十之六七而已……

浮城的另一面，也就是从大陆架上断裂下来的那一面，也有几个人，已准备往海里跳。除了他们，它的另一面，已是无人之境。因为似乎大陆，便是九州岛，便是日本了。所以一切企望登陆者，全都云集到被认为会最先和九州岛接壤的那一面去了。好比浮城是一艘大船，都云集到船头去了。如果它真是一艘大船，定因重心的偏望而船尾高翘的。

那几个人是马国祥，他的女人和女儿，以及市长的夫人和女儿。没有他的保护，四个女人是活不到现在的。

他内心里唯剩下了一个念头，那就是继续舍命保护她们。与她们同生死。他曾离开过她们几个小时，四处打听市长的下落。而结果使他明白，一种必须承担起来的责任，对四个女人的责任，完全落于自己一身了。这一点使他没了别的选择，并且不得不确信自己的能力。

他带领四个女人，捡了许多大大小小的塑料瓶子，就用它们做成了

426

五个"救生圈"。又给自己和她们，每人胸前背后也绑了几个。

他对市长夫人说："我们还是回那边去吧。"

"哪边儿？"

他指了指浮城漂来的方向。

而女人们，听了他的话，都沉默不语，都将头扭向另一个方向，望着一切人云集着的那一面。

他又说："如果我们也去日本，我一个人，是养活不了你们四个人的。现在，只有我一个人，才能照顾你们了。"

他说得很平静。他的话，听来是对她们四个人说的。而市长夫人和女儿，也就从他的话中，明白了什么。

市长夫人无声地哭了。

市长女儿也哭了。

"小芸，你别哭。有你三大爷在，就有你们在。三大爷出生入死，也要把你们带回中国去！"

市长女儿便哭着说："三大爷，我和妈妈听你的。你做主吧！就是跟着你去死，我们也没怨言……"

他一时间大动感情，双手捧着小芸的脸说："跟着三大爷，不是去死，也不会死。是要活，一定会活！你三大爷还没活够呢，还不想死呢！"

突然地，不知从哪儿冒出几条汉子，向他们包抄。分明地，来者不善，善者不来。

"跳！你们快跳！"

他一手捡起一块利石，紧握着，反身迎上去，准备抵挡那几条汉子。

四个大小女人面对这出乎意料的情况，全蒙了。怔了。呆住了。

"跳哇！你们都快跳哇！淑娟你个死丫头，你若是爸的好女儿，你给我带头跳！"

"爸！他们要什么，咱们就给他们什么吧！你一个是打不过他们的啊！"

女儿吓哭了。

他女人，却一把将女儿推落海中。随即，朝那几条汉子跑去，如同一头母鹿，朝一群非洲鬣狗自投罗网地跑去。

他们逮住她，将她按倒在地，抢夺她赖以救生的那些塑料瓶子。

她不反抗。

她只是喊："娟她爸！别管我！有我替你们祈祷，阎王爷会对你们开恩的，带着她们走吧！我的马酒圣你快走吧！"

没从她身上抢夺到塑料瓶子的，撇了她，气势汹汹又扑将过来。

他回头一望，见市长夫人和女儿，背对大海站在崖地边上，都瞪大着双眼，仍不能从怔呆中反应过来。

"嘿！"

他焦急万分地跺了下脚。

只见他的女人，从地上爬起，追上几个冲向他的汉子，一扑，一条胳膊搂抱住一个的腿。拽住了一双。他们拖着她挪了几步，挣不脱腿，从地上捡起石块砸她的头。

她竟一声不叫。

而一个汉子已奔到了他跟前，张牙舞爪的一副可怕样子，似乎一只大猩猩，要把他弄死。

他用握在手中的利石，朝那汉子的面门全力一击。

血星四溅！

那汉子双手捂脸，哇哇怪叫，一蹦老高。

"娟她妈，只要我不死，我要年年这时候给你烧香磕头！"

他大喊。扔了双手中的利石，跃到市长夫人和女儿身边，分别拉住她们的一只手。

"跟我跳！"

汉子们，望望没了人影的崖地边，望望被他们活活砸死了的女人，望望他们各自手中抢夺到的一两个塑料瓶子，仿佛都不明白他们刚刚做了什么事，以及为什么。

靠一两个塑料瓶子是不能汹海的。

这他们似乎还是清楚的。而且，有的已在抢夺中失去了盖儿，或破裂了。

但他们那一种对自己的迷惑只是瞬间的事儿。顿时，又都将希望的，由希望而变得更凶狠更残忍的目光，投向了别人手中的塑料瓶子，投向了他们彼此⋯⋯

第十一章

　　大批日本国卫军，由海陆空三路奉命紧急向九州岛集结。这是日本战后最大的一次也是最显著的一次具有军事性质的非常行动。联合国安理会对此未置可否。日本通过其代表向安理会递交的文牒指出——如果对于近二百万中国人的不邀而至，日本政府不做出必要的反应，乃是对日本国家和人民的失职。文牒尤其强调——那座浮城实际上已成为废墟，近二百万中国人的心理和精神处于疯狂状态，对日本的安定之威胁，甚至可以认为等同于任何侵略部队……

　　联合国安理会只能深表无奈的同情，告诫日本政府，在考虑日本国家安危的同时，尽量顾及人道主义的国际原则而已。

　　日本国内已然开始骚乱——九州岛以及一切沿海港埠市县的居民，也由海陆空三路，向国土腹地进行逃难式的转移和迁徙。机场上，人们争先恐后登上也许是最后架次的飞机，而它却根本升不了天，因为仍有万千人云聚机场，连一米可供飞机滑行的跑道也没留出。机场工作人员一筹莫展束手无策。各种车辆堵塞在每一条公路或高速公路上。喇叭声响彻云霄震耳欲聋，交汇成一片强大的噪音。自忖一时难以离开九州岛的日本人，寻找出形形色色的武器和可以当作武器的物件，将白布条扎在头上，准备为保卫国家与中国人决一死战。中小学生集体赶制一面面标语旗。在旗上写下"中国人，我将面包和牛奶摆在家门前施予你们，但是请勿进入我的家里""历史上你们曾怎样保卫过你们的国土和家园，我们今天也会怎样"之类的汉字。

东京——某些日中友好民间会社组织，号召其会员罢课、罢工、罢市，举行示威游行或静坐，抗议政府调遣国卫军对付中国人。他们在演说中呼吁——具有人道主义精神的日本公民，应该大敞门户，满怀爱心地欢迎中国兄弟姐妹的光临，因为这正是日本人民向中国人民偿还历史血债的最好机会。

"难道我们日本人民的良心背负这一历史血债的时日还不够久吗？难道还要我们的子子孙孙继续背负下去吗？！"

"难道中国人比法西斯还可怕吗？！"

"难民将至，刀兵相见，有损大和民族的民族形象！"

诸如此类的慷慨陈词，很是打动了一些日本民众的心肠。他们泪盈满睫。他们大鼓其掌。

但是更多的日本人并不接受演说者们关于人道主义和赎罪论的说教。他们斥骂演说者们美言惑众，全不顾二百万这一数字对于日本国家和人民必将造成的险恶威胁，也故意不去想那是二百万怎样的中国人！他们甚至猜疑演说者们心怀叵测，企图引狼入室，借助二百万心理和精神出现疯狂状态的中国人之力量，和在日本收买的间谍，企图趁机使日本改变成一个"社会主义"国家。倘"社会主义"是日本国门之外的东西，他们完全拥护日本同"社会主义"和平共处互贸互易的国策。但是倘日本有改变成一个"社会主义"国家的可能，哪怕仅仅是百分之一的可能，他们也会本能地感到如临大敌。他们恐惧"社会主义"，甚于恐惧二百万疯狂的中国人。毕竟，他们在"资本主义"的日本，早已生活惯了。他们的一切既得利益，都是"资本主义"的日本所提供所给予的。他们深知，一旦日本改变成"社会主义"，他们将彻底失去些什么。而"社会主义"究竟也能带给他们点什么？却是他们无论多么富于幻想也没有丝毫乐观的根据的。二百万中国人啊！在"二战"后国卫军有限的日本，二百万疯狂的中国人，如潮席卷日本国土，岂不是想在日本搞"社会主义"便搞"社会主义"，想在日本搞"共产主义"便搞"共产主义"的么？有一点他们是预见得到的——只要受到号召的二百万一无所有的中国人，要不愿轰轰烈烈地在日本国土之上进行"共产"实践才怪呢！

于是各持己见各有所忧的两方面日本人发生了激烈的冲突。

于是防暴警察出动平息骚乱。

于是名古屋、大阪等大都市发生了更大规模的游行示威——有声援这一派的，也有声援那一派的。

于是从东京到各大都市，骚乱演变为暴乱。全日本陷入山雨欲来风满楼的严峻态势之中。对现实不满甚至潜怀敌意的些个日本人，公开宣泄，哄掠商场，抢劫银行，绑架富豪，袭击巨贾……

火灾、爆炸、车祸……彼伏此起。

政府敦促天皇家族出访国外暂避一阵时日——浮城并未像船靠码头一样，一傍着电子冷制造的冰堤便固定不动。它开始擦着那几十海里长的马蹄形的冰堤继续漂移，终于与冰堤的末端脱吻，如同船只离港，渐渐远辞了九州岛，又向公海漂去。

对日本，不啻解除了全国性的一级战备。一场虚惊，不过使日本政府的首脑人物们出了一身冷汗罢了。对浮城上的中国人，恰恰相反，从大希望的巅峰，而被抛掷于大绝望的深渊，那一种破灭感语言难以形容。呼天喊地也是白呼白喊。既感动不了天也感动不了地。再疯再狂也是无济于事。那等于中国人互相吓唬中国人。除了进一步使中国人之间互相厌恶乃至互相憎恶，没有别的任何意义。这一座浮城——不，这一座海上废墟间的中国人，一群群变得木木呆呆，如傻如痴。若说仇恨也是一种思想的话，那么大多数人头脑中进行的唯一的思想活动，便是对日本的咬牙切齿深入灵魂的仇恨。如果在这种情况之下他们全体都踏上日本国土的话，日本可就真的要遭殃了！

太阳旗在"刷盘子"派的阵地上富有讽刺意味地仍高高飘扬着。他们连降下它扯碎它那点儿宣泄的冲动都不存在了。羞耻感像耗子一样啃着他们每个人的心。他们怎么想也想不通——为什么堂堂的中华人民共和国的公民，历尽凶险，要给你们小日本去刷盘子，甘心情愿地倒在你们小日本的门下你们还那般地厌弃我们，竟筑起一道冰堤将我们挡在门户之外？羞耻感仍是仇恨的提炼剂。他们比他们另外的同胞，当然在这座海上废墟间的同胞，对日本更加仇恨，所谓恼羞成怒。所谓一下子走向了反面。

五星红旗也依然在"国土"派的阵地高高飘扬，但是阵地上已没了爱国者准爱国者们的身影。因为当浮城与冰堤连续几次猛烈相撞时，不在别处，恰恰就在那里，横七竖八经纬交织裂开了无数道深不可测的沟壑，使那地方成了最不安全的地方。在许多人舍生忘死地攀爬冰堤，企图翻越到冰堤那边去，也就是翻越到日本翻越到"资本主义"那边去之际，不少爱国者准爱国者同样加入了那种高难度的竞技。没有加入的，事实上也摩拳擦掌跃跃欲试。只不过因为人太多，靠不近冰堤而已。所以他们内心里都十分清楚，在选择"社会主义"还是"资本主义"的考验面前，却原来他们并不像自己一向自信的那样，是什么坚定不移的"社会主义"。在他们的潜意识里，"资本主义"却原来是对他们具有很大诱惑力的。他们的理性的抵御力，与那一种诱惑相比，却原来是并不起什么作用的。他们因此而感到惭愧极了。即使没有那些深不可测的沟壑出现，他们也都不大好意思再站到五星红旗之下了。尤其他们中那些"社会主义"的既得利益者，不仅感到惭愧极了，而且对于自己在考验面前的失节行为感到沮丧，觉得自己是忘恩负义的人。可不么？细细想，"社会主义"给予他们的实惠还真不少呢！

那些打算缔造一个什么"公社"的貌似虔诚其实内心里并无虔诚可言的大学生，凝望着越离越远的海上冰堤，一个个神情萎靡，怅然若失。他们终于明白，缔造一个"公社"之类的东西，比搭积木难得多。而日本，想去又去不成了。他们开始真的忧患起来，忧患他们自己的命运……

这时，夕阳入海。它的最后的余晖，将一部分海面映得红彤彤的，并刷红了那海上冰堤。景象迷幻而且瑰丽。

几艘日本轮船，与浮城保持着一定的距离，追随着它。那当然不意味着依依不舍，而仅仅是一种礼节性的送行。

天空上，几架日本直升机也在追着浮城。日本政府没有忽视联合国关于国际人道主义的叮嘱，继续向浮城空投食品和饮料……

浮城上许许多多的中国人的精神彻底崩溃了。他们悲怆地呼号着，奔来跑去，在暮色中，在废墟间，那一情形十分可怖。

日本轮船从海中救起了一些人。其中有市长的夫人、市长的女儿和马国祥的女儿。最后救起的是马国祥。他们刚把他打捞起又放弃到海中去了。因为浮在海面的仅是他的半截身子。他腰以下已喂了鲨鱼……

浮城渐渐漂入了海洋上的黑暗之中。

第一堆火燃起不久，数千堆火陆续燃起来了！人们全都放弃了思想。崇高的思想或仇恨的思想全都放弃了。头脑中仅存一个愿望，那便是苟活下去的愿望。这使仿佛势不两立的些个人们，终于能够相安无事地围火而聚了。精神彻底崩溃了的人们，依然在火光中东奔西跑，依然发出着呼天唤地的悲怆号叫。依然有人落海，或在奔跑中失足的，或自己跳下去的。没法尝试制止奔跑者。没谁对落海者动一动恻隐之心，打算救他们。

在某种情况下，自取灭亡只不过是主动行为而已。倘不拖拽着别人，似乎便不是触目惊心的了。浮城上麻木的见死不救的人们，正是在那么一种情况下。

有夜幕笼罩着，精神还撑持得住绝望心理的人，只当周围什么需要动一下身子的事也没发生。听而不闻视而不见地呆坐火堆旁。

有一个赤身裸体的女子在火堆之间幽灵似的蹒行着，唱着歌儿……

她是婉儿。

一伙男人在一个地方将她轮奸了。

他们的兽性大发源于绝望，源于对死的恐惧。

强暴什么是压制这一种大的绝望这一种大的恐惧的方式。当没有完整的东西可以成为他们摧毁的目标时，像婉儿这样一个女人便注定地会成为适合他们宣泄绝望和恐惧的"东西"。

她在一处火堆旁驻足，痴痴地笑，环视男人们。

他们呆瞪着她，一个个毫无表情。火光将她窈窕的胴体映成金橘色，美妙异常。

然而他们似乎都未受到诱惑。

她疯了。

她唱道：

　　山里的花儿开
　　远远的你归来
　　……

他们仍瞪着她，似乎在听。

另一堆火旁，有一个男人缓缓站起来，走到她跟前，牵着她一只手，将她领走了。

走了几步，他扭头回望，似乎是要判断一下，会否遭到别的男人们的反对。见没谁有什么反对的意思，放心大胆地又牵着婉儿的手往黑暗处走。

这一堆火旁，那一堆火旁，几个男人便也缓缓站了起来，互相心照不宣地注视着。火光映在他们的眸子里。

他们相跟着那男人和赤身裸体的婉儿，都往同一黑暗处走。

　　山里的花儿开
　　远远的你归来
　　……

突然传来婉儿惨痛的尖叫。那叫声就发生在不远的黑暗处。

火堆旁的人们，男人和女人，默默往火堆里添加着燃烧物，仿佛什么都没听见。

只有一个三四岁的小女孩儿，一头扎在母亲怀里，本能地瑟瑟发抖，同时乞求保护地小声说："妈妈，怕，怕……"

终于叫声停止了。

男人们一个接一个从黑暗中回来了。在各处火堆旁重新挤出个地方，或坐或躺下去……黎明到来之时，所有的火堆都熄灭了。数千缕烟柱，哆哆嗦嗦地，袅袅上升，形成烟霭，汇聚不散。各种刺激呼吸的气味，久久地弥散着。

每个人都如同被注射了一针吗啡，精神渐渐振作。男人，女人，老人和少年，又都在废墟之间变得活跃而且好斗了！发现着和争夺着食品、饮料、衣服、救生物。互相露出凶恶的样子，企图从别人手中抢夺下什么，或视死如归地捍卫什么不被别人抢夺去。以某些"领袖"为核心，形成了许多大大小小的群体。仿佛形成了许多大大小小的部落。群体与群体之间，或联盟，或攻击。一件东西的得失，就足以引发一场溅血的冲突。

与彻底的绝望恰恰相反，一个新的希望，竟又使这一座海上浮城，不，又使这一海上废墟凶险四伏，杀机笼罩了。

那个新的希望便是——浮城它正在向美国漂去！

美国！

美国！！

美国！！！

滚他妈的九州岛吧！

滚他妈的日本吧！

不欢迎老子们，老子们还不稀罕去了呢！

九州岛，拜拜！

小日本，拜拜！

中国老子们到美国打工去啦！刷美国的盘子去啦！日本有什么了不起？再了不起还不是亚洲的一部分么？中国老子们将要冲出亚洲去啦！

滚他妈的亚洲吧！

西欧万岁！

美利坚合众国万岁！

自由女神万岁！

布什大叔，我们来啦！

每一个人的内心里，都充满着一些激动万分的话，随时准备在谁的带头下，不遗余力地呼喊出来，并但愿那么一种呼喊之声能够响彻云霄，漂洋过海，电讯一般传到美国，传到白宫，传到布什大叔耳朵里，好使他放下手中的公文，立即下达命令，派第七舰队前来迎接……

人们第一希望活着到达美国。第二希望体体面面地到达美国。为了第一个希望，必得抢吃的，抢喝的。多多益善。尽管前途是美好的，航向是值得感谢上帝的，道路却肯定会是布满了艰难险阻的吧？谁知道还得多久才能到达美国呢？十天？二十天？一个月？两个月？……上帝哦，但愿明天就到达吧！对于如许多中国人来说，日本飞机空投下来那点儿吃的和喝的，太少太少太少了！要是能死掉一半就有理由乐观些了！死掉一半，也还是死得不够多。应该死掉三分之二，五分之四，六分之五，七分之六，十之八九……十之八九也还是死得不够多！剩下十分之一也还有一二十万人呢！日本人的态度，给他们的启示是——一切厄运中之最大厄运，乃是同胞太多了。某些人开始在心底暗暗祈祷。祈祷那狰狰狞狞地显示着危险的已然深不可测的沟壑，继续分裂，连同十之八九的同胞，与自己脚下的地面分裂开来，并且转瞬间沉没。那他妈的多好呢？也不至于成为美国的负担，给布什大叔添太多的麻烦啊！在美国找到份儿什么活干也容易些啊！他们开始劝说和怂恿周围的同胞，应该勇敢地跃到沟壑那边儿去。都云聚在一边干什么哇？看，看呀，那边儿不是有不少空投物资么？那边儿那吃的，喝的，穿的，应该有人去吃有人去喝有人去捡啊！被劝说被怂恿的人们，却反过来劝说和怂恿，心底其实也在暗暗进行着一样的祈祷……

为了第二个希望，也就是为了能够体体面面地到达美国的希望，有些人开始为自己悄悄做些准备了。他们在废墟间寻找足以装扮起他们的体面的衣服、鞋，甚至袜子。一旦寻找到，并不敢立刻穿上，而是藏在什么地方，留下个标记。立刻穿上，不被眼红的同胞从身上扒下来才怪呢！不必急。望见了自由女神像再穿也不迟嘛！男人的思想，永远比女人的思想开阔，考虑得更加周全。甚至一心一意地为寻找到一条领带而在废墟间认真拨拉。不戴一条像样的领带，怎么谈得到体面谈得到风度呢？还有的寻找刮脸刀，寻找香皂，寻找一条干净的毛巾。蓬头垢面，胡子拉碴，能给人家美国人留下良好的第一印象么？人家对你的第一印象就不怎么良好，一眼就把你看成个难民，能待见么？不待见你，还肯雇你干活么？有个男人在砖瓦堆中发现了一汪清水。大概是某一处自来水管子断了，淌出来积在那儿的。他打算为了在踏上美国之前还有一身还干净的衣服，他是寻找到了，隐藏起来了。他面临的难题是，如何将那一汪清水也隐藏起来。但是隐藏起一汪清水，比隐藏起一身衣服可要困难多了。得隐藏很巧妙，不易被人发现。还得隐藏得很技术，不使水弄脏或受到污染。他采取的是极智慧的方案，企图在那一汪清水的上面，利用砖瓦垒成完全封闭的拱形帷盖。然后再堆上掩饰物……

对于这个男人，那简直可以说是一项难度很大的工程。

然而他百折不挠。一次次失败，一次次从头做起，一点儿也不灰心。

终于他的工程完毕了。

他满意地拍拍手上的土站起来，见不知何时，面前伫立着另一个男人，一个比他高大魁梧得多的男人。分明地，已观察他许久了。

他不安地朝对方一笑。

对方却不笑。虎着一张惯于欺辱别人的蛮横的脸，凛凛地问："这是干什么？"

"嘿嘿，不干什么。搭着玩儿。"

"搭着玩儿？你有闲心玩儿？"

"嘿嘿，不过就是一汪水，没别的什么。"

"我不信！"

"您别不信啊，真的。这么样吧，您保守这个秘密，到时候归咱俩用，行不行？"

"只为一汪水，你这么费劲儿？呃？"

"这一汪水，意义重大啊！您想想，一踏上美国，千人万众一大批叫花子似的，唯独有两个与众不同，衣服干干净净的脸也干干净净的，那素质不是一下子就显出来就区别开了么？您要是个美国佬儿，您难道会不首先雇下这两个人，而雇别人么？"

"嗯，有道理！到时候我先洗，你后洗！"

"这……"

"这什么？不愿意？"

对方抬起一只脚，似乎就要朝那项刚刚竣工的工程一脚踏下去。

"哎呀，您别！您千万别！我也没说不愿意哇！我是十分地愿意哇！到时候您先洗，我后洗！同胞之间，这点儿风格我还能不发扬吗？"

"这还像句人话！"

那只脚才没踏下去。

又有一个男人在不远处鬼鬼祟祟地望着他们。

高大魁梧的汉子，朝他示威地挥了一下拳头吼了一个"滚"字，那男人被吓跑了……

这两个男人就开始共同为那一汪清水搞掩饰，搞伪装。

忽然十几个男人登上了这一处废墟，是那个被吓跑的男人带来的。

"把你们刚才说过的话，再对我们说一遍吧！"

"……"

"我全听到了！你们不说，我替你们说……"那个男人，脸转向同伙们，添油加醋地，将他偷听到的话，又说了一遍。说完，挑唆地评论道："他俩多坏呀！多自私自利呀！咱们中国人的美德，自古以来，讲的是什么？不是很讲一荣俱荣，一损俱损的么？偏偏他们两个就一点儿也没有这一种美德。大家想一想，我们全都蓬头垢面的，全都胡子拉碴的，美国佬儿对我们的印象分就全都是一样的了。我们就业的机会就是完全平等的了！他们，却处心积虑，要和我们区别开来。这一区别开来，我们不就成了他们的直接的受害者么？多坏呀多坏呀！"

其实，带领问罪之师来时，他已对他们进行过这么一番"战前动员"了。他们的愤怒之火，已被煽得旺旺的了。临战再煽一遭，他们的眼睛都被愤怒之火煽红了，早就个个摩拳擦掌，按捺不住，要大打出手而后快了！

"王八蛋！怎么中国人里边尽出这种狗娘养的东西！"

"还等什么？一齐上啊！揍他们！"

"先把水弄光！一滴也不能留下！"

于是一拥而上，狠狠教训那两个"狗娘养的东西"。

实力悬殊，战斗很快结束。问罪之师大获全胜，撇下那两个躺在废墟上的"狗娘养的东西"，骂骂咧咧地四散而去。

一汪清水，自然是不存在了。煞费苦心的工程被一举捣毁，并被一座新出现的砖瓦堆埋住。埋时，为防止水坑再次被清理，水再次从废墟下渗出（其实那一种可能性是根本没有的），他们往水坑里撒了几泡尿，拉了一摊屎……

非常奇怪的是，竟没有谁怀疑……这一座浮城究竟是不是向美国漂去？究竟有些什么根据可以断定正向美国漂去？又究竟是什么人做出的这一判断？

仿佛一切人都坚定不移地确信一点——不是正向美国漂去，又是向哪儿漂去呢？

日本的船和飞机，尽完了那点儿任何一个国家总该尽总会尽的国际人道主义，早已在夜里就很明智也很识趣地返航了。

天空又出现了飞机。

海面又出现了舰影。

"看，看呀！美国的飞机！"

"乌拉！布什大叔派第七舰队来迎接我们啦！"

"乌拉！乌拉！"

"不许他妈的喊乌拉！不许他妈的喊乌拉！"

"美国和苏联曾是老对头，你们都不知道哇？都他妈的喊乌拉是什么意思？都喊乌拉，人家美国人还以为你们向往的是苏联呢！"

于是欢呼"乌拉"的人们不欢呼了。不欢呼不足以表达内心里的感激，感动。欢呼"万岁"，又唯恐人家美国人误会，以为一心想回归中华人民共和国……

必须向人家美国人传达愿望讯号！否则，人家怎么知道乐不乐意投入美国的怀抱呢？

于是有些人喊起了"OK"……

人们站立在浮城的边缘，向飞机，向舰影，欣喜若狂地气壮山河地万众一心地喊"OK"……

飞机的速度当然比舰艇的速度快得多。当它们在人们头顶的上空盘旋时，人群寂静下来了。人们都噤若寒蝉，一时鸦雀无声。仿佛仰望着它们那一刻，心脏全停止了跳动。身体全站立着便僵化了似的。

飞机上的五星标志清清楚楚。那是几架中国飞机。

"不！"

一个人发出了可怕的叫喊。

仿佛没有谁听见。千万人的头，随着飞机的盘旋转来转去。

一架飞机撒下了漫天大雪似的传单。

另几架飞机投下了物品。

之后它们飞走了。

传单飘落遍地。

人们的头纷纷垂了下来，瞧着地上的传单，如同瞧着一些活的会咬人的东西。

终于有一个人捡起了一张传单。

千万人便都弯下腰，你也捡他也捡我也捡。

许多人还没看完传单，便两腿一软，瘫坐在地上……

这时军舰接近了。

连军舰上军人的面孔都看清了。

"同胞们，亲爱的同胞们！你们受苦啦！党中央关心着你们的安危，全国人民关心着你们的安危！我们奉命赶来营救你们！白色的空投袋内是医药品，红色的空投袋内是饮食品，黄色的空投袋内是救生圈、橡皮船、救生筏。请同胞们分批利用救生物离开浮城，我们马上放下小船协助你们，并保证将你们安全送回祖国的怀抱！"

舰上手提话筒的人连喊了几遍，浮城上的人们竟无动于衷。

他们喊话的内容，其实和传单上的文字的内容，是完全一致的。只不过传单上的文字，读来更亲切，更温暖，更感人至深。

但是人们的心理和精神却仿佛又受到了冷酷无情的极其沉重的打击！

怎么？历尽凶险，被绝望和希望玩弄了个够，正在向美国漂去的这种时候，却落得个被送回祖国怀抱的下场么？

那岂非白白地历尽凶险了么？

咬紧牙关活下来，没像那些精神崩溃的人一样往大海里跳，不就因为内心里有一个不泯的信念始终存在着吗？

那可是一个始终"朝前看"的信念哇！过去了的那几天中前方是日本，现在是美国……

即使不是美国，也可能是加拿大、墨西哥、阿根廷，或者印度尼西亚、澳大利亚……

总之是每一个中国人在中国的时候给他一份出境证，不会怎么犹豫便会义无反顾地起程去往的一些国家。

至于祖国……祖国不是在后边了么？

除了面临生死存亡的凶险时刻，不是都没"往后看"过么？

开弓没有回头箭！

好马不吃回头草！

是七尺男儿生能舍己，做千秋雄鬼永不还家！

老子们有心甘情愿放逐自己的权利呀！何况这种放逐看来还有几分大概是上帝的意思呢！

那首先叫喊出"不"这一个单字的男人，向着军舰上用话筒喊话的军人，挥拳跺脚，又歇斯底里地叫喊："不！不！决不！……"

军舰上，军人们全体都误会了，以为他一定是由于连续几天的担惊受怕，如今尽管有救生措施的保障也不敢往海里跳呢！以为浮城上的一切人，之所以无动于衷，都和他一样，完全是由于胆小的原因所致呢！

于是手提话筒喊话的军人向舰长请示后，继续喊："同胞们，亲爱的同胞们，我们充分理解大家为什么心有余悸。为了每一位同胞的安全，我们现在采取第二营救方案，派营救队员登上浮城，希望同胞们发扬先人后己的共产主义风格，发扬高度的革命组织纪律性，密切配合营救队员们，有秩序地分批撤离……"

于是在舰长的亲自指挥之下，携带着攀登绳索和软梯的营救队员们，乘小艇向浮城靠近。

浮城当然仍在漂行。

军舰也仍与浮城保持一定的距离，缓速追随着。二者之间的距离，尸是无法再缩短的距离……

那个挥拳跺脚、不停地叫喊着"不"的男人，抓起石块，向小艇上的营救队员们扔去。

立刻，许多似乎反应迟钝、表情麻木，对营救无动于衷的人仿而效之，纷纷抓起石块也向小艇扔去。那一种原始的行为，既具有攻击的性质，也具有自卫的性质。

刹那间飞石如矢，骤密如雹。

营救队员们始料不及，被击伤无数。几只小艇不得不在石雨之中仓皇掉头，返回母舰。有两只相撞，其中一只翻了个底朝天……

"滚回去！滚回去！"

"不许靠近！不许靠近！"

"你们胆敢登上来，我们就跟你们拼啦！"

"老子们不需要营救！老子们已经和中国脱离一切关系，要做美国公民去啦！"

石块夹杂着激怒的叫嚷，继续飞向军舰。但军舰作为目标，毕竟离浮城远了些，石块并不能落到军舰上，却使军舰上的前来执行营救任务的那些年轻水兵确信，他们面对的，其实已是众多丧失了理性，不可说服的同胞。如果浮城上有炮，有火箭筒，有鱼雷或导弹，他们的那些同胞，是会不留情地向他们发射的……

有一些男人不知从何处又寻找到了枪，伏在废墟后，如临大敌，严阵以待。仿佛他们不对营救者们进行抵抗，浮城就可能像捕鲸船捕到的一头巨鲸一样被拖走，并被吊起来，开膛破腹，送上流水线被加工制作成罐头似的……

营救者们这才明白了——浮城上的他们的同胞，少说有近一半的同胞，其实是多么强烈地拒绝营救啊！岂止仅仅是拒绝营救，简直是敌视他们。敌视到了同仇敌忾众志成城刀兵相见的程度！

他们不得不连第二营救方案也放弃了。

当然，他们还有第三营救方案第四营救方案第五营救方案……

但种种切实可行的或值得尝试的包括他们不惜冒险进行的方案，都是旨在营救的方案啊！面对拒绝营救敌视营救如临大敌严阵以待准备拼命的众多的他们的同胞，一切方案似乎都带有了冒犯和强迫的性质。这一点是他们预先根本没有估计到的。始料不及的情况使他们陷入了尴尬的局面和境地。

用手提话筒喊话的，不知再喊什么好了。

营救任务，却是不可以就此宣布结束的。命令本身不允许。他们的理性和他们每个人那一颗同胞心也不允许。

军舰有所不甘地继续缓缓追随着浮城。舰长通过望远镜观察到了废墟后那一排排也许会不发出任何警告便射来子弹的枪口。为了使部下免遭无谓之牺牲，下令拉远与浮城的距离……

这时浮城上的情况发生了变化。有许多人开始打开那些黄色的空投袋。将救生衣、救生圈、气垫和橡皮船充足了气。不管前方是美国还是上帝所生活的极乐世界，他们也是都不愿再继续将自己的命运和这一座满目废墟的浮城连在一起了！

在美国和祖国之间，他们最终决定放弃前者而选择后者了。

如果此时此刻，美国也派出了军舰前来迎接他们，那他们对于自己的选择，还是会犹豫还是会再次考虑还是会重新做出决定的。可是大洋无垠水连天天连水水天一色，望眼欲穿也没望见飘扬着星条旗的桅杆。

谁能断定正在漂去的前方肯定是美国或加拿大，而绝不会是尼加拉瓜、巴拿马或秘鲁呢？如果竟漂到了那些南美洲国家去，又将是多么后悔莫及的事呢？在这个地球上，那些国家不是比中国更是第三世界么？不是更典型而且农业生产水平更落后的农业国家么？在那些国家的陌生的城市里，哪儿会有那么多饭馆儿那么多盘子可刷那么容易挣的钱啊？当那些国家的农民么？可回到祖国的怀抱依然属于中华人民共和国的城市人口呀！

谁又能断定，美国肯定会欢迎这么多一无所有的中国人呢？如果在望见了自由女神像的同时，又望到了一道不可逾越的坚不可摧的海上冰堤呢？

美国国会里正在为需不需要像日本一样在门户前制造一道海上冰堤而激烈地争论不休吧？谁知道哪一方的意见会占上风呢？

这些人，决心一经下定，选择一经明确，似乎就再也不愿并且再也不会受到周围别人任何情绪方面和行为方面的影响了。他们仿佛忽然明白了，几天当中，他们实际上何曾下过某种决心何曾真正地选择过呢？在这座满目废墟的浮城上，个人的决心何曾有过什么意义呢？个人的选择又何曾等于过什么选择呢？如果这一座浮城本身并不能做出什么选择（它当然并不能做出什么选择），那么他们实际上和一处处废墟有什么两样有什么区别呢？

现在，真正的选择的权利，不容犹豫地摆在他们面前了——几天中唯一一次完全个人性质的完全听凭主观的选择的权利，也许是最后的一次选择的权利——他们可不想失去它了！

他们从几天当中的教训和经验悟出了一个道理——希望是某种要付出很高代价的商品。他们也进而明白了，希望本身无疑是精神的享受，也许还是世上最主要的精神的享受。但是，像其他所有不适当地享受着的快乐一样，希望过分了定会受到绝望之痛苦的惩罚。这一种危险的希望，不是理性的，而不过是受着太强烈的欲念的控制。所期待产生的不是合乎规律的事件，而不过是期待者的要求罢了。危险的希望改变了正常的过程，而且从根本上说，是只能破坏了实现它的普遍规则的……

　　尤其使他们感到庆幸的是，他们还没为那种危险的希望付出太巨大太惨重包括他们生命在内的代价。他们明白过来得还不算太晚，还完全来得及。这一点不但使他们感到庆幸，而且使他们在打开那些黄色的空投袋的时候，都显得非常慌张，非常迫不及待。仿佛稍微迟缓一些，也许是唯一一次选择的机会，便将会逝去似的……

　　觉得万无一失了的人们，抱着各种各样的救生物品扑通扑通往海里跳。

　　没有人阻拦他们。

　　仍愿留下的，也暗暗感到庆幸——都像他们一样，只留下我一个才好呢！只留下我一个，漂到任何国家，我岂不都注定地将成为轰动世界的人物了么？那就大可不必刷盘子或干什么下等杂活了！光靠卖新闻权，大概也能成为百万富翁千万富翁的吧？据说外国独家新闻很值钱呢！

　　但是仍愿留下的人们，却监视着离开浮城的人们，只许他们打开黄色的空投袋。不许他们碰那些白色的和红色的空投袋。前途是美好的，历程却必将仍是多灾多难的吧？征途上处处有艰险，越是艰险越向前！医药品饮食品是不可或缺的啊！祖国派飞机空投下这些，难道是为了给那些遇到了点儿挫折和险恶就往后看就沮丧的人么？只有继续往前看的中国人，才配获得祖国的这一关怀嘛！美国！美国！布什大叔，自由女神，我们就要来到你身边啦！

　　行动总是比无动于衷更具有影响力。任何一种行动本身便是一种影响。任何一种行动本身都能起到一种带动性。不过有时这种带动性是心理的、精神的、情绪的，是内在的，不易被判断。而另一些时候则是趋之若鹜的现象。

往海里跳的人越来越多了。那场面如同《动物世界》中企鹅成群结队往海里跳的情形，蔚为壮观。甚至可以说场面颇激动人心。

某些男人显得像是男人了。准备往海里跳的或仍孤注一掷地留下的，都显得像是男人了。也许是那些妇女、儿童和老人往海里跳时的勇敢无畏感动了他们的心灵启示了他们的良知吧，使他们都觉得应该做些什么了。

于是他们协助妇女、儿童和老人们顺着一长条绳索较为安全地坠入海中。

于是一种秩序和原则无形中悄然形成着。

于是在这种情况之下，许多需要得到的东西，似乎并不那么难以寻找到了。许多措施，似乎灵机一动便想到了。许多事情，似乎都是很应该做的了。

军舰又派出了小艇。但是它们仍不敢贸然采取主动性行动，唯恐刺激和触怒匍匐在废墟后严阵以待的男人们。海面上，向军舰泅浮的人多如过江之鲫。那些男人手中的枪倘若开火，后果将多么悲惨是可想而知的……

小艇明智地游弋在军舰附近。营救队员们扑入海里，顾此失彼地将人们托上小艇，或帮他们登上军舰。

婉儿被两名营救队员一边踩水，一边举着靠近了军舰。不知哪些人为她穿上了一身肥大的男人的衣服。她没套救生圈便跳入了海中。对于已经疯了的她，那并不意味着是什么选择，仅只是一种行为的机械的模仿。她不会游泳。如果不是那两名营救队员及时发现，婉儿必死无疑。

在军舰上，她仍唱歌。仍唱"山里的花儿开，远远的你归来"。始终只唱那么两句。似乎要永远唱下去。永远只唱那么两句。几个中年女人怜悯地看护着她，不时为她潸然泪下。不时为她叹息。她们并不限制她的自由，任她在甲板上走来走去，不离左右地跟随着。

她唱得很好听。

她唱得男人和女人们，都产生了一种类似想家的心情。仿佛各自的家不是毁灭了，不在那一座刚刚离开的满目废墟的浮城上，而在另外的什么地方……

年轻的水兵们，不时被她吸引住了目光。

仪表堂堂的舰长问一名水兵："那姑娘为什么总唱？"

水兵回答："我不知道。也许……也许精神受刺激了吧……"

舰长说："那还看着她在甲板上走来走去的！万一她又往海里跳呢？让那几个照顾她的女人带她到我的房间去休息下来！谁也不许滋扰她们……"

"是！"

水兵正要执行命令，甲板的另一端骚乱起来。骚乱中夹杂着一片女人们的咒骂声……

舰长立刻撇下水兵，往那边去了。

是女人们认出了几个应该受到惩办的男人，对他们围而攻之。她们像一群牝狮。而他们此时此刻却变得形同弱兽。

"把他们那东西割下来！把他们那东西割下来！"

"给！给！就用这个，不快也割得下来！"

"别心软我来！你下不去手，我下得去手！现在求饶了？饶了你们？——没门！"

妇人们肆无忌惮摆布着那几个男人。叫嚷着，互相鼓励着，怂恿着。

那几个男人开始后悔他们千不该万不该不该也离开了浮城。但是此时此刻后悔，为时太晚了。

在他们的惨痛的哀号声中，他们的生殖器被女人们割下来了！

几个女人高举手臂，拎着他们那血淋淋的东西给全体参与这一惩办行动的女人看。

于是那些女人都欢呼起来。

被拎在几个女人手中的那几个男人的血淋淋的代表雄性的东西，仿佛剥了皮的耗子，似乎抽搐着痉挛着。

在充满了凶险的漂泊不定的几天中，女人，一切女人，除了和男人们一起承受共同的凶险，还深受着另一种更为巨大更为可怕的凶险——丧失了理性和人性的男人们，以及原本就无理性和人性可言的男人们，皆是随时可能对她们中的任何一个人进行残害的天敌。她们一直处在弱者处在提心吊胆地防备他们的侵犯和袭击的双重恐惧之中，处在极端的压抑之中。

她们现在是终于有了正当的理由和从容的机会对某些男人予以报复了。

没领教过女人的报复手段的男人们，其实对报复两个字的深刻含意是一知半解的。

不知她们究竟用什么将那几个男人的生殖器割了下来。反正不是用刀或剪。

她们将他们那东西扔在他们眼前，命他们自己践踏。

大步赶来的舰长，看到的正是这一情形。

"都给我散开！谁胆敢在军舰上煽动暴行，不论男女，一律将受到严厉制裁！"

他大声呵斥女人们。

女人们散开了。

"她们把你们怎么了？"

他困惑地问那几个男人。

他们都蹲在甲板上，双手捂着裆处，龇牙咧嘴，哎哎哟哟，痛得想回答也回答不了。血从他们的指缝往下滴。

"那是些什么？"

他指向血淋淋的被他们自己践踏得变了形的东西。

"报告首长，那是你们男人传宗接代的玩意儿！"

一个女人庄重而且郑重回答。

"你们……"

舰长不禁浑身一阵悸栗。

"他们几个，多次轮奸那个姑娘……"

舰长顺着那女人手指的方向看去，看见的是婉儿。

　　山里的花儿开
　　远远的你归来

婉儿将那两句歌唱得天真烂漫。

"但是，有法律……"

"但是，那几天中，并没有法律。我们今天是特殊情况特殊对待……"

女人振振有词。

"对，对！特殊情况特殊对待嘛！"

"有因必有果嘛！"

"谁种下仇恨他自己遭殃！"

女人们又叫嚷成一片。

"卫生员！医生！"

舰长转过身喊。

他又听到了那几个男人的哀号，望他们时，见女人们已经举起他们，在他惊愕的瞪视下，抛到海里去了……

他瞪着她们，张着嘴，说不出一句话来。

"这点儿小事，还用得着麻烦卫生员和医生么？"

一个女人若无其事地嘟哝，仿佛将他视为一个惯会小题大做的男人。

"就是嘛！"

另一女人随即附和，睥睨着笑他。笑得颇有那么几分挑逗的意味。

女人们，这些刚刚从劫难感的压迫之下被"解放"出来的女人，非但丝毫没有怀恩图报的表示，反而都沾染了许多玩世不恭的男人的邪恶习气似的。

卫生员和医生跑来了，问舰长有何指示。

"没你们的事了。你们来晚了！"

舰长心烦意乱地朝他们挥了挥手。

他们却已发现了甲板上的血迹，和一个侥幸没被践踏过的他们再熟悉不过的血淋淋的东西。他们呆呆地瞧着那东西，似乎瞧着一只丑陋而可怕的大毒虫。

"没见过呀？这不是你们身上的物件么？愿多要一个的话，你们捡去吧！"

那血淋淋的东西被女人们踢到了两个男人脚旁。

他们吓得同时往后一跳。

于是女人们复笑作一团。

妈的这些女人！舰长心想——将来都得把你们送进精神病院治上一年两年的！

"用不着你们了，没听明白啊？！"

舰长突然对卫生员和医生大光其火。又对女人们吼："把甲板冲洗干净！否则我饶不了你们！"

说罢大步便走。

女人们争夺起拖把和水龙来。她们很高兴有个机会，以证明她们实际上是些很勤快很能干的女人……

"婉儿！婉儿！"

护送婉儿往舰长卧舱去的几个女人，听到叫声全站住了。唯独婉儿没站住，仍缓缓地似乎不由自主地往前走。

"婉儿！婉儿！"

叫她的是小红。两名水兵用担架抬着她。她快临产了。几个女人追上婉儿，簇拥着她来到担架前。

于是两名水兵放下担架，垂头肃立。他们已经知道婉儿遭遇了些什么。显然地，他们因自己也是男人，没有勇气正视女人们，更没有勇气正视婉儿。

"你认识她？"

"她是我邻居！"

"她叫婉儿？"

"对，她叫婉儿！"

小红想要欠起身。但欠了欠，又躺下了。一阵腹疼，使她呻吟不止。她仰望着婉儿，急切地问："婉儿，你知道我爸他怎么样了？你见着过我家你大哥么？"

"大哥？"

"婉儿，难道你连我也不认识了？我是小红啊！"

"小红？"

婉儿则望着远处的海面摇头。海面上仍有小船和泅泳者朝军舰划过来或游过来。

"婉儿，婉儿……"

小红不知再问什么，也明白了婉儿不再可能告诉自己什么，她哭了。

"你这个人！难道你没看出她已经疯了么？你却还要向她问你爸问你丈夫！你也太自私了！"

一个女人冷言冷语谴责小红。

"你们！你们！"小红抬起一只手臂，直指着女人们，几乎是咬牙切齿地说，"我恨你们！我恨你们这些女人！当那些男人糟蹋她的时候，你们干什么来着？那么多女人！那么多女人啊！你们竟不保护自己的一个姐妹，让她就在离你们不远的地方，甚至就在你们附近，被一个又一个男人糟蹋个够！连我都几次听到了她的求救声，难道你们就没听到过？不错，你们说对了，因为我肚子里有一个孩子，我自私。我不敢去救她！但我还跪在地上求过那些畜生饶了她呢！而你们呢？你们无动于衷！你们此刻倒来表现你们的善良和同情了！你们猪狗不如！"

小红越说越激愤，破口大骂。直骂得女人们一个个哑口无言，面红耳赤，纷纷低下头去，显出无地自容的样子。

婉儿却在哧哧地笑。

两名水兵听不下去，默默抬起担架便走。

小红在担架上大骂不休……

452

突然，海面传来嘈杂声：

"下去一个！下去一个！再不下去一个，这船要沉了呀！"

"嗨，那个胖子，你他妈的下去！"

"老子不会游泳，你他妈的怎么不下去！"

"你会不会游泳我不管！反正你最胖！你下去，顶瘦人下去两个！"

"放你妈的屁！"

"他最胖，他下去，船就不会沉啦！他不主动发扬风格，咱们就只有动手把他扔下去啦！"

"对！把这胖子扔下去！扔下去！"

"救命！救命呀！我真不会……救……"

人们都拥向船舷，凭栏张望。连那几个以守护婉儿为己任的女人，也撇下了婉儿不管不顾。

"下去一个人！下去一个人呀！下去一个人，船就不会沉了呀！"

婉儿在甲板上奔跑喊叫。大概她以为会沉的是军舰。海里，一个胖男人的生死一时吸引了舰上所有人的注意力。没谁特别理会一个疯子。

人们全集中到甲板一侧了。

婉儿奔跑到另一侧，见周围寂寂无人，她站住了。她仰头望望天空，一步步走向舷栏。她俯下身望着舰驶造成的雪白的浪花，笑了。

她又仰头望望天空。

随后她以优美的姿势头朝下翻过了舷栏。

她掉进海里时激起的浪花很小很小。

大概那一瞬间她的精神是清醒的？

大概她以为她那样做了，军舰便不会沉没？

这是永远没人知道的了……

军舰尽其所能救起一切能够救起的男人、女人、老人和孩子，拉响了几声汽笛，算是与浮城告别，返航了。

浮城载着专执一念留在上面的人，继续漂流。

它竟不可思议地在全世界的关注之下失踪了。全世界的新闻机器都被它的失踪刺激得亢奋不已，莫衷一是，众说纷纭。它可不是一架飞机或一艘轮船，而曾是一座城市啊！何况它并未漂经百慕大……

然而浮城上的人们却不知道，更确切地说是不明白自己和他们脚下的一块陆地失踪了。正如谁都难以明白自己成了一个失踪者……

某一天早晨他们望见了自由女神高举着火炬的雕像！

他们的激动非文字所能描述！

他们狂欢。他们歌唱。他们哭泣……

山重水复疑无路，柳暗花明又一村啊！

美国，美国！

纽约，纽约！

历经劫难的中国兄弟们来了！

那自由女神似乎便在浮城的前方，望去相距很近，又似乎永远难以更接近……

当阳光普照大海的时候，自由女神不见了。纽约的轮廓不见了。

那不过是海市蜃楼……

几天后，海市蜃楼再一次出现。不过不是纽约，而是中国海岸的景观。一面五星红旗，仿佛飘扬在云端。只见旗帜，不见旗杆。

于是浮城上的一些中国人，将另一些中国人捆绑了起来。如同哗变过的军队的士兵，将长官们捆绑起来一样。为了洗清或减轻自身的罪名，争取宽大处理。

于是组成了临时"党支部""揭发领导小组"，甚至，召开了批斗会。于是有人被揪出示众，有人检举别人，有人投案自首，有人表示忏悔，有人迫不及待地与别人划清界限，有人痛心疾首地不择手段地证明自己不过仅仅是盲从者，而又有人言之凿凿地指出他们不是盲从者，自己才是真正的盲从者……

仿佛飘扬在云端里的五星红旗，也如同他们一度望见过的自由女神像一样，似乎就在浮城的前方，望去相距很近，又似乎永远难以更接近……

那也不过是海市蜃楼……

当这一虚幻景观也消失了，浮城崩溃于大洋之上，顷刻化为乌有。

那一天夜里美国总统布什睡得十分安稳——一座中国城市漂向美国，这并不比海湾战争使他更明白该怎么办。连日来他因此而寝食不安。现在他终于放心了。

美国也终于放心了！

布什在梦里说——上帝保佑美国，他妈的中国人……

一九九一年十一月二十日于北京

图书在版编目（CIP）数据

浮城 / 梁晓声著 . —上海：上海三联书店，2018.5
ISBN 978-7-5426-6218-7

Ⅰ．①浮… Ⅱ．①梁… Ⅲ．①长篇小说－中国－当代
Ⅳ．① I247.5

中国版本图书馆 CIP 数据核字（2018）第 025628 号

浮 城

著　　者 /	梁晓声
责任编辑 /	陈启甸
特约编辑 /	盛　利
装帧设计 /	Metis 灵动视线
监　　制 /	姚　军
出版发行 /	上海三联书店
	（201199）中国上海市都市路 4855 号 2 座 10 楼
邮购电话 /	021-22895557
印　　刷 /	三河市华润印刷有限公司
版　　次 /	2018 年 5 月第 1 版
印　　次 /	2018 年 5 月第 1 次印刷
开　　本 /	710×1000　1/16
字　　数 /	285 千字
印　　张 /	28.75

ISBN 978-7-5426-6218-7/I · 1374

定　价：48.00元